SPIEGELMAN

LARS KEPLER BIJ UITGEVERIJ CARGO

Hypnose
Contract
Getuige
Slaap
Stalker
Playground
Jager
Lazarus

Lars Kepler

Spiegelman

Vertaald door Edith Sybesma

CARGO

2020

AMSTERDAM

Cargo is een imprint van Uitgeverij De Bezige Bij, Amsterdam

Oorspronkelijke titel *Spegelmannen*
Oorspronkelijke uitgever Albert Bonniers Förlag, Stockholm
Published in the Dutch language by arrangement with Storytellers Agency, Stockholm, Sweden
Omslagontwerp Buro Blikgoed

Foto auteur Ewa-Marie Rundquist
Vormgeving binnenwerk Peter Verwey, Heemstede
Druk- en bindwerk Wilco, Amersfoort
ISBN 978 94 031 0641 0
NUR 305

uitgeverijcargo.nl

MIX
Papier van verantwoorde herkomst
FSC® C004472

Bij de productie van dit boek is gebruikgemaakt van papier dat het keurmerk van de Forest Stewardship Council (FSC®) mag dragen. Bij dit papier is het zeker dat de productie niet tot bosvernietiging heeft geleid.

1

Door de vieze ramen van het klaslokaal ziet Eleonor dat de harde wind stof met zich meevoert over de weg, en bomen en struiken dwingt zich te buigen.

Het lijkt wel of er een rivier voor de school langs stroomt.

Troebel en zonder geluid.

De bel gaat en de leerlingen rapen hun boeken en schriften bij elkaar. Eleonor staat op en loopt met de anderen mee naar de garderobe.

Ze kijkt naar haar klasgenoot Jenny Lind, die voor haar kastje haar jas staat dicht te knopen.

Haar gezicht en blonde haar worden weerspiegeld in het geblutste stalen deurtje.

Jenny is mooi en anders. Ze heeft sprekende ogen, die Eleonor zenuwachtig maken en haar doen blozen.

Jenny is kunstzinnig, ze fotografeert en is de enige van de klas die boeken leest. Ze is vorige week zestien geworden en toen heeft Eleonor haar gefeliciteerd.

Niemand bemoeit zich met Eleonor, ze is niet knap genoeg, dat weet ze, ook al zou Jenny een serie portretfoto's van haar willen maken. Dat heeft ze gezegd toen ze een keer onder de douche stonden na de gymles.

Eleonor pakt haar spullen en loopt achter Jenny aan naar de uitgang.

De wind voert zand en bladeren van vorig jaar mee langs de witte gevel en over het schoolplein.

De lijn klappert snel tegen de vlaggenmast.

Jenny komt bij de fietsenstalling, blijft staan en roept iets, gebaart geïrriteerd en loopt dan door zonder haar fiets. Eleonor heeft de band lek gestoken, ze had gedacht dat ze Jenny thuis zou kunnen brengen met haar fiets en haar tas.

Ze zouden het weer over de portretfoto's hebben en zeggen dat zwart-witfoto's net lichtsculpturen zijn.

Ze roept haar fantasie een halt toe voordat ze bij de eerste zoen is.

Eleonor loopt achter Jenny aan langs restaurant Backavallen.

Het terras is leeg, de witte parasols trillen in de wind.

Ze wil naast Jenny gaan lopen, maar dat durft ze niet.

Eleonor blijft zo'n tweehonderd meter achter haar op het voetpad, dat parallel loopt aan de Eriksbergsvägen.

De wolken jagen boven de sparrentoppen.

Jenny's blonde haar wappert in de wind en valt weer in haar gezicht door de windvlaag van een groene lijnbus.

De grond trilt als hij langsrijdt.

Ze laten de laatste bebouwing achter zich en komen langs het clubhuis van de scouting. Jenny steekt schuin over en loopt aan de andere kant verder.

De zon breekt door en de schaduwen van de wolken schieten over een weiland.

Jenny woont in een mooie villa in Forssjö, pal aan het water.

Eleonor heeft een keer meer dan een uur voor haar huis gestaan. Ze had Jenny's zoekgeraakte boek gevonden, dat ze zelf had verstopt, maar ze had niet durven aanbellen en het uiteindelijk in de brievenbus gestopt.

Jenny blijft onder de hangende elektriciteitsdraden staan om een sigaret op te steken en loopt dan weer door. De glimmende knopen onder aan haar ene mouw glinsteren in het licht.

Eleonor hoort het ronken van een zwaar voertuig achter zich.

De grond schudt als een vrachtwagen met een Pools kenteken haar op hoge snelheid passeert.

Het volgende moment piepen de remmen en de oplegger slingert. De truck schiet met een scherpe bocht de berm in, rijdt dwars over het stukje gras heen het voetpad op, vlak achter Jenny, voordat de bestuurder het zware voertuig tot stilstand weet te brengen.

'Verdomme!' roept Jenny in de verte.

Er loopt water van het dak van de blauwe huif van de oplegger, het trekt een glimmend spoor door de viezigheid.

Het portier gaat open en de chauffeur klimt uit de cabine. Een zwarte leren jas met een vreemde grijze vlek spant om zijn brede rug.

Zijn krullende haar reikt bijna tot zijn schouders.

Met grote passen loopt hij op Jenny af.

De motor draait nog en de rook uit de verchroomde uitlaten wordt in dunne streepjes naar buiten getrokken.

Eleonor blijft staan en ziet dat de chauffeur Jenny recht in het gezicht slaat.

Er zijn een paar spanbanden losgeraakt en een stuk van het dekzeil klappert in de wind, waardoor Eleonor Jenny niet meer kan zien.

'Hallo?' roept Eleonor en ze loopt door. 'Wat doe je?'

Als het zeil weer terugzakt, ziet ze dat Jenny een paar meter voor de truck op het voetpad is gevallen.

Ze ligt op haar rug, ze tilt haar hoofd op en glimlacht verward met bloed tussen haar tanden.

De losse flap van het dekzeil klappert in de wind.

Eleonors benen trillen als ze de vochtige berm in stapt. Ze bedenkt dat ze de politie moet bellen en pakt haar telefoon, maar haar handen trillen zo dat ze hem tussen het onkruid laat vallen.

Eleonor bukt en vindt haar telefoon, kijkt op en ziet onder de truck door dat Jenny's voeten trappelen als de bestuurder haar optilt.

Er toetert een auto als Eleonor de weg op stapt en naar de vrachtauto rent.

De spiegelende bril van de chauffeur glinstert in het zonlicht als hij zijn bebloede handen afveegt aan zijn spijkerbroek en in de cabine klimt, het portier dichtslaat, de wagen in de versnelling zet en met het ene voorwiel nog op het voetpad begint te rijden. Het stof vliegt door de lucht als de truck over het droge stuk gras de weg op rijdt en snelheid maakt.

Eleonor blijft hijgend staan.

Jenny Lind is weg.

Een vertrapte sigaret en de tas met schoolboeken liggen nog op de grond.

Het zand stuift over de lege weg. Stofwolken jagen langs akkers en omheiningen. De wind zal zich eeuwig over de aarde blijven bewegen.

2

Jenny Lind ligt in een geteerd houten bootje op een donker meer. De bodem onder haar kraakt op de rollende golven.

Ze wordt wakker omdat ze moet overgeven.

De vloer schommelt.

Haar schouders doen pijn, haar polsen branden.

Ze begrijpt dat ze zich in de vrachtwagen bevindt.

Ze is vastgebonden en er is tape over haar mond geplakt. Ze ligt op haar zij op de vloer met haar handen boven haar hoofd.

Ze kan niet goed zien, het lijkt wel of haar ogen nog slapen.

Flarden zonlicht dringen door het zeildoek heen.

Ze knippert met haar ogen en haar gezichtsveld wordt één draderige warboel.

Ze is ontzettend misselijk en heeft barstende hoofdpijn.

De enorme banden dreunen over het asfalt onder haar.

Haar handen zitten met kabelbinders vast aan een van de dragers van de huif.

Jenny probeert te begrijpen wat er is gebeurd. Ze is tegen de grond geslagen en heeft een koude lap over haar mond en neus gekregen.

Ze wordt overspoeld door angst.

Ze kijkt naar beneden en ziet dat haar jurk omhoog is gegleden naar haar middel, maar ze heeft haar panty nog aan.

De vrachtwagen rijdt snel over een rechte weg, de motor houdt een gelijkmatig toerental aan.

Jenny zoekt wanhopig naar een logische verklaring, een aanleiding tot een misverstand, maar begrijpt eigenlijk al wat er aan de hand is.

Ze bevindt zich op dit moment in de situatie waar iedereen doodsbang voor is, een situatie die je in horrorfilms ziet, maar die in het echte leven niet mag voorkomen.

Ze had haar fiets bij school laten staan en was gaan lopen, ze deed net of ze niet doorhad dat Eleonor achter haar aan liep, toen de grote truck vlak achter haar het voetpad op draaide.

De klap in haar gezicht kwam zo onverwacht dat ze geen tijd had om te reageren, en voordat ze kon opstaan kreeg ze een natte lap in haar gezicht.

Ze heeft geen idee hoelang ze bewusteloos is geweest.

Haar handen zijn koud door een slechte doorbloeding.

Haar hoofd tolt en ze ziet even helemaal niets.

Ze legt haar wang op de grond.

Ze probeert rustig adem te halen, ze mag niet overgeven zolang er tape over haar mond zit.

In een kier naast de klep van de laadbak zit een gedroogde vissenkop. De lucht in de oplegger is verzadigd van een zoete stank.

Jenny tilt haar hoofd nog eens op, knippert met haar ogen en ziet een metalen kast met een hangslot en twee grote plastic bakken vooraan in de oplegger. De bakken zijn met dikke riemen vastgesjord en de vloer eromheen is nat.

Ze probeert zich te herinneren wat vrouwen die aan een seriemoordenaar zijn ontkomen hebben gezegd over weerstand bieden of een band smeden door over orchideeën te praten.

Pogingen om te schreeuwen door de tape heen zijn zinloos, niemand zou haar horen, op de chauffeur na misschien.

Ze moet juist stil zijn, het is beter als hij niet weet dat ze wakker is.

Ze schuift omhoog, spant haar lichaam en gaat met haar hoofd naar haar handen.

De aanhanger slingert en haar maag draait zich om.

Haar mond vult zich met braaksel.

Haar spieren trillen.

De kabelbinder snijdt in haar huid.

Met dode vingers weet ze de rand van het stuk tape te pakken te krijgen en ze trekt het van haar mond. Ze spuugt, laat zich op haar zij zakken en probeert zachtjes te hoesten.

Het goedje op de lap heeft iets met haar gezichtsvermogen gedaan.

Als ze naar het stalen geraamte kijkt dat de huif draagt, is het net alsof ze door een jutezak heen kijkt.

De dragers lopen recht omhoog naar het dak, maken een hoek van negentig graden, lopen onder het dak door naar de andere kant en gaan daar weer naar beneden.

Een soort dakgebint dat aan de zijkanten door horizontale latten bijeen wordt gehouden.

Ze knippert met haar ogen, probeert haar blik scherp te stellen en ziet dat aan de ene kant van de oplegger het frame open is – daar is het zeil verstevigd met vijf insteeklatten.

Jenny begrijpt de bedoeling: dat gedeelte van de huif kan worden opgerold bij het laden en lossen.

Als ze met haar gebonden handen de stalen boog via het dak naar de andere kant kan volgen, kan ze misschien de huif openmaken en om hulp roepen, of de aandacht van een automobilist trekken.

Ze probeert de kabelbinder langs de paal te trekken, maar blijft meteen steken.

Het scherpe plastic snijdt in haar huid.

De vrachtwagen schuift een baan op. Jenny slingert heen en weer en stoot haar hoofd tegen de paal.

Ze gaat weer zitten, slikt een paar keer en denkt aan het ontbijt van vanmorgen met geroosterd brood en marmelade. Haar moeder was een verhaal begonnen over haar tante, bij wie de dag ervoor vier stents in de kransslagader waren geplaatst.

Jenny's telefoon lag op tafel, naast haar theekopje. Ze had het geluid niet aanstaan, maar toch was haar blik naar de berichten op het scherm getrokken.

Haar vader was boos geworden omdat hij het als onverschilligheid opvatte dat ze op haar telefoon zat te kijken en zij was boos geworden over zo veel oneerlijkheid.

'Waarom moet je mij de hele tijd hebben? Wat heb ik gedaan? Je bent gewoon ontevreden over je eigen leven,' schreeuwde ze en ze liep de keuken uit.

De vloer helt; de vrachtwagen mindert vaart en rijdt in een lagere versnelling heuvelop.

Zonlicht komt schoksgewijs door het zeildoek heen en laat de vieze vloer glimmen.

Tussen de kluiten droge aarde en zwarte bladeren ligt een voortand.

Jenny's aderen vullen zich met adrenaline.

Haar blik gaat gejaagd rond.

Op slechts een meter afstand ziet ze twee afgebroken nagels met rode lak. Er is bloed langs een paal gelopen, aan een bout in de klep zitten haren.

'O god, o god, o god,' mompelt Jenny en ze gaat op haar knieën zitten.

Ze zit stil, zorgt dat er geen druk staat op de kabelbinder om haar handen en voelt het bloed met duizenden prikjes terugstromen naar haar vingers.

Ze trilt over haar hele lichaam, probeert de kabelbinder weer omhoog te trekken, maar hij zit vast.

'Dit gaat lukken,' fluistert ze.

Ze moet logisch blijven denken, ze mag niet in paniek raken.

Ze wiebelt een beetje met haar handen, trekt de binder naar de zijkant en begrijpt dat ze zich langs de onderste lat naar voren kan verplaatsen.

Ze ademt veel te snel wanneer ze zich langs oneffenheden wurmt en het voorste deel van de oplegger bereikt, ze pakt de lat met beide handen vast en trekt, maar hij zit aan de voorste paal vast gelast en er is geen beweging in te krijgen.

Ze kijkt naar de metalen kast – het hangslot is open en schommelt aan zijn beugel.

De misselijkheid komt weer opzetten, maar ze heeft geen tijd te verliezen, de rit kan elk moment afgelopen zijn.

Ze leunt zo ver mogelijk weg van de zijkant, strekt haar armen, spant ze maximaal en bereikt met haar mond het hangslot. Voorzichtig tilt ze het op en neemt het mee, ze zakt op haar knieën en laat het slot op haar bovenbenen vallen, spreidt dan voorzichtig haar benen en laat het geluidloos op de vloer glijden.

De zware vrachtauto draait en de deur van de kast zwaait open.

De stalen kast zit vol met kwasten, potten, tangen, beugelzagen, messen, scharen, schoonmaakmiddelen en lappen.

Haar hart gaat sneller slaan, het dreunt in haar hoofd.

Het geluid van de motor verandert en de vrachtauto mindert vaart.

Jenny staat weer op, strekt zich zijwaarts uit, houdt met haar hoofd de deur tegen en ziet op een plank tussen twee blikken verf een mes met een vies plastic heft.

'Lieve God, red me, lieve God,' fluistert ze.

De vrachtwagen maakt een scherpe bocht en de metalen deur slaat zo hard tegen haar hoofd dat ze een paar seconden buiten bewustzijn raakt en op haar knieën valt.

Ze geeft over en gaat weer staan, ze ziet dat er bloed van haar polsen op de vuile vloer druppelt.

Ze leunt naar voren, gaat met haar mond naar het heft van het mes en net als ze het te pakken heeft, komt de combinatie sissend tot stilstand.

Er klinkt een schrapend geluid als ze het mes van de plank trekt.

Voorzichtig brengt ze het roestige lemmet met haar mond tussen haar handen, oefent zo veel mogelijk druk uit op het dikke plastic en begint te zagen.

3

Jenny heeft het roestige mes in haar mond en probeert de kabelbinder om haar polsen door te snijden. Als ze ziet dat het lemmet een klein sneetje heeft gemaakt in het witte plastic, bijt ze nog harder in het heft en zet extra druk.

Ze denkt aan haar vader. Aan zijn verdrietige gezicht toen ze vanochtend tegen hem schreeuwde, het bekraste glas van zijn horloge, de hulpeloze gebaren van zijn handen.

Ze gaat door met zagen, ook al begint haar mond heel erg zeer te doen.

Er loopt speeksel over het heft van het mes.

Ze wordt duizelig en wil het al bijna opgeven als er iets knapt. Het lemmet is door de kabelbinder heen gegaan.

Ze valt trillend op haar heup en hoort het mes rammelend over de vloer schuiven. Ze komt weer overeind, vindt het mes, gaat naar de rechterkant van de oplegger en luistert.

Ze hoort niets.

Ze moet snel zijn, maar haar handen trillen zo, dat het haar niet meteen lukt om het mes door het zeildoek te steken.

Even klinkt er een brommend geluid.

Jenny pakt het mes anders vast en zet voorzichtig een verticale snee in de huif, vlak naast de voorste paal, ze maakt een kier van een paar centimeter en kijkt naar buiten.

Ze zijn gestopt bij een onbemand tankstation voor vrachtwagens. De grond ligt bezaaid met pizzadozen, vette lappen en condooms.

Haar hart slaat zo heftig dat ze moeite heeft met ademhalen.

Er zijn geen mensen of andere auto's te zien.

De wind trekt een kartonnen bekertje mee over het asfalt.

Haar maag speelt op, maar ze weet de braakreflex tegen te houden en slikt heftig.

Het zweet loopt over haar rug.

Met trillende handen maakt ze een horizontale snee in het zeildoek, vlak boven een insteeklat. Ze moet eruit springen, het bos in rennen en zich verstoppen, bedenkt ze.

Er klinken zware voetstappen en gerammel van metaal.

Haar zicht wordt weer wazig.

Ze klimt naar buiten, staat op de rand van de laadbak, ze voelt de wind in haar gezicht, ze houdt zich vast aan het zeildoek, wankelt en laat het mes vallen. Als ze naar de grond kijkt, is het net of de hele vrachtwagen omkiept.

Ze voelt het branden in haar enkel als ze op de grond neerkomt, ze zet een stap en weet op de been te blijven.

Ze is zo duizelig dat ze niet recht kan lopen.

Elke beweging die ze maakt genereert een grote tegenbeweging in haar hersenen.

De dieselpomp dreunt pulserend.

Jenny knippert met haar ogen en wil net doorlopen, als er een grote gestalte om de oplegger heen komt en haar ziet. Ze blijft staan, stapt wankelend achteruit en voelt dat ze weer moet overgeven.

Ze duikt weg onder de modderige koppelschotel tussen de oplegger en de vrachtwagen en ziet de gestalte snel de andere kant op lopen.

Haar gedachten schieten alle kanten op – ze moet zich verstoppen.

Ze komt op trillende benen omhoog en begrijpt dat ze de chauffeur niet voor zal kunnen blijven als ze naar het bos toe rent.

Ze weet niet waar hij nu is.

Haar hartslag dreunt in haar oren.

Ze moet terug naar de grote weg om daar een auto aan te houden.

De grond schommelt en kronkelt, de bomen zwiepen voorbij, het gele gras in de berm trilt in de harde wind.

De chauffeur is nergens te zien. Hij kan om de vrachtwagen heen zijn gelopen of zich achter de rij grote banden hebben verstopt.

Ze krijgt kramp in haar maag.

Ze kijkt alle kanten op, houdt zich vast aan de klep, knippert stevig met haar ogen en probeert te zien waar de oprit naar de snelweg is.

Er klinkt een sloffend geluid.

Ze moet vluchten, zich verstoppen.

Met knikkende knieën loopt ze achteruit langs de oplegger, ze ziet een paar vuilcontainers, een informatiebord en een pad dat het bos in leidt.

Vlak bij haar klinken dreunende motorgeluiden.

Ze kijkt naar het asfalt, probeert zich te vermannen en bedenkt dat ze om hulp moet roepen, als ze schaduwen ziet bewegen naast haar been.

Een grote hand grijpt haar enkel vast en trekt haar omver. Ze valt op haar heup en het kraakt in haar nek als haar schouder de grond raakt. De chauffeur zit onder de oplegger en trekt haar naar zich toe. Ze probeert zich vast te houden aan een band, rolt op haar rug en schopt met haar vrije been, ze raakt de wielophanging en de vering, haalt haar enkel open, komt los en kruipt onder de oplegger uit.

Ze staat op, het hele landschap helt naar opzij, ze slikt het braaksel weg, hoort snelle bonzen en voetstappen, waarschijnlijk van de chauffeur, die om de oplegger heen rent.

Wankelend beweegt ze zich voort, ze duikt onder de slang van de benzinepomp door, loopt zo snel als ze kan naar de bosrand, kijkt om zich heen en botst tegen iemand op.

'Hé, wat moet dat?'

Het is een politieman, die in het hoge gras staat te plassen. Ze pakt zijn jas vast, valt bijna en trekt hem mee.

'Help me...'

Ze laat hem los en wankelt.

'Aan de kant,' zegt hij.

Ze slikt en probeert zijn jas weer vast te pakken. Hij duwt haar weg en ze struikelt het gras in, zakt op haar knieën en vangt zich met beide handen op.

'Alstublieft,' zegt ze hijgend, waarna ze overgeeft.

De grond schommelt en ze valt op haar zij, ze kijkt door het gras naar de politiemotor en ziet een beweging in de glimmende uitlaat.

Het is de vrachtwagenchauffeur die met grote passen nadert. Ze draait haar hoofd en ziet de smoezelige spijkerbroek en de leren jas als door bekrast glas.

'Help me,' zegt ze nog eens en ze doet haar best om de krampen te onderdrukken.

Ze probeert op te staan, maar geeft opnieuw over en hoort hen praten terwijl ze in het gras spuugt. De ene stem zegt 'ze is mijn dochter' en vertelt dat het niet de eerste keer is dat ze van huis is weggelopen en alcohol heeft gedronken.

Er komt weer een oprisping en ze krijgt gal in haar mond, ze hoest en probeert iets te zeggen, maar geeft weer over.

'Wat kun je eraan doen? Dreigen haar telefoon in beslag te nemen?'

'Ik ken dat,' zegt de politieman lachend.

'Nou, meisje,' zegt de chauffeur en hij klopt haar op de rug. 'Gooi het er allemaal maar uit, dan voel je je zo weer beter.'

'Hoe oud is ze?' vraagt de politieman.

'Zeventien. Dus over een jaar mag ze het allemaal zelf bepalen. Maar als ze naar mij luisterde, zou ze haar school afmaken om niet op de vrachtwagen terecht te komen.'

'Alstublieft,' fluistert Jenny en ze veegt slijmerig braaksel van haar mond.

'Mag ze niet een nachtje de cel in?' vraagt de chauffeur.

'Niet als ze zeventien is,' zegt de agent en hij beantwoordt een oproep via zijn portofoon.

'Niet weggaan,' zegt Jenny hoestend.

De agent loopt zonder haast naar de motorfiets, terwijl hij het gesprek met de alarmcentrale beëindigt.

Vlakbij krast een kraai.

Het hoge gras buigt in de wind en Jenny ziet dat de agent zijn helm opzet en zijn handschoenen aantrekt. Ze weet dat ze moet opstaan en duwt haar handen tegen de grond. Van duizeligheid valt ze bijna om, maar ze houdt vol en komt op haar knieën te zitten.

De politieman stapt op de motor en start hem. Ze probeert hem te roepen, maar hij hoort haar niet.

De grote kraai stijgt klapwiekend op als de agent de motor in de versnelling zet en wegrijdt.

Jenny zakt weer in het gras. De steentjes op het asfalt knerpen onder de zware banden als de agent verdwijnt.

4

Pamela houdt van de losse ijskristallen die ontstaan als de sneeuw op de piste begint te smelten. De ski's snijden er met een bijna beangstigende scherpte doorheen.

Haar dochter Alice en zij gebruiken zonnebrandcrème, maar ze hebben toch een kleurtje gekregen. Martin is verbrand op z'n neus en onder zijn ogen.

Toen ze eerder vandaag op het terras van Toppstugan zaten te lunchen, was het zo warm in de zon dat Pamela en Alice hun jas hadden uitgetrokken en alleen in hun onderhemd zaten.

Ze hebben alle drie zo veel spierpijn in hun bovenbenen gekregen, dat ze hebben besloten morgen een dag niet te skiën.

Alice en Martin gaan in plaats daarvan vissen op ridderforel, terwijl Pamela naar de spa van het hotel zal gaan.

Toen Pamela negentien was, reisde ze met haar vriend Dennis door Australië. In een bar ontmoette ze Greg, met wie ze in een bungalow vrijde. Pas toen ze alweer terug was in Zweden, ontdekte ze dat ze zwanger was.

Pamela stuurde een brief naar de kroeg in Port Douglas, ter attentie van Greg met de zeeblauwe ogen. Hij antwoordde haar een maand later dat hij een relatie had en dat hij bereid was te betalen voor de abortus.

De bevalling was zwaar en eindigde met een spoedkeizersnee. Ze overleefde het en haar dochtertje ook, maar aangezien de artsen het voor Pamela niet raadzaam vonden om meer kinderen te krijgen, liet ze een spiraaltje plaatsen. Dennis was de hele tijd bij haar, hij steunde haar en wist haar over te halen om haar droom te volgen en architectuur te studeren.

Na een studie van vijf jaar kreeg Pamela bijna meteen een baan bij een klein bureau in Stockholm en toen ze een villa op Lidingö tekende, ontmoette ze Martin.

Martin werkte als opzichter voor de opdrachtgever, hij reisde het land door en met zijn felle blik en zijn lange haar zag hij eruit als een coole rockster.

Ze zoenden elkaar voor het eerst op een feest bij Dennis thuis, ze gingen samenwonen toen Alice zes was en trouwden twee jaar later. Nu is Alice zestien.

Het is al acht uur en donker achter de ramen van de hotelsuite. Ze hebben roomservice gebeld en Pamela ruimt snel wat rondslingerende shirts en sokken op voordat het eten komt.

Martin staat onder de douche 'Riders on the Storm' te zingen.

Ze zijn van plan voor de tv te eten, een fles champagne open te trekken als Alice slaapt, de deur op slot te doen en seks te hebben.

Pamela hangt de kleren van haar dochter over haar arm en loopt haar slaapkamer binnen.

Alice zit in haar ondergoed op het bed, met de telefoon in haar hand. Ze lijkt op Pamela toen ze jong was, ze heeft dezelfde ogen, dezelfde dikke kastanjebruine krullen.

'De nummerplaten van de vrachtwagen waren gestolen,' zegt ze en ze kijkt op van haar mobiel.

Twee weken geleden begonnen de media verslag te doen van een verdwijning in Katrineholm. Een meisje van Alice' leeftijd was mishandeld en ontvoerd.

Ze heet Jenny Lind, net als de legendarische operazangeres.

Het lijkt wel of heel Zweden naar haar en naar de Poolse truck heeft helpen zoeken.

De politie heeft een oproep aan het publiek gedaan en er zijn heel veel tips binnengekomen, maar tot nu toe is er geen spoor van het meisje gevonden.

Pamela loopt terug naar de gemeenschappelijke kamer, ze schudt de kussens van de bank op en raapt de afstandsbediening van de vloer.

De duisternis duwt tegen de ramen.

Ze schrikt als er op de deur wordt geklopt.

Net als ze wil opendoen, komt Martin zingend en lachend de badkamer uit. Hij is poedelnaakt en heeft de handdoek om zijn natte haar gewikkeld.

Ze duwt hem de badkamer weer in, waar hij doorgaat met zingen, en laat dan de vrouw met het serveerwagentje binnen.

Pamela kijkt op haar telefoon om iets te doen te hebben terwijl de vrouw de tafel dekt. Ze zal zich wel verbazen over het gezang in de badkamer.

'Verder gaat het goed met hem, echt waar,' grapt ze.

De vrouw beantwoordt haar glimlach niet, overhandigt haar alleen de rekening op een zilveren presenteerblaadje en vraagt Pamela het totaal op te schrijven en haar handtekening te zetten.

Als de vrouw weg is, roept ze naar Martin dat hij uit de badkamer mag komen, ze waarschuwt Alice en dan gaan ze alle drie met hun bord en hun glas op het kingsize bed zitten.

Onder het eten kijken ze naar een pas uitgekomen horrorfilm.

Een uur later slapen Pamela en Martin.

Als de film afgelopen is, zet Alice de tv uit, pakt de bril van Pamela's neus, ruimt borden en glazen op, doet de lampen uit en poetst haar tanden. Daarna gaat ze naar haar eigen kamer.

Het wordt stil in het stadje in het dal. Ergens na drieën is het noorderlicht aan de hemel te zien, als zilverblauwe boomstammen in een verbrand landschap.

Pamela schrikt wakker van een snikkend jongetje. Het hoge huilgeluid stopt voordat ze doorheeft waar ze is.

Ze blijft doodstil liggen in het donker en denkt aan Martins nachtmerries.

Het huilen kwam bij het raam naast het bed vandaan.

Toen ze net iets had met Martin, had hij vaak nachtmerries over dode jongetjes.

Pamela vond het ontroerend dat een volwassen man kon toegeven dat hij bang was voor spoken.

Ze herinnert zich dat hij op een nacht gillend wakker was geworden.

Ze gingen in de keuken kamillethee zitten drinken. Haar nekharen gingen rechtovereind staan toen hij een spook in detail beschreef.

Het jongetje had een grauw gezicht en zijn haar was gekamd met bedorven bloed, zijn neus was gebroken en zijn ene oog hing uit de kas.

Er klinkt weer een snik.

Pamela is klaarwakker en draait voorzichtig haar hoofd.

De radiator ruist onder het raam en door de opstijgende warme lucht gaat het gordijn bol staan. Het lijkt wel of er een kind achter verstopt staat, dat zijn gezicht tegen de stof duwt.

Ze zou Martin wakker willen maken, maar durft niet te praten.

Het hoge huiltje is weer te horen, vlak naast het bed, bij de vloer.

Haar hart bonst en ze tast met haar hand naar Martin in het donker, maar daar ligt niemand, het laken is koel.

Ze trekt haar voeten op en kruipt in elkaar, opeens heeft ze het idee dat het huilen rond het bed haar kant op beweegt, waarna het weer abrupt stopt.

Voorzichtig steekt ze haar hand uit naar de lamp op het nachtkastje. Ze kan haar eigen hand niet zien in het donker.

De lamp lijkt verder weg dan gisteravond.

Ze luistert ingespannen of ze iets hoort bewegen, ze tast met haar hand, vindt de voet van de lamp en volgt het snoer naar beneden.

Net als ze met haar vingers bij de schakelaar is en de lamp aanknipt, klinkt het huilen weer bij het raam.

Pamela knippert met haar ogen tegen het plotselinge licht, zet haar bril op, stapt uit bed en ziet Martin in zijn pyjamabroek op de grond liggen.

Hij heeft een nare droom en zijn wangen zijn nat van de tranen. Ze laat zich op haar knieën naast hem zakken en legt een hand op zijn schouder.

'Schat,' zegt ze zacht. 'Schat, je bent...'

Martin geeft een gil en kijkt haar met grote ogen aan.

Hij knippert verward met zijn ogen, kijkt om zich heen door de kamer en daarna weer naar haar. Zijn mond beweegt, maar er komen geen woorden uit.

'Je bent uit bed gevallen,' zegt ze.

Hij gaat met zijn rug tegen de muur zitten, veegt zijn mond af en staart voor zich uit.

'Wat droomde je eigenlijk?' vraagt ze.

'Dat weet ik niet,' fluistert hij.

'Had je een nachtmerrie?'

'Ik weet het niet, mijn hart gaat als een razende tekeer,' zegt hij en hij kruipt weer in bed.

Ze gaat op haar zij liggen en pakt zijn hand vast.

'Enge films zijn niet goed voor je,' zegt ze.

'Nee,' zegt hij en hij kijkt haar glimlachend aan.

'Maar je weet dat het nep is,' zegt ze.

'Echt waar?'

'Het is geen echt bloed, het is ketchup,' grapt ze en ze geeft een kneepje in zijn wang.

Ze knipt het licht uit en trekt hem naar zich toe. Ze vrijen zo stilletjes mogelijk en vallen daarna ineengestrengeld in slaap.

5

Na het ontbijt ligt Pamela in bed de kranten te lezen op haar iPad, terwijl Martin en Alice zich klaarmaken voor hun uitje.

De zon schijnt op de ijspegels voor de ramen, die al aan het druppelen zijn.

Martin is gek op ijsvissen, hij wil al tijden niets liever dan op zijn buik op het ijs gaan liggen, het licht afschermen, door het gat in het water kijken en de grote ridderforellen zien naderen.

De receptionist van het hotel had het Kallsjön, een meer in het stroomgebied van de Indalsälven, aanbevolen. Het is visrijk, goed bereikbaar met de auto en toch heel rustig.

Alice zet de zware rugzak bij de deur neer, hangt de ijsprikkers om haar nek en trekt haar schoenen aan.

'Ik begin spijt te krijgen,' zegt ze als ze weer rechtop staat. 'Een massage en een facial klinken best goed.'

'Ik zal van elke seconde genieten,' zegt Pamela glimlachend vanaf het bed. 'Ik ga…'

'Hou op,' valt Alice haar in de rede.

'Zwemmen, in de sauna, een manicure…'

'Alsjeblieft, ik wil het niet horen.'

Pamela slaat haar ochtendjas om zich heen, loopt naar Alice toe en knuffelt haar stevig. Ze geeft Martin een zoen en wenst hun een slechte vangst, want dat hoort zo, heeft ze begrepen.

'Blijf niet te lang weg en wees voorzichtig,' zegt ze.

'Geniet van de eenzaamheid,' zegt hij met een glimlach.

Alice' huid is bijna doorschijnend en er komen roodbruine krullen onder haar muts vandaan.

'Doe je jas goed dicht,' zegt Pamela.

Ze aait haar dochter over de wang en laat haar hand daar even liggen, ook al voelt ze Alice' ongeduld.

De twee pigmentvlekjes onder haar linkeroog doen Pamela altijd aan tranen denken.

'Wat is er?' vraagt Alice.

'Ik hoop dat jullie het gezellig hebben.'

Ze vertrekken en Pamela staat hen in de deuropening na te kijken totdat ze weg zijn.

Ze doet de deur dicht, gaat terug naar de slaapkamer en blijft staan als ze een schrapend geluid hoort.

Er glijdt natte sneeuw van het dak, het valt glinsterend langs het raam en landt met een zware bons op de grond.

Pamela trekt haar bikini, een badstof badjas en slippers aan, stopt het pasje, haar telefoon en haar boek in een stoffen tas en verlaat de suite.

Het is leeg in de spa, iedereen is op de pistes. Het rimpelloze water van het grote bassin weerspiegelt de sneeuw en het bos buiten.

Pamela legt haar tas op een tafel tussen twee ligstoelen, hangt haar badjas op en loopt naar een bankje waar opgerolde schone handdoeken op liggen.

Het bad wordt aan de ene lange zijde geflankeerd door een zuilengang.

Ze laat zich in het lauwe water zakken en begint langzaam te zwemmen. Na tien baantjes blijft ze aan de verste korte zijde staan, vlak voor de grote ramen.

Nu had ze het fijn gevonden als Martin en Alice bij haar waren.

Dit is magisch, denkt ze en ze kijkt uit over de bergen en het sparrenbos in het zonlicht.

Ze zwemt nog tien baantjes, klimt er dan uit en gaat op een ligstoel liggen lezen.

Een jongeman komt vragen of ze iets wil gebruiken en ze bestelt een glas champagne, ook al is het nog maar ochtend.

Onder een grote spar valt zware sneeuw op de grond. De takken schommelen en er wervelen vlokken rond in de zon.

Ze leest nog drie hoofdstukken, drinkt de champagne op, legt haar bril neer en gaat dan in de sauna zitten. Ze denkt aan Martins terugkerende nachtmerries.

Zijn ouders en twee broers zijn bij een auto-ongeluk omgekomen toen hij klein was. Martin was door de voorruit geslingerd en had zijn hele rug opengehaald aan het asfalt, maar hij had het overleefd.

Toen ze Martin leerde kennen, werkte haar beste vriend Dennis als psycholoog in een praktijk voor jongeren, terwijl hij bezig was zich te specialiseren in rouwverwerking. Hij slaagde erin Martin te laten vertellen over zijn verlies en de schuldgevoelens die als een drijfanker achter hem aan sleepten.

Pamela blijft net zo lang in de sauna zitten totdat ze doornat is van het zweet en de stoom, waarna ze doucht, een droge bikini aantrekt en naar de massagekamer gaat. Een vrouw met pokdalige wangen en een treurige blik heet haar welkom.

Ze trekt het bovenstukje van haar bikini uit, gaat op haar buik op de tafel liggen en krijgt een handdoek over haar heupen.

De handen van de vrouw zijn ruw en de warme olie geurt naar groene bladeren en hout.

Pamela sluit haar ogen en voelt dat er ruimte komt in haar gedachten.

Het beeld van Martin en Alice die zonder om te kijken door de stille gang verdwijnen schiet door haar hoofd.

De vingertoppen van de vrouw volgen haar ruggengraat tot aan de rand van de handdoek. Ze masseert het bovenste deel van haar bilspieren, zodat haar bovenbenen uit elkaar geduwd worden.

Pamela is van plan om na de massage en de gezichtsbehandeling terug te gaan naar het zwembad en daar een glas wijn en een broodje garnalen te bestellen.

De vrouw pakt nog wat warme olie, haar handen glijden vanaf Pamela's middel over de ribben naar haar oksels.

Ondanks de warmte in de massagekamer gaat er een rilling door haar heen.

Misschien zijn het gewoon de spieren die opgewarmd worden.

Ze denkt weer aan Martin en Alice, en om de een of andere reden kijkt ze in haar fantasie van grote hoogte op hen neer.

Het Kallsjön ligt tussen de bergen, het ijs is staalgrijs en de twee zijn slechts als zwarte stipjes te zien.

Na de massage spreidt de vrouw warme handdoeken over haar uit en verlaat het vertrek.

Pamela blijft nog even liggen, staat dan voorzichtig op en trekt het bovenstukje van haar bikini aan.

Haar slippers zijn nat en koud als ze haar voeten erin steekt.

In de verte hoort ze het geluid van een helikopter.

Ze gaat naar een andere kamer, naar de huidtherapeut, een blonde vrouw van een jaar of twintig.

Tijdens de diepe reiniging en de peeling valt Pamela in slaap. De vrouw is een kleimasker aan het voorbereiden als er op de deur wordt geklopt.

Ze verontschuldigt zich en loopt de behandelkamer uit.

Pamela hoort een man snel praten, ze kan de woorden niet verstaan. Even later komt de jonge vrouw terug met een vreemde blik in haar ogen.

'Sorry, maar schijnbaar is er een ongeluk gebeurd,' zegt ze.

'Wat voor ongeluk?' vraagt Pamela iets te hard.

'Ze zeggen dat het niet ernstig is, maar dat u misschien naar het ziekenhuis moet.'

'Welk ziekenhuis? Waar?' vraagt ze en ze haalt haar telefoon uit haar stoffen tas.

'In Östersund. Het ziekenhuis van Östersund.'

6

Pamela merkt niet dat haar badjas wijd openhangt als ze snel door het hotel loopt. Ze belt Martin en hoort in stijgende paniek de telefoon overgaan.

Als er niet wordt opgenomen begint ze te rennen, ze raakt haar ene slipper kwijt, maar loopt gewoon door.

De zachte vloerbedekking dempt het bonzen van haar voetstappen, maakt ze dof als onder water.

Pamela belt Alice, maar wordt meteen doorgeschakeld naar de voicemail.

Voor de liften blijft ze staan, ze drukt op de knop, schopt de tweede slipper uit en voelt dat haar handen trillen als ze Martin nog een keer belt.

'Neem op,' fluistert ze.

Ze wacht even en kiest dan voor de trap. Ze houdt zich vast aan de leuning en neemt twee treden tegelijk.

Op het bordes van de tweede verdieping valt ze bijna over een plastic jerrycan met vloerpolish die iemand heeft laten staan.

Ze slaat de hoek om en loopt door naar boven, terwijl ze probeert te begrijpen wat het blonde meisje tegen haar heeft gezegd.

Ze zei dat het niet ernstig was.

Maar waarom nemen ze dan niet op?

Op de derde verdieping strompelt Pamela de gang in, ze wankelt, zoekt steun bij de muur en begint te rennen.

Hijgend blijft ze voor de deur van de suite staan, ze pakt haar pasje en gaat naar binnen, ze loopt rechtstreeks naar het bureau, pakt de vaste telefoon en gooit per ongeluk de standaard met brochures op de grond, belt de receptie en vraagt of ze een taxi willen bestellen.

Ze trekt haar kleren over haar bikini heen aan, pakt haar tas en mobiele telefoon en verlaat het vertrek.

Tijdens de hele taxirit blijft ze bellen en berichtjes aan Alice en Martin sturen.

Eindelijk krijgt ze het ziekenhuis aan de lijn en spreekt met een mevrouw die zegt dat ze geen informatie kan geven.

Pamela's hart slaat op hol en ze moet zich inhouden om niet tegen haar te gillen.

Boomstammen en ingezakte sneeuw flitsen voorbij achter de autoruit. Donkere sparren staan dicht op elkaar in de zon. Hazensporen verdwijnen over ontboste gedeelten. De weg is bedekt met natte sneeuw.

Ze vouwt haar handen en bidt tot God dat alles goed mag zijn met Martin en Alice.

De gedachten schieten met ondraaglijke intensiteit door haar hoofd, ze ziet hun huurauto slippen in de sneeuw en over de kop een heuvel af duikelen, ze ziet een vrouwtjesbeer aan komen stormen door sparrenbosjes, een vishaak die omhoog zwiept en in een oog blijft zitten en een been dat breekt boven de rand van een schoen.

Als de taxi Östersund binnenrijdt, heeft ze Martin en Alice meer dan dertig keer gebeld, en hun appjes en mailtjes gestuurd, maar nog steeds geen reactie gekregen.

Het ziekenhuis is een groot complex met bruine gevels en glazen loopbruggen in de felle zon.

Er loopt smeltwater over het asfalt.

De chauffeur stopt bij de ambulance-ingang, ze betaalt en stapt uit. De angst dreunt door haar hoofd.

Ze loopt snel langs een bruine muur met een eigenaardige versiering van bloedrode boomstompen, wordt als in een schaapskooi naar de Spoedeisende Hulp geleid, wankelt naar de receptie en hoort haar eigen stem in de verte als ze zich meldt.

Met trillende handen haalt ze haar identiteitsbewijs tevoorschijn.

De man met de baard achter de receptie verzoekt haar in de wachtkamer plaats te nemen, maar ze blijft staan, starend naar haar schoenen en naar het zwarte linoleum.

Ze zou haar telefoon kunnen pakken om naar informatie over auto-ongelukken te zoeken op de nieuwssites, maar kan zich daar niet toe zetten.

Ze is nog nooit van haar leven zo bang geweest.

Ze doet een paar stappen, draait zich om en kijkt naar de baardige man.

Ze voelt dat ze niet langer kan wachten, ze bedenkt dat ze in de verschillende traumakamers moet zoeken naar haar man en dochter.

'Pamela Nordström?' vraagt een verzorgende die haar komt halen.

'Wat is er gebeurd? Er is me nog niets verteld,' zegt Pamela en ze slikt heftig terwijl ze lopen.

'Ik weet het niet, u hoort het wel van de arts.'

Ze lopen door gangen met brancards. Deuren met vlekkerige ruiten gaan automatisch voor hen open.

Een oude vrouw zit in een wachtkamer te huilen. Naast haar bewegen aquariumvissen in een glinsterende school.

Ze lopen door naar de afdeling Anesthesiologie en Intensive Care. Het verplegend personeel beweegt zich snel door de gang met gesloten deuren.

De linoleumvloeren zijn crèmekleurig en het ruikt er sterk naar ontsmettingsmiddelen.

Een verpleegkundige met sproeten komt hun vanuit een kamer tegemoet en glimlacht geruststellend.

'Ik begrijp dat u zich zorgen maakt,' zegt ze en ze geeft Pamela een hand. 'Maar dat is niet nodig, echt niet, het komt goed, u kunt zo dadelijk met de dokter praten.'

Pamela loopt met de verpleegkundige mee naar een IC-kamer. Uit een beademingstoestel komt een ritmisch sissen.

'Wat is er gebeurd?' vraagt ze bijna geluidloos.

'We houden hem in slaap, maar hij is buiten levensgevaar.'

Martin ligt in een bed met een plastic buisje in zijn mond. Zijn ogen zijn gesloten en hij is gekoppeld aan verschillende meters die de hartactiviteit, het hartritme, het kooldioxidegehalte en het zuurstofgehalte van het bloed registreren.

'Maar...'

Pamela's stem verdwijnt en ze tast naar de muur voor steun.

'Hij was door het ijs gezakt en was ernstig onderkoeld toen hij werd gevonden.'

'Maar Alice,' mompelt ze.

'Wat zegt u?' vraagt de verpleegkundige met een glimlach.

'Mijn dochter, waar is mijn dochter, waar is Alice?'

Ze hoort de ontzetting in haar eigen stem, ze hoort de onbeheerste toon, terwijl het gezicht van de verpleegkundige wit wegtrekt.

'Wij weten niets van...'

'Ze waren samen op het ijs,' gilt Pamela. 'Ze was daar met hem, jullie hebben haar daar toch niet achtergelaten, ze is nog maar een kind, jullie kunnen niet... jullie kunnen niet!'

VIJF JAAR LATER

7

Ze zeggen dat als er een deur dichtgaat, God een andere opent – of op zijn minst een raam. Maar als bepaalde deuren dichtgaan, klinkt die uitdrukking eerder lachwekkend dan troostend.

Pamela stopt een pepermuntje in haar mond en bijt het stuk.

De lift suist omhoog naar de afdeling van het Sankt Göran Ziekenhuis waar 24-uurszorg wordt geboden aan patiënten met een psychose.

De spiegels voor en achter Pamela verveelvoudigen haar gezicht in een eindeloze boog.

Voor de begrafenis had ze haar hoofd kaalgeschoren, maar nu komen de kastanjebruine krullen alweer tot aan haar schouders.

Op de eerste verjaardag van Alice na haar dood, had Pamela onder haar linkeroog twee stipjes laten tatoeëren, op dezelfde plek waar bij haar dochter de moedervlekjes hadden gezeten.

Op aanraden van Dennis was ze naar het crisis- en traumacentrum gegaan en stapje voor stapje heeft ze met het verlies leren leven.

Ze is zelfs van de antidepressiva af.

De lift blijft staan en de deuren glijden open; Pamela loopt door de lege entreehal, meldt zich bij de receptie en geeft haar telefoon af.

'Zo, nu wordt het ernst met de verhuizing,' zegt de vrouw vriendelijk.

'Eindelijk,' antwoordt Pamela.

De vrouw legt haar telefoon in een vakje, geeft haar een nummertje, staat op, haalt haar pasje door de scanner en opent de deur.

Pamela bedankt haar en loopt de lange gang in.

Naast een schoonmaakkarretje ligt een bebloede latex handschoen op de grond.

Ze gaat de huiskamer in, groet de verzorger en gaat zoals altijd op de bank zitten wachten. Soms duurt het lang voordat Martin klaar is.

Een jongeman zit achter een schaakbord. Hij praat angstig in zichzelf en schuift een van de stukken een heel klein eindje op.

Een oude vrouw staat met open mond tv te kijken, terwijl een jongere vrouw, zo te zien haar dochter, met haar probeert te praten.

Het ochtendlicht glimt in de linoleumvloer.

De verzorger pakt zijn telefoon, zegt iets op gedempte toon en loopt de kamer uit.

Door de muren heen klinken boze kreten.

Een oudere man in een verbleekte spijkerbroek en een zwart T-shirt komt de kamer binnen, kijkt om zich heen en neemt dan in de fauteuil tegenover Pamela plaats.

Hij is een jaar of zestig, de rimpels in zijn magere gezicht zijn diep, zijn ogen zijn felgroen en hij heeft een grijze paardenstaart.

'Mooie blouse,' zegt hij en hij leunt naar haar toe.

'Bedankt,' zegt ze kortaf en ze trekt haar jas dicht.

'Ik kon je tepels door de stof heen zien,' zegt hij zacht. 'Ze worden hard nu ik dit vertel, dat weet ik... Mijn hersenen zitten vol met toxische seksualiteit.'

Pamela's hart gaat harder slaan van ongemak. Nog een paar seconden, dan zal ze opstaan en zonder angst te tonen naar de receptie lopen.

De oude vrouw voor de tv schiet in de lach en de jongeman stoot met één vinger de zwarte koning op het schaakbord om.

Door de muren heen klinkt gerammel in de keuken.

Plukken stof hangen trillend aan het ventilatierooster tegen het plafond.

De man tegenover Pamela trekt aan het kruis van zijn spijkerbroek en steekt vervolgens met een uitnodigend gebaar zijn handen naar haar uit. Er lopen diepe littekens van zijn elleboogholtes over de binnenkant van zijn armen naar zijn handpalmen.

'Ik kan je van achteren nemen,' zegt hij vriendelijk. 'Ik heb twee piemels. Echt, ik ben een seksmachine, ik zal je laten gillen en huilen...'

Hij onderbreekt zichzelf en wijst naar de deur naar de gang.

'Knielen,' zegt hij met een brede glimlach. 'Daar komt de übermensch, de patriarch...'

De oude man klapt in zijn handen en lacht hysterisch als een stevige man in een rolstoel de woonkamer in wordt gereden door een begeleider.

'De profeet, de boodschapper, de meester...'

De man in de rolstoel lijkt zich niets aan te trekken van de spot, hij bedankt alleen zachtjes als hij aan de andere kant van het schaakbord wordt neergezet en hangt het zilveren kruis om zijn nek recht.

De verzorger loopt bij de rolstoel weg en komt met een geforceerde glimlach op zijn lippen naar de knielende man toe.

'Primus, wat doe jij hier?' vraagt de verzorger.

'Ik heb bezoek,' antwoordt hij met een hoofdknik naar Pamela.

'Je weet dat je in beperkingen bent.'

'Ik ben verkeerd gelopen.'

'Ga staan en kijk haar niet aan,' zegt de verzorger.

Pamela kijkt niet op, maar ze voelt hem kijken als hij opstaat van de vloer.

'Breng de slaaf nu maar weg,' zegt de man in de rolstoel kalm.

Primus draait zich om en loopt met de verzorger mee; de deur naar de patiëntenafdeling gaat achter hen dicht en hun voetstappen verdwijnen over het linoleum.

8

De deur naar de patiëntenafdeling gaat weer open en Pamela draait haar hoofd om. Een assistent draagt Martins rugzak en komt met hem mee de woonkamer in.

Vroeger hing Martins blonde haar op zijn rug, hij bewoog zich ontspannen en droeg een leren broek, een zwart overhemd en een zonnebril met roze spiegelende glazen.

Nu is hij zwaar aan de medicijnen en hij is aangekomen, zijn korte haar zit in de war en zijn gezicht staat bleek en angstig. Hij is gekleed in een blauw T-shirt, een Adidasbroek en witte sportschoenen zonder veters.

'Schat,' zegt ze en ze staat op van de bank.

Martin schudt zijn hoofd en kijkt geschrokken naar de man in de rolstoel. Ze loopt naar hem toe en neemt de rugzak over van de assistent.

'Iedereen hier is trots op jou,' zegt de assistent.

Martin glimlacht nerveus en laat Pamela zien dat hij een bloem in zijn handpalm heeft getekend.

'Is die voor mij?' vraagt ze.

Hij knikt even en sluit zijn hand weer.

'Dank je wel,' zegt ze.

'Ik kan geen echte kopen,' zegt hij zonder haar aan te kijken.

'Dat weet ik.'

Martin trekt de assistent aan zijn arm en beweegt geluidloos zijn mond.

'Dat heb je al gedaan,' zegt de assistent, die zich vervolgens tot Pamela richt. 'Hij wil in de rugzak kijken of hij alles bij zich heeft.'

'Oké,' antwoordt ze en ze geeft de rugzak aan Martin.

Hij gaat op de grond zitten, haalt zijn spullen eruit en legt ze keurig op een rijtje.

Er mankeert niets aan Martins hersenen, die zijn niet aangetast onder het ijs.

Maar sinds het ongeluk praat hij bijna helemaal niet meer. Het lijkt wel of elk woord dat hij uitbrengt gevolgd wordt door een golf van angst.

Iedereen lijkt ervan overtuigd te zijn dat het om PTSS gaat, met elementen van paranoïde waanvoorstellingen.

Pamela weet dat hij niet méér verdriet heeft van het verlies van Alice dan zij, want dat is onmogelijk. Maar zij is sterk en ze heeft geleerd dat ieder mens anders reageert, omdat de omstandigheden voor iedereen anders zijn. Martins hele familie is bij een auto-ongeluk omgekomen toen hij een kind was, en toen Alice verdronk, werd zijn traumatisering complex.

Pamela kijkt uit het raam en ziet voor de Spoedeisende Psychiatrische Hulp een ambulance staan. Haar gedachten gaan terug naar vijf jaar geleden, naar de IC van het ziekenhuis van Östersund.

'Ze waren samen op het ijs,' had ze gegild. 'Ze was daar met hem, jullie hebben haar daar toch niet achtergelaten, ze is nog maar een kind, jullie kunnen niet… jullie kunnen niet!'

De verpleegkundige met de sproeten staarde haar aan en deed haar mond open, maar er kwam geen woord uit.

De politie en reddingsdiensten werden onmiddellijk gealarmeerd, er werden duikers naar het Kallsjön gevlogen.

Pamela kon niet logisch denken, ze liep rusteloos door de kamer, herhaalde bij zichzelf dat het een misverstand was, dat alles goed was met Alice. Ze zei tegen zichzelf dat ze binnenkort weer alle drie in Stockholm aan de eettafel zouden zitten praten over deze dag. Ze zag het allemaal voor zich, ook al begreep ze dat het niet zo zou gaan en wist ze ergens al wat er was gebeurd.

Toen Martin wakker werd uit de narcose, stond ze naast zijn bed.

Hij deed zijn ogen een paar tellen open en sloot ze weer. Het duurde een hele poos voordat hij weer opkeek. Hij keek haar met een zware blik aan, terwijl hij de werkelijkheid tot zich door liet dringen.

'Wat is er gebeurd?' fluisterde hij en hij bevochtigde zijn lippen. 'Pamela? Wat is er?'

'Je bent door het ijs gezakt,' zei ze en ze slikte moeizaam.

'Nee, dat kan niet,' zei hij en hij probeerde zijn hoofd van het kussen te tillen. 'Ik heb geboord, het was tien centimeter dik. Je kunt er met een motor overheen rijden, dat zei ik nog tegen...'

Hij zweeg abrupt en keek haar opeens doordringend aan.

'Waar is Alice?' vroeg hij met trillende stem. 'Pamela, wat is er gebeurd?'

Hij probeerde uit bed te komen, viel op de grond en kwam zo hard met zijn gezicht op het linoleum dat zijn ene wenkbrauw scheurde en begon te bloeden.

'Alice,' riep hij.

'Zijn jullie allebei door het ijs gezakt?' vroeg Pamela met stemverheffing. 'Ik moet het weten. Ze zijn daar nu met duikers.'

'Ik snap het niet, ze... ze...'

Het zweet stroomde over zijn bleke wangen.

'Wat is er gebeurd? Praat met me, Martin!' zei ze hard en ze pakte hem bij zijn kin. 'Ik moet weten wat er is gebeurd.'

'Ik doe mijn best, ik probeer het me te herinneren. We waren aan het vissen, het was perfect... Alles was perfect...'

Hij wreef met beide handen over zijn gezicht. Zijn wenkbrauw begon weer te bloeden.

'Zeg gewoon wat er is gebeurd.'

'Wacht...'

Hij pakte de rand van het bed zo stevig vast dat zijn knokkels wit werden.

'We wilden het meer schuin oversteken naar een andere baai, we pakten onze spullen bij elkaar en...'

Zijn pupillen werden groot en hij ging sneller ademhalen. Zijn gezicht was zo gespannen dat ze het bijna niet herkende.

'Martin?'

'Ik ben erdoorheen gezakt,' zei hij en hij keek haar in de ogen. 'Er waren geen tekenen dat het ijs dunner was, ik begrijp het niet...'

'Wat deed Alice?'

'Dat probeer ik me te herinneren,' zei hij met een eigenaardig gebroken stem. 'Ik liep voor haar toen het ijs meegaf. Het ging zo vreselijk snel, opeens was ik onder water. Er waren een heleboel ijsschotsen en luchtbellen en... Ik zwom naar boven en hoorde een dreun. Alice schoot het water in, schuin onder het ijs. Ik kwam boven en ademde in, dook en zag dat ze haar oriëntatie kwijt was, ze bewoog weg van het wak. Ik denk dat ze haar hoofd had gestoten, want er hing een soort rode wolk om haar heen.'

'Mijn god,' fluisterde Pamela.

'Ik dook en ik dacht dat ik haar op tijd zou kunnen pakken, toen ze opeens stopte met vechten en zonk.'

'Hoezo zonk?' huilde Pamela. 'Hoe kon ze nou zinken?'

'Ik zwom achter haar aan, maaide met mijn hand en probeerde haar haar vast te pakken, maar miste... Ze verdween in de duisternis, ik zag niets, het was te diep, het was allemaal zwart...'

Martin staarde haar aan alsof hij haar nog niet eerder had gezien, terwijl het bloed van zijn wenkbrauw over zijn gezicht liep.

'Maar je dook toch... je bent toch achter haar aan gedoken?'

'Ik weet niet wat er gebeurde,' fluisterde hij. 'Ik snap het niet. Ik wilde niet gered worden.'

Later kreeg Pamela te horen dat een groep langeafstandsschaatsers de oranje ijsboor en de rugzak bij het wak hadden gevonden. Vijftien meter verder hadden ze een man onder het ijs zien liggen en het met een bijl opengehakt.

Een helikopter bracht Martin naar het ziekenhuis in Östersund. Hij had een lichaamstemperatuur van zevenentwintig graden, was bewusteloos en werd meteen aan de beademing gelegd.

Ze moesten drie tenen van zijn rechtervoet amputeren, maar hij had het overleefd.

Het ijs had niet moeten breken, maar stromingen hadden het juist op die plek dunner gemaakt.

Dat was de enige keer dat hij het hele verhaal van het ongeluk had verteld, toen hij net uit de narcose was ontwaakt.

Daarna stopte hij bijna helemaal met praten en kreeg hij steeds meer last van paranoia.

Een jaar later stond Martin op de dag van het ongeluk op blote voeten midden op de besneeuwde snelweg, ter hoogte van het Hagapark.

De politie bracht hem naar de Spoedeisende Psychiatrische Hulp van het Sankt Göran Ziekenhuis.

Sindsdien is hij bijna continu opgenomen geweest op de afdeling voor psychiatrische 24-uurszorg.

Er zijn nu vijf jaar verstreken en Martin kan het gebeurde nog steeds niet accepteren.

Zijn individuele zorgplan is er de afgelopen jaren op gericht geweest om hem door te laten schuiven naar een open afdeling. Hij heeft met zijn angst leren omgaan en hij is een paar keer een week thuis geweest zonder dat hij vroeg of hij terug mocht naar de afdeling.

Nu hebben Pamela en Martin in overleg met de hoofdpsychiater besloten dat hij de stap naar huis helemaal zal zetten.

Ze vinden het alle drie tijd worden.

Het is ook in een ander opzicht belangrijk.

Sinds twee jaar is Pamela vrijwilliger bij de Kindertelefoon en praat ze met kinderen en jongeren die bellen met problemen. Zo is ze in contact gekomen met de afdeling jeugdzorg van Gävle en hoorde ze over een zeventienjarig meisje dat nergens terechtkon, Mia Andersson.

Pamela is met hen in gesprek over het openstellen van haar huis als tijdelijk onderkomen voor Mia, maar Dennis heeft haar gewaarschuwd dat haar verzoek zal worden afgewezen als Martin opgenomen is.

Toen Pamela Martin van Mia vertelde, was hij zo blij dat hij tranen in zijn ogen kreeg. Hij beloofde dat hij serieus zijn best zou doen om weer permanent thuis te komen wonen.

De ouders van Mia Andersson waren beiden zware drugsverslaafden geweest, ze waren overleden toen ze acht was. Mia zelf is tijdens haar hele jeugd omgeven geweest door criminaliteit en drugsgebruik. In geen van de gezinnen waar ze is opgenomen is het goed gegaan en nu is ze zo oud dat niemand zich meer voor haar wil inzetten.

Sommige gezinnen worden door zware verliezen getroffen en Pamela heeft bedacht dat het goed is als lotgenoten elkaar opzoeken. Ze hebben alle drie een of meer naasten verloren, ze begrijpen elkaar en zouden aan een gemeenschappelijk herstel kunnen beginnen.

'Doe de rugzak nu maar dicht,' zegt de assistent.

Martin trekt de rits dicht, slaat de klep eroverheen en staat op met zijn rugzak in één hand.

'Ben je er klaar voor?' vraagt Pamela.

9

Het vertrek is donker, maar het kijkgaatje in het kronkelende behangpatroon licht op als een grijze parel.

Een uur geleden ongeveer was het gaatje een hele poos donker.

Jenny ligt doodstil in bed naar Frida's ademhaling te luisteren, die verraadt dat zij ook wakker is.

De hond blaft een tijdje op het erf.

Jenny hoopt dat Frida niet denkt dat het al veilig is om te praten.

Daarnet kraakte de trap naar boven. Misschien was het gewoon het hout dat zich samentrok voor de nacht, maar ze mogen geen risico nemen.

Jenny staart naar de glinsterende parel, probeert te zien of het licht in de kamer erachter verandert.

Er zitten overal gaatjes.

Je leert te doen alsof je niet ziet dat het gaatje in de tegels donkerder wordt als je onder de douche staat of soep eet in de eetkamer.

Geobserveerd worden is een natuurlijk bestanddeel van het leven geworden.

Jenny weet nog dat ze vóór haar ontvoering al wekenlang het gevoel had gehad dat er naar haar gekeken werd.

Toen ze een keer alleen thuis was dacht ze dat er iemand in huis was en de volgende nacht was ze wakker geworden met het ijzingwekkende gevoel dat ze in haar slaap was gefotografeerd.

Een paar dagen later was haar lichtblauwe zijden slip met menstruatievlekken uit de wasmand verdwenen. Ze had net een vlekkenmiddel gekocht, maar hij was er niet meer.

Op de dag van haar ontvoering had iemand de band van haar fiets leeg laten lopen.

In het begin van haar gevangenschap had ze zich hees geschreeuwd als ze zag dat iemand naar haar keek door de spleet boven in de betonnen muur van het souterrain.

Ze riep dat de politie elk moment kon komen.

Na een halfjaar begreep ze dat de motoragent haar niet in verband zou brengen met het vermiste meisje. Hij had nooit goed naar haar gekeken en haar gewoon voor een dronken tiener aangezien.

Jenny hoort dat Frida zich omdraait in bed.

Twee maanden zijn ze nu al samen hun vlucht aan het beramen. Elke nacht wachten ze totdat de stappen op de bovenverdieping zijn weggestorven en de kreten in het souterrain zijn verstomd. Als ze ervan overtuigd zijn dat het huis in slaap is verzonken sluipt Frida naar Jenny's bed, zodat ze het gesprek kunnen voortzetten.

Jenny heeft haar best gedaan om de gedachte aan vluchten uit haar hoofd te zetten, ook al weet ze dat ze hier weg moet zien te komen.

Frida is hier nog maar elf maanden en is nu al ongeduldig.

Zelf wacht ze al vijf jaar op het juiste moment en intussen verzamelt ze kennis.

Op een dag zullen alle deuren open zijn en dan loopt ze weg zonder om te kijken.

Maar Frida heeft een ander soort wanhoop in zich.

Een maand geleden is ze de portiersloge binnengegaan en heeft ze een reservesleutel van hun vertrek gepakt. Dat er een exemplaar ontbreekt aan de muur vol haken met donkere sleutels is tot nu toe niet opgemerkt.

Het was erg riskant, maar tegelijkertijd noodzakelijk, omdat de deur 's nachts op slot gaat en de vensterluiken aan de buitenkant dichtgespijkerd zijn.

Ze hebben niets ingepakt, omdat dat ontdekt zou kunnen worden.

Als het moment daar is, verdwijnen ze gewoon.

Alles is nu al minstens een uur stil.

Frida wil vannacht vluchten. Wat Jenny op het plan tegen heeft, is dat de nachten nu nog te licht zijn. Ze zullen duidelijk zichtbaar zijn op het erf, voordat ze het bos in kunnen verdwijnen.

Het plan is simpel: ze kleden zich aan, doen de deur open, lopen door de gang naar de keuken, klimmen door het raam naar buiten en lopen door naar het bos.

Telkens als de gelegenheid zich voordeed is Jenny naar de waakhond toe gegaan, ze heeft eten voor hem bewaard en dat aan hem gegeven, zodat hij haar kent en niet zal blaffen als ze vlucht.

Vanuit het huis kun je zilvergrijze elektriciteitsmasten boven de boomtoppen uit zien steken.

Jenny wil de masten volgen om niet te verdwalen. De begroeiing eronder wordt kort gehouden, zodat er bij storm geen bomen tegenaan vallen en de kabels losrukken. Je kunt daar veel sneller vooruitkomen dan in het dichte bos. Ze kunnen daar een vrij hoog tempo aanhouden en de afstand tot oma vergroten.

Frida kent iemand in Stockholm die ze vertrouwt en die hen zeker zal helpen met geld, een schuilplek en een treinkaartje naar huis.

Ze kunnen pas naar de politie gaan als ze bij hun ouders thuis zijn.

Jenny weet wat de foto in de gouden lijst op haar nachtkastje betekent. Caesar is naar Jenny's huis gegaan en heeft haar ouders op een zomerochtend op het terras achter het huis gefotografeerd.

Frida heeft een foto van haar zusje met een paardrijcap op haar hoofd. Ze is recht van voren gefotografeerd, zodat haar pupillen rood zijn.

Caesar heeft een heleboel contacten binnen de politie en bij de alarmcentrale.

Als ze 112 bellen, krijgt hij dat te horen en dan vermoordt hij hun familieleden.

Het idee om vannacht te vluchten is zo verleidelijk, dat Jenny's hart bonst van de adrenaline, maar haar onderbuik zegt haar dat ze beter tot half augustus kunnen wachten.

Het huis slaapt en oma heeft al een paar uur niet naar hen gekeken.

De koperen haan op de punt van het dak piept als hij meedraait met de wind.

Frida's gouden armband rinkelt als ze in het donker haar hand uitsteekt.

Jenny wacht een paar seconden, pakt dan Frida's hand vast en geeft er een zacht kneepje in.

'Je weet hoe ik erover denk,' zegt ze met gedempte stem, zonder haar ogen van de glinsterende parel aan de muur af te wenden.

'Ja, maar we zullen er nooit helemaal een goed gevoel over hebben,' antwoordt Frida ongeduldig.

'Sst, zachtjes... We wachten nog een maand, dat redden we wel, over een maand is het helemaal donker om deze tijd.'

'Dan is er wel weer iets anders wat niet goed voelt,' zegt Frida en ze laat haar hand los.

'Ik ga mee als het donkerder is buiten, echt, dat heb ik toch gezegd?'

'Maar ik weet niet zeker of je hier echt wel weg wilt, ik bedoel... Wil je hier blijven? Waarom? Voor al het goud, alle parels en smaragden?'

'Dat haat ik.'

Frida stapt geruisloos uit bed en trekt haar nachthemd uit, ze vormt een lichaam van het dekbed en het kussen.

'Ik heb jouw hulp nodig in het bos, daar weet jij veel meer van... maar zonder mij kom je niet thuis, dat weet ik,' zegt ze, terwijl ze haar beha en blouse aantrekt. 'Verdomme, Jenny, we doen dit samen, als je mij helpt krijg je geld en een treinkaartje, maar ik ga er nu vandoor, je hebt nu de kans.'

'Sorry, ik durf het niet,' fluistert Jenny. 'Het is te gevaarlijk.'

Ze kijkt naar Frida, die haar blouse in haar rok stopt en de korte rits aan de achterkant dichttrekt. Er klinkt een zachte bons op de vloer als ze haar sokken en schoenen aantrekt.

'Je moet met een stok in de grond prikken,' fluistert Jenny. 'Het hele stuk tot aan de elektriciteitsmasten, serieus, loop langzaam, wees voorzichtig.'

'Oké,' antwoordt Frida en ze sluipt zachtjes naar de deur.

Jenny komt half overeind in bed.

'Mag ik Mickes nummer hebben?' vraagt ze.

Frida geeft geen antwoord, ze draait de deur open en loopt de gang in. De tong veert met een klik terug in de sluitkast en daarna is het stil.

Jenny gaat met bonzend hart liggen.

Haar gedachten trekken wanhopige sprintjes, waarin ze zich snel aankleedt en achter Frida aan loopt. Ze rent door het bos, neemt een trein, komt thuis.

Ze houdt haar adem in en luistert.

Geen geluid te horen, ook al moet Frida intussen op weg naar de keuken langs Caesars deur zijn gekomen.

Oma slaapt meestal licht.

Als een van hen per ongeluk lawaai maakt, zijn er altijd algauw voetstappen op de trap te horen.

Maar alles is nog stil.

Jenny's hart slaat over als de hond begint te blaffen. Ze begrijpt dat Frida het raam aan de achterkant heeft geopend en naar beneden is geklommen.

De lijn trekt strak om de nek van de hond.

Het geblaf klinkt gesmoord en verstomt dan helemaal.

Het klonk niet erger dan wanneer hij de geur van een ree of een vos opvangt.

Jenny staart naar het kijkgat, het lichte puntje op de muur.

Nu is Frida in het bos.

Het is haar gelukt langs het net met belletjes te komen.

Nu moet ze voorzichtig zijn.

Jenny bedenkt dat ze samen met Frida had moeten vluchten; nu heeft ze geen sleutel, geen contactpersoon, geen plan.

Ze doet haar ogen dicht en ziet een zwart bos.

Alles is stil.

Als de wc boven wordt doorgespoeld, gaat er een rilling door haar heen en ze doet haar ogen open.

Oma is wakker.

Er klinken zware bonzen op de trap.

De leuning kraakt.

Er rinkelt een zacht belletje in de portiersloge, dat gebeurt wel vaker als het waait of als een dier het alarm laat afgaan.

Het kijkgaatje is nog steeds licht.

Jenny hoort dat oma haar jas aantrekt in de vestibule, het huis verlaat en de voordeur achter zich op slot doet.

De hond jankt en blaft.

Er rinkelt weer een belletje.

Jenny's hart bonst.

Er is iets misgegaan.

Ze knijpt haar ogen dicht en hoort het kraken in een aangrenzende kamer.

De weerhaan op het dak draait zich piepend om.

Jenny opent haar ogen als de hond in de verte blaft.

Hij klinkt erg opgewonden.

Ze hoopt dat oma ervan uitging dat Frida het bos niet in durft, dat ze de weg naar de mijn heeft genomen.

Het geblaf komt dichterbij.

Eigenlijk weet Jenny meteen al dat Frida is gepakt, lang voordat ze de stemmen op het erf hoort en de voordeur hoort opengaan.

'Ik had me bedacht,' roept Frida. 'Ik was op weg terug, ik wil hier blijven, ik vind het fijn bij...'

Een harde klap kapt haar woorden af. Het klinkt alsof ze tegen de muur vliegt en op de grond valt.

'Ik miste mijn ouders alleen zo.'

'Stil!' brult oma.

Jenny bedenkt dat ze moet doen alsof ze in diepe slaap is en niets heeft meegekregen van Frida's ontsnappingspoging.

Er klinken voetstappen over de marmeren gang en de deur van het boudoir gaat open.

Frida huilt en zegt dat het een vergissing was, dat ze op weg terug was toen ze in de val liep.

Jenny ligt stil te luisteren naar metaalachtige klopgeluiden en ingespannen zuchten, maar ze begrijpt niet wat er gebeurt.

'Dat hoef je niet te doen,' smeekt Frida. 'Wacht, alsjeblieft, ik beloof dat ik nooit meer...'

Opeens gilt ze zoals Jenny nog nooit iemand heeft horen gillen. Het is een kreet van onbeheersbare pijn en daarna is het opeens stil.

Er klinkt gebonk tegen de muren en er wordt met meubels geschoven.

Een gepijnigd jammeren tussen gejaagde ademteugen door, en dan is het weer stil.

Jenny blijft doodstil liggen, haar hartslag dreunt in haar oren.

Ze weet niet hoelang ze al in het duister ligt te staren als de witte parel aan de muur verdwijnt.

Jenny sluit haar ogen, laat haar mond een eindje openhangen en doet alsof ze slaapt.

Waarschijnlijk kan ze oma niets wijsmaken, maar toch doet ze haar ogen pas open als ze voetstappen hoort op de gang.

Het klinkt als iemand die langzaam loopt en een houten blokje voor zich uit schopt.

De deur gaat open en oma komt met zware passen binnen. De po rinkelt tegen een poot van het bed.

'Kleed je aan en kom naar het boudoir,' zegt ze en ze geeft Jenny een por met haar stok.

'Hoe laat is het?' vraagt Jenny slaperig.

Oma verlaat zuchtend het vertrek.

Jenny kleedt zich snel aan en trekt onder het lopen haar jas aan. In de gang blijft ze staan, ze trekt haar panty omhoog over haar bovenbenen en loopt dan naar de open deur van het boudoir.

De zomerhemel is verborgen achter de donkere gordijnen. Het enige licht in de grote kamer komt van de leeslamp.

Schuin achter de deur staat een bloederige plastic emmer.

Jenny voelt haar knieën knikken als ze naar binnen loopt.

De hele kamer dampt van het bloed, het braaksel en de ontlasting.

Als ze in de emmer kijkt, ziet ze Frida's beide voeten liggen.

Haar hart beukt.

Pas als ze om het Japanse kamerscherm met bloeiende kersenbomen heen is gelopen kan ze de kamer overzien.

Oma zit in een leunstoel en de mozaïekvloer rondom haar is bedekt met bloed. Er ligt een bittere trek om oma's opeengeperste lippen. Haar dikke armen zitten tot aan de schouders onder het bloed en er vallen druppels van de hand die de zaag vasthoudt.

Frida ligt op haar rug op de divan.

Ze wordt op haar plaats gehouden met twee spanbanden die over haar romp en bovenbenen en onder het meubelstuk door lopen.

Haar hele lichaam trilt hevig.

Haar voeten zijn boven de enkels afgezaagd en de huid is bij elkaar getrokken, maar er komt nog steeds bloed uit. Het fluwelen bed en de kussens zijn doorweekt en het bloed sijpelt in een gestage stroom langs de poot van de divan naar de vloer.

'Nu hoeft ze niet meer te verdwalen,' zegt oma en ze staat op met de zaag in haar hand.

Frida's ogen zijn wijd open, ze is in shock en tilt telkens weer haar verminkte benen op.

10

Het licht valt door de kanten gordijnen en de oranje sluiers voor de ramen het boudoir in. Het lijkt alsof de zon ondergaat, ook al is het nog vroeg in de ochtend.

Er glinsteren stofdeeltjes in de stilstaande lucht.

Jenny heeft geprobeerd voor Frida te zorgen, terwijl oma in de keuken was.

De bloederige parelketting beweegt op Frida's snelle ademhaling. Haar gesloten oogleden zijn roze en haar lippen stukgebeten.

Jenny heeft de riemen om haar lichaam losgemaakt.

Tussen haar borsten en onder haar oksels is Frida's blouse drijfnat van het zweet. Haar zwarte beha schemert door de stof heen. De geruite rok zit gedraaid om haar middel.

Ze lijdt enorm veel pijn en lijkt niet te begrijpen wat haar is overkomen.

Jenny heeft de bloedende stompen verbonden en ze is twee keer naar de keuken gegaan om tegen oma te zeggen dat Frida naar het ziekenhuis moet.

Haar ene kuit is gewond en paarsblauw boven de hechting.

Frida moet in het bos in een berenval zijn gelopen, raadt Jenny.

Misschien had oma daarom besloten haar voeten te amputeren.

Frida opent haar ogen, ze kijkt naar haar afgezaagde benen, tilt de ene stomp op en raakt opeens in paniek.

Haar stem slaat over, zo hard schreeuwt ze, ze werpt haar bovenlichaam opzij, valt op het natte tapijt, waarna de overweldigende pijn haar doet verstommen.

'Mijn god,' huilt ze.

Jenny probeert haar stil te houden, maar de paniek schiet door haar heen, ze schokt helemaal en beweegt wanhopig haar hoofd heen en weer.

'Ik wil niet...'

De hechtingen in het linkerbeen springen open en ze bloedt weer meer.

'Mijn voeten... Ze heeft mijn voeten afgezaagd.'

Het blonde haar is piekerig van tranen en van zweet, haar pupillen zijn groot en alle kleur is uit haar lippen verdwenen. Jenny aait over haar wangen en zegt nog eens dat het goed komt.

'We redden het wel,' zegt ze. 'Als we het bloeden maar kunnen stelpen.'

Jenny verplaatst de divan en legt de verminkte benen er behoedzaam op, om het bloeden te verminderen.

Frida sluit haar ogen en hijgt.

Jenny richt haar blik op het kijkgaatje naast de spiegel, maar het is te licht in het boudoir en ze kan niet zien of ze bespied wordt.

Ze wacht en luistert of ze geluiden hoort in het huis.

Frida's schoenen en witte sokken liggen onder de tafel.

Als ze het gerinkel van serviesgoed in de keuken hoort, buigt Jenny zich over Frida heen. Ze gaat voorzichtig met haar hand over Frida's rok en doorzoekt beide zakken.

Als ze iets meent te horen, draait ze zich snel om.

Oma's rode voetsporen leiden van de grote bloedplas over de mozaïekvloer en langs de plastic emmer naar de gang.

Jenny probeert de deur te zien door de kier tussen beide delen van het Japanse kamerscherm.

Ze aarzelt even en voelt dan met een vinger in Frida's rok, ze volgt de band, maar trekt haar hand snel terug als ze voetstappen hoort in de gang.

Oma loopt langs het boudoir naar de vestibule.

Jenny gaat op haar knieën zitten en maakt twee knoopjes van Frida's blouse los.

Buiten blaft de hond.

Frida opent haar ogen en kijkt Jenny aan als die haar hand in haar bezwete beha steekt.

'Laat me niet alleen,' mompelt ze.

Jenny voelt onder de rechterborst en vindt een briefje, haalt het eruit en staat op.

Het licht dat door de gordijnen valt, verandert van kleur en is even iets kouder.

Er druppelt bloed uit het kussen van de divan.

Jenny kijkt snel op het briefje en ziet het telefoonnummer van Frida's contactpersoon, ze draait zich om en stopt het briefje achter de rand van haar onderbroek.

'Help me alsjeblieft,' fluistert Frida en ze verbijt de pijn.

'Ik probeer het bloeden te stelpen.'

'Jenny, ik wil niet dood, ik moet naar het ziekenhuis, dit gaat niet goed.'

'Blijf gewoon stil liggen.'

'Ik kan kruipen, dat kan ik echt,' zegt Frida en ze haalt hijgend adem.

De voordeur gaat open en oma's voetstappen naderen vanaf de vestibule. De zware schoenen en het tikken van de stok klinken op de marmeren vloer.

De sleutels aan haar riem rammelen.

Jenny gaat bij de vitrinekast staan en begint nieuwe kompressen te knippen. De voetstappen verstommen, de klink gaat naar beneden en de deur van het boudoir glijdt open.

Oma leunt zwaar op haar stok als ze binnenkomt. Ze blijft staan met haar strenge gezicht in de schaduw van het kamerscherm.

'Tijd om naar huis te gaan,' zegt oma.

'Ze bloedt al minder,' probeert Jenny en ze slikt hoorbaar.

'Er is daar plaats voor twee,' antwoordt oma kortaf en ze verlaat het vertrek.

Jenny weet wat ze moet doen als ze wil overleven, maar schuift de concrete gedachte aan daden en consequenties van zich af. Ze gaat bij Frida staan en vermijdt haar blik als ze bukt om de rand van het met goud geborduurde tapijt vast te pakken.

'Wacht, alsjeblieft...'

Jenny glijdt uit in het bloed als ze achteruitloopt en het tapijt met Frida erop over de mozaïekvloer sleept, de marmeren gang in. Frida huilt en zegt nog eens dat ze zich al wat sterker voelt, maar bij de kleinste oneffenheid kreunt ze van de pijn.

Jenny trekt haar langs Caesars kamer naar de vestibule en dwingt zichzelf om niet naar het snikken en smeken te luisteren. Frida probeert zich vast te houden aan een vergulde taboeret, die een stukje meeglijdt, waarna ze haar grip verliest.

'Niet doen,' huilt ze.

Oma staat in de deuropening te wachten. Een zachte rookgeur komt de vestibule in. Het ochtendlicht achter oma is nevelig. Jenny begrijpt dat ze iets aan het verbranden is in de oven achter het zevende langhuis.

Frida schreeuwt het uit van de pijn als Jenny haar de twee treden van het stoepje af trekt naar het grind.

Het bloed gutst uit de ene stomp, er vormt zich een plas op de bodem van het tapijt, waarvan Jenny de punten omhooghoudt.

De hond jankt onrustig als oma de lange riem aan een scharnier van de roestige vuilcontainer bindt.

Het tapijt laat een donker spoor achter op het grind.

Oma ontsluit de deur van het zevende langhuis en zet er een steen voor. Er waait rook over het metalen dak en door de kronen van de dennen.

Frida jammert als Jenny het tapijt loslaat. De parels zitten strak om haar nek, haar ogen stralen wanhoop uit.

'Help me,' smeekt ze.

Jenny bukt en registreert apathisch dat ze al haar nagels heeft gebroken. Dan pakt ze de zijkanten van het tapijt weer vast en sleept Frida over de vloer naar binnen.

Door de rij vieze ramen onder het dakgebint en het metalen dak komt daglicht naar binnen.

Er staat een oude stationsklok tegen de muur. Jenny ziet zichzelf als een smalle schaduw weerspiegeld in het holle glas.

Op de betonnen vloer liggen droge bladeren en dennennaalden.

Boven het stalen aanrecht schommelt een vliegenstrip heen en weer en in een plastic bak liggen roestige berenklemmen.

Jenny sleept haar vriendin langs de bakken en tonnen met vis- en slachtafval, het grote gashok in.

De angst om dood te gaan wordt Frida te machtig en ze begint luid te huilen.

'Mama, ik wil naar mijn mama...'

Jenny blijft midden in de ruimte staan, ze laat het tapijt los en stapt het hok uit zonder Frida aan te kijken. Met neergeslagen ogen loopt ze langs oma heen de koele lucht op het erf in.

De hond blaft een paar keer, bijt in zijn riem, draait rondjes en laat stof opstuiven, waarna hij hijgend gaat liggen.

Jenny pakt een bezem die in een kruiwagen ligt en loopt snel voor de gevels van de langhuizen langs.

Oma zal denken dat ze op weg is naar haar vertrek om met haar gezicht in haar kussen stilletjes te huilen.

Oma denkt dat ze haar zo bang heeft gemaakt dat ze nooit zal proberen te vluchten.

Jenny rilt van angst, maar toch slaat ze af. Ze gaat tussen de oude vrachtauto en de oplegger staan, trapt de bezem van de steel en loopt weg.

Terwijl Frida wordt vergast, loopt Jenny zonder om te kijken naar de bosrand.

Ze weet dat ze tegen de paniek moet vechten en niet mag gaan rennen.

Langzaam wurmt ze zich door de bosbessenstruiken die tussen de dennenstammen staan. Hoog boven haar ruist de wind door de boomtoppen.

Er kriebelt spinrag in haar gezicht.

Jenny ademt te snel in de koele ochtendlucht en bedenkt dat oma haar misschien al is gaan zoeken.

Ze stoot voorzichtig voor zich met de steel en houdt met haar andere hand takken opzij.

Het bos wordt dichter en ondoordringbaarder.

Haar weg wordt versperd door een omgevallen boom die tussen twee andere klem is komen te zitten. Ze kruipt eronderdoor en wil net weer rechtop gaan staan als ze iets ziet glinsteren. Tussen de bomen zijn kruislings nylon draden gespannen. Jenny weet dat ze op de een of andere manier in verbinding staan met de belletjes in de portiersloge.

Ze kruipt weer achteruit, staat op en loopt om de omgevallen boom heen.

Onder haar schoen breekt een tak.

Ze dwingt zichzelf langzaam te lopen en komt langs een kuil. Het vlechtwerk van takken en mos is op de puntige staken gevallen.

Jenny weet dat ze maar één kans heeft.

Als het haar lukt om het bos uit te komen, kan ze naar Stockholm lopen, waar Frida's contactpersoon haar kan helpen naar huis te gaan.

Ze moet geen risico's nemen, ze weet dat ze samen met haar ouders naar de politie moet gaan om bescherming te krijgen totdat Caesar en oma gepakt zijn.

Ongeveer honderd meter verder opent het bos zich en ziet ze een recht pad zonder bomen, dat van de ene elektriciteitsmast naar de andere loopt.

Ze loopt om een ontwortelde boom heen en komt op een kleine open plek, wanneer ze bonzen hoort op de aarde achter haar.

Een kraai vliegt op uit een boom en krast onrustig.

De grond voor haar is met grote varens bedekt.

Ze waadt erdoorheen en stoot de hele tijd met de bezemsteel voor zich.

De groene planten komen tot aan haar heupen en staan zo dicht op elkaar dat ze haar eigen voeten niet ziet.

Jenny hoort nu duidelijk opgewonden geblaf. Ze wil gaan rennen als de bezemsteel uit haar handen wordt gerukt en met een harde klap tegen de grond slaat.

Jenny verplaatst haar voeten niet, ze blijft doodstil staan terwijl ze zich bukt en de varens met haar hand opzijduwt.

De bezemsteel zit vast in een berenklem.

De dikke kaken van de klem zijn met zo veel kracht dichtgeklapt dat ze de steel bijna doormidden hebben gebeten. Ze hoeft hem maar twee keer heen en weer te wrikken, dan breekt hij al.

Voorzichtig steekt ze de open plek over, terwijl ze met de steel op de grond stoot, ze loopt tussen de laatste bomen door omhoog en komt op het ontboste terrein.

Ze loopt door geel gras, tussen jonge berken met dunne roze takken door, blijft even staan om te luisteren of ze geluiden achter zich hoort en loopt dan weer door.

11

Het heeft flink geregend vannacht, maar nu schijnt de zon en vallen er geen druppels meer uit het gebladerte van de bomen.

In de drie broeikassen duwen groene bladeren tegen streperig glas.

Valeria de Castro zet de kruiwagen voor het magazijn om plantenmest te halen.

Het overvalalarm bungelt aan het koord om haar hals.

Joona Linna duwt het blad van de schep met zijn voet in de grond, recht dan zijn rug en veegt met de achterkant van zijn hand het zweet van zijn voorhoofd.

Onder zijn openhangende regenjack is een grijze gebreide trui te zien.

Zijn haar is verward en zijn ogen zijn als zwart geworden zilver, voordat ze het zonlicht tussen de takken opvangen.

Elke nieuwe dag is voor hem nog steeds als het ochtendgloren na een stormachtige nacht; je gaat in het eerste licht naar buiten, ziet de verwoesting en telt je verliezen, maar tegelijkertijd is er nieuwe hoop voor de mensen die het hebben gered.

Joona gaat regelmatig met bloemen uit de kas naar de graven. De tijd doet iets met het verdriet, verdunt het en maakt het doorzichtig. Langzaam leer je met de veranderingen om te gaan, je ziet in dat er leven is, ook al ziet het er anders uit dan je had gewenst.

Joona Linna is terug als inspecteur bij de Nationale Operationele Afdeling van Zweden en heeft zijn oude kamer op de achtste verdieping teruggekregen.

Alle pogingen om de man te vinden die zich de Bever noemde,

zijn op niets uitgelopen. Na acht maanden heeft de NOA nog steeds geen ander spoor dan de onscherpe beelden van een beveiligingscamera in Wit-Rusland.

Ze weten niet eens hoe hij heet.

Elke plaats waarmee hij in verband gebracht kon worden bleek een doodlopend spoor te zijn.

Geen van de honderdnegentig bij ICPO-Interpol aangesloten landen heeft ook maar het geringste spoor van hem – het lijkt wel of hij alleen vorig jaar een paar weken op de aardbodem heeft vertoefd.

Joona blijft staan en kijkt naar Valeria. Onwillekeurig glimlacht hij. Ze komt met de kruiwagen over het grindpad zijn kant op lopen. De krullende paardenstaart schommelt boven het zwarte gewatteerde vest met moddervlekken.

'Radio goo goo,' zegt Valeria als hun blikken elkaar ontmoeten.

'Radio ga ga,' antwoordt Joona en hij gaat door met scheppen.

Valeria gaat overmorgen naar Brazilië om ter plaatse te zijn als haar oudste zoon vader wordt. Haar tweede zoon zal intussen voor de kwekerij zorgen.

Lumi is uit Parijs overgekomen, ze blijft hier totdat Valeria vertrekt en zal dan vijf dagen bij Joona in Stockholm logeren.

Eergisteren hebben ze het Zweedse vrouwenvoetbalteam zien winnen van Engeland, wat hun de bronzen medaille opleverde in het WK en gisteravond hebben ze lamsracks geroosterd.

Lumi leek in gedachten verzonken tijdens het eten en toen hij met haar probeerde te praten was ze afstandelijk en reageerde ze alsof hij een wildvreemde was.

Ze ging vroeg naar bed en liet Joona en Valeria achter op de bank voor een film over de rockband Queen. De nummers hebben de hele nacht door hun hoofd gespeeld en vanochtend nog steeds. Het zijn echte oorwurmen.

'All we hear is radio ga ga,' zingt Valeria bij de kweekbakken.

'Radio goo goo,' antwoordt Joona.

'Radio ga ga,' zegt ze. Ze glimlacht en gaat weer terug naar de kas.

Neuriënd doet Joona een paar scheppen en hij bedenkt net dat alles de goede kant op gaat als Lumi het huis uit komt en op de veranda blijft staan.

Ze heeft haar zwarte windjack aan en groene rubberlaarzen.

Joona duwt de schep met zijn voet in de grond en loopt naar haar toe. Hij wil net vragen of zij ook een speciale melodie in haar hoofd heeft, als hij ziet dat haar ogen rood zijn van het huilen.

'Papa, ik heb de tickets omgeboekt. Ik ga vanmiddag naar huis.'

'Kun je het niet een kans geven?' probeert hij.

Ze buigt haar hoofd en er valt een bruine lok voor haar ogen.

'Ik ben gekomen omdat ik hoopte dat het anders zou zijn als ik hier was, maar dat is niet zo.'

'Maar je bent er nog maar net en misschien…'

'Papa, ik weet het,' kapt Lumi hem af. 'Ik voel me al beroerd, ik weet dat het niet eerlijk is na alles wat je voor mij hebt gedaan, maar je hebt een kant van jezelf laten zien waar ik van ben geschrokken, die ik liever niet had willen zien en die ik probeer te vergeten.'

'Ik begrijp hoe het er van jouw kant uitziet, maar ik moest wel,' zegt hij. Hij voelt zich smoezelig.

'Oké, misschien is dat zo, maar ik kan er toch niet tegen,' legt ze uit. 'Ik kan niet tegen jouw wereld; het enige wat ik zie is een heleboel geweld en dood en daar wil ik geen deel van uitmaken, ik wil een ander leven.'

'Dat moet ook niet, dat had nooit gemoeten… maar ik wil alleen zeggen dat ik niet op die manier tegen mijn wereld aan kijk, en misschien lijd ik inderdaad aan beroepsdeformatie.'

'Ik weet het niet, papa, het maakt niet uit. Ik bedoel, jij bent wie je bent en je doet wat je denkt dat je moet doen, maar ik wil daar niet bij in de buurt zijn, zo is het gewoon.'

Het wordt stil tussen hen.

'Zullen we binnen een kopje thee gaan drinken?' vraagt hij voorzichtig.

'Ik ga nu weg, ik ga op het vliegveld zitten studeren,' antwoordt ze.

'Ik breng je,' zegt hij en hij maakt een gebaar naar de auto.

'Nee, ik heb al een taxi gebeld,' zegt ze en ze loopt naar binnen om haar tas te halen.

'Hebben jullie ruzie?' vraagt Valeria en ze blijft naast hem staan.

'Lumi gaat naar huis,' zegt hij.

'Wat is er aan de hand?'

Joona draait zich naar haar om.

'Het gaat om mij, ze kan niet tegen mijn wereld... En dat respecteer ik,' zegt hij.

Er heeft zich een diepe rimpel tussen Valeria's wenkbrauwen gevormd.

'Ze is hier nog maar twee dagen.'

'Ze heeft gezien wie ik ben.'

'Je bent de beste van de wereld,' zegt Valeria.

Lumi heeft haar zwarte veterschoenen aan als ze met haar tas in haar hand naar buiten komt.

'Wat jammer dat je weggaat,' zegt Valeria.

'Ik weet het, ik dacht dat ik er klaar voor was, maar... het was te vroeg.'

'Je mag altijd weer komen,' verklaart Valeria en ze spreidt haar armen.

Lumi geeft haar een lange knuffel.

'Bedankt dat ik langs mocht komen.'

Joona pakt Lumi's tas en loopt met haar mee naar de keerzone. Ze staan naast elkaar bij zijn auto en kijken uit over de weg.

'Lumi, ik begrijp je en ik denk dat je gelijk hebt... maar ik kan mijn leven veranderen,' zegt hij na een tijdje. 'Ik kan stoppen bij de politie, het is maar een baan en niet mijn hele leven.'

Ze antwoordt niet, ze blijft gewoon stil naast hem staan en ziet de taxi naderen over de smalle weg.

'Weet je nog toen jij klein was, dat we speelden dat ik jouw aap was?' vraagt hij en draait zich naar haar om.

'Nee,' zegt ze kortaf.
'Soms vroeg ik me af of je wel wist dat ik een mens was...'
De taxi stopt, de chauffeur stapt uit en groet, hij zet Lumi's tas in de kofferbak en opent het achterportier.
'Zeg je de aap geen gedag?' vraagt Joona.
'Dag.'
Ze verdwijnt in de auto en hij wuift en glimlacht terwijl de taxi knerpend keert. Als de wagen over de smalle weg verdwijnt, draait Joona zich om naar zijn eigen auto, ziet de weerspiegeling van de hemel in de voorruit, steunt met beide handen op de motorkap en laat zijn hoofd hangen.
Hij merkt pas dat Valeria naar hem toe komt als ze haar hand op zijn rug legt.
'Niemand houdt van wouten,' probeert ze te grappen.
'Dat begrijp ik zo langzamerhand ook,' zegt Joona en hij kijkt haar aan.
Ze zucht diep.
'Ik wil niet dat je verdrietig bent,' fluistert ze en ze leunt met haar voorhoofd op zijn schouder.
'Dat ben ik niet, maak je geen zorgen.'
'Wil je dat ik Lumi bel?' vraagt ze. 'Ze heeft vreselijke dingen meegemaakt – maar zonder jou waren zij en ik er allebei niet meer geweest.'
'Zonder mij waren jullie nooit in gevaar geraakt en dat is wel iets om bij stil te staan,' antwoordt hij.
Ze trekt hem naar zich toe en knuffelt hem, ze legt haar wang tegen zijn borst en hoort zijn hart slaan.
'Zullen we gaan lunchen?'
Ze verlaten de keerzone en lopen naar de kweekbakken. Op een stapel lege pallets staan een thermosfles, twee bekers instant noedels en twee flesjes light bier.
'Luxe hoor,' zegt Joona.
Valeria schenkt warm water uit de thermosfles in de plastic be-

kers, doet de deksels erop en maakt de flesjes open tegen de rand van de bovenste pallet.

Ze trekken de eetstokjes los, wachten een paar minuten en gaan dan in de zon op de berg grind zitten eten.

'Nu vind ik het helemaal niet fijn dat ik overmorgen vertrek,' zegt Valeria.

'Het wordt fantastisch,' zegt hij.

'Maar ik maak me zorgen om jou.'

'Omdat ik een bepaald liedje niet uit mijn hoofd kan krijgen?'

Valeria lacht en trekt de rits van haar bordeauxrode fleecetrui open. Het geëmailleerde madeliefje deint in het kuiltje van haar hals.

'Radio goo goo,' zingt ze.

'Radio ga ga,' antwoordt hij.

Joona drinkt uit het flesje en kijkt naar Valeria, die bouillon uit haar beker drinkt. Ze heeft aarde onder haar korte nagels en een diepe rimpel in haar voorhoofd.

'Lumi heeft tijd nodig, maar ze komt terug,' zegt ze en ze veegt haar mond af met haar hand. 'Jij hebt je door alle eenzame jaren heen geslagen omdat je wist dat ze nog leefde... Je had haar niet verloren en dat is nu weer zo.'

12

Tracy hoort de regen naderen over de metalen daken van Stockholm. De eerste druppels vallen op de vensterbank en daarna is de hele wijk omsloten door het gedreun.

Ze ligt naakt op bed naast de slapende man die Adam heet. Het is midden in de nacht en donker in het onbekende appartement.

Tracy was met haar collega's naar de kroeg gegaan en was aan de bar Adam tegengekomen.

Hij flirtte met haar, bood haar drankjes aan, ze begonnen grapjes met elkaar te maken en ze bleef toen de anderen naar huis gingen.

Hij had eyeliner en geblondeerd haar met zwarte uitgroei, dik en springerig.

Hij was leraar op een middelbare school, beweerde hij, en van adel.

Ze wankelden naar zijn huis onder de zwaarbewolkte nachthemel.

Zij woont in Kista, maar hij heeft een studio in de binnenstad.

Het is een klein appartement met versleten vloeren en beschadigde deuren, een afbladderend plafond en een douche boven de badkuip.

Hij heeft elpees in plastic kratten op de grond staan en zwartzijden lakens op zijn bed.

Tracy moet denken aan de speelgoedbus van rood metaal waarmee hij op de rand van het bed ging zitten. Een bus van een centimeter of twintig lang met zwarte wielen en een rij kleine raampjes.

Ze raapte haar panty, blouse en zilveren rok van de grond en hing ze over de rugleuning van een stoel, waarna ze in haar ondergoed naar hem toe liep.

Met een neutraal gezicht stak hij de bus naar haar uit en liet de voorkant tussen haar dijen glijden.

'Wat doe jij nou?' vroeg ze en ze probeerde te glimlachen.

Hij mompelde iets zonder haar aan te kijken, duwde de voorruit tegen haar geslacht en reed langzaam heen en weer met de bus.

'Serieus,' zei ze en ze stapte opzij.

Hij mompelde 'sorry' en zette de bus op het nachtkastje, maar bleef ernaar kijken alsof hij de chauffeur en de passagiers kon zien.

'Waar denk je aan?'

'Nergens aan,' antwoordde hij en hij keerde zich met halfgesloten oogleden naar haar toe.

'Gaat het wel goed met je?'

'Het was maar een grapje,' zei hij en hij glimlachte naar haar.

'Zullen we opnieuw beginnen?'

Hij knikte, ze liep naar hem toe, streelde zijn schouders en zoende hem op zijn voorhoofd en op zijn mond, ze ging op haar knieën zitten en maakte de knopen van zijn zwarte spijkerbroek los.

Het duurde even voor hij zo hard was dat hij een condoom om kon doen.

Ze was opgewonden toen hij in haar kwam, ze lag op haar rug in bed en hield hem bij zijn heupen vast, ze probeerde te genieten en kreunde een tikkeltje overdreven.

Hij gleed keer op keer bij haar naar binnen.

Haar ademhaling werd sneller en ze spande haar tenen en haar dijen.

'Ga door,' fluisterde ze en ze probeerde zijn blik te vangen.

Hij rekte zich uit en pakte de speelgoedbus van het nachtkastje en probeerde die in haar mond te stoppen. De bus klapte tegen haar tanden, ze draaide haar gezicht weg. Hij probeerde het nog eens en duwde hem tegen haar lippen.

'Hou op, dat wil ik niet,' zei ze.

'Oké, sorry.'

Ze gingen door met vrijen, maar zij was eruit, ze wilde alleen maar dat het afgelopen was en even later deed ze net of ze een orgasme had om er snel een eind aan te maken.

Nadat hij was klaargekomen rolde hij bezweet van haar af, hij mompelde iets over ontbijt en viel met de bus in zijn hand in slaap.

Nu ligt Tracy naar het plafond te kijken en ze realiseert zich dat ze beslist niet samen met Adam in dit appartement wakker wil worden.

Ze stapt uit bed, neemt haar kleren mee naar de badkamer, wast zich en kleedt zich aan.

Als ze weer naar buiten komt, ligt hij nog steeds met open mond te slapen. Zijn ademhaling is zwaar van dronkenschap.

De regen klettert tegen het raam.

Tracy loopt de hal in en als ze haar rode pumps aantrekt, voelt ze dat haar voeten nog steeds zeer doen.

In een schaal van blauw keramiek liggen Adams sleutels, zijn portemonnee en de zegelring die ze eerder aan zijn vinger heeft gezien.

Ze pakt de ring op en kijkt naar het wapen met een wolf en gekruiste zwaarden, ze schuift hem aan haar ringvinger, loopt naar de deur en draait zich om naar de donkere slaapkamer.

De hevige wolkbreuk laat het hele huis dreunen.

Tracy draait de deur van het slot en stapt het trappenhuis in, sluit de deur zachtjes achter zich en loopt snel naar beneden.

Ze begrijpt niet waarom ze zijn ring heeft gestolen, ze pikt nooit iets, niet sinds ze op de kleuterschool een plastic taartje mee naar huis had genomen.

Het plenst en het asfalt glimt.

De regen stroomt over de straten en gutst uit de regenpijpen.

De putjes lopen over.

Ze heeft nog maar een paar meter gelopen als ze merkt dat er aan de overkant van de straat iemand in hetzelfde tempo loopt als zij.

Tussen de geparkeerde auto's vangt ze een glimp op van de gestalte, ze probeert sneller te lopen en voelt de koude spetters tegen haar kuiten.

De voetstappen weergalmen tussen de gevels.

Ze slaat de Kungstensgatan in en begint langs het Observatorielunden-park te rennen.

Ze hoort geritsel in de bosjes.

De man is niet meer te zien.

Ze wordt rustig, maar is nog steeds buiten adem als ze de stenen trap naar de Saltmätargatan afdaalt.

Het is donker en ze houdt zich aan de leuning vast.

Adams ring schraapt over het vochtige metaal.

Tracy komt beneden en kijkt omhoog.

Het licht van de straatlantaarn links bovenaan is grijs door de regen. Ze knippert met haar ogen, maar kan niet vaststellen of ze wordt gevolgd.

Zonder na te denken snijdt Tracy af over de speelplaats achter de Handelshogeschool.

Alleen de verste lantaarn doet het, maar het is niet helemaal donker.

Het water loopt haar kraag in, over haar rug.

De modderige waterplassen borrelen van de regen.

Ze heeft spijt dat ze deze route naar de bushalte heeft gekozen.

Er liggen natte dozen in het gras aan de kant van het grote academiegebouw.

De regen klettert op een lichtgrijs ridderkasteel met klimwand. Het klinkt alsof er een hond in opgesloten zit, alsof hij hijgt en met zijn lichaam tegen de wanden beukt.

De grond is vochtig en Tracy probeert de ergste modder te vermijden om haar schoenen niet te verpesten.

De donkere ramen van het speelhuisje glimmen zwart.

Het ritselt van de regen door de boomtakken en het rinkelt als grote druppels op het lage metalen hek vallen.

Eerst begrijpt Tracy niet wat er gebeurt.

Er gaat een soort instinctieve angst door haar heen en ze krijgt moeite met ademhalen.

Haar benen zijn zwaar, ze gaat langzamer lopen en probeert tot zich door te laten dringen wat ze heeft gezien.

Haar hart bonst.

De tijd staat stil.

In het donker onder het klimrek zweeft een meisje, als een spook.

Ze heeft een stalen kabel om haar nek en er is bloed op de jurk tussen haar borsten gelopen.

Haar blonde haar is nat en hangt over haar wangen, haar ogen zijn wijd open en de grijsblauwe lippen gespreid.

De voeten van het meisje bungelen zo'n anderhalve meter boven de grond. Haar zwarte sportschoenen liggen onder haar.

Tracy zet haar tas op de grond en zoekt naar haar telefoon om de politie te bellen, maar dan ziet ze het meisje bewegen.

Haar voeten spartelen.

Tracy hijgt en rent erheen, ze glijdt uit in de modder, komt bij het meisje en ziet dat de kabel vanaf haar hals over het hoogste punt van het klimrek loopt en aan de andere kant naar beneden.

'Ik help je,' roept Tracy en ze loopt om het klimrek heen.

De kabel zit aan een lier, die aan een van de houten palen van het klimrek geschroefd zit. Tracy pakt de slinger vast, maar die is op de een of andere manier geblokkeerd.

Ze rukt eraan en zoekt met haar vingers naar een pin.

'Help!' roept ze zo hard als ze kan.

Ze probeert de beschermkap over het vliegwiel open te maken, haar vingers glijden weg en ze haalt haar knokkels open, ze trekt aan de slinger om de hele kabel los te maken van de paal, maar dat is onmogelijk.

Een zwerfster met een natte bontmuts op staat een eindje verderop met een wezenloze blik naar Tracy te kijken. Ze heeft zwarte plastic zakken over haar schouders en een witte rattenschedel aan een koordje om haar nek.

Tracy rent om het klimrek heen naar het meisje toe, pakt haar bij de benen vast, tilt haar op en voelt de krampachtige schokjes in haar kuitspieren.

‘Help! Ik heb hulp nodig!’ roept Tracy naar de zwerfster.

Tracy trapt op de uitgevallen sportschoenen, ze probeert het meisje op haar schouders te laten staan, zodat ze vervolgens zelf de strop om haar nek kan losmaken, maar ze is levenloos en tegelijkertijd stijf, ze glijdt van haar schouders en schommelt naar de zijkant.

Het kraakt in het klimrek boven haar.

Tracy tilt haar weer op en houdt haar omhoog, ze staat in de regen en de duisternis, terwijl het meisje stopt met bewegen en de warmte van haar lichaam afneemt. Uiteindelijk kan Tracy niet meer en ze zakt huilend op de grond, maar dan is het meisje allang dood.

13

Grote delen van het Observatorielunden zijn afgezet en er staan geüniformeerde agenten die journalisten en nieuwsgierigen van de vindplaats moeten weren.

Joona heeft Valeria naar het vliegveld gebracht en parkeert nu zijn auto bij de Adolf Fredrikskerk. Hij loopt het kleine stukje over de Saltmätargatan naar de afzetting, als een journalist met een witte snor en een rimpelig gezicht zich naar hem toe dringt.

'Ik herken jou – jij bent toch van de rijksrecherche?' vraagt hij met een glimlach. 'Wat is hier gebeurd?'

'Praat maar met de persvoorlichter,' zegt Joona en hij loopt de man voorbij.

'Maar kan ik schrijven dat er gevaar bestaat voor de burgers of...'

Joona legitimeert zich bij de geüniformeerde agent en mag erlangs. De grond is nog steeds vochtig na de regen van vannacht.

'Mag ik één vraag stellen?' roept de journalist achter hem.

Joona loopt naar de binnenste afzetting rond de speeltuin aan de achterkant van de Handelshogeschool en ziet dat er een tent is opgezet rond het verste deel van het klimrek.

Achter het witte plastic bewegen de schimmen van forensisch onderzoekers.

Een man van rond de vijfentwintig met zware wenkbrauwen, een getrimde baard en een bordeauxrood overhemd over zijn spijkerbroek wuift en komt naar hen toe.

'Aron Beck, politie Norrmalm,' zegt hij. 'Ik leid het vooronderzoek.'

Ze geven elkaar een hand, waarna ze het afzetlint optillen en over het voetpad naar de speeltuin lopen.

'Ik kon bijna niet wachten,' zegt Aron. 'Maar Olga zei dat niemand iets mocht verplaatsen voordat jij het slachtoffer had gezien.'

Ze lopen naar een jonge vrouw met een sproetig gezicht, rood haar en bijna witte wenkbrauwen. Ze draagt een krijtstreeprok en zwarte schoenen.

'Dit is Olga Berg.'

'Joona Linna,' zegt hij en hij geeft haar een hand.

'We proberen de hele ochtend al sporen en ander technisch bewijs veilig te stellen. Helaas is het weer ons niet gunstig gezind, het meeste is weg, maar dat hoort bij het werk,' zegt ze.

'Een vriend van me, Samuel Mendel, zei altijd dat als je kunt bedenken wat er niet is, je zojuist de spelregels hebt veranderd.'

Ze kijkt hem glimlachend aan.

'Ze hadden gelijk wat je ogen betreft,' zegt ze en ze brengt hen naar de tent.

Er zijn staptegels neergelegd, die een netwerk rond de centrale plaats delict vormen.

Ze blijven voor de sluis staan, terwijl Olga vertelt dat de technisch rechercheurs alle afvalbakken tot ver buiten het afgezette gebied hebben leeggehaald, ook beneden in het metrostation en tot aan het Odenplan. Ze hebben foto's gemaakt, een heleboel vingerafdrukken genomen in de speeltuin en schoenafdrukken veiliggesteld op een modderig pad en langs de rand van het voetpad.

'Hebben jullie een identiteitsbewijs gevonden?' vraagt Joona.

'Niets, geen rijbewijs, geen telefoon,' antwoordt Aron. 'Er zijn zo'n tien meisjes als vermist opgegeven vannacht, maar het is het gebruikelijke verhaal, de meesten komen terecht zodra ze hun telefoon hebben opgeladen.'

'Ja, dat zal wel,' zei Joona.

'We hebben zojuist de vrouw gehoord die het slachtoffer heeft gevonden,' zegt Aron. 'Ze kwam net te laat om haar te redden en ze is helemaal over haar toeren, ze had het over een zwerfster… maar we hebben tot nu toe geen getuigen van de misdaad op zich.'

'Ik wil nu graag naar het slachtoffer kijken,' zegt Joona.

Olga gaat de grote tent binnen en zegt tegen haar collega's dat ze even pauze moeten nemen. Niet veel later slenteren de technici in hun witte wegwerpoveralls naar buiten.

'Ga je gang,' zegt Olga.

'Dank je.'

'Ik vertel nog niet wat ik ervan denk,' zegt Aron. 'Ik hoor liever niet dat ik er in alle opzichten naast zit.'

Joona duwt het plastic opzij, gaat de tent binnen en blijft staan. Het felle schijnwerperlicht accentueert de details en kleuren van de speeltuin als in een zoutwateraquarium.

Een jonge vrouw hangt aan haar nek aan het klimrek. Haar hoofd is naar voren gevallen en het piekerige haar bedekt haar gezicht.

Joona ademt diep in en dwingt zijn blik weer die kant op.

Ze is iets jonger dan zijn dochter, ze draagt een zwartleren jack, een pruimkleurige jurk en een dikke zwarte panty.

De vieze sportschoenen liggen onder haar op de grond.

De jurk is donker van het bloed dat uit het diepste deel van de insnijding van de kabel is gestroomd.

Joona loopt over de staptegels om het klimrek heen en kijkt naar de lier die aan de ene paal is vastgeschroefd.

Vermoedelijk heeft de dader een accuschroevendraaier gebruikt, want de schroefkoppen zijn niet beschadigd.

Hij kijkt naar de lier en ziet dat de rem met een tang is verbogen, zodat die niet losgemaakt kan worden.

Een ongewone moord, een executie.

Machtsvertoon.

Degene die de lier aan het klimrek heeft bevestigd heeft de kabel eroverheen gegooid en een strop gemaakt met behulp van de lierhaak.

Joona loopt nogmaals om het klimrek heen en gaat voor de jonge vrouw staan.

Haar blonde haar is nat, maar niet klitterig, haar nagels zijn goed verzorgd en ze is niet opgemaakt.

Joona kijkt op en ziet dat de kabel zijwaarts is verschoven en de dwarsbalk van het rek heeft beschadigd.

Ze leefde nog toen ze de strop om haar nek kreeg, bedenkt hij.

De dader ging terug naar de lier, pakte de slinger vast en draaide.

De tandwieloverbrenging heeft haar bijna gewichtloos gemaakt voor de dader.

De trommel draaide en de jonge vrouw werd aan haar nek opgehesen. Ze vocht om los te komen en schopte zo hard met haar benen, dat de kabel een decimeter verschoof over de dwarsbalk.

Het ritselt in de tent als een luchtbeweging hem doet opbollen.

Joona wendt zijn ogen niet van het slachtoffer af als Aron en Olga de tent binnenkomen en naast hem gaan staan.

'Wat denkt Joona?' vraagt Olga even later.

'Ze is hier vermoord,' antwoordt Joona.

'Dat weten we al,' zegt Aron. 'De vrouw die haar heeft gevonden zei dat ze nog leefde en dat ze met haar benen schopte.'

'Een begrijpelijke vergissing,' zegt Joona met een hoofdknik.

'Dus nu had ik toch ongelijk,' zegt hij.

De levenstekenen die de vrouw had menen te zien waren vast onwillekeurige spiersamentrekkingen geweest, bedenkt Joona, want de dader was toen al weg. De kabel heeft de zuurstoftoevoer naar de hersenen totaal afgesneden. Het slachtoffer heeft waarschijnlijk geprobeerd de strop los te maken en tien seconden paniekerig met de benen getrapt en daarna het bewustzijn verloren. Even later was ze dood, maar de zenuwbanen kunnen nog een paar uur lang impulsen doorgeven aan de spieren.

'Wie ze ook was... de dader wilde haar hulpeloosheid demonstreren en zijn macht tonen, dat gevoel overheerst bij mij,' zegt Olga.

Het blonde haar hangt over het gezicht, haar rechteroor is tussen de pieken door te zien, het is zo wit als was, de voering van het jack is aan de binnenkant van de kraag verkleurd.

Joona kijkt naar de kleine handen met de korte nagels en naar de bleke sporen van sieraden op de gebruinde huid.

Voorzichtig steekt hij zijn hand uit en hij strijkt het vochtige haar uit het gezicht van de dode vrouw. Als hij in haar grote ogen kijkt, voelt hij een diepe droefheid over zich komen.

'Jenny Lind,' zegt hij zacht.

14

In gedachten verzonken loopt Joona de glazen entree van de Dienst Nationale Recherche binnen.

Jenny Lind is terechtgesteld door ophanging op een speelplaats.

In de regen, met een kabel en een lier.

Hij loopt door naar de volgende glazen wand, gaat door de draaideur, slaat rechtsaf en stapt in de klaarstaande lift.

Jenny is vijf jaar geleden in Katrineholm verdwenen op weg van school naar huis. Er is wekenlang intensief naar haar gezocht.

De foto van het meisje was overal te zien en het eerste jaar kwamen er talloze tips binnen. De ouders smeekten de dader om hun dochter geen kwaad te doen en er werd een grote beloning uitgeloofd.

De dader reed in een vrachtwagen met gestolen kentekenplaten en het voertuig kon niet worden getraceerd, ook al hadden ze bandafdrukken veiliggesteld in de bodem naast het voetpad en hadden ze op grond van de verklaring van een klasgenoot een compositietekening van de bestuurder gemaakt.

De inzet van politie, pers en publiek was enorm, maar uiteindelijk werd het stil.

Niemand geloofde dat Jenny Lind nog in leven was.

Maar ze leefde nog wel, tot enkele uren geleden.

Nu hangt ze midden in de verlichte tent, als in een vitrine in een museum.

Er klinkt een 'pling' als de lift tot stilstand komt en de deur opengaat.

Carlos Eliasson moest met pensioen gaan nadat hij de volle verantwoordelijkheid op zich had genomen voor Joona Linna's operatie in Nederland vorig jaar. Hij behoedde Joona voor een aanklacht door te beweren dat hij persoonlijk elke stap van de operatie had goedgekeurd.

Margot Silverman, die eerder als inspecteur had gewerkt en de dochter was van een regiopolitiecommissaris, werd het nieuwe hoofd van de NOA.

Terwijl Joona door de lege gang loopt, trekt hij zijn jas uit en hangt hem over zijn arm.

De deur van de chef staat open, maar Joona klopt er toch op voordat hij naar binnen gaat en blijft staan.

Margot Silverman laat niet blijken of ze hem heeft gezien.

Haar vingers gaan over het toetsenbord van de computer. De nagels van haar rechterhand zijn slordig gelakt.

Haar huid is licht met een venijnige spat sproeten op haar neus, ze heeft donkere wallen onder de ogen en haar korenblonde haar zit in een vlecht.

In de boekenkast tussen wetboeken, politieverordeningen en budgetbesluiten staan een houten olifantje, een twintig jaar oude beker van een paardrijwedstrijd en ingelijste foto's van Margots kinderen.

'Hoe is het met Johanna en de kinderen?' vraagt Joona.

'Ik praat niet over mijn vrouw en kinderen,' antwoordt ze, terwijl ze verder typt.

Margots pas gereinigde jas hangt aan een haak naast de deur en haar tas staat op de vloer.

'Maar je wilde ergens over praten.'

'Jenny Lind is vermoord,' zegt ze.

'De politie van Norrmalm heeft onze hulp ingeroepen,' zegt hij.

'Die redden het zelf wel.'

'Misschien,' antwoordt hij.

'Je kunt beter even gaan zitten... want ik denk dat ik in herhalingen zal vallen,' zegt ze. 'Daar durft niemand je op te wijzen als je chef bent... dat hoort bij de privileges.'

'Is dat zo?'

Ze kijkt op van het computerscherm.

'Je mag de ideeën en grappen van anderen jatten... en je bent ontzettend interessant, ook al val je in herhalingen.'

'Dat heb je al gezegd,' zegt Joona zonder van zijn plaats te komen.

Margot glimlacht, maar haar ogen staan nog even ernstig.

'Ik weet dat je je eigen gang mocht gaan in Carlos' tijd en ik wil geen conflict met je, ook al is dat een achterhaalde manier van werken,' deelt ze mee. 'Jouw resultaten zijn buitengewoon, zowel in positieve als in negatieve zin. Je kost te veel, richt een hoop schade aan en eist meer middelen dan wie dan ook.'

'Ik heb een afspraak met Johan Jönson om de beveiligingscamera's rond de speeltuin langs te lopen.'

'Nee, dat laat je nu vallen,' zegt Margot.

Joona verlaat het vertrek en bedenkt dat deze zaak veel dieper gaat dan een van hen beiden nu kan bevatten.

15

Als Joona op de bovenste verdieping van studentenflat Nyponet in de Körsbärsvägen uit de lift stapt, wacht Johan Jönson hem op.

Hij draagt een onderbroek en een verwassen T-shirt met de tekst FONUS, hij heeft bijna geen haar op zijn hoofd, maar wel een peper-en-zoutkleurige baard en zware wenkbrauwen.

Johan beschikt in zijn eentje over deze hele verdieping, maar hij heeft een bureautje met een computer en twee klapstoelen in het trappenhuis neergezet.

'Je komt niet eens meer binnen,' zegt hij met een gebaar naar de deur van het appartement. 'Ik ben een dwangmatige verzamelaar als het om IT-apparatuur gaat.'

'Zouden een bed en een badkamer niet fijn zijn?' vraagt Joona en hij glimlacht.

'Dat is niet makkelijk als het moeilijk is,' verzucht hij.

Joona weet al dat de speelplaats zelf niet te zien is op film. Die zit in een blinde zone achter de Handelshogeschool. Maar ze hebben het hier over de binnenstad van Stockholm en het grootste deel van de omgeving is wel met camera's beveiligd.

Op grond van Jenny's lichaamstemperatuur hebben de technici van de politie van Norrmalm het tijdstip van overlijden voorlopig vastgesteld op tien over drie 's nachts. De Naald zal de definitieve tijdsbepaling maken, waarbij met alle parameters rekening wordt gehouden.

'Het is misschien niet de jackpot, of de *jättipotti*, zoals jullie dat noemen,' begint Johan. 'Er staat geen beveiligingscamera gericht op de speelplaats en we zien ook niemand naar de plaats delict komen of ervandaan lopen. Maar we zien het slachtoffer wel een paar seconden... en we hebben een getuige, als we hem kunnen vinden.'

'Goed werk,' zegt Joona en hij gaat op de stoel naast hem zitten.

'We hebben dus mensen gevolgd die zich voor en na de moord over het terrein bewegen... Sommigen zijn door meerdere camera's gefilmd voordat ze verdwijnen.'

Johan pakt een zakje knettersnoep, scheurt er een hoekje af en stopt een snoepje in zijn mond. Het ratelt tussen zijn tanden, het knalt en sist in zijn mondholte, terwijl hij commando's intoetst.

'Over wat voor tijdvenster hebben we het?' vraagt Joona.

'Ik heb gekeken vanaf negen uur 's avonds, want dan zijn er veel mensen op de been; in het eerste uur komen er een paar honderd langs de speeltuin. En ik stop pas om halfvijf 's ochtends als het krioelt van de wouten.'

'Perfect.'

'Ik heb opnames van verschillende camera's aan elkaar geplakt, per persoon, om het een beetje hanteerbaar te maken.'

'Mooi.'

'We beginnen met het slachtoffer,' zegt Johan en hij start de opname.

Het computerscherm vult zich met een donkere opname met een digitale tijdsaanduiding bovenin. Schuin aan de overkant van de Sveavägen wordt de ingang van metrostation Rådmansgatan gefilmd. Een stukje van het park en de voorkant van de Handelshogeschool met de ronde uitbouw van de aula is aan de bovenkant van het beeld te zien.

De weergave is vrij scherp ondanks de duisternis.

'Ze komt zo,' fluistert Johan.

Het is drie uur 's nachts. De dichte regen is als schuine krassen onder een straatlantaarn te zien.

Het asfalt glinstert voor de gesloten kiosk en het openbare toilet met stalen deur.

Een man met een dik jack en gele huishoudhandschoenen aan

doorzoekt de afvalbak en verdwijnt langs de muur met afgescheurde posters en half verwijderde graffiti.

Het is laat, het hoost en de stad is vrijwel verlaten.

Er rijdt een witte bestelbus door de straat.

Drie dronken mannen lopen in de richting van de McDonald's.

Het begint echt te plenzen en de stad wordt nog iets donkerder.

Een kartonnen bekertje staat trillend op het randje van de vijver.

Er stroomt water door het rooster van een putje.

Iemand komt vanaf links in beeld, loopt om de metro-ingang heen en gaat met de rug tegen de glazen deur onder het afdak staan.

Er rijdt een taxi door de Sveavägen.

Het licht van de auto gaat over haar gezicht en blonde haar.

Het is Jenny Lind.

Nu is het nog maar tien minuten tot aan haar dood.

Haar gezicht verdwijnt weer in de schaduw.

Joona denkt aan haar korte strijd, de benen die zo hard schopten dat haar schoenen uitvielen.

Het gevoel dat je stikt als de bloedtoevoer naar de hersenen wordt afgesneden is niet progressief, zoals wanneer je je adem inhoudt, maar explosief en paniekerig, vlak voordat de duisternis op je afkomt.

Jenny aarzelt en zet een paar passen de regen in, ze keert haar rug naar de camera, loopt langs de kiosk, volgt het voetpad langs de vijver en verdwijnt uit beeld.

Een beveiligingscamera van de Stadsbibliotheek heeft haar van een afstand gefilmd.

De resolutie van de film is slecht, maar haar gezicht en haren vangen wat licht op van een straatlantaarn, voordat ze in de blinde zone en de speeltuin verdwijnt.

'Dat is alles wat we van haar hebben,' zegt Johan Jönson.

'Oké.'

Joona loopt in gedachten de film nog eens door. Jenny wist waar ze naartoe ging, maar had geweifeld vanwege de regen of omdat ze iets te vroeg was.

Wat had ze midden in de nacht op de speelplaats te zoeken?

Had ze met iemand afgesproken?

De gedachte aan een valstrik dringt zich op.

'Waar denk je aan?'

'Ik weet het niet, ik probeer de indrukken nog even vast te houden,' antwoordt Joona en hij staat op. 'Wat we op de films zien, is nu misschien niet van belang, maar in een later stadium kan iets wat je de eerste keer hebt gevoeld en gezien doorslaggevend zijn...'

'Zeg het maar als je door wilt gaan.'

Johan opent nog een zakje knettersnoep, houdt zijn hoofd achterover en schudt de kristallen in zijn mond. Het sist en knettert tussen zijn tanden.

Joona staart naar de muur, denkt aan Jenny's kleine handen en de witte ringen van armbanden op haar gebruinde huid.

'Laat de volgende film maar zien,' zegt Joona en hij gaat weer zitten.

'Die volgt de vrouw die het slachtoffer heeft gevonden. Ze komt een paar minuten na de moord naar de speelplaats.'

Een CCTV-camera heeft de vrouw gefilmd toen ze door de regen over het trottoir naar het park rende tussen de rij geparkeerde auto's en de muur door.

Ze vertraagt haar pas en kijkt over haar schouder alsof ze wordt achtervolgd.

De regen klettert op de daken van de auto's.

Ze loopt snel en rent een stukje, waarna ze uit beeld verdwijnt, de blinde zone in met de trap naar de speelplaats.

'Nu maken we een sprong naar vijftig minuten later,' zegt Johan. 'Als ze doorheeft dat ze het opgehangen meisje niet kan redden.'

Het beeld van de computer is verschoven naar de camera die op de ingang van de metro gericht staat. De waterplas rond het putje naast het zebrapad is nu groter.

De vrouw is vaag te zien op het natte grasveld achter de kiosk. Met een telefoon tegen haar oor gedrukt stapt ze het voetpad op.

Naast het openbare toilet wordt ze weer zichtbaar, ze blijft staan en zoekt met één hand steun bij een transformatorhuisje en zakt met haar rug tegen de vuilgele muur op de grond.

Ze zegt iets in de telefoon, laat die vervolgens zakken en zit stil naar de regen te staren totdat de eerste politieauto komt.

'Zij heeft het alarmnummer gebeld, heb je de melding beluisterd?' vraagt Johan Jönson.

'Nog niet.'

Johan klikt een geluidsbestand aan onder het filmpje dat ze zojuist hebben bekeken, het telefoongesprek wordt gevoerd terwijl ze de speelplaats achter zich laat en met haar rug tegen de muur gaat zitten.

'Kun je vertellen waar je bent?' vraagt de centralist.

'Ik heb een meisje gevonden, ik denk dat ze nu dood is... God, ze was opgehangen en ik probeerde haar op te tillen... niemand hielp me en ik...' Haar stem breekt en ze begint te huilen.

'Kun je herhalen wat je daarnet zei?'

'Ik kon niet meer, ik kon niet meer,' snikt ze.

'Om je te kunnen helpen moeten we weten waar je bent.'

'Ik weet het niet, Sveavägen... bij, bij de vijver, hoe heet het, Observatorielunden.'

'Zie je iets wat je herkent?'

'Een kiosk.'

De centralist probeert met de vrouw in gesprek te blijven totdat de politie ter plaatse is, maar ze geeft geen antwoord meer en na een tijdje zakt de hand met de telefoon op haar schoot.

Johan Jönson schudt nog wat knettersnoep in zijn mond en opent het laatste gemonteerde filmbestand op de harddisk.

'Zullen we naar eventuele getuigen kijken?' vraagt hij. 'Op het tijdstip van de moord bevinden zich slechts drie personen in de buurt van de speelplaats.'

Een nieuwe camera aan de andere kant van de Handelshogeschool heeft een lange vrouw in een witte regenjas opgenomen, die over de Kungstensgatan omhoog loopt. Ze gooit een sigaret op de grond. De gloed knippert even voordat hij dooft. Zonder haast loopt de vrouw over het trottoir en verdwijnt om twee over drie in de blinde zone.

'Ze komt niet terug,' zegt Jönson.

Het beeld op het computerscherm wisselt en wordt donkerder. Via de verre camera is achter de Stadsbibliotheek een zwerfster in dikke lagen kleding te zien.

'Ik denk niet dat je de speelplaats vanaf daar kunt zien, maar ik heb haar toch meegenomen,' zegt Jönson.

'Mooi zo.'

De camerahoek wisselt naar de metro-ingang en de zwerfster is vaag te zien in het vlammerige duister achter de kiosk.

'Hier hebben we nummer drie,' zegt Johan.

Tussen de lift en de trap naar de metro komt een man met een paraplu en een zwarte labrador aan de lijn het beeld in. De hond snuffelt aan de brievenbussen bij de kiosk. De man wacht even en dan lopen ze verder langs de wc en de stoep op.

Na twintig meter blijft de man staan, met zijn gezicht naar de speelplaats.

Het is acht minuten over drie.

Jenny Lind heeft nog twee minuten te leven, waarschijnlijk is dit het moment waarop de strop om haar hals wordt gelegd.

De hond trekt aan de riem, maar de man staat stokstijf stil.

De zwerfster beweegt zich over het voetpad, wroet in een zwarte vuilniszak en stampt verwoed ergens op.

De man met de paraplu en de hond kijkt naar haar en richt dan zijn ogen weer op de speelplaats.

Hij zou op dit moment moeten kunnen zien wat er gebeurt, maar dat blijkt nergens uit.

Er rijdt een taxi over de Sveavägen, zodat er een golf vuil water over het trottoir stroomt.

Als het achttien minuten over drie is laat de man de hondenriem los en loopt langzaam naar voren, totdat de kiosk hem aan het zicht onttrekt.

'Het meisje is dood en de dader heeft de speelplaats waarschijnlijk verlaten,' zegt Johan.

De hond loopt langzaam rond en snuffelt in het gras; de riem sleept achter hem aan. Het borrelt in de plassen van de harde regen. De zwerfster is weer in de richting van de Stadsbibliotheek verdwenen. Het is vijf voor halfvier als de man met zijn gezicht naar beneden terugkeert. Het water stroomt van zijn paraplu op zijn rug als hij zonder haast dezelfde route terug neemt als waarlangs hij was gekomen.

'In de praktijk kan hij in die tijd tot aan het lichaam zijn gelopen,' zegt Joona.

De hond loopt achter de man aan naar de Sveavägen. Voor de ingang van de metro bukt de man om de riem op te pakken. Zijn kalme gezicht is een paar tellen lang heel duidelijk te zien in het grijze licht dat door de glazen deuren komt.

'Jullie moeten hem vinden,' zegt Johan en hij zet het beeld stil.

'Eerst dacht ik dat hij blind was, omdat hij niet op de moord reageerde, maar dat is hij niet, hij zag de zwerfster toen ze zich druk maakte,' zegt Joona.

'Hij heeft alles gezien,' fluistert Johan en hij kijkt in Joona's ijzig grijze ogen.

16

Zonder haast ruimt Pamela na het eten de tafel af, ze maakt de keuken aan kant en zet de vaatwasser aan.

Ze drinkt het laatste beetje wodka op, zet het glas op het aanrecht, gaat voor het hoge roederaam staan en kijkt naar het Ellen Keys Park beneden. Een gezelschap met picknickmanden en kleden zit nog op het grasveld.

De regen waarmee de zomer was begonnen is in de loop van de nacht verdreven door de hittegolf die al sinds begin juni boven Centraal-Europa ligt. Omdat de Zweden weten dat het aantal zonnige dagen beperkt is, liepen alle parken en terrassen opeens vol.

'Ik denk dat ik maar naar bed ga,' zegt ze. 'Wat wil jij vanavond nog doen?'

Martin geeft geen antwoord. Hij zit nog aan de eettafel met een spelletje op zijn telefoon. Van geometrische figuren bouwt hij een toren totdat die omvalt.

Pamela kijkt naar zijn bleke gezicht en bedenkt dat hij vandaag ongebruikelijk nerveus is geweest. Toen ze tegen achten vanochtend wakker werd, zat hij ineengedoken op de vloer.

Ze zet de afgekoelde etensresten in de koelkast en veegt de tafel af met het vaatdoekje, dat ze vervolgens uitspoelt en over de kraan hangt.

'Heerlijk,' zegt Martin en hij lacht naar haar met toegeknepen ogen.

'Je vond het eten lekker, dat zag ik wel,' antwoordt ze. 'Wat vond je het lekkerst?'

Geschrokken slaat Martin zijn ogen neer en hij kijkt weer op zijn telefoon. Ze gaat terug naar het aanrecht, veegt de kookplaat schoon met koud water om hem te laten glimmen, gooit het stuk keukenrol weg, knoopt de afvalzak dicht en zet hem in de hal.

Martin zit nog steeds naar zijn telefoon te kijken als ze terugkomt in de keuken. Alleen het ruisende geluid van de vaatwasser is te horen.

Ze schenkt nog wat wodka in, gaat tegenover hem zitten en maakt een sieradendoosje open.

'Deze heb ik van Dennis gekregen, mooi hè?'

Ze haalt er een oorhanger met een traanvormige aquamarijn uit en laat hem aan Martin zien. Hij kijkt naar het sieraad en zijn mond beweegt alsof hij naar het juiste woord zoekt.

'Je weet dat ik jarig ben, dat weet ik. En soms had je dan een cadeautje voor me,' zegt ze. 'Dat hoeft helemaal niet, dat heb ik al gezegd, maar als je er een hebt is het tijd om het tevoorschijn te halen, want ik wilde nog even in bed gaan liggen lezen voordat ik daar te moe voor ben.'

Hij kijkt naar de tafel, mompelt iets en strijkt zuchtend met zijn hand over het tafelblad.

'Ik wilde je...'

Hij zwijgt en richt zijn blik op het raam. Hij laat zich op de vloer zakken, zodat de stoel met een schrapend geluid wegglijdt.

'Het geeft niet,' stelt ze hem gerust.

Hij kruipt onder de tafel naar haar toe en pakt haar benen vast, hard als een kind dat wil dat een ouder bij hem blijft.

Pamela gaat met haar vingers door zijn haar, drinkt een slok en zet het glas op tafel, ze staat op, loopt naar het keukenraam en kijkt neer op de Karlavägen. Haar ogen wisselen van focus en ze kijkt naar haar eigen weerspiegeling in het bobbelige vensterglas.

Weer denkt ze aan de mailwisseling met de begeleider van jeugdzorg. Het lijkt erop dat ze de eerste stap hebben gehad. Volgens de begeleider heeft Pamela een in financieel en sociaal opzicht stabiel leven, van het kantoor aan huis kunnen ze een slaapkamer maken en Pamela's baas heeft verklaard dat ze vrij kan krijgen voor besprekingen met jeugdzorg, de school en de gezondheidszorg.

Overmorgen zullen Pamela en Mia met elkaar skypen om 'elkaar af te tasten', zoals de begeleider het uitdrukt.

*

Martin kruipt weer op zijn stoel. Hij is al een jaar lang van plan een parelketting voor haar te kopen, maar heeft dat nog niet gedurfd. In plaats daarvan heeft hij vandaag vijftien rode rozen voor haar gekocht, maar die moest hij in de winkel achterlaten toen hij begreep dat de jongens ze op hun graf wilden hebben.

'Hé,' zegt hij tegen Pamela, die voor het raam staat.

Hij ziet dat ze de tranen van haar wangen veegt voordat ze zich naar hem omdraait. Hij kan haar niet uitleggen dat hij bang is voor verjaardagen, omdat de jongens dan hun verjaardag willen vieren.

Ze worden jaloers als hij een cadeau voor haar koopt.

Ze willen de borst als je het over eten hebt.

Hij weet dat het dwanggedachten zijn, maar telkens als hij iets probeert te zeggen moet hij stoppen om eerst te bedenken hoe de jongens erop zullen reageren.

Hij begrijpt dat het in de kern om het auto-ongeluk gaat, waarbij hij zijn ouders en beide broers heeft verloren.

Martin had nooit in spoken geloofd, maar op de een of andere manier had hij de deur voor hen opengezet toen hij Alice verloor.

Nu zijn ze er echt. Ze kunnen hem aanraken met hun koude vingers, hem duwen en bijten.

Hij heeft geleerd voorzichtig te zijn, hen niet te lokken of te prikkelen.

Als hij een naam zegt, willen ze die hebben, welke naam het ook is. Als hij een plaats noemt, willen ze daar worden begraven.

Maar zolang hij zich aan de regels houdt, zijn ze rustig – ontevreden, maar niet boos.

'Je kunt Lobbes beter nu meteen uitlaten,' zegt ze alsof het een algemene mededeling is, alsof ze niet gelooft dat hij luistert. 'Want ik vind het niet fijn als je midden in de nacht met hem buiten bent.'

Hij moet een manier verzinnen om over de rozen te vertellen zonder de aandacht op zich te vestigen. Misschien kan ze die morgen zelf ophalen in de winkel en ze meenemen naar kantoor.

'Hoor je wat ik zeg? Martin?'

Hij zou moeten antwoorden of knikken, maar hij kijkt haar alleen in de ogen en bedenkt dat het niet goed is dat ze zijn naam noemt.

'Oké,' zucht ze.

Martin staat op en loopt de hal in, doet de lampen aan en pakt de riem van de haak.

Hij heeft de hele dag last van merkwaardige rillingen.

Alsof er iemand in hem zit te draaien.

Misschien wordt hij ziek – of het is gewoon vermoeidheid.

Gisteren moest Lobbes midden in de nacht naar buiten en toen ze terugkwamen trilde Martin over zijn hele lichaam en moest hij dertig milligram valium nemen. Nu weet hij niet meer wat er gebeurd was, maar de jongens waren heel dreigend en dwongen hem de rest van de nacht op de vloer te zitten.

Dat is nooit eerder voorgekomen.

Martin rammelt met de riem en loopt naar de woonkamer. Lobbes hoort het niet, hij ligt als gewoonlijk te slapen in zijn stoel. Martin gaat op zijn knieën zitten en maakt hem voorzichtig wakker.

'Ga je mee naar buiten?' fluistert hij.

De hond staat op, smakt, schudt zich uit en loopt mee naar de hal.

Hij heet eigenlijk Loke, maar toen hij oud en moe werd, zijn ze hem Lobbes gaan noemen.

Het is een zwarte labrador die zo veel pijn heeft in zijn heupen dat hij de trap niet meer op kan komen.

Hij slaapt bijna altijd en ruikt misschien niet meer zo lekker, hij hoort niet goed en ziet nogal slecht, maar hij maakt nog graag een lange wandeling.

*

Pamela probeert de oorhangers uit in de badkamer, doet ze weer uit, keert terug naar de slaapkamer en zet het sieradendoosje op het nachtkastje. Ze gaat op het bed zitten, pakt het glas wodka en slaat het boek open, doet het weer dicht en belt Dennis.

'Gefeliciteerd met je verjaardag,' zegt hij.

'Sliep je al?' vraagt ze en ze drinkt wat wodka.

'Nee, ik zit te werken, ik moet morgen naar Jönköping.'

'Bedankt voor het cadeautje,' zegt ze. 'Ze zijn prachtig, veel te gek, dat weet je toch?'

'Toen ik ze zag dacht ik dat je ze misschien zou dragen, omdat ze op tranen lijken.'

'Ik heb ze al even ingedaan – ze zijn schitterend,' zegt ze. Ze drinkt nog wat en zet het glas op het nachtkastje.

'Hoe gaat het met Martin?'

'Gaat wel, hij is nu de hond aan het uitlaten, dat gaat goed.'

'En met jou? Hoe gaat het met jou?'

'Ik ben sterk,' antwoordt ze.

'Dat zeg je altijd.'

'Omdat het zo is, ik ben altijd al sterk geweest, ik sla me door dingen heen.'

'Maar je hoeft niet…'

'Sst,' valt ze hem in de rede.

Ze hoort Dennis vermoeid inademen, waarna hij zijn laptop sluit en hem wegzet.

'Jij verandert nooit,' zegt hij.

'Sorry…'

Dennis zegt altijd dat ze nooit verandert. Meestal met verbaasde opgewektheid, maar soms bedoeld als kritiek.

Pamela moet denken aan de zestiende verjaardag van Alice. Martin had een pastagerecht met garnalen en Parmezaanse kaas gemaakt en Dennis en zijn vriendin bleven eten.

Dennis had Alice een ketting gegeven die hij op de grote bazaar in Damascus had gekocht en gezegd dat ze sprekend op haar moeder leek toen die op de middelbare school zat.

'Ze was het coolste en knapste meisje dat ik ooit had gezien.'

'Maar een heleboel pasta en een keizersnee later,' zei Pamela en ze klopte op haar buik.

'Jij verandert nooit,' zei hij.

'Oké,' zei ze lachend.

Pamela herinnert zich dat ze het over kinderen hadden en ze zei dat ze nergens bang voor was, behalve voor een nieuwe zwangerschap. Het had weinig gescheeld of Alice en zij waren in het kraambed gestorven.

In de ogenblikken van stilte die volgden, werden de blikken op Martin gericht. De verklaring die recht uit zijn hart komt, dat Alice het enige kind is dat hij ooit heeft gewenst, zal Pamela nooit vergeten.

'Wat ben je stil,' zegt Dennis aan de telefoon.

'Sorry, ik moest denken aan toen Alice zestien werd,' antwoordt ze.

17

Het is woensdagavond laat en het is stil en leeg in Östermalm, ook al hangt de warmte nog in de lucht. Martin en Lobbes lopen op het voetpad op de brede allee tussen beide rijstroken van de Karlavägen.

Alleen het knerpende grind onder zijn schoenen is te horen.

Tussen de ouderwetse lantaarnpalen hoopt de duisternis zich op.

Ze zijn al een halfuur buiten, omdat Martin Lobbes overal aan laat snuffelen en hem de tijd geeft om op belangrijke plekken te plassen.

De jongens vinden het meestal niet de moeite waard om mee te gaan als hij de hond uitlaat. Bijna altijd wachten ze liever thuis op hem, ze weten dat hij terugkomt.

Meestal verstoppen ze zich in de inloopkast, omdat ze door de latjes in de deur kunnen kijken. Achter de kledingstukken zit tegen het plafond een van de oude ventilatiegaten van het huis. Er zit een ijzeren plaatje voor, dat je met een koordje kunt verstellen.

Hij denkt dat ze daardoor naar binnen komen.

De laatste keer dat hij vóór zijn ziekteverlof als opzichter op dienstreis was, wilden ze zijn gezicht kapotsnijden. Ze hielden hem met opgerolde handdoeken vast op de vloer van de hotelkamer, stampten een scheermes kapot en haalden er een scherp mesje uit. Toen ze er genoeg van hadden, ging hij naar de Spoedeisende Hulp in Mora en kreeg elf hechtingen. Tegen Pamela zei hij dat hij was gevallen.

'Wil je naar huis?' vraagt Martin.

Bij de Östra Real-school keren ze om en ze lopen terug. De hangende straatverlichting schommelt in de wind. Het witte schijnsel van de lantaarns valt door de bladeren en tekent zich als scheuren in het voetpad af.

Opeens ziet hij in gedachten een zilvergrijs meer. De zon ligt boven de sparrentoppen en het ijs maakt zachte krakende en bonzende geluiden. Alice heeft rode wangen en zegt dat ze nog nooit op zo'n mooie plek is geweest.

In de verte klinken piepende remmen, banden die over asfalt glijden.

Martin kijkt naar rechts en ziet een taxi. Die staat op maar een meter afstand van hem stil. De chauffeur lijkt te vloeken en duwt met zijn hand op het middelste gedeelte van het stuur.

Er klinkt aanhoudend getoeter en Martin realiseert zich dat hij midden op de Sibyllegatan staat.

Hij loopt door en hoort de taxi achter zich wegscheuren.

Soms komen er flarden van herinneringen aan Alice' ongeluk zijn bewustzijn binnen.

Dat doet verschrikkelijk veel pijn.

Hij wil het zich niet herinneren, hij wil niet praten over wat er is gebeurd, ook al weet hij dat Pamela daar behoefte aan heeft.

Om één uur 's nachts komt hij thuis. Hij draait de deur op slot en doet de veiligheidsketting erop, veegt Lobbes' poten af en geeft hem in de keuken te eten.

Hij zit op zijn knieën met zijn arm om de oude hond heen, hij controleert of hij goed eet en drinkt, waarna hij met hem meeloopt naar de fauteuil in de zitkamer.

Als Lobbes slaapt, gaat Martin zijn tanden poetsen en zijn gezicht wassen.

Hij zal naast Pamela gaan liggen, tegen haar fluisteren dat hij naar haar verlangt en dat het hem spijt dat hij haar op haar verjaardag in de steek heeft gelaten.

Voorzichtig loopt hij de schemerige slaapkamer binnen.

Pamela heeft het leeslampje uitgedaan en haar boek en bril op het nachtkastje gelegd.

Ze ziet bleek en ze haalt sissend adem.

Hij kijkt naar de deur van de inloopkast, naar de duisternis achter de horizontale latjes.

De gordijnen bewegen zachtjes op de tocht als hij om het bed heen loopt.

Pamela slaakt een zucht en rolt op haar zij.

Hij verliest de kastdeuren niet uit het oog, terwijl hij zwijgend het dekbed openslaat.

Er klinkt een zacht gepiep in de kast. Dat komt van het metalen plaatje van de oude ventilatie, dat schuin omhoog wordt gezet.

Een van de jongens komt naar binnen.

Martin zal hier niet kunnen slapen.

Hij pakt de strip Stesolid van zijn nachtkastje en beweegt langzaam achterwaarts naar de gang, terwijl hij de kast in de gaten houdt. Hij laat zijn ene hand ter ondersteuning over het behang gaan terwijl hij achteruitloopt. Pas als hij met zijn vingers bij de deurpost is draait hij zich om. De rillingen lopen over zijn rug als hij de hal in gaat, over de hondenriem op de vloer stapt en doorloopt naar de zitkamer.

Hij knipt de vloerlamp aan en ziet hoe het licht zich door de kamer verspreidt.

Lobbes slaapt in zijn fauteuil.

Martin loopt over de krakende parketvloer en ziet zijn eigen spiegelbeeld in het donkere glas van de balkondeur.

Er beweegt iets achter zijn rug.

Zonder zich om te draaien schuift hij een eindje op om verder in de hal te kunnen kijken.

Hij ziet een glinstering in de dikke laag vernis op de deur van de badkamer achter hem.

Die lijkt zijwaarts te bewegen en Martin begrijpt dat dat komt doordat de deur opengaat.

Een kinderhand laat de deurkruk los en verdwijnt snel het donker in.

Martin draait zich met bonzend hart om. De hal is donker, maar hij ziet de deur van de badkamer wijd openstaan.

Hij deinst terug totdat hij met zijn rug tegen de muur in de hoek van de zitkamer staat en laat zich op de grond zakken.

Vanaf hier kan hij de ramen zien, de dichte deur van de keuken en de donkere opening naar de hal.

De hele dag heeft hij tegen zijn innerlijke wanhoop gevochten.

Hij wil de procedure met Mia niet verstoren, maar hij kan Pamela niet duidelijk maken dat de antipsychotische medicijnen niet helpen, omdat de jongens echt bestaan.

Op de salontafel staat naast een stapel papier een glas met potloden, rode krijtjes en stiften. Soms gebruikt hij zijn tekenspullen om berichtjes aan Pamela te schrijven, ook al vermoedt hij dat het oudste jongetje kan lezen.

Het is beter dan praten.

Hij staart de donkere hal in en slikt vier Stesolidpillen. Zijn handen trillen zo dat hij de strip op de vloer laat vallen.

Zijn ogen branden van vermoeidheid.

Hij valt in slaap in zijn hoekje van de lichte zitkamer en droomt van het zonlicht dat als een gele nevel door het ijs heen in het water scheen.

De luchtbellen om hem heen rinkelden alsof ze van glas waren gemaakt.

Hij wordt wakker van een krakend geluid.

Na minder dan een seconde verstomt het. Zijn hartslag dreunt in zijn oren. Dat was de deur van de kast die opengleed.

Iemand heeft de vloerlamp uitgedaan en het is donker in de zitkamer.

Het zwakke blauwe ledlicht van de tv verspreidt zich als een laag ijs over de meubels.

De muur met de doorgang naar de hal is helemaal zwart.

Het kapotte lichtsnoer dat sinds de kerstdagen aan het balkonhekje hangt, schommelt heen en weer in de wind.

Martin steekt zijn hand onder de bank, op de plek waar hij de strip Stesolidpillen had laten vallen. Hij tast over de vloer, maar de strip is weg.

Het is duidelijk dat de jongens niet van plan zijn hem vannacht met rust te laten.

Martin voelt de duizeligheid van de medicijnen als hij dichter naar de salontafel schuift, een vel papier van het stapeltje neemt en een houtskoolpotlood pakt. Hij zal een kruis tekenen dat hij omhoog kan houden totdat het licht wordt.

Zijn hand beweegt langzaam als hij tekent. In het donker is moeilijk te zien hoe het wordt. Hij kijkt naar de tekening en ziet dat de dwarsbalk aan één kant te lang is.

Hij weifelt en tekent dan een extra dwarsbalk, zonder dat hij zelf weet waarom.

Met het gedrogeerde gevoel dat hij geen eigen wil meer heeft, brengt hij de punt weer naar het vel papier en tekent een tweede paal naast de eerste.

Hij arceert het oppervlak van de houten balken en tekent verder, terwijl zijn oogleden zwaarder worden.

Hij pakt een nieuw blaadje en tekent per ongeluk een scheef kruis, hij begint opnieuw, maar stopt als hij snelle fluisteringen hoort in de hal.

Hij schuift geruisloos achteruit, duwt zijn rug tegen de muur en staart het duister in.

Daar komen de jongens.

Een van hen schopt per ongeluk tegen de hondenriem. De stalen schakels rinkelen over de parketvloer.

Martin probeert zachtjes te ademen.

Opeens ziet hij een beweging in de doorgang naar de hal. Twee gestalten komen de zitkamer binnen.

Het ene jongetje is nog maar drie en het andere misschien vijf.

In het iele licht van de blauwe tv-diode is te zien hoe de zwavelgele huid om hun schedel spant en zich rond de kaak plooit.

Puntige skeletdelen zijn door vliezen en weefsel gedrongen, ze tekenen zich vlak onder de huid af en steken er bijna doorheen.

Martin kijkt naar de tekeningen op de salontafel maar durft er niet naar te reiken.

Het kleinste jongetje draagt een gestippelde pyjamabroek. Hij kijkt naar de grootste en draait zich dan glimlachend naar Martin om.

Hij loopt langzaam naar voren en stoot per ongeluk tegen de tafel, zodat de potloden rammelen in het glas.

Martin probeert in elkaar te duiken.

Het jongetje blijft vlak voor hem staan en schermt het zwakke licht af. Zijn hoofd knikt een beetje naar voren. Als Martin de koude straal op zijn kruis en benen voelt, begrijpt hij dat het jongetje staat te plassen.

*

Pamela wordt voor de wekker wakker. Haar hele lichaam trilt en ze heeft hoofdpijn. Ze heeft veel zin om zich ziek te melden, haar koffiekopje te vullen met wodka en in bed te blijven liggen.

Het is kwart voor zeven.

Ze zet haar voeten op de vloer en ziet dat Martins plaats leeg is.

Hij is Lobbes al aan het uitlaten.

Ze trekt haar ochtendjas aan, voelt de misselijkheid door haar lichaam gaan, maar zegt tegen zichzelf dat ze dit gaat redden.

Als ze in de hal komt, ziet ze de hondenriem op de grond liggen. Ze loopt door naar de zitkamer.

De vloerlamp is aan, de tafel staat scheef en onder de bank ligt een lege strip Stesolid.

'Martin?'

Martin ligt met een gerimpelde kin half onderuitgezakt tegen de muur te slapen. Hij stinkt naar urine en zijn broek is drijfnat.

'Mijn hemel, wat is er gebeurd?'

Ze loopt snel naar hem toe en pakt zijn gezicht vast.

'Martin?'

'Ik ben in slaap gevallen,' mompelt hij.

'Kom, ik help je...'

Hij staat moeizaam op en zij ondersteunt hem. Hij heeft moeite met lopen en valt wankelend tegen de bank.

'Hoeveel Stesolid heb je genomen?'

Hij wil niet mee naar de hal, hij probeert om te keren, maar loopt mee als ze niet toegeeft.

'Je begrijpt toch dat je me antwoord moet geven,' zegt ze.

Voor de badkamer blijft hij staan, hij strijkt met zijn hand over zijn mond en slaat zijn ogen neer.

'Ik bel nu een ambulance als je me niet vertelt hoeveel pillen je hebt geslikt,' zegt ze met scherpe stem.

Pamela houdt hem in de gaten, terwijl ze het vergiftigingsinformatiecentrum belt en vertelt dat haar man per ongeluk vier pillen Stesolid heeft geslikt.

Ze krijgt te horen dat dat geen gevaarlijke dosis is, zolang hij verder gezond is. Ze bedankt en verontschuldigt zich voor haar telefoontje.

Hij was gisteren de hele dag onrustiger dan anders en keek achterom alsof hij het gevoel had dat hij in de gaten werd gehouden.

Ze hangt haar ochtendjas over de handdoekradiator en staat in haar slip als ze Martin inzeept, afspoelt en afdroogt.

'Martin, je snapt toch wel dat we niet voor Mia kunnen zorgen als je dit soort dingen doet,' zegt ze en ze neemt hem mee naar de slaapkamer.

'Sorry,' fluistert hij.

Ze stopt hem in bed en zoent hem op zijn voorhoofd. Het ochtendlicht schijnt door de gordijnen.

'Ga nu maar slapen.'

Ze gaat naar de badkamer, stopt zijn kleren in de wasmachine en start het programma, ze haalt reinigingsspray en keukenpapier en loopt ermee naar de zitkamer.

Lobbes kijkt op van zijn fauteuil, likt zijn snuit en valt weer in slaap.

'Hoeveel Stesolid heb jíj genomen?', vraagt ze en ze aait de hond over zijn kop.

Ze maakt de vloer schoon waar Martin heeft gezeten, schuift de meubels recht en zet de krijtjes en potloden weer in het glas. Zijn blaadjes liggen verspreid over één kant van de tafel. Ze pakt een vel op met een zwart kruis erop, ziet de houtskooltekening die eronder lag en hapt naar adem.

Martin heeft een stevig rek getekend, bestaande uit twee palen met dubbele dwarsbalken. Aan de bovenste hangt een mens met een touw om de nek. Het is een ruwe schets, maar toch is duidelijk te zien dat de dode een meisje is, omdat ze een jurk draagt en lang haar heeft, dat voor haar gezicht hangt.

Pamela neemt de tekening mee naar de slaapkamer, waar Martin rechtop in bed zit.

'Hoe voel je je?' vraagt ze.

'Moe,' mompelt hij.

'Ik zag deze,' zegt ze rustig en ze laat hem de tekening zien. 'Ik dacht dat je er misschien over wilde praten.'

Hij schudt zijn hoofd en kijkt ongerust naar de kast.

'Is het een meisje?' vraagt ze.

'Ik weet het niet,' fluistert hij.

18

De afdeling Forensische Geneeskunde van het Karolinska Instituut is gehuisvest in een gebouw van rode baksteen met blauwe zonneschermen. In het felle licht zie je elke vieze streep op de ramen. Voor de afdeling Neurowetenschap aan de andere kant van de straat hangt de vlag slap aan de mast.

Joona is op de Norra-begraafplaats geweest en heeft er bloemen neergelegd.

Nu draait hij de parkeerplaats op, ziet de witte Jaguar van de Naald voor het eerst keurig in het vak staan en neemt de plaats ernaast in beslag.

Ze hebben de terrasmeubels buitengezet, zoals altijd in het beschutte hoekje dat door de verschillende delen van het gebouw wordt gevormd.

Joona loopt naar de ingang, de betonnen trap op en de blauwe deur door.

De Naald staat voor zijn kantoor te wachten.

Hij is hoogleraar Forensische Geneeskunde aan het Karolinska Instituut en een van de meest vooraanstaande deskundigen op zijn vakgebied in Europa.

Zijn vorige assistent Frippe heeft een band geformeerd en is naar Londen verhuisd, maar de Naald zegt dat zijn nieuwe assistent Chaya Aboulela net zo goed is, ook al houdt ze niet van hardrock.

'Margot belde om te zeggen dat dit jouw zaak niet is,' zegt hij met gedempte stem.

'Dat is gewoon een vergissing,' antwoordt Joona.

'Oké, ik zal dat antwoord zo interpreteren dat wat zij heeft gezegd niet klopt – en niet dat het een vergissing is dat het jouw zaak niet is.'

De Naald opent de deur van zijn kantoor en laat Joona binnen. Een jonge vrouw in een versleten zwartleren jack zit achter zijn computer.

'Dit is mijn nieuwe collega Chaya,' zegt de Naald met een nederig armgebaar.

Joona loopt naar haar toe en geeft haar een hand. Ze heeft een smal, ernstig gezicht en scherpe wenkbrauwen.

Chaya staat op en trekt haar doktersjas aan terwijl ze gedrieën door de gang lopen.

'Hoe staat het met het onderzoek?' vraagt ze.

'Ik denk dat we een ooggetuige hebben... maar gek genoeg heeft hij zich nog niet gemeld,' vertelt Joona.

'Hoe staat het er dan mee?' herhaalt ze.

'Ik wacht op de uitslag van de sectie,' antwoordt hij.

'Ja, joh?' zegt ze met een scheve glimlach.

'Hoeveel tijd hebben jullie nodig, denk je?' vraagt Joona.

'Twee dagen,' antwoordt de Naald.

'Als we het slordig doen,' voegt zij eraan toe.

De Naald trekt de zware deuren open en laat hen binnen in de koele zaal. Er staan vier roestvrijstalen snijtafels over de ruimte verspreid. Het licht van de tl-buizen glinstert in de schone oppervlakken van de spoel- en opvangbakken.

Op de verste tafel ligt Jenny Lind met al haar kleren aan.

Ze ziet er niet uit alsof ze slaapt, daarvoor is ze te stil, te ingezakt.

Terwijl de Naald en Chaya beschermende kleding aantrekken, gaat Joona bij het lichaam staan.

Hij kijkt naar haar neus en naar de kleine oren met gaatjes voor oorbellen.

Ze heeft een oud litteken op haar lippen.

Dat herinnert Joona zich nog van de foto die bij haar opsporing werd gebruikt.

Nu zijn haar opengesperde ogen helemaal geel geworden.

De diepe groef in haar hals is blauwzwart.

Joona kijkt toe, terwijl de Naald het jack en de jurk van het meisje openknipt en in een zak stopt.

De flits van Chaya's camera glinstert in de metalen oppervlakken.

'De technici van de Norrmalmpolitie ter plaatse bepaalden het tijdstip van overlijden op tien over drie 's nachts,' zegt Joona.

'Dat kan wel kloppen.'

Chaya fotografeert Jenny in haar beha en panty, waarna de Naald verdergaat.

Ze maakt nieuwe foto's van het lichaam in alleen een slip, waarna ook die wordt verwijderd en ingepakt.

Joona kijkt naar het naakte meisje, haar smalle schouders en kleine borsten. Het schaamhaar is blond, de benen en oksels zijn geschoren.

Ze is slank, maar niet uitgemergeld en er zijn geen uitwendige sporen van mishandeling.

Op de bovenbenen en aan beide zijden van de romp tekent zich een patroon van bruine aderen af.

De handen en tenen zijn blauwrood.

De lijkvlekken verschijnen altijd het eerst op de laagst gelegen delen van het lichaam. Bij ophanging worden de benen, handen en uitwendige geslachtsdelen als eerste donker.

'Chaya, wat denk je?' vraagt Joona.

'Wat ik denk?' zegt ze en ze laat de camera zakken. 'Ja, wat denk ik eigenlijk? Ik denk dat ze nog leefde toen ze werd opgehangen, dus het gaat niet om het tonen van iemand die al dood is, zoals we soms zien... Tegelijkertijd is de keuze van de plaats veelzeggend.'

'Wat betekent die, denk je?' vraagt hij.

'Ik weet het niet, dat de moord een demonstratie is van iets... maar zonder extravagantie.'

'Misschien is dat juist het extravagante,' oppert Joona.

'Een moord die een executie imiteert,' zegt ze met een hoofdknik.

'Ik zie dat haar vingertoppen verwond zijn geraakt bij haar pogingen om de strop los te maken gedurende de paar seconden dat ze nog bij bewustzijn was maar verder zijn er geen sporen van geweld of fysieke dwang,' zegt Joona.

Chaya mompelt iets, brengt de camera weer omhoog en gaat door met het fotograferen van elk detail van het lichaam. Telkens smijt de felle flits hun schaduwen naar achteren, tegen de muren van de zaal.

'Naald?' vraagt Joona.

'Wat zegt de Naald ervan?' vraagt hij aan zichzelf en hij duwt zijn bril omhoog. 'Ik begin altijd met het noemen van wat we allemaal al weten. De doodsoorzaak is een bilaterale vernauwing van de carotiden, ten gevolge van het ophijsen, waardoor de bloedtoevoer naar de hersenen is gestopt.'

'Mee eens,' zegt Chaya zacht en ze zet de camera op een tafel.

'We zullen het inwendig onderzoek in bloedledigheid uitvoeren om het goed te kunnen zien, maar ik ga uit van fracturen aan het tongbeen en de bovenhoek van het schildkraakbeen... verscheuringen in de carotiden, letsel aan de trachea... maar niet aan de halswervelkolom.'

De diepe insnijding van de kabel heeft de vorm van een blauwzwarte pijlpunt rond de smalle hals. De Naald prikt in de basis van het strottenhoofd om te zien hoe diep de kabel door de huid is gesneden.

'Een stalen kabel zonder omhulsel,' zegt hij bij zichzelf.

Joona bedenkt dat door de tandwieloverbrenging in principe geen enkele categorie als dader uit te sluiten valt.

'Een kind zou de slinger nog hebben kunnen bedienen,' zegt hij.

Hij kijkt naar het gezicht van het meisje en stelt zich haar angst voor op het moment waarop de strop om haar nek wordt gelegd, het zweet dat uit haar oksels stroomt, de trillende benen. Ze zoekt naar een uitweg zonder een poging te doen om te vluchten, misschien denkt ze dat ze op het laatste moment genade zal krijgen als ze onderwerping toont.

'Moeten wij even weggaan?' vraagt de Naald zacht.

'Ja, graag,' zegt hij zonder zijn ogen van Jenny af te wenden.

'Vijf minuten, zoals gewoonlijk?'

'Dat is genoeg,' zegt hij en hij knikt.

Joona blijft naar haar staan kijken, terwijl het geluid van hun voetstappen zich over het linoleum verwijdert en hij de deur open en dicht hoort gaan.

Het wordt doodstil in de grote snijzaal. Hij zet een stap naar voren en voelt de koude lucht van de koelruimte rond haar lichaam dampen.

'Dit is niet best, Jenny,' zegt hij zacht.

Joona herinnert zich haar verdwijning nog goed. Hij bood aan naar Katrineholm te gaan om met het vooronderzoek te helpen, maar de regiochef sloeg zijn aanbod af.

Niet dat Joona zich verbeeldt dat hij haar had kunnen redden, maar hij had graag tegen zichzelf willen kunnen zeggen dat hij er vijf jaar geleden alles aan had gedaan.

'Ik zal degene vinden die jou dit heeft aangedaan,' fluistert hij.

Joona doet dat soort beloftes normaal gesproken nooit, maar als hij naar Jenny Lind kijkt begrijpt hij niet hoe iemand kon verzinnen dat ze op die speelplaats moest sterven. Dat er geen andere optie voor haar was. Wie is er zo meedogenloos? Waar komt dat verlangen vandaan om alle uitwegen af te sluiten, wie is er zo hard vanbinnen?

'Ik zal hem vinden,' belooft hij haar.

Joona verplaatst zich rondom het lichaam, kijkt goed naar elk detail, de gladde knieën, haar gestrekte enkels en kleine tenen. Hij loopt langzaam verder langs de sectietafel zonder zijn ogen van haar af te wenden en hoort intussen de Naald en Chaya terugkomen.

Ze draaien haar op haar buik en fotograferen haar zorgvuldig.

De Naald houdt het blonde haar uit haar nek, zodat Chaya de punt van de insnijding kan fotograferen.

Het stalen oppervlak onder haar glinstert in de flits van de camera als een raam waar de zon doorheen schijnt, en het lichaam wordt een zwart silhouet.

'Wacht,' zegt Joona. 'Een wit plukje... ik zag het toen je een foto nam... precies daar.'

Hij wijst naar een klein gebiedje op haar achterhoofd.

'Ja, kijk,' antwoordt de Naald.

Waar het achterhoofd eindigt, is in haar nek een kleurloos plukje te zien. Bijna niet te onderscheiden, omdat ze zo blond is.

Met een trimmer knipt de Naald het witte haar bij de huid af en stopt het in een plastic zakje.

'Een pigmentverandering,' mompelt Chaya en ze sluit het zakje.

'Beschadigde haarfollikels,' zegt de Naald.

Hij verwijdert de laatste stoppels met een scheermes, waarna hij een vergrootglas gaat halen. Joona pakt het aan, leunt naar voren en bekijkt Jenny's naakte huid in vergroting. Die is bleekroze, met een patroon van zweetklieren en haarzakjes en hier en daar een haartje dat niet is afgeschoren.

Wat Joona nu ziet is geen natuurlijke huidverandering, maar een soort witte tatoeage in de vorm van een versierde T – aan de bovenkant verkeerd geheeld en een beetje scheef.

'Ze is gevriesmerkt,' zegt Joona en hij geeft de loep aan Chaya.

19

Joona heeft de deur naar de gang dichtgedaan, maar hoort het gesprek van zijn collega's in de keuken en het fluitende geluid van de printer alsnog. Zijn lichtblauwe overhemd spant om zijn schouders en bovenarmen. Zijn jasje hangt over de rugleuning van een stoel en zijn Colt Combat en schouderholster liggen achter slot en grendel in de wapenkast.

Indirect zonlicht valt van het raam op zijn wang en zijn ernstige mond. De diepe rimpel tussen zijn wenkbrauwen ligt in de schaduw.

Zijn blik gaat van de computer naar de enige foto aan de kale muur, met een uitvergroot detail van Jenny Linds achterhoofd.

Een T met een verbrede basis en uitlopende armen steekt wit af tegen haar achterhoofd.

Joona heeft stamboekpaarden gevriesmerkt zien worden. Ze koelen een stempel in vloeibare stikstof en duwen het tegen de huid van het dier. De vacht blijft groeien, maar zonder pigment. De kou vernietigt het deel van de haarzakjes dat de haar zijn kleur geeft, maar komt niet bij het gedeelte dat voor de groei zorgt.

Als dit Joona's zaak was, zouden alle muren van de kamer al snel vol hangen met foto's, namenlijsten, sporen, laboratoriumuitslagen en plattegronden met spelden erin geprikt.

De foto van het witte merkteken zou de naaf vormen van het grote wiel dat elk vooronderzoek is.

Joona gaat terug naar de database van Europol op zijn computerscherm en logt uit. Hij heeft uren gezocht naar een verband met vriesmerken in justitiële registers, het algemene opsporingsregister van de politie en in de registers van de Dienst Forensische Geneeskunde.

Er is niets te vinden.

Maar Joona heeft het stellige gevoel dat deze moordenaar niet klaar is.

Hij heeft een stempel op het achterhoofd van zijn slachtoffer gezet – en een stempel is bedoeld om meerdere malen te worden gebruikt.

De monsters die de PD-onderzoekers hebben genomen worden nu op het Forensisch Instituut in Linköping geanalyseerd.

De echte forensische sectie moet nog beginnen.

Een team van de Norrmalmpolitie probeert de lier op te sporen en personen te vinden die in het bezit zijn van de voor vriesmerken benodigde spullen.

Aron had Tracy Axelsson verhoord, de vrouw die het slachtoffer had gevonden. Volgens het proces-verbaal beschreef ze een zwerfster die een rattenschedel om haar hals droeg bij wijze van sieraad. De getuige was nog in shock en beweerde eerst dat de vrouw Jenny had vermoord, maar veranderde vervolgens van gedachten en zei dat de vrouw haar alleen maar had aangestaard in plaats van haar te helpen. Dat had ze een keer of twintig herhaald.

Een team heeft de dakloze vrouw opgespoord, haar verhoord en haar antwoorden vergeleken met de filmsequenties waarop ze te zien is. Het is duidelijk dat ze zich op het moment van de moord te ver van de speelplaats bevond en dat ze niets kan hebben gezien.

Ze kon geen antwoord geven op de vraag wat ze bij het klimrek deed toen Tracy het slachtoffer aantrof. Aron dacht dat ze Jenny Linds bezittingen wilde stelen.

Alle sporen zijn niet meer dan een schommelende zeespiegel.

Het raadsel is nog niet geformuleerd.

Het vooronderzoek bevindt zich nu in het frustrerende beginstadium, waarin er nog geen enkel pad is om te volgen.

Op het feit na dat ze een ooggetuige hebben, bedenkt Joona.

Er stond een man bij de speelplaats die de hele ophanging heeft gezien. Hij heeft zijn ogen maar één keer afgewend en dat was toen de dakloze vrouw op een doos stond te stampen.

Om precies tien over drie is zijn blik gericht op de speelplaats, maar hij reageert niet fysiek op wat hij ziet.

Misschien is hij verlamd door de schok.

Het is niet ongebruikelijk dat iemand niet meer tot handelen in staat is als hij getuige is van iets wat als angstaanjagend of onbegrijpelijk wordt ervaren.

De man staat gewoon te staren totdat de ophanging voltooid is en de moordenaar is weggegaan. Dan pas verdwijnt de verlamming, hij loopt langzaam naar het klimrek en verdwijnt een tijdje buiten beeld.

Deze man heeft alles gezien.

Joona loopt door de gang en denkt aan Jenny's ouders, die intussen het bericht wel zullen hebben gekregen dat het lichaam van hun dochter is gevonden. Hij ziet in gedachten alle kracht uit hen wegstromen als alle spanning waarvan ze zich niet meer bewust waren wegvalt.

Het verdriet is plotseling concreet, overweldigend.

En voor altijd doorspekt met schuld omdat ze waren gestopt met zoeken en de hoop hadden opgegeven.

Joona klopt op de open deur en gaat de grote chefskamer binnen. Margot zit achter haar bureau met een exemplaar van *Aftonbladet* voor zich. Ze draagt haar korenblonde haar in een dikke vlecht en heeft haar lichte wenkbrauwen met een donkerbruin potlood bijgewerkt.

'Ja, wat kun je ervan zeggen,' verzucht ze en ze draait de krant naar hem om.

Op een dubbele pagina staat een foto van de plaats delict, genomen door een drone terwijl Jenny Lind er nog hangt.

'De ouders van Jenny Lind hadden dit niet hoeven zien,' zegt Joona gedempt.

'De hoofdredacteur beweert dat er een maatschappelijk belang is,' zegt Margot.

'Wat schrijven ze?'

'Speculaties,' zegt ze. Ze zucht en gooit de krant in de prullenbak.

Margots telefoon ligt op het bureau naast een koffiemok. Haar vingerafdrukken zijn als grijze ovalen op het scherm te zien.

'Dit is geen opzichzelfstaande moord,' zegt Joona.

'Ja, dat is het nou precies wel... en daar weet jij alles van, want ik heb begrepen dat je deze zaak ondanks een directe order niet hebt laten vallen,' zegt ze. 'Carlos is zijn baan kwijtgeraakt door jou. Denk je dat ik mijn baan wil verliezen?'

'De politie van Norrmalm heeft hulp nodig. Ik heb hun processen-verbaal gelezen, daar zitten een heleboel hiaten in. Aron luistert niet goed, hij houdt er geen rekening mee dat de woorden maar een deel zijn van wat er wordt gezegd.'

'Wat zeg ik dan nog meer dan mijn woorden?' vraagt ze.

'Ik weet het niet,' zegt hij met een zucht en hij wil weggaan.

'Want jij bent geen Sherlock Holmes, of wel?' vraagt ze als hij al bij de deur is.

Hij blijft staan zonder zich om te draaien.

'Ik hoop dat je schoonvader niets ernstigs heeft,' zegt hij.

'Stalk je mij?' vraagt ze ernstig.

Joona draait zich om en kijkt haar in de ogen.

'Gezien het feit dat Johanna en je jongste dochter nu al meer dan een week bij hem zijn,' zegt hij.

Margot bloost.

'Dat wilde ik geheim houden,' zegt ze.

'Je komt hier altijd met de auto en die zet je in de garage, maar nu zijn je schoenen modderig omdat je vanaf de metro door het Kronobergpark bent gelopen,' begint hij. 'En toen we elkaar woensdagavond tegenkwamen, had je geen paardenhaar op je jas. Ik denk dat er een zwaarwegende reden moet zijn dat Johanna de auto neemt, omdat jij die nodig hebt om met de oudere meisjes naar de manege op Värmdö te rijden. Dat sla je nooit over, dat is belangrijk voor je, je bent zelf een paardenmeisje geweest. En als Johanna de auto heeft genomen kan het niet haar moeder zijn die ziek is, want die woont in Spanje.'

'Het paardrijden was gisteren,' zegt Margot. 'Waarom zei je dat ze al een week bij Johanna's vader waren?'

'Om de twee weken, op donderdag, zijn je nagels altijd mooi gelakt, daar helpt Johanna je mee. Ditmaal waren de nagels van je rechterhand wat slordig gelakt.'

'Ik kan dat niet met links,' mompelt ze.

'Op jouw telefoon zitten behalve jouw vingerafdrukken ook altijd kleinere, omdat Alva hem vaak gebruikt, maar nu staan alleen die van jou erop. Daarom nam ik aan dat ze met Johanna mee was gegaan.'

Margot doet haar mond dicht, leunt achterover en kijkt hem aan.

'Je speelt vals.'

'Oké.'

'Misschien ben ik niet echt ontvankelijk voor jouw charme,' zegt ze.

'Welke charme?'

'Joona, ik dreig niet graag met disciplinaire maatregelen, maar als...'

Joona sluit de deur en loopt de gang door naar zijn kamer.

20

Joona staat voor de foto aan de muur en kijkt naar de sierlijke hoofdletter T, de Latijnse letter die afstamt van de Griekse tau, die op zijn beurt ooit een kruis was.

De verdwijning van Jenny Lind was een nationale aangelegenheid geworden, zoals dat met sommige zaken gaat, terwijl andere in het vergeetboek raken. Sociale media explodeerden, iedereen zette zich in, een heleboel vrijwilligers hielpen met zoeken en de foto van Jenny Lind circuleerde overal.

Joona kan zich Jenny's ouders, Bengt en Linnea Lind, nog goed herinneren, van hun eerste hartverscheurende ontmoetingen met de pers tot de laatste verbitterde, waarna ze verstomden.

Vijf dagen na de ontvoering nodigde het nieuwsprogramma *Aktuellt* hen uit. Jenny's moeder voerde het woord, haar stem was gebroken van het huilen en als het haar te veel werd, sloeg ze haar hand voor haar mond. Jenny's vader was stil en formeel en kuchte aarzelend voordat hij antwoord gaf. Haar moeder zei dat ze zeker wist dat haar dochter nog leefde, dat ze dat voelde in haar hart.

'Jenny is bang en verward, maar ze leeft, dat weet ik,' zei ze steeds weer.

Het item eindigde met een smeekbede van de ouders aan de dader.

Joona weet dat ze hulp hadden gekregen van de politie met wat ze moesten zeggen, maar hij denkt niet dat ze een script volgden toen ze voor de camera's stonden.

Achter hen werd een foto van Jenny geprojecteerd.

Haar vader deed zijn best om zijn stem in bedwang te houden.

'Dit is onze dochter, ze heet Jenny, ze is een vrolijke meid die van boeken houdt... en wij houden van haar,' begon hij en hij veegde de tranen van zijn wangen.

'Alsjeblieft,' vroeg de moeder. 'Doe mijn kleine meisje niets aan, dat mag je niet doen... Ik mag dit niet zeggen, maar als je geld wilt, dan betalen we dat, heus, we verkopen ons huis en de auto, alles wat we hebben, elk klein dingetje, als we haar maar terugkrijgen, ze is ons zonnetje en onze...'

Haar moeder begon hevig te huilen en verborg haar gezicht in haar handen. Jenny's vader sloeg een arm om haar heen, probeerde haar te kalmeren en richtte zich toen weer tot de camera.

'Als jij onze dochter hebt ontvoerd,' zei hij met bevende stem, 'weet dan dat we je alles vergeven. Als we haar terugkrijgen, vergeten we wat er is gebeurd en gaan we allemaal verder met ons leven.'

Het intensieve zoeken ging wekenlang door. De media rapporteerden dagelijks over verschillende sporen, tips en miskleunen van de politie.

De Zweedse regering loofde een beloning van tweehonderdduizend euro uit voor tips die ertoe konden leiden dat Jenny Lind werd gevonden.

Er werden tienduizenden vrachtwagens doorzocht en er werd gekeken of het profiel van de banden overeenkwam met de gevonden afdrukken.

Maar ondanks alle middelen en de gigantische aantallen tips van burgers hielp niets het vooronderzoek verder – en uiteindelijk hield het allemaal op. De ouders smeekten de politie om het niet op te geven, maar ze hadden elk spoor gevolgd zonder enig resultaat.

Jenny Lind was verdwenen.

De ouders namen een privédetective in de arm, staken zich in de schulden en moesten hun huis verkopen, waarna ze zich terugtrokken uit de publiciteit en door de media werden vergeten.

Joona's telefoon gaat en hij loopt naar zijn bureau, kijkt op het scherm en ziet dat het de Naald is.

'Je hebt een paar keer gebeld,' zegt de Naald met zijn krasserige stem.

'Ik wil weten hoe het met Jenny Lind gaat,' legt Joona uit en hij gaat achter zijn bureau zitten.

'Daar mag ik het niet met je over hebben, maar we zijn klaar... ik stuur het verslag zodra we de laatste uitslagen binnen hebben.'

'Is er iets wat ik nu al zou moeten weten?' vraagt Joona en hij strekt zich uit naar een pen en papier.

'Niets uitzonderlijks, behalve de plek op haar achterhoofd.'

'Is ze verkracht?'

'Daar zijn geen fysieke tekenen van.'

'Kun je het tijdstip van overlijden bevestigen?'

'Jazeker.'

'Tien over drie zeiden de technici,' zegt Joona.

'Ik houd het erop dat ze om tien voor halfvier is overleden,' zegt de Naald.

'Om tien voor halfvier?' herhaalt Joona en hij legt zijn pen neer.

'Ja.'

'Als je zegt dat je het daarop houdt, dan bedoel je dat je het zeker weet,' zegt Joona en hij staat op van zijn stoel.

'Ja.'

'Ik moet met Aron praten,' zegt Joona en hij beëindigt het gesprek.

Vanaf nu moeten ze de ooggetuige als verdachte beschouwen. Ze moeten een opsporingsbericht laten uitgaan, misschien een nationaal alarm afkondigen.

Joona hoeft de films van de beveiligingscamera niet nog eens te zien om te weten dat de man met de hond de dader kan zijn.

Achttien minuten over drie laat de man de riem los en loopt de blinde zone in richting speelplaats. Twee minuten later is Jenny dood en hij kan dus geen tijd hebben gehad om de lier op het klimrek te bevestigen, maar hij kan er wel naartoe lopen en aan de slinger draaien – hij kan zonder twijfel haar moordenaar zijn.

21

Pamela kijkt op de klok. Het is laat in de middag en ze is alleen op het architectenbureau. Het is zo warm buiten dat druppels condens in stroompjes over de koude ruit lopen. Over een minuut gaat ze skypen met Mia. Ze drinkt het laatste beetje wodka uit het glazen potje, neemt nog een pepermuntje, gaat achter de computer zitten en opent het programma.

Het scherm wordt donker en dan ziet Pamela een oudere vrouw met een grote bril en ze begrijpt dat dat de begeleidster is.

De vrouw glimlacht vreugdeloos naar Pamela en vertelt met blikkerige stem hoe het er in de regel aan toegaat bij dit soort gesprekken. Bijna buiten beeld vangt ze een glimp op van Mia. Het blauwe en roze haar hangt aan weerszijden van haar bleke gezicht.

'Shit, moet dat?' vraagt Mia.

'Ga nu maar zitten,' zegt de begeleidster en ze staat op.

Mia zucht en gaat zo zitten dat ze maar half te zien is.

'Hallo, Mia,' probeert Pamela en ze glimlacht breed.

'Hallo,' zegt Mia met afgewend gezicht.

'Ik laat jullie alleen,' zegt de begeleidster en ze loopt de kamer uit.

Het wordt even stil.

'Dit is een rare situatie, dat weet ik,' zegt Pamela. 'Maar de bedoeling is dat we even praten om elkaar beter te leren kennen, dat hoort bij de procedure.'

'Whatever,' zegt Mia met een zucht en ze blaast het haar uit haar ogen.

'Nou... hoe gaat het met je?'

'Goed.'

'Is het in Gävle net zo warm als in Stockholm? Hier hebben we een complete hittegolf, mensen hebben geen puf om te werken, ze zwemmen in de fonteinen om af te koelen.'

'Het leven is zwaar,' mompelt Mia.

'Ik zit op mijn kantoor,' zegt Pamela. 'Heb ik al verteld dat ik architect ben? Ik ben eenenveertig, al vijftien jaar getrouwd met Martin en we wonen in de Karlavägen in Stockholm.'

'Oké,' antwoordt Mia zonder op te kijken.

Pamela kucht en leunt naar voren.

'Eén ding dat je moet weten is dat Martin psychische problemen heeft, hij is heel aardig maar hij heeft een dwangstoornis, OCS, hij praat niet veel en soms krijgt hij een angstaanval, maar het gaat steeds beter met hem...'

Ze zwijgt en slikt moeizaam.

'We zijn niet perfect, maar we houden van elkaar en hopen dat je bij ons wilt wonen,' zegt ze. 'Dat je het in ieder geval wilt proberen. Wat zeg je ervan?'

Mia haalt haar schouders op.

'Je krijgt een eigen kamer, met een heel mooi uitzicht over de daken,' gaat Pamela verder en ze voelt dat haar glimlach niet echt meer is. 'Verder zijn we vrij gewoon, we gaan graag naar de film, uit eten, reizen, shoppen. Wat vind jij leuk om te doen?'

'Slapen zonder dat iemand me probeert kwaad te doen of te verkrachten. YouTube, het gebruikelijke.'

'Van wat voor eten hou je?'

'Ik moet gaan,' zegt Mia en ze wil opstaan.

'Heb je vrienden?'

'Pontus.'

'Zijn jullie een stel? Sorry, dat gaat mij niets aan.'

'Nee,' zegt Mia.

'Ik ben gewoon een beetje zenuwachtig,' geeft Pamela toe.

Mia gaat weer zitten en blaast haar uit haar gezicht.

'Hoe zie je de toekomst?' probeert Pamela. 'Wat voor werk wil je doen? Waar droom je van?'

Mia schudt vermoeid haar hoofd.

'Sorry, maar dat wordt me te...'

'Wil je mij nog iets vragen?' zegt Pamela.

'Nee.'

'Geen vragen? Of dingen die je me wilt vertellen?'

Het meisje kijkt op.

'Ik ben lastig,' deelt ze mee. 'Ik ben waardeloos, niemand houdt van me.'

Pamela dwingt zichzelf om dat niet tegen te spreken.

'Ik ben bijna achttien en dan hoeft de maatschappij niet meer te doen alsof ik hun ook maar iets kan schelen.'

'Daar heb je een punt.'

Mia kijkt Pamela twijfelend aan.

'Waarom wil je dat ik bij jullie kom wonen?' vraagt ze even later. 'Jij bent architect, je bent rijk, je woont in het centrum van Stockholm. Als je geen kind kunt krijgen, adopteer je toch een lief meisje uit China?'

Pamela knippert met haar ogen en hapt naar adem.

'Ik heb dit niet aan je begeleidster verteld,' zegt ze met gedempte stem. 'Maar ik heb mijn dochter verloren toen ze zo oud was als jij nu. Ik heb dat niet gezegd omdat ik niet vreemd over wil komen en je niet bang wil maken, het is niet zo dat ik denk dat jij haar plaats kunt innemen... Ik denk alleen dat mensen die veel hebben verloren elkaar kunnen helpen, omdat ze dingen begrijpen.'

Mia leunt naar voren.

'Hoe heette ze?' vraagt ze ernstig.

'Alice.'

'In ieder geval niet Mia.'

'Nee,' zegt Pamela en ze glimlacht.

'Wat is er gebeurd?'

'Ze is verdronken.'

'Wat erg.'

Ze zwijgen even.

'Ik heb daarna problemen gekregen met drank,' bekent Pamela.

'Drank,' herhaalt Mia sceptisch.

'Hier zat wodka in. Dat heb ik gedronken om jou te kunnen bellen,' zegt ze en ze laat het potje zien.

Ze ziet dat Mia's gezicht minder gespannen is. Ze leunt achterover en kijkt een hele poos naar Pamela's gezicht op het scherm.

'Nu snap ik het iets beter... En misschien kan het werken tussen ons,' zegt ze. 'Maar je moet stoppen met drinken en je moet ervoor zorgen dat Martin zijn leven weer op de rails krijgt.'

*

Pamela voelt zich rusteloos als ze het kantoor uit stapt en in de warme lucht komt. Ze besluit een stukje te lopen voordat ze naar huis en naar Martin gaat.

Onder het lopen herhaalt ze het gesprek met Mia telkens weer in haar hoofd en ze vraagt zich af of ze er verkeerd aan heeft gedaan om over Alice te vertellen.

Ze pakt haar telefoon en belt Dennis, ze komt langs het oude antiquariaat terwijl de telefoon overgaat.

'Dennis Kratz,' zegt hij net als altijd.

'Met mij,' zegt ze.

'Sorry, dat had ik gezien... Maar mijn mond deed hetzelfde als altijd. Eigenlijk zijn het geen woorden, meer een soort spiergeheugen.'

'Ik weet het.' Ze glimlacht.

Dennis en zij kennen elkaar al sinds de middelbare school en nog steeds neemt hij op met zijn achternaam, ook als hij ziet dat zij het is.

'Hoe gaat het met Martin?'

'Vrij goed, vind ik,' antwoordt ze. 'Hij is 's nachts nogal onrustig, maar...'

'Reken niet op een wonder.'

'Nee, dat...'

Ze zwijgt en laat een paar fietsen passeren voordat ze de straat oversteekt.

'Wat is er?' vraagt Dennis, alsof hij haar gezicht kan zien.

'Ik weet dat jij het te vroeg vindt, maar ik heb een eerste gesprek met Mia gehad.'

'Wat zegt jeugdzorg ervan?'

'We hebben de eerste horde genomen, maar ik bedoel, het onderzoek is nog niet afgerond en er is nog geen besluit genomen.'

'Maar je hoopt hier echt op?'

'Ja, dat wel,' zegt ze en ze ziet een paar jonge vrouwen die in hun ondergoed op een grasveldje in de zon gaan liggen.

'Wordt het niet te veel voor je, denk je?'

'Je kent me, niets is me te veel,' zegt ze.

'Je moet het maar zeggen als ik iets kan doen.'

'Dat is lief van je.'

Pamela beëindigt het gesprek, ze loopt langs een apotheek en een tabakszaak als ze vanuit een ooghoek iets opvangt.

Ze blijft abrupt staan, draait zich om en staart naar een aanplakbiljet van *Aftonbladet* met het laatste nieuws.

'De Beul', luidt de kop.

Een foto van de speelplaats in het Observatorielunden die schuin vanboven is gemaakt. De politie heeft het gebied met plastic linten en dranghekken afgezet.

In de verte zijn auto's van hulpdiensten te zien.

Een meisje in een leren jack en een jurk is opgehangen aan een klimrek.

Het piekerige haar verbergt het grootste gedeelte van haar gezicht.

Pamela's hart klopt in haar keel.

Het is de tekening van Martin.
Die hij ’s nachts had gemaakt.
Bijna exact.
Hij moet vóór de politie op de speelplaats zijn geweest.

22

Pamela wankelt op haar benen als ze een achterafstraatje inslaat, langs een gele vuilcontainer loopt en in een portiek gaat staan.

Het vinden van een dood meisje zou voor iedereen een schok zijn geweest.

Nu begrijpt ze waarom Martin niet kon slapen. Hij heeft met die beelden rondgelopen, maar er niet over durven praten.

Ten slotte nam hij een overdosis Stesolid en slaagde erin een tekening te maken.

Haar handen trillen als ze haar telefoon pakt en naar de website van *Aftonbladet* gaat.

Ze moet langs advertenties van Volvo en twee gokbedrijven voordat ze het artikel kan openen.

Haar ogen springen gestrest door de tekst, terwijl ze leest.

Het dode meisje is in de nacht van dinsdag op woensdag in de speeltuin van het Observatorielunden gevonden.

De dader is nog niet gepakt, aldus Aron Beck van de politie van Stockholm, die het onderzoek leidt.

Pamela klikt de website van de politie aan en probeert te begrijpen hoe ze met Aron Beck in contact kan komen.

Behalve het alarmnummer kan ze alleen een algemeen, landelijk nummer vinden.

Via een stemgestuurde computer komt ze uiteindelijk bij een echt mens. Pamela vertelt dat ze Aron Beck wil spreken over de moord op de speelplaats.

Nadat ze haar naam en telefoonnummer heeft achtergelaten, stopt ze haar telefoon in haar tas. Ze heeft een brok in haar keel van angst, waardoor ze moeilijk kan slikken. Ze bedenkt dat ze naar huis moet gaan en Martin moet laten vertellen over wat hij heeft gezien.

Er is een meisje vermoord op de speelplaats.

Pamela probeert rustig te worden, ze leunt tegen de deur achter zich en doet haar ogen dicht.

Ze schrikt van de telefoon die overgaat, vindt hem in haar tas en ziet in een flits dat de beller niet een van haar contacten is.

'Met Pamela,' zegt ze afwachtend.

'Dag, met Aron, ik ben inspecteur van politie in de regio Stockholm en ik heb begrepen dat u mij wilde spreken,' zegt een man op vermoeide toon.

Pamela kijkt door het lege achterafstraatje.

'Ja, ik las zojuist in *Aftonbladet* over het vermoorde meisje op de speelplaats en ik begreep dat u het onderzoek leidt.'

'Waar gaat het om?' vraagt hij.

'Ik denk dat mijn man iets gezien kan hebben toen hij dinsdagnacht de hond uitliet... Hij kan zelf niet bellen, omdat hij een ernstige psychische stoornis heeft.'

'We moeten hem meteen spreken,' zegt Aron met een nieuwe klank in zijn stem.

'Het probleem is dat het heel moeilijk is om met hem te praten.'

'Kunt u om te beginnen vertellen waar hij nu is?' vraagt Aron.

'Hij is thuis, op Karlavägen 11,' antwoordt ze. 'Ik kan er over twintig minuten zijn als er haast bij is.'

Pamela begint te lopen, passeert de vuilcontainer en slaat de Drottninggatan in, waar ze bijna wordt aangereden door een man op een elektrische step.

'Sorry,' zegt ze automatisch.

Pamela wil achter het cultureel centrum langs naar de hoger gelegen Regeringsgatan lopen, maar het hele Brunkebergstorg ligt open en ze moet terug naar de Drottninggatan.

Geen probleem, denkt ze.

Er is nog tijd genoeg.

Een kwartier na het gesprek met de politieman rent Pamela de Kungstensgatan op. Ze ademt snel en haar blouse plakt aan haar rug. Met bonzend hart slaat ze de Karlavägen in en ziet vijf of zes politiewagens met zwaailicht.

Ze hebben de hele straat en het trottoir voor haar portiek geblokkeerd.

Er zijn al nieuwsgierigen samengedromd.

Twee agenten in kogelwerende vesten staan tegen de gevel gedrukt met getrokken wapens, terwijl twee andere ieder aan een kant van het trottoir op de uitkijk staan.

Als de eerste agent haar ziet, steekt hij een hand op om haar tegen te houden.

Het is een grote man met een blonde baard en een diep litteken op zijn neus.

Pamela loopt door, terwijl ze knikt en probeert aan te geven dat ze toch met hem moet praten.

'Pardon,' zegt ze. 'Ik woon hier en...'

'U moet wachten,' valt hij haar in de rede.

'Ik wil alleen zeggen dat dit een misverstand moet zijn, ik heb de politie gebeld om...'

Ze zwijgt abrupt als er opgewonden stemmen klinken in het trappenhuis. De deur gaat open en twee andere politiemensen met een helm op en een kogelwerend vest aan slepen Martin in zijn pyjamabroek naar buiten.

'Wat doen jullie?' schreeuwt Pamela. 'Zijn jullie helemaal gek?'

'Rustig aan.'

'Zo kun je mensen niet behandelen! Hij is ziek, jullie maken hem bang...'

De agent met de blonde baard houdt haar tegen.

Martins armen zijn op zijn rug geboeid. Hij heeft een bloedneus en ziet er bang en verward uit.

'Wie heeft hier de leiding?' vraagt Pamela met schelle stem. 'Aron

Beck? Praat met hem, bel hem en vraag of…'

'Nee, u luistert nu naar mij,' kapt hij haar af.

'Ik probeer alleen…'

'U doet rustig en u bewaart afstand.'

Er stroomt bloed over Martins mond en kin.

Een jonge vrouw die in een galerie in de buurt werkt, staat aan de andere kant van de afzetting te filmen met haar telefoon.

'Jullie begrijpen het niet,' zegt Pamela en ze probeert haar stem weer enigszins autoritair te laten klinken. 'Mijn man is geestelijk ziek, hij lijdt aan een ernstige vorm van PTSS.'

'Ik arresteer u als u niet rustig wordt,' zegt de agent en hij kijkt haar aan.

'U wilt mij arresteren omdat ik boos word?'

De agenten houden Martin stevig bij zijn bovenarmen vast. Als hij dreigt te struikelen, tillen ze hem op. Zijn blote voeten zweven boven de stoeptegels. Martin hijgt van de pijn in zijn schouders, maar zegt niets.

'Martin!' roept Pamela.

Zijn ogen gaan zoekend rond, maar voordat hij haar heeft gelokaliseerd, wordt zijn hoofd naar beneden geduwd en moet hij in de auto gaan zitten.

Pamela probeert bij hem te komen, maar de agent met de blonde baard pakt haar bij de arm en duwt haar tegen de bakstenen gevel.

23

In de raamloze verhoorkamer van de Norrmalmpolitie ruikt het naar zweet en vieze vloeren. Aron Beck kijk naar de man die als Martin Nordström geïdentificeerd is. Hij heeft opgedroogd bloed op zijn gezicht en een prop papier in zijn ene neusgat. Zijn grijze haar staat rechtovereind. De schakels van de handboeien lopen onder een stevige metalen beugel op de tafel voor hem door. Hij draagt groene gevangeniskleren, een T-shirt en een broek.

Alles wat hij zegt en doet wordt gefilmd en opgenomen.

Eerst wilde hij niet antwoorden op de vraag of hij wilde worden bijgestaan door een advocaat. Toen Aron de vraag herhaalde, schudde hij alleen zijn hoofd.

Nu zijn beide mannen stil.

Alleen het zachte brommen van het armatuur aan het plafond is te horen. Het licht van de tl-buizen flikkert even.

Martin doet continu pogingen om zich om te draaien, alsof hij wil weten of er iemand achter hem in de kamer is.

'Kijk me aan,' zegt Aron.

Martin draait terug, kijkt Aron even aan en slaat dan zijn ogen weer neer.

'Weet u waarom u hier zit?'

'Nee,' fluistert Martin.

'U hebt in de nacht van dinsdag op woensdag uw hond uitgelaten. Rond drie uur 's nachts bevond u zich op het grasveld naast de Handelshogeschool.'

Aron wacht even.

'Vlak bij de speelplaats,' voegt hij er dan aan toe.

Martin probeert op te staan, maar wordt door de handboeien tegengehouden. Het rammelt en hij gaat abrupt weer zitten.

Aron leunt naar voren.

'Wilt u vertellen wat daar is gebeurd?'

'Dat weet ik niet meer,' zegt Martin bijna onhoorbaar.

'Maar u weet nog wel dat u daar was, of niet?'

Martin schudt zijn hoofd.

'Maar iets weet u vast nog wel,' zegt Aron. 'Begin daar eens mee, begin met wat u zich op dit moment herinnert, neem de tijd.'

Martin kijkt weer over zijn schouder en daarna onder de tafel, waarna hij recht gaat zitten.

'We blijven hier net zo lang zitten totdat u gaat praten,' zegt Aron en hij zucht als Martin voor de derde keer over zijn schouder kijkt.

'Wat zoekt u?'

'Niets.'

'Waarom ging u staan toen ik de speelplaats achter de Handelshogeschool noemde?'

Hij geeft geen antwoord en blijft zwijgend naar een punt naast Aron zitten kijken.

'Het lijkt misschien moeilijk,' gaat Aron verder. 'Maar de meeste mensen ervaren een gevoel van opluchting als ze eindelijk de waarheid vertellen.'

Martin kijkt Aron even aan en richt dan zijn blik op de deur.

'We doen het zo, Martin, kijk me aan, ik zit hier,' zegt Aron en hij opent een zwarte map.

Martin kijkt hem aan.

'Weet je dit nog?' vraagt Aron en hij schuift een foto over de tafel.

Martin leunt achterover, zodat zijn armen gestrekt worden en de huid van zijn handruggen rimpelt.

Hij ademt snel en knijpt zijn ogen dicht.

De foto geeft een scherp beeld van het opgehangen meisje. Een moment lang verlicht de flits van de camera elk detail, voordat de donkere omgeving zich weer om haar sluit.

De regendruppels hangen stil en verlicht in de lucht rond Jenny Lind.

Het natte haar dat het grootste deel van haar gezicht bedekt heeft de kleur van gelakt eiken. De punt van haar kin en de open mond zijn vaag te zien tussen de pieken door. De stalen kabel snijdt in de huid, er is bloed langs haar hals gelopen, het heeft haar jurk bijna zwart gekleurd.

Aron haalt de foto weg en stopt hem weer in de map.

Martin wordt langzaam rustiger.

Zijn handen zijn bijna wit als hij weer naar voren leunt over de tafel.

Zijn bleke gezicht is bezweet en zijn ogen zijn bloeddoorlopen.

Hij zit stil, met neergeslagen ogen.

Zijn kin trilt alsof hij zijn best doet om niet te gaan huilen.

'Dat was ik, ik heb haar vermoord,' fluistert hij en hij gaat weer sneller ademhalen.

'Vertel het maar in je eigen woorden,' zegt Aron.

Martin schudt zijn hoofd en wiegt angstig heen en weer met zijn bovenlichaam.

'Rustig maar,' zegt Aron en hij glimlacht vriendelijk. 'Je voelt je beter als je alles hebt verteld, echt waar.'

Martin stopt met wiegen en ademt snel door zijn neus.

'Wat is er gebeurd, Martin?'

'Dat weet ik niet meer,' antwoordt hij en hij slikt hoorbaar.

'Natuurlijk weet je dat nog wel – je vertoonde een heftige reactie op de foto van het slachtoffer, je zei dat je haar hebt vermoord,' zegt Aron en hij hapt naar adem. 'Niemand is boos op je, maar je moet vertellen wat er is gebeurd.'

'Ja, maar ik...'

Hij zwijgt, kijkt eerst over zijn schouder en daarna onder de tafel.

'Je hebt bekend dat je het meisje op de speelplaats hebt vermoord.'

Hij knikt en friemelt aan de schakels tussen de handboeien.

'Ik weet er niets meer van,' zegt hij zacht.

'Maar je weet nog wel dat je zojuist de moord hebt bekend?'

'Ja.'

'Weet je wie ze is?'

Hij schudt zijn hoofd en kijkt dan naar de deur.

'Hoe heb je haar vermoord?'

'Wat?'

Martin kijkt Aron met een lege blik aan.

'Hoe heb je het gedaan? Hoe heb je het meisje gedood?'

'Dat weet ik niet,' fluistert Martin.

'Heb je het alleen gedaan? Of waren jullie met meer?'

'Daar kan ik geen antwoord op geven.'

'Maar kun je wel zeggen waarom je het hebt gedaan? Wil je me dat vertellen?'

'Dat weet ik niet meer.'

Met een diepe zucht staat Aron op en hij loopt zonder iets te zeggen de kamer uit.

24

Joona stopt zijn zonnebril in het borstzakje van zijn overhemd, terwijl hij door de lange gang van politiebureau Norrmalm loopt.

Collega's in uniform en in burger bewegen zich in verschillende richtingen.

Aron Beck staat wijdbeens en met zijn handen op zijn rug bij de koffieautomaten te wachten.

'Wat doe jij hier?' vraagt hij.

'Ik wil graag bij het verhoor zijn,' antwoordt Joona.

'Te laat – hij heeft al bekend,' zegt Aron en hij haalt de glimlach van zijn gezicht.

'Goed werk,' zegt Joona.

Aron houdt zijn hoofd achterover en kijkt Joona aan.

'Ik heb net met Margot gesproken en zij vindt dat het OM het vooronderzoek nu moet overnemen.'

'Dat lijkt me voorbarig,' zegt Joona en hij pakt een kopje uit de kast. 'Je weet toch dat hij geestesziek is?'

'Maar op het tijdstip van de moord was hij ter plaatse en hij heeft schuld bekend.'

'Wat is zijn motief? Wat is zijn band met het slachtoffer?' vraagt Joona en hij drukt op de knop voor espresso.

'Hij zegt dat hij het niet meer weet,' antwoordt Aron.

'Wat weet hij niet meer?' vraagt Joona.

'Hij herinnert zich niets van die avond.'

Joona pakt het kopje en geeft het aan Aron.

'Hoe kan hij de moord dan bekennen?'

'Dat weet ik niet,' zegt Aron en hij kijkt naar het kopje in zijn hand. ‘Maar hij zei bijna meteen dat hij het had gedaan, je kunt de opname wel bekijken als je wilt.’

‘Dat zal ik doen, maar eerst wil ik weten hoe jij het verhoor ziet.’

‘Hè? Wat bedoel je?’ vraagt Aron en hij drinkt van de koffie.

‘Bestaat de mogelijkheid dat je verkeerd hebt begrepen wat hij bekende?’

‘Verkeerd begrepen? Hij zei dat hij het meisje had vermoord.’

‘Wat was de aanleiding voor de bekentenis?’

‘Wat bedoel je?’

‘Wat heb je vlak daarvoor tegen hem gezegd?’

‘Word ik nu verhoord?’ vraagt Aron en hij glimlacht met zijn mondhoeken naar beneden.

‘Nee.’

Aron zet het lege kopje in de gootsteen en veegt zijn handen af aan zijn spijkerbroek.

‘Ik heb hem een foto van het slachtoffer laten zien,’ mompelt hij.

‘Van de plaats delict?’

‘Hij kon het zich niet goed herinneren – ik probeerde hem te helpen.’

‘Ik begrijp het, maar nu weet hij dat het om een opgehangen meisje gaat,’ zegt Joona.

‘We kwamen nergens. Ik moest wel,’ zegt Aron kortaf.

‘Ik vraag me alleen af of hij bijvoorbeeld bedoeld kan hebben dat hij haar indirect heeft vermoord, omdat hij haar niet kon redden.’

‘Nou moet je ophouden.’

‘We weten dat hij geen tijd heeft gehad om de lier aan de paal te bevestigen... De mogelijkheid bestaat natuurlijk dat hij dat al eerder had gedaan, dat hij toen gebruikmaakte van de trap om de camera’s te vermijden, maar dan is het moeilijk te begrijpen dat hij deze route neemt als hij haar gaat vermoorden.’

‘Verdorie, ga dan met hem praten, dan zul je...’

‘Goed,’ valt Joona hem in de rede.

‘Dan zul je zien hoe gemakkelijk het is.’

'Is hij gewelddadig of agressief geweest?'

'Hij heeft zojuist een vreselijke moord bekend, koelbloedig, walgelijk, ik zou hem ophangen met een lier als dat mocht.'

25

Joona klopt even op de deur voordat hij de verhoorkamer binnengaat. Een grote bewaarder met een zwarte baard zit tegenover Martin op zijn mobiel te kijken.

'Neem maar even pauze,' zegt Joona en hij laat de bewaarder naar buiten gaan.

Martins gezicht is vaal en opgezet. Zijn beginnende stoppels geven hem een kwetsbare aanblik. Zijn haar staat rechtovereind, zijn lichte ogen zijn vermoeid en het ruikt naar zweet in de kamer. Zijn handen liggen gevouwen op de bekraste tafel.

'Ik ben Joona Linna, inspecteur bij de nationale operationele politie,' zegt Joona en hij gaat op de stoel tegenover Martin zitten.

Martin knikt nauwelijks merkbaar.

'Wat is er met je neus gebeurd?' vraagt Joona.

Martin raakt zijn neus voorzichtig aan en de bloederige prop valt op de tafel.

'Hebben ze je gevraagd of je aan een ziekte lijdt, of je medicijnen nodig hebt en zo?'

'Ja,' fluistert Martin.

'Mag ik de handboeien afdoen?'

'Dat weet ik niet,' zegt Martin en hij kijkt even over zijn schouder.

'Word je dan gewelddadig?'

Martin schudt zijn hoofd.

'Ik maak ze nu los, maar ik wil dat je de hele tijd op je stoel blijft zitten,' zegt Joona. Hij maakt de handboeien los en stopt ze in zijn zak.

Martin masseert langzaam zijn polsen en laat zijn blik langs Joona heen naar de deur gaan.

Joona haalt een blaadje tevoorschijn, dat hij voor Martins gevouwen handen legt. Hij let op Martins gezicht als hij naar de exacte weergave van het stempel op het achterhoofd van Jenny Lind kijkt.

'Wat is dit?' vraagt Joona.

'Dat weet ik niet.'

'Kijk eens goed.'

'Dat doe ik,' zegt hij zacht.

'Ik heb begrepen dat je een complex posttraumatisch stresssyndroom hebt en dat je problemen hebt met je spraak en je geheugen.'

'Ja.'

'Je hebt de moord op een jonge vrouw bekend, toen je daarnet met mijn collega praatte,' zegt Joona. 'Kun je mij vertellen hoe ze heet?'

Hij schudt zijn hoofd.

'Weet je hoe ze heet?' vraagt Joona nog eens.

'Nee,' fluistert Martin.

'Wat herinner je je van die nacht?'

'Niets.'

'Hoe weet je dat jij die vrouw hebt vermoord?'

'Als jullie zeggen dat ik dat heb gedaan, wil ik dat wel bekennen en mijn straf ondergaan,' zegt Martin.

'Het is mooi dat je wilt bekennen, maar daarvoor moeten we wel weten wat er is gebeurd.'

'Oké.'

'We weten dat jij daar was toen zij gedood werd, maar dat wil niet automatisch zeggen dat jij haar hebt gedood.'

'Dat dacht ik,' zegt hij bijna zonder geluid.

'Dat is niet zo.'

'Maar...'

De tranen stromen over Martins wangen en druppelen tussen zijn handen op de tafel. Joona geeft een papieren zakdoekje aan Martin, die zachtjes zijn neus snuit.

'Waarom praat je de hele tijd zo zacht?'

'Dat moet,' zegt hij en hij kijkt naar de deur.

'Ben je bang voor iemand?'

Hij knikt.

'Voor wie?'

Hij antwoordt niet, kijkt alleen nog eens over zijn schouder.

'Martin, is er iemand die jou zou kunnen helpen herinneren?'

Hij schudt zijn hoofd.

'Je psychiater in het Sankt Göran Ziekenhuis, bijvoorbeeld,' verduidelijkt Joona.

'Misschien.'

'We kunnen het proberen, is dat een goed idee?'

Hij knikt heel licht.

'Heb je vaker last van geheugenverlies?'

'Dat weet ik niet meer,' grapt hij en hij slaat zijn ogen neer als Joona lacht.

'Nee, natuurlijk niet.'

'Ik heb vaak dat ik dingen niet meer weet,' fluistert hij.

Iemand loopt zingend en rammelend met een sleutelbos door de gang. Als hij langsloopt bonst zijn wapenstok per ongeluk tegen de deur.

Martin schrikt en kijkt bang.

'Ik denk dat je die nacht iets vreselijks hebt gezien,' zegt Joona, terwijl hij naar Martins gezicht kijkt. 'Iets wat zo verschrikkelijk was dat je het moeilijk vindt eraan te denken... maar jij en ik weten allebei dat wat je gezien hebt nog in je hersenen zit, en ik wil dat je nu eerst het weinige vertelt wat je nog weet.'

Martin kijkt naar de tafel en zijn lippen bewegen alsof hij woorden probeert te vinden die lang geleden verloren zijn gegaan.

'Het regende,' zegt Joona.

'Ja,' zegt Martin en hij knikt.

'Herinner je je het geluid op de paraplu?'

'Ze stond als...'

Hij zwijgt als het slot rammelt en de deur opengaat. Aron komt met grote stappen binnen.

'Het verhoor is afgelopen, de officier van justitie heeft het vooronderzoek overgenomen,' deelt hij mee en hij schraapt even zijn keel.

'Martin,' zegt Joona, alsof Aron er niet is. 'Wat wilde je zeggen?'

'Wat?'

Martin kijkt hem vragend aan en bevochtigt zijn lippen.

'Het is nu klaar,' zegt Aron en hij wenkt de grote bewaarder.

'Je wilde net vertellen wat je zag,' gaat Joona verder en hij probeert Martins blik vast te houden.

'Dat weet ik niet meer.'

Aron pakt het logboek van de bewaarder en tekent voor de komende overplaatsing.

'Geef me een minuut, Aron.'

'Dat gaat helaas niet, daar ga ik niet meer over,' antwoordt hij afwijzend.

De bewaarder trekt Martin overeind en vertelt hem dat hij teruggaat naar zijn cel en dat hij iets te eten zal krijgen.

'Martin,' dringt Joona aan. 'De regen kletterde op de paraplu, je keek naar de speelplaats en de jonge vrouw stond als – vertel wat je wilde zeggen.'

Martins mond gaat open, maar er komt geen geluid uit. De bewaarder pakt hem bij zijn bovenarm en neemt hem mee de verhoorkamer uit.

26

Pamela parkeert voor het Karolinska Ziekenhuis, steekt de Solna kyrkväg over en loopt door het hek de Norra-begraafplaats op.

Ze is hier zo vaak geweest dat ze automatisch de beste route kiest in het grote netwerk van paden tussen grafstenen en mausolea door.

De agent die haar afgelopen vrijdag tegen de muur duwde, zei niet waar ze Martin naartoe zouden brengen. Ze trilde nog steeds over haar hele lichaam toen ze de trap op klom naar het appartement. De deur stond wijd open en het opengebroken slot lag in stukken op de vloer. Ze raapte de delen op, sloot de deur en deed de veiligheidsdeur achter zich op slot, pakte een Citodon uit een strip van Martin, ging achter de computer zitten, vond een telefoonnummer van de Dienst Justitiële Inrichtingen en kreeg te horen dat Martin in de gevangenis van Kronoberg zat.

Ze pakte snel een tas voor hem in, met kleren en zijn portemonnee, ging er met een taxi naartoe, maar werd niet binnengelaten door de portier. Hij nam de tas in ontvangst, maar weigerde haar met iemand te laten praten over Martins psychische toestand en zijn behoefte aan medicijnen en zorg.

Ze wachtte drie uur voor de hekken in de Bergsgatan en toen de portier werd afgelost door een collega deed ze een nieuwe poging, eveneens vergeefs, waarna ze het opgaf en naar huis ging.

Laat in de avond kreeg ze te horen dat Martin in verzekering was gesteld op verdenking van de moord op Jenny Lind.

Het meisje dat vijf jaar geleden was verdwenen.

Nu is Pamela's ergste boosheid over en veranderd in een vermoeide verbazing over de absurditeit van het leven.

Martin heeft het dode meisje op de speelplaats gezien, misschien is hij zelfs getuige geweest van de moord, maar in plaats van te luisteren naar wat hij kon vertellen hebben ze hem opgesloten.

Pamela stapt de schaduw onder de iep in, pakt de klapstoel, loopt ermee naar het graf van Alice en gaat zitten.

De zon valt op het donkere graniet en de inscriptie, de viooltjes en het schaaltje met zuurstokken.

Bij de noordelijke kapel klinkt het geratel van een grasmaaier en het verkeer op de snelweg is vaag te horen als onweer in de verte.

Pamela praat tegen Alice over alles wat er de afgelopen dagen is gebeurd, dat Jenny Lind is gevonden, opgehangen midden in Stockholm, dat Martin een tekening heeft gemaakt van de plaats delict en dat ze de politie heeft gebeld omdat hij hen misschien zou kunnen helpen.

Pamela zwijgt als een vrouw met een rollator langskomt over het voetpad en wacht tot ze verdwenen is. Dan vertelt ze waar ze voor komt.

'Alice, ik hou van je,' zegt ze en ze haalt diep adem. 'Er is iets wat... Je moet het niet verkeerd opvatten, maar ik heb contact met een meisje van zeventien, ze woont in een opvanghuis in Gävle... Ik wil dat ze bij ons komt wonen, dat ze een veilig plekje krijgt in het leven...'

Pamela gaat op haar knieën zitten en legt haar handpalmen op het zonnewarme gras op het graf.

'Je moet niet denken dat ze jou kan vervangen, dat kan ze nooit... Ik wil jou geen verdriet doen, maar ik heb het gevoel dat dit goed zou kunnen zijn voor haar, voor Martin en voor mij... sorry.'

Pamela veegt haar ogen af en slikt haar tranen in, zodat ze er keelpijn van krijgt. Ze staat op, loopt snel over het smalle voetpad en wendt haar gezicht af als ze een oude man tegenkomt met een rode roos in zijn hand.

Een zwaluw duikt steil naar beneden, jaagt over het pas gemaaide gras en keert weer om naar boven.

Pamela loopt snel door de laan en realiseert zich dat ze vergeten is de stoel weer in de boom te hangen, maar ze kan zich er niet toe zetten terug te gaan.

Ze heeft het gevoel dat haar bewegingen eigenaardig stijf zijn als ze over het trottoir naar het parkeerterrein loopt.

De tranen springen haar weer in de ogen en ze stapt snel in de auto, slaat haar handen voor haar gezicht en huilt zo dat ze kramp in haar middenrif krijgt.

Even later heeft ze haar ademhaling weer onder controle, ze vermant zich en start de auto.

Ze rijdt het korte stukje naar huis, zet de auto in de garage en loopt het gebouw binnen met haar behuilde gezicht naar de grond.

Als ze het appartement binnengaat, rilt ze van de kou. Ze doet de veiligheidsdeur op slot, hangt de sleutels aan de haak bij de deur en gaat naar de badkamer, trekt haar kleren uit, gaat onder de douche staan en laat zich door het dampende water omsluiten.

Ze doet haar ogen dicht, haar lichaam raakt ontspannen en ze wordt langzaam weer warm.

Als ze de badkamer verlaat, ligt de avondzon die door het raam naar binnen valt als een lichtgevend pad op de parketvloer.

In de slaapkamer hangt ze het badlaken aan een haak en gaat naakt voor de grote spiegel staan.

Ze houdt haar buik in, gaat op haar tenen staan en bekijkt zichzelf, de rimpelige knieën, de bovenbenen en het donkerrode schaamhaar.

Haar schouders zijn nog rood van de warme douche.

Pamela hult zich in haar ochtendjas, loopt naar de keuken en gaat met haar iPad aan de eettafel zitten.

Haar hart bonst als ze de speculaties van de kranten over de moord op Jenny Lind leest. De politie heeft geen mededelingen gedaan, maar het besluit tot inverzekeringstelling circuleert al overal op internet, samen met Martins naam en foto.

Pamela klikt het icoontje van het mailprogramma aan, ziet dat ze een bericht van jeugdzorg heeft en opent het.

Onderzoek volgens hoofdstuk 11 § 1 van de Wet op de Sociale Dienstverlening

Heden is besloten tot afwijzing van de aanvraag van Pamela Nordström om in opdracht van jeugdzorg een kind op te vangen voor tijdelijke of permanente zorg en opvoeding.

Naar aanleiding van binnengekomen informatie betreffende Martin Nordström is de commissie van mening dat het beoogde gezin een direct gevaar vormt voor de veiligheid van het kind (Voorschriften van de Nationale Gezondheids- en Welzijnsraad 2012:11, hoofdstuk 4 § 2).

Pamela voelt een ijzige kou door zich heen gaan, ze staat op, loopt naar de kast, haalt de fles Absolut wodka eruit en pakt een groot glas, schenkt het vol en drinkt.

De aanvraag is afgewezen op grond van het feit dat Martin in verzekering is gesteld. Natuurlijk, bedenkt Pamela en ze drinkt weer. Vanuit hun perspectief is het volkomen begrijpelijk, maar aangezien Martin onschuldig is en elk moment kan worden vrijgelaten, is het vreselijk oneerlijk.

27

Met trillende handen schenkt Pamela het glas nog een keer vol. Ze drinkt het in twee grote slokken leeg, waardoor ze het gevoel in haar mond verliest.

Ze loopt terug naar de tafel, zet het glas en de fles iets te hard neer en gaat weer zitten.

De alcohol brandt in haar maag en haar blik wordt al wazig.

Ze concentreert zich, leest het besluit nog een keer door en zoekt dan de relevante hoofdstukken op van de Wet op de Sociale Dienstverlening en de Voorschriften van de Nationale Gezondheids- en Welzijnsraad. Ze meent te begrijpen dat ze bij de rechtbank in beroep kan gaan tegen het besluit.

Ze drinkt haar glas leeg, pakt de telefoon en belt Mia.

'Hallo, Mia, met Pamela. Ik...'

'Wacht even,' valt Mia haar snel in de rede en ze praat met iemand anders. 'Nee, stop, dit moet even... Oké, ik haat jou ook... Hallo.'

'Wat was dat?' vraagt Pamela.

'Het is Pontus maar, hij staat onder mijn raam te zingen,' zegt ze vrolijk.

'Ik heb de foto op Instagram gezien – wat een knapperd,' zegt Pamela en ze hoort zelf dat ze onduidelijk praat.

'Ik weet het, ik zou verliefd op hem moeten worden,' zegt Mia en ze zucht.

Pamela draait zich om naar het raam, kijkt naar het park beneden en ziet dat er mensen liggen te zonnebaden en dat er kinderen rond het bassin spelen.

'Ik moet met je praten voordat je het van een ander hoort,' zegt ze en ze probeert haar gedachten te ordenen. 'Mia, ik heb een afwijzing gekregen van jeugdzorg.'

'Oké.'

'Maar het is op verkeerde gronden en ik zal een bezwaar indienen, het is nog niet definitief, dat moet je niet denken.'

'Ik snap het,' zegt Mia zacht.

Het wordt stil aan de telefoon. Pamela draait met haar vrije hand de dop van de fles, legt hem op tafel en begint in te schenken, maar stopt zodra er een klokkend geluid te horen is. Ze drinkt het scheutje op dat in het glas zit, aarzelt even en zet dan de fles aan haar mond.

'Het komt goed, dat beloof ik,' fluistert ze.

'Mensen beloven zoveel,' zegt Mia met vlakke stem.

'Maar dit is een stom misverstand, ze denken dat Martin betrokken is bij een moord.'

'Wacht, de man waar alle kranten over schrijven, is hij dat?'

'Maar hij heeft het niet gedaan, het is een stom misverstand,' herhaalt Pamela. 'Echt, ik bedoel, je weet zelf dat de politie zich soms vergist, toch?'

'Ik moet ophangen.'

'Mia, je kunt me altijd bellen als je...'

Pamela hoort een klik en zwijgt als ze begrijpt dat de verbinding is verbroken. Ze staat wankelend op, neemt de fles mee naar de slaapkamer, zet hem op het nachtkastje en gaat in bed liggen.

Ze weet dat Martin geen gebruik heeft gemaakt van zijn recht op bijstand. Waarschijnlijk heeft de politie hem uitspraken ontlokt en hem naar foto's laten wijzen, ook al begreep hij niet waar het over ging.

Pamela reikt naar de fles en drinkt nog een paar slokken. Haar maag verkrampt en wil de drank weer naar boven stuwen, maar ze onderdrukt de misselijkheid en probeert langzaam adem te halen.

Ze betwijfelt of ze een psychisch ziek iemand wel mogen verhoren zonder dat er een psychiatrisch geschoold iemand bij is.

Ze gaat rechtop zitten, pakt de telefoon, vindt haar contacten en belt.

'Dennis Kratz.'

'Hoi,' zegt Pamela.

'Wat is er met Martin?' vraagt hij.

'Je hebt gezien wat ze schrijven – het is compleet gestoord...'

Ze doet haar best om lettergrepen en woorden niet aan elkaar te breien als ze vertelt over Martins tekening en wat er daarna is gebeurd.

'Ik dacht... kun jij niet met de politie praten?' vraagt ze.

'Natuurlijk.'

'Want volgens mij hebben ze niet... de juiste expertise... om iemand met complexe PTSS te verhoren.'

'Ik ga morgen met ze praten.'

'Dank je wel,' fluistert ze.

'En hoe is het met jou?' vraagt hij na een korte pauze.

'Met mij? Het is best lastig,' zegt ze en ze veegt de plotselinge tranen van haar wangen. 'Ik heb even... een borrel genomen om tot rust te komen.'

'Je moet met iemand praten,' zegt hij.

'Ik red me wel, het komt goed...'

'Zal ik naar je toe komen?'

'Naar me toe komen,' zegt ze. 'Graag, als ik eerlijk ben... Dit was wat veel, zelfs voor mij.'

'Dat begrijp ik.'

'Maak je geen zorgen, ik los dit op, het komt wel goed...'

Pamela beëindigt het gesprek, voelt haar wangen warm worden, staat op, knalt tegen de deurpost en wrijft over haar schouder. Zwierend loopt ze de badkamer in, ze bukt boven de wc, steekt twee vingers in haar keel en dwingt zichzelf over te geven. Ze krijgt een deel van de drank eruit, spoelt haar mond en poetst haar tanden.

De kamer draait en ze voelt dat haar dronkenschap nog steeds toeneemt.

Ze wast haar oksels en trekt een dunne blauwe jurk met een brede ceintuur aan.

Dennis kan nu elk moment verschijnen.

Pamela werkt haar make-up bij en doet de nieuwe oorhangers in.

Als ze naar de keuken gaat en de iPad op de eettafel ziet liggen, bonst haar hart weer van angst.

Wat heeft het allemaal voor zin? Hoe kwam ze op het idee dat Mia bij hen zou mogen wonen?

Ze hebben een afwijzing gekregen om de verkeerde redenen, maar Pamela weet dat ze die echt verdienen.

Zij heeft een drankprobleem en Martins dwanggedachten en paranoïde waanvoorstellingen zullen niet vanzelf overgaan.

Hoe heeft ze het kunnen ontkennen?

Een nieuw leven is niet meer dan een sneue fantasie.

Ze heeft Mia tekortgedaan door haar erin te betrekken.

Ze heeft zichzelf voor de gek gehouden en daarmee Alice tekortgedaan.

Ze gaat op bed liggen en bedenkt dat ze het Mia eerlijk zal vertellen, dat zij en Martin geen geschikte ouders zijn.

Het lijkt wel of de kamer om haar heen beweegt, de muren en ramen vliegen voorbij.

Pamela besluit op het balkon te gaan staan, het oude lichtsnoer om haar hals te wikkelen en te springen.

Ze doet haar ogen dicht en het wordt pikdonker. Als ze weer wakker wordt, gaat de bel. Als Pamela op wankele benen uit bed stapt, schiet haar te binnen dat ze Dennis had gebeld en dat hij langs zou komen.

28

Het voelt alsof ze een hele nacht heeft geslapen, maar als ze door de gang loopt gaat de roes als een warme wind door haar lichaam.

Ze haalt de veiligheidsdeur van het slot en opent de kapotte voordeur, laat Dennis binnen, omhelst hem en doet de deur achter hem op slot.

Dennis draagt een donkergrijs tweedjasje en een blauw overhemd. Zijn grijzende haar is pas geknipt en hij kijkt haar met een warme blik aan.

'Nu schaam ik me dat ik je hiernaartoe heb laten komen,' zegt ze.

'Ik vind het wel leuk om je knappe sidekick te zijn,' zegt hij met een glimlach.

Hij leunt met een hand tegen de muur als hij zijn zwarte loafers uittrekt en loopt achter haar aan naar de keuken.

'Wil je een glas wijn?'

'Minstens,' antwoordt hij.

Ze lacht en ze hoort zelf hoe gemaakt de lach klinkt, ze loopt naar de wijnkast en haalt er een fles Amerikaanse cabernet sauvignon uit.

Hij loopt met haar mee naar de zitkamer. Ze knipt de vloerlamp aan en het gele licht verspreidt zich over de meubels en wordt weerspiegeld in de hoge ramen die uitzicht bieden op de Karlavägen.

'Ik ben hier een hele tijd niet meer geweest,' zegt hij.

'Nee, dat klopt.'

'Ik heb het gevoel dat ik alleen nog maar saaie hotelkamers zie.'

Haar handen trillen als ze twee wijnglazen uit de vitrinekast pakt. Ze is nog steeds ontzettend dronken.

'Hoe gaat het met je?' vraagt hij voorzichtig.

'Ik ben nogal van slag,' zegt ze eerlijk.

Ze voelt dat hij naar haar kijkt als ze de fles openmaakt, wijn in de bolle glazen schenkt en een ervan aan hem geeft.

Hij bedankt zwijgend en kijkt uit het raam.

'Wat is dat voor groen gebouw daar?' vraagt hij.

'Ja, waar komt dat opeens vandaan?' grapt ze.

Ze gaat naast hem staan en voelt opeens de nabijheid van zijn lichaam als een prikkelende warmte.

'Stond het daar altijd al?' vraagt hij.

'Zeker al een jaar of tachtig...'

Dennis zet zijn glas voorzichtig op de salontafel, veegt zijn mond af en kijkt haar weer aan.

'Ze staan je goed, de oorhangers,' zegt hij en hij raakt de ene voorzichtig aan. 'Erg mooi.'

Ze gaan op de bank zitten en hij slaat zijn arm om haar schouders.

'Stel je voor dat Martin het echt heeft gedaan,' zegt ze zacht.

'Maar dat is niet zo,' antwoordt Dennis.

'Ik weet dat je me hebt gewaarschuwd, maar nu heb ik een afwijzing gekregen van jeugdzorg,' vertelt ze en ze trekt haar jurk recht.

'Je kunt bezwaar aantekenen,' merkt Dennis rustig op.

'Dat zal ik doen, natuurlijk, maar... mijn hemel, ik weet het allemaal niet meer,' zegt ze en ze leunt met haar hoofd op zijn schouder. 'Mijn aanvraag is afgewezen vanwege Martin, omdat we getrouwd zijn, ook al leven we in de praktijk niet samen.'

'En dat wil je nog steeds?'

'Wat?' vraagt ze en ze kijkt hem aan.

'Ik vraag het als vriend, omdat ik om je geef,' zegt hij.

'Wat vraag je?'

'Zou je vandaag met hem trouwen?'

'Jij bent toch bezet?' zegt ze met een glimlach.

‘Alleen in afwachting van jou.’

Ze leunt naar voren, zoent hem op de mond en fluistert dan: ‘Sorry.’

Ze kijken elkaar ernstig in de ogen.

Ze slikt moeizaam, bedenkt dat ze in paniek is, dat ze te veel heeft gedronken, dat ze dingen wil die ze eigenlijk niet wil, dat ze hem zou moeten vragen weg te gaan, terwijl ze eigenlijk wil dat hij blijft.

Ze zoenen elkaar weer, heel voorzichtig en zacht.

‘Je weet dat dit misschien een reactie is op alles wat er is gebeurd,’ zegt hij hees.

‘Ben je nu psycholoog of zo?’

‘Ik wil niet dat je je ellendig voelt of dat je iets doet waar…’

‘Nee, dat…’

Ze zwijgt en voelt dat haar hart sneller gaat slaan nu ze zich realiseert dat ze bezig is vreemd te gaan.

Dennis prikt in de diepe snee in het blad van de salontafel, die erin is gekomen toen Martin op een nacht alle meubels naar het trappenhuis probeerde te slepen.

‘Ik moet naar de wc,’ zegt ze zacht en ze laat Dennis in de zitkamer achter.

Pamela zet het wijnglas op het haltafeltje, loopt de badkamer in, doet de deur op slot en gaat met een mengeling van angst en verlangen in haar hart op de wc zitten.

Ze heeft kippenvel op haar bovenbenen.

Na het plassen vult ze de tandenpoetsbeker met lauw water en wast zich zorgvuldig tussen haar benen, ze droogt zich af en trekt haar slip weer omhoog.

Ze werkt haar lippenstift bij en brengt een paar druppels Coco Chanel aan op haar polsen, waarna ze teruggaat naar de zitkamer.

Dennis staat voor de glazen balkondeur naar buiten te kijken. Ze ziet dat hij haar voetstappen hoort en als ze dichterbij komt, draait hij zich naar haar om.

'Ik hou van dit soort sluitwerk,' zegt hij en hij raakt het messing beslag van de deur aan.

'Spanjoletten,' zegt ze en ze legt haar hand op de zijne.

Ze staan stil, strelen voorzichtig elkaars handen en kijken elkaar dan glimlachend aan. Zijn ogen worden ernstig en zijn mond gaat een stukje open, alsof hij iets wil zeggen.

'Ik word hier zenuwachtig van,' zegt ze en ze strijkt een paar krullen uit haar gezicht, ook al is dat niet nodig.

Ze zoenen weer. Ze streelt zijn gezicht, opent haar mond, neemt zijn warme tong in ontvangst en voelt zijn handen zoekend over haar rug gaan, rond haar middel en naar haar billen.

Ze voelt hem stijf worden, duwt zich tegen hem aan en gaat sneller ademhalen.

Haar onderlichaam is warm en pulserend geworden.

Ze heeft het altijd gênant gevonden dat ze zo snel nat wordt.

Hij zoent haar in haar hals en op haar kin en maakt de knopen van haar jurk los. Ze kijkt naar hem, naar zijn geconcentreerde blik en trillende vingers.

'Zullen we naar het bed gaan?' fluistert ze.

Hij veegt voorzichtig met de rug van zijn hand de lippenstift van haar mond en volgt haar door de hal naar de slaapkamer. Ze voelt haar benen trillen als ze naar het bed toe loopt, de sierkussens aan de kant schuift en de sprei openslaat.

Hij trekt zijn overhemd uit en gooit het aan de muurkant op de grond. Er loopt een diep litteken over zijn linkerborstspier, alsof iemand met een stokje een streep in het zand heeft getrokken.

Ze trekt haar jurk uit en hangt hem over de rug van de fauteuil, maakt haar beha los en legt die over de jurk.

'Zo ongelooflijk mooi,' zegt hij, hij loopt naar haar toe en zoent haar.

Hij knijpt voorzichtig in haar ene borst, zoent haar in de hals, bukt en zuigt aan haar tepels, vult zijn mond met haar borsten. Hij recht zijn rug en begint zijn broek los te maken.

‘Heb je condooms?’ fluistert ze.

‘Die kan ik gaan kopen,’ zegt hij snel.

‘We doen wel voorzichtig,’ zegt ze in plaats van hem over het spiraaltje te vertellen.

Ze trekt haar slip uit, veegt er snel wat afscheiding mee af, laat hem op de grond vallen, schuift hem met haar voet onder het bed en gaat liggen.

De matras deint als hij haar volgt, op haar kruipt, haar op de mond zoent, tussen haar borsten en op haar buik.

Ze laat hem haar benen spreiden, gaat met haar vingers door zijn haar en hijgt rillend als hij haar begint te likken.

Ze voelt zijn zachte tong over haar clitoris glijden en krijgt bijna meteen een orgasme. Ze houdt hem tegen om niet compleet uitgehongerd te lijken, duwt zijn hoofd weg, doet haar dijen tegen elkaar en rolt opzij.

‘Ik wil je in me voelen,’ fluistert ze en ze draait hem op zijn rug.

Ze pakt zijn stijve penis vast, knijpt er met haar hand in en gaat schrijlings op hem zitten.

Hij glijdt bij haar naar binnen, ze hijgt en begrijpt dat ze het nog maar een paar tellen zal kunnen volhouden.

Ze beweegt haar heupen en probeert het orgasme te verbergen als het komt, ze klemt haar kaken op elkaar en ademt door haar neus.

Haar dijen trillen, ze buigt naar voren en leunt met haar handen op het bed.

Dennis begint harder in haar te stoten, terwijl de samentrekkingen doorgaan.

Het hoofdbord van het bed bonkt tegen de muur en er dwarrelt stof van het engeltje dat aan een haak boven het bed hangt. De traanvormige aquamarijnen schommelen heen en weer en trekken aan haar oorlellen.

Ze merkt dat hij bijna klaarkomt, het zweet staat op zijn voorhoofd en opeens stopt hij om zich terug te trekken.

‘Je mag wel in me klaarkomen,’ fluistert ze.

Hij stoot nog dieper, houdt haar billen vast en jammert. Zij kreunt alsof haar orgasme nu pas komt en voelt de vloedgolf die hij in haar uitstort meteen weer naar buiten borrelen.

29

Er klinkt geroezemoes van stemmen en geschraap van stoelen als de grote vergaderzaal van de politie volstroomt met journalisten. Microfoons van verschillende tv- en radiozenders zijn langs de lange, smalle tafel vooraan opgesteld.

Margot staat bij de muur naast het podium op haar telefoon te kijken, als Joona nadert. Ze draagt een zwarte lange broek en een zwart uniformoverhemd dat om haar borsten spant. De epauletten met een gouden kroon en gouden eikenbladtressen glinsteren in de weerschijn van de felle studiolampen.

'Ik hoop dat je niet bekend gaat maken dat we een verdachte hebben opgepakt,' zegt Joona en hij blijft voor haar staan.

'Hij heeft bekend,' antwoordt ze zonder op te kijken van haar telefoon.

'Dat weet ik, maar het is een bekentenis met haken en ogen, het klopt niet,' zegt Joona. 'Hij heeft grote problemen met zijn geheugen en zijn spraak. Hij dacht alleen dat het goed was om te bekennen toen Aron aandrong.'

Als ze opkijkt, is er een diepe rimpel van ongeduld op haar voorhoofd verschenen.

'Ik hoor je wel, maar...'

'Weet je dat hij eigenlijk opgenomen is op een psychiatrische afdeling en dat hij alleen op proef thuis was?'

'Klinkt als een terugval,' zegt ze en ze stopt de telefoon in haar tas.

'Behalve dat zijn psychische ziekte geen gewelddadige elementen heeft.'

'Laat het los, je bent van de zaak af.'

'Praat met de officier van justitie, zeg dat ik hem moet verhoren, één keer nog.'

'Joona,' zegt Margot met een zucht. 'Je zou intussen moeten weten hoe het werkt.'

'Ja, maar het is te vroeg voor een voorgeleiding.'

'Misschien, maar dat zal blijken. Daar hebben we een officier van justitie voor.'

'Oké,' zegt Joona.

Op het podium tikt de persvoorlichter tegen de microfoon en het geroezemoes van de journalisten wordt iets zachter.

'De opzet is als volgt,' legt Margot snel aan Joona uit. 'Viola heet iedereen welkom bij de persconferentie, ik neemt het over en vertel dat er een man in verzekering is gesteld op grond van een ernstige verdenking van de moord op Jenny Lind. Daarna geef ik het woord aan de regiochef... En die zegt iets over het intensieve speurwerk van de politie van Norrmalm, dat tot een snelle aanhouding heeft geleid en...'

Voordat ze uitgesproken is draait Joona zich om en gaat naar de uitgang. Hij loopt rechts langs de zittende journalisten en is net bij de deur als de persvoorlichter iedereen welkom heet.

*

Ver boven het verkeerslawaai staat Joona achter zijn leesfauteuil met zijn handen op de rugleuning. Zijn zwarte overhemd hangt open over het witte hemd en de zwarte spijkerbroek.

Nathan Pollock heeft zijn appartement in The Corner House aan Joona nagelaten. Twee kamers op de bovenste verdieping van het hoge gebouw. Nathan had nooit verteld dat hij naast een huis ook nog die woning bezat.

Door het grote raam kijkt hij uit op de Adolf Fredrikskerk beneden. Op de enorme koepel met het bruin glinsterende koperen dak, door groene boomtoppen omgeven.

Joona denkt aan Martins dwangmatige bewegingen in de verhoorkamer.

Het leek wel of zijn lichaam niets wilde weten van wat hij had gezien. Keer op keer keek hij onder de tafel en achter zich.

Alsof hij fysiek werd achtervolgd.

Joona loopt naar het andere raam. Tegen de lichte hemel boven de heuvels van het Hagapark is een witte volle maan te zien.

Hij sluit zijn ogen even en ziet meteen het lichaam van Jenny Lind op de sectietafel voor zich.

De onnatuurlijk witte huid en de zwarte insnijding in haar hals doen de herinnering op een zwart-witfoto lijken.

Hij kan zich haar gele ogen en honingblonde haar wel voor de geest halen, maar voor zijn gevoel blijft ze kleurloos.

Kleurloos en eenzaam kijkt ze in het niets.

Hij heeft haar beloofd dat hij de moordenaar zal vinden.

Dat zal hij doen.

Ook al is dit niet zijn zaak, hij kan Jenny Lind onmogelijk loslaten.

Dat weet hij.

Dat innerlijke vuur is de reden dat hij niet bij de politie kan stoppen, ook al zou hij dat waarschijnlijk wel moeten doen.

Joona loopt naar de ladekast, pakt zijn telefoon en belt Lumi. De telefoon gaat een paar keer over en dan hoort hij haar heldere stem zo dichtbij dat het lijkt of ze naast hem staat.

'*Oui, c'est Lumi.*'

'Met papa.'

'Papa? Is er iets gebeurd?' vraagt ze bezorgd.

'Nee, dat... Alles goed in Parijs?'

'Niets bijzonders, maar ik kan nu niet praten.'

'Ik wil alleen één ding zeggen...'

'Ja, maar ik wil niet dat je belt, ik dacht dat je dat begreep. We hebben geen conflict, maar ik heb echt een break nodig.'

Joona strijkt over zijn mond en slikt moeizaam, hij steunt met zijn hand op het koele glazen blad van de ladekast en zuigt lucht in zijn longen.

'Ik wilde alleen zeggen dat je gelijk hebt, dat ik heb begrepen dat je gelijk hebt... Ik ben betrokken bij een nieuw onderzoek, ik zal er niets over vertellen, maar het heeft me duidelijk gemaakt dat ik niet kan stoppen bij de politie.'

'Ik dacht ook niet dat je dat zou doen.'

'Ik vind het goed dat je uit de buurt blijft van mijn wereld... Die heeft me veranderd en beschadigd, maar ik...'

'Papa, het enige wat ik van je vraag is mij wat tijd te geven,' valt ze hem met tranen in haar stem in de rede. 'Ik weet dat ik een geïdealiseerd beeld van je heb gehad en nu vind ik het allemaal heel moeilijk te combineren.'

Lumi beëindigt het gesprek en Joona blijft in de stilte staan.

Ze heeft zich van hem afgekeerd omdat hij haar had laten zien wie hij echt was, waartoe hij in staat was. Ze heeft hem een weerloze man zien doden, zonder vorm van proces, zonder genade.

Ze zal nooit begrijpen dat die wreedheid de prijs was die Joona moest betalen.

De prijs die Jurek had vastgesteld.

Zijn allerlaatste woorden zijn daar het bewijs van – de raadselachtige fluistering voordat hij viel.

Op dat moment veranderde Joona.

Hij ervaart het met de dag sterker.

Met een leeg gevoel vanbinnen kijkt Joona naar de telefoon in zijn hand, belt een nummer waarvan hij niet had gedacht dat hij het ooit nog zou gebruiken en verlaat dan het appartement.

*

In de hete middaglucht stapt Joona in Vällingby uit de metro. Hij zet zijn zonnebril op en steekt het plein van grijze steen met een patroon van grote witte cirkels schuin over.

Het centrum wordt gevormd door lage gebouwen met restaurants, supermarkten, een juwelier, een tabakszaak en een gokwinkel.

Op de aanplakbiljetten zijn foto's te zien van Martins gezicht met daarboven de kop dat de Beul is gepakt.

Soms is het politievak net een lange, eenzame tocht over een bloedig slagveld.

Joona blijft bij elk lichaam staan en dwingt zichzelf het lijden van het slachtoffer opnieuw te beleven en een poging te doen om de wreedheid van de dader te begrijpen.

Een paar jongemannen in zwembroek staan voor een moderne kerk te roken.

Joona komt langs twee flats en stopt bij een wooncomplex met de kleur van vuil schuimrubber.

Dezelfde kleur als op de muren van de penitentiaire inrichting Kumla.

Hij kijkt naar de raampjes met tralies dicht bij de grond. De gordijnen zitten dicht, maar het licht in het souterrain schijnt door de stof heen.

Joona drukt op de knop van de intercom.

'Laila, ik ben het, Joona,' zegt hij zacht in de microfoon.

Het slot zoemt en Joona gaat de portiek binnen. Een man met ongeschoren, ingevallen wangen zit in het trappenhuis te slapen. Zijn T-shirt is aan de hals nat van het zweet. Als de deur dichtvalt, opent hij met moeite zijn ogen en kijkt Joona met verwijde pupillen aan.

Joona loopt de trap af naar een kelderdeur die door een bezem open wordt gehouden.

Hij haalt de bezem weg en laat de deur achter zich in het slot vallen.

Zwaar als een kluisdeur.

Hij loopt de trap verder af en komt in een ruim vertrek met lichtgeel geverfde betonnen muren en industrieel plastic op de vloer.

Het ruikt naar schoonmaakmiddel en braaksel.

Laila werkt als lerares op een zomerschool en zit achter de computer scheikundeproefwerken na te kijken.

Ze loopt tegen de zeventig, heeft kort, grafietgrijs haar, rimpelige wangen en donkere kringen onder haar ogen. Ze draagt een strakke zwarte leren broek en een roze blouse.

Tegen de binnenmuur staat een oude slaapbank. Over het uitgetrokken tweepersoonsbed ligt een groen zeildoek.

De buitenwereld is slechts vaag te zien door de gordijnen voor de raampjes tegen het plafond.

Op de vloer staat een plastic bakje met eetstokjes en resten sushi.

De bureaustoel kraakt als Laila een half rondje draait en hem met haar rustige, lichtbruine ogen aankijkt.

'Je wilt weer beginnen?' vraagt ze.

'Ja, dat denk ik,' antwoordt hij en hij hangt zijn jasje en zijn schouderholster met pistool aan een haak.

'Ga maar liggen.'

Hij loopt naar de bedbank, trekt de bruine ribfluwelen kussens onder het zeildoek recht, pakt het laken, spreidt het uit en stopt de zijkanten in.

Laila zet de ventilator in het keukentje aan, haalt een emmer uit het gootsteenkastje en zet die naast het bed.

Joona wurmt zich uit zijn schoenen en hoort het zeildoek ritselen onder het laken als hij gaat liggen.

Laila pakt een olielampje met een taps toelopende metalen schoorsteen, steekt het aan en zet het op het nachtkastje naast hem.

'De klokkenwinkel was gezellig,' zegt hij en hij probeert te glimlachen.

'Dit is gezellig,' antwoordt ze en ze gaat terug naar het keukentje.

Ze opent de koelkast, komt terug met een pakje met cellofaan eromheen en gaat op de rand van het bed zitten. Als de computer op stand-by gaat, is de olielamp de enige lichtbron in het vertrek. Het wiegende schijnsel is rafelig aan de randen en er trilt een zonnetje op het plafond.

'Heb je pijn?' vraagt ze en ze kijkt hem lang aan.

'Nee.'

Joona heeft het een hele poos zonder Laila kunnen stellen. Hij kan meestal goed omgaan met pijn en verdriet en hoeft zichzelf doorgaans niet te verdoven. Maar op dit moment weet hij niet wat hij aan moet met de wetenschap dat hij is veranderd. Hij wilde het eerst niet toegeven, maar hij weet dat het waar is, en dat Lumi het heeft zien gebeuren.

De pijpenkop bestaat uit een beroete bol ter grootte van een limoen. Laila inspecteert hem en zet hem dan op een steel van berkenwortel.

'Als ik me maar kan ontspannen,' fluistert Joona, 'dat is het enige.'

Ze schudt haar hoofd, vouwt het plastic om de bronskleurige ruwe opium open en knijpt er een klein stukje af.

Joona legt een kussen recht, gaat op zijn zij liggen en probeert het gekreukte zeildoek onder zich recht te strijken.

Hij heeft ingezien dat zijn wereld hem zo heeft veranderd dat hij niet in staat is die te verlaten, zelfs niet voor zijn dochter.

Ze ziet me als een deel van de kracht die het goede wil, maar het kwade doet, bedenkt hij.

Maar misschien doet het willen niet ter zake, misschien ben ik slechts een deel van de kracht die het kwade doet.

Hij probeert gemakkelijker te gaan liggen.

Ik moet mezelf verlaten om de weg te vinden, zegt hij tegen zichzelf.

Laila rolt een plakkerig bolletje tussen haar duim en wijsvinger, prikt het aan een zwarte naald en verwarmt het boven de olielamp. Als het zacht is drukt ze het vast op het gaatje in de pijpenkop en duwt de randen aan.

Voorzichtig trekt ze de naald eruit en geeft de pijp aan Joona.

Toen hij de vorige keer bij Laila was, werd hij met de dag, met de pijp, zwakker. Ook al voelde hij dat het leven uit hem wegstroomde, hij wilde niet stoppen.

Laila zei dat hij pas klaar was als hij Jábmemáhkká, de doodsgodin, had ontmoet en dat de oude vrouw stoffen had die ze hem wilde laten zien.

Hij weet nog dat hij van de doodsgodin had gedroomd.

Van haar kromme rug en gerimpelde gezicht.

Met rustige gebaren spreidde ze de verschillende weefsels voor hem uit en hij raakte er niet op uitgekeken.

Joona weet niet hoe hij weer naar het leven terug had weten te keren.

Daar is hij altijd heel dankbaar voor geweest – en toch is hij hier weer en neemt hij de pijp in zijn handen.

Er gaat een schok van angst door hem heen als hij hem boven de schoorsteen van de olielamp houdt, waar de warmte tot een smalle zuil wordt geconcentreerd.

Hij had niet gedacht dat hij deze grens nog eens zou overschrijden, maar nu staat hij op het punt dat weer te doen.

Valeria zou vreselijk verdrietig worden als ze hem nu zag.

Het borrelt en knettert in de zwarte massa. Joona brengt de steel naar zijn mond en inhaleert de opiumdampen.

Het effect is onmiddellijk.

Hij ademt uit en zijn lichaam wordt gevuld met een gelukzalig fladderen.

Hij houdt de pijpenkop boven de lamp en vult zijn longen.

Alles is al mooi geworden en ongekend comfortabel. Elke beweging is genotvol, zijn gedachten zijn creatief en harmonieus.

Hij glimlacht als hij ziet dat Laila tussen duim en wijsvinger een nieuw bolletje rolt.

Hij zuigt meer rook naar binnen, sluit zijn ogen en voelt dat Laila de pijp uit zijn handen pakt.

Hij denkt aan de keren dat hij als kind naar het Oxundameer fietste, waar hij na schooltijd met zijn vriendjes ging zwemmen.

Hij ziet de halsbrekende jacht van de glinsterende libellen boven het gladde wateroppervlak.

De herinnering is van een serene schoonheid.

Joona rookt, luistert naar het borrelende geluid en denkt aan de eerste keer dat hij twee libellen samen een paringswiel zag vormen.

De cirkel van hun lange, smalle lijven nam een paar seconden lang de vorm van een hart aan.

Joona wordt wakker en pakt de pijp aan, houdt hem boven de olielamp en inhaleert de zoete dampen.

Hij glimlacht, sluit zijn ogen en droomt van een geweven wandkleed met een patroon van libellen.

Bleek als de volle maan.

Als het licht anders valt, ziet hij dat een van de libellen op een dun kruis lijkt, waarna hij door een andere wordt opgevangen en een ring vormt.

*

Na acht pijpen blijft hij stil liggen en gaat hij urenlang droom in droom uit, maar ten slotte gaat de heerlijke sluimering over in een angstige misselijkheid.

Hij zweet en heeft het zo koud dat hij rilt.

Hij probeert te gaan zitten, geeft over in de emmer, gaat weer op zijn zij liggen en doet zijn ogen dicht.

Het lijkt alsof de hele kamer met snelle schokken in verschillende richtingen draait.

Hij ligt stil, komt tot zichzelf en staat dan op. De kamer draait, hij wordt opzijgeduwd, gooit het nachtkastje om en valt met zijn schouder op de grond. Hij gaat op handen en voeten zitten, kotst recht op het plastic, kruipt een eindje en blijft dan hijgend liggen.

'Ik heb nog een pijp nodig,' fluistert hij.

Hij geeft nog eens over, zonder dat hij zijn hoofd van de vloer kan tillen. Laila komt naar hem toe en helpt hem weer in bed, ze maakt zijn besmeurde overhemd open en veegt zijn gezicht ermee af.

'Nog een klein beetje,' vraagt hij rillend.

In plaats van antwoord te geven knoopt Laila haar blouse los, hangt hem over de rugleuning van de bureaustoel, trekt haar beha uit en gaat achter Joona liggen om hem te verwarmen.

Zijn maag is onrustig, maar hij geeft niet meer over.

Ze houdt hem stil, heel zacht, en zorgt ervoor dat hij de kronkelingen van de kamer niet probeert te pareren.

Zijn lichaam trilt, het is nat van koud zweet. Haar borsten voelen glibberig aan op zijn natte rug.

Ze fluistert iets in het Fins tegen zijn nek.

Hij ligt stil en ziet het licht af en toe flikkeren als er iemand buiten voor de lage ramen langsloopt.

Na verloop van tijd komt haar warmte zijn lichaam binnen.

De rillingen worden minder en de misselijkheid ebt weg. Ze houdt een arm om zijn bovenlichaam en neuriet een liedje.

'Nu ben je weer terug in jezelf,' fluistert ze.

'Dank je wel.'

Laila staat op en kleedt zich weer aan. Joona ligt naar het dikke plastic op de betonnen vloer te kijken. In een hoek onder het raam staat een rode emmer met een mop. Op de vloer naast het bureau ligt het bakje met de sushiresten.

Het doorzichtige plastic deksel weerspiegelt het licht en werpt een witte reflectie op het plafond.

Tussen de dromen over bleke libellen door heeft hij een flits van iets opgevangen. Nu probeert hij zich te herinneren waarvan.

Het had met de moord te maken.

Hij sluit zijn ogen en weet weer waar hij aan had gedacht: aan de drie foto's die hij jaren geleden in Örebro op de afdeling Pathologie heeft gezien.

Een dood meisje op een sectietafel.

Het was zelfmoord.

Joona weet nog precies wat hem opviel toen hij naar een van de foto's keek: ze lag op haar buik en hij had het idee dat de fotograaf de flitser schuin had gehouden, zodat er een reflectie van een glimmend voorwerp op het donkere haar op het achterhoofd van het meisje was gevallen.

Maar misschien was het geen weerspiegeling, misschien was het haar daar wit.

Joona dwingt zichzelf op te staan en hij zegt dat hij moet gaan. Hij wankelt naar de keuken, wast zijn gezicht en spoelt zijn mond boven de gootsteen.

De foto's hadden samen met een brief en een opengeritste envelop op het bureau van de Naald gelegen.

Joona had niet te horen gekregen wat de directe doodsoorzaak was.

Hij weet nog dat de Naald vertelde dat het om zelfmoord ging en dat precies op dat moment zijn collega Samuel Mendel de kamer in was gekomen.

'Ik moet gaan,' zegt Joona en hij veegt zijn gezicht af met een vel keukenpapier.

Laila haalt een wit T-shirt uit een open verhuisdoos en geeft dat aan hem. Hij bedankt haar en trekt het snel aan. De waterdruppels op zijn borstkas worden door de witte stof opgenomen en vormen grijze vlekken.

'Je weet dat ik niet wil dat je hier komt,' zegt ze. 'Je hoort hier niet, je hebt belangrijke dingen te doen.'

'Dat is wat ingewikkelder geworden,' zegt hij en hij steunt op de rugleuning van de bank. 'Ik ben veranderd, ik kan het niet uitleggen, maar er zit iets in me wat ik niet in de hand heb.'

'Dat heb ik begrepen – en ik ben hier als je merkt dat dit nog een keer moet.'

'Dank je, maar nu moet ik aan het werk.'

'Dat klinkt goed,' zegt Laila en ze knikt.

Hij pakt de holster met het pistool van de haak aan de muur, maakt hem vast om zijn linkerschouder en trekt dan zijn jasje aan.

30

Joona neemt meteen een taxi naar het politiebureau van Kungsholmen. Hij moet Margot en de officier van justitie spreken over het dode meisje op de foto's van Forensische Pathologie in Örebro.

De zaak is niet rond alleen omdat Martin Nordström de moord heeft bekend.

Er is geen tijd te verliezen.

De weg dreunt onder de banden als de taxi een lijnbus inhaalt, terugkeert naar de rechterrijbaan en invoegt achter een oude Mercedes.

Hij heeft lang geslapen, maar toch is zijn lichaam moe van de roes en zijn handen trillen nog na van de ontwenning.

Joona weet dat hij niet tegen Margot mag zeggen dat hij de zaak-Jenny Lind nooit zal laten rusten.

Hij mag ook niet zeggen dat er van het verhoor van Martin en van zijn bekentenis niets deugde. Martin had duidelijk geen herinneringen aan die nacht en hij zei alleen wat hij dacht dat Aron wilde horen.

Er spat een steentje tegen de voorruit, dat een lichtblauwe ster achterlaat in het glas.

Joona denkt aan de foto die hij zoveel jaar geleden heeft gezien en dat hij zich de flits van een camera had voorgesteld.

Hij had aangenomen dat de witte vlek op het achterhoofd van het dode meisje een weerkaatsing van het licht was.

Nu denkt hij iets anders.

De dood van het meisje werd als zelfmoord beschouwd. Maar ze was gevriesmerkt en hoogstwaarschijnlijk vermoord – net als Jenny Lind.

Joona herinnert zichzelf eraan dat hij nederig moet zijn als hij met Margot praat, dat hij moet zeggen dat hij het werk van de politie van Norrmalm respecteert, en moet erkennen dat hij dingen moeilijk kan loslaten, om daarna te vragen of hij dit ene nog mag doen, voor zijn eigen gemoedsrust.

Als het resultaat maar is dat hij toestemming krijgt om informatie op te vragen over die oude zaak, één telefoontje.

Maar wat doe ik als ze nee zegt, vraagt hij zich af.

De taxi slaat af en de grote gebouwen werpen lange schaduwen over het asfalt. Joona leunt achterover, zijn duizeligheid is nog niet helemaal verdwenen, die voelt hij in zijn hoofd als vette knikkertjes in een gigantisch kogellager.

Hij pakt de telefoon en belt politieregio Bergslagen. Een paar tellen later heeft hij zijn collega Fredrika Sjöström aan de lijn.

'Joona Linna,' herhaalt ze nadat hij zich heeft voorgesteld. 'Waar kan ik Joona Linna mee van dienst zijn?'

'Veertien jaar geleden heeft een meisje in Örebro zelfmoord gepleegd, ik herinner me de omstandigheden niet goed, maar volgens mij was het in een kleedkamer, misschien in een zwembad.'

'Daar weet ik niets van,' zegt Fredrika.

'Nee, maar ik wil vragen of je het rapport en de foto's van de gerechtelijke sectie kunt opvragen.'

'Je hebt geen naam van het meisje?'

'Ik was niet bij het onderzoek betrokken.'

'Laat maar, ik vind haar wel, er gebeurt hier toch niet zoveel... Ik moet even inloggen,' zegt Fredrika. 'Veertien jaar geleden, zei je, dat is dus...'

Joona hoort zijn collega in Örebro in zichzelf praten, terwijl het toetsenbord onder haar vingertoppen ratelt.

'Dat moet deze zaak zijn,' zegt Fredrika en ze schraapt zachtjes haar keel. 'Fanny Hoeg... Ze had zich verhangen in de dameskleedkamer van de sporthal van Örebro.'

'Verhangen?'

'Ja.'

'Krijg je de foto's in beeld?'

'Ze zijn niet gedigitaliseerd... maar ik heb een dossiernummer – geef me een minuut, dan bel ik je terug.'

Joona hangt op, doet zijn ogen dicht en voelt de auto zachtjes slingeren. Ook al kan dit een belangrijk spoor zijn, misschien cruciaal voor het vooronderzoek, hij hoopt dat hij ongelijk heeft.

Want als hij gelijk heeft, is er een patroon, dan zoeken ze naar een moordenaar die het vaker heeft gedaan, die misschien een seriemoordenaar is of wordt.

De telefoon gaat, Joona heeft hem al in zijn hand, hij doet zijn ogen open en neemt op.

'Hoi, nogmaals met Fredrika,' zegt ze en ze kucht even. 'Er is geen sectie verricht, alleen een gewone lijkschouw.'

'Maar je hebt de foto's gevonden?' vraagt Joona.

'Ja.'

'Hoeveel zijn het er?'

'Tweeëndertig. Inclusief detailfoto's.'

'Je kijkt er nu naar?'

'Ja.'

'Dit klinkt gek, maar mankeert er iets aan? Kun je beschadigingen zien van het ontwikkelen of vreemde weerspiegelingen?'

'Wat bedoel je?' vraagt Fredrika.

'Bleke plekken, glinsteringen, weerkaatsingen.'

'Nee, ze zien er heel gewoon uit... Wacht, op een van de foto's zit een wit vlekje.'

'Waar?'

'Aan de bovenkant.'

'Ik bedoel waar op Fanny's lichaam?'

'Midden op haar achterhoofd.'

'Zijn er meer foto's van haar achterhoofd?'

'Nee.'

De rozenkrans die aan de binnenspiegel hangt schommelt als de auto over een verkeersdrempel rijdt.

'Wat staat er in het dossier?' vraagt Joona.

'Niet veel.'

'Lees eens voor,' zegt hij.

De taxi stopt langs de kant van de weg in de Polhemsgatan met de neus naar de ruwe stenen muur. Joona stapt het trottoir op en laat een gezin met een kinderwagen vol met opblaasflamingo's, watergeweren en parasols passeren.

Hij steekt de straat over en loopt de glazen entree van het hoofdbureau van politie binnen, terwijl hij luistert naar Fredrika, die de weinige aantekeningen over het sterfgeval voorleest.

Veertien jaar geleden is er een achttienjarig meisje, genaamd Fanny Hoeg, opgehangen aangetroffen in de dameskleedkamer van de sporthal van Örebro.

Ze had contact gehad met de Scientologykerk en toen ze van huis wegliep, waren haar ouders ervan overtuigd dat ze zich bij de sekte had aangesloten. De politie slaagde er niet in haar op te sporen en een halfjaar later, op haar achttiende verjaardag, stopten ze met zoeken.

Toen ze terugkeerde naar huis, waren haar ouders op vakantie. Ze was meer dan een jaar weg geweest.

Misschien had ze hulp nodig om met de beweging te breken en had ze het gevoel dat ze er helemaal alleen voor stond toen haar ouders op reis bleken te zijn.

De theorie van de politie was dat ze naar de sporthal was gegaan om als laatste redmiddel haar voetbaltrainer te zoeken en dat ze zich had verhangen toen ze haar niet kon vinden.

Zowel de forensisch onderzoekers als de forensisch arts hadden het sterfgeval als zelfmoord beschouwd en de politie had het vooronderzoek geseponeerd.

Joona vraagt naar de naam van de forensisch arts en bedankt dan voor het gesprek. Hij blijft voor de liften staan, leunt met zijn handen tegen de muur, terwijl de rillingen door zijn lijf gaan.

De grote glazen deuren bij de ingang van het politiebureau gaan onophoudelijk open en dicht.

Een groep mensen haast zich druk pratend naar het atrium.

Joona luistert naar hen als in een droom, vermant zich en drukt op het liftknopje, veegt zijn mond af en gaat met zijn hand door zijn haar.

Fredrika had hem verzekerd dat ze op geen van de andere eenendertig foto's een weerspiegeling zag.

Alleen op die ene foto van Fanny's achterhoofd.

Waarschijnlijk had hij gelijk gehad toen hij bijkwam uit zijn roes.

Ze was gevriesmerkt.

En vervolgens terechtgesteld door middel van ophanging.

Dezelfde moordenaar, dezelfde modus operandi.

Joona stapt in de lift en belt de patholoog die veertien jaar geleden de lijkschouw van Fanny Hoeg heeft gedaan. Toen werkte hij in de Kliniek voor Pathologie, die nu deel uitmaakt van het Klinisch Laboratorium van het Academisch Ziekenhuis van Örebro.

Als de liftdeuren opengaan en Joona de gang in loopt, neemt een man met een kraakstem de telefoon op.

'Mister Kurtz.'

Joona blijft staan en voelt dat een draad van de opium hem vangt, terwijl hij zegt waar hij voor belt.

'Dat weet ik nog, zeker,' antwoordt de patholoog. 'Mijn dochter zat bij Fanny in de klas.'

'Ze had een witte vlek in haar haar.'

'Dat klopt,' zegt hij verbaasd.

'Maar u hebt het niet afgeschoren,' zegt Joona en hij loopt weer door.

'Daar was geen reden voor, het was duidelijk wat er was gebeurd en ik dacht aan de familie, die...'

Hij zwijgt en ademt ingespannen.

'Ik dacht gewoon dat ze highlights had,' zegt hij.

'U zat er in wel meer opzichten naast.'

Joona komt langs zijn kamer en bedenkt dat de moordenaar twee vrouwen gevangen heeft gehouden, die hij later heeft gedood. Het is niet onmogelijk dat hij weer iemand wil ontvoeren of dat hij al een derde vrouw gevangenhoudt. Hij loopt door naar de deur van Margot Silverman, klopt aan en gaat naar binnen.

'Margot,' zegt hij als ze hem aankijkt. 'Je weet dat ik dingen moeilijk los kan laten en ik zou graag jouw toestemming willen krijgen om informatie op te vragen van regio Oost over een oud sterfgeval dat mogelijk verband houdt met de moord op Jenny Lind.'

'Joona,' zegt ze zuchtend en ze kijkt hem met bloeddoorlopen ogen aan.

'Ik weet dat de officier het vooronderzoek heeft overgenomen.'

'Kijk eens naar deze mail,' zegt Margot en ze draait haar laptop om naar Joona.

Hij loopt erheen en leest een mail van ene rymond933, die Aron aan Margot heeft doorgestuurd.

> Ik las dat jullie die klootzak hebben gepakt die in de kranten zo mooi de Beul wordt genoemd. Als je het mij vraagt, moet hij levenslang krijgen en het land uit worden gezet.
>
> Ik ben taxichauffeur en ik zat die nacht bij de McDonald's in de Sveavägen, waar ik door het raam een paar grappige kraaien filmde. Toen ik het filmpje vandaag bekeek, zag ik die klootzak op de achtergrond staan en ik dacht: shit, nu kunnen zijn advocaten hem proberen te redden.

Joona klikt het beeldbestand aan en ziet het lege bassin, de muur en de voorkant van de Handelshogeschool achter lichte weerspiegelingen van het verlichte fastfoodrestaurant.

Op de bestrating scharrelen een paar kraaien om een dichte pizzadoos heen.

Ver achter de grijze vogels en het bassin is Martin te zien, die stilstaat met zijn paraplu en de labrador aan de lijn.

De speelplaats is vanaf deze kant niet te zien.

Martin laat de riem los en zet een eerste stap naar voren.

Dan is het dus achttien minuten over drie.

Over twee minuten wordt Jenny Lind aan het klimrek opgehangen.

Martin loopt de blinde zone in, over het natte gras.

Dit zijn de paar minuten die ze nog niet hadden.

Nu zullen ze zien of hij om het speelhuisje heen loopt, naar het verborgen deel van de speelplaats waar het klimrek staat.

Hij zou nog steeds naar de lier kunnen lopen en aan de slinger kunnen gaan draaien.

Martin stopt bij het speelhuisje, hij staart recht naar het klimrek, zet nog een paar stappen en blijft dan met de paraplu boven zijn hoofd staan.

In de bomen boven hem knippert een wit licht.

Het water loopt van de paraplu op zijn rug.

De camera trilt.

De kraaien werken samen en slagen erin de pizzadoos open te maken.

Martin blijft een hele poos doodstil staan, waarna hij zich afwendt en terugloopt naar de kiosk.

Hij had alleen gekeken.

Hij is niet eens bij Jenny in de buurt geweest.

Als Martin de plaats verlaat, is het vijf voor halfvier en is Jenny vijf minuten dood.

De hond, die de riem achter zich aan sleept, loopt achter Martin aan naar de metro-ingang.

De camera blijft daar nog even en volgt dan een kraai die wegvliegt met een stuk pizza. Dan is de film opeens afgelopen.

'Wil jij de zaak overnemen, Joona Linna?' vraagt Margot bars.

'Ik had gelijk,' zegt hij.

'Hè?'

'Dit gaat niet om één opzichzelfstaande moord.'

31

Pamela haalt een ongeopende fles Absolut uit de kast, pelt het plasticje van de dop, pakt een glas uit de kast en gaat aan de keukentafel zitten.

Ze bedenkt dat ze het niet zou moeten doen, dat ze doordeweeks niet meer moet drinken, maar ze schenkt toch in.

Ze kijkt naar de heldere vloeistof en de doorzichtige schaduw op de tafel.

Dit is mijn laatste glas, denkt ze als de telefoon gaat.

Op het scherm staat 'Dennis Kratz'.

Er gaat een angstschok door haar buik. Ze was stomdronken toen ze hem gisteravond liet komen. Flarden van herinneringen aan de nacht en ochtend spelen door haar hoofd: ze vrijden en lagen hijgend naast elkaar.

Pamela staarde naar de rozet op het plafond, terwijl de kamer draaide als een vlot in een maalstroom.

Ze viel in slaap en werd daarna weer wakker met het gevoel dat er gevaar dreigde.

Het was bijna helemaal donker in de slaapkamer.

Ze lag naakt onder het dekbed en probeerde zich te herinneren wat ze gisteravond had gedaan.

Zonder een vin te verroeren luisterde ze naar het fluitende geluid van de oude ventilatiekoker in de inloopkast.

De gordijnen waren dicht, maar het grijze stadslicht was door de kier te zien.

Pamela knipperde met haar ogen, probeerde haar blik scherp te stellen en meende de afdruk van een kinderhand op de ruit te zien.

De vloerplanken kraakten achter haar.

Ze draaide haar hoofd geluidloos de andere kant op en zag een lange gestalte midden in de kamer staan met in de ene hand haar beha.

Het duurde een paar seconden voordat Pamela doorhad dat het Dennis was en toen wist ze weer wat er gebeurd was.

'Dennis?' fluisterde ze.

'Ik heb even gedoucht,' zei hij en hij hing de beha over de rug van de fauteuil.

Ze ging rechtop zitten en voelde het plakken tussen haar benen, ze bevochtigde haar mond en zag hem haar jurk oprapen van de vloer bij de fauteuil. Hij zat binnenstebuiten en hij deed hem weer goed.

'Je kunt beter gaan,' zei ze.

'Oké,' antwoordde hij.

'Ik moet slapen,' verduidelijkte ze.

Terwijl Dennis zich aankleedde, probeerde hij haar te vertellen dat hij niet wilde dat ze teleurgesteld in hem was of ergens spijt van had.

'Ik bedoel, voor mij was het logisch,' zei hij, terwijl hij zijn overhemd dichtknoopte. 'Want ik ben altijd al verliefd op jou geweest, ook al heb ik dat nooit uitgesproken.'

'Sorry, maar ik kan dit gesprek nu niet voeren,' zei ze met droge mond. 'Ik kan niet eens bevatten dat we dit hebben gedaan, het klopt niet met mijn zelfbeeld.'

'Je hoeft niet altijd en overal de sterkste te zijn, dat zul je ooit moeten accepteren.'

'Wie moet dan de sterkste zijn?'

Toen hij weg was, kwam ze wankelend haar bed uit en draaide de deur op slot, deed haar contactlenzen uit en ging weer naar bed.

Ze sliep diep en droomloos totdat de wekker ging. Toen stond ze op en ging douchen, ze bracht de wijnglazen naar de keuken en verschoonde het bed, ze stopte de kleren van de vorige dag in de wasmand, liet de hond uit en ging snel naar haar werk.

Na een bouwvergadering ging ze het dak op boven een open zolder in de Narvavägen, maakte een paar schetsen en stapte toen in de provisorische bouwlift.

Pamela zette haar bouwhelm af en meteen maalden de gedachten weer door haar hoofd. Ze had Martin bedrogen, ze moest hem alles opbiechten.

Nu zit ze aan de keukentafel met de wodka voor zich en de rinkelende telefoon in haar hand.

'Met Pamela,' zegt ze.

'Ik heb net de politie gebeld, de officier van justitie trekt de aanklacht in en laat Martin gaan,' zegt Dennis.

'Nu?'

'Het kan snel gaan als het besluit eenmaal is genomen. Hij staat waarschijnlijk over twintig minuten al buiten.'

'Dank je wel.'

'Hoe gaat het met je?'

'Goed, maar ik heb geen tijd om te praten.'

Ze beëindigen het gesprek en ze pakt het glas. Ze wil de drank eigenlijk teruggieten in de fles, maar voelt zich te gestrest en spoelt hem door de gootsteen. Ze loopt snel naar de hal, pakt haar tas en sleutel mee, loopt naar buiten, doet de deur op slot en stapt snel in de lift.

Door het hek van de lift ziet ze de vloer naar boven toe verdwijnen, terwijl de kooi krakend afdaalt naar de vierde etage.

De lichten zijn uit, maar ze kan zien dat er een kinderwagen voor de ene deur staat.

Ze wil op tijd bij het huis van bewaring zijn, voordat Martin wordt vrijgelaten.

Pamela draait zich om naar de spiegel om haar make-up te controleren en haalt haar poederdoos uit haar tas, terwijl de lift de derde etage passeert.

Opeens wordt de hele kooi fel verlicht en hoort ze het geluid van een klikkende camera.

Ze draait zich om, maar ziet alleen een paar zwarte schoenen voordat de lift op de tweede verdieping is.

Haar hart slaat verontwaardigd. Ze begrijpt haar eigen reactie niet. Het komt vast door de stress dat ze alles bedreigend vindt. Waarschijnlijk was het gewoon een makelaar die foto's maakte.

Als de lift op de begane grond blijft staan, schuift ze het hek open en verlaat het trappenhuis. Ze rent de garage in, stapt in de auto en rijdt naar de hellingbaan, terwijl ze op de afstandsbediening drukt.

'Kom op,' fluistert ze, terwijl de garagedeur langzaam opengaat.

Ze gaat de hellingbaan op, rijdt over het trottoir heen de Karlavägen op, waarna ze de snelheid opvoert.

De gedachten jagen door haar hoofd.

Ze laten Martin vrij en trekken de aanklacht in. Ze moet bezwaar maken tegen de afwijzing van jeugdzorg en daarna Mia bellen om te zeggen dat het allemaal goed komt.

Het stoplicht springt op oranje en Pamela trapt het gaspedaal in. Een vrouw in een boerka maakt een boos gebaar en iemand toetert een hele poos.

Ze rijdt over de Karlbergsvägen en slaat de Dalagatan in als een agent op een motor naast haar komt rijden en gebaart dat ze moet stoppen.

Pamela zet de auto aan de kant en ziet de agent van de motor stappen. Hij zet zijn witte helm af en komt naar haar toe.

Pamela draait het raampje open als hij er is. Hij ziet er vriendelijk uit, met een sceptische blik en een gebruind gezicht.

'Dat ging iets te snel, had u dat zelf ook door?' vraagt hij.

'Sorry, ik ben ongelooflijk gestrest.'

'Mag ik uw rijbewijs even zien?'

Ze zoekt met ongecoördineerde bewegingen in haar tas, legt haar sleutel en haar brillenkoker op de stoel naast haar, vindt haar portemonnee, opent hem maar kan haar rijbewijs niet uit het vakje krijgen, dat lukt pas nadat ze haar bankpas en verschillende lidmaatschapspasjes eruit heeft gehaald.

'Dank u,' zegt de agent en hij vergelijkt de foto op haar rijbewijs met haar gezicht. 'U reed met vierenzeventig kilometer per uur voor een school langs.'

'Mijn god... dat had ik niet door, ik heb de borden niet gezien.'

'Ik moet uw rijbewijs invorderen.'

'Oké, dat begrijp ik,' zegt ze en ze voelt dat het zweet op haar rug staat. 'Maar ik heb heel erge haast, mag ik het niet nog heel even houden, alleen vandaag?'

'Ik denk dat u er rekening mee moet houden dat u uw rijbewijs minstens vier maanden kwijt bent.'

Ze kijkt hem aan en probeert te begrijpen wat hij zegt.

'Maar... moet ik mijn auto hier dan laten staan?'

'Waar woont u?'

'In de Karlavägen.'

'Hebt u een parkeervergunning?'

'Een garage.'

'Ik rij mee naar de garage.'

32

Martin zit met zijn armen om zijn knieën ineengedoken op de vloer naast het bed. Hij heeft groene gevangeniskleren aan. De platte slof-fen liggen onder de wasbak. Zijn ogen branden van vermoeidheid. Hij heeft vannacht geen oog dichtgedaan. Het beddengoed en de handdoek zitten nog onaangeroerd in het plastic naast de tas met zeep en een tandenborstel.

Op de plek waar in de jaren zeventig deze gevangenis is gebouwd, zat vroeger het Armekinderenhuis van kroonprinses Lovisa.

Vannacht hadden de dode jongens in de gevangenisgangen gezelschap gekregen van grote groepen kinderen, ze liepen rond en sloegen op alle deuren, waarna ze zich verzamelden voor zijn cel.

De jongens duwden en trokken aan de stalen deur, gingen er vervolgens voor liggen en keken naar hem door de kier onder de deur.

Ze konden niet naar binnen en wilden daarom oogcontact met hem maken, maar hij wendde zich af en hield zijn handen voor zijn oren tot het ochtend was.

Nu hoort hij zware voetstappen naderen door de gang en dan het zachte gerammel van sleutels. Martin knijpt zijn ogen stijf dicht als de deur door een bewaarder wordt geopend.

'Hallo, Martin,' zegt een man met een Fins accent.

Martin durft nog niet op te kijken, maar ziet de schaduw van de man over de vloer glijden als hij binnenkomt en voor hem blijft staan.

'Ik ben Joona Linna, we hebben kort met elkaar gesproken in de verhoorkamer,' gaat de man verder. 'Ik ben hier om je te vertellen dat de officier van justitie geen aanklacht zal indienen, ze heeft het vooronderzoek tegen jou geseponeerd en je zult onmiddellijk in vrijheid worden gesteld... Maar voordat je gaat, wil ik je onze excuses aanbieden en je vragen ons te helpen bij het opsporen van de moordenaar van Jenny Lind.'

'Als ik dat kan,' antwoordt Martin zacht en hij kijkt naar de schoenen van de man en naar de zwarte broekspijpen.

'Ik weet dat je geen prater bent,' zegt Joona, 'maar toen we elkaar laatst spraken, wilde je me iets vertellen. We werden gestoord door mijn collega, maar je was net bezig een beschrijving te geven van Jenny Lind, toen ze in de regen stond.'

'Dat weet ik niet meer,' fluistert Martin.

'Daar kunnen we het later over hebben.'

'Oké.'

Martin is stijf als hij opstaat.

'Wil je dat ik iemand bel om te zeggen dat je vrijgelaten wordt?'

'Nee, bedankt.'

Hij durft Pamela's naam niet uit te spreken, omdat de deur naar de gang op een kier staat. Als hij die naam noemt, zullen de dode kinderen hem willen pakken en dan worden ze boos als ze hem niet op hun grafsteen mogen hebben.

De politieman met het Finse accent verwijst Martin door naar een bewaarder, die met hem naar de inschrijfbalie gaat, waar hij een tas met kleren, schoenen en een portemonnee krijgt.

Vijf minuten later stapt hij de Bergsgatan in. Het hek gaat zoemend achter hem dicht. Hij loopt over het trottoir, langs de glimmende rij geparkeerde auto's.

In de verte blaft een hond.

Een jongen met een grauw gezicht staat bij het grootste ventilatierooster naar hem te staren. Uit zijn natte haar druipt water op zijn grijze stoffen jas, hij heeft gaten op de knieën van zijn vieze spijkerbroek.

De vingers van zijn ene hand spreiden zich krampachtig.

Martin draait zich om en loopt de andere kant op. Achter hem klinken snelle voetstappen. Er komt iemand achter hem lopen en een hand grijpt zijn kleren vast. Hij probeert zich los te rukken en krijgt een harde klap op zijn wang. Hij struikelt naar opzij, valt en haalt zijn handpalm open aan het asfalt als hij zich opvangt.

Het dreunt in zijn oren alsof hij in het water is gevallen.

Hij herinnert zich dat de plotselinge kou onder het ijs hem het gevoel gaf dat hij was aangereden.

Een man met wijd opengesperde ogen en gespannen lippen slaat hem in het gezicht als hij probeert op te staan.

De gebalde vuist van de man raakt hem schuin op zijn neus.

Martin probeert zich met zijn handen te beschermen en staat op. Met zijn ene oog ziet hij niets en er stroomt bloed over zijn mond.

'Wat heb je verdomme vijf jaar lang met haar gedaan,' schreeuwt de man. 'Vijf jaar! Ik sla je dood, snap je, ik...'

De man ademt gejaagd, hij trekt aan Martins jas en samen wankelen ze de weg op.

'Geef antwoord!'

Het is de vader van Jenny Lind.

Martin herkent hem van de tv-uitzending waarin hij en zijn vrouw de dader smeekten hun dochter vrij te laten.

'Het is een misverstand, ik heb niets...'

De man slaat hem recht op zijn mond en hij struikelt achterover tegen een fiets die aan een paal is vastgemaakt en hoort de fietsbel rinkelen.

Vanaf het zwembad komen twee agenten aangerend over het gras.

'Hij heeft mijn dochter ontvoerd, hij heeft mijn dochter vermoord,' schreeuwt de man en hij pakt een losse straatsteen van de grond.

Martin veegt bloed van zijn gezicht en ziet het jongetje op een strook vergeeld gras staan. Hij filmt Martin met zijn telefoon.

In de buitenspiegel van een geparkeerde auto wordt licht weerkaatst. Het verblindt Martin, hij wendt zijn ogen af en denkt aan het gebroken zonlicht dat door het ijs viel.

De agenten roepen tegen de man dat hij de steen moet laten vallen en rustig moet worden. Hij hijgt, kijkt naar de steen alsof hij niet begrijpt waar die vandaan komt en laat hem op het trottoir vallen.

Een van de agenten neemt Martin apart, vraagt hoe het met hem gaat en of hij een ambulance moet bellen. De andere kijkt naar het rijbewijs van de man en zegt dat er aangifte tegen hem zal worden gedaan wegens mishandeling.

'Het is gewoon een misverstand,' zegt Martin en hij loopt snel weg.

33

De hele dag al wordt er gegraven en klinkt er geratel van gruis dat in een kruiwagen wordt geschept. Caesar heeft besloten dat ze een bunker moeten bouwen waarin ze allemaal kunnen schuilen als het einde komt. Hij lijkt gespannener dan gewoonlijk en gisteren had hij oma omvergeduwd toen hij vond dat ze te langzaam was.

Ondanks de warmte in de kooi huivert Kim als Blenda haar haar begint te kammen met haar vingers. Ze vindt het vervelend als er iemand achter haar staat en probeert zich te concentreren op de lichtstreep onder de deur.

In de gang tussen de kooien zoemen vliegen rond de emmer met stukken brood en gedroogde vis. Die heeft oma daar gisteren neergezet, maar ze hebben nog geen eten gekregen.

'Laat me eens naar je kijken,' zegt Blenda.

Ze hebben allebei dorst, maar toch pakt Blenda de plastic fles, giet de laatste druppels in haar hand en wast Kims gezicht.

'Kijk, er zat toch een meisje onder,' zegt ze.

'Bedankt,' fluistert Kim en ze likt water van haar lippen.

Kim is opgegroeid in Malmö en speelt handbal. Haar team was op weg naar een wedstrijd in Solna. De minibus stopte bij Brahe hus voor de lunch. Er stond een lange rij voor de wc's en Kim kon niet wachten.

Ze nam een servet mee en ging naar de bosrand. Overal lag gebruikt papier en ze liep iets verder het bos in, totdat ze de gebouwen en de auto's niet meer kon zien.

Ze herinnert zich de open plek waar ze bleef staan nog goed, het warme zonlicht op bosbessenstruiken en mos, de glinsterende spinnenwebben en de donkere sparrentoppen.

Ze trok haar broek en onderbroek naar beneden en ging wijdbeens op haar hurken zitten.

Met haar ene hand hield ze haar kleren weg van de heldere straal en de druppeltjes die opspatten van de grond.

Er kraakte een tak en ze begreep dat er iemand in de buurt was, maar ze moest uitplassen.

De voetstappen naderden haar van achteren, dennenappels en twijgjes kraakten onder de schoenen en er zwiepten takken tegen broekspijpen.

Het ging zo snel, opeens hield hij een lap voor haar mond en trok hij haar op haar rug. Ze probeerde zich los te slaan en voelde de warme urine tussen haar benen stromen, waarna ze het bewustzijn verloor.

Kim is hier nu twee jaar.

De eerste zes maanden zat ze alleen in een kelder, voordat ze het huis in werd gelaten. Ze weet nog dat oma vertelde dat het zoeken naar haar was gestaakt. Kim moest een kamer delen met Blenda, die hier al veel langer was, die een gouden armband droeg en een vrachtwagen had leren besturen. Ze woonden op de bovenverdieping, zorgden voor de schoonmaak en de afwas, maar hadden geen contact met de andere vrouwen in het huis.

Op het erf piept het wiel van de kruiwagen en ze horen oma roepen tegen Amanda dat wie niet werkt ook niet zal eten.

'Ken jij ze?' vraagt Kim gedempt.

'Nee,' antwoordt Blenda. 'Maar ik heb begrepen dat Amanda van huis is weggelopen omdat ze het allemaal maar saai vond, ze wilde iets van de wereld zien, door Europa reizen en zingen in een band.'

'En Yacine?'

'Die komt uit Senegal en vloekt in het Frans.'

Sinds Jenny Lind had geprobeerd te vluchten was alles anders geworden. Alle privileges zijn ingetrokken en niemand mag meer in het huis wonen.

Nu leven ze als beesten in krappe kooien.

Iedereen heeft de polaroidfoto's gezien van Jenny's strijd en van haar dode lichaam.

Blenda is net begonnen met het vlechten van Kims haar als de dwarsboom voor de deur omhooggaat en Caesar het langhuis binnenkomt.

Ze knipperen met hun ogen tegen het daglicht dat naar binnen stroomt en zien de machete naast zijn ene bovenbeen bungelen. De zware kling glinstert zwart.

'Kim,' zegt hij en hij blijft voor de kooi staan.

Ze slaat haar ogen neer zoals oma hun heeft geleerd en voelt dat haar ademhaling te snel gaat.

'Alles goed?' vraagt hij.

'Ja, dank je.'

'Wat zou je ervan zeggen om het avondeten met me te gebruiken?'

'Heel gezellig.'

'We kunnen nu meteen een aperitief nemen als het schikt,' zegt hij en hij maakt de kooi open.

Kim kruipt naar voren en laat zich op de vloer zakken, veegt viezigheid en strootjes van haar trainingsbroek en loopt met hem mee naar het erf, de zon in.

Haar tenen prikken van het bloed dat weer doorstroomt.

De kruiwagen is omgekieperd, de stenen zijn eruit gevallen en Yacine ligt op de grond. Oma slaat haar met de stok zonder een woord te zeggen. Amanda loopt er snel heen en zet de kruiwagen overeind, ze pakt de ene schep en begint de stenen er weer in te scheppen.

'Wat is dit?' vraagt Caesar en hij wijst met zijn machete.

'Het is gewoon een ongeluk,' antwoordt Amanda en ze kijkt hem aan.

'Ongeluk? Hoe dat zo?' vraagt hij.

Oma stopt met slaan, doet een paar stappen naar achteren en

ademt met open mond. Yacine ligt voor zich uit te staren.

'Het is een warme dag en we hebben water nodig,' antwoordt Amanda.

'Kieper je de stenen eruit om water te krijgen?' vraagt Caesar.

'Nee, dat...'

Amanda maakt met trillende vingers de bovenste knoopjes van haar blouse dicht, die drijfnat is van het zweet.

'Zodra ik mijn hielen licht, doen jullie net alsof de regels niet meer gelden,' zegt Caesar. 'Wat mankeert jullie? Wat moeten jullie zonder mij? Gaan jullie voor jezelf zorgen, zelf eten regelen en jullie eigen sieraden kopen?'

'Sorry, maar we hebben gewoon water nodig.'

'Dus je gelooft niet dat God weet wat jullie nodig hebben?' zegt hij met stemverheffing.

'Natuurlijk geloof ik...'

'Eerst word je ontevreden,' valt hij haar in de rede. 'En als je ontevreden bent, steekt het idee van weglopen de kop op.'

'Ze bedoelde er niets mee,' probeert oma. 'Ze is...'

'Het komt door jullie dat ik zwaarder moet straffen,' brult hij. 'Ik wil het zo niet, ik wilde jullie niet opsluiten.'

'Ik zou nooit weglopen,' betuigt Amanda.

'Ben je een hond?' vraagt hij en hij likt zijn lippen.

'Wat?'

'Honden lopen niet weg – toch?' vraagt hij en hij kijkt naar haar. 'Zou je niet moeten staan als een hond als je een hond bent?'

Met een afwezig gezicht legt Amanda de schep in de kruiwagen en gaat op handen en voeten voor hem zitten.

Haar blouse is uit haar rok gegleden en haar onderrug glimt van het zweet.

'Fanny probeerde weg te lopen, Jenny probeerde weg te lopen – is er nog iemand die het wil proberen?' vraagt Caesar.

Hij pakt haar bij de haren, trekt haar hoofd omhoog en hakt met de machete in haar nek. Het klinkt als een klap met een bijl op een houtblok. Amanda valt recht op haar gezicht. Haar lichaam spartelt even en is dan stil.

'Ik zorg nu wel voor haar,' fluistert oma en ze legt haar hand over haar halssieraad.

'Voor haar zorgen? Ze heeft geen begrafenis verdiend – ze mag langs de snelweg liggen rotten,' zegt hij tegen haar en hij loopt naar het huis.

Kim staat trillend op het erf, naast Amanda's lijk.

Ze ziet dat Caesar een verlengsnoer over het erf trekt en daar een haakse slijper aan koppelt.

Het volgende uur verstrijkt als in een nevel. Caesar zaagt het lichaam in stukken, terwijl Kim en Yacine de lichaamsdelen in plastic zakken verpakken, er tape omheen doen en de pakketten naar de aanhanger van de vrachtwagen brengen.

In de laatste zak met het hoofd en de rechterarm gooit Caesar een fles water, een paar sieraden en een tas en zegt tegen oma dat ze haar ergens hier ver vandaan moet dumpen.

34

Mia Andersson zit tegenover haar contactpersoon van jeugdzorg in een van de kamers op de benedenverdieping.

De koffiemok tussen haar handen is afgekoeld.

Haar gevoel van eenzaamheid volgt haar bij elke stap die ze zet.

Niemand heeft voor haar gezorgd toen ze klein was. Ze moest zelf zorgen dat ze schoon bleef en zelf iets te eten vinden. Toen ze zeven was, had ze haar ouders dood in de badkamer gevonden. Ze hadden een overdosis fentanyl genomen. Ze kwam tijdelijk bij een gastgezin en werd twee weken later bij een pleeggezin in Sandviken geplaatst, maar kreeg ruzie met een ander kind.

Mia is blond, net als haar moeder, maar heeft haar haar blauw en roze geverfd. Ze maakt haar wenkbrauwen donker en gebruikt veel eyeliner en mascara. Ze heeft eigenlijk een lief gezichtje, maar als ze lacht, wordt dat tenietgedaan door haar scheve tanden.

Ze draagt een zwarte spijkerbroek, stevige schoenen en een slobbertrui.

Mia heeft geleerd dat mensen niet aardig zijn. Ze profiteren alleen maar van elkaar. Er is geen echte liefde, geen werkelijk medeleven, het zijn allemaal oppervlakkigheden en verkooppraatjes.

'Een oplossingsgerichte, salutogene houding vanuit evidence-based methodes', zoals het in de brochure staat.

Ze haat dit systeem.

Er zijn kinderen die niemand wil hebben, en dat is volkomen begrijpelijk.

En de mensen die ze toch willen, zijn natuurlijk zo ongeschikt als wat.

Mia had niet opgenomen toen Pamela vandaag belde, en toen ze het vijf minuten later nog een keer probeerde, had ze haar nummer geblokkeerd.

'Mia, waar denk je aan?'

'Nergens aan.'

De contactpersoon is een vrouw van in de vijftig, met een grijs pagekapsel en een bril die aan een gouden kettinkje tussen haar enorme borsten hangt.

'Ik begrijp dat je verdrietig bent omdat jeugdzorg de aanvraag heeft afgewezen.'

'Maakt me niet uit.'

De enige keer dat Mia het gevoel had dat ze familie had, was in de tijd met Micke. Maar daarna, toen hij in de gevangenis terecht was gekomen, snapte ze niet dat ze verliefd op hem was geweest, hij was alleen aardig omdat ze geld inbracht met inbraken en overvallen.

'Je bent bij twee gezinnen geweest voordat je hier kwam.'

'Dat werkte niet,' zegt Mia.

'Waarom niet?'

'Dat moet je aan hen vragen.'

'Ik vraag het aan jou,' zegt de vrouw.

'Je moet lief en aardig zijn, maar ik ben anders, ik raak soms gefrustreerd, bijvoorbeeld als mensen de baas over me willen spelen zonder ook maar iets te begrijpen.'

'We gaan een aanvullend psychiatrisch basisonderzoek doen.'

'Ik ben niet gestoord, echt niet, ik ben alleen nog niet bij een gezin gekomen waar ik geaccepteerd word zoals ik ben.'

'Je wordt hier geaccepteerd,' zegt de vrouw zonder te glimlachen.

Mia krabt op haar voorhoofd. De leiders van het tehuis, Storsjögården, zeggen dat ze om haar geven, maar ze zijn haar ouders niet en dat willen ze ook niet zijn. Ze hebben zelf kinderen, dit is hun werk, hun manier om geld te verdienen. Er is niets mis met hen, maar haar problemen zijn wel hun bron van inkomsten.

'Ik wil naar een echt gezin,' zegt Mia.

De vrouw van jeugdzorg kijkt in haar papieren.

'Je staat al op een wachtlijst en daar moet je ook zeker op blijven staan, maar eerlijk gezegd zijn je kansen niet erg groot, gezien het feit dat je binnenkort achttien wordt.'

'Oké, ik snap het, dat is dan maar zo,' zegt Mia en ze slikt hoorbaar.

Ze staat op en bedankt, geeft de vrouw een hand en loopt de kamer uit, de hal door, en gaat op de trap naar boven zitten.

Mia heeft geen puf om naar boven te gaan als Lovisa een uitbarsting heeft.

Ze zit naar memes te kijken op haar telefoon als ze een nieuwsbericht krijgt: Aron Beck van de politie van Stockholm, verantwoordelijk voor het onderzoek naar de moord op Jenny Lind, zegt dat de officier van justitie een vergissing heeft begaan met het in bewaring stellen van Martin Nordström. Alle verdenkingen jegens hem zijn van tafel, en hij wordt nu als de belangrijkste getuige gezien in het verdere vooronderzoek.

Mia loopt de trap af en de voordeur uit. De lucht is warm en er komt damp van het gras, de rabarberplanten en de slaphangende seringen rond het plaatsje.

Ze passeert de beide auto's die op het grind geparkeerd staan, loopt snel de oprit af en gaat naar links om door het hoge onkruid af te snijden naar de Varvsgatan.

Mia kijkt over haar schouder.

In de berm staat een oudere man met lang grijs haar foto's te maken van de hommels rond de hoge lupines.

Ze loopt langs de bosrand, kijkt tussen de stammen en heeft nog steeds het gevoel dat ze wordt bekeken.

De weg leidt haar om de bospartij heen het industrieterrein op, met groothandels in bouwmaterialen en autoherstelbedrijven.

Ze loopt langs de oude gasklokken.

De warme lucht trilt boven de koepels.

Achter haar nadert een auto.

De steentjes op het asfalt knerpen onder de langzaam rollende banden.

Mia draait zich om, houdt haar hand boven haar ogen en ziet dat het een taxi is.

Hij is twintig meter achter haar blijven staan.

Ze begint sneller langs het hek te lopen en hoort dat de auto haar volgt, vaart meerdert en naast haar komt rijden.

Mia bedenkt dat ze over het hek kan klimmen en naar de kade kan rennen, als het raampje omlaag gaat en Pamela's gezicht verschijnt.

'Hallo Mia,' zegt ze. 'Ik moet met je praten.'

De taxi blijft staan en Mia gaat naast haar op de achterbank zitten.

'Ik zag dat ze Martin hebben vrijgelaten,' zegt Mia.

'Is dat al bekendgemaakt? Wat schrijven ze?'

'Dat hij niks heeft gedaan… maar een belangrijke getuige is, zeg maar.'

'Dat had ik ze meteen wel kunnen vertellen,' verzucht Pamela.

Ze heeft een mooi gezicht, bedenkt Mia, maar haar ogen zijn treurig en op haar voorhoofd is een netwerk van rimpels te zien.

'Ik heb je een paar keer geprobeerd te bellen.'

'O ja?' mompelt Mia.

De auto rijdt weer door. Mia kijkt uit het raam en glimlacht bij zichzelf als het tot haar doordringt dat Pamela een taxi heeft genomen vanuit Stockholm alleen omdat zij haar telefoon niet opnam.

'Ik heb contact gehad met een advocaat die een bezwaar indient tegen het besluit van jeugdzorg.'

'Gaat dat iets uithalen?' vraagt Mia en ze kijkt Pamela van opzij aan.

'Ik weet niet wat ze van Martin zullen zeggen. Hij is nogal gevoelig, hij heeft psychische problemen gehad… Dat heb ik je toch verteld?'

'Ja.'

‘Ik ben bang dat het weer slechter met hem zal gaan nu hij opgesloten heeft gezeten in een cel,’ zegt Pamela.

‘Wat zegt hij er zelf van?’

Terwijl ze langzaam door Gävle rijden, vertelt Pamela dat Martin voor het huis van bewaring is mishandeld door de vader van Jenny Lind. Pamela heeft tot twee uur ’s nachts gezocht en alle ziekenhuizen gebeld. Vroeg in de ochtend werd hij slapend aangetroffen in een bootje bij Kungsholms strand. Toen de politie zich over hem ontfermde, was hij erg verward en hij kon niet zeggen wat hij daar deed.

‘Ik ben naar de Spoedeisende Psychiatrische Hulp gegaan, maar... Martin wilde niet praten, hij zei bijna niets en was te bang om met mij mee naar huis te gaan.’

‘Wat erg voor hem,’ zegt Mia.

‘Ik denk dat hij een paar dagen nodig heeft om tot zichzelf te komen en te begrijpen dat alle beschuldigingen tegen hem een misverstand waren.’

Ze rijden langs het Stortorget. Drie meisjes rennen lachend over het plein achter zeepbellen aan.

‘Waar gaan we heen?’ vraagt Mia en ze kijkt uit het zijraam.

‘Ik weet het niet. Wat wil je doen? Heb je trek?’

‘Nee.’

‘Wil je naar Furuvik?’

‘Naar Furuvik? Naar het pretpark? Je weet toch dat ik bijna achttien ben?’

‘Ik ben veertig en ik ben dol op de achtbaan.’

‘Ik ook,’ geeft Mia glimlachend toe.

35

Om negen uur 's avonds stapt Pamela in de Karlavägen uit de taxi. Ze loopt door de voordeur naar binnen en neemt de lift naar de vijfde verdieping.

Ze heeft een blos op haar wangen gekregen en haar haar zit in de war. Mia en zij hebben meer dan tien ritjes in de achtbaan gemaakt en een suikerspin en pizza gegeten.

Pamela maakt de veiligheidsdeur open, raapt de post van de mat, doet de deur op slot en hangt de sleutel aan de haak.

Terwijl ze haar veters losmaakt, bedenkt ze dat ze eerst gaat douchen en daarna in bed gaat liggen lezen.

Ze kijkt de post door en wordt opeens ijskoud vanbinnen.

Tussen de enveloppen zit een polaroidfoto van Mia.

Ze heeft blauw haar achter haar oor geschoven en kijkt blij. Op de achtergrond is de ingang van het spookhuis van Furuvik te zien.

De foto moet nog maar een paar uur geleden zijn gemaakt.

Pamela draait de foto om en ziet dat er piepkleine lettertjes op staan. Zo klein dat ze ze niet kan lezen.

Ze loopt naar de keuken, knipt de hanglamp aan, legt de foto op tafel waar het licht het felst is, zet haar leesbril op en leunt naar voren.

zij wordt gestraft als hij praat

Met bonzend hart probeert ze te begrijpen wat de woorden en de foto betekenen. Het is onmiskenbaar een dreigement, iemand wil haar en Martin bang maken.

Nieuwssites en aanplakbiljetten hebben vanavond met vette koppen en haastige artikelen bericht over Martin, die nu als belangrijkste getuige wordt beschouwd.

Iemand wil haar bang maken, iemand wil dat zij Martin van getuigen weerhoudt.

Dat moet de moordenaar zijn.

Hij houdt hen in de gaten, weet waar ze wonen en kent Mia.

De gedachte maakt Pamela misselijk van angst.

Ze pakt de telefoon om de politie te vertellen wat er is gebeurd en om te eisen dat ze Mia beschermen, maar ze beseft tegelijkertijd dat dat niet zal gebeuren. Ze zullen luisteren, ze zullen haar aangifte opnemen en daarna zeggen dat het niet genoeg is voor politiebescherming.

Dat begrijpt ze wel, het is maar een foto en een algemeen gehouden dreigement zonder namen of specifieke feiten.

Maar degene die Jenny Lind heeft vermoord is bang voor Martins getuigenis.

En Mia zal worden gestraft als hij vertelt wat hij heeft gezien.

Pamela legt de telefoon op tafel en kijkt nog eens naar de foto.

Mia kijkt blij en de rij ringetjes in haar oor glimt in de felle zon.

Pamela draait de foto om, strijkt met haar vinger over de letters en ziet ze van het gladde oppervlak verdwijnen.

Haar vingertop is blauw en de woorden zijn weg.

Ze staat op en voelt dat haar handen trillen als ze naar de voorraadkast loopt, de geopende fles Absolut pakt, ernaar kijkt en dan de wodka door de gootsteen spoelt. Ze laat de kraan lopen totdat de geur verdwijnt. Ze keert terug naar de tafel en pakt de telefoon om Mia te bellen en haar op het hart te drukken dat ze extra voorzichtig moet zijn.

36

Joona rijdt in iets meer dan een uur naar de haven van Kapellskär en neemt een watertaxi naar het militaire terrein aan de noordoostkant van het eiland Idö.

De Ålandzee is spiegelglad en verblindend.

Als de taxi aanlegt, vliegen meeuwen op van de betonnen steiger.

Joona loopt naar het modernistische gebouw van geteerd hout, drukt op de intercom en wordt binnengelaten.

Hij legitimeert zich bij de receptie en gaat in de koele wachtkamer zitten.

Dit is een zeer exclusief complex voor hoge politici, militairen en hoofden van overheidsdiensten die behoefte hebben aan verschillende vormen van revalidatie.

Vijf minuten later wordt hij opgehaald door een geüniformeerde vrouw en naar een van de acht suites gebracht.

Saga Bauer zit in een fauteuil met een fles mineraalwater in haar hand en kijkt zoals gewoonlijk door de grote raampartij naar de horizon.

'Saga,' zegt Joona en hij gaat in de fauteuil naast de hare zitten.

De eerste maanden in deze kliniek liep ze alleen maar als een gekooid dier heen en weer en zei dat ze dood wilde.

Nu zegt ze niets meer, ze zit gewoon voor het raam naar de zee te kijken.

Joona bezoekt haar regelmatig. Eerst las hij haar voor, daarna begon hij over zichzelf te praten, maar de eerste keer dat hij merkte dat ze echt luisterde, was toen hij over een zaak begon.

Sindsdien vertelt hij over de vooronderzoeken die hij leidt en brengt hij continu verslag uit van zijn theorieën.

Ze luistert en de vorige keer dat hij hier was, glimlachte ze vaag toen hij de ontdekking van het vriesmerken noemde.

Nu vertelt Joona haar dat Martin Nordström, die de hele moord van dichtbij heeft gezien, een ernstige psychische ziekte heeft en de moord onder dwang heeft bekend, maar dat ze nu weten dat hij onschuldig is.

'Hij werd voor het huis van bewaring mishandeld en zit weer op de psychoseafdeling,' gaat hij verder. 'Het is nog maar de vraag of ik hem zal kunnen verhoren... Het schiet nu niet op, maar ik heb een oudere zaak gevonden die hiermee samenhangt...'

Saga zegt niets, ze kijkt uit over het water.

Joona legt twee foto's op de tafel naast haar.

De blik van Fanny Hoeg is donker en dromerig. Jenny Lind kijkt recht naar de fotograaf en lijkt haar lachen in te houden.

'Fanny is opgehangen, net als Jenny, maar dan veertien jaar eerder,' zegt Joona. 'We hebben geen detailfoto's van het stempel, maar het is duidelijk dat ze gevriesmerkt was. Een lok van haar donkere haar was spierwit.'

Joona vertelt aan Saga dat beide vrouwen ongeveer even oud waren, ze hadden vrienden, maar geen partner, en ze waren beiden actief op sociale media.

'Ze hadden een andere bouw, een andere kleur ogen en de ene was blond en de andere donker,' zegt hij. 'Toen Jenny was ontvoerd dacht iedereen dat ze willekeurig was gekozen... Maar als ik haar vergelijk met de foto van Fanny, zie ik overeenkomsten... iets met de neus en de jukbeenderen, misschien de haarlijn.'

Nu pas richt Saga haar blik op de foto's op tafel.

'We zijn natuurlijk aan het zoeken naar meer moorden, zelfmoorden en verdwijningen die met dezelfde dader in verband gebracht kunnen worden,' gaat Joona verder. 'Maar voor zover we nu weten is hij niet erg actief, misschien is hij nog niet eens een seriemoordenaar geworden, maar hij volgt een patroon, heeft een methode... en ik weet dat hij niet zal stoppen.'

*

Op de terugweg slaat Joona af naar Rimbo om met Jelena Postnova, een paardenhouder, te praten. Een smalle weg leidt tussen bomen door naar een parkeerterrein naast een traditioneel houten hek. Aron Beck staat tegen een zilvergrijze Mercedes-Benz geleund en kijkt op van zijn telefoon als Joona zijn auto parkeert en uitstapt.

'Margot vond dat ik hiernaartoe moest gaan om mijn excuses aan te bieden,' zegt Aron. 'Mijn verontschuldigingen, het spijt me dat ik me zo idioot heb gedragen. Je had de kans moeten krijgen om Martin te verhoren voordat ik de officier van justitie erbij haalde.'

Joona zet zijn zonnebril op en kijkt naar de donkerrode stal. In een bak rijdt een jongeman op een zwarte hengst. Het stof van de droge aarde zweeft tussen de bomen en kleurt de benen van het paard grijs.

'Margot zegt dat het aan jou is of je mij uit het team wilt zetten en ik snap het helemaal als je dat doet,' gaat Aron verder. 'Maar prestige maakt me niks uit, ik wil maar één ding, en dat is deze griezel tegenhouden, en als je me nog een kans geeft zal ik werken totdat jij zegt dat ik moet stoppen.'

'Dat klinkt goed,' zegt Joona.

'Vind je? Wat fijn,' zegt hij opgelucht.

Joona glimlacht en loopt het grindpad af naar de stal. Aron loopt mee in hetzelfde tempo, terwijl ze samen het vooronderzoek doornemen.

Het team van de NOA heeft de databases tot twintig jaar geleden doorzocht, maar geen andere moorden, zelfmoorden of sterfgevallen gevonden die in het patroon passen.

In Zweden maken jaarlijks gemiddeld veertig jonge vrouwen een eind aan hun leven, in zo'n vijfentwintig procent van de gevallen door verhanging.

Behalve Jenny Lind en Fanny Hoeg zijn in die hele periode maar drie vrouwen door ophanging om het leven gebracht en bij alle drie was sprake van een destructieve relatie met een partner. Er zijn uitgebreide secties verricht, maar bij deze slachtoffers zijn geen tekenen van vriesmerken en geen pigmentveranderingen gerapporteerd.

De onverharde weg leidt in een ruime boog naar het hoofdgebouw en naar een wei met acht paarden. Het is erg warm in de directe zon. In de berm klinkt het tikkende geluid van sprinkhanen en hoog boven het dak scheren zwaluwen door de lucht.

'Het ligt moeilijker bij vrouwen van wie vermoed wordt dat ze ontvoerd zijn,' gaat Aron verder. 'Als we alle duidelijke gevallen weg hebben gefilterd van vrouwen die het land uit zijn gesmokkeld voor een gedwongen huwelijk, blijven er nog een paar honderd over.'

'We gaan ze allemaal onderzoeken,' zegt Joona.

'Maar er zijn maar zes gevallen die concreet op ontvoering lijken.'

Een oudere vrouw komt met een zadel in haar hand de stal uit, gooit hem op de laadbak van een roestige pick-uptruck en draait zich turend naar hen om.

Ze heeft kort wit haar en draagt een paardrijbroek met vlekken, leren laarzen en een T-shirt met een afbeelding van Vladimir Visotski.

'Ik heb gehoord dat u veel verstand hebt van paarden fokken,' zegt Joona en hij laat haar zijn politiepas zien.

'Eigenlijk meer van dressuur, maar ik weet er wel iets van,' antwoordt ze.

'Het zou fantastisch zijn als u ons wilt helpen.'

'Als ik dat kan, zeker,' zegt ze en ze laat hen de stal binnengaan, waar het iets koeler is.

Een sterke geur van paarden en hooi slaat hun tegemoet. Joona zet zijn zonnebril af en kijkt een schemerige stalgang met twintig boxen in. Onder de nok bromt een krachtige ventilator. Paarden briesen en stampen hard op de grond.

Ze lopen langs de zadelkamer en de natte wasplaats en daarna stoppen ze. Een rij kleine raampjes laat wat daglicht binnen door vuil glas.

'Hoe merken jullie de paarden?' vraagt Joona.

'Bij de renpaarden is het vriesmerken vervangen door chippen,' antwoordt ze.

'Wanneer zijn jullie gestopt met vriesmerken?'

'Dat weet ik niet precies, een jaar of acht geleden, zoiets... maar vriesmerken met een driehoek doen we nog wel.'

'Wat houdt dat in?' vraagt Aron.

'Als een paard gewond is of oud, en er kan niet meer op worden gereden, kun je in plaats van hem te laten afmaken door de veearts een driehoekig vriesmerk laten zetten.'

'Oké.'

'Kijk maar naar Emmy,' zegt Jelena en ze loopt voor hen uit naar een van de achterste boxen.

Een oude merrie snuift en tilt verbaasd haar hoofd op als ze voor haar blijven staan. Hoog op het linkerbovenbeen steekt een witte driehoek duidelijk af tegen de roodbruine vacht.

'Dat betekent dat ze gepensioneerd is, ze doet het nog steeds goed als wandelpaard, ik maak weleens een ritje op haar, dan gaan we het bos in...'

Er landt een vlieg in de ooghoek van het paard en ze schudt haar zware hoofd, trapt in het rond en botst met haar flank tegen de muur. De opgehangen halsters, teugels en stijgbeugels rammelen.

'Hoe gaat het merken in zijn werk?' vraagt Aron.

'Dat verschilt, wij doen het met stikstof, bijna tweehonderd graden onder nul, we geven een plaatselijke verdoving en drukken het stempel ongeveer een minuut tegen de huid.'

'Weet u wie dit merk gebruikt?' vraagt Joona en hij laat een detailfoto van het achterhoofd van Jenny Lind zien.

Jelena buigt naar voren met een scherpe rimpel tussen haar wenkbrauwen.

'Nee,' antwoordt ze. 'Ik durf te zeggen dat in Zweden niemand daar paarden mee merkt, en waarschijnlijk nergens ter wereld.'

'Wat denkt u bij dit stempel?'

'Ik ken het niet,' zegt ze. 'Ik ken de vleesindustrie in andere landen niet, maar dit merk bevat geen cijfers die het mogelijk maken het dier te identificeren en op te sporen.'

'Nee.'

'Ik associeer het vooral met de brandmerken die vroeger in Amerika door veehouders werden gebruikt,' zegt ze. 'Die zagen er ongeveer zo uit, misschien iets minder gedetailleerd.'

Als ze teruglopen naar de auto's bedenkt Joona dat Jelena Postnova goed had gezien dat het bij het merken van de slachtoffers niet ging om identificatie, maar om bezit. De dader wil laten zien dat de gemerkte vrouw ook na haar dood van hem is.

'We werken te langzaam, er gaan nog meer vrouwen dood als we hem niet vinden,' zegt Joona en hij opent het portier.

'Ik weet het, ik word er ziek van.'

'Misschien heeft hij al een nieuwe gevangene.'

37

Pamela betaalt, stapt voor het Sankt Göran Ziekenhuis uit de taxi en gaat door poort 1 naar binnen. Achter de deur blijft ze even staan om te kijken of ze gevolgd wordt en neemt dan de lift naar afdeling 4, meldt zich bij de receptie en geeft haar telefoon af.

Martin zit in de woonkamer te kaarten met een forse man in een rolstoel. Ze herkent de man, hij is een terugkerende patiënt op afdeling 4. Op elke vingertop is een kruisje getatoeëerd en hij wordt de Profeet genoemd.

'Hoi, Martin,' zegt ze en ze gaat aan tafel zitten.

'Hoi,' zegt Martin zacht.

Ze legt haar hand op zijn onderarm en weet zijn blik een paar tellen te vangen voordat hij zijn gezicht weer afwendt. De pleister op zijn voorhoofd zit er nog, maar de blauwe plek op zijn wang wordt al geel.

'Hoe gaat het met je?' vraagt ze.

'Geen gevoel,' antwoordt de Profeet en hij slaat met zijn hand op zijn bovenbeen.

'Ik praat met Martin.'

De Profeet wijst naar de dikke bril op zijn neus, raapt de speelkaarten bij elkaar en schudt ze.

'Speel je een potje mee?' vraagt hij aan haar en hij coupeert het spel.

'Wil jij een spelletje doen?' vraagt ze aan Martin.

Hij knikt en de Profeet begint te delen. Een verzorger met gespierde bovenarmen staat bij een andere tafel naast een oudere vrouw die een mandala kleurt.

Voor de tv zit een man met een grijze baard te slapen bij een herhaling van *Wie weet het meest.* Het applaus knettert zachtjes uit de luidspreker.

'Tienen,' fluistert Martin en hij kijkt de kant van de glazen deur op.

'Je wilt mijn tienen?' vraagt Pamela en ze glimlacht. 'Weet je het zeker? Je kunt ook negens kiezen...'

Hij schudt snel zijn hoofd en ze geeft hem drie tienen.

Pamela werpt een steelse blik op haar horloge en voelt een druk in haar middenrif als ze bedenkt dat Martin straks zal gaan schreeuwen en verkrampen.

'Ga vissen, ga vissen,' zegt de Profeet net als er een deur opengaat.

Pamela kijkt op en ziet dat Primus – de man die haar laatst had lastiggevallen – de woonkamer binnenkomt, gevolgd door een verzorger. Zijn grijze haar hangt los en hij draagt een sporttas aan een riem over zijn schouder.

Hij buigt diep voor de Profeet, trekt aan het kruis van zijn strakke spijkerbroek en gaat achter Pamela's stoel staan.

'Vandaag opgenomen, vandaag ontslagen,' zegt hij glimlachend.

'Je doet wat je gezegd wordt,' zegt de Profeet en hij richt zijn blik op zijn kaarten.

'Godsamme, wat zal ik neuken,' fluistert Primus en hij zuigt op zijn wijsvinger.

'Kom hier naast me staan,' zegt de verzorger.

'Oké, maar hoe laat is het eigenlijk?' vraagt hij.

Als de verzorger op zijn horloge kijkt, strijkt Primus snel met zijn natte vinger over Pamela's nek.

'Zeg nu maar gedag en loop met me mee,' zegt de verzorger.

'Ik hoef niet te lopen, ik kan vliegen,' zegt Primus.

'Maar je bent niet vrij,' merkt de Profeet ernstig op. 'Je bent maar het hulpje van Caesar, een vlieg die om zijn meester heen zoemt...'

'Hou op,' fluistert hij gestrest.

Pamela kijkt Primus na wanneer hij achter de verzorger aan

loopt, die zijn pasje langs de scanner haalt, een code intoetst en de deur opendoet.

Martin zit nog met de versleten speelkaarten in zijn hand.

'Drieën,' mompelt hij.

'Mijn drieën,' zegt de Profeet en hij pakt zijn kaarten van tafel.

'Ja.'

'Ga vissen,' zegt hij en hij kijkt Pamela weer aan. 'Mag ik al jouw zevens?'

'Ga vissen.'

'Ze doen veel onderzoek op het gebied van gynoïden... dat zijn vrouwelijks robots,' vertelt de Profeet en hij krabt met de speelkaarten aan zijn kin. McMullen, een wetenschapper, heeft een seksrobot gemaakt die luistert en onthoudt wat je zegt, die praat, haar voorhoofd fronst en glimlacht.'

Hij legt zijn kaarten op tafel en houdt zijn handpalmen omhoog. Pamela moet wel naar de tien kruisjes op zijn vingers kijken.

'Mag ik al jouw heren,' zegt Martin.

'Binnenkort is een gynoïde niet meer van een echte vrouw te onderscheiden,' deelt de Profeet mee. 'Dan zijn we van verkrachtingen, prostitutie en pedofilie af.'

'Daar ben ik niet van overtuigd,' zegt Pamela en ze staat op van haar stoel.

'De nieuwe generatie robots zal schreeuwen, huilen en smeken,' zegt de Profeet. 'Ze stribbelen tegen, zweten van angst, kotsen en piesen in hun broek, maar...'

Hij zwijgt als een verpleegkundige met een breed gezicht en lachrimpels rond de ogen de woonkamer in komt en aan Martin en Pamela vraagt of ze meelopen.

'Je hebt vandaag nog niets gegeten?' vraagt de verpleegkundige routinematig, terwijl Martin op een van de ziekenhuisbedden in de wachtkamer gaat liggen.

'Nee,' antwoordt hij en hij kijkt Pamela aan.

Hij is uitgeput en sluit hulpeloos zijn ogen als de verpleegkundige een katheter in zijn linkerarm aanbrengt, waarna ze verdwijnt.

Dennis heeft Pamela uitgelegd wat elektroconvulsietherapie inhoudt. Met behulp van een elektrische schok wordt een gecontroleerd epileptisch insult opgewekt, om de balans tussen de signaalstoffen in de hersenen te herstellen.

Martins psychiater ziet ECT als een laatste redmiddel nu Martin al na een paar dagen terug moest komen naar de afdeling.

'Primus zei dat... dat ik... in de gevangenis kom.'

'Nee, dat kwam door die agent, Aron, die heeft je dingen laten bekennen die je niet hebt gedaan,' legt ze uit.

'O ja,' fluistert hij.

Ze geeft een klopje op zijn hand en hij doet zijn ogen open.

'Je hoeft niet meer met de politie te praten, hoor...'

'Het is oké,' zegt hij.

'Maar je hebt alle recht van de wereld om nee te zeggen na wat ze jou hebben aangedaan.'

'Maar ik wil het wel,' fluistert hij.

'Ik weet dat je wilt helpen, maar ik vind niet...'

Ze zwijgt als twee verzorgenden binnenkomen en zeggen dat het zover is. Ze rijden Martins bed van de wachtkamer naar de behandelkamer en Pamela loopt ernaast.

Uit een stopcontact van vergeeld plastic hangen snoeren in een boog naar een stelling met monitoren.

Een anesthesist met grijze wenkbrauwen gaat op een krukje zitten en zet de schermen in een andere hoek.

Martins bed wordt op zijn plaats gezet en een anesthesieverpleegkundige koppelt verschillende meters aan.

Pamela merkt dat hij onrustig wordt en ze pakt zijn hand vast.

'De behandeling duurt ongeveer tien minuten,' zegt de andere verpleegkundige en ze dient hem via de katheter narcose toe.

Martins ogen gaan dicht en zijn hand wordt slap.

De verpleegkundige wacht een paar seconden en spuit dan een spierverslappend middel in.

Martin slaapt diep en zijn mond is een beetje ingevallen. Pamela laat zijn hand los en stapt opzij.

De anesthesieverpleegkundige zet een masker met een ademballon over zijn neus en mond en dient hem zuurstof toe.

De psychiater komt de behandelkamer binnen en loopt naar Pamela toe om haar te begroeten. Hij heeft diepliggende ogen en scherpe kaakbeenderen, zijn hals is rood van het scheren en hij heeft vijf doorzichtige plastic pennen in het borstzakje van zijn doktersjas.

'U mag er best bij blijven,' zegt hij, 'maar sommige mensen vinden het akelig om de spieren op de stroom te zien reageren. Ik verzeker u dat het geen pijn doet, maar daar moet u wel op voorbereid zijn.'

'Dat ben ik nu,' zegt ze en ze kijkt hem aan.

'Mooi zo.'

De verpleegkundige laat Martin hyperventileren om het zuurstofgehalte in zijn hersenen te verhogen, haalt dan het masker weg en stopt een bijtblok in zijn mond.

De psychiater zet het ECT-apparaat aan en stelt de stroomsterkte, de pulsbreedte en de frequentie in. Dan zet hij de beide elektroden op Martins hoofd.

De lamp aan het plafond knippert en Martin buigt de armen naast zijn lichaam in een snelle beweging.

Zijn handen trillen onnatuurlijk en hij trekt zijn rug krom.

Zijn kaken worden op elkaar geklemd, zijn kin duwt tegen zijn borst, zijn mondhoeken gaan omlaag en de pezen in zijn hals worden aangespannen.

'Mijn god,' fluistert Pamela.

Het lijkt wel of ze hem een verwrongen masker hebben opgezet. Zijn ogen zijn zo stijf dichtgeknepen dat er gloednieuwe rimpels op zijn gezicht verschijnen.

Zijn hartslag gaat snel omhoog.

Hij krijgt meer zuurstof.

Zijn benen beginnen te spartelen en zijn handen trillen.

Het bed kraakt en het overtrek glijdt omhoog, zodat het gebarsten kunstleer van de matras zichtbaar wordt.

Opeens is Martins verkramping voorbij. Alsof er een kaars is uitgeblazen. Een rooksliert kronkelt zachtjes omhoog naar het plafond.

38

Martin draait zijn hoofd en ziet vanuit een ooghoek het raam en de lamp als stromend water wegglijden.

Hij heeft niets gegeten sinds het broodje kaas en het aardbeiensap dat hij had gekregen toen hij wakker werd uit de narcose.

Pamela heeft nog even bij hem gezeten en is daarna snel naar haar werk gegaan.

Zodra hij op zijn benen kon staan, was hij naar de therapiezaal gelopen om te schilderen. Hij weet dat hij geen kunstenaar is, maar het is een belangrijke routine voor hem geworden.

Hij legt het penseel en de schilderstok bij het palet, zet een stap naar achteren en kijkt naar zijn paneel.

Hij heeft een rood huisje geschilderd, maar weet niet meer waarom.

Voor het raam hangt een gordijn waarachter vaag een gezicht te zien is.

Hij veegt acrylverf van zijn handen en onderarmen en loopt de therapiezaal uit.

Eigenlijk mogen ze tussendoor niets eten, maar soms sluipt Martin naar de eetzaal en zoekt in de koelkast.

Hij loopt door de lege gang.

Het is stil in de groepskamer, maar als hij langs de deuropening komt, ziet hij dat de stoelen staan opgesteld alsof er een onzichtbaar publiek naar een optreden zit te kijken.

De jongens hebben zich gedeisd gehouden sinds Martin hier is gekomen. Hij hoort ze 's nachts niet eens. Misschien vinden ze het goed dat hij terug is op de afdeling.

Voor het kantoor van de psychiater blijft hij staan en door de glazen ruit ziet hij dokter Miller, die midden in het vertrek voor zich uit staat te staren met zijn lichte ogen.

Martin bedenkt dat hij aan zal kloppen om te zeggen dat hij weer naar huis wil, maar opeens kan hij zich zijn eigen naam niet meer herinneren.

De dokter heet Mike, dat weet hij wel.

Ze noemen hem M&M.

Wat is er aan de hand? Hij weet dat hij een patiënt op afdeling 4 is, dat hij getrouwd is met Pamela en in de Karlavägen woont.

'Martin, ik heet Martin,' zegt hij en hij loopt weer door.

Een nieuwe golf van duizeligheid gaat door zijn hersenen. De grote metalen kasten glijden de hoek in en verdwijnen.

Hij komt een van de nieuwe verzorgers tegen – een kleine vrouw met witte bovenarmen en strenge rimpels om haar mond – die niet eens notitie van hem neemt.

Als hij bij de deur van de eetzaal voor patiënten komt, draait hij zich om en ziet dat er een bed met riemen voor de groepsruimte staat.

Dat stond er zonet nog niet.

Hij rilt en duwt de deur van de eetzaal voorzichtig open.

De dikke gordijnen zijn dichtgetrokken tegen de zon en het vertrek ligt in een troebele schemering.

Plastic stoelen staan rond drie ronde tafels met een gebloemd zeil erop en zomerservetten in een houder.

Er kraakt iets en daarna knarst het zacht.

Het klinkt als een wip die van de ene kant naar de andere gaat.

Achter het lage aanrecht met roestvrijstalen bakken staat de koelkast.

Martin loopt over het glanzende linoleum, maar blijft staan als hij achter in de hoek een beweging waarneemt.

Hij houdt zijn adem in en draait voorzichtig die kant op.

Een extreem lange persoon staat met zijn armen omhoog.

Alleen zijn vingers bewegen.

Het volgende moment ziet Martin dat het de Profeet is. Hij staat op een stoel en pakt iets uit een kast.

Martin loopt zachtjes achteruit en ziet dat hij met een pak suiker van de stoel stapt en in de rolstoel gaat zitten.

De zitting kraakt onder zijn gewicht.

Martin komt bij de deur, opent hem voorzichtig en hoort de scharnieren zachtjes knarsen als een mug bij zijn oor.

'Zie het als een godswonder,' zegt de Profeet achter hem.

Martin blijft staan, laat de deur los en draait zich weer om.

'Ik moet een paar dingen halen voordat ik vertrek,' zegt de Profeet en hij rijdt naar het aanrecht.

Hij strooit alle suiker in de gootsteen en haalt een plastic zak met een mobiele telefoon erin uit het pak, veegt hem af, stopt hem in zijn zak en draait dan de kraan open.

'Ik word over een uur ontslagen.'

'Gefeliciteerd,' fluistert Martin.

'We hebben allemaal een andere roeping in het leven,' zegt hij en hij rijdt naar Martin toe. 'Primus is een vleesvlieg die kadavers nodig heeft om eitjes in te leggen, ik leg die van mij in de zielen van de mensen… en jij probeert jezelf uit te wissen met elektriciteit.'

39

Het is vijf uur en Pamela is alleen op kantoor. Ze heeft de gordijnen dichtgedaan en zit achter de computer een raampartij te tekenen tegen een begroeid dakterras als de telefoon gaat.

Ze neemt op. 'Roos Architectenbureau.'

'Met Joona Linna van de Nationale Operationele Afdeling van de politie. Allereerst wil ik zeggen dat het me heel erg spijt wat mijn collega's uw man hebben aangedaan.'

'Oké,' zegt ze stroef.

'Ik begrijp dat u geen vertrouwen meer hebt in de politie en ik weet dat u hebt gezegd dat u niet met ons wilt praten, maar denk aan het slachtoffer en haar familie, zij alleen zijn daar uiteindelijk de dupe van.'

'Ik weet het,' zegt ze met een zucht.

'Uw man is onze enige ooggetuige, hij heeft alles van dichtbij gezien,' zegt Joona. 'En ik denk dat het voor de meeste mensen niet goed is om rond te lopen met dingen als...'

'Dus nu hebben jullie opeens hart voor hem,' valt ze hem in de rede.

'Ik zeg alleen dat het een verschrikkelijke moord is en dat hij met die herinnering rondloopt.'

'Ik wilde niet...'

Ze zwijgt en denkt aan de bedreiging jegens Mia, die ertoe heeft geleid dat zij nu ook over haar schouder kijkt, net als Martin.

Ze heeft pepperspray gekocht die ze aan Mia zal geven, zodat ze zich kan verdedigen als ze wordt aangevallen.

'We denken dat de dader Jenny Lind vijf jaar lang gevangen heeft gehouden voordat hij haar vermoordde,' gaat de inspecteur verder. 'Ik weet niet of u dat nog weet, maar toen ze verdween werd er veel over geschreven, haar ouders waren op tv en deden een beroep op de dader.'

'Dat weet ik nog,' antwoordt Pamela zacht.

'Ze hebben nu net hun dochter in het mortuarium gezien.'

'Ik moet stoppen,' zegt ze en ze voelt de paniek opkomen. 'Over vijf minuten heb ik een vergadering.'

'Daarna dan? Een halfuurtje maar.'

Om het gesprek meteen te kunnen beëindigen spreekt ze met hem af in het Espresso House om kwart over zes. De tranen stromen al over haar wangen als ze zich opsluit op de wc.

Pamela durft niets over de bedreiging te zeggen tegen de politie, ze heeft het gevoel dat ze Mia en Martin daarmee in gevaar zou brengen.

Iemand is haar gevolgd naar Gävle en heeft haar in het pretpark gefotografeerd.

Ze wilde Mia alleen de kans in het leven geven die Alice nooit heeft gehad, maar in plaats daarvan is ze in het blikveld van een moordenaar terechtgekomen.

*

Joona slaat Pamela gade als ze van de koffie drinkt en het kopje met beide handen vastpakt om het zonder al te veel te trillen weer op het schoteltje te kunnen zetten. Ze leek onrustig toen ze kwam en wilde per se verhuizen naar een tafeltje boven, achter in de ruimte.

Haar roodbruine haar valt in grote krullen op haar schouders. Ze heeft gehuild en geprobeerd de sporen met make-up te verdoezelen.

'Vergissen is menselijk, daar heb ik alle begrip voor, maar dit,' zegt ze. 'Jullie hebben hem onder druk een moord laten bekennen, ik bedoel, hij heeft een ernstige psychische ziekte.'

'Mee eens, zo hoort het niet te gaan,' zegt Joona. 'Er komt een intern onderzoek door de officier van justitie.'

'Jenny Lind heeft... ik weet het niet, ze heeft een speciaal plekje in mijn hart... en ik leef mee met haar familie, maar...'

Ze valt zichzelf in de rede en slikt moeizaam.

'Pamela, ik moet in alle rust met Martin praten... het liefst met jou erbij.'

'Hij zit weer op de 24-uursafdeling,' zegt ze kortaf.

'Ik heb begrepen dat hij aan een complex posttraumatisch stresssyndroom lijdt.'

'Hij heeft paranoïde psychoses en jullie hebben hem opgesloten en hem angst aangejaagd.'

Ze keert haar gezicht naar het raam en kijkt naar de mensenstroom in de Drottninggatan.

Joona ziet dat ze even glimlacht als ze twee jonge vrouwen volgt met haar blik.

Een traanvormige aquamarijn schommelt heen en weer aan haar oor.

Ze draait zich weer naar hem toe en nu ziet hij dat de twee stipjes onder haar linkeroog geen moedervlekken zijn, maar tatoeages.

'Je zei dat Jenny Lind een speciaal plekje heeft in je hart,' zegt Joona.

'Toen ze verdween was ze net zo oud als mijn dochter Alice,' zegt ze en ze slikt hoorbaar.

'Oké.'

'En een paar weken later was mijn eigen dochter dood.'

Pamela kijkt in de lichtgrijze ogen van de inspecteur. Ze heeft het gevoel dat hij haar kent en begrijpt wat een groot verlies met iemand doet.

Voordat ze zich kan afvragen waarom, schuift ze haar koffiekopje opzij en vertelt hem van Alice. De tranen druppelen op de tafel als ze de reis naar Åre beschrijft, tot de dag waarop haar dochter was verdronken.

'De meeste mensen maken grote verliezen mee in hun leven,' zegt ze, 'en komen er weer bovenop. In het begin denk je dat dat niet kan, maar het is mogelijk om je leven weer op te pakken.'

'Ja.'

'Maar Martin... het lijkt wel alsof hij zich nog in de eerste fase van regelrechte shock bevindt,' zegt ze. 'En ik wil niet dat hij zich nog slechter gaat voelen dan nu.'

'Maar stel dat hij ervan opknapt,' zegt Joona. 'Ik kan naar de afdeling komen en daar met hem praten. We doen het voorzichtig, op zijn voorwaarden.'

'Maar hoe kun je iemand verhoren die niet durft te praten?'

'We kunnen het met hypnose proberen,' zegt Joona.

'Ik dacht het niet,' antwoordt ze en ze glimlacht onwillekeurig. 'Dat is waarschijnlijk het laatste waar Martin behoefte aan heeft.'

40

Mia kijkt of haar kleren goed zitten, strijkt het haar achter haar oor en glimlacht bij zichzelf als ze op de halfopen deur van de administratie van het tehuis klopt.

'Kom binnen en ga zitten,' zegt de begeleidster zonder haar aan te kijken.

'Dank je.'

Mia loopt over de krakende vloer, trekt de stoel tegenover de begeleidster uit en gaat zitten.

Het is warm in het vertrek na weer een dag met temperaturen van rond de vijfendertig graden. Het raam aan de boskant staat open en stoot slapjes tegen de roestige haak. De begeleidster typt iets in op de computer en kijkt dan op.

'Ik heb het bij jeugdzorg nagevraagd en er is geen bezwaar binnengekomen van Pamela Nordström.'

'Maar ze zei dat...'

Mia onderbreekt zichzelf, slaat haar ogen neer en pulkt schilferende lak van haar duimnagel.

'Zoals ik het begrijp,' gaat de begeleidster verder, 'was de afwijzing gebaseerd op de thuissituatie, die als onveilig wordt gezien vanwege haar man.'

'Maar hij was onschuldig, verdomme, dat staat overal.'

'Mia, ik weet niet hoe ze bij jeugdzorg hebben geredeneerd, maar er is in ieder geval geen bezwaar binnengekomen... en dan blijft de afwijzing natuurlijk staan.'

'Ik begrijp het.'

'Daar kunnen we niets aan doen.'

'Ik begrijp het, zeg ik toch.'

'Maar wat vind je ervan?'

'Dat het weer hetzelfde is als altijd.'

'Ik ben in ieder geval blij dat we jou hier nog een poosje mogen houden,' zegt de begeleidster opbeurend.

Mia knikt en staat op, ze geeft haar zoals gewoonlijk een hand, sluit de deur achter zich als ze de kamer verlaat en loopt de trap op.

Vanaf een afstand hoort ze Lovisa al nijdig gillen en met dingen gooien. Ze heeft ADHD en zij en Mia krijgen het continu met elkaar aan de stok.

Lovisa zou in staat zijn haar te vermoorden, bedenkt Mia.

Vannacht was ze wakker geworden toen Lovisa haar kamer binnensloop. Ze hoorde haar voetstappen over de vloer in het donker, ze hoorde dat ze bij haar bed bleef staan en op de stoel naast de ladekast ging zitten.

Mia komt boven, gaat haar kamer binnen, ziet dat de onderste la van het kastje openstaat en kijkt erin.

'Wat is dit, verdomme?' zegt ze en ze loopt de kamer uit.

De versleten houten vloer kraakt onder haar schoenen. Ze gooit de deur van Lovisa's kamer open en blijft abrupt staan.

Lovisa zit op haar knieën en heeft de hele inhoud van haar schoudertas voor zich op de vloer gegooid. Haar haar is klitterig en ze heeft schrammen op de rug van haar handen.

'Mag ik weten wat je in mijn kamer doet en wat je met mijn onderbroeken moet?' vraagt Mia.

'Waar heb je het over? Je bent gewoon gestoord,' zegt Lovisa en ze staat op.

'Jij bent hier de gestoorde.'

'Jij moet je bek houden,' zegt ze en ze krabt aan haar wang.

'Geef je nu mijn ondergoed even terug?'

'Volgens mij ben jij hier de dief en heb je mijn Ritalin gestolen,' zegt Lovisa.

'Oké, je bent je pillen weer eens kwijt. Moest je daarom mijn slips jatten?'

Lovisa stampt door de kamer en trekt gestrest aan de kapotgebeten mouwen van haar blouse.

'Ik ben niet aan je gore slips geweest.'

'Maar je hebt geen impulscontrole en...'

'Hou je kop!'

'Je hebt je pillen vast te goed verstopt en nu kun je ze niet vinden en geef je mij de schuld.'

'Rot op,' brult Lovisa en ze schopt haar eigen spullen door de kamer.

Mia loopt de kamer uit en de trap af. Achter haar schreeuwt Lovisa dat ze iedereen in het hele huis zal vermoorden. Mia trekt haar groene legerjas aan, ook al is die veel te warm, en gaat naar buiten.

Ze neemt als gewoonlijk de korte route langs het bos naar het industrieterrein en slaat af naar de oude gasklokken.

De beide ronde bakstenen gebouwen worden al jaren gebruikt voor filmvertoningen, theatervoorstellingen en concerten.

Ze probeert de teleurstelling niet te voelen, terwijl ze achter de grootste gasklok naar beneden loopt, naar het water.

Ze hoort het basloopje en de drums lang voordat ze bij het braakliggende terrein komt.

Haar parka blijft aan een doornige struik hangen, maar schiet los als ze doorloopt.

Maxwell en Rutger staan naar een walmende wegwerpbarbecue te kijken.

Ze zijn rappers en fantaseren over beroemd worden met hun groep.

Maxwell heeft een speaker aan zijn telefoon gekoppeld en probeert te rappen op de beat, maar stopt en lacht.

Er zijn bierflesjes in het zand gestoken.

Rutger slijpt met een bijl een punt aan een tak.

Mia stapt over de lage muur, nadert de beide mannen en ontdekt twee gestalten in de bosjes aan de andere kant van het oude treinspoor.

Ze loopt door en ziet dat het Shari is, die op haar knieën voor Pedro zit. Voordat ze haar ogen kan neerslaan, vangt ze een glimp op van zijn penis in Shari's open mond.

Het licht van de schijnwerper van een kraan op de kade wordt gefragmenteerd door een boom.

Maxwell begint met een grote glimlach te rappen als hij Mia ziet aankomen.

Ze loopt met dansende passen verder.

Eigenlijk vindt ze hen sneu, maar ze doet net of ze onder de indruk is en applaudisseert na elk couplet.

Ze spreekt alleen met hen af omdat ze ongewoon goed betalen voor de kleine hoeveelheden stimulerende middelen die ze in het tehuis weet te stelen.

'Mijn contactpersoon maakt zich zorgen dat ze zullen ontdekken dat er medicijnen weg zijn, maar hij geeft jullie prioriteit,' zegt Mia en ze haalt het zakje met tien capsules Ritalin tevoorschijn die ze van Lovisa heeft gestolen.

'Ik weet het niet, Mia, dit is... Ik vind het wel ontzettend duur worden,' zegt Maxwell.

'Zal ik dat tegen mijn contactpersoon zeggen?' vraagt Mia en ze stopt de pillen weer in haar jaszak.

'Als we jou een paar flinke klappen geven, begrijpt hij misschien wat we bedoelen,' antwoordt hij.

Door net te doen alsof er een contactpersoon in het tehuis is, heeft ze de prijs van de drugs tot een uitdagend hoog niveau weten op te drijven.

'Wat is dit voor gedoe?' vraagt Pedro en hij blijft voor de barbecue staan.

41

Er is een nieuwe beat begonnen en de basklanken dreunen uit de speaker. Rutger krabt met de bijl in zijn baard en zegt iets tegen Pedro.

Mia neemt zich in stilte voor om nooit meer drugs aan deze groep te verkopen. Ze zijn de grootste idioten van Gävle en toch worden ze achterdochtig.

Shari komt naar hen toe, knikt naar Mia en houdt haar blik even vast. Er zit lippenstift op haar kin.

Als ze bukt om een van de flesjes bier van de grond te pakken, houdt Maxwell haar tegen met zijn hand en lacht.

'Niet mijn flesje na dat van daarnet.'

'Geestig.'

Shari spuugt op de grond, pakt Pedro's flesje en drinkt.

'Niet mijn flesje,' giechelt Rutger.

Een havenkraan spiegelt zich zwaaiend in het water tussen de aken.

'Willen jullie het nog hebben of hoe zit het?' vraagt Mia.

'Geef me een betere prijs,' zegt Maxwell en hij legt zes worstjes op de barbecue.

'Er is geen andere prijs,' antwoordt Mia en ze begint haar jas dicht te knopen.

'Godsamme, dan betaal ik die dingen wel,' zegt Rutger. Hij draait de zwarte bijl even rond in zijn hand en laat hem dan in het zand vallen.

Hij pakt zijn portemonnee en telt de bankbiljetten af, maar trekt ze weg als Mia haar hand uitsteekt.

'Ik moet weg,' zegt ze.

Rutger houdt de briefjes in de lucht en begint te rappen over een drukbezette, veelgevraagde dealer die snel weg moet.

Pedro klapt de maat en Shari begint met haar heupen te wiegen.

Maxwell neemt het over en begint te rijmen over een meisje dat zo veel dorst heeft dat ze uit alle flesjes wil drinken.

'Idioot,' zegt Shari en ze geeft hem een duw.

'Suck my bottle,' lacht hij.

Rutger geeft Mia het geld, ze telt het na, stopt het in haar binnenzak en geeft hem het zakje.

'We gaan een feest geven – en jij moet komen,' zegt Maxwell.

'Wat een eer,' mompelt ze.

Mia is niet van plan ooit nog met hen te feesten, ze snapt niet dat hij het vraagt. Ze is een keer meegegaan en toen ze dronken op de bank in slaap was gevallen, probeerde Maxwell haar te verkrachten. Ze zei tegen hem dat ze naar de politie zou gaan, maar hij zei dat het geen verkrachting was, omdat ze geen nee had gezegd.

Maxwell draait de worstjes om, brandt zijn vinger, komt vloekend overeind en wappert met zijn hand.

'Kom je op het feest of niet?' vraagt hij.

'Je moet dit eens lezen,' zegt Mia en ze pakt haar telefoon. 'Dit is de wet van Zweden, hoofdstuk 6, paragraaf 1. Daar staat dat als iemand probeert gemeenschap te hebben met iemand die slaapt of dronken is…'

'Stop met bitchen, bitch,' valt hij haar in de rede. 'Je hebt geen nee gezegd, toch? Je lag gewoon…'

'Het is genoeg dat ik geen ja heb gezegd,' kapt ze hem af en ze houdt de telefoon voor zijn neus. 'Lees dit, het was een poging tot verkrachting, daar kun je een gevangenisstraf voor krijgen van…'

Mia krijgt zo'n harde klap dat ze omvalt. Ze komt met haar heup op de grond en ze hoort de bons als haar hoofd tegen het zand slaat. Ze ziet niets, rolt op haar buik, haalt hijgend adem, en gaat op handen en voeten zitten.

'Rustig, Maxie,' probeert Pedro.

Haar gezichtsvermogen komt terug, haar wang gloeit, ze vindt haar telefoon en probeert zich te beheersen.

'Je bent het verkrachten niet waard!,' schreeuwt Maxwell.

Mia staat op en loopt terug naar de gasklokken.

'Je bent een hoer, weet je dat?' roept hij haar na.

Als ze op de weg komt, blijft ze staan om het zand uit haar haar en van haar kleren te kloppen. Ze proeft bloed.

Ze loopt over het industrieterrein naar de grote rotonde in de Södra Kungsvägen. De rode parasols voor de Burger King trillen in de wind. Ze steekt het lege parkeerterrein over, loopt door de glazen deuren en ruikt de geur van gebakken kaas en frituur.

Pontus staat achter de kassa in een overhemd met korte mouwen en met een pet op.

Hij heeft eerder ook in Storsjögården gezeten, maar is in een gezin geplaatst, hij gaat weer naar school en heeft een bijbaantje gevonden.

'Wat is er gebeurd?' vraagt hij.

Mia begrijpt dat ze een rode wang heeft van de klap en trekt haar schouders op.

'Ruzie gehad met Lovisa,' liegt ze.

'Laat haar – die schiet altijd in de stress over alles.'

'Dat weet ik.'

'Heb je al gegeten?'

Ze schudt haar hoofd.

'De baas gaat om halfzeven weg,' zegt Pontus met gedempte stem. 'Als je geld hebt om iets te kopen, kun je hier wachten.'

'Een kop koffie.'

Hij slaat de bestelling aan op de kassa, ze betaalt met een van Maxwells bankbiljetten en Pontus gaat een beker koffie halen.

Mia komt hier bijna elke avond eten als Pontus werkt. Ze wacht altijd voor Circle K totdat hij klaar is. Dan gaan ze naar het park bij de zuiveringsinstallatie en trappen ze een balletje tegen de muur. Vroeger praatten ze over samen weglopen, het land uit, maar daar is Pontus niet meer in geïnteresseerd nu hij een thuis heeft.

'Hoe gaat het met Stockholm?' vraagt hij.

'Dat wordt niks.'

'Je zei dat ze bezwaar zou maken.'

'Dat heeft ze niet gedaan,' zegt ze en ze voelt dat haar oren rood worden.

'Maar waarom...'

'Dat weet ik niet,' kapt ze hem af.

'Nou moet je niet boos worden op mij.'

'Sorry. Ik wilde alleen dat ze eerlijk was geweest, ik vond haar aardig, ik dacht dat ze meende wat ze zei,' zegt Mia en ze wendt zich af omdat hij niet mag zien dat haar kin trilt.

'Niemand is eerlijk – jij wel?'

'Als het zo uitkomt.'

'Maar je bent niet verliefd op me.'

'Eerlijk gezegd denk ik dat ik niet eens verliefd kán worden,' antwoordt ze en ze kijkt hem weer aan. 'Maar als ik verliefd zou worden op iemand, dan zou het op jou zijn, omdat jij de enige bent met wie ik het fijn vind.'

'Maar je gaat met die rappers naar bed.'

'Nee, dat is niet zo.'

'Ik geloof je niet,' zegt hij en hij glimlacht.

'We kunnen seks hebben als het daarom gaat.'

'Dat is het niet, dat weet je.'

Mia gaat met haar beker koffie aan een tafeltje zitten en kijkt uit op de drukke weg.

Ze drinkt langzaam en na een tijdje ziet ze de baas weggaan. Tien minuten later zet Pontus een zak bij Mia op tafel en zegt dat hij over een halfuur komt.

'Dank je,' zegt ze, ze pakt de zak en gaat ermee de avondlucht in.

Een vieze pick-uptruck rijdt het parkeerterrein op en blijft bij de ingang van het restaurant staan. Mia loopt door het rode schijnsel van de achterlichten en over een stuk gras.

Ze gaat zoals gewoonlijk op een betonnen sokkel zitten bij een paar afvalcontainers naast het tankstation en kijkt in de zak.

Voorzichtig haalt ze de beker Coca-Cola eruit en zet hem op de grond, ze neemt de zak met frites op schoot en haalt het papiertje van de hamburger.

Mia heeft trek en ze neemt zo'n grote hap dat ze er kramp van in haar keel krijgt en even moet wachten voordat ze verder kan eten.

Een vrachtwagen rijdt het tankstation binnen en beweegt langzaam langs de pompen. Het is eigenaardig donker in de cabine, het lijkt wel of er geen chauffeur in de vrachtwagen zit. De ene zijspiegel is eraf geslagen en hangt aan een paar kabeltjes.

Mia wordt verblind door de koplampen als de vrachtwagen draait en haar kant op komt.

Ze drinkt wat Coca-Cola en zet de beker weer op de grond.

Het zware voertuig rijdt recht op haar af en schermt met zijn hoge oplegger het licht van het tankstation af.

De combinatie komt piepend tot stilstand.

De motor verstomt.

In de trailer schommelt een ketting ratelend tegen het stalen frame van de huif.

De remmen sissen.

De chauffeur blijft zitten, misschien is hij gestopt om te slapen.

Er komt nog steeds rook uit de staande uitlaten.

Mia veegt een paar reepjes sla van haar jas.

Het portier aan de andere kant van de cabine gaat open.

Ze hoort de chauffeur puffend uitstappen en naar het tankstation lopen.

De resten van een kapotte fles glinsteren in de berm als er een auto over de rotonde rijdt.

Mia stopt een paar frietjes in haar mond en luistert naar de verdwijnende voetstappen.

Als ze bukt om haar beker te pakken, ziet ze iets op de grond liggen bij de cabine.

Een dikke portemonnee, vol bankbiljetten.

Die heeft de chauffeur waarschijnlijk bij het uitstappen laten vallen.

Mia heeft geleerd niet te aarzelen, ze stopt de resten friet en hamburger in de zak en gaat op haar hurken bij de vrachtwagen zitten, dicht bij de voorwielen.

Ze vangt een glimp op van een smerige aandrijfas. Het ruikt naar stof en olie.

Mia kijkt naar de pompen, naar de verlichte shop en de wc's aan de achterkant.

Alles is stil.

Ze kruipt onder de trailer, kruipt naar voren, steekt haar hand uit en pakt de portemonnee. Net op dat moment hoort ze de voetstappen van de chauffeur.

De steentjes op het asfalt knerpen onder zijn schoenen.

Ze ligt doodstil, plat op haar buik met haar voeten buiten de auto.

Zodra hij achter het stuur zit, zal ze onder de wagen uit schieten en tussen de containers door naar het voetpad rennen.

Ze ademt te snel, haar hart klopt in haar oren.

Nu hoort ze stappen aan haar kant.

Ze begint te beseffen dat ze in de val is gelopen en op dat moment pakt iemand haar benen vast en trekt haar zo ruw onder de auto vandaan dat haar kin over het asfalt schaaft.

Ze probeert overeind te komen, maar krijgt een harde klap tussen haar schouderbladen en kan niet meer ademen.

Haar benen spartelen krampachtig, de beker Coca-Cola wordt omver getrapt, ijsblokjes vliegen onder de vrachtwagen.

Ze voelt een zware knie op haar rug, daarna trekt iemand haar hoofd achterover.

Ze hoort haar eigen schreeuw verstommen en voelt haar gezicht ijskoud worden.

Het brandt in haar mond en dan verliest ze het bewustzijn.

Als ze wakker wordt, is het helemaal donker, ze is misselijk en ze voelt vreemde schokken door haar lichaam gaan.

Op de een of andere manier begrijpt ze dat ze op de vloer van de oplegger ligt.

Het ruikt naar rottend vlees.

Er zit iets voor haar mond, zo stevig dat het trekt in haar mondhoeken. Ze kan zich niet bewegen, probeert toch te trappen, maar is te zwak en verliest weer het bewustzijn.

42

Om tien over halfzeven verlaat Pamela het architectenbureau en loopt in de warme avondlucht door de Olof Palmes gata.

Om zeven uur heeft ze met haar baas en een grote klant afgesproken in restaurant Ekstedt.

Ze weet dat haar waakzaamheid sinds het dreigement aan paranoia grenst, maar ze heeft echt het gevoel dat ze geobserveerd wordt en de rillingen gaan over haar rug.

Voetstappen en motorgeluiden dringen zich op.

Van de andere kant komt een jonge vrouw, gekleed in een rafelige korte spijkerbroek, die uitgescholden wordt aan de telefoon. Haar ademhaling en berouwvolle reactie komen vlak langs Pamela's oor.

'Ik hou alleen van jou...'

Pamela doet net of ze zich naar haar omdraait en ziet een jongeman met een blauwe zonnebril op naar haar kijken. Hij tilt zijn hand op alsof hij wil zwaaien.

Ze wendt zich af.

In de verte klinkt een sirene.

Er rolt iets langs de weg, het lijken wel plukken dons.

Pamela loopt snel door, terwijl ze de jonge man in de gaten houdt via de winkelruiten aan de overkant van de straat.

Hij is niet ver achter haar.

Ze denkt aan de foto van Mia, aan de wodka die in de afvoer is verdwenen, aan de droom van vannacht waarin iemand haar met een zaklamp verblindde.

Pamela weet dat ze het zich misschien maar verbeeldt dat de man haar volgt, maar ze is toch van plan om de eerstvolgende lege taxi aan te houden.

Op het trottoir voor de achterdeur van een restaurant liggen peuken en gebruikte zakjes snustabak.

Een duif fladdert weg.

Ze rent over de Sveavägen, ook al krijgen de auto's op dat moment groen licht en toeteren ze langdurig naar haar.

Er blijven mensen staan om naar haar te kijken.

Ze loopt snel langs de Urban Deli, het smalle straatje in dat eindigt in een deurpartij naar de Brunkebergtunnel.

Pamela ademt nu sneller.

Als ze de ene zwaaideur openduwt met haar hand, ziet ze de jongeman weerspiegeld in het glas.

Ze loopt snel de lege gang in en hoort de deur even heen en weer zwiepen.

De lange tunnel is rond als een wormgat, met gebogen gele platen aan de zijkant en een zilverig dak.

Haar snelle voetstappen weerklinken tussen de betegelde vloer en de wanden.

Ze had een andere route moeten nemen.

Pamela hoort iemand de tunnel in komen, ze kijkt over haar schouder en ziet de zwaaideur heen en weer zwiepen aan zijn scharnieren.

Degene achter haar is als een silhouet tegen het bekraste glas te zien.

De tunnel maakt een bocht naar rechts en hij kan haar pas weer zien als hij daar is.

De opening is tweehonderd meter ver weg.

Een nevelig licht schijnt door de glazen deuren.

Pamela steekt over naar het fietspad en blijft bij de muur staan.

Ze hoort dat degene achter haar is gaan rennen.

De snelle passen galmen dof.

Pamela zoekt in haar tas naar Mia's pepperspray, vindt het doosje en trekt het met trillende handen open.

Ze kijkt naar het spuitbusje en probeert te begrijpen hoe het werkt.

De voetstappen komen snel dichterbij.

De schaduw glijdt naar voren.

De man komt de hoek om met de zonnebril op zijn voorhoofd.

Pamela komt snel van de zijkant en houdt de spuitbus voor zich. Hij draait zijn gezicht naar haar toe, net als zij op het knopje drukt.

Hij krijgt het rode spul recht in zijn gezicht, hij gilt en slaat zijn handen voor zijn ogen, wankelt achteruit en stoot met zijn rug tegen de metalen wand.

Zijn tas valt rammelend op de grond.

Pamela loopt met hem mee en blijft spuiten.

'Hou op,' roept hij en hij probeert haar met één hand weg te houden.

Ze laat het spuitbusje op de grond vallen en schopt hem tussen de benen. Hij valt op zijn knieën, rolt op zijn zij en houdt dan kermend zijn handen voor zijn kruis.

Zijn gezicht zit onder de bloedrode verf.

Pamela pakt haar mobiel, maakt een foto van hem en stuurt die naar zichzelf.

Een vrouw van in de zeventig komt dichterbij en hapt naar adem, zo schrikt ze als ze het gezicht van de man ziet.

'Het is maar verf,' zegt Pamela.

Ze pakt de tas van de man, vindt zijn portemonnee, kijkt naar zijn legitimatie, maakt daar ook een foto van en stuurt die eveneens naar zichzelf.

'Pontus Berg,' constateert ze. 'Wil je vertellen waarom je achter me aan loopt, voordat ik de politie bel?'

'U bent toch Pamela Nordström?' vraagt de man en hij kreunt.

'Ja.'

'Iemand heeft Mia ontvoerd,' zegt hij en hij gaat zuchtend zitten.

'Ontvoerd? Hoezo, waar heb je het over?' vraagt ze en ze voelt de koude rillingen over haar rug gaan.

'Het klinkt idioot, maar u moet me geloven…'

'Zeg maar gewoon wat er gebeurd is,' valt ze hem met luide stem in de rede.

'Ik heb de politie van Gävle vijf keer gebeld, maar niemand luistert naar me, ik sta in hun registers voor een heleboel onzin... Ik wist niet wat ik moest doen, ik bedoel, ik hoorde dat het misgelopen was met haar plaatsing, maar Mia zei dat u om haar gaf en toen dacht ik...'

'Vertel waarom je denkt dat iemand Mia heeft ontvoerd,' kapt ze hem af. 'Je snapt toch dat dit een heel ernstige zaak is?'

De jongeman staat op, klopt zijn kleren af en pakt met onhandige bewegingen zijn tas op.

'Gisteravond, ik was klaar met mijn werk en wilde naar Mia toe gaan. We spreken altijd af achter een tankstation daar.'

'Ga verder,' zegt Pamela.

'Maar als ik daar kom, word ik bijna aangereden door een vrachtwagen. Die rijdt de oprit naar weg 76 op en op dat moment waait het dekzeil omhoog... Er was een spanband losgeraakt en... en ik kijk recht de oplegger in, een paar tellen maar, maar ik weet bijna zeker dat Mia daar op de vloer lag.'

'In de vrachtwagen?'

'Het waren in ieder geval haar kleren, die legerjas die ze altijd aanheeft... En ik weet dat ik een hand zag met een zwart touw eromheen, zo, om de pols.'

'Mijn hemel,' fluistert Pamela.

'Het was te laat om erachteraan te rennen en te roepen, of wat je ook maar moet doen... Ik snapte niet goed wat ik had gezien, maar toen ik bij de betonnen sokkel kwam waar Mia altijd zit te wachten, lagen de resten van het eten er nog en de beker Coca-Cola, die omgevallen was... en dat was tweeëntwintig uur geleden, ze neemt haar telefoon niet op en ze is niet teruggegaan naar Storsjögården.'

'Heb je dit allemaal aan de politie verteld?'

'Nou, ik had van tevoren mijn medicijnen ingenomen en die begonnen net te werken. Ik ben geen drugsgebruiker, ik heb een recept en alles, maar het eerste uur doe ik een beetje raar, zeg maar,' vertelt hij en hij veegt zijn mond af. 'Ik weet dat ik onduidelijk praatte en de draad kwijtraakte... En toen ik nog eens belde was het vrij duidelijk dat ze in hun bestanden hadden gezien dat Mia al een paar keer is weggelopen van verschillende plekken... Ze zeiden dat ze zeker wisten dat ze over een paar dagen weer zou opduiken, als haar geld op was. Ik wist niet wat ik moest doen, ik snap wel hoe het er van hun kant uitziet en toen bedacht ik dat de politie vast wel zal luisteren als u met ze gaat praten.'

Pamela pakt haar telefoon weer op en belt Joona Linna op de Nationale Operationele Afdeling van de politie.

43

Het is al halfelf 's avonds als hun auto Gävle nadert. Aan de telefoon had Pamela Joona al van de polaroidfoto van Mia verteld en van het dreigement dat erop stond.

Zonder haar een verwijt te maken omdat ze dat had verzwegen vroeg hij naar de foto, het handschrift en de letterlijke tekst.

Tijdens de rit heeft Pontus alles wat hij heeft gezien aan Joona verteld en geduldig geantwoord op vragen over elk detail. Hij verandert niets aan zijn verhaal en het is duidelijk dat hij zich zorgen maakt om Mia en echt om haar geeft.

'Is Mia je vriendin?' vraagt Joona.

'I wish,' antwoordt hij met een scheve glimlach.

'Hij staat altijd te zingen onder haar raam,' zegt Pamela.

'Dat verklaart de zaak,' zegt Joona gekscherend.

Pamela doet haar best om een normaal gesprek te voeren ook al bonst haar hart van angst. Ze probeert zichzelf wijs te maken dat het allemaal een vergissing zal blijken te zijn, dat Mia alweer op Storsjögården is.

'Ik moet die verf eraf hebben voordat ik naar huis ga,' zegt Pontus.

'Je lijkt Spider-Man wel,' zegt Pamela en ze weet een glimlach op haar lippen te brengen.

'Echt?' vraagt Pontus.

'Nee,' zegt Joona. Ze slaan af en parkeren de auto bij het tankstation naast de Burger King.

De rode baan langs het platte dak verlicht de wazige duisternis. Het parkeerterrein is leeg en stoffig.

Joona weet dat zo meteen zal blijken of Mia Andersson is ontvoerd of niet.

Als ze ontvoerd is, dan gaat het waarschijnlijk om dezelfde dader.

Maar in dat geval is de modus operandi veranderd.

Het begint ermee dat hij Fanny Hoeg ophangt en het op een zelfmoord laat lijken, veertien jaar later neemt hij een groot risico door Jenny Lind op een openbare plaats te vermoorden en nu ontvoert hij een derde vrouw in een poging een ooggetuige het zwijgen op te leggen.

Joona bedenkt dat de dreiging jegens Pamela en Martin een puzzelstukje is dat het geheel herdefinieert. Nu komt de moordenaar opeens naar voren als iemand met gevoelens. In dat geval gaat het niet om koelbloedige moorden, maar om emotionele acties.

Hij heeft in ieder geval een tandje bijgezet en is zowel roekelozer als actiever geworden. Misschien koerst hij bewust op zijn eigen ondergang af, maar tegelijkertijd doet hij er alles aan om niet te worden tegengehouden.

Er is een goede getuigenverklaring over de ontvoering van Jenny Lind. Een klasgenoot had zich veertig meter achter de vrachtwagen bevonden en kon vertellen over de blauwe huif en het Poolse kenteken.

Ze had een forse man gezien met krullend zwart haar tot op zijn schouders, een zonnebril en een leren jas met een grijze vlek op de rug die op vlammen leek of op een wilgenblad.

De nachtlucht is warm en ruikt naar benzine als Joona, Pamela en Pontus uitstappen. Er rijdt een bus over de rotonde en het licht van de koplampen zwiept over het vlekkerige asfalt.

'Mia zit altijd op die betonnen sokkel,' zegt Pontus.

'En jij kwam van die kant,' zegt Joona en hij wijst.

'Ja, ik liep over het gras, langs alle aanhangers, en daarginds bleef ik staan, net toen de vrachtwagen wilde wegrijden.'

'En die reed die kant op, naar de E4.'

'De weg waar wij vanaf gekomen zijn,' bevestigt Pontus.

Ze lopen de shop van het tankstation binnen met planken met snoep, koelingen, koffieautomaten, broodjes en worsten die achter de glazen vitrine ronddraaien aan een spit.

Joona maakt de bovenste knoop van zijn jasje los, haalt het zwartleren hoesje tevoorschijn en laat zijn politiepas zien aan de jonge vrouw achter de kassa.

'Ik ben Joona Linna van de Nationale Operationele Afdeling van de politie,' zegt hij. 'Ik heb je hulp nodig.'

'Oké,' zegt de vrouw met een verbaasde glimlach.

'Ik wil ook bij de politie,' mompelt Pontus.

'We moeten de beelden van jullie beveiligingscamera's zien,' zegt Joona.

'Daar weet ik niets van,' zegt de vrouw en ze bloost.

'Ik neem aan dat jullie een contract hebben met een beveiligingsdienst.'

'Securitas, geloof ik… Ik kan mijn baas wel even bellen.'

'Doe dat.'

Ze pakt haar telefoon, zoekt in haar contacten en belt.

'Hij neemt niet op,' zegt ze even later.

Pamela en Pontus lopen met Joona mee achter de toonbank. De jonge vrouw kijkt Pontus aan en slaat haar ogen neer.

Joona kijkt naar de monitor naast de kassa. Acht kleine beelden geven in real time weer wat de afzonderlijke camera's opvangen. Twee van de camera's hangen in de winkel, vier zijn gericht op de pompen, een op de wasstraat en een op de plaats waar de aanhangers worden gestald.

'Is er een code voor nodig?' vraagt Joona.

'Ja, maar ik weet niet of ik die wel mag geven.'

'Ik bel wel even met het beveiligingsbedrijf.'

Joona belt een nummer en legt de situatie uit aan de telefonist van Securitas. Zodra zijn identiteit is geverifieerd krijgt hij hulp bij het inloggen.

Hij markeert een van de kleine beelden en meteen is de weergave van de betreffende camera op volledig scherm te zien.

Tussen een pilaar die het platte dak ondersteunt en een pomp met sproeivloeistof zijn de blauwe afvalcontainers te zien en een van de vlaggenmasten.

Het is de enige camera die zo gedraaid staat.

Joona spoelt terug naar het tijdstip van Mia's verdwijning.

Pontus leunt naar voren.

Vanaf links komt een gestalte het beeld in. Het is een jonge vrouw met roze en blauw geverfd haar, gekleed in een legerjas en stevige zwarte schoenen.

'Dat is ze, dat is Mia,' zegt Pamela en ze slikt hoorbaar.

Mia kijkt peinzend en ze loopt langzaam. Als ze langs de pompen loopt, wordt ze helemaal aan het zicht onttrokken, maar ze komt weer in beeld als ze op de betonnen sokkel gaat zitten.

Ze zet de beker Coca-Cola voorzichtig op de grond, strijkt een lok uit haar gezicht, haalt de hamburger uit de zak en schuift het papier dat eromheen zit opzij.

'Ik weet niet waarom ze altijd daar gaat zitten eten,' zegt Pontus zacht.

Mia kijkt uit over de weg en stopt een paar frietjes in haar mond, ze neemt een hap van de hamburger en keert dan haar gezicht naar de oprit.

Ze wordt een paar tellen verblind door een koplamp en het licht glinstert in de blauwe container achter haar.

Ze pakt haar beker Coca-Cola, drinkt eruit en zet hem daarna weer op de grond, terwijl er een vrachtwagen aan komt rijden die haar volledig aan het zicht onttrekt.

Pamela vouwt haar handen en bidt in stilte tot God dat Mia geen kwaad zal overkomen, dat het maar een misverstand is.

De combinatie komt tot stilstand.

De lucht voor de ventilator van de motor trilt van de hitte.

Mia is niet meer te zien.

De chauffeurscabine is verborgen achter pompen en slangen, er is alleen vaag te zien dat het portier opengaat en dat er iemand uit klimt.

Alleen de zwarte slobberige trainingsbroek van de bestuurder is te zien als hij om de auto heen loopt.

Er glinstert iets op de grond onder de vrachtwagen.

Even later komt de man terug, hij loopt langs de cabine, naar de oplegger, en slaat hard met zijn hand tegen de huif.

De nylon stof trilt.

Hij stapt een stukje opzij en opeens komt zijn rug in beeld.

Op de zwarte leren jas is een vlek te zien die op grijze vlammen lijkt.

'Dat is hem,' zegt Joona.

De man klimt weer in de cabine, start de motor, laat hem even draaien om druk in het remsysteem te krijgen en brengt de combinatie vervolgens in beweging.

De vrachtwagen maakt een draai en rijdt het terrein van het tankstation af.

Mia is weg.

De beker met Coca-Cola is omgevallen en op het asfalt glinsteren ijsblokjes.

'Is dat de man die Jenny Lind heeft vermoord?' vraagt Pamela met trillende stem.

'Ja,' antwoordt Joona.

Ze krijgt geen lucht, ze moet de winkel uit, ze stoot tegen een plank, zodat er zakjes snoep op de grond vallen, ze loopt de nachtlucht in, rechtstreeks naar de betonnen sokkel waar Mia zat.

Pamela kan haar gedachten niet ordenen.

Dat hij Mia heeft meegenomen is niet te begrijpen.

Martin heeft immers niet met de politie gepraat.

Even later komt Joona naast Pamela staan. Ze kijken uit over de rotonde en de verlichte bedrijfsgebouwen.

'We hebben een landelijk opsporingsbericht laten uitgaan,' vertelt Joona.

‘Die vrachtauto moet toch op te sporen zijn,’ roept Pamela uit.

‘Dat proberen we, maar hij heeft ditmaal een nog grotere voorsprong.’

‘Je lijkt te betwijfelen of een landelijk opsporingsbericht voldoende is.’

‘Dat is het niet,’ antwoordt hij.

‘Dus alles hangt van Martin af,’ zegt ze bij zichzelf.

‘We hebben geen technische sporen, de dader kan niet via beveiligingscamera’s worden geïdentificeerd, er zijn geen andere ooggetuigen.’

Ze hapt naar adem en probeert haar stem kalm te houden.

‘Als Martin jullie helpt, sterft Mia.’

‘Het dreigement is serieus bedoeld, maar het laat ook zien dat de moordenaar ervan overtuigd is dat Martin hem zal kunnen identificeren.’

‘Maar ik snap het niet – wat zouden jullie doen als Martin er niet was? Jullie zijn van de politie. Er moeten andere manieren zijn. DNA, de boordcomputer van de vrachtwagen, de film die we net hebben bekeken. Ik bedoel, ik wil niet vervelend zijn, maar doe jullie fucking werk.’

‘Dat proberen we ook.’

Pamela wankelt en Joona pakt haar arm vast.

‘Sorry, ik ben gewoon van streek,’ zegt ze zacht.

‘Dat begrijp ik, het is niet erg.’

‘Je moet echt met Martin praten.’

‘Hij heeft de hele moord gezien.’

‘Ja,’ zegt ze en ze zucht.

‘We kunnen hem in het geheim verhoren, op zijn afdeling… geen zichtbare politie, absoluut geen contact met de media.’

44

De zon verdwijnt achter de wolken en het wordt opeens donker in de gesprekskamer op afdeling 4. Martin zit met neergeslagen ogen op de bank en houdt zijn handen tussen zijn dijen geklemd. Pamela staat naast hem met een kop thee in haar hand.

Joona loopt langzaam naar het raam en kijkt uit op het bakstenen gebouw aan de overkant met de ambulance-ingang en de Spoedeisende Psychiatrische Hulp.

Dokter Erik Maria Bark gaat op het puntje van zijn stoel zitten, buigt zich over de lage tafel heen en probeert Martins blik te vangen.

'Ik kan me niets herinneren,' fluistert Martin en hij kijkt naar de deur.

'Dat heet...'

'Sorry.'

'Daar kun jij niets aan doen, dat heet retrograde amnesie en komt vaak voor bij een complexe PTSS,' vertelt Erik. 'Maar als je de juiste hulp krijgt, komen de herinneringen weer terug en ga je weer praten – dat heb ik al heel vaak zien gebeuren.'

'Hoor je dat?' vraagt Pamela gedempt.

'Hypnose lijkt misschien mysterieus, maar het is een natuurlijke toestand, het draait om ontspanning en innerlijke concentratie,' gaat Erik verder. 'Ik zal straks uitleggen hoe het in de praktijk werkt, maar de basis is dat je aan een groot gedeelte van je omgeving geen aandacht meer schenkt, net als in de bioscoop, zeg maar... alleen richt je bij hypnose je aandacht naar binnen in plaats van op de film. Dat is eigenlijk alles.'

'Oké,' fluistert Martin.

'En als je die vorm van ontspanning hebt bereikt, zal ik je helpen je herinneringen te ordenen.'

Erik kijkt naar Martins bleke, gespannen gezicht. Hij weet dat deze hypnose heel beangstigend voor hem kan zijn.

'We doen dit samen,' zegt Erik. 'Ik volg je de hele tijd, Pamela blijft hier en je kunt altijd met haar praten... of de hypnose gewoon afbreken als je dat zou willen.'

Martin fluistert iets in Pamela's oor en kijkt dan naar Erik.

'Hij wil het proberen,' zegt Pamela.

Erik Maria Bark is een expert op het gebied van psychotraumatologie en stressreacties na rampen. Hij maakt deel uit van een team dat mensen met een acuut trauma of met posttraumatische verschijnselen probeert te helpen.

Eigenlijk heeft hij verlof voor het schrijven van een omvangrijk werk over klinische hypnose, maar voor zijn vriend Joona heeft hij een uitzondering gemaakt.

'Martin, ga op je rug op de bank liggen, dan vertel ik wat we gaan doen,' zegt Erik.

Pamela doet een stap opzij, terwijl Martin zijn sloffen uittrekt en met zijn nek in een ongemakkelijke hoek op de armleuning gaat liggen.

'Joona, wil jij de gordijnen dichtdoen?' vraagt Erik.

Er klinkt een schrapend geluid van de ringen over de houten roede en de kamer wordt in een zachte schemering gehuld.

'Probeer wat gemakkelijker te gaan liggen, met het kussen in je nek,' zegt Erik glimlachend. 'Je benen niet over maar naast elkaar en je armen langs je lichaam.'

De gordijnen wiegen even heen en weer en hangen dan stil. Martin ligt op zijn rug met zijn ogen naar het plafond.

'Voorafgaand aan de eigenlijke hypnose doen we een paar ontspanningsoefeningen, we proberen een regelmatige ademhaling te vinden enzovoort.'

Erik begint altijd met gewone ontspanningsoefeningen, die langzamerhand overgaan in inductie en diepe hypnose. Hij zegt nooit tegen de patiënt wanneer het een in het ander overgaat. Enerzijds omdat er geen duidelijke grenzen zijn en anderzijds omdat het veel moeilijker wordt als de patiënt op die overgang wacht, of zich bewust probeert te zijn van de verandering.

'Denk aan je achterhoofd, voel de zwaarte, hoe het kussen zich bijna omhoogduwt,' zegt Erik met kalme stem. 'Ontspan je gezicht en je wangen, je kaken en je mond... voel je oogleden met elke ademhaling zwaarder worden. Laat je schouders zakken en je armen op de bank rusten, je handen worden zacht en zwaar...'

Erik gaat rustig alle lichaamsdelen langs, zoekt met zijn blik naar spanningen, keert een paar keer terug naar de handen, de nek en de mond.

'Adem langzaam door je neus, sluit je ogen en geniet van de zwaarte van je oogleden.'

Erik probeert er niet bij na te denken dat het leven van een meisje op het spel staat, dat ze een signalement van de dader nodig hebben.

Hij heeft zich in de zaak verdiept, heeft de film van Martin bij de speelplaats bekeken en begrepen dat hij de hele moord heeft gezien.

Het ligt allemaal opgeslagen in het episodisch geheugen, het is alleen moeilijk de vastgehouden waarnemingen naar boven te halen, omdat het trauma dat tegen zal houden.

Erik maakt zijn stem steeds monotoner en zegt keer op keer hoe rustig en stil alles is en hoe zwaar zijn oogleden zijn, waarna hij de ontspanningsoefeningen verlaat en naar de inductie gaat.

Erik probeert ervoor te zorgen dat Martin niet langer denkt aan zijn omgeving, aan de mensen in de kamer, aan wat er van hem wordt verwacht.

'Luister gewoon naar mijn stem die tegen je zegt dat je diep ontspannen bent. Dat alleen is belangrijk,' zegt hij. 'Als je daarnaast iets hoort, raak je nog meer gefocust op mijn stem, je ontspant je nog meer en concentreert je op wat ik zeg.'

Tussen de lichtblauwe gordijnen door is een dun streepje zomerhemel te zien.

'Zo meteen tel ik af, je moet goed luisteren en bij elk getal dat je hoort, ontspan je nog meer,' zegt Erik. 'Negenennegentig, achtennegentig, zevenennegentig.'

Hij kijkt naar Martins buik, volgt zijn langzame ademhaling, telt in dat tempo, waarbij hij een klein beetje vertraagt.

'Alles is nu heel comfortabel en je luistert geconcentreerd naar mijn stem... Stel je voor dat je een trap afloopt. Bij elk getal dat je hoort, doe je een stap naar beneden en je lichaam wordt rustiger en zwaarder. Eenenvijftig, vijftig, negenenveertig...'

Erik voelt een plezierig kriebelen in zijn buik als hij Martin in een diepe hypnotische rust brengt, grenzend aan catalepsie.

'Achtendertig, zevenendertig... je loopt de trap verder af.'

Martin lijkt te slapen, maar Erik ziet dat hij luistert naar alles wat hij zegt. Stap voor stap dalen ze dieper af in een gereguleerde toestand van innerlijk waken.

'Als ik bij nul ben, wandel je met je hond over de Sveavägen en bij de Handelshogeschool sla je af naar de speelplaats,' zegt Erik monotoon. 'Je bent kalm en ontspannen, je kunt alles zonder haast gadeslaan en me vertellen wat je ziet... Hier is niets gevaarlijk of bedreigend.'

Martins voeten schokken.

'Vijf, vier... drie, twee, één, nul... Nu loop je over de stenen, langs de muur, het grasveld op.'

45

Martins gezicht blijft onbeweeglijk, alsof hij Eriks stem niet meer hoort. Hij ligt met zijn ogen dicht op de bank. Alle ogen in de schemerige gesprekskamer zijn op hem gericht. Joona staat met zijn rug naar het raam en Pamela zit in de fauteuil met haar armen om zichzelf heen geslagen.

'Ik ben nu bij nul,' brengt Erik hem in herinnering en hij leunt naar voren. 'Je staat op het grasveld... naast de Handelshogeschool.'

Martin doet zijn ogen een stukje open. Ze glinsteren onder zijn zware oogleden.

'Je bent volledig ontspannen... en je kunt me vertellen wat je nu ziet.'

Martins rechterhand beweegt lichtjes, zijn ogen gaan weer dicht en zijn ademhaling vertraagt.

Pamela kijkt Erik vragend aan.

Joona blijft doodstil staan.

Erik kijkt naar Martins slappe trekken en vraagt zich af wat hem weerhoudt.

Het lijkt wel of hij de kracht niet heeft om een eerste stap te zetten.

Erik besluit Martin verkapte orders te geven, commando's die hij als voorstel presenteert.

'Je staat naast de Handelshogeschool,' zegt hij weer. 'Je bent hier volkomen veilig en als je wilt, kun je... me vertellen wat je ziet.'

'Alles glimt in het donker,' zegt Martin zacht. 'De regen klettert op mijn paraplu en ritselt in het gras.'

Het is doodstil in de kamer, het lijkt wel of ze allemaal hun adem inhouden.

Martin heeft de afgelopen vijf jaar niet zo samenhangend gepraat. De tranen schieten Pamela in de ogen, ze had niet eens meer geloofd dat hij het kon.

'Martin,' zegt Erik. 'Je bent midden in de nacht met je hond naar de speelplaats gelopen...'

'Omdat het mijn verantwoordelijkheid is,' zegt hij en hij gaapt op een vreemde manier.

'Om de hond uit te laten?'

Martin knikt, zet een stapje naar voren en blijft dan stilstaan op het natte gras.

Het dreunt onder de paraplu.

Lobbes wil doorlopen, de riem trekt strak en Martin ziet zijn hand een stukje omhooggaan.

'Vertel wat je ziet,' zegt Erik.

Martin kijkt om zich heen en ziet in de schemering een zwerfster op de helling naar het observatorium.

'Er staat iemand op het voetpad... met een heleboel tassen in een winkelwagentje...'

'Nu gaat je blik naar de speelplaats,' zegt Erik. 'En je ziet precies wat er gebeurt zonder dat je bang wordt.'

Martins ademhaling wordt oppervlakkiger en er parelen zweetdruppels op zijn voorhoofd. Pamela kijkt bezorgd naar hem en slaat haar hand voor haar mond.

'Je ademt langzaam en luistert naar mijn stem,' zegt Erik zonder het tempo te forceren. 'Er is geen enkel gevaar, je bent hier volkomen veilig. Doe het in je eigen tempo en... vertel wat je ziet.'

'Verderop staat een rood speelhuisje met een klein raam, het water stroomt van het dak op de grond.'

'En naast het speelhuisje zijn glijbanen,' zegt Erik. 'Schommels, een klimrek en...'

'De moeders kijken naar de spelende kinderen,' mompelt Martin.

'Maar het is midden in de nacht – het licht komt van een straatlantaarn,' vertelt Erik. 'Nu laat je de riem los en je nadert de speelplaats...'

'Ik loop over het natte gras,' zegt Martin. 'Ik kom bij het rode speelhuisje en blijf staan...'

Door de regen heen ziet Martin de speelplaats in het zwakke licht van de lantaarnpaal. De glinsterende waterplas voor zijn voeten borrelt van de zware druppels.

'Wat zie je, wat gebeurt er?' vraagt Erik.

Martin kijkt naar het speelhuisje en ziet het bloemetjesgordijn voor het donkere raam. Hij wil zijn blik naar het klimrek laten gaan als alles zwart wordt.

'Welke kleur heeft het klimrek?'

De regen dreunt ritmisch op de paraplu, maar hij ziet helemaal niets.

'Dat weet ik niet.'

'Vanaf de plaats waar jij staat, kun je het klimrek zien,' zegt Erik.

'Nee.'

'Martin, je kijkt naar iets wat moeilijk te begrijpen is,' gaat Erik verder. 'Je wordt niet bang, maar vertelt wat je ziet, ook al zijn het maar fragmenten.'

Martin schudt langzaam zijn hoofd, zijn lippen zijn bleek geworden en het zweet loopt over zijn wangen.

'Er is iemand op de speelplaats,' zegt Erik.

'Er is geen speelplaats,' antwoordt Martin.

'Wat zie je dan?'

'Het is alleen maar donker.'

Erik vraagt zich af of er iets is wat Martins zicht belemmert. Misschien houdt hij de paraplu in zo'n hoek, dat hij niet voor zich kan kijken.

'Maar verderop staat een lantaarnpaal.'

'Nee...'

Martin staart het duister in, hij kantelt de paraplu naar achteren en voelt het koude regenwater over zijn rug lopen.

‘Kijk nog eens naar het speelhuisje,’ probeert Erik.

Martin opent zijn vermoeide ogen en kijkt recht naar het plafond. De fauteuil kraakt als Pamela haar lichaam draait.

‘Hij heeft een ECT-behandeling gehad, ik denk dat dat zijn geheugen beïnvloedt,’ zegt ze zacht.

‘Wanneer was dat?’ vraagt Erik.

‘Eergisteren.’

‘Oké.’

Het komt vaker voor dat het talige geheugen voor gebeurtenissen meteen na een ECT-behandeling verslechtert, bedenkt Erik. Maar als dat aan de hand was, zou je verwachten dat Martin niet alleen een duisternis in zou staren, maar op zoek zou gaan naar nevelige eilandjes van herinneringen.

‘Martin, laat de herinneringsbeelden komen en trek je niets aan van de duisternis ertussen... Je weet dat je voor de glijbaan, de touwladder en het klimrek staat... Maar als je die op dit moment niet ziet, dan zie je misschien iets anders.’

‘Nee.’

‘We gaan dieper de ontspanning in... Ik tel af en als ik bij nul ben, stel je je geheugen open voor alle beelden die je met deze plek associeert... Drie, twee, één... nul.’

Martin wil net zeggen dat hij niets ziet, als hij een lange man ontwaart met iets raars op zijn hoofd.

Hij staat in het donker, een paar passen buiten de zwakke lichtkring van de straatlantaarn.

Op de modderige grond voor de voeten van de man zitten twee jongens.

Opeens klinkt er een metaalachtig tikken, als het opwinden van een mechanisch speeltje.

De man keert zich naar Martin toe.

Hij draagt een hoge hoed en kleren uit een oud kinderprogramma.

Aan de rand van de hoed hangt een roodfluwelen toneelgordijn.

Het doek is neer en verbergt het gezicht van de man. Grijze pieken steken onder de rafelige zoom uit. Hij loopt met verbaasde passen op Martin af.

'Wat zie je?' vraagt Erik.

Martin haalt sneller adem en schudt zijn hoofd.

'Vertel wat je ziet.'

Martins hand schiet omhoog, alsof hij een klap probeert af te weren, hij rolt van de bank en valt met een plof op de grond.

Pamela geeft een gil.

Erik is al bij hem en helpt hem weer op de bank.

Hij is nog steeds in de hypnose. Zijn ogen zijn open, maar de blik is naar binnen gericht.

'Niks aan de hand,' zegt Erik geruststellend; hij pakt het kussen van de grond en stopt het onder Martins hoofd.

'Wat is er aan de hand?' vraagt Pamela fluisterend.

'Doe je ogen dicht en ontspan je,' gaat Erik verder. 'Het is niet gevaarlijk, je bent hier volkomen veilig... Ik haal je stapje voor stapje uit de hypnose en als ik dat heb gedaan, voel je je goed en uitgerust.'

'Wacht even,' zegt Joona. 'Vraag hem waarom het zijn verantwoordelijkheid was om naar de speelplaats te gaan.'

'Hij moet van mij de hond uitlaten,' antwoordt Pamela.

'Maar ik wil weten of iemand anders hem juist die route heeft laten nemen die nacht,' dringt Joona aan.

Martin mompelt iets en probeert te gaan zitten.

'Ga maar weer liggen,' zegt Erik en hij legt zijn hand zwaar op Martins schouder. 'Ontspan je gezicht, luister naar wat ik zeg en adem langzaam in door je neus... Je weet dat we het erover hadden dat je naar de speelplaats was gegaan toen je die nacht de hond uitliet... En toen zei je dat dat jouw verantwoordelijkheid was.'

'Ja.'

Martins mond vormt zich tot een gespannen glimlach en zijn handen beginnen te trillen.

'Wie zei dat het jouw verantwoordelijkheid was om die route te nemen?'

'Niemand,' fluistert Martin.

'Had iemand het over de speelplaats gehad voordat je daarheen ging?'

'Ja.'

'Wie?'

'Dat was... Primus, hij zat in de telefooncel... te bellen met Caesar.'

'Wil je... vertellen wat ze zeiden?'

'Ze zeiden verschillende dingen.'

'Hoorde je Primus en Caesar allebei?'

'Alleen Primus.'

'En wat zei hij precies?'

'Hij zei: "Dat is te veel",' zegt Martin met zware stem en daarna zwijgt hij.

Zijn lippen bewegen, maar er is alleen een zacht fluisteren te horen, totdat hij opeens zijn ogen opendoet, blind voor zich uit staart en Primus' woorden herhaalt.

'Ik weet dat ik heb gezegd dat ik wilde helpen, Caesar... maar naar die speelplaats gaan en Jenny's benen afzagen terwijl ze daar hangt te spartelen...'

Martin maakt een gepijnigd geluid en praat niet verder. Hij staat wankelend op, stoot de lamp om, zet een paar stappen en geeft over op de vloer.

46

Joona loopt snel door de gang met een verzorgster, wacht terwijl zij haar code intoetst bij een scanner en loopt daarna met haar mee de administratieve afdeling op.

De ventilatiekoker trilt boven het lage plafond.

Martin had duidelijk meer gehoord en gezien dan hij kon overbrengen, maar misschien is het weinige wat naar boven is gekomen al genoeg.

Er beweegt iets in Joona's binnenste, alsof er in een dovende gloed wordt gepookt en het vuur weer opvlamt.

Het onderzoek is een nieuwe fase ingegaan.

Nu hebben ze opeens twee namen die met de moord in verband staan.

Geen van de personeelsleden met wie Joona heeft gesproken kan zich een patiënt met de naam Caesar op de psychoseafdeling herinneren, maar Primus Bengtsson is de afgelopen vijf jaar een groot aantal keren opgenomen geweest.

Joona loopt met de vrouw mee door een nieuwe gang die identiek is aan de vorige, terwijl hij aan Martins gecompliceerde situatie denkt.

De patiënten mogen geen mobiele telefoon hebben op de afdeling, maar er is een telefooncel voor algemeen gebruik.

Toen Primus in het hokje met Caesar zat te bellen over wat ze met Jenny Lind zouden doen, had Martin het gesprek toevallig opgevangen.

Daarmee was het zijn verantwoordelijkheid geworden om haar te redden.

Door zijn dwangstoornis kon hij niet praten en moest hij naar de speelplaats gaan om de moord te voorkomen.

Maar eenmaal ter plaatse was hij niets meer dan een verlamde getuige.

Hij stond als aan de grond genageld in de regen, terwijl Jenny voor zijn ogen terechtgesteld werd.

De verzorgster loopt met Joona door de personeelskantine. De zon stroomt over de tafels, zodat de opgedroogde sporen van het vaatdoekje zichtbaar worden. Lichtblauwe gordijnen met een vuile zoom wiegen op de tocht van de airconditioning.

Ze lopen de volgende gang in, met whiteboards aan de muur en dozen kopieerpapier op een steekwagentje.

'Klop maar aan,' zegt de verzorgster met een gebaar naar een gesloten deur.

'Dank je,' zegt Joona, hij klopt aan en loopt naar binnen.

Hoofdpsychiater Mike Miller zit achter zijn computer. Hij glimlacht ontspannen als Joona zich voorstelt.

'Ik zag u kijken,' zegt hij wijzend naar een werktuig achter glas aan de muur, dat op een dunne ijspriem met schaalverdeling lijkt. 'Via de oogkas tikten ze die met een hamer de voorhoofdskwab in.'

'Tot halverwege de jaren zestig,' zegt Joona.

'Ze hadden de verouderde methoden overboord gezet en leefden in de moderne tijd... net als wij nu,' zegt de arts en hij leunt naar voren.

'Jullie hebben Martin met ECT behandeld.'

'Dat is natuurlijk enigszins ongelukkig als jullie echt denken dat hij getuige is geweest van een moord.'

'Ja, maar hij is erin geslaagd een andere patiënt hier op de afdeling als direct betrokkene aan te wijzen.'

'Onder hypnose?' vraagt Mike en hij trekt geamuseerd zijn wenkbrauwen op.

'Primus Bengtsson,' zegt Joona.

'Primus,' herhaalt de psychiater bijna toonloos.

'Is hij hier nu?'

'Nee.'

'Hij wordt verdacht van betrokkenheid bij moord, dus daarmee vervalt het beroepsgeheim,' zegt Joona.

Mikes gezicht staat ernstig, hij haalt een pen uit zijn borstzakje en kijkt Joona aan.

'Zeg maar wat ik voor u kan doen.'

'Is Primus ontslagen? En houdt dat in dat hij gezond is?'

'Dit is geen afdeling voor forensische psychiatrie,' antwoordt Mike. 'Bijna alle patiënten zijn hier vrijwillig. In principe ontslaan we iedereen die ontslagen wil worden, ook als we begrijpen dat ze terug zullen komen; het zijn mensen, ze hebben rechten.'

'Ik moet van drie periodes weten of Primus toen wel of niet in de kliniek opgenomen was,' zegt Joona en hij noemt de data van Jenny Linds verdwijning en moord, en van Mia's verdwijning.

Mike maakt een notitie op een gele post-it en dan wordt het stil in de kamer, terwijl hij inlogt en in computerbestanden zoekt. Even later kucht hij en zegt dat Primus zich op geen van die drie data in de kliniek bevond.

'Geen alibi van ons,' constateert hij.

'Maar hij is hier best vaak,' zegt Joona.

De arts wendt zijn ogen af van de computer en leunt achterover in zijn bureaustoel. Het zonlicht valt schuin over zijn magere gezicht en zijn vele rimpels worden scherp.

'Vanwege herhaalde psychoses, het is een nogal cyclisch verloop. Meestal wil hij een à twee weken blijven voordat hij ontslagen wordt… Na een paar maanden in vrijheid wordt hij slordig met zijn medicijnen en dan komt hij weer bij ons.'

'Ik heb zijn adres, telefoonnummer enzovoort nodig.'

'Ja, maar voor zover wij weten heeft hij geen vast adres…'

'Maar een telefoonnummer, alternatieve adressen, contactpersonen?'

De arts schuift een schaaltje met een drijvende roos opzij, draait het scherm naar Joona toe en laat de lege regels op het contactformulier zien.

'Ik weet alleen dat hij vaak bij zijn zus Ulrike langsgaat... die hij nogal ophemelt.'

'In welke zin?'

'Hij kan uren praten over hoe mooi ze is, over haar manier van bewegen en dat soort dingen.'

'Hebben jullie ooit een patiënt of een personeelslid gehad met de naam Caesar?' vraagt Joona.

De arts noteert de naam, blaast zijn wangen bol, voert twee zoekacties in de computer uit en schudt dan zijn hoofd.

'Vertel eens over Primus.'

'Over zijn privéleven weten we niets, maar behalve aan psychoses lijdt hij aan Tourette en aan coprolalie,' antwoordt hij.

'Is hij gewelddadig?'

'Het enige wat hij hier doet, is enorm overtrokken, bizarre seksfantasieën vertellen.'

'Wilt u me zijn dossier toesturen?' zegt Joona en hij overhandigt zijn visitekaartje.

Joona loopt naar de deur, blijft staan en kijkt de arts nog eens aan. Zijn diepliggende ogen hebben iets terughoudends.

'Wat verzwijgt u voor me?' vraagt Joona.

'Wat verzwijg ik,' herhaalt Mike en hij zucht. 'Het staat niet in zijn dossier, maar ik ben me gaan afvragen of Primus misschien in zijn eigen woorden gelooft; wij zien zijn opmerkingen als dwangmatige provocaties, maar misschien vloeien ze eerder voort uit een overtrokken zelfbeeld... Dat zou dan weer wijzen op een extreme variant van een narcistische persoonlijkheidsstoornis.'

'Beschouwt u hem als gevaarlijk?'

'De meeste mensen vinden hem een uiterst onaangenaam heerschap... en als mijn veronderstelling klopt, kan hij zonder twijfel gevaarlijk worden.'

Joona verlaat het vertrek met het sterke gevoel dat de jacht is begonnen. Hij loopt snel door de gang terug naar de receptie, neemt zijn telefoon in ontvangst en leest het bericht van zijn team.

Primus Bengtsson komt in geen enkel politieregister voor.

Omdat hij geen geregistreerde telefoon heeft, kunnen ze zijn gesprekken niet traceren.

Hij heeft geen vaste woon- of verblijfplaats, maar zijn zus woont in de wijk Bergvik in Södertälje.

De bewakingsbeelden van het tankstation in Gävle zijn zorgvuldig bekeken, maar dat heeft niet meer opgeleverd dan dat het model van de vrachtwagen kon worden vastgesteld. Het valt niet uit te sluiten dat de chauffeur Primus is, maar ze kunnen het ook niet bevestigen.

Ondanks het nationale alarm hebben ze nog geen spoor van Mia, maar als ze Primus vinden is Mia daar misschien ook.

Joona stapt uit de lift en komt in de warmte. Terwijl hij naar zijn auto loopt, belt hij Tommy Kofoed, die tot twee jaar geleden bij een specialistisch team binnen de NOA zat en nu met pensioen is.

Kofoed luistert en humt nors, terwijl Joona vertelt over de zaak, over Mia Andersson en over de hypnose en wat daarbij naar voren is gekomen.

'Het lijkt er niet op dat Primus de dader is, maar op de een of andere manier is hij wel betrokken bij wat er op de speelplaats is gebeurd,' besluit hij.

'Het klinkt als een doorbraak,' mompelt Kofoed.

'Ik ben op weg naar het bureau om met Margot te praten over de middelen die ik nodig heb, maar ik wil dat de opsporing meteen in gang wordt gezet.'

'Natuurlijk.'

'De zus is het enige vaste punt dat Primus heeft... Het spijt me dat ik het je moet vragen, maar zou jij naar haar toe willen gaan en mij op de hoogte houden?'

'Ik doe alles om mijn kleinkinderen maar niet te hoeven zien,' antwoordt Kofoed.

47

Het is al avond als Joona voor de hoofdingang van de Dienst Nationale Recherche parkeert, snel door de glazen sluis loopt en naar de liften rent.

Hij heeft Aron zojuist van de nieuwe ontwikkeling verteld en ze hebben besloten om samen naar Margot toe te gaan.

Hij loopt snel door de gang op de achtste verdieping van het politiebureau. De briefjes op het informatiebord wapperen in de tocht die hij achter zich aan sleept.

Aron staat al te wachten voor Margots deur.

'Primus staat niet in onze registers,' zegt Aron, 'maar ik heb zijn zus Ulrike wel gevonden in het opsporingsregister.'

'Waarom staat ze daarin?' vraagt Joona.

'Ze is getrouwd met Stefan Nicolic, die bij de harde kern van een criminele motorclub hoort.'

'Goed gedaan.'

Joona klopt aan, opent de deur en loopt samen met Aron naar binnen. Margot zet haar bril af en kijkt hen aan.

'Het vooronderzoek is een nieuwe fase in gegaan en we hebben een zeer beangstigend patroon,' zegt Aron. 'Deze moordenaar is niet klaar, hij ontvoert meisjes en houdt ze gevangen voordat hij ze terechtstelt.'

'Ik heb het gehoord van het meisje in Gävle,' zegt Margot.

'Mia Andersson,' zegt Aron en hij houdt haar foto omhoog. 'Zo ziet ze eruit, waarschijnlijk is zij de volgende die we vinden.'

'Ik weet het,' zegt Margot.

'Maar om terug te komen op Jenny Lind,' begint Joona en hij

neemt in een fauteuil plaats. 'We weten nu waarom Martin Nordström midden in de nacht naar de speelplaats is gegaan. Hij had een medepatiënt op de afdeling horen bellen over de moord, voordat die plaatsvond.'

'En toen ging hij erheen – om te kijken of zo?' vraagt Margot.

'Hij is psychisch ziek, hij ving het gesprek toevallig op en voelde zich verplicht erheen te gaan om de terechtstelling te voorkomen, maar hij raakte verlamd.'

Margot laat zich tegen de rugleuning zakken.

'Hebben we die medepatiënt geïdentificeerd?' vraagt ze.

'Ja, hij heet Primus Bengtsson en hij belde met ene Caesar,' antwoordt Aron en hij gaat in de andere fauteuil zitten.

'En deze Primus hebben jullie opgehaald?'

'Hij was al ontslagen en heeft geen vast adres,' antwoordt Joona.

'Verdorie,' zegt Margot en ze zucht diep.

'Caesar is alleen nog maar een naam, maar we denken dat hij Primus heeft gevraagd om bij de moord te helpen,' zegt Aron.

'Hebben we het over twee moordenaars?' vraagt Margot.

'Dat weten we niet, seriemoordenaars werken meestal alleen, maar soms hebben ze een passieve of actieve handlanger,' antwoordt Joona.

'Maar we hebben het over seriemoorden?' vraagt ze.

'Ja.'

Er klinkt een voorzichtige klop op de deur.

'O ja, ik heb Lars Tamm gevraagd of hij hiernaartoe wilde komen,' zegt Aron.

'Waarom?' vraagt Margot.

'Primus is vaak bij zijn zus Ulrike, die in het opsporingsregister staat omdat ze banden heeft met een criminele motorclub.'

Weer klinkt er een bijna geluidloos klopje.

'Binnen!' roept Margot.

Lars Tamm kijkt om de hoek alsof hij een vrolijke verrassing had verwacht. Zijn gezicht zit vol met pigmentvlekken en zijn wenkbrauwen zijn wit. Hij is al vanaf de oprichting hoofdofficier van justitie bij de landelijke eenheid die nationaal en internationaal georganiseerde criminaliteit bestrijdt.

Met voorzichtige stappen loopt hij de kamer in en geeft iedereen een hand, waarna hij op de lege stoel gaat zitten.

'Wat weet je van de motorclub?' vraagt Joona.

'Die wordt kortweg de Club genoemd en is een zwaar criminele organisatie die chapters heeft in Zweden, Denemarken en Duitsland,' antwoordt hij. 'Ulrikes man Stefan Nicolic hoort bij de harde kern, bij de bovenlaag van de Zweedse tak en... Wat kan ik er nog meer over zeggen... De Club heeft banden met Tyson, die de drugshandel rond het Järvafältet domineert, en met de Poolse Roadrunners.'

'Waar houden ze zich mee bezig?' vraagt Margot.

'Met illegale goktenten, witwassen, het grijze geldcircuit, incasso, wapensmokkel en een heleboel drugs.'

'Maar geen vrouwenhandel?'

'Niet dat wij weten. Maar natuurlijk komt er prostitutie voor en...'

Joona loopt de kamer uit, gaat een eindje verderop in de gang staan en probeert Kofoed te bellen, maar wordt meteen doorgeschakeld naar de voicemail.

Hij stuurt een berichtje over het verband met de Club en de vraag of hij zo snel mogelijk terug wil bellen en gaat dan weer naar de kamer van Margot.

'Maar hoe goed zijn jullie op de hoogte?' vraagt Aron en hij staat op. 'Ik bedoel, zou Primus bij de Club kunnen horen zonder dat jullie dat weten?'

'De Club valt onder de tak van georganiseerde misdaad die wij zelfdefiniërend noemen. Ze kiezen zelf hun leden en het duurt vaak jaren voordat iemand volwaardig meedraait... maar tegelijkertijd hebben ze een grote onderlaag.'

'Dus hij hoort misschien bij de onderlaag?'

'Als hij iets te bieden heeft,' antwoordt Lars.

Joona probeert nog eens Kofoed te bellen, de telefoon gaat een paar keer over en hij wil al ophangen als hij een klik hoort en een zoemend geluid.

'Ik begin te begrijpen hoe het is om een politieman als vader te hebben,' antwoordt Kofoed zacht.

'Moet ik je komen redden?' vraagt Joona en hij loopt de kamer weer uit.

Kofoed lacht gedempt.

'Maar goed... Ik heb Primus nog niet gezien, maar Ulrike is op de benedenverdieping. Eerst dacht ik dat ze alleen thuis was, maar toen ving ik een glimp op van nog een persoon. Na een hele poos wachten heb ik nu net een foto van haar weten te maken... een erg slechte foto, maar ik vind dat ze op Mia Andersson lijkt.'

'Stuur de foto en blijf op afstand, wees voorzichtig,' zegt Joona.

'Oké.'

'Tommy? Je moet het wel serieus nemen wat ik zeg.'

'Ik heb in geen twee jaar meer zo veel lol gehad.'

Er klinkt een 'pling', Joona opent het bericht en kijkt naar de foto van Ulrikes huis. Hij ziet een rode gevel met liggende panelen, witte kozijnen, gebarsten hout en afbladderende verf. Achter een raam is half en profil een jonge vrouw te zien.

Joona vergroot de foto. De resolutie is erg slecht. Hij kijkt naar de vorm van het gezicht, het zwakke licht op het puntje van haar neus. Het zou Mia kunnen zijn, net wat Kofoed zegt. Het valt niet uit te sluiten dat ze haar hebben gevonden.

Met de telefoon in zijn hand loopt Joona terug naar Margots kamer en onderbreekt het verslag van Lars Tamm.

'Moet je horen,' zegt hij. 'Ik heb Tommy Kofoed gevraagd voor het huis van Ulrike te posten en...'

'Dat zou me niet moeten verbazen,' zegt Margot.

'En nu heeft hij deze foto gestuurd,' zegt Joona en hij geeft haar zijn telefoon.

'Wie moet dat voorstellen?' vraagt Margot en ze zet haar leesbril op.

Aron gaat achter haar staan en buigt zich over de telefoon.

'Het zou Mia Andersson kunnen zijn, toch? Ze lijkt er wel op,' zegt hij.

'We moeten de foto aan de technici geven,' zegt Joona. 'Maar als het inderdaad Mia is, zal ze daar niet lang blijven, want die villa kan niet anders dan een doorgangshuis zijn.'

'We moeten meteen een inval doen,' zegt Aron.

'Dat moet ik met de Recherche Informatiedienst en de Säpo bespreken,' zegt Margot.

'Bespreken?' herhaalt Aron op luide toon. 'Dan mag jij de stalen kabel doorknippen als we Mia's verminkte lichaam van...'

'Hou je mond,' valt Margot hem in de rede en ze staat op. 'Ik begrijp de ernst, ik ben hier pisnijdig over, ik ben niet van plan meer dode meisjes te accepteren, maar als we besluiten tot een operatie, dan moet het wel op de juiste manier.'

'Maar als we hier gaan zitten wachten op...'

'We zitten niet te wachten, dat zeg ik toch niet? We gaan niet wachten,' zegt ze scherp en veegt dan met de rug van haar hand over haar mond. 'Joona, wat vind jij? Wat moeten we doen?'

'We moeten meteen mensen ter plaatse hebben en tegelijkertijd een operatie voorbereiden.'

'Oké, we doen het zo,' zegt Margot. 'Jullie rijden er nu heen, terwijl ik met de Dienst Specialistische Interventies praat.'

48

Joona knoopt zijn grijze windjack dicht over het kogelwerende vest en stopt zijn Colt Combat in een luchtkussenenvelop van UPS.

Aron zit op een stapel pallets en beweegt gestrest met zijn been.

Het is acht over elf 's avonds en de lucht is donker geworden.

Op het schemerige, glooiende parkeerterrein voor Södertälje Elektriska AB staan drie auto's.

Margot Silverman heeft de situatie opgeschaald naar 'buitengewone omstandigheden', ook al hebben de technici van de NOA niet kunnen bevestigen dat de jonge vrouw op Tommy Kofoeds foto Mia Andersson is.

Twee van de negen leden van het arrestatieteam zijn er al. Ze wachten achter een roestige pick-up van Installatiebedrijf Franzén.

Ze stellen zich voor als Bruno en Morris, zijn bijna even lang als Joona en dragen beiden een blauwe werkbroek en een fleecetrui.

Bruno heeft een kaal hoofd en een blonde baard.

Morris heeft kort donker haar, blozende wangen en een crucifix aan een ketting om zijn nek.

Joona heeft de leiding ter plaatse en communiceert doorlopend met Margot en de korpsleiding.

De situatie is voor iedereen heel moeilijk te beoordelen.

Er zijn geen andere mensen gezien dan Ulrike en de jonge vrouw, maar het huis is groot en er is maar van één kant geobserveerd.

'Ons voornaamste doel is de vrouw die misschien Mia Andersson is uit het huis te halen,' zegt Joona. 'En onze tweede taak is Primus te grijpen als hij in het huis is en hem mee te nemen voor verhoor.'

Het is donker tussen de auto's op het glooiende asfaltoppervlak, maar een stukje verderop hangt een lamp met een zinken kap aan de mintgroene gevel.

Ze gaan met zijn vieren in de kleine lichtkring onder de lamp staan en kijken op de plattegrond.

Joona neemt de operatie door en wijst aan hoe ze zullen oprukken, waar ze zich verzamelen en waar de ambulances komen te staan.

Hij legt een tekening van het huis op de plattegrond en wijst naar de voordeur, de hal en de rest van de kamers op de begane grond.

'De trap is problematisch,' zegt Morris.

'Maar jullie moeten met z'n tweeën naar boven, ook als het krap is,' zegt Joona.

'Ja, dat zal wel,' antwoordt Bruno en hij krabt in zijn blonde baard.

Ze wachten op nog zeven AT'ers. Drie van hen moeten voor het huis een strategische positie innemen met scherpschuttersgeweren. De anderen vormen twee aan twee een team en doorzoeken gelijktijdig het huis.

Aron laat zijn telefoon vallen. Die valt rammelend op het asfalt naast de stapel pallets. Hij pakt hem snel op en kijkt of het glas nog heel is.

Morris controleert het magazijn van zijn automatische geweer, verzekert zich ervan dat het allemaal volmantelmunitie is, en haalt dan de kijker uit zijn sporttas.

'Gadver,' mompelt hij en hij houdt de lens naar het licht. 'Ik heb een of andere viezigheid op mijn vizier.'

'Laat mij eens kijken,' zegt Bruno.

'Een of andere plakzooi,' zegt hij.

'Misschien kun je het roken,' oppert Bruno.

De beide AT'ers maken altijd grapjes over hoe Morris was voordat hij zichzelf onder handen nam en bij de politie ging. Als hij niet aan hasj kon komen, rookte hij alles van bananendraadjes tot vliegenzwammen. Eén keer had hij nootmuskaat vermengd met terpentine en het goedje in de oven gedroogd.

Joona opent een envelop en laat foto's van Mia Andersson, Primus, Ulrike Bengtsson en haar man Stefan Nicolic rondgaan.

'Nicolic wordt als zeer gevaarlijk beschouwd en is altijd gewapend... Hij kwam voor in het onderzoek waarbij een van onze collega's vorig jaar in zijn bed is doodgeschoten.'

'Die is voor mij,' zegt Morris.

'Ze hebben veel zware wapens,' gaat Joona verder en hij haalt de brommende telefoon uit zijn zak. 'Deze moet ik even nemen, het is Kofoed.'

Hij neemt op, hoort een schrapend geluid en iemand die in de telefoon ademt.

'Hoor je mij?' vraagt Kofoed met gedempte stem. 'Er is zojuist een auto aan komen rijden. Een bestelwagen met zwarte ruiten, hij staat op de oprit... Ik zit niet zo gunstig, ik kan niet zien of er iemand uitstapt of wat er gebeurt.'

'Blijf waar je bent,' zegt Joona en hij hangt op.

'Wat zegt hij?' vraagt Aron.

'Er is een bestelwagen bij het huis aangekomen, misschien willen ze Mia nu verplaatsen,' vertelt Joona en hij neemt weer contact op met de korpsleiding.

Terwijl hij de nieuwe ontwikkeling meldt, ziet hij dat de beide leden van het arrestatieteam gestrest met elkaar fluisteren.

Morris' ogen glimmen, zijn wangen en oren zijn rood geworden. Hij blaast wat viezigheid van de picatinny rail van zijn automatische geweer en bevestigt de kijker.

Het licht van de zinken lamp aan de muur valt schuin over Bruno's brede schouders en rug. Aron stopt een portie snustabak achter zijn bovenlip.

'Luister,' zegt Joona tegen de drie mannen. 'Margot wil dat we nu meteen naar binnen gaan.'

'De rest van het team komt eraan,' zegt Morris.

'Dat weet ik, maar de staf weegt dat af tegen het risico dat Mia

Andersson in de bestelwagen wordt gezet... de wegversperringen hebben vertraging en ze willen absoluut geen autoachtervolging.'

'Verdomme,' zegt Morris en hij zucht.

'Onze instructie is meteen met de operatie te beginnen,' zegt Joona nog eens.

'Oké, vooruit dan maar,' zegt Bruno en hij werpt Morris een geruststellende blik toe.

'Aron en ik gaan door de voordeur naar binnen en jullie blokkeren de uitrit met de auto. Jullie geven ons honderdtwintig seconden voordat jullie achter ons aan komen. Geen afleidingsgranaten, geen geschreeuw, maar bereid je voor op tegenvuur.'

'Het team is hier over twintig minuten,' houdt Morris hardnekkig vol.

'Kom op, we hebben geen twintig minuten,' zegt Aron met luide stem. 'Moeten we ze laten verdwijnen met dit meisje en haar over een paar jaar ergens opgehangen vinden?'

'We hebben het directe bevel om nu naar binnen te gaan,' zegt Joona en hij geeft Aron een van de draadloze oortjes. 'Zorg dat jullie me horen en dat je de portofoon goed hebt ingesteld.'

Joona pakt de envelop op en Aron loopt met hem mee naar de Bergsgatan.

'Je hebt een Sig Sauer, toch?'

'Daarnet in ieder geval nog wel,' antwoordt Aron.

'Hou die uit het zicht totdat we binnen zijn.'

De beide AT'ers blijven staan en zien hen verdwijnen in het donker en vervolgens weer opduiken in het licht van een straatlantaarn verderop.

Morris zet een paar gestreste stappen, steunt met twee handen tegen de mintgroene gevel en ademt een paar keer diep in.

'*I smoke two joints before I smoke two joints,*' zegt Bruno.

'*And then I smoke two more,*' antwoordt Morris zonder te glimlachen.

'Dit gaat ons lukken,' zegt Bruno gedempt.

'Dat weet ik,' zegt Morris en hij kust zijn crucifix.
'Heb je die smurrie van je kijker kunnen krijgen?'
'Dat maakt niet uit – ik heb hem toch niet nodig.'
Ze pakken hun sporttas met wapens en leggen die in de laadbak, stappen in de auto en rijden achteruit het parkeerterrein af.

49

Joona en Aron slaan linksaf en lopen vervolgens zwijgend naar de top van de heuvel. Villa's uit het begin van de vorige eeuw staan dicht op elkaar op het glooiende terrein. Achter enkele ramen brandt licht en het schijnsel van de straatlantaarns glinstert in de straatstenen.

'Wanneer heb jij dit voor het laatst geoefend?' vraagt Joona en hij stapt over een rondslingerende step.

'Dit verleer je niet,' antwoordt Aron kortaf.

Ze steken de straat schuin over en lopen een smal doodlopend steegje met gebarsten asfalt in.

Als ze een korte rotswand gepasseerd zijn, zien ze het huis van Ulrike Bengtsson op de steile helling. Met zijn puntige daken rijst het op naar de donkere hemel.

Joona denkt aan de foto van Ulrike. Ze is een lange vrouw van in de zestig met blond haar, gepiercete wenkbrauwen en getatoeëerde armen. Ulrike en haar broer Primus hebben allebei een smal gezicht en een mond waarin te veel tanden lijken te staan.

Ze lopen langs de laatste lantaarnpaal, waar een zelfgemaakt mandje aan hangt. De schaduwen voor de beide mannen worden langer en vloeien vervolgens samen met de duisternis.

Ze horen alleen het knerpende geluid van hun eigen voetstappen.

Onder een afdak staan twee groene containers en naast het poortje hangt een roestig bord met de tekst ZOO & TATTOO.

De zwarte bestelwagen staat op de steile oprit geparkeerd.

Achter het slaapkamerraam op de benedenverdieping brandt een zacht licht.

Joona loopt naar de bestelbus en tikt op de zwarte ruit. Aron gaat bij de achterdeur staan, trekt zijn pistool uit de holster, laadt het door en houdt het verborgen tegen zijn lichaam. Joona tikt nog eens, loopt om de auto heen en kijkt door de voorruit.

'Leeg,' zegt hij.

Aron zet zijn pistool weer op veilig en loopt achter Joona aan de stenen trap naar het huis op. Hij voelt het zweet over zijn wangen lopen.

Voor een buurhuis bewegen boomtakken, het licht achter een raam knippert onrustig.

Arons hart slaat zwaar en snel. Zijn hartslag dreunt in zijn slapen en hij heeft een raar, gespannen gevoel in zijn kiezen.

Hij herinnert zich de routines van alle trainingen, maar hij heeft nooit aan een dergelijke heftige inval meegedaan.

Joona kijkt naar het slaapkamerraam op de benedenverdieping. Vanuit zijn ooghoek zag hij iets bewegen. Alsof er een zwarte lap van het plafond viel.

Ze lopen de lange trap op naar de veranda onder het balkon. Joona duwt de klink van de voordeur omlaag en trekt.

'Op slot,' fluistert Aron.

Joona doet zijn zwarte rugzak af, haalt er een slotpistool uit, stopt de punt in het slot, haalt de trekker over totdat alle stiften los zijn, steekt dan het moersleuteltje erin en opent de deur.

Door een kier van vijf centimeter kijkt hij de schemerige hal in, stopt het slotpistool weer in zijn rugzak, haalt er een handdoek en een betonschaar uit, legt de handdoek in de kier en knipt de veiligheidsketting door.

Stukjes van de ketting vallen geluidloos op de handdoek.

'We gaan nu naar binnen,' zegt Joona in zijn portofoon.

Hij haalt zijn pistool uit de envelop en laadt hem door, laat zijn rugzak bij de deur liggen en loopt naar binnen.

Ze stappen over een paar rode motorlaarzen heen en komen in een lange, smalle hal met een trap naar boven en een doorgang naar de zitkamer.

Er klinkt een koerend geluid en daarna vogelgezang in de verte.

Joona kijkt of het veilig is en gebaart naar Aron dat hij hem links moet volgen.

Zijn ogen raken langzaam aan het donker gewend.

Aron kijkt tussen de spijlen van de trap door naar de bovenverdieping.

Joona loopt verder en richt zijn pistool op de donkere jassen die aan haken aan de muur hangen.

Op de plankenvloer ligt een laag vogelveertjes en los stof.

Aron hurkt en richt met zijn pistool op de donkere ruimte onder de trap. Er komt een schrapend geluidje vandaan.

Het wapen trilt in zijn hand.

Er glinstert iets.

Aron meent een langzame beweging te zien en laat zijn vinger van de beugel naar de trekker gaan.

Hij hapt naar adem, zo verrast is hij door een grote zwarte vogel, die uit het duister aan komt fladderen. Het dier botst tegen de lamp aan het plafond, stoot ritselend tegen de muur, keert om en vliegt de volgende kamer in.

Aron gaat rechtop staan met het pistool naar de vloer, hij probeert zich te herstellen en zijn snelle ademhaling onder controle te krijgen.

Het scheelde maar een haar of hij had geschoten.

Joona kijkt hem aan, terwijl hij met zijn pistool naar de deuropening recht voor hem blijft wijzen.

Een paar vogeltjes vliegen ritselend door de hal en naar de bovenverdieping.

'Wat is dit?' fluistert Aron en hij veegt het zweet uit zijn ogen.

'Concentreer je.'

Aron knikt, tilt het wapen op en richt door de deuropening. De vloerplanken kraken onder hem als hij zich in beweging zet.

Op een kastje ligt een aantal roestige dopsleutels.

Joona gebaart naar Aron dat hij bij de linkermuur moet blijven.

In de donkere zitkamer voor hen klinkt het koerende geluid van vogels.

*

Als Joona meldt dat Aron en hij het huis binnengaan, rijden Bruno en Morris net de Byggmästaregatan in. Hun roestige pick-up rijdt door tot voor de containers en blijft dwars over de weg staan om de doorgang te blokkeren.

'Dit zint me niet, dit zint me helemaal niet,' zegt Morris.

'We doen ons werk,' zegt Bruno en hij slikt hoorbaar.

'Maar hoezo? We kunnen niet de bovenverdieping én de keuken checken als we ons niet opsplitsen of...'

'Rustig maar,' zegt Bruno. 'Joona wil rugdekking van ons als hij naar binnen gaat, dat is logisch, we laten de bovenverdieping eerst zitten, dat kan niet anders, we kijken kamer voor kamer of het veilig is en of er niemand achter ons zit.'

'Ik weet het, ik snap het, ik had alleen op de rest van het team willen wachten.'

'De honderdtwintig seconden zijn nu om.'

Morris probeert te glimlachen, doet net of hij een trekje van een joint neemt en stapt dan uit.

Ze lopen langzaam langs de containers de helling op naar het huis. Als ze vanuit geen enkel raam meer te zien zijn zetten ze hun sporttas op het tuinpad, zetten snel een helm op en pakken hun automatische geweer van Heckler & Koch. Ze rennen zachtjes de trap naar de voordeur op.

Bruno duwt zijn oortje recht, opent de deur en richt in het donker op de trap. Morris gaat naar binnen en scant de wand met de hangende jassen en de deuropening naar de zitkamer.

Alles is stil.

Bruno wacht met het sluiten van de voordeur totdat Morris de ruimte onder de trap heeft gecheckt.

Op het hekwerk en de trap zelf zitten lagen vogelpoep, vermengd met veertjes.

Bruno prikt verbaasd met de loop van zijn geweer in een aangekoekte formatie. Er vallen droge stukjes op de grond.

'Misschien kun je het mengen met terpentine en het dan roken,' zegt Morris zacht.

Hij gaat op zijn knieën zitten, richt zijn wapen op het donker onder de trap en heeft spijt dat hij de wapenlamp niet heeft gemonteerd voordat ze naar binnen gingen.

50

Er hangen verduisteringsgordijnen voor de ramen en de grote zitkamer is gehuld in een grijze schemering.

Op een biljart zitten vogels te soezen en andere kwetteren onder het plafond.

Joona en Aron lopen langzaam naar voren, op vier meter afstand van elkaar.

De vloer kraakt zacht.

Joona loopt voorzichtig verder, hij kijkt naar Aron en gaat dan op zijn hurken zitten om onder het biljart te kijken.

De laatste keer dat Joona op de schietbaan was, had hij gemerkt dat het doorladen niet goed ging. Thuis had hij de terugslagveer vervangen om niet het risico van een geblokkeerd wapen te lopen, maar daarna had hij geen tijd gehad om ermee proef te schieten.

Hij scant de kamer links, terwijl Aron naar binnen gaat.

Veertjes en stof dwarrelen op.

Joona merkt dat Arons blik is blijven haken aan een gele papegaai die in de donkere kroonluchter klimt.

Het is gevaarlijk om te lang bij details stil te staan.

Aron steekt zijn linkerhand uit en pakt een wit veertje van de rand van het biljart.

Verderop in het huis brandt een lamp.

Ze lopen langs een glimmende tegelkachel.

Er liggen bergen zaadhuisjes op de vloer en met veren en poep vermengd tegen de muren.

'Hier is iemand een beetje geflipt,' mompelt Aron.

Een groene papegaai stapt tussen de drankflessen, karaffen en glazen op een koperen serveerwagentje door.

Terwijl Aron checkt of het links en rechts veilig is, groeit de doodsangst in zijn maag als een gevoel van misselijkheid.

Hij kijkt naar Joona's soepele bewegingen, hoe hij dicht bij de muur blijft en zijn pistool in een perfecte lijn op de gang gericht houdt.

De gelakte plankenvloer kraakt onder hun gewicht, maar dat geluid verstomt als ze op de groene vloerbedekking in de gang komen.

Joona ziet het gordijn voor een raam zachtjes wapperen en hij begrijpt dat Bruno en Morris de voordeur achter zich hebben gesloten.

'Check de gang van de keuken naar de woonkamer,' zegt hij tegen hen in zijn microfoon.

Hij wijst de gang in naar een van de slaapkamers waar Kofoed de jonge vrouw het laatst heeft gezien.

Ze bewegen langzaam om de vogels niet te laten schrikken.

Joona gebaart naar Aron dat hij schuin achter hem moet blijven.

Aron veegt het zweet van zijn bovenlip. Hij begrijpt dat hij de wasruimte in de gaten moet houden, terwijl Joona de slaapkamer doorzoekt.

Er vliegt een vogeltje door de gang.

Joona steekt zijn hand uit en duwt de deur open. Hij loopt naar binnen en wijst eerst snel met zijn pistool om de hoek naar rechts en dan pal naar links.

Aan het plafond boven het tweepersoonsbed van gelakt grenenhout hangt een grote spiegel. Op de gordijnroede zit een rij lichtblauwe parkieten, op het nachtkastje ligt een gebruikt condoom.

De vrouw is hier niet – tenzij ze zich in een van de kasten rechts tegen de muur heeft verstopt.

Joona kijkt achterom, ziet Arons bleke gezicht in de gang en wacht totdat hij zijn positie heeft ingenomen.

Hij hoeft niet dichter bij de wasruimte te gaan staan, maar alleen de gang over te steken.

In de biljartkamer begint een papegaai onrustig te krijsen.

Aron kijkt Joona aan en knikt, loopt naar de deuropening van de wasruimte en blijft staan.

Ergens aan de rechterkant brandt een lamp.

Op het grijze linoleum is een soort plateau van doorzichtige kunststof gemaakt, waaronder leidingen naar de wasmachine en de droger lopen.

Tegen de andere muur staat een douchecabine met matglazen wanden.

Aron verplaatst zich zijwaarts en kijkt in een spiegel met een gouden sierlijst.

Naast de douchecabine zet een witte kaketoe een paar bedaarde stapjes.

Opeens begint Arons hart zo hevig te bonzen dat hij er oorpijn van krijgt.

In de spiegel ziet hij meteen links van de deur een vrouw op een bed liggen. Ze heeft hem nog niet opgemerkt. Haar nachthemd is tot haar borsten opgetrokken, haar onderlichaam is naakt en haar benen zijn bij de enkels gekruist.

Haar buik gaat langzaam op en neer op haar ademhaling.

Zonder zijn ogen van de vrouw af te wenden gebaart Aron naar Joona dat hij naar binnen gaat. De geschoren venusheuvel is rood, aan de tatoeage van een kolibrie wordt kennelijk nog gewerkt.

De kunststof wanden van de douchecabine kraken zacht.

Joona blijft met zijn pistool op de kasten gericht staan terwijl hij Arons kant op kijkt en hem een stap het washok in ziet zetten zonder eerst te kijken of het rechts van de deur veilig is.

Stof en veren glijden over de vloer op een onverwachte luchtbeweging.

'Aron,' zegt Joona, 'je kunt niet...'

Van opzij wordt een mes dwars door Arons nek gestoken. De punt steekt vlak onder het oor naar buiten. Als het mes er weer uit wordt getrokken, volgt er een golf van bloed.

Aron wankelt achteruit en hoest vochtig.

Iemand lacht slapjes, een meubelstuk valt om en snelle voetstappen verdwijnen.

Joona rent de wasruimte in en laat zijn pistool in het rond wijzen.

Een lange vrouw van een jaar of zestig deinst met het mes op hem gericht achteruit.

Ze stoot haar schouder tegen de douchecabine en loopt achteruit verder, totdat ze bij de muur is.

Iemand heeft de wasruimte door de andere deur verlaten en rent naar de hal.

Terwijl Joona de vrouw onder schot houdt, registreert hij een leeg bed en een tafeltje met tatoeagekleurstoffen.

Joona vraagt om een traumahelikopter voor zijn zwaargewonde collega en zegt een paar keer dat het dringend is.

Aron gaat op een krukje zitten, laat zijn pistool op de grond vallen en hoest bloed op over zijn borst.

Hij tast naar houvast en stoot een pak wasmiddel om, zodat het witte poeder eruit stroomt.

De vrouw houdt het mes met beide handen vast; haar blik gaat van Joona naar Aron en weer terug. Waarschijnlijk had ze zich in de douchecabine verstopt toen Aron binnenkwam.

'Politie,' zegt Joona gedempt. 'Leg dat mes neer.'

Ze schudt haar hoofd en Joona steekt geruststellend zijn hand op. Ze ademt snel en probeert haar lippen te sluiten rond haar slechte gebit.

'Ulrike, luister naar me,' zegt hij en hij komt langzaam dichterbij. 'Ik moet weten wie er in huis zijn, zodat er niet meer gewonden vallen.'

'Hè?'

'Leg het mes op de grond.'

'Sorry,' mompelt ze en ze laat het mes zakken.

'Hoeveel personen zijn er...'

Ze stoot het mes schuin omhoog naar de zijkant van Joona's

romp. Het is een verrassende en krachtige aanval. Joona draait zijn lichaam en ziet het lemmet als een glimmende pijlpunt in zijn windjack snijden.

Met zijn linkerhand pakt hij haar onderarm vast, slaat met de kolf van het pistool haar sleutelbeen stuk en schopt haar onderuit, zodat ze achterover tuimelt.

51

Morris loopt door de biljartkamer heen naar de keuken en Bruno komt achter hem aan.

Hij voelt dat hij een droge mond heeft gekregen.

Ze moeten checken of de keuken veilig is en intussen de hal in de gaten blijven houden.

Morris heeft zijn aanvalsgeweer in de aanslag en zijn vinger om de trekker. Het rode puntje in de richtkijker valt altijd samen met het doelwit.

Een paar vogels vliegen op van de vloer en fladderen de hal in.

Ze hebben de korte commando's gehoord die via de radio worden uitgewisseld.

Joona heeft om een traumahelikopter gevraagd.

Aron is zwaargewond.

Ze kijken snel of het links en rechts veilig is en Morris loopt een ruime keuken in met een vloer van donkergrijze plavuizen.

De deur van de witte vaatwasser staat open.

In een pot naast het fornuis staan spatels van zwart plastic.

Op het aanrecht zitten twee witte vogeltjes kruimels brood te eten.

Bruno kijkt door de deuropening naar Morris, gebaart dat hij moet wachten en loopt voorzichtig verder.

Een grijze papegaai met rode staartveren hangt op z'n kop boven de eettafel.

Aan de andere kant van het huis klinken bonzen. Een vrouw schreeuwt en meteen daarna klinkt de stem van Joona Linna weer in hun oortjes.

'Er zijn twee zwaarbewapende mannen in huis,' zegt Joona. 'Ik herhaal, er zijn...'

In de woonkamer klinkt een harde knal en meteen daarna explodeert hun pick-up voor het huis.

Ze voelen de schok van de drukgolf in hun keel en de ruiten rinkelen ervan.

Alle vogels in de keuken vliegen op.

De hele tuin baadt in het licht.

De laadbak valt door boomtakken heen en landt op het gazon van de buren.

Er valt een regen van verscheurd metaal en motoronderdelen op de weg.

Een band valt met een plof op de glooiing en stuitert weg.

Het motorblok komt op het dak van de bestelbus neer.

Er hangt een wolk van rook en stof in de lucht.

In de oprit is een krater geslagen en er ligt alleen nog een autoportier.

Morris ademt gecontroleerd in en uit, loopt verder door de keuken en voelt dat zijn vingertoppen koud worden van de adrenaline.

Hij heeft maar een glimp van de explosie opgevangen door een van de ramen, maar hij begrijpt dat er vanuit het huis een TLV is afgevuurd.

De deur naar de woonkamer staat een paar centimeter open.

De grotere papegaaien keren terug naar hun stek. Kanaries vliegen suizend door de lucht.

'Ik moet Aron naar buiten zien te krijgen – kunnen jullie voor een veilige doorgang zorgen?' vraagt Joona in zijn microfoon.

Morris gebaart naar Bruno dat hij denkt dat de schutter in de woonkamer zit en dat hij de deur wil forceren.

Bruno schudt zijn hoofd en geeft aan dat Morris dekking moet zoeken, dat hij de deur in de gaten moet houden en moet wachten.

Morris bevochtigt zijn lippen met zijn tong en zet voorzichtig een stap naar voren.

De duisternis in de woonkamer lijkt te pulseren.

De vogels op de koelkast bewegen onrustig als hij dichterbij komt.

Morris herhaalt in zichzelf dat hij de man met de TLV moet tegenhouden, zodat hij de traumahelikopter niet uit de lucht kan schieten.

Als in trance loopt hij door naar de deur.

Het trillende rode puntje in zijn richtkijker gaat op borsthoogte langs de donkere kier.

Bruno zegt op luide toon iets achter zijn rug.

Vanuit zijn ooghoek ziet Morris een beweging.

Een man met ronde schouders, een gevlochten baard en een zwart hagelgeweer stapt uit zijn schuilplek naast de koelkast.

Morris richt zijn wapen op hem.

Er klinkt een diepe knal, terwijl de mondingsvlam in het keukenraam glinstert.

Morris wordt aan de zijkant van zijn hoofd geraakt.

De uiteengereten helm vliegt schuin achter hem tegen de muur en ploft op de grond.

Het bloed spat tegen de keukenkastjes.

Het lichaam zakt log in elkaar en komt in een halfzittende positie tegen de open vaatwasser terecht.

Het grootste deel van Morris' hoofd is weggeblazen, maar een stuk van zijn achterhoofd zit er nog en zijn onderkaak hangt op zijn borst.

'Verdomme,' hijgt de man met het halfautomatische hagelgeweer.

Joona sleept Aron de biljartkamer in en Bruno keert met grote stappen terug naar de keuken.

Hij voelt zijn benen trillen.

Zijn oren suizen van de knal en daardoorheen hoort hij fluitende vogeltjes.

De man die vanachter de koelkast tevoorschijn was gekomen

staat naar Morris' lichaam te staren en naar het bloed dat tegen de muren en de kastjes is gespat.

Het hagelgeweer wijst naar de vloer.

Hij keert zijn blik langzaam naar de biljartkamer, terwijl Bruno de trekker overhaalt en het hele aanvalsgeweer voelt trillen.

De volmantelmunitie gaat recht door de borst en buik van de man heen en verbrijzelt het raam achter hem.

Het glas vliegt in het rond en het kozijn wordt versplinterd.

In twee tellen heeft hij het magazijn met dertig patronen leeggeschoten.

De lege hulzen rinkelen op de plavuizen.

De man met de gevlochten baard valt achterover op de vloer.

Er hangt een wolk van bloeddruppeltjes in de lucht.

Bruno loopt achteruit de biljartkamer in, terwijl hij het lege magazijn loshaalt.

Hij dacht dat hij zijn wapen op salvo's van drie patronen had staan.

Zijn hartslag dreunt in zijn oren.

Zijn blik blijft haken aan de kapotte helm met de resten van het hoofd van zijn makker.

'Morris, verdomme,' zegt hij hijgend en hij pakt een nieuw magazijn.

De deur naar de woonkamer voor hem wordt opengeduwd door een man met lang blond haar en een bril met een zwart montuur. Hij draagt een leren broek en een donkergroen kogelwerend vest. In zijn rechterhand houdt hij een Glock 17.

Bruno verplaatst zich achterwaarts, struikelt over de rand van het groene tapijt, valt en stoot zijn hoofd tegen de hoek van het biljart.

Het magazijn valt op de grond en glijdt onder het zware meubel.

Joona laat Aron los, rent langs de ene wand en stelt zich rechts van de keukendeur op.

Bruno rolt weg uit het schootsveld, glijdt achteruit en zoekt in de beenzakken van zijn broek naar een nieuw magazijn.

Joona blijft doodstil staan, zijn pistool op de deuropening gericht.

In de hoogglansverf van de deurpost is een donkere weerspiegeling zichtbaar.

Nadat Joona Ulrike aan een van de dikke waterleidingbuizen had vastgebonden, onthulde ze dat er twee lijfwachten in huis waren.

Joona had een stuk van de doucheslang afgesneden en in Arons luchtpijp geduwd, tussen de stembanden, om een enigszins veilige ademweg te creëren. Hij had hem op een vloerkleed door de wasruimte gesleept en kwam net toen het schieten begon de biljartkamer binnen.

Boven het huis is het geratel van de traumahelikopter te horen.

Er hangt een sterke kruitgeur in de lucht.

De blonde man met de Glock komt de biljartkamer binnen. Zijn blik valt op Aron, die met beide handen om zijn nek op de vloer ligt.

Het bloed stroomt tussen zijn vingers door.

De man richt zijn wapen naar links, maar Bruno heeft zich achter het biljart verstopt.

Joona stapt snel naar voren, pakt de man schuin van achteren bij de pols vast, trekt zijn arm achterover, duwt de Colt Combat tegen zijn schoudergewricht en schiet.

Het lichaam trilt, er spat bloed op de muur, de arm wordt slap en het wapen klettert op de grond.

De man schreeuwt van de pijn.

Joona trekt hem aan de gewonde arm opzij, draait het lichaam en raakt zijn wang en kin met zijn linkerelleboog. Hard.

Het hoofd van de man wordt naar achteren gestoten, zijn bril vliegt af en het zweet spat in de stootrichting. Ze wankelen samen opzij.

De man valt eerst tegen het rek met biljartkeus en daarna op de grond.

Hij landt op zijn heup, vangt zich op met zijn hand en zakt dan op de vloer.

De lege huls rolt in een wijde boog naar het puntje van zijn neus.

Bruno heeft net een nieuw magazijn opgediept, klikt het in het geweer en komt achter het biljart omhoog.

Aron is bleek en bezweet, hij zuigt krampachtig lucht naar binnen door de slang en kan elk moment in een circulatoire shock raken.

52

Joona fouilleert de man op de grond snel, sleept hem naar het raam en bindt hem vast aan de radiator. Hij gaat terug naar Aron, ziet de paniek in zijn ogen, zegt nog eens dat alles goed komt, pakt het vloerkleed vast en trekt hem naar de hal. Bruno loopt mee, kijkt snel of de trap veilig is en houdt het wapen dan op de biljartkamer gericht.

Boven klinken zware bonzen.

Het bloed uit Arons hals is door het kleed heen gedrongen en een glimmend rood spoor volgt hen over de vloer.

Een witte duif stapt opzij, voelt zich in het nauw gedreven en vliegt op.

Het ratelende geluid van de helikopter wordt luider. De ramen aan de terraskant rinkelen.

Joona sleept Aron langs de trap.

Door het dreunen van de helikopter heen horen ze boven een vrouw lachen. Bruno gaat op één knie zitten en richt het wapen op de zwarte opening boven.

'Breng Aron naar buiten,' zegt Joona en hij houdt de voordeur voor Bruno open.

De helikopter hangt boven de tuin, het hakkende gedreun van de rotor weergalmt tussen de huizen. Stof en bladeren worden in een cirkel geblazen. Struiken leunen opzij in de harde wind. Tussen het terras en het huis wordt een brancard neergelaten.

Bruno neemt Aron op zijn schouder en rent ineengedoken naar buiten.

Joona doet de deur achter hen dicht en het ratelende helikoptergeluid wordt gedempt.

Ulrike roept iets in de wasruimte.

Joona loopt de trap op met zijn pistool naar boven gericht. Onder zijn schoenen knarst droge vogelpoep.

Volgens de tekening bestaat de bovenverdieping uit een rij van drie vertrekken: een grote zitkamer, een slaapkamer en een badkamer.

Het slappe lachje van de vrouw is weer te horen. Het klinkt alsof ze slaapt en van iets grappigs droomt.

Joona loopt door naar boven totdat zijn ogen op één lijn zijn met de vloer en hij de hele zitkamer kan zien.

Op de gelakte planken liggen stof en dons. De deur van de slaapkamer is dicht, maar die van de badkamer staat op een kier.

Hij draait zich om met het wapen.

De spijlen van het hekwerk schuiven voor het bankstel, de tv en het bureau langs.

Joona loopt door naar boven.

Er hangt een zwakke geur van parfum en rook.

De rotor beweegt steeds sneller. De helikopter vliegt weg.

De bovenste tree kreunt onder Joona's gewicht.

Hij verplaatst zich snel over de vloer, gaat naast de gesloten slaapkamerdeur staan en luistert.

De scharnieren maken een zacht schrapend geluid als hij de deur voorzichtig opent.

Hij doet een stap opzij en kijkt in een donkere slaapkamer. Met de loop van zijn pistool duwt hij de deur iets verder open.

Hij knippert met zijn ogen en wacht totdat ze aan de duisternis gewend zijn.

Hij ziet witte wanden en witte vloeren in een nevelige weerschijn. Tegen de rechtermuur verschijnt de vorm van een bed.

Een dun gordijn voor een open raam beweegt in de wind.

De witte stof golft bedaard.

Het kozijn kraakt, de haak schraapt over de vensterbank en een grijs licht valt de slaapkamer binnen.

Een jongetje van een jaar of vijf staat doodstil midden in de kamer met zijn handen achter zijn rug. Hij heeft alleen een witzijden pyjamabroek aan.

De dunne schouders en het gekamde haar vangen iets van het licht op.

Hij kijkt Joona recht aan en ademt snel.

Onder het plafond vliegt een tiental bleekgele kanaries. Het geluid van hun vleugels klinkt als dorre bladeren die in een luchtwervel zijn gevangen.

Het gordijn bolt op en er valt meer licht naar binnen. Joona ziet dat de kamer leeg is en wil net een stap naar binnen zetten als hij een blote voet op de vensterbank ontdekt.

Daar staat iemand.

Het gordijn gaat omhoog in de wind en glijdt een stukje opzij langs de roede.

Een jonge vrouw is in het raam geklommen, ze staat op de onderkant van het kozijn, houdt zich met één hand aan de middenstijl vast en glimlacht dromerig.

Het is Mia niet, maar waarschijnlijk wel de vrouw die Kofoed had gefotografeerd.

Ze draagt een wit nachthemd. De stof is vochtig van het bloed op haar venusheuvel.

Haar pupillen zijn zo klein dat ze bijna niet te zien zijn.

Joona loopt langzaam over de wit geverfde plankenvloer en houdt het pistool op de deuropening schuin achter zich gericht.

De kin van het jongetje trilt.

'Je mag mijn moeder niet doodmaken,' zegt hij tussen korte ademstootjes door.

'Ik maak niemand dood,' antwoordt Joona. 'Maar ik wil dat ze bij het raam weggaat, voordat ze valt en zich bezeert.'

'Mama, hij is aardig.'

Ze glijdt bijna van het kozijn en slaat met iets hards tegen de ruit als ze haar evenwicht herwint en lacht dan slapjes.

Ze leunt achterover, weg van het huis, met haar ene hand om de middenstijl.

Het gebarsten hout kraakt.

Nu pas ziet Joona dat ze een klein kaliber revolver in haar vrije hand houdt.

Hij loopt langzaam haar kant op.

Het gordijn wiegt zachtjes heen en weer.

De vrouw keert haar gezicht naar de slaapkamer en krabt met de loop van de revolver op haar hoofd.

'Met wie praat je?' vraagt ze slaperig.

'Mijn naam is Joona Linna, ik ben van de politie en kom je helpen. Ik wil dat je de revolver op de vloer gooit en de kamer weer in komt.'

'Als je me aanraakt, ben je er geweest,' zegt ze.

'Niemand wil jou iets aandoen, ik kom nu naar je toe om je naar beneden te helpen.'

'Trek de ring eruit,' mompelt ze.

Een pin met een ring eraan valt rinkelend op de grond. Het gordijn bolt op en er valt wat licht op de jongen.

Hij steekt een Zweedse handgranaat 2000 uit naar Joona. Zijn witte hand knijpt stevig in de verende handgreep. Als hij loslaat, ontploft de granaat na drieënhalve seconde.

'Laat de handgreep niet los,' zegt Joona.

'Je mag haar niet doodmaken,' snikt het jongetje.

'Als jij de handgreep loslaat, gaan we allemaal dood.'

'Je probeert me voor de gek te houden,' zegt het jongetje en hij hijgt verontwaardigd.

'Ik ben politieman,' zegt Joona en hij loopt voorzichtig naar het jongetje toe. 'Ik wil dat...'

'Blijf staan,' kapt het jongetje hem af.

Zijn platte borstkas gaat trillend op en neer op zijn haastige adem. Hij staat zo ver weg dat Joona hem de handgranaat niet kan afpakken.

Joona kijkt naar de vrouw in het raam. Haar oogleden zijn zwaar en de hand met de revolver hangt langs haar zij.

'Voorzichtig,' zegt Joona tegen het jongetje en hij steekt zijn pistool in de schouderholster onder zijn jas. 'Dit komt goed, geen probleem, als je hem maar blijft vasthouden, precies zoals je nu doet.'

'Gooi hem naar hem,' mompelt de moeder.

'Niet doen,' zegt Joona snel. 'Je mag niet loslaten, je mag absoluut niet gooien, anders overleven we het geen van allen.'

'Hij is gewoon bang,' zegt de vrouw en ze glimlacht.

'Luister niet naar je moeder… Ze weet niet hoe een handgranaat werkt, ik ben politieman en ik weet dat hij iedereen in deze kamer zal doden.'

Het jongetje begint te huilen en de hand met de granaat erin trilt.

'Gooien,' fluistert ze.

'Mama, ik durf niet…'

'Wil je dat hij mij verkracht en jouw benen afzaagt?' vraagt ze met slappe stem.

'Ik zal jullie echt niets doen,' zegt Joona.

'Hij liegt dat-ie barst,' zegt ze en ze richt de revolver op haar eigen slaap.

'Sorry,' zegt het jongetje en hij gooit de granaat.

Joona stapt naar voren, vangt hem met zijn linkerhand in de lucht, draait zich om en gooit hem naar de zitkamer. De granaat komt tegen de deurpost en stuitert schuin de aangrenzende kamer in.

Joona stort zich op de jongen om hem te beschermen, terwijl de ontsteker de lading hexoliet activeert.

De scherpe knal is oorverdovend.

De deur komt los van zijn scharnieren en tuimelt de slaapkamer in.

Door de drukgolf wordt alle lucht uit zijn longen geperst.

Het regent versplinterd hout en stof op hen.

Joona rolt opzij, pakt zijn pistool en richt het op het raam.

De slaapkamer is vol met stof en rook.

Het witte gordijn bolt langzaam op naar het duister.

De vrouw is weg.

Joona springt op en rent naar het raam.

Ze ligt op haar rug in het gras en wijst sloom met haar ene hand naar de lucht. Er komen twee AT'ers aanrennen.

De drukgolf heeft haar achteruit het raam uit geblazen, ze is door de takken van de berk gevallen en in het hoge gras terechtgekomen.

De revolver is tussen de natte bladeren in de regenpijp blijven hangen.

De jongen is opgekrabbeld en staat naar de bloederige vogels te kijken die tussen de wrakstukken van de deur en de deurpost liggen.

53

De blaadjes aan de bomen van het Vanadispark zijn in de hittegolf opgekruld en donker geworden. Pamela en Dennis lopen langzaam om het grote waterreservoir heen. Het stof van het droge pad stuift rond hun benen.

Ze hadden gisteravond afgesproken om samen te lunchen en Dennis heeft een tas met broodjes en een fles verse jus d'orange bij zich.

Een slanke man met een ouderwetse hoedendoos onder zijn arm heeft een tijdje vlak achter hen gelopen, maar nu ziet Pamela hem niet meer.

Ze gaan in de schaduw op een bankje zitten. Dennis pakt een verpakt broodje en geeft het aan Pamela.

Ze bedankt hem en hoort het geluid van spelende kinderen in het lager gelegen zwembad.

Voor haar gevoel was het gisteren dat Mia en zij samen in de achtbaan zaten.

Pamela's bezwaar is bij de rechtbank ingediend. Het had wat tijd gekost om alle benodigde verklaringen en rapporten te krijgen, maar nu loopt de procedure en waarschijnlijk zal het besluit van jeugdzorg worden herzien.

Zodra Martin als ooggetuige werd vermeld in de media, kwam het dreigement – en voordat Pamela daar ook maar iets mee kon doen, was Mia verdwenen.

Pamela wordt telkens weer vervuld van een ijzingwekkende angst als haar brein haar de vreselijke dingen voorspiegelt waaraan Mia misschien op dit moment wordt blootgesteld.

Ze weet niet of ze er goed aan heeft gedaan de politie te helpen.

Stel je voor dat Mia daarvoor wordt gestraft.

Tegelijkertijd moeten ze alles in het werk stellen om haar te vinden.

Joona Linna zegt dat Martin de sleutel is.

En Martins verandering tijdens de hypnose was verbazingwekkend. Opeens kon hij samenhangend praten en herinnerde hij zich flarden van de gebeurtenissen bij de speelplaats.

'Wat kijk je verdrietig,' zegt Dennis en hij strijkt een haarlok uit haar gezicht.

'Het is oké... of nee, dat is het helemaal niet,' corrigeert ze zichzelf. 'Het is niet oké, het is verschrikkelijk dat Mia is ontvoerd, ik weet dat het mijn schuld is.'

'Nee, dat...'

'Dat is wel zo,' kapt ze hem af.

'Waarom zou het jouw schuld zijn?'

'Omdat we de politie helpen,' antwoordt ze.

'Hebben jullie dat dan gedaan?'

'Martin heeft ze verteld dat hij een patiënt op zijn afdeling over Jenny Lind heeft horen praten. Daarom is hij midden in de nacht naar de speelplaats gegaan.'

'Was je erbij? Heb je Martin dit horen zeggen?' vraagt hij en hij veegt zijn ene mondhoek af.

'Onder hypnose,' antwoordt ze.

'Nou moeten ze verdorie ophouden,' zegt Dennis verontwaardigd. 'Eerst dwingt de politie hem een moord te bekennen en nu proberen ze...'

'Zo was het niet,' valt ze hem in de rede. 'Het was... Ik kan het niet uitleggen, maar ze moeten Mia toch vinden en Martin kon opeens praten toen hij gehypnotiseerd was... het was echt niet te geloven, hij gebruikte lange zinnen.'

'Degene die hem hypnotiseerde, was dat een arts?' vraagt Dennis sceptisch.

'Ja.'

'Had Martin toestemming gegeven?'

'Natuurlijk.'

'Maar begreep hij waar het over ging? Begreep Martin dat hij geen controle zou hebben over zijn woorden, dat hij door de politie gemanipuleerd zou worden om te zeggen wat de politie wil horen?'

'Zo was het helemaal niet,' protesteert Pamela.

'Oké, prima... Ik sta alleen uitermate sceptisch tegenover hypnose, ik heb patiënten psychotisch zien worden omdat ze voelden dat de woorden die uit hun mond kwamen niet hun eigen woorden waren... en dat gevoel breekt soms pas weken later door.'

'Dat heeft niemand ons verteld.'

'Ik zeg niet dát het gebeurt, ik zeg alleen dat er risico's zijn en dat jullie daar misschien naar moeten kijken voordat jullie akkoord gaan met verdere hypnose.'

'Niemand heeft het over meerdere keren gehad, we hebben het een kans gegeven, maar... sinds de hypnose praat Martin wel makkelijker.'

'Dat komt waarschijnlijk door de ECT-behandeling.'

'Dat zou kunnen.'

Pamela gaat met haar blik over de daken van de huizen met glinsterende ventilatiepijpen en trillende lucht. Ze bedenkt dat Mia haar verantwoordelijkheid is, wat een ander er ook van zegt. Als zij niet in Mia's leven was gekomen, was dit allemaal niet gebeurd.

'Het lijkt wel alsof je me continu buitensluit,' zegt Dennis.

'Sorry, ik...'

'Je hoeft geen sorry te zeggen.'

Ze zet de fles op de grond naast het bankje neer en ademt diep in.

'Je kent me, ik ben uit mijn gewone doen, maar er kwam zo veel tegelijk op me af, ik was er niet op voorbereid, ik had te veel gedronken en ben met jou in bed beland, ik bedoel, wat is er met me aan de hand?'

'Pamela,' probeert hij ertussen te komen.

'Ik weet dat je me hebt gewaarschuwd, dat je me probeerde af te remmen.'

‘Omdat ik niet wilde dat je er spijt van zou krijgen,’ antwoordt hij en hij legt zijn hand op de hare. ‘Ik mag Martin graag, maar jij bent mij dierbaar, je bent me altijd al heel dierbaar geweest.’

‘Sorry dat ik er zo’n zootje van maak,’ zegt ze en ze trekt haar hand terug.

‘Objectief gezien was het misschien niet het sympathiekste wat we hebben gedaan, jij en ik,’ zegt hij. ‘Maar het was menselijk en begrijpelijk.’

‘Voor mij niet, ik schaam me en zou willen…’

‘Maar ik niet,’ onderbreekt hij haar. ‘Ik schaam me niet, want eerlijk gezegd ben ik altijd al op jou verliefd geweest.’

‘Dennis, ik begrijp dat ik dubbele signalen heb afgegeven en zo, ik vind dat verschrikkelijk van mezelf en ik…’

‘Hou op, alsjeblieft.’

‘En ik schaam me, omdat ik niet van plan ben bij Martin weg te gaan… Dan was het anders geweest, maar zo ligt het niet.’

Hij veegt broodkruimels van zijn bovenbenen.

‘Ik respecteer wat je zegt,’ antwoordt hij en hij slikt moeizaam. ‘Maar je moet er misschien niet te veel op hopen dat Martin weer helemaal de oude wordt. Met ECT en de juiste medicatie zal hij het misschien zonder 24-uurszorg kunnen stellen, maar…’

‘Dennis, ik hou van je als vriend en ik wil je niet kwijt.’

‘Maak je geen zorgen,’ zegt hij en hij staat op.

*

Pamela zit achter de laptop in haar werkkamer en leest de oude artikelen over de zoektocht naar Jenny Lind.

Ze zet haar bril af, richt haar blik op het raam en kijkt uit over de zwarte en rode metalen daken. Het is een vreselijke gedachte dat Mia’s leven in gevaar is, omdat Martin toevallig getuige is geweest van de moord op Jenny Lind.

Jenny is al dood, maar Mia leeft.

Ze moet geloven dat Mia het er levend vanaf zal brengen.

Dat zal ook gebeuren, zolang de moordenaar er niet achter komt dat ze de politie proberen te helpen. En dat moeten ze wel doen, ze mogen niet zwichten voor de bedreiging, want dan is er niemand meer die voor Mia vecht – dan is ze echt moederziel alleen.

Er zijn geen ouders die op tv zullen smeken, het hele land meekrijgen en de regering ertoe brengen een beloning uit te loven.

Pamela kijkt of ze Zweedse privédetectives kan vinden op internet.

Ze had er nooit bij nagedacht dat die echt bestaan.

Ze lichten de achtergrond van mensen door en doen onderzoek naar fraude en overspel.

En ze volgen het spoor van vermiste kinderen, familieleden en vrienden.

Ze loopt de keuken in, opent de kast en kijkt naar de flessen drank.

Ditmaal zal ze niet in een spa champagne zitten drinken. Ze gaat nog liever dood dan weer met haar zelfhaat te worden geconfronteerd.

Pamela bedenkt dat ze alle wodka door de gootsteen zal spoelen, maar zegt dan tegen zichzelf dat ze de flessen beter in de kast kan laten staan, dan blijft het een actieve keus.

Ze gaat aan de keukentafel zitten en belt Joona Linna. Hij neemt op en ze hoort hoe labiel ze klinkt als ze hem vraagt of de tijdens de hypnose gedane ontdekkingen al ergens toe hebben geleid, en wat de volgende stap in het onderzoek wordt.

Joona antwoordt geduldig op alle vragen en zegt niet één keer tegen haar dat ze kalm moet zijn, ook al valt ze in herhalingen en barst ze bijna in huilen uit.

'Ik wil me nergens mee bemoeien, maar ik moest aan de ouders van Jenny Lind denken, dat ze in het begin heel erg actief waren, ze waren overal te zien, en toen werd het zomaar opeens doodstil,' zegt Pamela. 'Ik ben er steeds van uitgegaan dat de media geen belangstelling meer voor de zaak hadden, toen er geen schot meer in zat, ik bedoel, dat zal ook wel zo zijn geweest, maar iets houdt niet op te bestaan alleen omdat de media achter ander nieuws aan gaan.'

'Dat is waar.'

'Ik moest aan die polaroidfoto van Mia denken, dat de moordenaar met mij communiceerde voordat hij haar ontvoerde... Weten jullie zeker dat hij geen contact met de ouders van Jenny heeft opgenomen? Hebben jullie na Mia's verdwijning nog met ze gesproken?'

Ze hoort de inspecteur heen en weer schuiven op zijn stoel.

'Ze willen geen contact met de politie,' zegt hij. 'Dat begrijp ik wel, het is ons niet gelukt om Jenny te vinden en nu is ze dood.'

'Maar stel je voor dat ze niet alles hebben verteld. Het is dezelfde moordenaar, stel je voor dat hij hen ook heeft bedreigd, dat hij heeft geëist dat ze niet met de politie samenwerkten. Dan is dat misschien de reden dat ze zich hebben teruggetrokken.'

'Dat was ook bij mij opgekomen, maar...'

'Misschien hebben ze... Sorry dat ik je in de rede val, maar misschien hebben ze voor Jenny's verdwijning een foto van haar met de post gekregen, met een tekst op de achterkant die ze misschien niet eens hebben ontdekt, omdat het zulke kleine lettertjes waren.'

'Het probleem is dat ze meteen ophangen als we bellen,' zegt hij. 'Ze willen niets met de politie te maken hebben.'

'En als ik nou eens contact met ze opneem?' oppert ze, nog voordat ze over de consequenties heeft nagedacht.

'Dan gebeurt waarschijnlijk hetzelfde.'

'Maar ik denk... als ik hen nou heel even kan laten luisteren, zodat ze begrijpen dat het leven van een ander meisje op het spel staat.'

Zodra ze heeft opgehangen gaat ze naar de online versie van *Katrineholms Kuriren*, zoekt in het menu naar rouwadvertenties en in memoriams, zoekt terug in de tijd en vindt het korte overlijdensbericht van Jenny Lind, met datum en tijd van de herdenkingsbijeenkomst.

54

Van de hotsende rit in de truck herinnert Mia zich weinig, behalve dat haar mond was afgeplakt en dat haar handen en voeten met zwarte kabelbinders waren vastgesjord. Ze was gedrogeerd en sliep het grootste gedeelte van de tijd en ze had geen idee hoelang de rit had geduurd.

Haar laatste duidelijke herinneringen zijn van de betonnen sokkel bij het tankstation. Ze zat op Pontus te wachten toen de truck aan kwam rijden en voor haar bleef staan.

Het was een val.

De chauffeur liet zijn portemonnee op de grond vallen en liep om de oplegger heen.

Misschien had het niets uitgemaakt als ze er níet onder was gekropen en had hij haar toch wel te pakken gekregen. Maar toen ze op haar buik onder de vrachtauto lag, was ze een makkelijke prooi, die geen kans had om te vluchten of zich te verweren.

Ze werd geslagen, kreeg een lap over haar gezicht en misschien daarna een injectie.

Ze weet niet hoe ze in de kooi is gekomen.

Ze heeft flitsen gezien van een erf en een rij lange, smalle gebouwen zonder ramen.

Ze was half bewusteloos toen ze de eigenaardige kou voelde van iets wat hard tegen haar achterhoofd werd geduwd.

Een uur later begon haar hoofdhuid te prikken en te steken en daarna had ze bijna twee dagen lang het gevoel gehad dat ze verbrand was.

Ze had een stempel gekregen, net als alle anderen.

Nu ligt Mia op de betonnen vloer met vuil stro en met haar opgerolde parka als kussen. Ze tilt haar hoofd een stukje op en drinkt water uit een plastic fles.

Haar vingers ruiken nog steeds naar hamburger.

De zon is opgegaan en het metalen dak van het langhuis tikt. Gisteren was het hier zo warm dat haar slapen ervan klopten. Haar kleren waren nat van het zweet en droogden pas rond middernacht op.

'Is er geen inspectie vandaag?' vraagt Mia.

'Ze komt eraan,' antwoordt Kim.

'Stil jullie,' zegt Blenda vanuit de andere kooi.

Mia kijkt door de tralies naar het frame van licht rond de gesloten deur aan de voorkant van het langhuis, naar de emmer met brood en maïs en het medicijnkastje aan de muur.

Ze deelt een kooi met een vrouw van tweeëntwintig, die Kim heet, of eigenlijk Kimball. Haar ouders komen uit Mexico, maar ze is geboren en getogen in Malmö. Kim doet aan handbal en werd ontvoerd toen haar team op weg was naar een wedstrijd.

Ze lijkt op haar moeder, maar heeft een veel smaller gezicht.

Aan de tralies van elke kooi hangen polaroidfoto's van ouders of broers en zussen. Kims moeder is in haar bed gefotografeerd. Ze moet wakker zijn geworden vlak voordat de flitser haar kamer verlichtte. Haar ogen zijn groot en haar mond is bang en verward.

Pamela is via een spiegel door het traliehek van een lift gefotografeerd.

Caesar weet kennelijk niet dat haar aanvraag is afgewezen.

Mia heeft Kim uitgehoord, maar weet nog steeds niet waarom dit hun gebeurt, of er een achterliggend plan of toekomstig doel is voor hun gevangenschap.

Oma lijkt alles voor Caesar te doen.

Soms is ze een hele dag weg met de vrachtwagen.

Misschien kwam het door de bruutheid en de zwarte leren jas dat Mia dacht dat ze door een man was ontvoerd.

Maar nu heeft ze begrepen dat het oma was.

Soms komt ze hier met nieuwe meisjes.

Schijnbaar wordt er nooit iemand doorverkocht, ze blijven hier tot hun dood.

Kim weet niet hoelang dit al gaande is, maar toen zij hier twee jaar geleden kwam, leerde ze Ingeborg kennen en die was hier toen al zeven jaar.

Het leven hier is altijd hetzelfde. Er gebeurt niet zoveel. Ze zitten hier met een aantal vrouwen gevangen en een paar keer per maand komt Caesar hiernaartoe in zijn grijze Valiant om een paar van hen te verkrachten.

Kortgeleden woonden enkelen van hen nog in het landhuis, waar ze dure kleren en gouden sieraden kregen, maar na de vluchtpoging van Jenny Lind is Caesar extreem gewelddadig geworden en heeft hij iedereen in kooien opgesloten.

Iedereen weet dat Caesar contacten heeft binnen de politie en Blenda zegt dat Jenny waarschijnlijk had gedacht dat ze veilig was in Stockholm en 112 had gebeld.

Ze hebben de foto's gezien van de regenachtige nacht waarin ze haar straf kreeg. Op de eerste foto lijkt ze te denken dat ze vergiffenis zal krijgen. Dan volgt de strijd, haar opengesperde ogen en gespannen mond, het bloed dat langs haar hals stroomt en ten slotte de zware slapheid van het lichaam.

Oma is veranderd, zegt Kim. Vroeger kon ze best aardig zijn en noemde ze hen soms schatjes, maar nu is ze alleen maar streng en boos.

Ze heeft een stok met een giftige punt. Als ze je diep steekt, ben je urenlang onder zeil. Maar als je een schram krijgt, of de ampul is niet helemaal gevuld, raak je alleen je gezichtsvermogen een tijdje kwijt.

Mia vroeg of ze niet op Caesars gemoed konden werken, zodat hij medelijden met hen zou krijgen en hen zou vrijlaten, maar iedereen zegt dat hij veel erger is dan oma, dat hij de dienst uitmaakt.

Vorige week was hij boos geworden en had hij Amanda gedood.

Kim begon te huilen toen ze het vertelde, het was een nachtmerrie, zei ze telkens weer.

Buiten klinkt het blaffen van een hond en in een ander langhuis de ongecontroleerde schreeuw van een vrouw. Kim jammert van angst en Mia pakt haar hand vast.

'Alles komt goed, als je je vertrouwen stelt in de Heer,' zegt Blenda.

Blenda is de oudste, ze probeert ervoor te zorgen dat ze zich schikken in het nieuwe leven, zodat hun niets ergs overkomt. Ze is net een oudere zus, ze ziet erop toe dat ze zich zo goed mogelijk wassen en dat ze goed eten en drinken, hoe het ook smaakt.

Blenda deelt een kooi met een Roemeens meisje, Raluca. Raluca spreekt geen Zweeds, maar ze kent een paar woorden Engels en een paar Duitse zinnetjes. Ze noemt oma Baba Jaga, alsof ze haar van vroeger kent.

'Rechtop zitten – daar komt ze,' zegt Blenda.

Het piepende geluid van oma's kruiwagen komt dichterbij en verstomt. De hond hijgt en oma schept eten in een trog.

'Ik heb altijd al graag een oma willen hebben,' grapt Mia.

'Stil nou.'

'Baba Jaga,' fluistert Raluca en ze duikt ineen.

Oma haalt de sluitboom weg en zet hem tegen de muur, ze opent de deur en laat het verblindende zonlicht binnen.

Er wervelt stof door de lucht.

Oma draagt de trog naar binnen en zet hem op het aanrecht, pakt haar stok en komt naar hun kooi toe, opent het deurtje en laat de hond erdoor naar binnen.

Kim draagt een vieze, rode sportbroek en een T-shirt met een afbeelding van Lady Gaga. Ze doet haar bovenbenen wijd als de hond naar haar toe komt.

Haar ogen zijn neergeslagen en haar blik is afwezig.

De hond ruikt aan haar, draait zijn kop weg, likt zijn snuit en gaat door naar Mia.

Ze zit met haar benen over elkaar naar oma te kijken, terwijl de hond zijn snuit tegen haar kruis duwt en de kooi weer uit loopt.

Als de inspectie afgelopen is, bidden ze voor het eten, bonen met gedroogd elandvlees en een stuk brood.

Vandaag mogen Mia en Kim als eersten het erf op om te luchten.

Hun polsen zijn aan elkaar gebonden met een dikke plastic kabelbinder die in de huid snijdt. Het is een onwennig gevoel om te staan en hun benen te strekken, maar ze proberen zo veel mogelijk beweging te krijgen voordat ze weer terug moeten naar hun kooi.

Midden op het erf ligt een meisje in een witte badkuip. Een lang bad wordt als kalmerend gezien. In het begin schreeuwde ze hele nachten, maar na twee weken in het bad werd ze stil.

'Als het Jenny is gelukt om helemaal in Stockholm te komen, dan is het dus mogelijk om te vluchten,' zegt Mia.

'Daar moet je niet over praten,' fluistert Kim.

'Maar ik ben niet van plan hier te blijven wachten totdat ik verkracht word,' zegt Mia.

De grond is droog en er waait stof op onder hun schoenen. Ze houden elkaars hand vast, zodat de kabelbinder niet in hun huid snijdt.

'Heeft iemand die beroemde vallen in het bos ooit echt gezien?' vraagt Mia.

'Je snapt er nog niets van.'

Ze komen langs het meisje in de badkuip. Ze kijkt hen met een apathische blik aan. De huid onder het wateroppervlak is helemaal sponzig en zit los om haar voeten en knieën.

'Jouw situatie is anders... Jij weet dat je ouders nooit stoppen met zoeken,' zegt Mia. 'Maar naar mij zoekt niemand...'

55

Martin loopt met de verzorger mee naar de huiskamer en stapt de telefooncel binnen. Het is een klein hokje met één raam, dat aan de gangkant zit. Hij sluit de deur, gaat zitten en pakt de hoorn.

'Hallo,' zegt hij.

'Gaat het goed met je?' vraagt Pamela.

'Jawel,' antwoordt hij en hij dempt zijn stem een beetje. 'En met jou?'

'Ik ben een beetje moe, ik lig in bed met een kop thee.'

Er klinkt een dof geritsel in de hoorn als ze van houding verandert.

'Bouwtekeningen,' zegt hij.

'Hoorde je ze ritselen? Anders lag je altijd naast me naar de tekeningen te kijken en dan moest ik wijzen en uitleggen hoe ik het had bedacht. Dat mis ik.'

Martin opent de deur van de telefooncel, kijkt om de hoek of er niemand op de gang is, en praat dan verder.

'Hebben ze Primus gevonden?' vraagt hij fluisterend.

'Nee, daar lijkt het niet op.'

'Ik snap niet dat ik me niet kan herinneren dat ik hem dat heb horen zeggen.'

Martin kijkt naar het bekraste tafelblad, het stompje potlood en het verfrommelde papiertje.

'Morgen is de begrafenis van Jenny Lind. Ik ben van plan om naar de herdenkingsdienst te gaan,' vertelt Pamela.

'Is dat niet raar?'

'Een beetje wel, maar ik wil haar moeder graag iets vragen.'

'Gaat het om Mia?'

'Ik wil gewoon een paar vragen stellen, ze kunnen antwoord geven als ze dat willen, maar ik kan niet met mezelf leven als ik niet alles doe wat ik kan,' zegt ze. 'Ga je mee? Ik denk dat dat goed zou zijn.'

'Waarom?'

'Het hoeft niet, als je het niet aankunt, maar ik dacht dat ze zich misschien een beetje schuldig voelen als ze jou zien.'

Martin lacht.

'Ik kan wel een pleister op mijn neus plakken om nog zieliger te lijken.'

'Wat fijn om je te horen lachen,' zegt ze.

Martin kijkt de gang in en bedenkt dat de jongens hem zullen straffen, dat ze zullen beweren dat hij lachte omdat zij geen graf hebben.

'Ik ga wel mee, als je dat wilt,' zegt hij.

'Denk je dat je arts dat goedvindt?'

'Alsof ik hier onder dwang ben opgenomen...'

'Misschien moet je het er even met hem over hebben. Het is een begrafenis, en het is niet de bedoeling dat je erdoor achteruitgaat.'

'Ik kan het wel aan, ik moet hier weg,' zegt hij.

'Dennis brengt ons.'

'Wat een topgozer.'

56

Joona loopt achter een bewaarder met een serveerwagentje aan naar cel nummer 8404, pakt het dienblad van het wagentje en gaat naar binnen.

De deur gaat achter hem dicht en het slot rammelt.

Hij zet het eten op tafel, start de opname, vertelt wie zich in het vertrek bevinden en noemt datum en tijdstip.

Ulrike Bengtsson, de zus van Primus, zit in slobberige katoenen gevangeniskleding op het bed. Haar vette haar is achterovergekamd en haar lange gezicht is niet opgemaakt.

Ulrike is vijfendertig jaar getrouwd met Stefan Nicolic en heeft geen kinderen.

Ze kijkt sloom naar Joona, haar lippen sluiten niet over de overvloed aan tanden in haar mond.

Joona's grijze overhemd spant om zijn borstspieren en schouders. Hij heeft zijn jasje in de auto laten liggen en zijn mouwen opgestroopt.

Hij krijgt kippenvel in de koele lucht.

Op Joona's onderarmen en handen zijn verbleekte littekens te zien van parachutekoorden en messteken.

'Ik hoop dat je iemand hebt die je vogels kan voeren,' zegt hij.

'Dat mag Stefan doen, het is zijn project... Zelf snap ik niet hoe je van vogels kunt houden, voor mij zijn het kleine, lelijke dinosauriërs. Maar Stefan is ornitholoog, je zou hem eens moeten horen als hij op dreef is, "ze zijn perfect", "stel je voor hoe het is om te kunnen vliegen" en "ze vullen hun skelet met lucht als ze ademhalen" en blablabla.'

'En jij hebt een tattooshop,' zegt Joona.

'Ja.'

'Loopt die goed?'

Ze haalt haar schouders op.

'Je hebt in ieder geval één klant gehad,' zegt hij.

'Lena bedoel je? Dat is niet echt een klant. Ze is de vriendin van Stefan en ze wilde hem verrassen met een tattoo.'

'De vriendin van je man?'

'Ze mag het gerust van me overnemen. Ik heb Stefan al zo vaak gepijpt dat het consequenties heeft gekregen voor de evolutie,' zegt ze en ze laat haar tanden zien.

De jonge vrouw die uit het raam is gevallen heet Lena Stridssköld en het zesjarige jongetje is haar zoon.

Ze zijn allebei fysiek ongedeerd.

De jongen is opgevangen door de sociale instanties en Lena is naar de Kronoberggevangenis in Stockholm gebracht, net als Ulrike en de lijfwacht die het heeft overleefd.

'Je zult in verzekering worden gesteld wegens poging tot moord,' zegt Joona.

'Ach, schiet toch op,' zucht ze. 'Het was zelfverdediging, jullie sluipen mijn huis binnen, wat moet ik dan denken? Jullie hebben niet bepaald jullie legitimatie laten zien en jullie netjes voorgesteld... Ik dacht dat ik verkracht zou worden en dat mijn voeten zouden worden afgezaagd.'

'Maar dat is niet gebeurd – of wel?'

De ene AT'er is door zijn hoofd geschoten met een halfautomatisch hagelgeweer en was op slag dood.

Tien seconden later werd de schutter op zijn beurt door de tweede AT'er doodgeschoten. Arons toestand is nog steeds ernstig, maar stabiel. Joona heeft zijn leven gered door de luchtweg open te houden met een stuk doucheslang.

Margot voelt zich bedrogen omdat Mia zich niet in het huis bleek te bevinden. De Dienst Specialistische Interventies heeft al een klacht tegen haar ingediend en de operatie zal intern worden onderzocht.

'Je hebt mijn sleutelbeen gebroken,' zegt Ulrike en ze gebaart naar de mitella.

'Dat heelt wel weer.'

'Ben je nu ook al dokter?'

Joona zet de twee kommen cowboysoep op tafel, legt lepels en servetten neer, zet de bekers appelsap erbij en haalt het plasticfolie van de bordjes met een broodje kaas.

'Zullen we maar eten, voordat het koud wordt?' vraagt hij.

In de moderne verhoortechniek spreekt men van een vroege luisterfase. Joona hecht er meer belang aan dan de meeste anderen.

Hij probeert Ulrike in een situatie te manoeuvreren waarin ze al zoveel heeft gezegd dat het laatste beetje niet meer uitmaakt.

Joona eet van de soep, wacht even en kijkt haar glimlachend aan.

'Lekker,' zegt hij.

Ze pakt haar lepel, roert in de kom en proeft.

'Wat kunnen jullie me bieden als ik meewerk?' vraagt ze en ze veegt met het papieren servet soep van haar lippen.

'Op welke manier wil je meewerken?' vraagt hij.

'Als ik niet word aangeklaagd en een nieuwe identiteit krijg, vertel ik alles.'

'Wat is alles?' vraagt Joona en hij pakt het broodje van het bord.

'Ik heb door de jaren heen heel wat gezien en gehoord,' vertelt ze.

'We weten dat de Club zich met drugshandel, witwassen en afpersing bezighoudt.'

'Het gebruikelijke,' zegt ze en ze neemt nog wat soep.

'Oké, maar weet je of ze met een of ander doel jonge vrouwen ontvoeren?'

De lepel tikt tegen haar slechte tanden.

'Ze doen niet aan mensenhandel, als je dat soms denkt,' antwoordt ze.

'Misschien vertelt Stefan je niet alles.'

'Hij is eigenlijk gewoon een nerd met verkeerde jeugdvrienden; hij denkt dat het cool is om een pistool op tafel te leggen voordat hij gaat zitten...'

Joona eet zijn broodje op en drinkt van zijn appelsap.

'Ken je Jenny Lind?'

'Nee, wie is dat?'

'Je broer kent haar.'

Ze kijkt op van haar kom.

'Primus?'

'Ja,' antwoordt Joona en hij kijkt haar in de ogen.

Ze heeft een diepe rimpel tussen haar wenkbrauwen gekregen als ze naar voren leunt en verder gaat met eten.

'Heb je weleens van Mia Andersson gehoord?' vraagt Joona.

Ulrike geeft geen antwoord, ze eet gewoon door en houdt even later haar kom schuin om de laatste lepel soep te kunnen nemen.

'Ik wil alles zwart-op-wit voordat ik meer zeg,' deelt ze mee en ze legt haar lepel neer.

'Wat wil je zwart-op-wit?'

'Dat ik niet aangeklaagd word, dat ik een nieuwe identiteit krijg, een nieuw leven.'

'Dat systeem hebben we niet in Zweden, we hebben geen kroongetuigen, je kunt je straf niet ontlopen door tegen anderen te getuigen.'

'Moet ik me nu belazerd voelen?'

'Misschien door jezelf.'

'Het zou niet de eerste keer zijn,' mompelt ze.

Joona begint af te ruimen en bedenkt dat ze nu het moment hebben bereikt waarop het tot haar doordringt dat ze hem al een deel van de waarheid heeft verteld.

Nu moet ze alleen nog accepteren dat het geen onderhandeling is, maar een eenzijdige bekentenis.

'Zullen we even pauzeren?'

Joona denkt aan wat de filosoof Michel Foucault heeft geschreven, dat de waarheid niet tot de orde van de macht behoort, maar met de vrijheid verwant is.

Een bekentenis is een bevrijding.

'Ik heb geprobeerd de politieman te doden die mijn atelier binnenkwam,' zegt ze gedempt. 'Ik heb met een mes in zijn hals gestoken en ik heb geprobeerd jou in je buik te steken.'

'Voor wie ben je bang?' vraagt hij en hij propt hun servetten in een van de plastic bekertjes. 'Voor Stefan Nicolic?'

'Voor Stefan? Waar heb je het over?'

'Nergens in huis brandde licht. Je stond met een mes in de douche en je had twee lijfwachten.'

'Heeft niet iedereen dat?' vraagt ze en ze glimlacht.

'Ben je bang voor Primus?'

'Weet je zeker dat je inspecteur bent?'

Hij zet haar kom in de zijne, legt beide lepels erin en leunt achterover.

'Eerst wilde je een nieuwe identiteit en nu wil je in de bak zitten,' zegt Joona. 'Misschien kan ik je helpen als je vertelt voor wie je bang bent.'

Ze veegt met haar hand broodkruimels van tafel en blijft een hele poos met neergeslagen ogen zitten voordat ze hem weer aankijkt.

'Er is een man, Caesar heet hij,' zegt ze.

Ulrike wipt met haar rechtervoet, zodat de gevangenisslipper op de grond valt en trekt dan haar sok uit. Vlak boven haar enkel zit een wond die onlangs is gehecht. De opgezwollen wondranden zijn zwart geworden en de rij hechtingen ziet eruit als dik prikkeldraad.

'Hij had zich onder mijn bed verstopt. Midden in de nacht kwam hij tevoorschijn en maakte hij foto's van me.'

'Caesar?'

'Ik sliep en werd wakker toen hij mijn voet probeerde af te zagen... Eerst had ik niet door wat er gebeurde, het deed zo vreselijk veel pijn. Ik schreeuwde en sloeg en probeerde hem weg te duwen, maar dat lukte niet, hij ging door met zagen, mijn hele bed was doorweekt van het bloed... Hoe weet ik niet, maar op de een of andere manier is het me gelukt op mijn persoonlijke alarm te drukken. Hij stopte toen het door het hele huis begon te loeien, gooide de zaag op de grond, liet een polaroidfoto achter op het nachtkastje en ging weg... Godsamme... Ik bedoel, wie doet zoiets? Ja toch? Je bent toch knettergek als je je onder het bed van mensen verstopt en hun voeten probeert af te zagen?'

'Heb je hem gezien?'

'Het was te donker.'

'Maar je moet toch een indruk hebben gekregen van hoe hij eruitziet.'

'Ik heb geen idee, het was midden in de nacht, ik dacht dat ik dood zou gaan.'

Voorzichtig trekt ze haar sok weer aan.

'Wat gebeurde er toen hij weg was?'

'Ik bond met een ceintuur mijn been af om het bloeden te stelpen... Het beveiligingsbedrijf was er lang voor de ambulance, maar toen was Caesar 'm natuurlijk al gesmeerd... Onder het bed lag een plastic tas met gereedschap van hem.'

'Wat voor gereedschap?'

'Ik weet het niet, ik zag dat een van de beveiligers er schroevendraaiers uit haalde en een ding met een slinger en een stalen kabel.'

'Een lier?'

'Dat weet ik niet.'

'Waar is die plastic tas nu?'

'Die heeft Stefan meegenomen.'

'En je kent Caesar niet?'

'Nee, maar Primus heeft later over hem verteld. Stefan is ervan overtuigd dat hij lid is van een rivaliserende bende; vanwege die bende hadden we lijfwachten en een heleboel wapens in huis.'

'Maar Caesar is niet iemand die je al eens had ontmoet of over wie je eerder had gehoord?'

'Nee.'

'En wat zegt Primus over hem? Hoe kennen zij elkaar?'

'Ze hebben op de een of andere manier contact gekregen via sociale media... ze hadden ongeveer dezelfde ideeën over de samenleving.'

'Dat klinkt niet als een rivaliserende bende.'

'Dat weet ik, maar toch denkt Stefan dat en hij zegt tegen Lena en mij dat we verkracht zullen worden.'

'En wat denk jij?'

Ulrikes gezicht is vermoeid en ernstig.

'Eerst zei Primus dat Caesar een koning was, maar nu is hij alleen nog maar bang. Hij heeft zijn telefoon verbrand in mijn magnetron.'

'En je bent zo bang voor Caesar dat je in de gevangenis wilt zitten.'

'Hij heeft tegen Primus gezegd dat hij de volgende keer mijn hoofd afzaagt.'

'Waarom is de dreiging tegen jou gericht?'

'Om Primus te straffen, hij heeft het er altijd over hoe mooi ik ben, dat zit zo in zijn hoofd, ik bedoel, als jonge meid was ik knap, maar dat is voltooid verleden tijd.'

'En waarom wil Caesar je broer straffen?'

'Ik denk dat Primus dingen heeft beloofd die hij niet waar kan maken, hij praat altijd te veel, net als ik nu, ongeveer.'

'Het is goed dat je de waarheid vertelt.'

'Voor wie?'

'Zolang je in de cel zit, ben je veilig en als je me helpt om Primus te vinden, kan ik Caesar misschien tegenhouden.'

'Primus vinden?'

'Waar woont hij als hij niet is opgenomen?'

'Dat weet ik niet.'

'Komt hij dan naar jou toe?'

'Dat wil Stefan niet... Primus slaapt waar het kan, bij een vriend, in een portiek, in de metro. Maar morgen is het Adelaarsnest open en dan gaat hij daarheen.'

'Het Adelaarsnest?'

'Dat weten de wouten niet? Jullie zijn echte toppers.' Ze glimlacht. 'Er komen een heleboel mensen hun geld vergokken. Het begon met hanengevechten. Raad eens wie met dat idee kwam? Maar zoals gezegd is niet iedereen zo gefascineerd door vogels als Stefan, dus nu doen ze vooral MMA en vechthonden.'

'Waar vind ik die plek?'

'In de haven... In de zuidelijke haven van Södertälje, ze hebben een transportbedrijf dat daar een werkplaats en overslag heeft... Stefan heeft een deal met het beveiligingsbedrijf.'

'En jij denkt dat Primus morgen in het Adelaarsnest is?'

Ulrike leunt met haar armen gekruist achterover. De donkere kringen onder haar ogen zijn dieper geworden en ze ziet er volkomen uitgeput uit.

'Als hij niet dood is of opgesloten zit in de inrichting, zal hij daar zeker zijn.'

57

Martin kijkt niet terug als Pamela via de spiegel in de lift naar hem kijkt. Zijn gezicht is eenzaam, denkt ze, bijna weerloos. Het licht knippert; de lift vertraagt en komt tot stilstand.

De deuren glijden open.

Martin pakt zijn rugzak van de vloer en hangt de banden over zijn schouder.

Ze lopen samen naar buiten.

Dennis staat op de keerzone achter zijn auto te wachten. Hij draagt een donkergrijs pak en een zonnebril.

'Dat is lang geleden,' zegt hij en hij geeft Martin een hand.

'Ik weet het.'

'Goed je te zien.'

'Insgelijks,' mompelt Martin en hij kijkt over zijn schouder.

'Tof dat je ons wilt brengen,' zegt Pamela, terwijl ze naar de auto toe lopen.

'Pamela was iets te *fast and furious*,' grapt Dennis.

'Ik heb het gehoord,' antwoordt Martin.

'Hoe vind je het om afdeling 4 te verlaten?' vraagt Dennis. Hij pakt de rugzak van Martin aan, legt hem in de kofferbak en sluit de klep.

'Fijn.'

'Martin, wil jij voorin zitten?' vraagt Pamela.

'Maakt niet uit.'

'Doe maar, dan kunnen jullie met elkaar praten,' zegt ze.

Dennis opent het rechtervoorportier voor Martin, wacht totdat hij is gaan zitten, sluit het en opent dan het achterportier voor Pamela.

'Gaat het lukken?' vraagt hij gedempt.

'Ik denk het wel.'

Voordat ze kan gaan zitten, pakt Dennis haar van achteren vast en zoent haar in de nek.

Ze wurmt zich los en gaat zitten met een hart dat bonst van angst.

Dennis sluit haar portier, loopt om de auto heen, gaat achter het stuur zitten en rijdt weg van de psychiatrische unit.

Pamela moet tegen Dennis zeggen dat hij dat zo niet moet doen.

Ze kijkt naar de voorbijflitsende gebouwen en vraagt zich af of ze verkeerde signalen heeft uitgezonden toen ze belde om te vragen of hij hen kon brengen.

Misschien had hij haar gedrag voor flirten aangezien.

Het verkeer stroomt langzaam door over de bruggen over Lilla en Stora Essingen. Uitlaatgassen en de damp die van het hete asfalt komt, maken het zonlicht op de auto's levenloos.

Ze zitten achter een vieze tankwagen, waarop iemand een gigantische piemel heeft getekend. Ze vraagt zich altijd af wie die mensen zijn die zich daartoe geroepen voelen.

Na Södertälje lossen de files op en neemt de snelheid toe; er flitsen buitenwijken, geluidswallen en sportvelden voorbij.

'Hoe vond je het om onder hypnose te gaan?' vraagt Dennis.

'Ik weet niet, ik wilde alleen helpen, maar ik heb er daarna wel een beetje last van gehad.'

'Dat snap ik. Hypnose is gegarandeerd niet goed voor jou.'

'Maar ik verwar het misschien met mijn ECT,' zegt Martin en hij veegt over zijn neus.

'Martin, natuurlijk moet je de politie helpen, maar ga niet akkoord met hypnose, dat wil ik je wel zeggen. Of je weet iets of je weet het niet meer... Naar verdrongen herinneringen zoeken is niet goed. Voor je het weet herinner je je dingen die nooit zijn gebeurd.'

'Maar ik herinnerde me wat Primus had gezegd,' zegt Martin.

'Als het echte herinneringen zijn die je onder hypnose ziet, dan zijn ze er zonder hypnose ook… En dan weet je tenminste dat ze geen suggestie zijn.'

Ze worden door een taxi met een kapot achterlicht gesneden. Dennis moet zo hard remmen dat de autogordel straktrekt over Pamela's schouder.

Het is ongelooflijk dat Martin in hele zinnen praat. Pamela vraagt zich af of dat door de elektroshocks of door de hypnose komt, of door het feit dat hij de politie helpt bij het zoeken naar Mia.

'Ik weet nog dat ik met Lobbes door de regen liep,' zegt Martin.

Pamela leunt tussen hun stoelen door naar voren.

'Toen je thuiskwam, heb je een tekening gemaakt van wat je had gezien,' zegt ze.

'Dat weet ik niet meer.'

'Nee, maar het betekent dat je Jenny hebt gezien. Misschien niet de moord, maar je hebt haar daar zien hangen.'

'Dat zeg je nou wel, maar…'

'Ik wil alleen dat je goed je best doet om het je te herinneren,' zegt Pamela en ze leunt weer achterover.

'Dat doe ik, ik doe mijn best, maar alles is zwart.'

58

De koele lucht in de Katrineholmkerk heeft een geur van steen. Pamela laat zich samen met Martin en Dennis op een lege bank zakken, vlak voordat de plechtigheid begint.

Het is een begrafenis in besloten kring, er zitten niet meer dan twintig personen in de krakende houten banken.

De ouders van Jenny Lind zitten vooraan. Als het gebeier van de kerkklokken klinkt, ziet Pamela de rug van Jenny's vader schokken van het huilen.

Tijdens de plechtigheid glijdt het zomerlicht langzaam over de muren en het laat de gebrandschilderde ramen in het koor gloeien.

De preek van de dominee is ingetogen, ondanks de pogingen om troost en hoop te geven. Jenny's moeder houdt haar handen voor haar gezicht en Pamela huivert als ze bedenkt dat Jenny op maar een paar minuten afstand is ontvoerd van waar haar kist nu staat.

Pamela wordt misselijk van angst als ze het ritselende geluid hoort van de aarde die de dominee in de vorm van een kruis op het deksel van de kist strooit.

Sinds de begrafenis van Alice is ze nooit meer naar een herdenkingsdienst geweest.

Martin pakt haar hand en knijpt er stevig in.

Tijdens de slotpsalm houdt ze haar hoofd gebogen en haar ogen stijf dicht. Dan hoort ze de naaste verwanten opstaan.

Ze vermant zich, kijkt op en ziet dat Jenny's familie in een langzame stoet naar de kist loopt en er bloemen op legt.

Het is heel warm in de stilstaande lucht op het kerkplein. Jenny's vader zit al in de auto, maar haar moeder staat nog condoleances in ontvangst te nemen.

Twee vrouwen praten met de dominee, een man in een rolstoel wacht op een taxi en een meisje schopt in het grind, zodat er zand opwaait.

Pamela wacht totdat de laatste bezoekers de kerk hebben verlaten, waarna ze Martin meetrekt naar Jenny's moeder.

Het gezicht van Linnea Lind wordt doorkruist door rimpels en haar mond is verstard in een droevige uitdrukking.

'Mijn medeleven,' zegt Pamela.

'Dank je,' antwoordt Linnea en haar blik blijft op Martin rusten. 'Zijn jullie het? Het spijt me heel erg dat mijn man je heeft aangevallen.'

'Het geeft niet,' antwoordt Martin en hij slaat zijn ogen neer.

'Dat is niets voor Bengt, hij is meestal de rust zelve.'

Er staat nog een klein groepje mensen tussen de kerk en het parkeerterrein.

'Ik weet dat dit geen goed moment is, maar ik zou graag even met je willen praten,' zegt Pamela. 'Mag ik je morgen bellen?'

'Ga mee koffiedrinken,' zegt Linnea en ze kijkt haar met gezwollen oogleden aan.

'Graag, maar...'

'Ik hoorde dat jullie je dochter hebben verloren in hetzelfde jaar als waarin Jenny verdween... Dus jullie weten hoe het is, dat het niet makkelijk is.'

'Het gaat niet over.'

Het kleine groepje dat meegaat koffiedrinken rijdt het korte stukje naar het huis van het echtpaar Lind en stopt op het parkeerterrein voor gasten.

'Wat ga jij doen?' vraagt Pamela aan Dennis als zij en Martin uitstappen.

'Ik wacht hier,' zegt hij. 'Ik moet wat mailtjes beantwoorden.'

Het kleine gezelschap loopt de deur van een lichtgeel flatgebouw binnen en neemt de lift naar de vijfde verdieping.

Pamela loopt met Linnea mee naar de keuken en probeert iets te zeggen over een mooie dienst.

'Ja, hè?' zegt Linnea met holle stem.

Ze zet het koffiezetapparaat aan en opent de blikken met koekjes met bewegingen die af en toe stilvallen.

Op de salontafel in de woonkamer staat een ouderwets koffieservies, met kleine kopjes en schoteltjes, een schaal met suikerklontjes, melk in een kannetje en een cakeschaal van drie etages.

De oude bank kraakt als de gasten gaan zitten.

Overal staan siervoorwerpen, reissouvenirs en potplanten op gehaakte kleedjes.

Jenny's vader haalt vier stoelen uit de keuken en vraagt iedereen plaats te nemen.

De weinige mensen die meegekomen zijn na de dienst, proberen wat te praten, maar toch valt er steeds een stilte. Een lepeltje roert rinkelend in een koffiekopje, iemand noemt de hittegolf en iemand anders probeert een grapje te maken over klimaatveranderingen.

Linnea Lind laat een ingelijste foto van haar dochter zien en probeert een toespraak te houden over hoe anders Jenny was.

'Feminisme, veganistisch eten... Er deugde niets van ons en onze generatie, we gebruikten verkeerde woorden, onze auto liep op benzine en... Ik mis het zo.'

Ze zwijgt en de tranen stromen over haar wangen. Haar man aait over haar rug.

Een oudere vrouw zegt dat ze weg moet om de hond uit te laten en dat is voor de andere gasten het teken om ook op te stappen.

Linnea zegt tegen hen dat ze alles op tafel kunnen laten staan, maar toch brengen ze hun kopje naar de keuken.

'Gaat iedereen nu weg?' vraagt Pamela fluisterend aan Martin.

Ze horen de stemmen in de hal, de deur die dichtgaat en daarna de stilte voordat Linnea en Bengt terugkomen.

'Wij moeten ook maar eens gaan,' zegt Pamela.

'Jullie hoeven nog niet weg, hoor,' zegt Bengt met schorre stem.

Hij opent een kast en zet twee flessen en vier glazen op tafel, schenkt zonder te vragen voor zichzelf en Martin jenever in en kersenlikeur voor de vrouwen.

'Martin, het spijt me echt dat ik je heb aangevallen,' zegt hij en hij schuift het glas naar hem toe. 'Het is geen excuus, maar ik dacht dat je... Nou, je weet wel... En toen ik je uit het huis van bewaring zag komen, knapte er iets bij mij...'

Hij drinkt zijn glas leeg, trekt een grimas als hij de warmte van de drank voelt en schraapt dan zijn keel.

'Wat ik zei, het spijt me heel erg... Ik hoop dat je mijn excuses aanvaardt.'

Martin knikt en kijkt naar Pamela, alsof hij wil dat ze in zijn plaats antwoordt.

'Het was de schuld van de politie, voor een groot deel,' zegt ze. 'Martin is ziek en ze lieten hem dingen bekennen die hij niet had gedaan.'

'Ik dacht dat... Wat ik zei,' zegt Bengt. 'Niet dat ik mezelf schoon wil praten...'

'Nee,' zegt ze snel.

'Hand erop?' vraagt Bengt en hij kijkt Martin aan.

Martin knikt, steekt zijn hand uit en schrikt even terug als Bengt hem vastpakt.

'Kunnen we dit achter ons laten?'

'Wat mij betreft wel,' antwoordt Martin zacht.

Pamela doet net of ze van de kersenlikeur proeft en zet het glaasje dan weer op tafel.

'Hebben jullie gehoord dat hij weer een meisje heeft ontvoerd?' vraagt ze.

'Mia Andersson,' zegt Linnea meteen.

'Het is misselijkmakend,' mompelt Bengt.

'Ik weet het,' fluistert Pamela.

'Maar jij hebt hem gezien of niet?' vraagt Bengt. 'Martin? Jij was er toch bij?'

'Het was te donker,' antwoordt Pamela.

'Wat zegt de politie van dit alles?' vraagt Linnea.

'Tegen ons? Niet veel,' antwoordt Pamela.

'Nee, natuurlijk niet,' zegt Bengt met een zucht. Hij pakt een koekkruimel van tafel en stopt die in zijn mond.

'Ik heb een vraag,' zegt Pamela. 'De ontvoerder van Jenny, heeft die ooit iets van zich laten horen?'

'Nee, wat bedoel je?' vraagt Linnea angstig.

'Geen brief of telefoontje?'

'Nee, dat...'

'Het is gewoon een gek,' zegt Bengt en hij wendt zijn ogen af.

'Maar heeft hij iets laten horen voordat ze verdween?'

'Ik begrijp het niet,' zegt Linnea met een frons op haar voorhoofd.

'Misschien heb ik het verkeerd begrepen, maar volgens mij heeft hij een foto van Mia, het verdwenen meisje, gemaakt... als waarschuwing,' zegt Pamela en ze voelt dat ze verstrikt raakt in haar eigen woorden.

'Dat was bij ons niet zo,' zegt Linnea en ze zet het glas iets te hard op tafel. 'Iedereen zei dat het een ongelukkige samenloop van omstandigheden was dat Jenny van school naar huis liep net op het moment dat de vrachtwagen eraan kwam.'

'Ja,' knikt Pamela.

'De politie was ervan overtuigd dat die man van de gelegenheid gebruikmaakte toen hij haar zag,' gaat ze met trillende stem verder. 'Maar dat was niet zo, het was geen toeval, dat heb ik gezegd, ik weet dat ik een heleboel verschillende dingen heb gezegd, dat ik boos en van slag was, maar ze hadden toch wel kunnen luisteren?'

'Ja,' zegt Bengt ter afronding en hij schenkt zichzelf bij.

'Hoe weet je dat het geen toeval was?' vraagt Pamela en ze leunt iets dichter naar Linnea toe.

'Jaren later heb ik Jenny's dagboek gevonden, dat had ze onder haar bed verstopt, het kwam tevoorschijn toen we gingen verhuizen. Ik heb de politie gebeld, maar het was te laat, het kon niemand meer iets schelen.'

'Wat stond erin?' vraagt Pamela en ze kijkt haar in de ogen.

'Jenny was bang, ze heeft geprobeerd met ons te praten, maar we luisterden niet,' vertelt Linnea met tranen in haar ogen. 'Het was geen toeval, het was gepland, hij had Jenny uitgezocht, haar op Instagram gevolgd, haar bespioneerd, hij wist hoe laat ze uit school kwam en welke route ze nam.'

'Schreef ze dat?'

'Hij was in ons huis geweest, had naar haar gekeken en ondergoed uit haar laatje gehaald,' gaat Linnea verder. 'Toen we op een avond thuiskwamen van salsadansen, had Jenny zich in de badkamer opgesloten. Ze was heel erg van streek en mijn reactie was dat ik haar verbood naar griezelfilms te kijken.'

'Dat zou ik ook hebben gedaan,' zegt Pamela zacht.

'Maar in het dagboek staat wat ze had meegemaakt,' vervolgt Linnea. 'We hadden toen een huis met een tuin. Ze had in de keuken huiswerk zitten maken, toen het donker werd. We hadden een klein lampje in de vensterbank staan, maar dat was uit... Je weet hoe het is, als je binnen geen licht aanhebt, kun je ook in het donker naar buiten kijken. En ze dacht dat ze iemand tussen de berken zag staan.'

'Oké.'

'Ze dacht dat ze het zich maar verbeeldde, dat ze zichzelf bang zat te maken. Ze knipte de lamp op de vensterbank aan... en toen zag ze hem duidelijk, ze staarden elkaar aan en meteen daarna draaide hij zich om en verdween... Het duurde een paar tellen voor ze het doorhad, dat als de lamp aan was het raam als een spiegel fungeerde, en dat hij dus achter haar rug in de keuken had gestaan.'

59

Joona Linna loopt in de vochtige schaduw onder de brug Centralbron. De auto's suizen voorbij over de parallelle rijstroken, de lucht is zwaar van uitlaatgassen. Tegen het betonnen brughoofd liggen vieze kleren en slaapzakken, lege conservenblikjes, chipszakken en gebruikte injectienaalden.

Joona heeft de telefoon al in zijn hand als die gaat, ziet dat het Pamela Nordström is en neemt op.

Haar stem is scherp van opwinding als ze verslag doet van haar ontmoeting met de ouders van Jenny Lind en de inhoud van het dagboek dat de moeder had gevonden.

'Hij had achter haar in de keuken gestaan,' vertelt ze. 'Ze hadden maar een seconde oogcontact en er is geen beschrijving van zijn gezicht, maar... hij droeg een vieze jas met een pikzwarte bontkraag en groene rubberlaarzen.'

'Heb je het zelf gelezen?' vraagt Joona.

'Ja, maar verder staat er niets over hem, ook al schrijft ze op meer plekken dat ze het gevoel heeft dat er iemand naar haar kijkt... En dit is interessant, op een nacht werd ze wakker van een schijnsel, maar toen ze haar ogen opendeed was het donker... Ze is ervan overtuigd dat iemand haar fotografeerde toen ze lag te slapen, dat ze van de flitser wakker was geworden.'

Er dwarrelt loodkleurig stof op als er een bus langsrijdt.

'Ik vond het aldoor al moeilijk te geloven dat de keuze van het slachtoffer impulsief was,' zegt Joona. 'Ergens is zijn oog op hen gevallen... en hij is ze kennelijk gaan volgen.'

'Ja.'

'We hebben Primus nog niet gevonden en we moeten Martin nog eens zien, als hij daartoe bereid is.'

'Hij wil graag helpen, dat zegt hij de hele tijd, maar een vriend van ons die psycholoog is vindt dat we hypnose niet moeten toestaan, omdat Martin er schade van kan ondervinden.'

'Dan proberen we het zonder hypnose,' zegt Joona.

De echo van zijn voetstappen verdwijnt als hij in de avondlucht op de kade komt. Muffe geuren stijgen op van het zacht stromende water.

De vlaggen hangen slap aan de mast en zelfs de blaadjes van de populier zijn stil.

Hij volgt het water van Strömmen langs het parlementsgebouw, kijkt omlaag naar Strömparterren en herinnert zich van jaren geleden hoe koud het water was.

Joona wordt binnengelaten in de grandioze eetzaal van de Operakelder, langs een gouden scherm naar de serre met uitzicht op het water en het paleis.

Rond een afgezonderde tafel zit Margot samen met het hoofd van de Säpo, Verner Zandén, hoofdofficier van justitie Lars Tamm en regiopolitiechef Gösta Carlén.

Ze willen net hun champagneglas heffen om te proosten als Joona voor hen blijft staan.

'Je had hier niet hoeven komen, het antwoord is toch nee,' zegt Margot voordat hij een woord kan uitbrengen. 'Niemand kent het Adelaarsnest. Ik heb het net nog aan Verner en Lars hier gevraagd, en ik heb met afdeling 2022 en de Recherche Informatiedienst gesproken.'

'Toch schijnt het te bestaan,' zegt Joona koppig.

'Iedereen hier is op de hoogte van de zaak, tot de rampzalige inval in de villa aan toe, die volgens sommigen zo ontzettend noodzakelijk was.'

'We hebben drie gevallen van ontvoering, en twee van de ontvoerde vrouwen zijn vermoord aangetroffen...'

Joona zwijgt en stapt opzij als de bediening aan tafel verschijnt, het eerste gerecht opdient en de glazen vult.

Hij weet dat hij goed moet nadenken hoe hij zijn verzoek inkleedt, aangezien iedereen begrijpt dat de verliezen te wijten zijn aan Margots directe bevel om Ulrikes huis binnen te vallen voordat het team compleet was.

'Geroosterde eendenlever met drop en gembersaus,' licht een serveerster toe. 'Eet smakelijk.'

'Dank je,' zegt Verner.

'Sorry dat we onderwijl beginnen met eten,' zegt Lars. 'Maar we zijn hier om afscheid te nemen van Gösta, die naar Europol vertrekt.'

'Ik stoor jullie – maar dat zou ik niet doen als het niet dringend was,' zegt Joona.

Ze beginnen aan de maaltijd. Joona wacht zwijgend totdat Margot haar blik op hem richt en praat dan verder.

'De reden is dat onze ooggetuige Martin Nordström een telefoongesprek tussen Primus en een zekere Caesar heeft gehoord. Ze hadden het over Jenny Lind en de speelplaats, slechts enkele dagen voor de moord.'

'Dat hebben we begrepen,' zegt Verner en hij haalt met zijn vork een stuk eendenlever door de saus.

'En jij denkt nog steeds dat Primus of deze Caesar Jenny Lind heeft vermoord – ja toch?' vraagt Margot.

'Ik denk dat het Caesar was,' antwoordt Joona.

'Maar je zoekt naar Primus,' zegt Margot en ze veegt haar mondhoek af met haar servet.

'Waarom denk je dat het Caesar was?' vraagt Verner.

'Omdat hij Ulrike Bengtsson heeft gestraft toen Primus hem niet blindelings gehoorzaamde. Hij is midden in de nacht haar huis binnengegaan en heeft geprobeerd haar voet af te zagen.'

Lars Tamm prikt gefruite ui aan zijn vork, maar slaagt er niet in die naar zijn mond te brengen.

'Klopt dat met het daderprofiel?' vraagt Gösta.

'Hij had een lier bij zich,' antwoordt Joona.

'Dan is hij het,' stelt Verner vast.

Ze zwijgen als een ober de borden van het voorgerecht afruimt, kruimels op een zilveren dienblad veegt en de waterglazen bijvult.

'Wat weten we van Caesar?' vraagt Margot als de man weg is.

'Niets,' zegt Joona. 'In geen enkel register staat iemand die Caesar zou kunnen zijn. Als Caesar zijn echte naam is, dan is hij nooit opgenomen geweest bij psychiatrie en heeft hij nooit in de psychiatrische zorg gewerkt. En er is ook niemand met die naam lid van Stefans motorclub of van een rivaliserende bende.'

'Een grote onbekende,' mompelt Gösta.

'Ik moet Primus vinden, omdat hij als enige weet wie Caesar is,' zegt Joona.

'Dat klinkt logisch,' zegt Verner met zijn diepe stem.

'Primus is dakloos, maar zijn zus zegt dat hij het Adelaarsnest nooit overslaat.'

Het personeel komt weer geruisloos de serre in om koude Riesling te serveren, snoekbaars uit de oven met broccolicrème en koolrabi in het zuur.

'Zullen we de wijn eens proeven?' vraagt Margot.

Ze heffen hun glas, proosten gedempt en nemen een slokje.

'Erg lekker,' zegt Verner.

'Hoe dan ook, het is een veel te magere basis om er een arrestatieteam op af te sturen,' verklaart Margot.

'Daar moeten we een poosje voorzichtig mee zijn,' mompelt Gösta.

'Dan ga ik undercover,' zegt Joona.

'Undercover,' zegt Margot en ze zucht.

'Als ik hier toestemming voor krijg, zal ik Primus vinden.'

'Sorry, maar dat betwijfel ik,' zegt ze met een glimlach.

'En het is veel te gevaarlijk,' merkt Verner op en hij drinkt nog wat wijn.

'Er is geen andere optie,' zegt Joona. 'Vannacht is het Adelaarsnest open. Daarna moeten we Primus zoeken in portieken en op stations, of wachten totdat hij weer op de psychoseafdeling terechtkomt... en dat kan bij hem maanden duren.'

'Ik probeer het te begrijpen,' zegt Lars en hij legt zijn bestek neer. 'Zou het zo kunnen zijn dat de Club ontvoeringen en moorden bestelt bij Primus en Caesar?'

'Dat denk ik niet,' antwoordt Joona.

'Maar de Club verkoopt drugs en organiseert illegale weddenschappen... en ze verveelvoudigen hun winst met het verstrekken van leningen tegen woekerrentes,' merkt Lars op.

'Het gebruikelijke werk,' zegt Verner.

'Maar dat werkt alleen als de schulden worden geënd,' gaat Lars verder. 'Als er ook maar een klein kansje is om onder de betaling uit te komen, zakt die hele business in.'

'Maar jonge vrouwen ontvoeren klinkt overdreven,' protesteert Margot.

'Voor hen niet,' zegt Lars. 'Ze zien het als een uiterste methode om hun geld terug te krijgen als niets anders werkt.'

'Hoe het ook zit met de achterliggende redenen,' zegt Joona, 'er is nu maar één persoon die het vooronderzoek verder kan helpen.'

'Primus,' zegt Verner.

'Waarom moeten we geloven dat Primus daar zal zijn?' vraagt Margot.

'Zijn zus zegt dat hij het Adelaarsnest nooit overslaat,' antwoordt Joona.

'En als hij daar is, hoe kun je hem dan meekrijgen daarvandaan?'

'Daar vind ik wel iets op.'

'Je improviseert...'

Ze zwijgen weer als de ober komt afruimen.

'Dat was erg lekker,' zegt Gösta zacht.

'Dank u,' antwoordt de ober en hij verdwijnt.

Iedereen kijkt naar Margot als ze langzaam haar wijnglas ronddraait. Het gebroken licht stroomt over het witte kleed.

'Maar een undercoveractie vannacht lijkt me overhaast,' zegt ze en ze kijkt Joona aan. 'En waarschijnlijk zou die ons toch niet naar Primus leiden.'

'Ik zal hem vinden,' zegt Joona.

'Maar ik twijfel... Ik zeg altijd dat je op het gewone politiewerk moet vertrouwen, het ouderwetse rechercheren.'

'Maar het Adelaarsnest is alleen vannacht...'

'Wacht even, Joona... Het Adelaarsnest zal nog wel meer nachten open zijn en dan...'

'Dan is Mia Andersson misschien al dood,' valt Joona haar in de rede.

Ze kijkt hem ernstig aan.

'Als je mij de hele tijd in de rede valt, haal ik je van de zaak af.'

'Oké,' zegt hij.

'Hoor je wat ik zeg?'

'Ja, dat hoor ik.'

Er ontstaat een pijnlijke stilte. Gösta zegt een paar voorzichtige woorden over het opknappen van een huisje op Muskö, maar geeft het al snel op.

Het is nog steeds ongemakkelijk stil als de volgende gang wordt opgediend. De ober vertelt snel over de Gotlandse lamsfilet met ragout op linzen en hazelnoten en een rode wijn die afkomstig is van de linkeroever van de Gironde in de Bordeaux.

'We willen nu graag verder met ons diner,' zegt Margot en ze pakt haar bestek op.

'Kunnen we later vanavond contact hebben over de actie?' vraagt Joona. 'Ik heb maar een paar man nodig... We gaan naar binnen, onopvallend, nemen Primus apart en grijpen hem.'

Margot wijst naar hem met haar vork en er valt een druppel jus op haar schoen.

'Joona, je bent slim, maar ik heb je zwakke plek gevonden,' zegt ze. 'Als je eenmaal vol voor een zaak gaat, ben je kwetsbaar, omdat je dan niet meer in staat bent los te laten, je bent bereid ver te gaan, de wet te overtreden, je baan of zelfs je leven te verliezen.'

'Is dat een zwakke plek?' vraagt hij.

'Ik zeg nee tegen een undercoveroperatie vannacht,' zegt ze.

'Maar ik moet...'

'Viel je me nou in de rede?'

'Nee.'

'Joona Linna,' zegt ze langzaam. 'Ik ben Carlos niet. Ik ben niet van plan mijn baan kwijt te raken door jou, ik moet het gevoel hebben dat je begrijpt dat ik je chef ben, dat een bevel van mij moet worden opgevolgd, ook als je het er niet mee eens bent.'

'Dat begrijp ik.'

'Mooi.'

'Er zit jus op je schoen,' zegt Joona tegen haar. 'Zal ik het afvegen?'

Als ze niet antwoordt, pakt hij een wit damasten servet van een serveerwagentje en gaat op zijn knieën voor haar zitten.

'Dit is niet leuk,' protesteert Verner.

'Ik moet bezwaar maken,' zegt Gösta gestrest.

Joona dept de jus voorzichtig op en poetst de schoen dan zorgvuldig.

De gesprekken aan de tafeltjes verderop in de serre zijn verstomd, Lars' ogen worden vochtig en Verner staart naar het tafelblad.

Zonder haast gaat Joona over naar de tweede schoen en poetst die ook. Daarna komt hij overeind en vouwt het servet op.

'Je krijgt twee personen,' zegt Margot onaangedaan en ze begint te eten. 'Alleen vannacht, er mag niets fout gaan, morgenvroeg rapporteren.'

'Dank je,' antwoordt Joona en hij loopt weg.

60

Er rijden drie motoren in formatie over een industrieterrein. Op weg naar de zuidelijke haven van Södertälje komen ze langs Shell Truck Diesel, Scania en Trailerservice.

Het geluid van de eencilindermotoren weerkaatst tussen vlakke gevels.

De nachtlucht is benauwd.

Aan de andere kant van de baai is de grote warmte-krachtcentrale te zien.

Joona rijdt op kop en zijn beide collega's volgen hem.

Ze hebben de opdracht te infiltreren in het Adelaarsnest, Primus op te sporen en hem apart te nemen om hem ongemerkt te kunnen grijpen. Vier uur geleden heeft Joona de opdracht met Edgar Jansson en Laura Stenhammar doorgesproken.

Joona heeft met geen van beiden eerder samengewerkt, maar weet dat Laura tien jaar geleden bij de politie van Norrmalm van buitendienst werd uitgesloten nadat ze een handgranaat in een bestelwagen met een amfetaminelaboratorium had gegooid. Daarna werd ze door de antiterreureenheid van de Säpo gerekruteerd, waar ze extremistische milieus in kaart brengt en erin infiltreert.

Edgar is nog maar vijfentwintig en werkt voor de Inlichtingendienst van de narcoticabrigade in de regio Stockholm.

Ze hebben identiteitsbewijzen, geld en een Husqvarna Vitpilen besteld, een motor met een slagvolume van 700 cc.

Ze hebben zich alle drie op de opdracht gekleed.

Laura had een gehaakte tuniek aan toen ze op de bespreking verschenen, maar draagt nu een strakke leren broek, motorlaarzen en een wit topje.

Edgar heeft zijn lichtbruine broek en geruite pullover verruild voor een zwarte spijkerbroek, een versleten spijkerjack en cowboylaarzen.

Joona heeft een zwart met witte camouflagebroek aangetrokken, zware schoenen en een zwart T-shirt.

Laura heeft van een van haar informanten een pasje kunnen kopen, dat als entreebewijs moet fungeren.

Ze hebben de foto's van Primus Bengtsson en Stefan Nicolic bestudeerd, hebben satellietbeelden van het haventerrein doorgenomen, hebben de positie van de gebouwen ten opzichte van elkaar leren kennen, gezien hoe de wegen lopen, de hoge hekken, de kade en het terrein met ISO-containers.

Drie beroepsmilitairen van Speciale Operaties zitten in een RIB op het kanaal te wachten. Als Primus is gevonden, kunnen ze binnen vijf minuten in de haven van het Adelaarsnest zijn.

Joona, Edgar en Laura rijden onder de hoge spoorbrug door en volgen een afrastering met bordjes van beveiligingsbedrijven en camerabeveiliging.

De drie motoren minderen vaart en stoppen voor het hek van een overslagterminal voor containers en bulkgoederen.

Laura pakt haar pasje, haalt het langs een scanner aan een vrijstaande paal en voelt een mengeling van nervositeit en opluchting als de hekken openzwaaien.

Ze rijden naar binnen en stoppen op een parkeerterrein dat al vol staat met zware motoren. In een hangarachtig gebouw klinkt gedreun en geroep.

'Als je de kans krijgt, plak je Primus een zendertje op, maar geen risico's, neem de tijd,' zegt Joona nog eens, terwijl ze naar de deur lopen.

Ze zijn van plan zich op te splitsen en op het terrein onopvallend naar Primus te zoeken.

De nachthemel is licht, maar het terrein ligt in een schaduwloze schemering.

De drie politiemensen lopen langs het roestige treinspoor in de betonnen kade.

Een groep mannen met baarden en tattoos in leren vesten slentert voor hen uit naar de screening bij de ingang.

'Ongemakkelijk,' glimlacht Edgar en hij trekt zijn spijkerjack recht.

Ze volgen de rij naar de ingang. Laura trekt het elastiekje uit haar paardenstaart en laat haar hennarode haar over haar blote schouders vallen. Vier beveiligers met automatische geweren bewaken de doorgang door het detectiepoortje.

De forse man voor hen geeft een pistool af en krijgt een bonnetje, dat hij in zijn portemonnee stopt.

Het roepen en applaudisseren in de hangar is nu harder, het slaat als een branding op een strand.

Aan de andere kant van de screening wacht een lange blonde vrouw. Ze heet iedereen welkom en deelt consumptiebonnen uit in de vorm van afgeknipte filmframes.

'Succes,' zegt ze en ze houdt Joona's blik even vast.

'Bedankt.'

Binnen is het veel donkerder dan buiten. Het publiek verdringt zich rond een verhoogde boksring in het midden van de hangar. Het korte luiden van een koperen bel is te horen en de boksers keren terug naar hun hoek van de ring. Ze hijgen en de witte tape rond hun handen is bloederig op de knokkels.

De drie agenten dringen door een gewemel van getatoeëerde armen, kaalgeschoren koppen, zwarte leren kleding, baarden en gepiercete oren heen naar de bar.

'Ik ben dol op cosplay,' zegt Laura droog.

Plastic bekers, zakjes snus en oude gokbriefjes liggen op de natte vloer.

Laura houdt een van haar frames omhoog naar de lamp boven de bar en ziet dat het om een pornofilm gaat: een vrouw wordt gepenetreerd door een dildo aan een lange stang die aan een machine gekoppeld is.

Ze ruilen een consumptiebon in voor een plastic beker bier en dringen verder, splitsen zich op en gaan alle drie een andere kant uit.

De boksring staat in de schijnwerpers, het publiek dringt naar voren en de gezichten vooraan vangen een deel van het licht op.

Joona nadert de wedstrijd.

Er klinken snelle bonzen op de vloer van de ring als de ene bokser aanvalt. Een bookmaker met lang haar en een bolhoed loopt door het publiek en neemt inzetten op.

Aan de andere kant van de grote zaal staan de hangardeuren wijd open naar de kade. Zwaluwen vliegen hoog onder het dak om insecten te vangen.

Joona observeert beide boksers en constateert dat de man in de rode hoek gaat winnen.

Hij kijkt om naar de ingang met de screening en de bar, maar ziet zijn collega's niet meer.

Langs de ene zijkant van de hangar zit een verdieping hoger een kantoor met grote ramen, die uitkijken op de vloer van de werkplaats.

Binnen, in het warme licht, zijn vaag mensen te zien, er bewegen schaduwen over het glas.

De man in de blauwe hoek roept iets, trapt laag, geeft dan een snelle roundhouse kick en raakt de wang van zijn tegenstander.

Het hoofd van de man wiebelt heen en weer en hij wankelt zijwaarts, kijkt een beetje verbaasd, komt bij het touw en glijdt weg net als de ronde is afgelopen.

De bookmaker met de bolhoed beweegt van de een naar de ander, sluit snelle deals en deelt gokbriefjes uit.

'De rode hoek wint de wedstrijd op knock-out,' zegt Joona als ze oogcontact maken.

'Tweeënhalf,' antwoordt hij.

'Oké.'

Joona krijgt een bonnetje voor zijn inzet en de bookie loopt door.

De bokser in de rode hoek spuugt bloed in een emmer. Het ruikt naar zweet en balsem. De tegenstander stopt zijn bitje in zijn mond.

De bel gaat weer.

De vloer dreunt onder hun blote voeten.

Joona bekijkt het publiek systematisch, hij stopt bij elk gezicht om Primus niet over het hoofd te zien.

Iedereen kijkt geconcentreerd naar de boksers.

Op de vloer achter de blauwe hoek staat een slanke man, gekleed in een zwarte hoody, waarvan hij de capuchon heeft opgezet. Zijn gezicht is niet te zien, maar hij lijkt niet met de wedstrijd bezig te zijn.

Joona begint zich zijn kant op te dringen.

Opeens schreeuwt het publiek en gooit iedereen zijn armen omhoog.

De bokser in de rode hoek geeft een serie harde klappen tegen de ribben van de ander.

Joona wordt opzijgeduwd en verliest de man met de capuchon uit het oog.

De bokser in de blauwe hoek stapt achteruit en probeert zijn ribben met zijn elleboog te beschermen. Zijn handen gaan een eindje omlaag wanneer de ander onder zijn jab door rolt.

Er klinkt een klap alsof iemand zijn natte handpalmen tegen elkaar heeft geslagen.

De rechtse hoekstoot raakt de bokser in de blauwe hoek op de wang en hij stapt wankelend opzij. Hij zakt door zijn knie als hij nog een rechtse hoekstoot tegen zijn slaap krijgt.

Hij valt met een harde smak op de grond.

Joona wurmt zich naar voren en ziet tussen de opgestoken armen van het publiek door dat de bokser in de rode hoek een paar keer op het gezicht van zijn liggende tegenstander stampt.

De toeschouwers schreeuwen, sommige applaudisseren.

Een halfvolle beker bier wordt in de ring gegooid, het spat schuimend over het canvas.

Joona ziet de man met de capuchon nergens meer.

De meeste toeschouwers gooien hun gokbriefje op de grond.

Joona kijkt goed naar elk gezicht, terwijl hij zijn bonnetje gaat inleveren om zijn winst te innen.

Hij kijkt nog eens omhoog naar het kantoor. Een man die Stefan Nicolic zou kunnen zijn staat voor het raam en kijkt uit over de boksring. Hij is niet veel meer dan een silhouet, maar iets van het warme licht wordt in zijn gezicht weerspiegeld.

61

Edgar laat Laura achter bij de bar, hij vangt een glimp op van Joona tussen het bokspubliek en perst zich verder de hangar in.

Hij volgt de stroom door de openstaande deuren het kadeterrein op.

Edgar heeft Fiona via een datingsite ontmoet. Ze waren nog maar zeven maanden samen toen ze zich afgelopen winter verloofden. Hij begint in te zien dat haar jaloezie niet vleiend is, maar destructief. Gisternacht werd hij wakker van het koude licht in de slaapkamer toen ze de correspondentie op zijn telefoon zat door te nemen. Hij weet dat Fiona hem naar deze nacht zal vragen en boos zal worden als hij antwoordt dat dat geheim is.

Ergens blaft een hond agressief.

Edgar zoekt met zijn blik naar Primus, passeert een lange rij dixies van harde kunststof en loopt dan over een groot gebied met containers en havenkranen.

Een slanke man in een leren vest kotst op het deksel van een vuilnisbak. Zijn spijkerbroek is nat van de urine. Voordat Edgar zijn ogen afwendt, ziet hij nog dat de aderen van beide armen door heroïnebase zijn aangevreten.

Aken en vrachtschepen liggen aangemeerd aan de kade.

Iedereen lijkt de kant op te gaan van een grote opslagruimte met een gewelfd dak. De deuren aan de voorkant staan open en binnen zijn roepende stemmen en het geblaf van honden te horen.

Edgar passeert een grote shovel en loopt met de stroom mee het enorme magazijn binnen.

Het blijkt een depot voor strooizout te zijn – vanbinnen ziet het eruit als een sneeuwlandschap.

De verste helft van de ruimte is gevuld met hard aangestampt zout tot aan het vergeelde plexiglazen dak vijftig meter boven de grond.

In het voorste deel van het depot staat een rechthoekige omheining van in elkaar gehaakte dranghekken.

De vloer is wit met diepe tractorsporen en er liggen bergen zout tegen de muren.

Rond het omheinde gebied staat een vijftigtal mannen dicht op elkaar.

Grote vechthonden met extreem sterke nekken en kaken wachten in benches, rusteloos en agressief.

Tussen de opgejaagde gezichten in het publiek gaat Edgar op zoek naar Primus.

Te midden van de krioelende massa ziet hij een trainer het veld op komen met een donkerbruine hond. Hij houdt de riem en de halsband met twee handen vast en glijdt naar voren als de hond zijn achterpoten tegen de grond duwt en overeind komt.

Er wordt druk gewed. De mannen in het publiek roepen en wijzen. De hond blaft en rukt zo hard aan zijn riem dat zijn ademhaling reutelt.

Een scheidsrechter in een geruite jas steekt zijn hand op.

De trainer maakt de riem los, maar houdt de halsband vast, roept iets tegen de hond en wordt dan weer een stukje naar voren getrokken.

De rest van het omheinde gebied kan Edgar niet zien, maar hij begrijpt dat aan de andere kant iets soortgelijks gebeurt.

De scheidsrechter telt af en laat zijn hand omlaag gaan.

De honden worden losgelaten. Ze rennen op elkaar af, happen en blaffen en proberen grip te krijgen met hun tanden.

Het publiek roept en duwt tegen de hekken.

Beide honden gaan op hun achterpoten staan, leggen hun voorpoten op elkaars schouders en happen aan één stuk door.

De donkerbruine krijgt het oor van de andere, lichtere hond te pakken en schudt met zijn kop zonder los te laten. Ze komen weer op vier poten terecht, draaien samen in een kringetje rond, terwijl er bloed op de witte vloer stroomt.

De lichte hond jankt.

De buiken van de dieren bewegen snel op hun ademhaling.

De donkerbruine hond houdt vast, schudt zijn kop, rukt een stuk van het oor af en rent ermee weg.

De man naast Edgar lacht.

Met bonzend hart perst Edgar zich naar voren en opeens ziet hij Primus verderop in het depot. Hij herkent hem meteen aan zijn smalle gezicht, zijn slechte gebit en zijn lange grijze haar. Geen twijfel mogelijk, hij is de man van de foto's.

Hij draagt een rood leren jack en lijkt iets te bespreken met een kleinere man.

De trainers roepen, de honden blaffen opgewonden en gaan weer in de aanval.

De lichte valt en komt op zijn rug terecht, met de andere hond boven op zich.

Edgar ziet dat Primus de andere man een dikke envelop overhandigt en een paar briefjes terugkrijgt.

De donkerbruine hond grijpt de lichte bij de keel.

Het publiek juicht.

De lichte hond trilt en stribbelt paniekerig tegen, maar de kaken van de andere laten zijn keel niet los.

Edgar is zo geschokt dat hij tranen in zijn ogen krijgt als hij bij Primus probeert te komen.

Het rode leren jack is tussen de krioelende mensen door te zien.

Hij veegt zijn tranen af met zijn hand en bedenkt dat het niet heel moeilijk zal zijn om Primus in het gedrang van een zender te voorzien.

'Wat heb jij, verdomme?' vraagt een man met een baard en hij pakt hem bij zijn bovenarm.

'Niks,' zegt Edgar en hij kijkt in een beschonken blik.

'Het zijn maar honden,' zegt de man glimlachend.

'Sodemieter op,' antwoordt Edgar en hij trekt zich los.

'Weet je wat ze met mensen doen in...'

'Hou op,' kapt hij hem af en hij wringt zich langs hem heen.

'Soy boy,' hoort hij achter zich.

Primus staat er niet meer. Edgar laat zijn blik alle kanten op schieten en ziet dat hij op weg is naar buiten. Hij wringt zich langs iedereen heen, verontschuldigt zich en volgt het pad dat wordt vrijgemaakt als de dode hond door zijn trainer wordt weggesleept.

62

Als Edgar buiten in de nachtlucht komt, hoort hij in het zoutdepot opnieuw honden blaffen. Over de hele kade zijn mensen in beweging, naar de opgestapelde containers en rond de ingang van de grote hangar.

Hij krijgt Primus weer in het oog en loopt snel achter hem aan.

Een oudere man met een getatoeëerd hakenkruis op zijn voorhoofd drinkt Fanta uit een plastic fles, boert en veegt zijn hand af aan zijn buik.

Primus slaat een van de donkere paden tussen de containers in en Edgar volgt hem. De akoestiek verandert zo abrupt dat hij het gevoel krijgt dat zijn oren dichtzitten.

Het stinkt naar ontlasting en kots.

De rode, gele en blauwe metalen wanden rijzen vijftien meter hoog op.

Op een zijpad ziet Edgar een stuk of tien mannen in de rij staan voor een open container. Op een bed met een plastic overtrek ligt een naakte vrouw met een forse man boven op zich. Een andere vrouw in een korte lakrok wordt opgetild en weggedragen.

Een lange vrouw met een blonde pruik wankelt de vloer op met een condoom tussen haar benen.

De paardenstaart van Primus bonst bij elke stap op het rode leren jack. Na nog eens honderd meter door de smalle gang verdwijnt hij in een open container.

Edgar loopt erheen, aarzelt, maar gaat dan achter hem aan het donker in, schuifelt voorzichtig langs de ene wand en blijft staan.

Hij hoort vlakbij mensen bewegen en van verschillende kanten komen gedempte stemmen.

In de stilstaande lucht hangt een chemische rookgeur.

Een hangende stormlamp geeft een zwak bruin licht.

Als zijn ogen aan het donker gewend beginnen te raken, ziet hij dat er een stuk of tien personen tegen de wanden zitten of op de grond liggen.

Primus staat in de achterste hoek, tegenover een man met een gevlochten baard.

Edgar haalt een bankbiljet uit zijn zak, loopt langzaam over de vloer van onbewerkt multiplex en ziet dat Primus een plastic buisje koopt met iets wat waarschijnlijk freebase is.

De man met de gevlochten baard telt het geld nog eens na. Primus staat gestrest te trappelen en schuift een grijze lok achter zijn oor.

Edgar stapt over een slapende man heen en loopt naar Primus toe, doet alsof hij het bankbiljet van de grond opraapt en geeft het aan hem.

'Je liet deze vallen,' zegt hij.

'Hè? Oké, dank je. Tof,' zegt Primus en hij stopt het bankbiljet bij zich.

Edgar klopt hem op de rug en drukt het zendertje onder de kraag van het jack. Primus houdt het plastic buisje omhoog naar de stormlamp en gaat met opgetrokken knieën op de grond zitten met zijn rug tegen de wand.

Hij begint een glazen pijpje klaar te maken.

Onder de stormlamp staat een jongeman met trillende handen een kokertje van aluminiumfolie te maken.

Edgar kijkt van opzij naar Primus' magere gezicht, de rimpels op zijn wangen, het lange, piekerige haar over zijn schouders.

Primus trekt de rits van zijn jack omlaag, haalt een aansteker uit zijn binnenzak en buigt naar voren over de pijp.

Edgar ziet dat het zendertje omlaag is gegleden en van zijn jack dreigt te vallen.

Hij moet hem beter vastmaken en schuift nog wat dichter naar Primus toe.

Het water loopt Primus in de mond als hij de pijp van bovenaf met de aansteker verwarmt.

In de glazen kop vormt zich een kolkende dampwolk.

Hij leunt achterover en rookt.

Er stromen tranen over zijn wangen en opeens spant hij zijn kaken en worden zijn lippen wit. Hij begint gestrest in zichzelf te fluisteren en het pijpje trilt in zijn hand.

Edgar komt op zijn hurken naast hem zitten en legt een hand op zijn schouder.

'Hoe gaat het?' vraagt hij en hij drukt de zender stevig vast.

'Ik weet het niet,' antwoordt Primus terwijl hij de pijp opnieuw verwarmt. 'Nee, dit werkt niet, verdomme, neem jij hem maar.'

'Dank je, maar...'

'Snel, snel, het spul verdwijnt,' zegt hij ongeduldig en hij brengt de pijp naar Edgars mond.

Voordat Edgar over de consequenties kan nadenken, inhaleert hij de damp en hij ziet de glazen kop weer helder worden.

Het heeft meteen effect, zijn spieren worden zwaar en hij gaat naast Primus tegen de wand zitten.

Hij voelt de paniek opborrelen en bedenkt dat hij zich rustig moet houden, dat hij moet wachten tot de roes voorbij is voordat hij Joona gaat zoeken.

Een hevige euforie verspreidt zich van zijn tenen omhoog tussen zijn benen. Zijn penis wordt stijf, zijn hart gaat harder slaan en zijn lippen kriebelen.

'Ik slik een heleboel medicijnen,' legt Primus zachtjes uit. 'Als ik rook, knallen mijn hersenen soms gewoon uit elkaar en dan voel ik het trekken in mijn kaken...'

Edgar luistert naar zijn stem, zijn hoofd is kristalhelder en hij weet dat de geluksroes alleen door de drugs komt, maar toch glimlacht hij in zichzelf.

Zijn spijkerbroek zit strak om zijn bonzende lid.

In het donker wordt zachtjes gepraat.

Een vrouw met een heleboel dunne vlechtjes lacht naar hem.

Edgar houdt zijn hoofd achterover, doet zijn ogen dicht en voelt dat iemand zijn gulp openmaakt, een warme hand naar binnen steekt, zijn penis vastpakt en er zachtjes in knijpt.

Hij ademt trillend door zijn neus.

Zijn hart slaat sneller.

Het genot is zo overweldigend dat niets anders er nog toe doet.

Met zachte bewegingen gaat de hand op en neer.

Edgar opent zijn ogen, knippert ermee in het donker en ziet dat Primus vooroverbuigt om hem in zijn mond te nemen.

Hij duwt hem weg, staat wankelend op, trekt zijn broek op, knoopt hem dicht over de erectie en strompelt naar buiten.

Een razende angst om zichzelf kwijt te raken stuwt hem voort, ook al weet hij dat wat hij gaat doen verkeerd is.

Zijn benen trillen en zijn hartslag dreunt in zijn oren.

Edgar loopt snel door de gang, slaat het zijpad in, passeert de mannen die in de rij staan, loopt de container in en blijft voor een van de vrouwen staan. Haar bruine ogen zijn waakzaam en haar mondhoeken zijn ontstoken. Zonder iets te zeggen pakt hij haar bij de arm en trekt haar mee opzij.

'Je hebt nogal haast, zie ik,' zegt ze.

Hij geeft haar alle contanten die hij heeft, ziet nog hoe verbaasd ze kijkt als hij haar naar de muur draait, zijn handen onder haar korte lakrok steekt en de rode slip naar beneden trekt.

De erectie is bijna pijnlijk.

Met trillende handen maakt hij zijn spijkerbroek los en glijdt bij haar naar binnen.

Hij begrijpt zichzelf niet, hij wil dit niet, maar hij moet het gewoon doen.

De drug stroomt als ijswater door hem heen, alle haartjes gaan overeind staan, endorfines pulseren door zijn lijf.

Edgar stoot snel en snikt als hij ejaculeert. Het schokken en spuiten lijkt eindeloos door te gaan.

63

Joona gaat naast de man met de capuchon aan de bar staan, stoot hem per ongeluk aan en zegt sorry.

Het is Primus niet, maar een jongeman met een blonde snor en gepiercete wangen.

Joona neemt zijn plastic beker mee naar de boksring.

Twee mannen met littekens in hun gezicht en op hun bovenlichaam draaien om elkaar heen in het felle schijnwerperlicht.

Ze hebben beiden een gebroken flesje in hun hand.

De ene draagt een blauwe spijkerbroek en de andere een zwarte korte broek.

Ze zijn allebei heel afwachtend, ondanks de aanmoedigingen van het publiek. Hun pogingen aan te vallen lopen steeds op niets uit.

Een grote man met een kaalgeschoren hoofd en een getatoeëerde nek tikt Joona op de schouder. Hij draagt een groen T-shirt en een slobberige trainingsbroek.

'Pardon,' zegt hij vriendelijk. 'Ken je mij?'

'Misschien, ik weet het niet,' antwoordt Joona en hij richt zijn ogen weer op de boksring.

De man is ruim twee meter lang en zwaarder dan Joona. Zijn enorme armen zijn donkergroen van de tatoeages.

Joona weet wie hij is, hij wordt Ponytail-tail genoemd en maakte deel uit van de Broederschap in Kumla, maar werd net toen Joona daar kwam, naar Saltvik overgeplaatst.

'Ik weet zeker dat we elkaar eerder zijn tegengekomen,' zegt Ponytail-tail.

'Dat kan, ik weet het niet,' antwoordt Joona en hij kijkt de man weer aan.

'Hoe heet je?'

'Jyrki,' antwoordt Joona en hij kijkt hem aan.

'Ik word Ponytail-tail genoemd.'

'Dat zou ik hebben onthouden,' antwoordt Joona en als het publiek joelt, kijkt hij naar de wedstrijd.

De man in de zwarte korte broek geeft een hoge trap, maar de andere vangt zijn voet op met zijn vrije hand, slaat met de fles op zijn tenen en laat dan los.

'Tering, wat gek, je komt me zo bekend voor...'

Ponytail-tail loopt naar de bar, maar keert na een paar stappen om en komt terug.

'Kom je hier vaker?' vraagt hij.

'Niet vaak,' antwoordt Joona.

'Ik snap het niet, met mijn domme kop,' zegt hij glimlachend en hij krabt in zijn nek.

'Misschien lijk ik op iemand die...'

'Wacht, ik weet al waar ik je van ken,' valt Ponytail-tail hem in de rede.

'Ik moet weer door,' zegt Joona kort.

'Ik heb het bijna,' zegt hij en hij wijst naar zijn slaap.

Joona loopt naar de grote hangardeuren en ziet dat de bokser in de zwarte korte broek lange bloedsporen achterlaat in de ring.

Ponytail-tail loopt achter hem aan en pakt zijn arm vast. Joona draait zich met een harde blik om. De enorme man steekt verontschuldigend beide handen op met de handpalmen naar voren.

'Ik wil gewoon nog even naar je kijken, geef me een seconde,' zegt hij.

'Je maakt er wel een heel ding van.'

'Heb je in Göteborg gewoond?'

'Nee,' antwoordt Joona ongeduldig.

'Oké, sorry,' zegt de reus en hij maakt een lichte buiging, zodat de Thorshamer aan een ketting om zijn hals heen en weer schommelt.

Joona ziet dat hij zich omdraait en weer naar de bar loopt.

Het publiek rond de boksring gilt uitzinnig.

De beide mannen glijden langs de touwen. De man in de spijkerbroek krijgt een diepe snee in zijn hand als hij de fles van de ander wegduwt. Er stroomt bloed over zijn onderarm. Hij houdt vast en probeert zijn fles in het gezicht van de ander te stoten, maar mist telkens.

64

Laura probeert bij de boksring weg te komen. Een man slaat zijn getatoeëerde arm om haar schouders. Wat hij in haar oor fluistert, is niet te verstaan, maar ze kan de strekking wel raden.

Ze schudt zijn arm af. Haar ex-man zou haar eens moeten zien in haar leren broek en witte topje tussen al deze mannen, fantaseert ze. Waarschijnlijk zou hij niet eens opkijken van zijn telefoon, denkt ze dan.

Een jongeman valt recht achterover en knalt met zijn hoofd op de vloer van de ring. Het bloederige bitje vliegt uit zijn mond en komt in zijn haar terecht.

De toeschouwers gillen en jouwen hem uit.

De jongeman beweegt niet, ook al worden er lege bekers en afval naar hem gegooid. De secondant staat naast hem en helpt hem overeind. Hij lijkt niet te begrijpen waar hij is en zijn knieën knikken als hij probeert te lopen.

Laura heeft dik gewonnen bij de vorige wedstrijd en heeft haar hele winst op de jonge bokser ingezet. Ze kijkt nog eens op haar gokbriefje, verfrommelt het en gooit het op de grond. Ze wil bij de bar zien te komen om een nieuwe beker bier te halen en zich daarna bij het groepje mannen te voegen dat verderop in de hangar voor een monitor staat.

Laura wil zich net een weg naar de bar toe banen als ze door een lange man met wit haar wordt tegengehouden.

'Stefan Nicolic wil je een drankje aanbieden in de viproom,' zegt hij.

'Dank je, dat hoeft niet, ik ga zo weg,' antwoordt Laura.

'Hij wil met je kennismaken,' dringt de witharige man onvriendelijk aan.

'Oké, nou, gezellig.'

Laura loopt met de man mee door het publiek, houdt zich een forse man van het lijf en voelt zijn bezwete T-shirt tegen haar hand.

Een gezelschap wijkt uiteen als ze de witharige man dichterbij zien komen en geeft hun vrije doorgang naar een deur achter in de hangar.

Twee mannen met kogelwerende vesten en pistolen houden de wacht.

Laura voelt haar hartslag versnellen.

Ze heeft geen flauw idee wat Nicolic van haar wil.

De man toetst een code in en gaat naar binnen. Laura loopt achter hem aan een smalle trap op, met lampjes op elke tree.

Door een bloedrood kralengordijn komen ze in de viproom.

Gedimd geel licht glinstert in de donkerbruine leren fauteuils en in de lage salontafel met een groot vogelboek erop.

Er hangt een vreemde, ranzige lucht.

Stefan Nicolic staat voor een van de grote ramen naar de boksring en de krioelende mensenmassa te kijken.

Een slanke vrouw met een bijna bolrond kapsel staat naast een buffet met karaffen, glazen en een ijsemmer. Ze draagt glimmende zwarte sportkleren en zwarte badslippers. Met een witte doek poleert ze een glas.

'Hallo,' zegt Laura met een glimlach. De barvrouw reageert niet, ze gaat door met poleren en zet het glas dan bij de andere glazen.

Tegen de binnenmuur zit een steenarend in een enorme vogelkooi met dikke tralies. Het donkerbruine verenkleed is ruig en bijna onzichtbaar in het duister, maar de goudgele kop en de kromme snavel vangen wat licht op.

De gigantische vogel lijkt met zijn glanzende ogen alles te volgen wat er in de kamer gebeurt.

Als Stefan zich omdraait, ziet Laura dat hij een kijker met een groene plastic behuizing in zijn hand houdt.

Zonder iets te zeggen loopt hij naar de zithoek en zet de kijker op tafel.

Hij ziet eruit alsof hij nachten niet heeft geslapen, hij heeft wallen onder zijn ogen en zijn mond is slap.

Zijn grijzende haar is kortgeknipt, zijn neus is een paar keer gebroken geweest en hij heeft meerdere littekens op zijn wang.

'Gaat het goed?' vraagt hij en hij kijkt Laura aan.

'Ja, zeker... of misschien niet heel goed na de wedstrijd van daarnet,' antwoordt ze met een knikje naar het raam.

'Ik heb jou hier nog niet eerder gezien.'

'Nee?'

'Ik heb een feilloos geheugen voor gezichten.'

'Je hebt gelijk, ik ben hier voor het eerst,' zegt Laura en ze glimlacht.

'Neem plaats.'

'Dank je.'

Laura gaat zitten en kijkt naar de felverlichte boksring beneden en naar de donkere mensenstromen in de hangar.

'Ik stel me altijd even voor aan de mensen die in het begin geld verliezen,' zegt Stefan. 'Ik bedoel... De mensen denken weleens dat de wedstrijden doorgestoken kaart zijn, maar dat is niet zo, echt niet, we verdienen veel geld, wat de uitkomst ook is.'

Stefan zwijgt, kijkt de barvrouw aan, steekt snel twee vingers op en gaat dan wijdbeens in de fauteuil tegenover Laura zitten.

'Maar als je kijk hebt op de sport, kun je hier als een rijk man vandaan gaan...'

Zonder haast schenkt de barvrouw whisky uit een karaf in twee tumblerglazen, doet er met een tang ijsklontjes in en sodawater uit een sifon.

Aan de lamp boven de salontafel hangen twee dolken aan leren riemen. Ze rinkelen bij elke luchtbeweging.

'Voor de hanengevechten,' zegt Stefan, die Laura's blik heeft gevolgd.

'Oké,' zegt Laura verbaasd.

'Je bindt ze als sporen aan hun poten vast.'

De barvrouw komt met een uitgestreken gezicht bij de tafel staan, geeft het ene glas aan Stefan en het tweede aan Laura.

'Dank je.'

'Je kunt hier veel winnen,' gaat Stefan verder. 'Dat heb je gezien, maar de meeste spelers verliezen bij vlagen. En daarom lenen we geld uit... de rente is hoog, dat zeg ik er meteen bij – dus ik raad een lening met een ultrakorte looptijd aan: morgen of overmorgen terugbetalen.'

'Ik zal erover nadenken,' antwoordt Laura en ze proeft van de whisky.

'Doe dat.'

Stefan legt zijn rechtervoet op zijn linkerknie en laat het glas op zijn enkel rusten. De pijpen van zijn spijkerbroek zijn van onderen rafelig en versleten.

De lijfwacht met het witte haar wijst naar Laura en tuit zijn lippen.

'Ik mag haar niet,' zegt hij rustig.

'Hoort zij misschien bij die lafbekken die bij mij thuis zijn geweest?' vraagt Stefan.

'Nee, ze lijkt me iemand van de narcoticabrigade, misschien van de veiligheidsdienst... ze heeft een klein budget om mee te spelen, maar leent niets, en gebruikt geen drugs.'

Het publiek rond de boksring gilt opeens zo hard dat de ruiten ervan rinkelen. Stefan pakt zijn kijker van tafel en kijkt wat er gebeurt.

'René heeft zijn laatste geld verloren,' zegt hij kort.

'Zal ik hem gaan halen?' vraagt de lijfwacht.

'Doe maar.'

'Oké,' zegt de lijfwacht en hij verlaat de viproom.

Zonder Laura een blik waardig te keuren zet Stefan de kijker weer op de salontafel, hij pakt zijn glas en drinkt het leeg. De barvrouw schenkt een nieuw glas whisky in met ijs en sodawater.

De grote vogelkooi rammelt als de arend zich verplaatst om het beter te kunnen zien. Er verspreidt zich een geur van dood. Op de bodem van de kooi ligt een wirwar van dunne botjes, bedekt met poep.

Stefan zet zijn glas op tafel en pakt het nieuwe aan. De vrouw neemt het lege glas mee en keert geruisloos terug naar haar plaats.

'Vroeger hadden we rondemissen in bikini, maar na MeToo kan dat niet meer,' mijmert hij.

Het zwarte T-shirt spant om zijn buik, zijn leesbril hangt aan de halsboord.

'Bedankt voor de borrel,' zegt Laura en ze zet het glas voorzichtig op tafel. 'Ik ga beneden mijn laatste geld verspelen en…'

'Nog niet,' valt Stefan haar in de rede.

65

Stefan Nicolic tilt zijn hand een heel klein stukje op om Laura duidelijk te maken dat ze moet blijven zitten als er voetstappen en stemmen klinken op de trap. De kleine dolken onder de lamp rinkelen weer.

'Dat zal me een rotzorg zijn,' zegt de lijfwacht als hij met een slungelige veertiger in een geruit jasje en op bruine schoenen de viproom binnenkomt. De man heeft dun haar en ziet bleek.

'Door Jocke ben ik achteruit gekacheld, maar ik zal hém laten kachelen, twee keer zo erg, misschien wel drie keer...'

'Hou nou je kop,' onderbreekt de lijfwacht hem.

Stefan staat op, loopt naar de koelkast achter de bar en haalt er een dode duif uit die aan een dun kettinkje zit en hangt hem voor de arend in de kooi. De grote vogel maakt een kri-kri-achtig geluid en begint met zijn snavel in het kadaver te hakken.

'Ik betaal morgen,' fluistert de man. 'Dat beloof ik, morgen heb ik het geld.'

'We hadden vandaag afgesproken,' zegt de lijfwacht.

'Ik kan er niets aan doen, ik zou vandaag mijn salaris krijgen, maar dat komt morgen, door Jocke ben ik achteruit gekacheld en...'

De man zwijgt abrupt als de lijfwacht hem een klap in het gezicht geeft. Hij doet een stap opzij, knippert een paar keer met zijn ogen en gaat met zijn hand naar zijn wang.

'Dat deed gemeen zeer,' zegt hij. 'Maar nu heb ik mijn lesje geleerd, ik...'

'Waar blijft mijn geld?' vraagt Stefan met zijn rug naar hem toe.

'Dat krijg je morgen, ik kan mijn baas bellen,' zegt de man en hij pakt zijn mobiel. 'Jij kunt met hem praten.'

'Te laat.'

'Nee, het is niet te laat, één dag, verdomme, kom op, je weet wie ik ben.'

'Het moet nu gebeuren,' zegt Stefan en hij draait zich om.

Laura ziet dat de man zijn telefoon wegstopt en in zijn jasje zoekt, zijn portemonnee tevoorschijn haalt en er met trillende handen een paar foto's van zijn vrouw en kinderen uit pakt.

'Doe niet zo dramatisch,' zegt Stefan.

'Ik wil alleen dat je naar mijn gezin kijkt.'

'Een kogel en vijf lege kamers.'

'Wat?' De glimlach van de man verbrokkelt.

Stefan haalt een revolver uit een bureaula, opent hem en laat de patronen in zijn hand vallen, legt vijf ervan in een etui en duwt de laatste in een van de kamers.

'Toe nou, Stefan,' fluistert de man.

'Zie het als een kankerdiagnose. Drieëntachtig procent kans op overleven is best een goede prognose... en de behandeling is razendsnel.'

'Ik wil niet,' fluistert de man als Stefan hem de revolver geeft.

'Volgens mij dringt de ernst nu wel tot hem door,' zegt Laura hard.

'Bek houden,' zegt de lijfwacht.

De slungelige man staat met de revolver in zijn rechterhand. Alle kleur is uit zijn gezicht verdwenen en er drupt zweet van het puntje van zijn neus.

'Pas op voor de arend,' zegt Stefan.

De lijfwacht pakt hem bij de schouders, draait hem een kwartslag, stapt dan opzij, pakt zijn telefoon en filmt hem.

'Doe het nu,' zegt hij.

De revolver trilt in de hand van de man als hij hem op zijn slaap richt. Hij ademt snel en de tranen lopen over zijn wangen.

'Ik kan het niet, alsjeblieft, ik betaal met rente, ik...'

'Doe het gewoon, dan is het klaar,' zegt Stefan.

'Nee,' zegt de man huilend en hij laat het wapen weer zakken.

De lijfwacht zucht, stopt de telefoon in zijn zak en pakt hem het wapen af.

'Jij moet het doen,' zegt Stefan tegen Laura.

'Ik ben hier niet bij betrokken,' probeert ze.

'Dat zou een smeris zeggen,' zegt de lijfwacht en hij steekt haar het wapen toe.

'Ik ga niet iemand doodschieten die mij niets heeft gedaan.'

'Hij stelt niets voor, het is een rat die hasj en speed verkoopt,' zegt Stefan.

'Kutsmeris,' zegt de lijfwacht.

Het ruist in Laura's hoofd en ze voelt de misselijkheid bovenkomen uit haar maag als ze het zware wapen aanpakt van de lijfwacht.

'Dus jullie willen dat ik een onbenullig dealertje afknal om te bewijzen dat ik geen smeris ben – terwijl smerissen dat volgens mij nou juist doen,' zegt ze met droge mond.

Stefan lacht goedkeurend en wordt dan weer ernstig.

'Zet de loop tegen zijn voorhoofd en...'

'Ik schiet hem in zijn knie,' probeert Laura.

'Ik schiet jóu in je knie als je niet doet wat Stefan zegt,' zegt de lijfwacht.

De vrouw achter de bar staat er doodstil en met neergeslagen ogen bij.

De gedachten schieten door Laura's hoofd als ze de revolver op de bange man richt. Het gele licht glinstert in het doffe metaal.

'Doe het niet,' smeekt de man. 'Goede God, doe het niet... Morgen heb ik het geld, jullie krijgen het morgen, dat beloof ik.'

Laura laat het wapen zakken en bedenkt dat ze de lijfwacht misschien kan neerschieten, maar als ze pech heeft, klikt het wapen vijf keer voordat het zover is.

'Kutsmeris,' zegt de lijfwacht luid.

Laura brengt de revolver langzaam weer omhoog en ziet haar vinger om de trekker, de wit geworden vingertop.

Ze krijgt een duw in haar rug van de lijfwacht.

Stefan houdt zijn hand voor het oor dat het dichtst bij de revolver is.

Laura's hart klopt in haar keel als ze de loop tegen het voorhoofd van de man zet.

Zijn ogen zijn wijd open en er loopt snot over zijn trillende mond.

Laura haalt de trekker over.

De trommel draait en de haan slaat met een scherpe klik neer.

De kamer is leeg.

De man valt op zijn knieën, huilt luid en slaat zijn handen voor zijn gezicht.

Voordat Laura de trekker overhaalde, meende ze een koperen glans te zien tussen het frame van de revolver en de trommel.

In dat geval zat het patroon in de derde kamer.

Laura weet dat ze er helemaal niet zeker van was dat ze dit had gezien, het was maar een glimp, misschien een reflectie van de gele lamp boven de bank.

Ze twijfelde al toen ze de trekker overhaalde, maar had iets nodig om zich aan vast te klampen, omdat ze geen andere uitweg zag dan gehoorzamen.

Ze heeft nog geen idee wat dit moment met haar heeft gedaan. Het enige wat ze nu voelt is een innerlijke leegte.

'Zorg dat ik mijn geld morgen heb,' zegt Stefan en hij pakt het wapen uit Laura's trillende hand.

'Dat beloof ik,' fluistert de man.

Laura ziet dat Stefan de revolver in de bureaula wegsluit en bedenkt dat ze een wapen moet hebben, dat ze zich moet kunnen verdedigen als dit zo doorgaat.

De lijfwacht trekt de man overeind en neemt hem mee naar het kralengordijn. Ze hoort hem nog huilen als ze de trap aflopen.

Stefan slentert naar de badkamer; de slanke barvrouw volgt hem zonder een woord te zeggen en doet de deur achter hen op slot.

Laura staat op, pakt een van de kleine dolken vast die aan de lamp boven de tafel hangen en probeert het leren riempje los te maken waaraan hij vastzit. De knopen zijn hard. Ze trekt en verliest haar grip, de dolken rinkelen tegen elkaar en de hanglamp draait in het rond.

Het licht schiet langs de muren en ramen.

De wc wordt doorgespoeld.

Ze vangt de dolken weer op en snijdt het leren riempje met een ervan door.

Ze probeert de lamp stil te houden, maar haar handen trillen nog steeds.

Het slot van de badkamerdeur rammelt.

Laura gaat zitten en stopt de ene dolk in haar laars.

Stefan komt naar buiten en de barvrouw keert terug naar haar plaats.

Het licht van de lamp schommelt langzaam boven de tafel.

'Als je geld wilt lenen, dan kan dat dus,' zegt Stefan en hij gaat met de kijker voor het raam staan, zoals hij ook stond toen Laura binnenkwam.

'Ik reken erop dat ik ga winnen,' antwoordt Laura en ze staat op.

Als ze geen antwoord krijgt, loopt ze naar het kralengordijn. De arend is de enige die naar haar kijkt als ze de viproom verlaat.

66

De rij voor de screening van het Adelaarsnest is nog veel langer geworden. Joona staat aan de bar bier te drinken uit een plastic beker en probeert de gezichten te zien van de mensen die de hangar binnenstromen. Hij denkt weer na over het gesprek tussen Primus en Caesar dat Martin had gehoord. Misschien wist Primus dat Martin luisterde en zette hij een val, zodat Martin erheen zou gaan om Jenny te redden. Dan zou hij vingerafdrukken achterlaten en gefilmd worden door beveiligingscamera's. Primus had er niet op gerekend dat Martin verlamd zou raken van angst.

Het zou mooi zijn als ze Martin konden overhalen zich nog eens te laten hypnotiseren; hij had veel meer gezien dan hij had kunnen vertellen.

Joona's gedachten worden onderbroken als hij ziet dat Edgar naar hem toe komt. Zijn wangen zijn vuurrood en hij heeft kippenvel op zijn armen als hij aan de bar gaat staan.

Zijn handen bewegen snel en schokkerig als hij in zijn zakken naar een filmframe zoekt en dat aan de barkeeper geeft.

'We hebben hem,' fluistert Edgar en hij likt zijn lippen. 'Ik heb hem gevonden en hem een zender opgedaan.'

'Primus?'

'Hij viel er bijna af, maar ik heb hem weer vastgedrukt.'

Edgar drinkt grote slokken bier, zet de beker op de bar en veegt zijn mond af met zijn hand.

'Hoe gaat het met je?'

'Goed... of ik weet niet, ik heb die hondengevechten gezien, het was krankzinnig, ik moest ervan overgeven, ik ben een beetje van slag,' zegt hij veel te snel.

‘Blijf hier,’ antwoordt Joona rustig. ‘Ik probeer Primus mee naar buiten te krijgen.’

‘Nee, het is geen probleem, ik ga mee, natuurlijk ga ik mee.’

‘Je kunt beter hier blijven om de uitgang in de gaten te houden,’ houdt Joona vol.

‘Oké, ik sta hier,’ zegt Edgar en hij krabt hard over zijn wang.

‘Ik zie het signaal – goed werk,’ zegt Joona, nadat hij op zijn telefoon heeft gekeken.

‘Hij draagt een rood leren jack,’ roept Edgar hem na en hij begrijpt dat hij zich vreemd gedraagt.

Joona verlaat de bar en loopt om de boksring heen, waar twee vrouwen aan het vechten zijn. De ene krijgt een high kick in het gezicht en slaat hard terug, ze raakt de hals en wang van haar tegenstandster, waarna ze beiden in de touwen vallen.

Volgens de zender bevindt Primus zich aan de verste kant van de containerhaven.

Joona loopt met de stroom mee door de open hangardeuren naar buiten, het omheinde kadegebied op.

Het is nog steeds warm buiten.

De nachthemel heeft zich verdicht en lijkt een opaliserende vloeistof.

Een dronken man staat tegen de deur van een dixie te plassen.

In het zoutdepot verderop klinken gejaagde kreten.

Joona volgt het signaal en loopt de gesloten stad van kleurige containers in. Drie- of vierhoog opgestapeld vormen ze raamloze blokken met straten en smalle steegjes.

In alle richtingen bewegen mensen.

Opengebroken plastic capsules, gebruikte condooms, lege pillenstrips, snoepzakjes en flessen liggen overal op de grond.

Joona kijkt op zijn telefoon en ziet dat Primus zich heeft verplaatst.

Hij slaat een steegje in.

Voor een rode container staan twee mannen druk met elkaar te praten.

Ze zwijgen allebei als Joona hen passeert, ze wachten even en zetten dan het gesprek op zachtere toon voort.

Joona komt uit op het open kadegebied, kijkt weer op zijn telefoon en begrijpt dat Primus terug is gegaan naar het zoutdepot.

Witte wielsporen komen bij elkaar als een pijlpunt die naar de open deur wijst.

Joona ziet mensen uitwijken voor een man die een gewonde vechthond naar buiten draagt.

Er loopt bloed op zijn broek en op de witte grond.

De zoutkristallen knarsen onder Joona's schoenen als hij zich een weg baant naar binnen.

Een hond gromt en blaft hees.

De luidspreker knettert en een stem deelt mee dat het volgende gevecht over een kwartier begint.

Een bookmaker loopt rond door het publiek en neemt inzetten op.

Joona volgt met zijn blik de ene lange kant van de hangar en vangt aan de andere kant van de ruimte een glimp op van een rood jack.

Hij dringt naar voren en krijgt een klap op zijn arm als een groep luidruchtige mannen bij de arena probeert te komen.

Het ruikt naar verschaald bier en zweet.

Een forse pitbullterriër beweegt onrustig in een van de benches.

Een jongeman probeert de steile zouthelling op te klimmen, maar glijdt weer naar beneden.

Joona moet om de omheinde arena heen zien te komen voordat de volgende wedstrijd begint.

Hij stapt net over een berg zout, als iemand hem bij de arm pakt.

De grote man die Ponytail-tail wordt genoemd kijkt hem met opengesperde ogen aan. Zijn beide neusgaten zijn zwart van gestold bloed.

'Ben je monteur?' vraagt hij.

'Nee, maar denk...'

Ze worden allebei opzijgeduwd door een golf die door het publiek gaat. Een man verderop schreeuwt agressief.

'Het laat me verdomme niet los,' zegt Ponytail-tail en hij staart Joona aan.

'Je kunt niet iedereen onthouden.'

Opeens krijgt Joona Primus in het oog, aan de andere kant van de arena. Hij staat te praten met een man die nijdig tegen het dranghek schopt.

'Ik kom er zo op, dat weet ik.'

'Tenzij je me verwart met...'

'Nee, dat is niet zo,' valt Ponytail-tail hem in de rede en hij staart Joona aan.

Een trainer in legerkleding heeft een zwarte hond uit de kooi gehaald; hij trekt zo hard aan de riem dat zijn blaffen gesmoord klinkt.

Joona ziet dat Primus het gesprek heeft beëindigd en naar de uitgang loopt.

'Ik moet gaan.'

Joona wendt zich af en voelt een harde duw en daarna een brandende pijn in zijn zij. Hij kijkt omlaag en ziet dat Ponytail-tail schuin van achteren een mes in zijn romp heeft gestoken.

'Ik heb je in Kumla gezien... Jij bent de smeris die...'

De enorme man trekt het korte mes eruit en probeert nog eens te steken, maar Joona weet zijn arm weg te houden. Ze worden achteruitgeduwd in het gedrang. Ponytail-tail houdt Joona's T-shirt vast en stoot het mes naar voren.

'Sterf, vuile...'

Joona draait zijn bovenlichaam en slaat recht tegen het strottenhoofd van de man. Ponytail-tail zwijgt abrupt en wankelt achterover, wordt opgevangen door twee mannen en wijst hoestend naar Joona.

Mensen staan in een kring om hen heen.

De wond bezorgt hem een hevig bonzende pijn. Joona voelt aan de binnenkant van zijn broek warm bloed over zijn bovenbeen lopen.

Hij kijkt om zich heen naar iets om mee te slaan en zet een stap naar voren. Zijn rechterbeen weigert meteen dienst, hij valt op zijn heup en vangt zich op met zijn hand.

De grote man schudt bloed van het lemmet en komt rochelend dichterbij.

De blik van Ponytail-tail is star, hij is bereid een heleboel pijn te lijden voor een kans om het mes er nog eens in te rammen.

Joona gaat op één knie zitten, komt overeind en schuurt met zijn rug langs het dranghek.

Ponytail-tail loopt recht op hem af, hij houdt zijn linkerhand voor Joona's gezicht om zijn andere hand te verbergen en doet dan een uitval.

Joona ontwijkt het lemmet door rond te draaien en stoot in dezelfde beweging met zijn elleboog tegen de nek van de man. Hij zet zijn hele lichaamsgewicht erachter. De kracht van de treffer is enorm. Ze buitelen samen over het dranghek en komen in de arena van de vechthonden op de grond terecht.

Joona rolt door en staat op.

Zijn rechterheup en rechterbroekspijp zijn donker van het bloed.

Zijn gezichtsveld is vernauwd.

Hij ziet Primus niet meer.

Het publiek duwt tegen het dranghek, er wordt geschreeuwd en met bekers gegooid.

Ponytail-tail staat hoestend op, houdt zijn hand voor zijn keel en kijkt naar het mes.

De zwarte vechthond blaft en trekt zo hard aan zijn riem dat zijn trainer naar voren wankelt.

Joona voelt dat zijn krachten het begeven.

Zijn schoen zit vol met bloed. Hij sopt erin als hij loopt.

Hij weet dat hij snel een ziekenhuis moet zien te bereiken.

Ponytail-tail wijst met het mes naar Joona, maar kan geen woord uitbrengen. Hij komt dichterbij en tekent met het glanzende lemmet een liggende acht in de lucht.

Joona moet om hem heen zien te komen, zijn shirt tot aan de hals omhoogtrekken en het zo hard aandraaien dat de bloedtoevoer naar de hersenen wordt gestopt.

Ponytail-tail maakt een schijnbeweging en stoot met het mes, Joona glijdt weg, maar voelt dat hij te langzaam is. Het lemmet verandert van richting en Joona moet het met zijn arm blokkeren. Het scherpe mes maakt een diepe snee boven op zijn onderarm.

De vechthond rukt zich los.

Joona schreeuwt van de pijn als hij een snoekduik maakt onder het mes door, Ponytail-tails beide benen van de grond trekt en hem op zijn rug gooit.

De hond rent naar hen toe met de riem achter zich aan. Hij maakt een sprong en bijt Ponytail-tail in zijn arm, trekt hem mee en schudt met zijn kop zonder los te laten.

Joona valt naast het hek, pakt een van de spijlen vast om zich daaraan op te trekken, tilt zijn hoofd op en krijgt Laura in het oog, die zich tussen de omstanders door naar hem toe wringt.

De grote man rolt op zijn rug en steekt net zo vaak met het mes in de nek van de hond, totdat hij loslaat.

Joona probeert op te staan, maar valt weer, hij is aan het eind van zijn krachten. Hij verliest veel te veel bloed en zijn hart klopt razendsnel.

'Joona, Joona!'

Laura is bij de vloer gekomen, ze duwt zich naar voren en geeft hem door het hek heen een kleine dolk met een leren riempje.

Joona pakt hem aan en staat op, hij is zo zwak dat hij bijna niet op zijn benen kan staan. Hij steunt met zijn ene hand op het hek, probeert de dolk beter vast te pakken, maar raakt hem kwijt en hoort hem langs de metalen spijlen ratelen.

Ponytail-tail strompelt naar hem toe, zijn ene arm is opengereten en er druppelt bloed van zijn hand.

'Vuile smeris,' sist hij en hij slaat zijn bebloede hand om Joona's nek.

Joona probeert weerstand te bieden, maar Ponytail-tail duwt het mes dichter naar zijn lichaam toe; hun spieren trillen, terwijl de punt van het lemmet langzaam tussen twee ribben naar binnen gaat.

De pijn is eigenaardig ver weg.

Joona ziet de dolk glinsteren op de grond en hij realiseert zich dat hij het leren riempje nog vasthoudt.

Het publiek joelt en een paar delen van het dranghek vallen om.

Er loopt bloed langs het lemmet van het mes en over Ponytail-tails hand.

Joona trekt aan de leren veter en ziet de kleine dolk meebewegen. Die komt in een glinsterende boog omhoog en hij vangt hem met dezelfde hand.

Het publiek schreeuwt uitzinnig.

Joona probeert Ponytail-tail tegen te houden en stoot tegelijkertijd met zijn laatste krachten de dolk door zijn voorhoofdsbeen.

Er klinkt geroezemoes en dan wordt het doodstil rond de arena.

Ponytail-tail zet twee stappen naar achteren.

Zijn lippen zijn opeengeperst en zijn getatoeëerde hals is gespannen.

De dolk zit diep in zijn voorhoofd.

De lange leren veter schommelt voor zijn gezicht.

Hij begint spastisch met zijn ogen te knipperen, tilt zijn ene hand op en valt dan recht achterover.

Er klinkt een harde bons als het grote lichaam de grond raakt. Het droge zout waait om hem heen op.

De toeschouwers gillen, slaan met de handen op het dranghek en wuiven met wedbriefjes.

Joona strompelt weg met zijn hand stevig in zijn zij.

Hij ademt snel en hijgend.

Het bloed pulseert tussen zijn vingers door.

Hij vangt een glimp op van Primus' rode jack, dat achter een havenkraan verdwijnt. De rode kleur wordt verdubbeld, groeit en spat voor zijn ogen uiteen.

Joona loopt om de grote shovel heen en voelt dat zijn hart te hard werkt om de bloeddrukdaling te compenseren.

Laura haalt hem in en Joona slaat zijn arm om haar schouders voor steun, terwijl ze bij het zoutdepot weglopen.

'Waarschuw het evacuatieteam,' zegt Joona hijgend. 'Zeg dat ze mij moeten oppikken bij het Duitse roroschip.'

'Je gaat dood als je niet meteen medische hulp krijgt.'

'Geen nood, ik red me wel... Jij moet Edgar zoeken en jullie moeten hier allebei zo snel mogelijk weg.'

'Weet je het zeker?'

Ze blijven staan en Joona probeert zijn hand nog steviger tegen de diepe wond in zijn zij te duwen.

'Hij wacht in de bar bij de uitgang,' zegt Joona en hij zet zich in beweging. 'Hij is high en heeft hulp nodig om hier weg te komen...'

Het is nog steeds erg warm, maar het is bewolkt geworden en kranen en aken liggen in een grijze schemering.

Joona strompelt in de richting van het rode jack.

De lantaarn vooraan op het roroschip werpt een wiegend licht over twee gestalten op de kade.

Primus is in gesprek met een jongere man die een sporttas van bruin kunstleer in zijn hand houdt.

Joona moet even blijven staan om zijn snelle ademhaling weer in het gareel te krijgen en loopt dan op hen af.

'Mooie wedstrijd,' zegt Primus als hij Joona ziet.

Joona zegt niets, maar stoot met beide handen tegen zijn borstkas. Primus stort achterover van de kade en valt in het donkere water, dat in een witte golf omhoog spat.

De jongeman met de tas stapt verward opzij.

Joona beweegt door naar voren en duikt van de kant. Hij ziet zijn eigen golvende spiegelbeeld op zich afkomen, waarna hij door het oppervlak breekt en in het koude water verdwijnt. Hij draait zich om terwijl hij zinkt, vangt door kolkende bellen en bloed heen een glimp op van Primus en krijgt zijn haar te pakken.

Het geluid van een dubbele buitenboordmotor dreunt onder water. Joona trapt met zijn benen en keert weer om naar boven.

67

Haar onderhemd is nat op de rug, het zweet stroomt tussen haar borsten door en drupt van het puntje van haar neus. Mia kijkt naar de deur en kauwt langzaam op het brood. Kim scheurt een stuk van het gedroogde vlees af en legt de rest terug in de trog.

'Je moet alles opeten,' zegt Blenda voor de derde keer.

Ze probeert voor hen te zorgen, ze zegt dat ze hun tanden moeten poetsen met hooi en hun haar moeten kammen met hun vingers, en ze laat hen lange stukken van de brieven aan de Korinthiërs uit het hoofd leren.

Soms moet Blenda oma met andere karweitjes helpen dan het graven van de bunker, zoals de Perzische tapijten naar buiten brengen en kloppen.

Ze heeft zelfs geoefend met vrachtwagen rijden.

Kim is de bangste van hen, ze heeft verteld van een meisje dat vermoord is omdat ze dorst had en een ander meisje dat in het gashok is gedood.

Gisteren zijn Mia en Kim tijdens het luchten helemaal naar de vrachtwagen aan de bosrand gelopen. Oma hield hen aldoor in de gaten. Achteraan op het erf lag een oud stuk golfplaat van een dak. Het was roestig en gebarsten op de plek waar zich door de jaren heen natte bladeren hadden verzameld.

Mia had gezien dat je er stukken af zou kunnen breken, waar je perfecte shivs van kon maken.

Vandaag had ze Kim weer meegetrokken naar de vrachtwagen.

Oma en Blenda waren was aan het ophangen aan de lijnen tussen de langhuizen.

Mia hoorde oma's norse aanwijzingen en Blenda's vriendelijke antwoorden. Het grind knerpte onder hun schoenen.

'We gaan terug,' zei Kim.

'Ik wil alleen even ergens naar kijken,' antwoordde Mia.

Ze kwamen in de schaduw onder de bomen, roken de geur van olie van de vrachtwagen en bleven staan. Mia trapte op de dakplaat en keek achterom naar de langhuizen. Een wit laken bolde op in de zachte wind.

'Wat doe je?' vroeg Kim gestrest.

Mia ging op één knie zitten, trok een stuk metaal los, stopte het in haar schoen en probeerde nog een stuk van de grote plaat los te wrikken.

Kim was bang en probeerde haar overeind te trekken, maar ze stribbelde tegen en ging door met wrikken.

In de barst kwamen roestige vlokken los.

De waslijn kraakte aan zijn haak toen er een nieuw laken aan werd gehangen.

Het stuk metaal brak af en Mia stopte het snel in haar schoen, ze stond op, klopte haar knie af en liep bij de dakplaat weg.

Mia kan niet gewoon zitten wachten totdat ze gered wordt, ze weet dat niemand haar mist.

Nu eet ze het laatste hapje van haar portie op, ze raapt een maïskorrel van de grond, stopt die in haar mond en gaat dan verder met haar werk.

Onder haar legerjas slijpt ze het metaal langzaam en methodisch tegen het beton.

Mia heeft geprobeerd het met de anderen over vluchten te hebben, maar Kim is te bang en Blenda lijkt te geloven dat alles beter zal worden. Ze zegt dat ze binnenkort terug zullen zijn in het woonhuis en dan weer schone kleren en gouden sieraden zullen mogen dragen.

'We gaan hier dood als we niets doen,' zegt Mia met gedempte stem.

'Je snapt het niet,' zegt Blenda zuchtend.

'Ik snap dat een oude vrouw ons allemaal onder de duim houdt en ik weet dat ze geen kans heeft als we samenwerken.'

'Niemand gaat met jou samenwerken,' antwoordt Kim zacht.

'Maar met zijn drieën kunnen we oma makkelijk overmeesteren,' zegt Mia. 'Ik weet precies hoe we dat moeten doen.'

'Ik wil het niet horen.'

Mia zwijgt en bedenkt dat ze Blenda en Kim zal kunnen overhalen haar te helpen als de ijzeren messen klaar zijn.

Ze zal hun leren hoe ze in de buik of de hals moeten steken, in de zachte lichaamsdelen.

Je steekt minstens negen keer en telt hardop, zodat het goed te horen is.

Mia spuugt op de grond, legt haar legerjas over het ijzeren lemmet en gaat door met slijpen. In het langhuis klinkt een langzaam raspend geluid.

'Hou daarmee op,' zegt Blenda.

'Heb je het tegen mij?' vraagt Mia.

'Hou op met schrapen of wat je ook doet.'

'Ik hoor niets,' zegt Mia en ze gaat door.

Het slijpen zal een paar dagen duren en als de metalen stukken scherp en puntig zijn, zal ze stof in repen scheuren, die natmaken en stevig om het handvat wikkelen.

Kim en zij zullen hun dolk onder hun kleren verstoppen en tijdens de volgende luchtpauze de kabelbinder doorsnijden. Ze blijven daarna elkaars hand vasthouden en houden hun wapen verborgen. Blenda moet het moment kiezen waarop ze oma's stok afpakt. Dan moeten Mia en Kim meteen uit elkaar gaan en oma van voren en van achteren aanvallen.

Ieder negen diepe stoten en dan pas stoppen.

Als oma dood is, wassen ze zich en zetten ze alle kooien open, ze nemen water en de hond mee en lopen samen over de weg.

Dan kan niemand hen meer tegenhouden.

Nu trillen Mia's handen van inspanning, ze zuigt op haar geschaafde vingertoppen, ze verstopt de stukken metaal zorgvuldig, kruipt naar Kim toe en slaat haar arm om haar schouders.

'Ik weet dat je bang bent,' fluistert ze. 'Maar ik leer je precies wat je moet doen, ik beloof dat ik voor je zal zorgen, je gaat naar je ouders, je gaat weer handballen en...'

Ze zwijgt als ze een auto het erf op hoort rijden en stoppen. De hond blaft opgewonden en Mia denkt dat ze gevonden zijn, dat de politie onderweg is, maar als ze ziet dat Blenda haar gezicht wast met haar laatste water en haar haar fatsoeneert, begrijpt ze dat het Caesar is.

De sluitboom wordt eraf gehaald, de deur gaat open en oma sleept een matras het langhuis in. Het is donker buiten, maar het licht vanaf het erf glinstert in scharnieren en beslag.

'Ik wil niet, ik wil niet,' jammert Kim zacht en ze duwt haar vuisten tegen haar ogen.

Mia probeert haar te kalmeren en houdt intussen oma in de gaten. Ze draagt een geruit flanellen shirt en een slobberige spijkerbroek. Het doorgroefde gezicht met de scherpe neus is somber.

Het grote amulet schommelt tussen haar borsten als ze naar binnen strompelt.

Geïrriteerd schuift ze de zinken teil opzij om plaats te maken voor de matras.

Kim kruipt bij Mia vandaan en verstopt zich in de achterste hoek.

Oma loopt naar de andere kooi en wijst naar Raluca, die meteen naar het deurtje glijdt en naar buiten klimt. Haar lange vlecht zit vol met strootjes. Haar blote voeten komen onder de vuile zoom van haar lange rok uit. Ze gaat op haar rug op de matras liggen. Oma doet een vloeistof op een lap en houdt die voor haar mond en neus totdat ze het bewustzijn verliest.

De deur waait langzaam open en vanaf het erf valt licht het langhuis binnen.

Oma's huid is ruw en haar schouders en nek zijn stevig, ze heeft dikke onderarmen en grote handen.

Ze pakt Raluca bij de kin, kijkt misnoegd naar haar en richt zich dan op met behulp van de stok.

'Kom er maar uit,' zegt ze tegen Kim.

'Ik wil niet, ik ben misselijk.'

'We hebben onze plichten.'

Oma maakt een bleekgele punt vast in een gleuf op het uiteinde van de stok. Het lijkt wel een kleine slagtand.

Ze kijkt ernaar tegen het licht van buiten en richt dan haar smalle ogen op Kim.

'Niet doen, alsjeblieft, niet steken... Ik kom eruit en dank God, ik neem de lap wel, ik zal stil liggen,' smeekt Kim en ze schuift naar de zijkant van de kooi.

Oma steekt de stok tussen de tralies door, stoot hem naar voren en steekt Kim met de punt hard in de schouder.

'Au, verd...'

Kim wrijft over haar schouder en krijgt bloed aan haar vingertoppen.

'Kom er nu maar uit,' zegt oma en ze haalt de punt van de stok.

Kim kruipt naar het deurtje van de kooi, klimt naar buiten en loopt wankelend over de vloer. Ze maakt een hikkend geluid als ze haar best doet om niet te huilen. De deur van het langhuis gaat piepend dicht en het wordt weer donkerder.

'Ga liggen.'

Mia durft nauwelijks adem te halen. Ze zit doodstil in het duister en ziet dat Kim met één hand tegen de tralies van de kooi leunt, ze lijkt heel zwak. Vervolgens zakt ze op haar knieën op de matras, gaat op haar zij naast Raluca liggen en wordt rustig en slap.

Oma zucht geïrriteerd terwijl ze de meisjes hun rok, broek en ondergoed uittrekt en hen recht op de matras legt.

Ze staat op en gaat weg.

De deur zwaait open en het licht valt op de beide jonge vrouwen die met ontbloot onderlijf, vies en mager, naast elkaar liggen.

De hond blaft, buiten klinken voetstappen en rammelend valt er iets in de kruiwagen.

Er klinken stemmen, een boze man die op oma moppert.

'Wat heb ik fout gedaan?' roept hij. 'Je geeft ze alles, je doet wat je moet doen, je...'

'Het ligt niet aan jou,' probeert oma te zeggen. 'Het komt...'

'Ik slacht ze allemaal af als het ze niet zint,' kapt Caesar haar af.

Zijn voetstappen komen dichterbij over het grind en oma strompelt achter hem aan.

'Ze zijn hier voor jou, ze zijn helemaal van jou, echt, ze zijn dankbaar en trots...'

De deur wordt opengerukt en Caesar komt binnen, hij gooit de machete op de grond en loopt naar de bewusteloze meisjes op de matras.

'Jullie moesten eens weten hoe mooi jullie zijn,' zegt hij schor.

De scharnieren piepen, Caesar draait zijn hoofd om en in het licht van buiten vangt Mia een glimp op van zijn geheven kin en zijn bleke lippen.

Als hij zich omdraait, glinstert de bril op zijn donkere gezicht.

Mia schuift zachtjes opzij, zodat het licht haar niet kan bereiken als de deur nog eens opengaat. Ze duikt ineen en denkt aan de messen die nog steeds te bot zijn om te gebruiken.

Caesar gaat op zijn knieën zitten en rolt Kim van de matras zonder naar haar te kijken.

De deur gaat open en het licht vanaf het erf stroomt over de betonnen vloer als hij Raluca's benen spreidt.

Als Caesar ziet dat haar bovenbenen plakkerig zijn van het bloed, duwt hij haar weg en staat op.

'Oké, ik begrijp het, maar dit treft niet alleen mij,' zegt hij tussen snelle ademhalingen door. 'Ik kan mijn kruis wel dragen, ik kan baden en rein worden...'

Hij spuugt op Raluca en veegt zijn mond af met de rug van zijn hand.

'Jullie denken slim te zijn en mij van mijn stuk te kunnen brengen, dat weet ik,' zegt hij. 'Maar dat gaat niet lukken, zo werkt het niet.'

Mia durft niet te zeggen dat Raluca buikpijn had gehad, maar dat niemand wist dat ze ongesteld was geworden.

'Konden we maar weer samen in het huis wonen,' zegt hij grimmig.

Voordat de deur dichtgaat, ziet Mia in het laatste licht dat hij de machete van de vloer pakt.

Het is moeilijk te begrijpen wat er gebeurt.

'Maar als ik jullie vergeef, denken jullie dat de wet geen gezag heeft,' zegt Caesar.

Er valt weer een streepje licht naar binnen en Mia ziet dat hij Raluca bij de haren pakt en haar hoofd naar achteren trekt.

'Jullie willen dit zo,' zegt hij en hij legt de kling tegen haar hals. 'Of wil iemand met Raluca ruilen?'

Het bloed gutst uit de diepe snee. Het spat met een kletterend geluid tegen de zijkant van de grote zinken teil.

Mia slaat haar hand voor haar mond om niet te gillen, ze knijpt haar ogen stijf dicht, haar hart bonst in haar borst. Hij heeft de kling langs haar keel gehaald, hij heeft haar vermoord omdat ze ongesteld was.

Mia kan het niet bevatten.

De machete valt kletterend op de grond.

Haar hartslag dreunt in haar oren.

Als Mia weer kijkt, ligt Caesar boven op Kim.

De matras zuigt Raluca's bloed op en wordt aan één kant donker.

Kim is zich er niet van bewust dat hij haar verkracht, maar ze wist dat het zou gebeuren en ze zal de pijn in haar onderlichaam voelen als ze wakker wordt.

68

Joona herinnert zich slechts flarden van wat er is gebeurd nadat hij in het donkere water was gesprongen. Toen de commando's van Speciale Operaties hem en Primus in hun RIB trokken, was hij bijna bewusteloos. Het was alsof hij aan de rand van een afgrond balanceerde. Ze brachten hem snel over het water naar de warmtekrachtcentrale, waar op dat moment een traumahelikopter landde.

Een team van chirurgen en anesthesisten wachtte in het Karolinska Ziekenhuis. Er waren geen vitale organen geraakt, maar de bloeding was traumatisch en levensbedreigend. Hij bevond zich in het vierde en ernstigste stadium van hypovolemische shock. Weefsel en beschadigde bloedvaten werden geligeerd en de buikholte werd gedraineerd, hij kreeg een forse bloedtransfusie en werd behandeld met kristalloïden en factorpreparaten.

De volgende dag loopt Joona alweer door de gang, maar na een halfuur moet hij terug naar zijn bed.

Gisteravond heeft hij Valeria gebeld in Rio de Janeiro. Haar zoon had die nacht een dochter gekregen. Ook al zei hij er niets over, Valeria begreep dat hij gewond was en vroeg of ze naar huis moest komen.

'Nee, maar ik kan wel naar Brazilië komen als je hulp nodig hebt met de baby,' zei hij.

Joona heeft net geluncht als er op de deur wordt geklopt en Margot en Verner binnenkomen met blauwe schoenhoesjes aan hun voeten.

'We mochten geen bloemen meenemen naar de afdeling,' zegt Verner spijtig.

'Laura en Edgar hebben allebei opgezegd – en jij ziet eruit alsof ik je een pak slaag heb gegeven,' zegt Margot.

'Maar we hebben Primus gevonden,' zegt Joona en hij kijkt haar aan.

'Goed werk,' zegt ze en ze knikt.

'En ik heb hem mee naar buiten genomen.'

'Ongelooflijk,' mompelt Verner.

'Wat zei ik je, Margot?' vraagt Joona zonder zijn ogen van haar af te wenden.

'Wat bedoel je?'

'Jij geloofde niet dat...'

'Jawel, hoor, ik heb toestemming gegeven voor...'

'Margot,' valt Verner haar kalm in de rede.

'Wat willen jullie?' vraagt ze glimlachend.

'Wie had gelijk?' vraagt Joona.

'Jij had gelijk,' zegt ze en ze laat zich op de bezoekersstoel zakken.

*

De hittegolf die van het Europese vasteland is gekomen, blijft boven Zweden hangen. In het hele land heerst een verbod op open vuur en het grondwaterpeil is gevaarlijk laag. Er wordt over hitterecords en extreem weer gesproken, maar de Zweden zijn stiekem blij met de warme zomerdagen.

Joona steunt op de Naald als ze het ziekenhuis uit lopen.

De witte leren zittingen van de Jaguar zijn gloeiend heet en de airco buldert als regen op een metalen dak.

De Naald helpt Joona met het vastmaken van de veiligheidsgordel, start vervolgens de auto en draait over de vluchtheuvel heen naar de juiste rijbaan.

'Als kind kreeg ik eens een beer die kon brommen,' vertelt de Naald. 'Ik heb er drie dagen tegen gevochten, maar toen heb ik de buik opengemaakt en het apparaatje eruit gehaald.'

'Hoe kom je daar ineens op?' vraagt Joona met een glimlach.

'Dat heeft niet met jou te maken, jij ziet er heel gewoon uit,' verzekert de Naald hem en hij zet het grote licht aan.

Joona moet denken aan toen Lumi klein was. Een tijdlang had ze op de vraag waarover ze had gedroomd steevast 'een speelgoedbeer' geantwoord. Waarschijnlijk hadden Summa en hij de eerste keer zo positief gereageerd dat ze aan dat antwoord vasthield.

De Naald slaat af naar het Sankt Göran Ziekenhuis, zet zijn auto met de voorwielen op het trottoir en toetert naar iemand dat hij aan de kant moet gaan.

Joona bedankt voor de lift en stapt met een zucht van pijn uit de auto. Langzaam loopt hij naar ingang 1, blijft in het trappenhuis even staan om op adem te komen en neemt dan de lift naar de psychoseafdeling.

Toen de commando's Primus Bengtsson uit het water hadden getrokken, beweerde hij dat hij een vechthond was en hij probeerde iedereen om hem heen te bijten.

Na overleg met de officier van justitie hadden ze hem naar het Sankt Göran Ziekenhuis gebracht en twee agenten in burger voor de deur gezet.

Joona stapt uit de lift en meldt zich bij de receptie.

Een paar minuten later komt hoofdpsychiater Mike Miller hem halen.

'Je hebt Primus gevonden,' constateert Mike.

'Ja,' antwoordt Joona. 'Hoe gaat het met hem?'

'Beter dan met jou.'

'Mooi.'

'Zal ik bij het verhoor komen zitten?'

'Nee, dank je, dat is niet nodig,' antwoordt Joona.

'Primus wil heel graag zelfverzekerd overkomen, maar hij is een sneu en kwetsbaar mens, hou daar rekening mee.'

'Ik doe wat ik moet doen om levens te redden,' antwoordt Joona.

Ze lopen door gangen, passeren gesloten glazen deuren en lege huiskamers, totdat ze bij de bezoekkamer komen.

Joona groet de twee agenten die voor de deur staan en laat aan een van hen zijn politiepas zien.

Mike Miller toetst een code in, opent de deur en laat Joona naar binnen gaan. Het is schemerig in de kamer, de lucht is koel en het ruikt naar handgel.

Tegen de muur staat een plastic bak met oud speelgoed.

Rond een kleine eettafel met een gebloemd zeil staan vier stoelen. Op een ervan zit Primus Bengtsson. Hij heeft zijn haar in een staart en draagt een zacht jeansoverhemd over zijn spijkerbroek.

Zijn gegroefde gezicht is suf, zijn ogen zijn halfgesloten en zijn mond hangt open. Verderop in de kamer zit een verzorger op de armleuning van de bank op zijn telefoon te kijken.

Joona loopt naar de tafel toe, trekt een stoel uit en gaat tegenover Primus zitten.

Ze kijken elkaar een hele poos aan.

Joona start de opname, noemt zijn naam, de datum en het tijdstip en vertelt dan wie er aanwezig zijn in het vertrek.

'Oké, maar ik wil niet met hem worden geassocieerd. Die vent met zijn belachelijk kleine handjes,' zegt Primus met een gebaar naar de verzorger. 'Kijk naar hem, wie wil er nou met hem naar bed? Dat is simpele biologie... Tachtig procent van alle vrouwen hunkert naar de bovenste twintig procent van de mannen, de knapste, de succesvolste... En aangezien de vrouwen de dienst uitmaken in deze wereld, worden de meeste mannen bedrogen of moeten ze het helemaal zonder stellen.'

Joona bedenkt dat hij gebruik moet maken van Primus' narcistische overmoed. Dit is niet het moment voor ethische overwegingen. Het onderzoek is versmald tot een speer, die recht door Primus heen naar Caesar wijst.

'Je werkt voor Stefan Nicolic,' zegt Joona.

'Werken? Ik leef van de restjes en de botjes die op de grond vallen.'

'We hebben je geld zien afleveren aan de gasten.'

Primus likt zijn dunne lippen en kijkt Joona rustig aan. Zijn lichtgroene ogen lijken op het water van een ondiep meer.

'Bij grote winsten moet Stefan erbij zijn... en dan ben ik daar als loopjongen, ik ben tenslotte familie en hij vertrouwt me...'

'Ook al heb je contact met Caesar?'

'Ik weet niet waar je het over hebt, ik dacht dat je een soort narcoticasmeris was.'

'We onderzoeken de moord op Jenny Lind,' vertelt Joona rustig.

'Oké, moet ik daar iets van vinden?' vraagt Primus en hij krabt aan zijn voorhoofd.

'Ze is op de speelplaats in het Observatorielunden vermoord.'

'Ik heb nooit een Caesar ontmoet,' zegt hij en zonder met zijn ogen te knipperen kijkt hij Joona doordringend aan.

'Wij denken van wel.'

'Kijk naar jezelf,' zegt Primus met een gebaar naar de wandspiegel. 'Als je hier weggaat, keer je je rug naar de spiegel en tegelijkertijd keert je spiegelbeeld jou de rug toe... Maar Caesar kan dat achterstevoren, zijn spiegelbeeld loopt met de rug naar de spiegel toe en opeens is hij in de kamer.'

'We weten dat je met hem hebt gesproken – en we weten dat je wist dat Jenny Lind vermoord zou worden.'

'Dat wil toch niet zeggen dat ik het gedaan heb, of wel?' vraagt hij met een glimlach.

'Nee, maar het maakt jou wel tot hoofdverdachte en dat is genoeg om jou in hechtenis te nemen.'

Primus' ogen glimmen en zijn wangen blozen. Het is te merken dat hij van de aandacht geniet.

'In dat geval hoef ik geen woord meer te zeggen totdat ik een advocaat heb.'

'Je bent goed op de hoogte, dat is mooi,' complimenteert Joona hem en hij staat op. 'Ik ga meteen juridische bijstand regelen als je hulp nodig denkt te hebben.'

'Nou, ik voer toch liever mijn eigen verdediging,' zegt Primus en hij leunt achterover op zijn stoel.

'Als je maar weet dat je recht hebt op bijstand.'

'Ik ben mijn eigen advocaat en ik antwoord welwillend op vragen, maar ik zal natuurlijk niets zeggen wat negatieve gevolgen kan hebben voor mijn zus of mij.'

'Wie heeft Jenny Lind vermoord?'

'Dat weet ik niet, maar ik was het niet, dat is niet mijn ding, want ik hou van meisjes... Ik bedoel, ik zeg geen nee tegen echte hardcore en soms heb ik vet veel piemels, maar serieus... Ik snap niet waarom ik een meisje zou ophangen aan een stalen kabel, als een haaienvisser in Havana.'

'Wie heeft het dan gedaan?'

Primus kijkt hem met een triomfantelijke blik aan. Het puntje van zijn tong is tussen zijn lippen te zien.

'Weet ik niet.'

'Je zus is als de dood voor Caesar,' gaat Joona verder.

'Hij is Saturnus, die iedereen in zijn omgeving opeet... En hij heeft gezegd dat hij haar zal ophijsen aan het plafond en haar armen en benen zal afzagen.'

'Waarom?'

'Waarom wil Leopold een koninkrijk?' zegt Primus en hij wrijft over zijn hals. 'Hij is een darwinist, een Chad, een patriarch uit het Oude Testament...'

Primus zwijgt, staat op, gaat voor het raam staan en kijkt een poosje naar buiten, waarna hij terugkeert naar zijn stoel.

'Hoe heet Caesar van zijn achternaam?' vraagt Joona.

'Dat heeft hij nooit gezegd. En als hij het wel had gezegd, zou ik het om eerdergenoemde redenen nooit vertellen,' zegt hij en hij begint onrustig met zijn ene been te wippen. 'Of ga je mij in de armen nemen en me beschermen als hij komt?'

'Je kunt getuigenbescherming krijgen als je gevaar loopt.'

'Honing op een mespunt,' zegt Primus.

'Je zegt dat je Caesar nooit hebt ontmoet – maar je hebt hem wel gesproken.'

'Aan de telefoon.'

'Belt hij jou?'

'We hebben een telefooncel op de afdeling,' antwoordt Primus.

'Wat zegt hij?'

'Hij vertelt waar hij hulp bij nodig heeft... en hij herinnert me eraan dat de Heer me ziet... en dat hij tijdens een operatie een camera in mijn hersenen heeft aangebracht.'

'Waar heeft hij hulp bij nodig?'

'Daar kan ik geen antwoord op geven zonder dat het negatieve gevolgen voor me krijgt... Het enige wat ik kan zeggen is dat ik foto's voor hem heb gemaakt.'

'Waarvan?'

'Ik heb een gelofte van zwijgen afgelegd.'

'Van een meisje uit Gävle, Mia Andersson?'

'Speculatie,' zegt Primus en hij steekt een wijsvinger op.

'Wanneer heeft hij je voor het eerst gebeld?'

'Deze zomer.'

'En wanneer voor het laatst?'

'Eergisteren.'

'Wat wilde hij toen?'

'Ik beroep me op artikel 6 van het Europese Verdrag van de Rechten van de Mens.'

'Wat voor stem heeft Caesar?'

'Zwaar, enorm,' antwoordt hij en hij krabt onder zijn jeanshemd op zijn borst.

'Heeft hij een accent?'

'Nee.'

'Hoor je weleens iets op de achtergrond?'

'Een begrafenistrom zou wel passend zijn, maar...'

Primus zwijgt, kijkt naar de deur als er iemand over de gang loopt en trekt dan aan het elastiekje van zijn paardenstaart.

'Waar woont hij?'

'Dat weet ik niet, maar ik stel me een paleis of een landgoed voor, met grote zalen en salons,' zegt hij en hij bijt op zijn duimnagel.

'Heeft hij gezegd dat hij op een landgoed woont?'

'Nee.'

'Is Caesar op deze afdeling opgenomen geweest?'

'Hij wordt niet opgenomen als hij dat zelf niet wil... Hij heeft verteld dat hij in een eersteklascoupé uit Auschwitz is weggereden. Als een koning,' zegt Primus en hij krijgt kippenvel op zijn armen.

'Wat bedoel je met Auschwitz?'

'Ik heb Tourette en zeg een heleboel dingen die niet bij elkaar horen.'

'Is Caesar in Säter opgenomen geweest?'

'Waarom vraag je dat?' vraagt Primus met een bibberig lachje.

'Omdat er een treinspoor naar de forensisch psychiatrische kliniek van Säter liep, recht het terrein op, omdat ze een eigen crematorium hadden, omdat...'

'Dat heb ik niet gezegd,' valt Primus hem in de rede en hij staat zo heftig op dat de stoel omvalt. 'Daar heb ik geen woord over gezegd.'

'Nee, maar kun je knikken als ik...'

'Hou je kop! Ik ga niet knikken!' schreeuwt hij en hij slaat met zijn hand op zijn voorhoofd. 'Je gaat me niet stiekem dingen tegen mijn zin laten zeggen.'

'Primus, wat is er?' vraagt de verzorger en hij komt moeizaam overeind.

'We laten je niet stiekem dingen doen,' gaat Joona verder. 'Je maakt zelf de juiste keus als je vertelt wat je weet.'

'Wil je alsjeblieft stoppen met...'

'En niemand kan... niemand kan het je kwalijk nemen als je aan jezelf denkt,' valt Joona hem in de rede.

'Je mag tegen niemand zeggen dat ik met jou heb gepraat, daar geef ik geen toestemming voor,' zegt Primus met trillende stem.

'Oké, maar dan moet ik weten...'

'Niets meer!' schreeuwt hij.

Primus loopt naar het raam en beukt een paar keer met zijn voorhoofd tegen het glas, wankelt achterover en grijpt het gordijn vast om zijn evenwicht te bewaren.

De verzorger slaat alarm en loopt erheen.

Primus valt en trekt de hele gordijnroede mee. Die komt ratelend op de grond neer en het stof stuift op rond het gordijn.

'Kun je opstaan, dan kan ik naar je kijken,' probeert de verzorger.

'Blijf van me af,' zegt Primus.

Hij weert de verzorger met één hand af, terwijl hij gaat staan. Uit een wond op zijn voorhoofd stroomt bloed over zijn gezicht.

'Dat flik je me niet,' zegt hij en hij wijst naar Joona. 'Ik heb niks gezegd, ik heb jou helemaal niks verteld...'

De deur gaat open en er komt een tweede verzorger binnen.

'Hoe gaat het hier?' vraagt hij.

'Primus is wat onrustig,' antwoordt zijn collega.

'Dat flik je me niet,' mompelt hij. 'Dat flik je me niet...'

De tweede verzorger haalt Primus bij Joona weg en brengt hem naar de bank.

'Hoe gaat het met je?' vraagt hij.

'Ik word aan een kruis genageld...'

'Luister, je hebt al Haldol gekregen, maar ik kan je nog tien milligram Zyprexa geven,' zegt de verzorger.

69

Primus wordt wakker in zijn bed met een mond vol speeksel en het gevoel dat zijn tong gezwollen is. Hij slikt en denkt aan hoe hij de inspecteur heeft gemanipuleerd. Hij heeft zijn eigen verdediging gevoerd en de waarheid verteld, maar die op geniale wijze versleuteld.

Het was net Boolos' logische raadsel.

Niemand kan het oplossen.

Maar toen kwam de inspecteur de kamer in, deed zijn ogen dicht, gokte en trok per ongeluk de juiste kaart.

Geen probleem.

Hij weet vrij zeker dat niemand heeft gemerkt dat hij in verlegenheid raakte.

Het is allemaal goed gegaan, ook al heeft hij iets te lang geslapen vanwege de spuit in zijn bil. Hij moet opschieten, voordat Caesar boos en ongeduldig wordt. Hij zal doen wat hij moet doen, maar hij heeft geen idee van de diepere bedoeling van de opdracht.

De ene hand weet niet wat de andere doet.

Het maakt Primus niet uit dat de Profeet hem hulpje, slaaf of vleesvlieg noemt – want Caesar zegt dat hij in een mooi huis zal wonen en zijn eigen vrouwen en bijvrouwen zal mogen kiezen uit een hele berg maagden.

Of een lange stoet, dat was het misschien.

De Profeet wilde Caesar niet helpen en mag lekker in zijn schamele rijtjeshuis in Täby kyrkby blijven wonen en sparen voor een sekspop.

Primus steekt zijn voeten in zijn slippers en probeert naar de deur te kijken, maar ziet in plaats daarvan het plafond met vochtvlekken rond de sprinkler.

Door de medicijnen rollen zijn ogen vanzelf omhoog.

Hij knippert stevig met zijn ogen en ziet opeens de vloer en de deuren weer.

Hij loopt snel naar de wc, spuugt een mond vol speeksel in de wastafel, stopt zijn hand in de stortbak en haalt de schaar eruit die hij uit het kantoortje van psychiatrie heeft gestolen.

Hij gaat op zijn buik voor de deur naar de gang liggen en kijkt naar buiten.

Er zit een agent op de stoel voor de deur.

Primus ligt stil naar zijn ademhaling te luisteren, zijn vingertoppen over de telefoon, geluidjes van appjes en likes.

Ruim een uur later staat de agent op en loopt naar de wc's.

Primus gaat naar zijn bed en drukt snel op de alarmknop. Een minuut later rammelt het slot en een nachtzuster genaamd Nina komt de kamer in.

'Primus, hoe is het?'

'Ik denk dat ik een allergische reactie op de medicijnen heb, mijn hoofd jeukt en ik heb moeite met ademhalen.'

'Laat me even naar je kijken,' zegt ze en ze komt naar het bed.

Hij heeft nog niet echt besloten wat hij zal doen, maar hij pakt met zijn ene hand haar dunne pols vast en trekt haar naar zich toe.

'Laat mijn arm los,' zegt Nina.

Hij staat op en ziet nog net haar ongeruste gezicht voordat zijn ogen omhoog rollen. Opeens ziet hij alleen nog de lelijke lamp met de grijze plastic kap.

'Geen kik,' fluistert hij en hij duwt de schaar tegen haar hals.

'Doe dit niet.'

Zijn ogen zakken weer naar haar hoogte en hij ziet dat hij met het ene blad van de schaar in haar wang heeft gestoken.

'Ik knip je neus eraf en neuk je als een varken, zodat het bloed uit je snuit spat.'

'Primus, rustig, we lossen...'

'Ik moet hier weg, snap je,' sist hij en hij ziet dat er druppels van zijn speeksel in haar gezicht spatten.

'We kunnen morgen met je behandelaar praten en...'

Primus pakt een sok van het bed en stopt die in haar mond. Hij staart naar haar gezicht, de gespannen lippen en de gerimpelde kin, hij prikt met de punten van de schaar in haar wenkbrauwen en neus.

'Ik merk het telkens als je binnenkomt,' zegt hij. 'Je wilt me zo ontzettend graag, maar je durft niet, je denkt dat je de regels van de afdeling moet volgen, maar telkens weer ruik ik de geur van je kloppende kut, als die wijd wordt en glad...'

Hij spuugt op de grond, draait haar om, zet de schaar tegen haar hals en stuurt haar naar de deur.

'Nu gaan we,' fluistert hij. 'Als je meegaat, zal ik je alles geven, ik kan je dagenlang dragen op mijn pik.'

Ze komen in de lege gang met nachtverlichting langs de vloer. Hij loopt achter Nina, houdt haar arm vast en duwt de schaar tegen haar hals.

Tijdens het lopen rollen zijn ogen naar boven en hij ziet de tl-buizen aan het plafond.

Nina blijft staan en hij begrijpt dat ze bij de eerste deur zijn aangekomen.

'Haal je pasje erlangs, toets de code in...'

Hij knippert heftig met zijn ogen en ziet haar weer. Haar handen trillen als ze de lichtgevende knopjes aanraakt.

Hij komt dichter bij haar staan en knijpt met zijn vrije hand in haar borst.

Er klinkt een zoemer en ze lopen de volgende gang in, langs de huiskamer, naar de onbemande receptie.

Hij trekt haar mee naar de nooduitgang, loopt de trap af naar de begane grond en komt aan de achterkant naar buiten. Eerst ziet hij alleen de zwarte hemel en hij loopt tegen een bloembak aan. Hij laat Nina los en knippert een paar keer met zijn ogen totdat de gebouwen, de lantaarnpalen en de steegjes weer tevoorschijn komen.

'Ga je mee?' vraagt hij. 'Het wordt een groot avontuur...'

Nina stapt opzij en trekt de sok uit haar mond. Hij gooit de schaar aan de kant, spuugt en probeert naar haar te lachen. Ze staart hem met grote ogen aan en schudt haar hoofd.

'Hoer,' zegt hij en hij rent weg.

70

Het is weer een snikhete dag geweest. Pas om acht uur 's avonds koelde het een beetje af.

Sinds vanmiddag rommelt het onweer al in de verte.

Magda en Ingrid zijn vijftien, ze gaan in augustus allebei naar dezelfde middelbare school in Valdemarsvik en hebben geen vakantiewerk kunnen vinden.

Doordat ze niks te doen hebben en door de hittegolf lijkt de tijd net zo langzaam te gaan als toen ze klein waren.

Ze hebben bij Magda thuis gegeten. Haar vader grilde het vlees op de barbecue en daarna zaten ze met zijn drieën om de witte kunststof tafel op het terras achter het rijtjeshuis te eten: kipspiesjes, aardappelsalade en chips.

Het is na negenen als Magda en Ingrid naar het bosgebied achter het voetbalveld lopen, waar Magda's oranje kano op de kant ligt. Ingrid duwt hem het water in en houdt hem stil, terwijl Magda erin stapt en achterin gaat zitten.

De modder van de helling wordt omgewoeld tot een grijze wolk.

Ingrid gaat op het voorste bankje zitten en duwt de kano af.

Ze keren en peddelen het riviertje op, dat door een diepe geul langs het dorp kronkelt.

Alleen het zachte plonzen van de peddels en het tikken van de sprinkhanen langs de oever is te horen.

Ingrid denkt aan haar oudere zus, die in mei met haar vriend naar Örebro is verhuisd. Ze moest huilen toen haar zus zei dat ze nooit meer terug zou komen.

De grote bomen die over het water hangen, vormen een portaal van verzadigd groen. Ze stoppen allebei met peddelen en glijden geruisloos over het schaduwrijke water.

De lichte avondhemel komt knipperend tussen de bladeren boven hen door.

Magda laat haar vingers door de lauwe rivier slepen.

Het is de derde keer dat ze laat op de avond naar het Byngarenmeer peddelen. Het gemeentelijke zwemstrand werd gesloten toen een aantal jaren geleden de lozingen van de fabriek bekend werden.

Je kunt geen aardappelen, groenten, paddenstoelen of vis uit Gusum eten. De gehaltes zware metalen, arsenicum en pcb's in de bodem en in het water zijn extreem hoog.

Maar Magda en Ingrid vinden het fantastisch om een heel meer voor zichzelf te hebben. Ze kanoën naar het enige eilandje, roken een sigaret en zwemmen naakt in het spiegelgladde water.

'Ik wíl lichtgevend worden,' zegt Magda altijd.

Ze laten het groene portaal achter zich. De ronde voorplecht van de kano snijdt door het langzaam stromende water.

Ze peddelen de donkere tunnel onder de snelweg in en horen de echo van het water tegen het vochtige beton.

Magda stuurt naar rechts om het roestige winkelwagentje te ontwijken dat net bij de monding tussen twee rotsblokken vastzit.

Ze komen de tunnel uit.

Het hoge gras op de oever strijkt langs de zijkant van de kano.

'Wacht,' zegt Ingrid en ze peddelt achteruit zodat de voorplecht naar de kant draait.

'Wat is er?'

'Zie je die tas? Daar boven,' wijst Ingrid.

'Nou ja, zeg.'

Tussen de jonge boompjes op de glooiing naar de snelweg ligt een zwarte Pradatas.

'Die is zo nep als maar kan,' zegt Magda.

'Boeie,' zegt Ingrid en ze stapt op de kant.

Ze pakt het touw dat aan de voorplecht gebonden zit, slaat het om een berk heen en klimt omhoog naar de tas.

'Wat stinkt hier zo?' vraagt Magda, die achter haar aan loopt.

Een zwaar voertuig dendert voorbij over de weg en de takken van de boom bewegen in de windvlaag.

Rond een bosje jonge berken en stoffige brandnetels zoemen duizenden vliegen.

Ingrid pakt de tas, houdt hem omhoog naar Magda en glijdt weer naar beneden.

Magda loopt naar het bosje waar de vliegen zoemen. Tussen de droge struiken liggen drie zwarte vuilniszakken. Ze pakt een tak van de grond en prikt ermee in de dichtstbijzijnde.

Er wervelt een wolk van vliegen op, die een verschrikkelijke stank meenemen.

'Wat doe je?' roept Ingrid van onder aan de helling.

Magda maakt met de stok een scheur in het plastic, zet de stok er schuin in en maakt het gat groter. Honderden maden stromen als een witte drab op de grond.

Haar hart bonst.

Magda houdt haar hand voor haar mond en maakt nog een grote scheur in de zak. Ze kermt als ze de afgezaagde arm ziet en de hand met gelakte nagels.

71

Pamela en Martin zitten nog in de keuken, ook al zijn ze klaar met eten. De bakjes van de glasnoedelsalade, de garnalen en de loempia's staan nog op tafel.

Martin draagt alleen een kaki pantalon en het zweet staat in zijn nek. Hij kijkt naar Pamela, die haar glas water op tafel zet. Het licht van de kaars beweegt over haar gezicht, rode schaduwen van haar haar schommelen over haar wang.

Als ze zich naar hem toe keert, slaat hij snel zijn ogen neer.

'Heb je je tas al ingepakt?' vraagt ze.

Hij schudt zijn hoofd zonder op te kijken.

'Ik wil geen elektroshocks meer,' antwoordt hij en hij kijkt of er echt niemand in de hal staat.

'Dat snap ik heel goed, maar Dennis denkt dat het goed voor je is. Ik kan wel meegaan als je je zorgen maakt.'

Er gaat een golf van angst door hem heen, hij schuift zijn stoel naar achteren, laat zich op de grond glijden en verstopt zich onder de tafel. Er zijn geen woorden voor de leegte die de elektriciteit achterlaat, het is een soort paniekerige honger naar iets onbekends.

'Je moet nu gewoon helemaal beter worden... Van alle mensen die een ECT-behandeling ondergaan wordt bijna de helft volledig symptoomvrij. Ze worden beter, moet je je voorstellen,' zegt ze.

Hij kijkt naar de aardbeirode stof van de jurk op haar knieën en naar haar blote, gebruinde voeten met rode nagels.

Ze pakt de kaars, komt bij hem onder de tafel zitten en kijkt hem met haar lieve ogen aan.

'En je bent veel meer gaan praten sinds de behandeling.'

Hij schudt zijn hoofd en bedenkt dat het door de hypnose komt.

'Zal ik je afdeling bellen om af te zeggen?'

Hij slikt moeizaam, wil antwoorden, maar de brok in zijn keel maakt dat onmogelijk.

'Zeg iets, alsjeblieft.'

'Ik wil hier blijven, dat kan ik wel aan...'

'Dat denk ik ook.'

'Mooi,' fluistert hij.

'Ik weet dat je bang wordt als ik je naar de speelplaats vraag, maar dat moet ik wel doen, het gaat om Mia,' zegt ze. 'Jij bent daar geweest en toen je thuiskwam heb je Jenny Lind getekend.'

Martin probeert zijn angst weg te slikken en zichzelf voor te houden dat de jongens niet echt bestaan. Maar zijn brein herhaalt nog eens dat ze geprovoceerd worden door namen. Ze willen de naam hebben om die in een grafsteen te kerven of waar dan ook.

'Martin, praten is niet gevaarlijk,' zegt ze en ze legt haar hand op zijn arm. 'Dat moet je begrijpen, iedereen doet het en er gebeurt niets.'

Hij kijkt naar de hal en ziet een snelle beweging achter Pamela's regenjas aan de kapstok.

'Ik moet weten of het door de jongens komt dat je niets vertelt, of dat je het echt niet meer weet vanwege de ECT-behandeling.'

'Ik weet het niet meer,' zegt hij.

'Maar doe je wel je best?'

'Ja, echt wel.'

'Maar je bent daar geweest, je moet alles hebben gezien, je weet wie Jenny Lind heeft vermoord...'

'Nee,' zegt hij met stemverheffing en hij krijgt tranen in zijn ogen.

'Oké, sorry.'

'Maar toen ik gehypnotiseerd was begon ik dingen te zien...'

Het was net of er zojuist een felle lamp was uitgegaan en hij in het donker met zijn ogen stond te knipperen, bedenkt hij. Toen Erik Maria Bark hem vroeg te vertellen wat hij zag, had hij het gevoel dat zijn ogen zich begonnen aan te passen, maar net toen hij contouren begon te onderscheiden kwam hij op de een of andere manier vast te zitten.

'Ga door,' fluistert Pamela.

'Ik wil nog eens naar die hypnotiseur,' zegt Martin en hij kijkt haar in de ogen.

72

Pamela zet de etensresten in de koelkast en maakt dan haar beha los onder haar jurk. Ze is net bezig hem door het ene armsgat te trekken als de bel gaat.

'Dat is Dennis,' zegt Pamela. 'Ik kon hem niet bereiken, hij denkt dat hij jou naar de afdeling moet brengen.'

Ze neemt haar beha mee en gooit hem de slaapkamer in, waarna ze de voordeur opendoet. Dennis is casual gekleed in een spijkerbroek en een hawaïhemd met korte mouwen.

'Ik heb je geprobeerd te bellen; Martin gaat niet naar het ziekenhuis.'

'Mijn telefoon is de hele tijd leeg.'

Hij sluit de deur achter zich, trekt zijn schoenen uit op de deurmat en mompelt iets over de warmte.

'Het spijt me dat je voor niks hiernaartoe bent gereden,' zegt ze.

Ze gaan naar de keuken. Martin staat bij het aanrecht roze kauwbotjes in een bakje te schudden.

'Hoi, Martin,' zegt Dennis.

'Hoi,' antwoordt Martin zonder zich om te draaien.

'Martin wordt naar van de ECT-behandeling,' legt Pamela uit.

'Dat snap ik.'

'Hij wil niet meer naar de afdeling.'

'We zouden het zo kunnen doen,' zegt Dennis en hij duwt zijn bril hoger op zijn neus. 'Als ik voorlopig de rol van hoofdbehandelaar op me neem, hebben we een compleet overzicht over alle medicijnen.'

'Oké,' antwoordt Martin.

'En dan kun jij in alle rust een psychiater zoeken die jou bevalt, Martin.'

'Vind je dat een goede oplossing?' vraagt Pamela.

'Ja.'

Martin loopt de hal in en aait Lobbes, die tussen de schoenen op hem ligt te wachten. Pamela loopt achter hem aan en raapt de riem op van de grond.

'Ga niet te ver,' zegt Pamela en ze geeft hem de riem.

'Ik denk dat we naar Gamla stan gaan,' zegt hij en hij doet de voordeur open.

Lobbes komt overeind en loopt langzaam achter hem aan naar de lift. Pamela doet de deur dicht en gaat terug naar de keuken.

'Denk je dat het zal werken om Martin thuis te hebben?'

'Ik weet het niet,' zegt ze en ze leunt tegen het aanrecht. 'Maar hij is echt veel meer gaan praten, het is een wereld van verschil.'

'Fantastisch,' zegt Dennis zonder enthousiasme.

'Volgens mij was Martins gevoel dat hij de politie kon helpen de sleutel.'

'Dat is heel goed mogelijk.'

Een druppel die loslaat van de kraan valt met een metalig geluid in de gootsteen. Haar gedachten dwalen af naar de flessen wodka in de kast, maar dan heeft ze zichzelf weer in de hand.

'Ga je hem over ons vertellen?'

'Dat moet ik wel doen, maar... het is gewoon moeilijk, zeker als jij zijn hoofdbehandelaar wordt.'

'Dat doe ik voor jou. Eigenlijk wil ik dat je hem verlaat en bij mij komt wonen.'

'Dat moet je niet zeggen.'

'Sorry, dat was een domme opmerking, maar ik moet vaak denken aan de tijd dat Alice klein was, voordat je Martin leerde kennen. Ik woonde praktisch bij jou, zodat jij kon studeren. Dat was misschien de enige keer in mijn leven dat ik niet het gevoel had naast mezelf te staan,' zegt hij en hij verlaat het appartement.

73

Martin is om de Hedvig Eleonoarakerk heen naar het Nybroplan gelopen. Lobbes plast tegen een transformatorhuisje en ruikt aan de grond onder een afvalbak. De lampen van een etalage glinsteren in zijn zwarte vacht.

Martin kijkt bij een gok- en tabakswinkel naar binnen en leest de koppen van de kranten terwijl hij op Lobbes wacht.

Het eerste nieuwsitem van *Expressen* gaat over afvallen, maar wat Martins aandacht trekt, is het tweede item, dat over Jenny Lind gaat.

'De enige getuige van de politie is psychisch ziek.'

Martin begrijpt dat hij die getuige is en hij weet dat hij psychisch ziek is, maar toch is het raar om dat op een aanplakbiljet van een krant te lezen.

Ze lopen verder en zijn bezig de brug Strömbron over te steken op weg naar Gamla stan, als Lobbes naast de leuning op de grond gaat liggen.

Het donkere water stroomt onder hen door de stad in.

Martin gaat op zijn knieën voor hem zitten en neemt zijn zware kop in zijn handen.

'Wat is er met je?' vraagt hij en hij drukt een kus op zijn snuit. 'Ben je moe? Ik dacht dat je vandaag een heel eind wilde lopen.'

De hond komt moeizaam overeind, schudt zich uit, keert om, loopt een stukje en blijft weer staan.

'Zullen we de metro nemen? Zullen we dat doen, kerel?'

Lobbes zet nog een paar stappen en gaat dan weer liggen.

'Ik zal je een stukje dragen.'

Martin tilt hem in zijn armen, loopt terug over de brug en verder langs Kungsträdgården.

In de laan staat een groep rokende, pratende en lachende jongeren. Een paar meter van hen af, in het donker onder een boom, staan twee kleine jongens met magere gezichten en ogen als porselein.

Martin slaat abrupt af naar rechts en steekt over, loopt door tot aan de metro-ingang en zet Lobbes weer neer.

'Je bent een klein dikkerdje geworden,' zegt hij en hij werpt een haastige blik op het park achter zich.

Ze gaan door de automatische schuifdeuren en blijven voor de roltrap staan. Martin voelt de rillingen over zijn rug gaan en draait zich nog eens om.

Dertig meter onder de grond rijdt een trein voorbij. De deuren trillen en gaan open, ook al is er niemand.

Als de deuren weer dichtgaan, ziet hij buiten in het donker een kleine gestalte staan die naar hem kijkt.

Hij is wazig en trilt snel.

Er klinkt weer gedender van beneden als een nieuwe trein het station binnenkomt.

De deuren glijden weer open, maar nu is de jongen weg.

Misschien staat hij verscholen om de hoek.

Martin neemt de korte roltrap naar de poortjes, scant zijn pasje en loopt snel door naar de volgende roltrap.

Lobbes gaat hijgend aan zijn voeten liggen.

Deze roltrap is zo hoog en steil dat hij het eind ervan niet kan zien.

Martin houdt Lobbes bij de halsband vast en voelt zijn ademhaling via het leer dat straktrekt.

Een warme, muffe lucht uit de tunnels komt hun tegemoet op hun weg naar beneden.

De machinerie dreunt.

'We zijn er bijna,' zegt hij als hij het einde ziet.

Hij tuurt naar beneden en ziet dat er onder aan de roltrap iemand staat te wachten.

Ze zijn nog zo hoog dat hij alleen twee vieze, blote kindervoeten ziet.

De glinstering van de rij lampen aan het dak rolt naar boven, terwijl zij verder naar beneden gaan.

Het kind stapt naar achteren.

Op het perron klinkt het piepen en dreunen van een remmende trein.

Martin trekt Lobbes overeind en zegt tegen hem dat hij moet opletten, dat ze zo van de roltrap af moeten stappen.

Het kind is weg.

Martin weet dat het bij zijn ziekte hoort, maar het is moeilijk te begrijpen dat de jongens niet echt bestaan.

Volgens het verlichte bord duurt het nog elf minuten voordat de volgende trein vertrekt.

Nadat ze zo ver mogelijk zijn doorgelopen over het lege perron, gaat Martin op een rode brandblusserkast zitten en Lobbes gaat weer op de grond liggen.

Martin kijkt achterom over het lege perron.

Een rij witte tegels markeert de rand ervan.

Martin staat op als hij het geluid van rennende blote voeten hoort. Hij draait zich om maar ziet geen mens.

Het zoemt elektrisch en er jagen hoge tonen langs de rails.

De angst golft door hem heen.

Het metaalachtige snerpen doet hem denken aan het geluid van het ijs op een meer.

Hij herinnert zich hoe hij op zijn buik in het witte landschap lag en door het gat in het water keek.

Twee grote ridderforellen kwamen voorzichtig vanuit het donker op het kunstaas af en verdwenen daarna weer.

Het glas van de stationsklok trilt.

Nu is het nog maar vier minuten tot aan vertrek. De trein kan elk moment komen.

Martin laat Lobbes liggen waar hij ligt, loopt naar de rand van het perron en kijkt de donkere, gebogen tunnel in.

Zwaardere voetstappen en het gerammel van sleutels weergalmen tussen de muren. Hij tuurt naar de roltrap, maar het perron is leeg.

Misschien staat er iemand verstopt achter de snoepautomaat. Martin meent een schouder en een bleekgele hand te zien, maar weet dat hij het zich waarschijnlijk verbeeldt.

Een dof vibrerende dreun neemt in kracht toe. Afval en stof komen in beweging.

Hij kijkt naar zijn voeten aan de rand van het perron.

Rails, bielzen en steentjes glinsteren in de schemering beneden.

Martin kijkt op en ziet zijn eigen schaduw op de ruwe muur aan de andere kant van de afgrond.

Hij denkt aan de puntige jukbeenderen van de jongens en hun opeengeperste lippen. De oudste heeft zijn ene sleutelbeen gebroken en zijn schouder hangt scheef.

Martin schuift iets dichter naar de rand en kijkt opnieuw de tunnel in. Ver weg in het donker schijnt een rode lantaarn.

Het licht knippert, alsof er iemand voorlangs loopt.

Er komt een trein aan – het ritmische dreunen wordt luider.

Hij kijkt weer naar zijn schaduw op de groene, bobbelige muur tegenover hem. Die lijkt breder dan daarnet.

Opeens deelt de schaduw zich in tweeën.

Hij begrijpt dat er iemand achter hem is komen staan en voordat hij zich om kan draaien, krijgt hij een harde duw tussen zijn schouderbladen en hij valt over de rand.

Martin landt op de rails, hij stoot zijn knie en vangt zich op met zijn handen. Het brandt wanneer hij zijn handpalmen openhaalt aan de ruwe stenen. Hij staat op, draait zich om en glijdt uit over het gladde spoor.

De trein komt recht op hem af en stuwt vieze lucht voor zich uit.

Martin probeert weer op het perron te klimmen, maar zijn bloederige handen glijden van de witte rand.

Het dreunt en de grond beeft.

Martin ziet een geel metalen bord dat waarschuwt voor stroomleidingen, hij zet een voet op de rand van het bord, zet zich af, kruipt het perron op en rolt weg, net op het moment waarop de trein aan komt denderen en piepend afremt.

74

Naast de auto schieten witte strepen voorbij over de weg en de banden dreunen op het asfalt. Joona laat zijn rechterhand op het stuur rusten. Het felle zomerlicht door de toppen van het sparrenbos glinstert in zijn zonnebril.

De forensisch psychiatrische kliniek van Säter ligt tussen Hedemora en Borlänge, tweehonderd kilometer ten noordwesten van Stockholm.

Hier worden patiënten uit het hele land geplaatst, die door de rechter tot dwangverpleging zijn veroordeeld of speciale zorg nodig hebben.

Martin had Primus met Caesar horen praten over het vermoorden van Jenny. Van Ulrike hadden ze gehoord dat Primus in het Adelaarsnest te vinden zou zijn.

Joona had Primus maar kort kunnen verhoren voordat hij ontsnapte.

Hij genoot er duidelijk van om overal omheen te draaien en raadselachtige antwoorden te geven.

Primus leeft in narcistische overmoed en dacht dat hij de volledige controle had over het verhoor. Hij was duidelijk geschrokken toen hij begreep dat hij onbedoeld iets had verraden.

Hij had Joona het eerste concrete spoor naar Caesar gegeven.

Er is de afgelopen zestig jaar in Zweden geen enkele Caesar in een forensisch psychiatrische kliniek opgenomen geweest of tot dwangverpleging veroordeeld.

Toch had Primus duidelijk op Säter gedoeld toen hij het over Auschwitz had.

Joona bedenkt dat dit kleine detail misschien alles wat er in het Adelaarsnest was gebeurd de moeite waard maakte.

Vóór het verhoor was Caesar alleen een naam, nu is Joona ervan overtuigd dat hij ooit opgenomen is geweest in Säter.

Joona denkt aan alle benamingen waarmee Primus in het korte verhoor naar Caesar had verwezen: Saturnus, Leopold, darwinist, Chad en patriarch.

Allemaal geassocieerd met een soort superieure en despotische mannelijkheid.

Joona verlaat weg 650 en rijdt het gebied Skönvik in. Hij komt langs het gesloten paviljoen van Säter, dat dertig jaar geleden werd opgeheven en dertien jaar na de sluiting door brand werd geteisterd.

Het landhuisachtige gebouw met zijn ingezakte dak en roestige tralies voor alle ramen lijkt rijp voor de sloop. De voordeur is dichtgemetseld, het pleisterwerk is van de gevel gevallen en heeft de bakstenen blootgelegd.

Joona rijdt door, het zonlicht wordt door boombladeren versplinterd, hij remt af, werpt een blik op een plattegrond, keert om en parkeert voor de moderne kliniek.

Het is een groot ziekenhuiscomplex met achtentachtig patiënten en honderdzeventig personeelsleden.

De hechtingen van de wond in zijn zij branden als Joona uitstapt en het gebouw binnengaat, het detectiepoortje passeert, zijn zonnebril in zijn borstzakje stopt en doorloopt naar de receptie om zich te melden.

De geneesheer-directeur die Joona komt halen heeft een overvalalarm op de kraag van haar blouse. Ze is een lange vrouw van in de veertig met zwart haar en een glad voorhoofd.

'We weten natuurlijk hoe Säter bekendstaat... Dat iedereen een beeld heeft van patiënten die met benzodiazepinen en psychofarmaca worden gedrogeerd... Gestalttherapie tegen angst en psychologen die verdrongen herinneringen naar boven halen die nooit hebben bestaan.'

'Misschien,' beaamt Joona.

'Veel van die kritiek was terecht,' gaat de arts verder. 'De gaten in de kennis van de oude psychiatrie waren gigantisch.'

Ze scant haar pasje, toetst een code in en houdt de deur voor Joona open.

'Dank u.'

'We zijn natuurlijk nog steeds niet perfect,' zegt ze en ze wijst de weg door de gang. 'Het is een voortschrijdend proces en we zijn onlangs nog door de nationale ombudsman bekritiseerd om onze dwangmaatregelen. Maar wat doe je met een patiënt die zijn ogen probeert uit te krabben zodra we de riemen losmaken?'

In een keukentje blijft ze staan.

'Koffie?'

'Een dubbele espresso graag,' antwoordt Joona.

De geneesheer-directeur pakt twee kopjes en zet de koffiemachine aan.

'Nu hebben we een doorwrochte basis voor kwalitatief goede zorg,' gaat ze verder. 'En we zijn bezig met het ontwikkelen van een gestructureerde manier om risico's in te kunnen schatten...'

Ze nemen hun kopjes mee naar haar werkkamer, nemen allebei in een fauteuil plaats en drinken zwijgend hun koffie op.

'Jullie hebben hier een patiënt met de naam Caesar gehad,' zegt Joona en hij zet zijn kopje op tafel.

De geneesheer-directeur staat op, loopt naar haar bureau, logt in op de computer, zwijgt een tijdje en kijkt dan op.

'Nee,' zegt ze.

'Jawel.'

De arts staart Joona aan en voor het eerst trekt er een zweem van een glimlach over haar gezicht.

'Hebt u een achternaam of persoonsnummer?'

'Nee.'

'Wanneer zou dat geweest moeten zijn? Ik zit hier nu acht jaar en onze registers zijn tot twintig jaar terug gedigitaliseerd.'

'Zijn er nog andere registers?'

'Dat weet ik niet.'

'Wie werkt hier het langst?'

'Dat zal Viveca Grundig zijn, een van onze arbeidstherapeuten.'

'Is ze hier nu?'

'Ik geloof het wel,' zegt de geneesheer-directeur, ze pakt haar telefoon en kiest een nummer.

Een minuut later komt er een vrouw van rond de zestig binnen. Ze heeft een smal gezicht en kort grijs haar, haar ogen zijn lichtblauw en ze heeft een glimlach op haar lippen.

'Dit is Joona Linna van de nationale operationele politie,' zegt de geneesheer-directeur.

'De politie? En ik mijn hele leven maar over dokters zwijmelen,' zegt Viveca. Haar lach werkt aanstekelijk op Joona.

'De inspecteur wil graag weten of we ergens oudere patiëntenregisters hebben, die niet gedigitaliseerd zijn.'

'Natuurlijk, we hebben een archief.'

'Ik ben op zoek naar een patiënt genaamd Caesar,' zegt Joona.

Ze slaat haar ogen neer, plukt een haar van haar blouse en kijkt hem weer aan.

'Dat deel van het archief is vernietigd,' antwoordt ze.

'Maar u weet over wie ik het heb – of niet?'

'Niet echt...'

'Vertel,' zegt Joona.

Viveca veegt een grijze lok van haar voorhoofd en kijkt hem aan.

'Ik werkte hier nog maar pas toen ik hoorde over een zekere Caesar die in het gesloten paviljoen was geplaatst onder dokter Gustav Scheel.'

'Wat hoorde u?'

Ze wendt haar ogen af.

'Allemaal flauwekul.'

'Vertel eens over die flauwekul,' dringt Joona aan.

'Ik weet zeker dat het maar praatjes waren, maar toen het gesloten paviljoen opgeheven zou worden, zeiden ze dat Gustav Scheel zich daartegen verzette omdat hij geen afstand wilde doen van een patiënt van wie hij bezeten was geraakt.'

'Caesar?'

'Sommigen zeiden dat hij verliefd op hem was, maar dat waren natuurlijk maar praatjes.'

'Is er iemand die weet hoe het echt zat?'

'Misschien kunt u dat het best aan Anita vragen, die werkt hier als verpleegkundige.'

'Heeft zij in het gesloten paviljoen gewerkt?'

'Dat niet, maar ze is de dochter van Gustav Scheel.'

Joona loopt met Viveca mee naar de zusterkamer, die een verdieping lager ligt. Boze kreten van een oude man komen door de muren heen.

'Anita?'

De vrouw die met een bakje yoghurt in haar hand voor de koelkast staat, kijkt om. Ze is een jaar of vijfendertig, heeft warrig blond haar dat in een pagekapsel geknipt is. Ze draagt blauwe mascara, maar verder geen make-up, haar wenkbrauwen zijn kleurloos en haar volle lippen zien bleek.

Ze zet het bakje op het aanrecht, legt de lepel erbovenop, veegt haar handen af aan haar broek en geeft hem een hand.

Joona stelt zich voor en let op haar gezicht als hij vertelt waar hij voor komt. Het al rimpelige voorhoofd krijgt nog meer rimpels als ze voorzichtig knikt.

'Ja, zeker, ik weet nog dat mijn vader een patiënt had die Caesar heette.'

'Weet u zijn achternaam nog?'

'Hij was anoniem ingeschreven, als N.N., maar hij noemde zichzelf Caesar... Misschien wist hij niet hoe hij heette.'

'Komt het vaak voor dat de identiteit van een patiënt onbekend is?'

'Vaak kan ik niet beweren, maar het komt voor.'

‘Ik wil graag in de archieven kijken.’

‘Maar alles is bij de brand vernietigd,’ antwoordt ze, alsof ze verbaasd is dat hij dat niet wist. ‘Caesar was opgenomen in het gesloten paviljoen de laatste jaren dat het nog in gebruik was… en dat hele gedeelte is een aantal jaren daarna volledig uitgebrand.’

‘Weet u zeker dat alles verloren is gegaan?’

‘Ja.’

‘U was waarschijnlijk nog een kind toen Caesar patiënt was bij uw vader en toch weet u hoe hij stond ingeschreven.’

Anita’s gezicht wordt ernstig en het lijkt of ze ergens over nadenkt.

‘Misschien kunnen we beter even gaan zitten,’ zegt ze ten slotte en ze wijst naar een ronde tafel met zijden bloemen in een vaas.

Joona bedankt Viveca voor haar hulp en gaat tegenover Anita op een van de hoge stoelen zitten.

‘Mijn vader was psychiater,’ begint ze en ze schuift de vaas aan de kant. ‘Een echte freudiaan, zou ik zeggen, en hij besteedde veel tijd aan onderzoek… vooral de laatste tien jaar van zijn leven.’

‘Werkte hij al die tijd hier in Säter?’

‘Ja, maar verbonden aan het Academisch Ziekenhuis van Uppsala.’

‘En nu werkt u hier?’

‘Geen idee hoe dat zo is gekomen,’ lacht ze. ‘Ik ben hier opgegroeid, in een van de professorenvilla’s in de houten stad en nu woon ik vijf minuten daarvandaan… ik heb een tijdje in Hedemora gezeten, maar dat is maar twintig kilometer verderop.’

‘Dat gaat dan zo,’ zegt Joona glimlachend en kijkt dan weer ernstig.

Ze slikt en legt haar handen op haar schoot.

‘Ik was een tiener toen mijn vader vertelde hoe hij Caesar als patiënt had gekregen… Mijn vader was midden in de nacht wakker geworden van stemmen en toen hij opstond, zag hij dat er licht brandde in mijn kamer… Op de rand van mijn bed zat een jongeman, die over mijn hoofd aaide.’

Het puntje van haar neus wordt rood en ze kijkt peinzend naar de gang.

'Wat gebeurde er?'

'Mijn vader wist Caesar mee te krijgen naar de keuken, het was duidelijk dat hij psychisch ziek was. En dat wist hij zelf ook, want hij wilde per se opgenomen worden.'

'Waarom ging hij naar je vader toe?'

'Dat weet ik niet, maar mijn vader was vrij bekend in die tijd, hij was een van de weinige psychiaters die geloofden dat iedereen genezen kon worden.'

'Maar waarom ging Caesar naar jullie huis en niet rechtstreeks naar Säter?'

'Het paviljoen nam zelf geen patiënten op, je werd daar geplaatst als uiterste maatregel... Maar ik denk dat mijn vader die nacht al geïnteresseerd raakte in Caesar als geval.'

'Dus hij gaf toe aan zijn nieuwsgierigheid?'

'Toegeven is misschien niet het juiste woord.'

'Caesar opnemen in het gesloten paviljoen was de beste manier om controle over hem te krijgen,' zegt Joona.

Anita knikt.

'Vroeger was dit een plaats waar patiënten geen mensenrechten meer hadden. Er was geen enkel toezicht, ze bleven hier vaak tot hun dood en dan werden ze hier gecremeerd of op het eigen kerkhof begraven.'

'Wat is er met Caesar gebeurd?'

'Hij werd na minder dan twee jaar ontslagen.'

Joona kijkt naar de verstrooide trek om haar mond en naar haar gerimpelde voorhoofd.

'Waar ging het onderzoek van uw vader over?' vraagt hij.

Anita ademt diep in.

'Ik ben geen psycholoog of psychiater en ik kan niet zeggen welke methoden hij gebruikte, maar zijn onderwerpen waren het depersonalisatiesyndroom en de dissociatieve identiteitsstoornis.'

'DIS,' zegt Joona.

'Niets ten nadele van mijn vader, maar tegenwoordig zouden de meeste mensen zijn kijk op de menselijke psyche als achterhaald beschouwen, als iets van vroeger,' zegt ze. 'Een van de theorieën van mijn vader was dat daders door hun eigen handelingen getraumatiseerd raken en aan verschillende vormen van dissociatie gaan lijden... Ik weet dat hij aan een casestudy werkte over Caesar, die hij "Spiegelman" noemde.'

'Spiegelman,' herhaalt Joona.

'Na de sluiting bleef mijn vader in het gesloten paviljoen,' vertelt ze. 'Er waren geen patiënten meer, maar mijn vader werkte aan een overzicht van zijn onderzoek na veertig jaar als klinisch psychiater, zijn archief was gigantisch... Maar op een avond brak er brand uit in een meterkast, mijn vader kwam om en zijn hele werk werd vernietigd.'

'Wat erg,' zegt Joona.

'Ja,' mompelt ze.

'Hebt u zelf nog herinneringen aan Caesar?'

'Mag ik weten waar dit over gaat?'

'Caesar wordt verdacht van een reeks moorden,' antwoordt Joona.

'Ik begrijp het,' zegt ze en ze slikt. 'Maar ik heb hem nooit ontmoet, behalve die ene keer toen ik klein was.'

'Ik probeer dit vanuit het perspectief van uw vader te bekijken... Een psychisch zieke man breekt midden in de nacht bij hem in en zit met zijn hand op het hoofd van zijn dochter... Uw vader moet zich kapot zijn geschrokken.'

'Maar voor hem was de kennismaking met Caesar het begin van iets belangrijks.'

'Een casestudy?'

'Ik weet nog dat hij lachte toen hij vertelde over die eerste ontmoeting... Caesar zat met zijn hand op mijn hoofd, keek hem in de ogen en zei: "De moeders kijken naar de spelende kinderen."'

Joona staat op met een zucht van pijn en zegt dat hij weg moet. Hij bedankt Anita voor de hulp en loopt snel de gang door.

Hij denkt aan het feit dat Martin onder diepe hypnose de achterkant van de Handelshogeschool en het rode speelhuisje kon zien.

Erik stuurde hem langzaam naar de plaats van de moord en begon de glijbanen en het klimrek te beschrijven.

Martin had geknikt en gemompeld: 'De moeders kijken naar de spelende kinderen.'

Erik en Joona hadden allebei gedacht dat die woorden bij Martins poging hoorden zich een speelplaats voor te stellen. Vervolgens had Erik hem naar de werkelijke herinnering aan de speelplaats willen leiden, waar geen wachtende moeders waren, en gezegd: 'Het is midden in de nacht – het licht komt van een straatlantaarn.'

Maar Martin wás al in de werkelijke situatie.

Hij zag niets meer, maar hij hoorde wat er gebeurde.

Die nacht hoorde Martin Caesar praten op de speelplaats.

Joona duwt de toegangsdeuren open en rent naar zijn auto. Hij moet Martin er op de een of andere manier toe bewegen meer te vertellen over wat hij heeft gezien.

75

Sinds Caesar weer was verdwenen, waren de dagen warm en monotoon geweest. Gisteren hadden ze geen eten gehad, omdat oma op pad was met de vrachtwagen, maar vanochtend hebben ze gezouten vis en aardappelen gekregen.

Mia denkt aldoor aan wat er is gebeurd.

Ze kan het niet bevatten.

Caesar had Raluca de keel doorgesneden en het volgende moment was ze vergeten.

Ze was in slaap gebracht en niet meer wakker geworden.

Caesar had Kim verkracht en een hele poos hijgend boven op haar gelegen, waarna hij was opgestaan, zijn broek had opgehesen en was weggegaan.

Oma was hier geweest toen Kim weer bij kennis kwam en ze had ervoor gezorgd dat ze weer in de kooi klom met haar kleren onder haar arm.

Ze was nog steeds blind, stootte haar hoofd tegen het dak, ging op haar plaats liggen en dommelde in.

Raluca's lichaam was er de hele nacht blijven liggen.

's Ochtends kreeg Blenda de opdracht om te helpen, toen Raluca in de oven achter het laatste langhuis werd gecremeerd.

Het duurde bijna de hele dag en de zoete rook hing zwaar boven de omgeving.

Blenda had roet op haar gezicht toen ze huilend terugkwam naar haar kooi. Ze heeft nog steeds een geur van rook om zich heen hangen.

Kim had buikpijn van de verkrachting. Gisteren hield ze aldoor haar handen voor haar gezicht toen Mia haar en Blenda voor haar plannen probeerde te interesseren.

‘Ik begrijp het niet, hij sluit ons op in kooien, zodat we niet kunnen ontsnappen, maar we zijn niets waard. Eerst dacht ik dat dit een soort Boko Haram was, maar dan christelijk... Nu denk ik dat het gewoon de revolutie van een incel is,’ zegt Mia. ‘Als niemand met hem naar bed wil, doet hij dit... het is zo ontzettend ziek, hij heeft vast een fanbase op 4chan, waar hij als een god wordt bewonderd.’

‘Maar serieus,’ zei Blenda,’ en ze leunde tegen de tralies. ‘Heb jij ooit een man ontmoet die dit oprecht niet zou willen?’

‘Een hoop huilende meisjes in kooien?’

‘Nee, maar zoals het er vroeger uitzag, dat was een harem, dat was luxe en...’

‘Het is nooit luxe geweest,’ viel Kim haar in de rede.

‘Nee, jij was beter gewend, begrijp ik,’ zei Blenda bits.

‘We hoeven geen ruzie te maken,’ fluisterde Mia.

Nu zijn de beide shivs zo scherp als ze zonder slijpsteen maar kunnen worden. Ze zijn beslist bruikbaar, als ze genoeg kracht zetten.

Mia heeft haar legerjas, die ze als kussen gebruikt, geruild tegen Kims blouse, ze heeft er sneetjes in gemaakt en de stof in repen gescheurd.

Mia doet geen poging meer om Blenda mee te krijgen in de opstand, al zouden ze veel aan haar hebben. Ze is niet gemotiveerd genoeg en ze zou op het kritieke moment misschien aarzelen of van gedachten veranderen.

Aangezien Blenda degene is die zich het vrijst over het terrein kan bewegen, heeft Mia haar gevraagd hoe de situatie in de andere langhuizen is en hoe de weg door het bos eruitziet.

‘Ik weet het niet,’ antwoordt ze alleen.

Maar Mia heeft begrepen dat er in drie van de andere langhuizen meisjes zitten, bij elkaar zijn ze misschien wel met zijn tienen.

Tijdens de luchtpauzes heeft ze schichtige bewegingen waargenomen en oogwit in de schemering, en 's nachts is er gehuil en gehoest te horen.

Gisteren stond een jonge vrouw in de deuropening naar hen te kijken. Ze had een schep in haar hand en haar haar lichtte rood op toen de zon erdoorheen scheen. Oma riep iets en toen verdween ze weer.

'Heb je haar gezien?' vroeg Mia.

'Ze lijdt aan tbc en heeft niet lang meer te leven,' antwoordde Blenda.

Nadat Blenda vannacht in slaap was gevallen, lagen Mia en Kim te fluisteren. Kim is veranderd sinds de laatste verkrachting, ze zegt dat ze bereid is mee te doen aan de opstand, ze heeft naar Mia's aanwijzingen geluisterd en ze herhaald.

Het is bijna tijd voor het luchten en Mia wordt steeds zenuwachtiger. Het lijkt wel of ze een rollende steen in haar maag heeft.

Mia heeft Kim niet verteld dat ze niet echt ervaring heeft met dit soort acties. Of het moest zijn dat ze met jongens heeft opgetrokken die in de gevangenis hebben gezeten en zich bij een groep hadden moeten aansluiten om te overleven, die tegenstanders hadden moeten neersteken om hun loyaliteit aan de leider te bewijzen.

De meisjes in het derde langhuis worden als eersten gelucht. Ze herkent hun stemmen intussen, twee van hen praten altijd druk, de beide anderen zijn meestal stil en blijven altijd staan als een van hen moet hoesten.

Er vliegt een helikopter over het bos en oma schreeuwt tegen de hond als hij begint te blaffen.

Het lijkt wel of de ochtend zwaarder is dan anders, alsof alles langer duurt dan normaal.

Mia geeft Kim haar shiv en zorgt ervoor dat ze hem aan de binnenkant van haar rechterscheenbeen in haar sportsok stopt en haar broek eroverheen trekt.

Ze stopt haar eigen shiv in de schacht van haar schoen en checkt of hij stevig zit.

Als de omstandigheden goed genoeg zijn, doen ze het vandaag.

Het hangt een beetje van het weer af.

Het is niet zeker of de messen van dakplaat door dikke kleren heen kunnen dringen.

Bij het ontbijt droeg oma een spijkerjack, maar nu staat de zon hoog en het is al heet in het langhuis.

Als oma dezelfde blouse draagt als gisteren, is het geen probleem.

Mia heeft diverse scenario's duizenden keren in haar hoofd doorgenomen.

Ze zou het zelfs zonder hulp kunnen doen, bedenkt ze. Het kan lukken, ook als Kim haar aandeel niet zou kunnen leveren. Mia is kleiner en zwakker dan oma, maar als ze achter haar rug kan komen, zal ze het proberen. Misschien kan ze haar maar één keer steken voordat ze wordt neergeslagen, maar dat kan genoeg zijn. Want als oma gewond is en bloedt, kan Mia opstaan, haar volgen en om haar heen draaien totdat ze nog eens kan toesteken.

Kim zit geknield en met gevouwen handen te bidden, maar stopt daar meteen mee als er buiten voetstappen klinken.

De hond hijgt.

Oma haalt de sluitboom weg, zet hem tegen de muur en legt dan een steen voor de deur om hem open te houden.

Achter haar zweven stofjes in de zon als ze een teil met water naar binnen draagt. De talisman aan een riem om haar hals slaat met een klinkend geluid tegen de rand. Ze heeft haar jack uitgetrokken en draagt een blauwe blouse met opgestroopte mouwen.

Kim kruipt naar het deurtje, steekt haar armen uit, wordt met een kabelbinder geboeid en laat zich op de grond zakken.

Mia komt achter haar aan, wordt aan Kims pols vastgeketend en klimt ook naar buiten.

Ze staan naast elkaar. Mia's bovenbenen prikken en haar voeten doen zeer. De shiv in haar schoen duwt tegen haar been.

Oma trekt een paar gele huishoudhandschoenen aan, haalt een spons uit de teil en wrijft ermee over hun gezicht en hals. Het warme water ruikt sterk naar chloor.

'Maak je bovenlichaam zo veel mogelijk bloot.'

Mia trekt haar topje omhoog en oma wast haar hardhandig onder de oksels en sponst haar rug en borsten af.

Het warme water loopt in haar broek.

Mia raakt in paniek als ze beseft wat er staat te gebeuren. Als oma heeft besloten hun een goede wasbeurt te geven, moeten ze hun schoenen en sokken uittrekken – en dan zal ze hun wapen vinden.

Mia trekt haar topje weer omlaag en wacht terwijl oma Kims bovenlichaam wast. Ze wrijft onder haar oksels. Kim houdt haar T-shirt en smoezelige beha met haar vrije hand omhoog en wiebelt even.

'Doe je broek naar beneden.'

Oma maakt de spons nog eens nat, knijpt hem uit, komt terug en gaat voor Mia staan.

'Maak ruimte,' zegt ze.

Mia probeert haar benen te spreiden en oma drukt de spons tegen haar bovenbenen. Als ze begint te wrijven doet Mia haar ogen dicht en kreunt alsof ze ervan geniet.

Oma stopt meteen en snauwt dat ze zich moeten aankleden. Ze trekt haar handschoenen uit, smijt ze op de grond en loopt met de teil naar buiten.

76

Mia lacht even in zichzelf als ze hoort dat oma het waswater in het putje voor het zesde langhuis giet. Ze wist niet of ze zou worden geslagen, maar ze kon niet riskeren dat het wassen verderging.

Een poosje later komt oma terug, ze leunt op haar stok en zegt dat ze een rondje over het erf mogen maken.

Mia en Kim houden elkaars hand vast en lopen naar buiten. Het is erg warm in de felle zon.

Hun kleren zijn nat.

Oma is iets aan het koken in een grote ketel voor het zesde langhuis. Blenda roert er met een lange pollepel in. Oma is boos. Ze denkt dat een paar meisjes in het geheim abortussen uitvoeren en zegt dat de Heer de schuldigen zal aanwijzen en het kaf van het koren zal scheiden.

Een muffe walm verspreidt zich over het erf.

Mia trekt Kim mee over het grind naar het midden van het erf en voelt het mes bij elke stap omhoog komen in haar schoen.

Oma houdt hen in de gaten. Ze slaan af in haar richting, ze moeten op een natuurlijke manier achter haar zien te komen voordat de luchtpauze afgelopen is.

'Als we de kans krijgen, doen we het,' zegt Mia.

'Ik ben er klaar voor,' antwoordt Kim grimmig.

Oma neemt de pollepel over van Blenda en draait zich om naar de ketel. Mia blijft staan, steekt haar hand in haar schoen en haalt de shiv eruit.

Haar handen trillen als ze de dikke plastic kabelbinder om hun polsen probeert door te snijden. Het blad glipt weg en ze laat het mes bijna vallen.

'Schiet op,' fluistert Kim.

Mia ziet dat Blenda de schep pakt en kolen onder de kookpot schuift. Oma geeft haar geërgerde instructies. De pollepel slaat met een zware klank tegen de rand. Mia's hartslag dreunt in haar oren. Ze probeert het mes in een andere hoek te houden, zaagt snel en hoort de tik als de binder breekt en op de grond valt. Ze verbergt het mes tegen haar lichaam, terwijl ze hand in hand blijven lopen.

Oma kijkt in de pan en roert met krachtige halen. Het eigenaardige halssieraad schommelt tussen haar borsten.

De repen stof om het heft van de shiv zijn opgedroogd en hebben zich samengetrokken. De greep is stabiel en houdt het wel uit totdat hij van bloed doordrenkt is.

Ze komen langzaam dichterbij.

Blenda kijkt hen door de damp heen aan.

Mia voelt dat Kims hand zweterig wordt.

Oma schept schuim van het oppervlak en draait de pollepel om boven het roestige putrooster.

Mia's hart bonst.

De hond komt naar hen toe, draait om hen heen, snuffelt tussen hun benen en jankt onrustig.

Oma heeft glimmende rode wangen van de opstijgende damp.

Ze lopen langs haar heen, vertragen hun pas, draaien zich om en laten elkaar los.

Mia zit vol met ijskoude adrenaline. De haartjes op haar armen gaan overeind staan. Opeens is alles kristalhelder. De zeven langhuizen, de pan en de blauwe blouse die strak om oma's brede rug zit.

Kim trekt haar broekspijp op en steekt haar hand in haar sok.

Het lemmet flikkert wit in de zon.

Mia kijkt Kim aan, knikt en loopt snel op oma af met het mes verborgen tegen haar lichaam.

Ze houdt het zo stijf vast dat haar vingers er bleek van worden.

De hond begint te blaffen.

Het grind knerpt onder haar schoenen. De houten lepel bonst tegen de rand.

Kim komt achter haar aan om oma meteen na de eerste steek van voren aan te vallen. Ze kermt onbewust. Oma laat de lange steel van de pollepel los en wil zich omdraaien.

Mia's benen trillen en ze ademt veel te snel. Ze concentreert zich op oma's romp, waar de blouse glad over de huid ligt.

Ze zwaait haar arm naar achteren voor extra impact als er een knal klinkt. Ze voelt een harde klap tegen de zijkant van haar hoofd en een brandende pijn in haar nek. Terwijl ze valt, vangt ze een glimp op van Blenda met de schep in beide handen. Ze laat het mes vallen en ziet het glinsterend over het grind buitelen en tussen de spijlen van het putje door verdwijnen. Dan valt ze op de grond en alles wordt zwart.

Het fluitende geluid van een vuurpijl vult haar oren.

Mia maakt zich lang en vliegt een decimeter boven de grond als een projectiel het bos in tussen de bomen door en slaat de weg naar de mijn in.

Ze wordt met vreselijke hoofdpijn wakker en begrijpt dat ze op de grond ligt. Haar mond is droog en in het bloed op haar gezicht plakt zand.

Ze weet niet hoelang ze bewusteloos is geweest.

De zon staat hoog aan de hemel en er hangt een stekelige cirkel van roze licht omheen.

Voorzichtig draait ze haar hoofd, ze ziet twee wazige kruisen, knippert met haar ogen en denkt aan Golgotha.

Midden op het erf staan Kim en Blenda met hun armen zijwaarts uitgestoken, net als Christus. Voor Kims voeten ligt haar shiv en voor Blenda's voeten de schep.

Mia probeert te begrijpen wat er gebeurd is.

Oma mompelt in zichzelf en gaat voor Kim en Blenda in de felle zon staan.

De hond komt hijgend naast haar liggen.

'Wat was je met dat mes van plan?' vraagt oma.

'Niets,' antwoordt Kim en ze ademt met open mond.

'Wat moet je dan met een mes?'

'Me verdedigen.'

'Ik denk dat jullie van plan waren Mia te grazen te nemen,' zegt oma. 'En wat moet je doen als je rechterhand je verleidt?'

Kim antwoordt niet, ze houdt haar ogen neergeslagen. Haar armen trillen van inspanning en zakken een eindje omlaag. Haar T-shirt met Lady Gaga is aan de hals en tussen haar borsten nat van het zweet.

'Armen uitsteken,' brult oma. 'Kunnen jullie dat – of moet ik jullie helpen?'

'Dat kunnen we,' antwoordt Blenda.

'Zal ik jullie handen vastspijkeren?'

Oma loopt om hen heen, duwt Kims ene arm recht met haar stok en komt weer voor hen staan.

Blenda wankelt even en moet een stap opzij zetten om haar evenwicht te bewaren. Stof dat uit het droge grind omhoog komt, wordt door de zon beschenen.

'Wat heeft Mia jullie gedaan? Jij hebt haar met de schep op het hoofd geslagen,' zegt oma tegen Blenda en daarna richt ze zich weer tot Kim.

'Wat was je met dat mes van plan? Wilde je haar gezicht kapotsnijden?'

'Nee.'

'Armen omhoog!'

'Ik kan niet meer,' huilt Kim.

'Waarom moesten jullie Mia hebben? Omdat ze mooier is dan...'

'Ze wilde jou vermoorden,' valt Blenda haar in de rede.

77

Het is benauwd in het appartement en Pamela's ogen branden. Ze zit al uren in trainingsbroek en beha achter haar computer. Ze heeft vandaag vrij genomen van haar werk om op internet naar Mia te zoeken.

Ze heeft honderden pornoaanbieders, vrouwvijandige groeperingen en websites voor pornomodellen, prostitutie en sugar dating bezocht.

Ze heeft langs foto's van mishandelde, tentoongestelde en vastgebonden meisjes gescrold.

Mia is nergens te vinden en Caesar wordt niet genoemd.

Het enige wat ze is tegengekomen is een vreselijke haat jegens vrouwen, een bodemloos verlangen naar macht en de wil om te onderdrukken.

Ze voelt zich misselijk als ze opstaat en de woonkamer in loopt. Ze kijkt naar de hoek van de kamer waar Martin in zijn onderbroek op de grond zit.

Hij heeft zijn arm om Lobbes heen geslagen en staart naar de hal.

Op zijn knieën en schenen zitten grote blauwe plekken. Zijn geschaafde onderarm geneest goed, maar zijn beide handen zitten in het verband.

Hij heeft nog niet verteld wat er is gebeurd.

Toen hij met bebloede kleren thuiskwam en zij wilde weten wat er gebeurd was, had hij alleen 'de jongens' gefluisterd en daarna heeft hij niets meer gezegd.

'Martin, je zei dat je nog eens naar de hypnotiseur wilde, weet je dat nog?'

Ze gaat op haar hurken voor hem zitten en probeert hem zover te krijgen dat hij haar aankijkt.

'Ik weet dat je denkt dat de jongens je daarom pijn hebben gedaan,' gaat ze verder. 'Maar dat is niet zo, ze kunnen je niet echt verwonden.'

Hij antwoordt niet en blijft met zijn arm om Lobbes heen naar de hal kijken.

Pamela staat op en loopt weer naar haar werkkamer.

Ze begint software te installeren waarmee ze op illegale marktplaatsen op het dark web kan komen, als haar mobiel zoemt.

Het is Joona Linna.

Pamela neemt meteen op.

'Wat is er?' vraagt ze en ze hoort de angst in haar eigen stem.

'Niets, maar ik...'

'Jullie hebben Mia niet gevonden?'

'Nee, dat niet,' antwoordt Joona.

'Ik hoorde dat jullie Primus hebben gearresteerd, dat moet toch een doorbraak zijn,' zegt ze. 'Ik bedoel, hij deed eraan mee, of niet?'

Pamela leunt achterover, probeert rustiger adem te halen en hoort dat Joona in een auto zit.

'Ik heb hem één keer verhoord,' zegt hij. 'Maar vannacht is hij ontsnapt uit het Sankt Göran Ziekenhuis, ik weet niet hoe hem dat is gelukt, we hadden een agent voor de deur staan.'

'Eén stap naar voren en twee terug,' fluistert ze.

'Niet helemaal. Het is alleen veel ingewikkelder dan we dachten.'

'Hoe gaat het nu dan verder?' vraagt ze en met een pulserende angst in haar lijf staat ze op.

'Ik moet nog eens rustig met Martin praten om erachter te komen wat hij heeft gezien en gehoord.'

'Martin heeft een ongeluk gehad,' zegt ze zacht. 'Hij is bont en blauw geslagen... en hij zegt geen woord meer.'

'Wat voor ongeluk?'

'Ik weet het niet, hij wil er niet over praten,' vertelt ze. 'Maar voor het ongeluk heeft hij gezegd dat hij het nog een keer met hypnose wilde proberen.'

'Ik heb het bewijs dat hij Caesar op de speelplaats heeft horen praten, misschien is dat wat we nodig hebben, snap je, misschien heeft hij Caesar niet gezien, maar hij heeft hem wel gehoord.'

Pamela loopt de woonkamer in en kijkt naar Martin, die nog steeds in de hoek naar de schemerige hal zit te kijken.

'Ik ga meteen met hem praten,' zegt ze.

'Fijn.'

*

Joona draait het grote terrein van het Karolinska Instituut op en gaat langzamer rijden. Het felle licht dat door de voorruit schijnt, stroomt over zijn gezicht en schittert in zijn zonnebril.

Dertig jaar geleden drong de man die zich Caesar noemde het huis van psychiater Gustav Scheel binnen, ging op de rand van het bed van diens dochter zitten en zei: 'De moeders kijken naar de spelende kinderen.'

Dezelfde zin die Martin onder hypnose uitsprak toen Erik hem wilde laten vertellen wat hij op de speelplaats zag.

Martin had Caesar niet gezien, maar hij had hem wel horen praten.

Joona blijft op tien meter van de inrit naar de afdeling Forensische Geneeskunde staan en stapt uit.

De witte Jaguar van de Naald staat zo scheef dat de andere auto's het parkeerterrein niet af kunnen. De achterbumper hangt aan de linkerkant los en rust op het asfalt.

Joona loopt snel naar de ingang.

De Naald heeft een in stukken gesneden vrouw binnengekregen, die door twee meisjes naast de E22 bij Gusum is gevonden, vijftien kilometer van Valdemarsvik.

Ze heeft een vriesmerk op haar achterhoofd, dat lijkt op dat van Jenny Lind.

Joona loopt rechtstreeks naar de grote zaal en groet de Naald en Chaya. De ventilatoren dreunen, maar toch stinkt het er vreselijk.

Op de met plastic beklede snijtafel liggen de romp en het hoofd van een onbekende vrouw van rond de twintig. De lichaamsdelen verkeren in een vergevorderd stadium van ontbinding, ze zijn donker, scheiden vocht uit en zitten vol met levende maden en donkerrode poppen.

De politie probeert de stoffelijke resten te matchen met vrouwen die de afgelopen tien jaar zijn verdwenen, maar identificatie zal niet gemakkelijk zijn.

'We zijn nog niet met de lijkschouwing begonnen, maar het ziet ernaar uit dat ze met een houw door de nekwervels om het leven is gebracht. Een zwaard, een bijl... dat moet nog blijken.'

'Na de dood is het lichaam met een haakse slijper in stukken gesneden, die in vier vuilniszakken zijn verpakt,' vertelt Chaya en ze wijst. 'Het hoofd en de rechterarm zaten samen met een paar plastic sieraden en een fles water in een vuilniszak.'

De Naald, die het haar op het achterhoofd van de dode vrouw heeft weggeschoren, laat Joona op de computer een uitvergrote foto zien.

Het vriesmerk steekt wit af tegen de donker geworden huid met kleine gele eitjes rond de haren aan de onderkant van de foto.

Het is precies dezelfde stempel, maar het merkteken is ditmaal beter doorgekomen.

Wat er bij Jenny Lind uitzag als een versierde T lijkt hier een kruis.

Een eigenaardig kruis, of een gestalte met een puntmuts en een lang gewaad met wijde mouwen. Het kan allebei.

Joona staart naar de foto en denkt aan gebrandmerkte koeien, zilvermerken en kruisen op runenstenen uit de elfde eeuw. Er fladdert een herinnering voorbij die hij niet kan vangen.

Hij voelt een steek van pijn achter zijn oog; er valt een zwarte druppel in een zwarte zee.

Nu hebben ze drie moorden en een ontvoering. Het staat als een paal boven water dat Caesar in een actieve en bijzonder dodelijke fase is gekomen.

*

Pamela zit op de grond Lobbes te aaien en naar Martin te kijken. Hij heeft zijn armen om zijn opgetrokken knieën geslagen. Hij heeft rimpels in zijn voorhoofd en op zijn wang zit baksteenrode verf.

'Je bent op de speelplaats geweest,' zegt ze en ze probeert iets van zijn gezicht te lezen. 'Je hebt Jenny gezien, je hebt haar getekend... en Joona zegt dat hij zeker weet dat je Caesar hebt horen praten.'

Zijn mond verstrakt van ongerustheid.

'Klopt dat?'

Martin doet zijn ogen een paar tellen dicht.

'Ik heb het je al duizend keer gevraagd, maar nu moet je me vertellen wat hij heeft gezegd,' zegt ze met scherpte in haar stem. 'Het gaat niet meer alleen om jouw angst. Het gaat om Mia, en ik begin zo langzamerhand boos op je te worden.'

Hij knikt en kijkt haar een poosje met verdrietige ogen aan.

'Dit gaat niet werken – of wel?' kreunt ze.

Er lopen een paar tranen over zijn wangen.

'Ik wil dat je nog een keer naar de hypnotiseur gaat – wil jij dat ook?'

Martin knikt heel voorzichtig.

'Mooi.'

'Maar ze vermoorden me,' fluistert hij.

'Nee, dat doen ze niet.'

'Ze hebben me op het spoor geduwd,' zegt hij bijna onhoorbaar.

'Wat voor spoor?'

'In de metro,' antwoordt hij en slaat dan zijn handen voor zijn mond.

'Martin,' zegt ze zonder de vermoeidheid in haar stem te kunnen verbergen, 'die jongens bestaan niet. Ze horen bij je ziekte, dat weet je toch ook wel?'

Hij geeft geen antwoord.

'Haal je handen van je mond,' zegt ze.

Martin schudt zijn hoofd en richt zijn blik weer op de hal. Pamela kan een zucht niet onderdrukken als ze opstaat van de vloer, teruggaat naar haar werkkamer en Dennis belt.

'Dennis Kratz.'

'Hoi, met Pamela...'

'Wat ben ik blij dat je belt,' zegt hij. 'Ik heb dit al gezegd, maar sorry voor mijn ongepaste gedrag, het zal niet meer gebeuren, dat beloof ik... Ik ken mezelf zo niet.'

'Het geeft niet, zand erover,' zegt ze en ze strijkt het haar van haar voorhoofd.

'Ik heb gehoord dat Primus ontsnapt is... en ik weet niet hoe jullie hiertegenover staan, maar ik wilde vragen of Martin en jij in mijn tweede huis willen logeren totdat alles in rustiger vaarwater komt.'

'Wat ontzettend aardig van je.'

'Ik bied het jullie graag aan.'

Ze ziet dat het grote doek met het gestreepte huis tegen de muur staat.

'Ik bel eigenlijk om te zeggen dat Martin nog een keer naar Erik Maria Bark gaat,' vertelt ze.

'Toch niet voor hypnose?'

'Jawel.'

Ze hoort Dennis naar adem happen.

'Jullie weten wat ik heb gezegd – er bestaat een grote kans op herbeleving van het trauma.'

'We moeten alles doen wat we kunnen om Mia te vinden.'

'Natuurlijk moeten jullie dat,' zegt Dennis. 'Ik denk alleen aan Martin, maar... ik begrijp jullie wel, echt wel.'

'Nog één keer.'

78

In de middaghitte zit Erik Maria Bark achter zijn geverniste bureau uit te kijken op de overwoekerde tuin.

Hij heeft verlof van zijn werk in het Karolinska Ziekenhuis, maar zijn praktijk aan huis in Gamla Enskede gaat gewoon door.

Zijn zoon Benjamin is vanmorgen zijn auto komen lenen. Erik is er nog niet echt aan gewend dat hij een volwassen zoon heeft, die met zijn vriendin samenwoont en medicijnen studeert in Uppsala.

Eriks haar is sprietig en grijzend, hij heeft donkere kringen onder zijn ogen en diepe lachrimpels.

De bovenste knoopjes van zijn lichtblauwe overhemd staan open en zijn rechterhand rust tussen het toetsenbord van de computer en zijn opengeslagen notitieboekje.

Na het telefoontje van Joona heeft hij Pamela Nordström gebeld. Ze hebben afgesproken dat Martin en zij meteen deze kant op komen.

De vorige keer is het Erik niet gelukt langs de enorme blokkade te komen die Martin ervan weerhield te vertellen wat hij op de speelplaats zag.

Hij had nooit eerder zo'n bang iemand onder hypnose gebracht.

Martin heeft Caesar dezelfde zin horen zeggen die de psychiater van Säter dertig jaar eerder had gehoord, dat weet Erik.

Misschien lukt het deze keer om via de stem zijn blik te richten op wat hij niet durft te zien.

De bladzijden van Eriks notitieboekje ritselen even en dan is het weer stil.

De ventilator die achter op het bureau staat, draait langzaam rond.

Stapels boeken met kleurige post-its tussen de bladzijden staan langs de ene muur op de grond, op een stoel liggen bundels uitgeprinte onderzoeksrapporten en studies.

De deur van de grote archiefkast staat wijd open. Op de metalen planken staat zijn eigen onderzoek: videobanden, dictafooncassettes, harde schijven, collegeblokken, dossiers en mappen met ongepubliceerde artikelen.

Erik pakt de Spaanse stiletto van het bureau, ritst een envelop open en kijkt vluchtig naar een uitnodiging om een gastlezing te komen houden op Harvard.

Buiten klinkt een ritmisch piepend geluid.

Erik staat op, verlaat zijn werkkamer en loopt door de wachtkamer naar de lommerrijke tuin.

Joona Linna zit op de schommelbank met zijn zonnebril in zijn hand en schommelt knersend heen en weer.

'Hoe is het met Lumi?' vraagt Erik en hij gaat naast hem zitten.

'Ik weet het niet, ik geef haar de tijd... of eigenlijk geeft ze mij de tijd, want ze heeft gelijk, ik zou moeten stoppen bij de politie.'

'Maar eerst moet je deze zaak oplossen.'

'Het is net een brand,' zegt hij bij zichzelf.

'En weet je zeker dat je wilt stoppen?'

'Ik ben veranderd.'

'Dat heet het leven – dat verandert je,' zegt Erik.

'Maar ik ben ten kwade veranderd, daar ben ik nu achter.'

'Dat heet nog steeds het leven.'

'Voordat we verdergaan moet ik weten hoe duur dit gaat worden,' zegt Joona met een glimlach.

'Je krijgt een vriendenprijs.'

Joona kijkt omhoog door de takken, naar het gefragmenteerde zonlicht en de bladeren die opkrullen in de hitte.

'Daar komen ze,' zegt hij.

Een paar tellen later hoort Erik de voetstappen op het grindpad naar de voordeur ook. Ze staan op van de schommelbank en lopen om het bruine bakstenen huis heen naar de entree.

Martin houdt Pamela's hand vast en kijkt achterom naar het stalen poortje en de straat. Achter hen staat een veertiger met een waakzame blik en een boksersneus. Hij draagt een getinte zonnebril, een witte broek en een roze T-shirt.

'Dit is onze vriend Dennis. Hij is nu Martins hoofdbehandelaar,' stelt Pamela hem voor.

'Dennis Kratz,' zegt hij en hij geeft de anderen een hand.

Erik wijst de weg naar zijn praktijk over het tuinpad rond het huis.

Joona loopt naast Dennis en vraagt hem of hij weleens van dokter Gustav Scheel heeft gehoord.

Dennis brengt zijn hand omhoog en knijpt met zijn vingers in zijn lippen alsof hij die een andere vorm of uitdrukking wil geven.

'Hij werkte in het gesloten paviljoen van Säter,' vertelt Joona en hij houdt de deur voor Dennis open.

'Dat was ver voor mijn tijd als psycholoog,' antwoordt Dennis.

Ze lopen door de kleine wachtkamer met vier fauteuils naar de werkkamer. Een lichtgrijze fauteuil met schapenvacht staat bij de muur naast een van de ingebouwde boekenkasten. Op de geverniste eiken vloer liggen overal stapels boeken en manuscripten.

'Let maar niet op de rommel,' zegt Erik.

'Ben je aan het verhuizen?' vraagt Pamela.

'Ik ben een boek aan het schrijven,' zegt hij en hij glimlacht.

Ze lacht beleefd en loopt samen met de anderen de werkkamer binnen. Erik fronst zijn voorhoofd en gaat met zijn hand door zijn sprietige haar.

'Ik ben blij dat ik het vertrouwen krijg om het nog eens te proberen,' zegt hij. 'Ik zal er alles aan doen om het ditmaal beter te laten slagen.'

'Martin wil de politie helpen om Mia te vinden, dat is ontzettend belangrijk voor hem,' zegt Pamela.

'Daar zijn we blij om,' zegt Joona en hij ziet dat Martin een beetje glimlacht zonder hem aan te kijken.

‘Hij is na de vorige keer veel meer gaan praten... maar nu is het weer achteruitgegaan, ik weet niet of ik moet vertellen over wat er...’

‘Pamela, mag ik je even spreken?’ vraagt Dennis.

‘Wacht even, ik wilde alleen vertellen dat Martin...’

‘Nu, als het kan,’ valt hij haar in de rede.

Ze loopt met hem mee naar de wachtkamer. In de bezoekers-wc vult hij een kartonnen bekertje met water.

‘Wat doe je?’ vraagt ze gedempt.

‘Ik denk niet dat het goed is als je de hypnotiseur over Martins trauma’s vertelt,’ zegt hij en hij neemt een slok.

‘Waarom niet?’

‘Omdat Martin het in zijn eigen tempo moet vertellen en omdat de hypnotiseur die informatie op de verkeerde manier kan gebruiken bij zijn suggesties.’

‘Maar nu gaat het om Mia,’ zegt Pamela.

79

Als Pamela en Dennis teruggaan naar de werkkamer, zit Martin op de bruinleren slaapbank. Hij bijt in de pleister die zijn linkerhandpalm bedekt. Erik leunt tegen de rand van zijn bureau en Joona kijkt uit het raam.

'Martin, als jij zover bent gaan we beginnen,' zegt Erik.

Martin knikt en kijkt dan bezorgd naar de halfopen deur van de wachtkamer.

'Liggen is meestal het prettigst,' merkt Erik vriendelijk op.

Martin antwoordt niet, maar trekt zijn schoenen uit, gaat voorzichtig op de slaapbank liggen en kijkt naar het plafond.

'De rest gaat rustig zitten en zet zijn telefoon uit,' zegt Erik dan tegen de anderen en hij sluit de deur naar de wachtkamer. 'Ik heb het liefst dat jullie stil zijn, maar als iemand iets moet zeggen, dan graag op gedempte toon.'

Hij trekt de gordijnen dicht en kijkt of Martin gemakkelijk ligt, waarna hij zijn bureaustoel naar de bank rijdt en met de langzame ontspanningsoefeningen begint.

'Luister naar mijn stem,' zegt hij. 'Die alleen is belangrijk. Ik ben hier voor jou en ik wil dat je je veilig voelt.'

Hij zegt tegen Martin dat hij zijn tenen moet ontspannen en ziet hem dat doen, hij zegt dat hij zijn kuiten moet ontspannen en ziet zijn benen een stukje omlaaggaan. Hij gaat alle lichaamsdelen stuk voor stuk langs, zodat er een automatisme ontstaat tussen wat hij zegt en wat Martin doet.

'Alles is kalm en stil, je oogleden worden steeds zwaarder...'

Erik maakt zijn stem steeds eentoniger, terwijl hij Martin een soort ontvankelijke slaap binnenleidt, waarna hij overgaat tot de eigenlijke inductie.

De tafelventilator tikt en wisselt van richting, de gordijnen bewegen. Door de kier valt een streepje licht in de kamer, op de stapels boeken en bundels papieren.

'Je bent rustig en diep ontspannen,' zegt hij. 'Als je iets anders hoort dan mijn stem, concentreer je je alleen nog maar sterker op wat ik zeg.'

Erik kijkt naar Martins gezicht, de halfopen mond, de gebarsten lippen en de punt van zijn kin. Hij kijkt of hij nog ergens spanning ziet, terwijl hij praat over wegzakken in een steeds diepere rust.

'Ik begin nu terug te tellen... bij elk getal dat je hoort, ontspan je je iets meer,' zegt hij zacht. 'Eenentachtig, tachtig... negenenzeventig.'

Terwijl hij verder telt, heeft Erik zoals gewoonlijk het gevoel dat hij zich samen met zijn patiënt onder water bevindt. Muren, vloeren en plafonds verglijden, de meubels tuimelen langzaam weg in het duister van de oceaan.

'Je bent volkomen veilig en ontspannen,' zegt Erik. 'Je hoort alleen mijn stem. Je stelt je voor dat je een lange trap afloopt, dat vind je prettig. En bij elk getal dat ik noem, ga je twee treden omlaag en je wordt nog rustiger en nog meer gefocust op mijn stem.'

Erik telt terug en ziet Martins buik langzaam bewegen. Hij ademt als iemand die slaapt, maar Erik weet dat zijn hersenen bijzonder actief zijn en elk klein woordje opvangen.

'Vijfendertig, vierendertig, drieëndertig... Als ik bij nul aankom, ben jij weer terug op de speelplaats in je geheugen en kun je zonder enige angst vertellen over alles wat je ziet en hoort... negenentwintig, achtentwintig...'

Erik vlecht aanwijzingen over de plaats en het tijdstip waarnaar ze terugkeren tussen de langzaam afnemende getallen door.

'Het hoost en je hoort de regen kletteren op je paraplu... negentien, achttien... je verlaat het voetpad en loopt over het natte gras.'

Martin bevochtigt zijn mond en zijn ademhaling wordt zwaarder.

'Als ik bij nul kom, ben je om de Handelshogeschool heen naar de achterkant gelopen,' zegt Erik vriendelijk. 'Je blijft staan en houdt de paraplu in zo'n hoek dat je de speelplaats duidelijk kunt zien.'

Martin doet zijn mond open alsof hij probeert te roepen, maar geen stem heeft.

'Drie, twee, één, nul… Wat zie je nu?'

'Niets,' antwoordt Martin bijna geluidloos.

'Misschien doet iemand daar iets wat je onbegrijpelijk voorkomt, maar alles is veilig en je kunt volkomen kalm… vertellen wat je ziet.'

'Het is alleen maar zwart,' antwoordt Martin en hij staart recht naar het plafond.

'Niet op de speelplaats, toch?'

'Het lijkt wel of ik blind ben,' zegt hij met angstige stem en hij schokt met zijn hoofd naar links.

'Zie je niets?'

'Nee.'

'De vorige keer zag je het rode speelhuisje… beschrijf dat nog eens voor me.'

'Het is allemaal donker…'

'Martin, je bent ontspannen en rustig… en je ademt langzaam. Ik tel af van drie naar nul en dan zit jij op de voorste rij van de schouwburg. Uit de luidsprekers klinkt het opgenomen geluid van regen en midden op het grote toneel staat een kopie van de speelplaats…'

Als Erik door hypnotische resonantie zelf ook in trance raakt, ziet hij Martin door donker water zakken. Zijn gezicht is pukkelig van zilvergrijze luchtbelletjes en hij perst zijn lippen op elkaar.

'Drie, twee, één, nul,' telt Erik af. 'De speelplaats op het toneel is gemaakt van karton, het is niet echt, maar de acteurs zien er precies zo uit als de echte personen en ze doen en zeggen precies hetzelfde.'

Martins gezicht verstrakt en zijn oogleden beginnen te trillen. Pamela herkent de pijn op zijn gezicht en bedenkt dat ze de hypnotiseur misschien moet vragen hem niet te veel onder druk te zetten.

'Van een straatlantaarn verderop komt een zwak licht,' zegt Martin. 'Er staat een boom voor, maar als de takken heen en weer wiegen in de regen valt er licht op het klimrek.'

'Wat zie je?' vraagt Erik.

'Een oude vrouw gehuld in vuilniszakken... ze heeft een vreemdsoortig sieraad om haar nek... En ze sleept met vieze plastic zakken...'

'Kijk weer naar het toneel.'

'Het is te donker.'

'Maar er valt wat licht van het bordje NOODUITGANG op het toneel,' zegt Erik.

Martins kin trilt, de tranen lopen over zijn wangen en zijn stem is bijna onhoorbaar als hij verder praat.

'Er zitten twee jongens in een modderplas...'

'Twee jongens?' vraagt Erik.

'De moeders kijken naar de spelende kinderen,' fluistert hij.

'Wie zegt dat?' vraagt Erik en voelt dat zijn eigen hart sneller gaat slaan.

'Ik wil niet,' zegt Martin met een snik in zijn stem.

'Beschrijf nu die man eens die...'

'Genoeg,' onderbreekt Dennis hem en dan dempt hij snel zijn stem. 'Sorry, maar ik moet hier een eind aan maken.'

'Martin, je bent volkomen veilig,' zegt Erik. 'Ik haal je zo meteen uit de hypnose, maar eerst wil ik weten wie je daar hoorde, wie er praatte, ik weet dat je hem voor je op het toneel ziet staan.'

Martins borstkas gaat schokkerig op en neer.

'Het is te donker, ik hoor alleen de stem.'

'De geluidstechnici knippen een spotlight aan en richten die op Caesar.'

'Hij verstopt zich,' zegt Martin huilend.

‘Maar de spot volgt hem en vangt hem naast het klimrek en...’

Erik zwijgt abrupt als hij merkt dat Martin niet meer ademt. Zijn ogen rollen naar achteren en worden wit.

‘Martin, ik tel nu langzaam af vanaf vijf,’ zegt Erik en hij kijkt snel naar de medicijnkast waarin zich cortisonespuiten en een AED bevinden. ‘Alles is veilig, maar je moet naar me luisteren en precies doen wat ik zeg...’

Martins lippen zijn wit en gaan vaneen, maar hij krijgt geen lucht binnen, zijn voeten beginnen te trillen en hij spreidt zijn vingers.

‘Wat gebeurt er?’ vraagt Pamela met bange stem.

‘Nu begin ik met tellen en als ik bij nul ben, adem je normaal en je voelt je ontspannen... Vijf, vier, drie, twee, één, nul...’

Martin haalt diep adem en opent zijn ogen, alsof hij op een ochtend wakker wordt na een hele nacht slapen. Hij gaat zitten, bevochtigt zijn lippen en lijkt in gedachten verzonken, waarna hij naar Erik opkijkt.

‘Hoe voel je je?’

‘Goed,’ antwoordt Martin en hij veegt de tranen van zijn wangen.

‘Dit was misschien niet precies wat we ons hadden voorgesteld,’ zegt Dennis.

‘Geen probleem,’ zegt Martin tegen hem.

‘Weet je het zeker?’ vraagt Pamela.

‘Mag ik weten of die man... Caesar, of die Jenny Lind heeft vermoord?’ vraagt Martin en hij komt voorzichtig overeind.

‘Dat denken we,’ antwoordt Erik.

‘Want misschien zag ik iemand, maar net toen ik naar het klimrek keek, werd het donker, ik bedoel, ik wil het best nog eens proberen,’ zegt hij.

‘Daar hebben we het nog wel over,’ zegt Dennis.

‘Oké,’ fluistert Martin.

‘Zullen we gaan?’ vraagt Dennis.

‘Ik kom zo, ik wil Erik nog even spreken,’ antwoordt Pamela.

‘Wij wachten in de auto,’ zegt Dennis en hij neemt Martin mee.

'Ik ga zolang wel naar buiten,' zegt Joona.

Erik schuift de gordijnen opzij en opent de ramen naar de tuin. Hij ziet dat Joona de zon in loopt en midden op het gras blijft staan met zijn telefoon aan zijn oor.

'Sorry dat Dennis de hypnose verstoorde,' zegt Pamela. 'Maar je kent Martin minder goed dan hij en je zette hem erg onder druk.'

Erik kijkt haar aan en knikt.

'Ik kan niet zeggen waarom het niet lukt,' zegt hij. 'Martin is getuige geweest van iets vreselijks en nu zit hij als het ware opgesloten in zijn angst.'

'Ja, daar wilde ik het over hebben... Dit is ingewikkeld, maar dat Martin niet praat, komt volgens hemzelf door twee dode jongens, twee spoken... Ze hebben hem in hun macht en ranselen hem af als hij praat,' vertelt Pamela. 'Heb je zijn handen gezien? Ze zijn geschaafd en zijn knieën zijn bont en blauw... Misschien is hij aangereden door een fiets of weet ik veel, maar voor hem waren het de dode jongens die hem op het metrospoor hebben geduwd... Ik heb het al heel vaak meegemaakt en altijd hebben die jongens het gedaan.'

'Waar komen ze vandaan?'

'Toen Martin klein was heeft hij zijn ouders en beide broers bij een auto-ongeluk verloren.'

'Juist,' zei Erik.

'Dat wilde ik alleen even zeggen, dat dit heel moeilijk voor hem is,' rondt ze af en ze loopt naar de deur.

Hij bedankt haar en loopt met haar mee de tuin in, ziet haar snel naar het poortje lopen en gaat dan naar Joona toe, die op de schommelbank zit.

'Wat is er met Martin aan de hand?'

'Hij is iemand die goed te hypnotiseren is, maar niet durft te vertellen wat hij ziet,' verklaart Erik en hij gaat naast Joona zitten.

'Je kunt anders vaak om trauma's heen komen.'

Joona leunt achterover met de telefoon in zijn hand, hij zet af met zijn benen en brengt de schommelbank in beweging.

'Pamela vertelde dat Martin een soort paranoïde waanvoorstelling heeft van twee dode jongens die hem afranselen als hij praat,' vertelt Erik. 'Zij ziet een verband met het feit dat hij als kind zijn ouders en beide broers heeft verloren bij een auto-ongeluk.'

'En nu is hij bang voor ze?'

'Voor hem is het echt, hij heeft zijn handen opengehaald en denkt dat de jongens hem op het metrospoor hebben geduwd.'

'Zei Pamela dat?'

'Ze zei dat Martin dat gelooft.'

'Zei ze waar dat was?' vraagt Joona en hij gaat rechtop zitten.

'Nee, ik denk niet dat ze dat wist. Waar denk je aan?'

Joona staat op, gaat iets verderop staan en belt Pamela. Ze neemt niet op en hij wordt doorgeschakeld naar haar voicemail.

'Dag Pamela, met Joona Linna,' zegt hij. 'Bel me zodra je dit hoort.'

'Dat klinkt ernstig,' zegt Erik.

'Caesar heeft Pamela gewaarschuwd dat ze niet mogen samenwerken met de politie. Misschien houdt hij haar in de gaten en probeert hij Martin het zwijgen op te leggen.'

80

Na het ochtendgebed loopt Mia samen met Blenda in de felle zon over het erf. Ze probeert haar bij te houden, maar als Blenda het te langzaam vindt gaan, geeft ze een ruk met haar arm, zodat de kabelbinder in haar huid snijdt.

Oma staat bij de vrachtwagen te bellen.

Het portier van de cabine staat open en haar krullenpruik is op de grond gevallen.

Mia's hoofd bonst na Blenda's klap met de schep en het voelt alsof haar hele wang opgezet is.

Ze lag op het grind toen ze wakker werd.

Oma liet Kim en Blenda met gespreide armen staan, terwijl ze hen verhoorde.

Ten slotte bekende Blenda dat ze Mia met de schep had geslagen om te voorkomen dat ze oma zou vermoorden.

Op dat moment dacht Mia dat het afgelopen was, maar in plaats daarvan werd oma razend op Blenda.

'Mia heeft geen wapen,' schreeuwde ze. 'Ik heb haar kleren doorzocht en er is niks. Ze had geen wapen, maar jij en Kimball wel, jullie waren gewapend.'

Mia begreep dat ze geen van allen hadden gezien dat haar mes was gevallen en in het putje was verdwenen.

Kim en Blenda stonden naast elkaar in de middaghitte met hun armen wijd. Ze zweetten en hijgden.

Oma stak de scherpe punt in de gleuf op de stok en klapte de beugel neer om hem vast te zetten.

Kim trilde over haar hele lichaam en uiteindelijk kon ze niet meer. Huilend liet ze haar armen zakken en fluisterde 'sorry'.

Oma keek haar aan, zette een stap naar voren en stak haar met de punt onder haar rechterborst.

'Oma, alsjeblieft,' snikte ze, ze zakte op de grond en ging hijgend op haar zij liggen.

Mia en Blenda moesten terug naar de kooien. Het werd laat, ze zaten op Kim te wachten, maar ze kwam niet terug.

Daarna hebben ze haar niet meer gezien en Blenda zegt nog steeds geen woord.

De rook van de oven staat stil in de zon boven de daken van de langhuizen.

Verderop bij de kraan klinkt gehoest.

Blenda trekt Mia mee naar de schaduw bij de gevel van het huis en blijft staan. Ze heeft een rood hoofd van de hitte en het zweet loopt over haar wangen.

Oma komt naar hen toe en leunt zwaar op haar stok. Haar toegeknepen ogen glinsteren duister, haar mond zit stijf dicht en haar smalle lippen zijn doorsneden met diepe groeven.

'Jullie moeten vandaag helpen,' zegt ze en ze haalt een sleutel van de sleutelbos aan haar riem.

'Natuurlijk,' zegt Blenda.

'Ga huis zeven schoonmaken. Blenda, jij hebt de verantwoordelijkheid.'

'Dank je wel,' antwoordt ze en ze steekt haar vrije hand uit om de sleutel in ontvangst te nemen.

Oma houdt hem vast en kijkt haar turend aan.

'Wie met pek omgaat, wordt ermee besmet, dat weet je.'

Blenda krijgt de sleutel, trekt Mia mee en dan lopen ze naar het verste langhuis. De zon staat hoog aan de hemel en brandt op hun hoofd.

'Het was niet mijn schuld dat Kim en jij de schuld kregen. Wat moest ik doen?' zegt Mia met gedempte stem. 'Ik begrijp jou niet, als jij niet alles had verpest, waren we allemaal vrij geweest.'

‘Vrij waarvan?’ snuift Blenda.

‘Je beweert toch niet dat je hier wilt blijven?’

Blenda reageert niet, ze trekt Mia mee naar het laatste langhuis, steekt de sleutel in het hangslot, opent het, en hangt het aan het oog van de deur voordat ze die opendoet.

De stank slaat hun tegemoet als ze de schemerige ruimte in lopen.

Mia probeert haar verblinding weg te knipperen.

Duizenden vliegen zoemen sloom.

De stilstaande lucht is heet en verzadigd van bedorven vlees en ontlasting.

Blenda krijgt zure oprispingen en slaat een hand voor haar mond.

Haar ogen raken gewend aan het duister en Mia ziet roetzwarte pelsen tegen de wanden liggen, in enorme bundels opgetast.

Ze brengt haar blik omhoog en kermt als ze het hangende lichaam ziet.

Een zilveren lijn loopt door een blok aan een traverse tegen het dak en vandaar omlaag naar Kims hals. Haar gezicht is opgezet en blauwgrijs als klei.

Er bewegen vliegen over haar ogen en mond.

Eigenlijk ziet Mia alleen aan de rode trainingsbroek en het T-shirt met Lady Gaga dat het Kim is.

‘Haal haar voorzichtig naar beneden,’ commandeert Blenda en ze trekt Mia mee naar de ene lange kant.

‘Wat?’

‘Je moet draaien.’

‘Ik snap het niet.’

Mia kijkt om zich heen en begrijpt dat Blenda op een lier aan de muur doelt.

‘We moeten haar cremeren,’ legt Blenda kort uit.

Mia’s hand is bij de slinger en ze trekt eraan, maar er gebeurt niets. Als ze een ruk geeft, plant zich via de kabel een siddering voort naar Kims lichaam. Er stijgt een wolk zoemende vliegen op.

'Je moet de vergrendeling losmaken en...'

Blenda zwijgt als er een auto toetert op de oprit. Ze horen hem over het erf rijden, nog een keer toeteren en dan stoppen.

Blenda mompelt iets en trekt Mia mee naar de deur, doet hem open en kijkt door de kier.

'Hij is het,' zegt Blenda.

In een soort trance loopt Mia achter haar aan de zon in. Ze is misselijk en voelt haar benen trillen als ze het erf op lopen.

Naast de vrachtwagen staat een stoffige personenauto. Het grijze metaal is verroest boven de wielen.

'Ze zijn in het huis,' zegt Blenda met een dromerige glimlach. 'Jij bent daar nooit geweest, maar...'

De jonge vrouw met het donkerrode haar steekt het erf over. Ze draagt een juk met twee zware emmers op haar schouders, ze loopt langzaam, blijft staan, zet ze voorzichtig neer en hoest.

'Laten we maar naar onze kooi gaan,' zegt Mia zwak.

'Je zult het wel zien...'

Blenda trekt Mia mee naar het huis als oma de deur opendoet.

'Kom binnen,' zegt ze. 'Caesar wil kennismaken.'

Ze lopen twee treden op en de vestibule in. Oma's leren jas hangt aan een ijzeren hanger. Mia loopt achter Blenda aan door de gang, over het bobbelige linoleum met marmerpatroon.

Ze komen langs een deur die op een kier staat en Mia vangt een glimp op van een slaapkamer met gesloten vensterluiken. In het midden staat een stalen bed met dikke riemen om iemand mee te fixeren.

Aan het eind van de gang is een keuken. In het daglicht dat door de ramen naar binnen stroomt ziet ze iemand bewegen.

Caesar komt de gang in met een broodje ham in zijn hand, hij wuift nonchalant en komt hun tegemoet.

Mia ruikt haar eigen zweetlucht als ze blijft staan. Haar gezicht is vies en ze heeft vet haar. Blenda heeft opgedroogd bloed onder haar neus en haar dikke haar zit vol met strootjes.

‘Lieverds,’ zegt Caesar en hij komt naar hen toe. Hij geeft het halve broodje aan oma, veegt zijn handen af aan zijn broek en neemt hen onderzoekend op.

‘Blenda ken ik... en jij bent Mia, bijzondere Mia.’

Blenda slaat haar ogen neer, maar Mia kijkt hem een paar tellen aan.

‘Wat een blik! Zag je dat, mama?’ vraagt hij en hij glimlacht.

Oma opent een deur en laat hen een grote kamer binnengaan, om een tweedelig, met behang beplakt kamerscherm heen.

Ze legt het broodje op een goudkleurige schaal op tafel en knipt een vloerlamp aan met een bordeauxrode kap met franje. De gordijnen zijn dicht, maar het daglicht dringt door de kieren heen.

Alle meubels en plinten zijn goudkleurig gespoten, de bank heeft een vlekkerig bruine bekleding, op de sierkussens is biaisband geplakt en aan de hoeken zitten gouden kwastjes.

‘Kan ik jullie iets aanbieden?’ vraagt hij.

‘Nee, bedankt,’ antwoordt Mia.

‘Het is niet alleen maar regels en straf hier,’ zegt Caesar. ‘Je wordt gestraft voor je fouten, maar wie trouw is wordt beloond en krijgt meer dan ze had kunnen dromen.’

‘Alles ligt in ’s Heren hand,’ mompelt oma.

Hij neemt plaats in een fauteuil die met dik pluche bekleed is, slaat het ene been over het andere en kijkt Mia met toegeknepen ogen aan.

‘Ik wil dat we elkaar leren kennen en vrienden worden.’

‘Oké.’

Mia voelt haar benen weer trillen. Ze ziet dat er badkamertapijt met een mozaïekpatroon op de vloer ligt en dat er viezigheid in de naden tussen de banen zit.

‘Relax,’ zegt hij.

‘Ze heeft een mooi gebit,’ zegt oma. ‘En best mooie...’

‘Doe het nou maar gewoon,’ valt hij haar in de rede.

Oma breekt de kop van een ampul, haalt de crèmekleurige punt er voorzichtig uit en draait haar stok om.

'Wacht, ik heb een cadeautje,' zegt Caesar en hij haalt een ketting van witte plastic kralen uit zijn zak. 'Deze is voor jou, Mia.'

'Dat is veel te gek,' zegt ze hees.

Blenda maakt een vreemd, koerend geluid.

'Zal ik je helpen?' vraagt Caesar en hij staat op.

Langzaam loopt hij om Mia heen en hangt het collier om haar hals.

'Ik weet dat het moeilijk te begrijpen is dat deze halsketting nu van jou is, maar je hebt hem gekregen, nu zijn het jouw parels.'

'Dank je wel,' zegt ze zacht.

'Moet je haar nou eens zien!'

'Ze is mooi,' zegt oma.

Mia's hart begint in paniek te bonzen als ze ziet dat de oude vrouw de punt vastmaakt in de gleuf van de stok en de beugel dichtklapt.

'Mag ik niet wakker blijven?' vraagt Mia en ze richt haar ogen op Caesar. 'Ik wil God kunnen danken en jou in de ogen kijken.'

Hij zet een stap naar achteren en kijkt haar glimlachend aan.

'Wil je dat? Mama, je hebt haar gehoord.'

81

Mia onderdrukt de impuls om over te geven als oma met een gegeneerd lachje de punt van de stok haalt. Ze weet dat Caesar naar haar kijkt en probeert zich lang te maken en tegelijkertijd haar ogen deugdzaam neer te slaan.

'Bijzondere Mia,' zegt hij.

Ze voelt oma's adem in haar nek als ze de kabelbinder met een tangetje doorknipt. Mia wrijft over haar pols, terwijl haar gedachten ongecontroleerd voortjakkeren. Ze zegt tegen zichzelf dat ze de zware urn van de piëdestal kan pakken om die op Caesars hoofd kapot te slaan, dat ze een raam kan opendoen en naar buiten kan klimmen.

'Ik breng Blenda naar de kooi,' fluistert oma.

'Ik weet dat het voor iedereen nu wat ongemakkelijk is,' zegt Caesar en hij rolt een piek van Mia's haar tussen zijn vingers. 'Maar binnenkort... Jullie hebben geen idee welke weelde ons wacht.'

Mia zet alles op alles om niet terug te deinzen. Ze hoort oma en Blenda de grote kamer uit gaan en door de gang naar de vestibule lopen. De voordeur gaat open en weer dicht, het slot rammelt en dan is alles stil.

'Ik haal de karaf met port,' zegt Caesar en hij laat haar haar los.

'Zal ik meelopen?' vraagt ze.

'Nee, kleed jij je maar uit,' deelt hij haar zakelijk mee.

Hij loopt naar de deur, maar Mia merkt dat hij achter het kamerscherm blijft staan. Ze trekt het topje over haar hoofd. De plastic kralen vallen rammelend terug tussen haar borsten en blijven achter de uitstekende beugel van haar beha haken.

Als ze zijn voetstappen door de gang hoort verdwijnen, haast ze zich op trillende benen naar het raam en schuift de gordijnen open.

Haar handen trillen als ze beide knoppen omdraait en het raam probeert open te duwen.

Het zit vast.

Ze zet haar hele gewicht erachter, duwt en hoort het kraken in de stijlen.

Maar het gaat niet.

Nu pas ziet ze dat het raam op minstens tien plekken aan het kozijn is vastgespijkerd.

De paniek schiet door haar heen; ze kan hier niet blijven, dan wordt ze verkracht, ze moet door de voordeur naar buiten.

Ze loopt om het scherm heen en luistert of ze geluiden hoort in huis.

Niets.

Langzaam nadert ze de deuropening, ze houdt het licht op de muur van de gang in de gaten, ziet geen bewegingen, loopt door en kijkt om de hoek.

Geen mens te zien.

Ze richt haar blik op de voordeur, bedenkt dat ze erheen zal rennen, maar realiseert zich dan dat ze het slot heeft horen rammelen toen oma het huis verliet met Blenda.

Mia aarzelt een seconde en sluipt dan richting keuken.

Er rinkelt een glas en er gaat een kastje dicht.

Ze voelt aan een slaapkamerdeur, maar die zit op slot, ze loopt verder door de gang en probeert heel stil te ademen.

Veranderende schaduwen in de keuken als Caesar voor het licht langsloopt dat door het raam naar binnen stroomt.

Mia komt bij de volgende deur.

Een vloerplank onder het linoleum kraakt door haar gewicht.

Ze drukt de klink naar beneden en loopt een schemerige slaapkamer in, waar multiplex voor het raam is geschroefd.

Voorzichtig trekt ze de deur dicht en kijkt door een smalle kier de gang in.

Haar hart klopt veel te snel.

Er klinken zware voetstappen en Mia houdt haar adem in wanneer Caesar langsloopt en afslaat naar de salon. Ze opent de deur en rent zo zacht ze kan naar de keuken.

Een hard bonzen klinkt door de muren van het huis.

Caesar schreeuwt.

Mia loopt tegen een stoel aan, valt bijna, maar weet haar evenwicht te bewaren en komt bij het raam.

Haar handen trillen als ze de knop probeert om te draaien.

Ze glijdt weg en schramt haar knokkel, maar het lukt haar het raam open te krijgen, net op het moment waarop ze Caesar door de gang hoort rennen.

Zijn voeten bonzen op de grond.

Mia klimt op de vensterbank en springt. De kralen zwiepen tegen haar tanden als ze in het onkruid neerkomt.

Ze kijkt het schemerige bos in, staat op en begint te lopen.

Er zoemen hommels rond de hoge lupinen.

Achter haar brult Caesar door het open keukenraam.

Mia is op weg het bos in als er tussen de brandnetels een korte, metalige knal klinkt. Ze geeft een gil van pijn, kijkt naar haar enkel en ziet dat ze in een vossenklem is gelopen.

De schok spoelt als een ijskoude golf door haar heen en het duurt een paar tellen voordat ze begrijpt dat de scherpe stalen tanden niet door de stevige schacht van haar schoen heen zijn gedrongen.

Haar voet is er goed van afgekomen.

Aan de andere kant van het huis blaft de hond opgewonden.

Mia probeert de kaken van de klem met haar handen vaneen te wrikken, maar de veer is veel te sterk.

Ze hebben de hond losgelaten, hij komt om het huis heen rennen, blijft voor haar staan en blaft, doet een korte uitval en blaft nog eens, met spattend kwijl.

Opeens bijt hij haar in haar dij en trekt haar naar achteren, zodat ze valt.

Oma komt aangestrompeld door het onkruid met haar stok in beide handen.

Mia probeert de hond weg te trappen, maar hij draait om haar heen en bijt in haar schouder.

Als oma dichterbij komt, ziet ze dat de punt al op de stok zit.

Mia probeert zich met haar handen te beschermen.

Oma stoot met de stok en de punt gaat Mia's rechterhandpalm in. Het brandt en klopt. Ze zuigt aan de wond en spuugt, ook al begrijpt ze dat het geen zin heeft.

Ze is zich er half van bewust dat ze het erf op wordt gesleept. Ze ligt op haar rug in het grind en probeert wakker te blijven terwijl iemand haar met stevige kabelbinders aan een poot van de badkuip vastbindt.

Haar oogleden zijn zwaar en vallen telkens dicht. Ze tuurt door haar oogharen en ziet Caesar naar haar toe komen met de zwarte machete in zijn hand. Oma beweegt hinkend naast hem voort, met een bezorgd gezicht.

'Ik beloof het...'

'Hoe kunnen ze ontzag hebben voor de Heer als ze geen ontzag hebben voor de wet?' moppert hij.

'Ze zijn dom, maar ze leren het wel en ze zullen je twaalf zonen geven om...'

'Hou op, ik heb wel iets anders aan mijn hoofd dan...'

Caesar wordt onderbroken door zijn telefoon die overgaat, hij laat de machete op de grond vallen, gaat een eindje verderop staan en neemt dan op.

Het is een heel kort gesprek, hij knikt en zegt iets, stopt de telefoon in zijn zak en rent naar de grijze auto.

'Wacht,' roept oma en ze strompelt achter hem aan.

Hij stapt in, slaat het portier dicht en laat de motor loeien, hij keert op het erf en is weg.

Mia's wangen worden warm, de hand waarin ze is gestoken is helemaal verdoofd en ze heeft een vreemd gespannen gevoel in haar oksel.

Voetstappen knerpen op het grind, vlak bij haar gezicht.

Het is de vrouw met de rode krullen. Ze gaat op haar hurken naast Mia zitten, pakt haar hand vast en kijkt naar de wond die de punt heeft gemaakt.

'Wees niet bang, je hebt een flinke steek gekregen en je zult twee of drie uur slapen,' zegt ze zacht. 'Maar ik ben de hele tijd bij je, ik zal ervoor zorgen dat niemand je kwaad doet...'

Mia begrijpt dat ze haar probeert te troosten, maar weet dat niemand haar kan beschermen. Als Caesar terugkomt, zal hij haar in haar slaap vermoorden of verminken.

'Ik moet vluchten,' fluistert ze.

'Ik probeer een manier te verzinnen om de kabelbinders door te snijden als je weer wakker bent... en dan ren je over de weg, niet het bos in...'

De jonge vrouw valt zichzelf in de rede en hoest in haar hand.

'En als het je lukt...'

Mia ziet dat haar ogen vochtig worden als ze tegen de hoestaanval vecht. Het zonlicht laat haar rode haar als koper glanzen. Ze heeft twee moedervlekjes onder haar oog en gesprongen lippen.

'Als het je lukt hier weg te komen, ga dan naar de politie en vertel over ons,' zegt ze en ze hoest in haar elleboogholte. 'Ik ben Alice, ik zit hier nu vijf jaar, ik ben hier een paar weken na Jenny Lind gekomen, die naam heb je vast weleens gehoord...'

Ze hoest langdurig en veegt bloed van haar lippen.

'Ik ben ziek, waarschijnlijk heb ik tuberculose. Ik heb koorts en ademhalingsproblemen, daarom mag ik vrij rondlopen, ze weten dat ik toch niet kan vluchten,' gaat ze verder. 'Ik zal je vertellen over iedereen die hier is, en jij moet elke naam onthouden, zodat...'

'Alice, wat doe je?' roept oma.

'Ik controleer of ze nog wel ademt,' antwoordt ze en ze staat op.

'Kijk in het putje,' fluistert Mia.

82

Tracy Axelsson is verzorgende in het Huddingeziekenhuis en net terug van haar vakantie in Kroatië. Joona heeft met haar afgesproken in een café tegenover de hoofdingang van het ziekenhuis.

Joona houdt de telefoon tegen zijn oor terwijl hij de koffie betaalt. Pamela neemt nog steeds niet op.

Tracy zit al aan een rond tafeltje met een bekertje koffie voor zich. Haar gezicht is gebruind en ze draagt blauwe ziekenhuiskleren.

Toen Martin ondanks de diepe hypnose niet kon vertellen wat hij op de speelplaats zag, probeerde Erik het met een interventie. Hij verplaatste de gebeurtenissen op de speelplaats naar een toneel in een poging Martins angst te omzeilen.

Martin beschreef een oude vrouw die gehuld was in vuilniszakken, een vreemd halssieraad droeg en met vieze plastic tassen sleepte.

De politie heeft de zwerfster gevonden die op de beelden van de beveiligingscamera's te zien is. Ze hebben haar verhoord en de opnames zorgvuldig bekeken. Ze is continu zichtbaar.

Ze droeg geen bontmuts en had geen rattenschedel om haar nek, zoals Tracy had beweerd.

Aron had niets met haar signalement van de dakloze vrouw gedaan, omdat ze in shock was geweest.

Maar toen Martin daarnet een oudere vrouw met een vreemd sieraad om haar hals beschreef, werd duidelijk dat de persoon die Tracy had gezien niet de zwerfster op de glooiing was, maar een oudere vrouw in de blinde zone.

Een vrouw die de speelplaats had betreden en verlaten zonder te worden gefilmd.

Misschien is zij de moeder die kijkt als de kinderen spelen, bedenkt Joona.

Als Caesar speelt.

Joona neemt de koffie mee, stelt zich aan Tracy voor en gaat tegenover haar zitten.

'Ik wil nog even zeggen dat ik heb gebeld om te vragen of het goed was dat ik op reis ging,' zegt ze. 'Jullie hebben één keer met mij gepraat, dat was alles... Niemand heeft daarna contact met me opgenomen om te vragen of ik me nog andere dingen herinnerde of iets...'

'Maar nu ben ik hier,' zegt Joona vriendelijk.

'Ik heb haar gevonden, ik heb geprobeerd haar te redden... ze is toch gestorven, ik weet het, het was vreselijk... Misschien had ik iemand nodig die vroeg hoe het met me ging, maar ik ben gewoon naar huis gegaan en heb gehuild.'

'Gewoonlijk krijgen getuigen hulp aangeboden,' zegt Joona.

'Misschien is dat gebeurd, maar dan was ik te geschokt om dat mee te krijgen,' zegt ze en ze drinkt van de koffie.

'Ik had toen niet de leiding over het onderzoek... maar nu is de zaak bij mij en bij de nationale operationele politie terechtgekomen.'

'Wat is het verschil?'

'Ik stel meer vragen,' zegt hij en hij kijkt op zijn telefoon. 'Ik heb de processen-verbaal van het verhoor gelezen... In uw verklaring hebt u het over een dakloze vrouw die niet helpt als u Jenny Lind probeert te redden.'

'Ja.'

'Wilt u haar beschrijven?' vraagt Joona en hij pakt zijn notitieboekje.

'Dat heb ik al gedaan,' zegt Tracy met een zucht.

'Dat weet ik, maar niet aan mij... Ik zou graag willen weten wat u zich nu herinnert. Niet wat u hebt gezegd, maar wat er in uw geheugen zit over die nacht... Het regende en u liep door de

Kungstensgatan, op weg naar huis, u liep de trap af en koos de kortere route langs de speelplaats.'

Tracy's ogen beginnen te glimmen en ze kijkt naar haar handen. Joona merkt op dat ze een zegelring aan haar linkerwijsvinger draagt.

'Eerst had ik niet door waar ik naar keek,' zegt ze zacht. 'Het was vrij donker, ze leek wel een engel die boven de grond zweefde.'

Ze zwijgt en slikt moeizaam.

Joona drinkt van de sterke koffie en bedenkt dat het beeld van de engel een constructie achteraf is, een formulering die bij toehoorders in goede aarde was gevallen.

'Wat viel u toen op?'

'De kabel glinsterde... en ze bewoog met haar voeten, alsof ze aan het eind van haar krachten was. Ik rende erheen, ik dacht er niet over na, maar het was duidelijk dat ze geen lucht kreeg, het was krankzinnig, ik trok aan die slinger, maar begreep niet hoe die werkte, hij zat vast, het was donker en het plensde.'

'U probeerde haar op te tillen, u dacht dat ze de strop zelf met haar handen los zou kunnen maken,' zegt Joona zonder te vertellen dat Jenny al dood was voordat Tracy bij de speelplaats kwam.

'Wat moest ik doen? Ik had hulp nodig en toen zag ik dat er een zwerfster naar me stond te kijken, op maar een paar meter afstand,' vertelt Tracy en ze draait zich om naar het raam.

'Waar?'

Ze kijkt hem weer aan.

'Naast een kleine jeep – of wat het ook voorstelt – die op een veer zit, zodat je ermee kunt wippen.'

'Wat gebeurde er?'

'Niets, ik riep dat ze me moest helpen, maar ze reageerde niet... Ik weet niet of ze niet snapte wat ik zei of dat ze niet goed bij haar hoofd was of zo, maar ze reageerde niet... Ze keek me alleen maar aan en even later verdween ze naar de trap... En uiteindelijk kon ik Jenny niet meer tillen.'

Tracy wordt stil en veegt een traan af met de rug van haar hand.

'Hoe zag ze eruit, die zwerfster?' vraagt Joona.

'Ik weet het niet, typisch... vuilniszakken om haar schouders, een heleboel spullen in oude Ikea-tassen.'

'Hebt u haar gezicht gezien?'

Tracy knikt en vermant zich.

'Ze was afgeleefd, ik bedoel rimpelig, zoals je wordt door het leven op straat...'

'Zei ze iets?'

'Nee.'

'Vertoonde ze überhaupt een reactie toen u riep?'

Tracy drinkt nog wat en krabt over de rug van haar hand.

'Ze stond gewoon naar ons te kijken en hoe meer ik tegen haar schreeuwde, hoe rustiger ze leek te worden.'

'Waarom denkt u dat?'

'Haar ogen... eerst waren ze gespannen, maar toen werden ze... niet zacht, maar leeg.'

'Wat had ze aan?'

'Zwarte vuilniszakken.'

'En onder die zakken?'

'Hoe moet ik dat weten?'

'Wat had ze op haar hoofd?'

Tracy trekt haar wenkbrauwen op.

'O ja, dat is waar ook, ze had een pikzwarte oude bontmuts op, die doornat was van de regen.'

'Hoe weet u dat die doornat was?'

'Dat nam ik misschien alleen maar aan, omdat het regende.'

'Maar wat ziet u als u terugkeert naar uw herinneringen?'

Tracy doet even haar ogen dicht.

'Het was zo dat... al het licht op de speelplaats kwam van een felle lamp aan een paal en toen ze in de lichtkring ging staan, zag ik de muts glinsteren, het leek alsof er op elke haar van de muts een waterdruppel zat.'

'Wat zag u nog meer?'

Tracy's bleke lippen krullen omhoog tot een glimlach.

'Dit heb ik al tegen de politie gezegd en ik snap dat het idioot klinkt, maar ik weet dat ik zag dat ze een halsketting droeg met de kop van een rat, maar dan alleen het bot.'

'De schedel.'

'Precies.'

'Hoe weet u dat het een rattenschedel was?'

'Dat dacht ik, er zitten veel ratten in het Observatorielunden.'

'Hoe zag hij eruit? Die schedel.'

'Hoe hij eruitzag? Als een wit ei ongeveer, maar dan met twee gaten erin...'

'Hoe groot was hij?'

'Zo groot,' zegt ze en ze meet een decimeter af tussen haar vingers.

'Droeg ze nog andere sieraden?'

'Dat geloof ik niet.'

'Hebt u haar handen gezien?'

'Ze waren spierwit,' zegt ze zacht.

'Maar ze droeg geen ringen?'

'Nee.'

'Geen oorhangers?'

'Dat geloof ik niet.'

Joona bedankt Tracy voor haar hulp, geeft haar het telefoonnummer van slachtofferhulp en raadt haar aan contact met hen op te nemen.

Terwijl Joona zich naar zijn auto haast, denkt hij na over het gesprek met Tracy en het beeld dat hij van de vrouw op de speelplaats heeft gekregen.

In de processen-verbaal is ze beschreven als dakloos, vermoedelijk dronken of gedrogeerd.

Maar na het gesprek met Tracy denkt hij niet meer dat ze dakloos was.

Hij denkt dat ze samen met Caesar Jenny Lind heeft vermoord.

Tracy had haar gezicht als gegroefd door kou en zon beschreven, maar toch waren haar handen spierwit.

Maar dat leek alleen maar zo, omdat ze latexhandschoenen droeg.

Daarom waren er geen vingerafdrukken op de lier of de kabel gevonden.

Ze had daar staan kijken, omdat ze zeker wilde weten dat Tracy Jenny niet zou redden.

Als hij het portier opendoet, zoemt zijn telefoon in zijn binnenzak.

'Joona,' zegt hij.

'Hallo, met Pamela, ik heb mijn voicemail nu pas beluisterd.'

'Fijn dat je belt. Ik heb twee dingen te melden en ik zal het kort houden,' zegt hij en hij gaat in de hete auto zitten. 'Martin zei tegen jou dat hij op de rails was geduwd… en ik heb begrepen dat dat het moment was waarop hij die verwondingen opliep.'

'Hij wil er niet over praten, maar… ja, zo begreep ik het.'

'Wanneer was dat?' vraagt hij en hij begint te rijden.

'Afgelopen donderdag, vrij laat op de avond.'

'Weet je welk metrostation?'

'Ik heb geen idee,' zegt ze.

'Kun je het hem vragen?'

'Ik ben niet thuis, maar ik zal met hem praten zodra ik weer thuis ben.'

'Ik zou graag willen dat je hem nu meteen belt.'

'Maar hij neemt de telefoon niet op als hij schildert,' zegt ze.

Joona schuift een baan op naar rechts op de E20 als hij Aspudden passeert.

'Hoe laat ben je thuis, denk je?' vraagt hij.

'Binnen een uur.'

De beschaduwde rotswand naast de weg vliegt voorbij, waarna hij de brug met de plexiglazen leuning op rijdt.

'Het tweede punt is dat jullie persoonlijke beveiliging zouden moeten overwegen.'

Het blijft een hele poos stil.

'Heeft Caesar Martin geduwd?' fluistert Pamela ten slotte.

'Dat weet ik niet, maar Martin is de enige ooggetuige en Caesar is duidelijk bang dat hij ons een goed signalement zal kunnen geven,' antwoordt Joona. 'Misschien durft hij er niet langer op te vertrouwen dat jullie zwichten voor zijn dreigementen.'

'We zijn blij met alle bescherming die we kunnen krijgen.'

'Mooi,' zegt Joona. 'De unit persoonsbeveiliging zal vanavond contact met je opnemen.'

'Bedankt,' zegt ze zacht.

83

Pamela loopt met de telefoon in haar hand door het Hagapark. Door de vlekken zonlicht en de schaduwen heeft ze het gevoel niet op een voetpad, maar op een smalle brug over een glinsterende rivier te lopen.

Het is duidelijk dat de politie van mening is dat ze groot gevaar lopen.

Ze had al eerder om beveiliging moeten vragen.

Toen ze van huis wegging, was ze ongerust geweest en had ze Dennis gebeld. Hij zat in vergadering, maar had beloofd haar bij de noordelijke kapel op te halen.

Nu is ze echt bang en ze overweegt de wandeling af te breken en terug te gaan.

Caesar heeft geprobeerd Martin te doden.

Als ze bij het viaduct komt, gaat ze langzamer lopen en zet ze haar zonnebril af.

Een groep mensen is samengedromd rond een man die op het fietspad ligt. Het geluid van een ambulance nadert. Een jonge vrouw zegt een paar keer dat hij dood is en slaat dan haar hand voor haar mond.

Pamela stapt op het gras om er niet te dicht langs te lopen, maar ze kan zich niet bedwingen en kijkt toch. Tussen de benen van de mensen door ziet ze de opengesperde ogen van de man.

Ze voelt een rilling over haar rug gaan en loopt snel onder het viaduct door met het gevoel dat alle mensen om hem heen haar aanstaren.

De grote begraafplaats geurt naar pas gemaaid gras.

Pamela verlaat het voetpad, loopt tussen de hoge bomen door en ziet dat de zon recht op het graf van Alice schijnt.

In de verte klinkt het kwetterende geluid van een ekster.

Ze gaat op haar knieën zitten en legt haar hand op de zonnewarme steen.

'Hoi,' fluistert ze en ze gaat met haar vinger over de inscriptie, de letters die in het graniet zijn gebeiteld.

Eigenlijk is de naam van haar dochter weggehaald uit de steen, denkt ze soms. Alleen de gleuven waaruit ze zijn verwijderd zijn er nog.

De grafsteen heeft Alice' naam niet, zoals de kist haar lichaam niet heeft.

Pamela komt hier elke zondag om met haar dochter te praten, ook al ligt ze hier niet.

Het lichaam is nooit gevonden.

Er zijn duikers ingezet, maar het Kallsjön is honderdvierendertig meter diep en er staan sterke stromingen.

Pamela had lang gefantaseerd dat iemand Alice uit het water had gered voordat Martin door de groep langeafstandsschaatsers was gevonden. Ze zag een aardige vrouw voor zich die haar dochter eruit trok, haar in rendiervellen wikkelde en op haar slee legde. Alice zou wakker worden bij het licht van het vuur in haar houten blokhut en de vrouw zou haar sterke thee en soep geven. Ze was met haar hoofd op het ijs gekomen en totdat ze haar geheugenverlies zou hebben overwonnen zou de vrouw haar als een eigen dochter verzorgen.

Pamela weet dat die dagdromen een manier voor haar waren om het laatste beetje hoop niet op te hoeven geven.

Toch at ze sinds het ongeluk geen vis meer, omdat ze anders geplaagd werd door de gedachte dat het de vissen zouden kunnen zijn die het lichaam van Alice hadden opgegeten.

Pamela staat op en ziet dat de tuinman haar klapstoel weer in de boom heeft gehangen. Ze gaat hem halen, veegt de zaadjes van de bekleding en gaat voor het graf zitten.

‘Papa is onder hypnose geweest, dat klinkt belachelijk, ik weet het, maar dat was om te kijken of hij zich dan kon herinneren wat hij heeft gezien...’

Ze zwijgt als ze merkt dat iemand, half verborgen achter een bleke stam, tussen de bomen door haar kant op kijkt. Ze probeert haar blik scherp te stellen en is opgelucht als ze ziet dat het een oude vrouw met brede schouders is.

‘Ik weet niet hoe het verder zal gaan,’ vervolgt Pamela en ze kijkt weer naar de grafsteen. ‘Wij worden bedreigd en Mia is weg, de moordenaar van Jenny Lind heeft haar ontvoerd om ons bang te maken, alleen omdat papa de politie probeert te helpen.’

Ze veegt de tranen van haar wangen en ziet nog net hoe de oude vrouw langzaam achter de boomstam verdwijnt.

‘We lijken nu in elk geval een onderduikadres te krijgen... en anders gaan we een poosje naar Dennis’ tweede huis,’ zegt Pamela en ze gaat rustiger praten. ‘Ik denk dat ik hier straks een tijdje niet kan komen, dat wilde ik eigenlijk alleen maar zeggen... Ik moet gaan.’

Ze staat op, hangt de stoel weer in de boom, maar keert terug naar het graf en slaat haar armen om de steen.

‘Alice, ik hou van je... Eigenlijk wacht ik gewoon totdat ik doodga, zodat ik jou weer kan zien,’ fluistert ze en ze gaat rechtop staan.

Pamela loopt door de schaduw onder de bomen, de glooiing af naar het voetpad, ziet een aanplant met mooie rozen, bedenkt dat ze er een paar zou moeten plukken voor op het graf, maar weerhoudt zichzelf daarvan.

Als ze bij het parkeerterrein bij de kapel komt, staat de auto er al en ze kan Dennis’ gezicht vaag door de spiegelingen in de voorruit heen zien.

84

Het asfalt dreunt onder de banden als Joona na Enköping de E18 verlaat en doorrijdt naar Västmanland en Dalarna.

'Ik heb geprobeerd met Margot te praten,' zegt Johan Jönson aan de telefoon.

'Je hoeft niet langs haar, Caesar heeft Martin op het spoor geduwd,' legt Joona uit. 'Als we de film kunnen vinden, hebben we hem waarschijnlijk.'

'Maar waar moet ik zoeken? Welk station?'

'Dat weet ik nog niet, maar ergens in het centrum van Stockholm.'

'Dat zijn wel twintig stations.'

'Luister naar me,' zegt Joona. 'Dit is het enige wat belangrijk is – je moet nu die film zien te vinden.'

'Ze willen meestal niet...'

'Haal de officier van justitie erbij, wat dan ook, maar doet het,' valt hij hem in de rede.

Over veertig minuten moet Joona bij Anita, de dochter van Gustav Scheel, zijn. Ze woont in een rijtjeshuis in Säter, op slechts drie kilometer afstand van het ziekenhuis.

Ze was nog maar een kind toen Caesar haar slaapkamer binnendrong, op de rand van haar bed kwam zitten en zijn hand op haar hoofd legde.

Als haar vader haar later niet had verteld hoe hij Caesar had ontmoet, had ze het nooit geweten.

Maar hij had het wel verteld – en Joona kan moeilijk geloven dat ze niet heeft doorgevraagd.

Er moet meer zijn.

Van alle mensen die hij tot nu toe heeft gesproken weet zij waarschijnlijk het meest van Caesar.

Joona denkt aan zijn vorige gesprek met Anita. Ze had geleerd om kritiek op het onderzoek van haar vader voor te zijn, door er afstand van te nemen, ook al was ze er in haar hart trots op.

Achterhaalde psychiatrie staat altijd in een kwade reuk, probeerde ze te zeggen.

Toch heeft ze de opleiding verpleegkunde gedaan, ze heeft zich in Säter gevestigd en werkt in de psychiatrische kliniek.

Joona haalt een stoet vrachtwagens in. Tussen de trucks in fluit de wind langs de autoruiten.

Zijn pistool ligt in het dashboardkastje en zijn kogelwerende vest zit in de stoffen tas op de bijrijdersstoel.

Caesar heeft geprobeerd Martin te doden in een metrostation in het centrum van Stockholm. Als dat op film staat en hij geen masker draagt, kan hij misschien geïdentificeerd worden.

Misschien staan Caesar en de oude vrouw allebei op het perron.

Ze moorden samen.

Of heeft Caesar publiek nodig, iemand om zich aan te spiegelen – als een kind dat wil dat zijn moeder kijkt als hij kunstjes doet op het klimrek?

Joona drinkt wat water, zet de fles weer in de bekerhouder en laat zijn gedachten teruggaan naar het gesprek met Tracy.

Hij denkt na over haar beschrijving van de ovale schedel die de vrouw om haar nek droeg. Als die zo groot was, kon hij nooit van een rat zijn.

Eerder van een marterachtige, denkt Joona en dan weet hij het.

De zwarte muts was niet gemaakt van nepbont. Dit bont was vet. De regendruppels werden afgestoten en verzamelden zich op de puntjes van de haren.

Het moet om nerts gaan, bedenkt hij en opeens krijgt hij een ijzingwekkend inzicht.

De rillingen lopen over zijn rug.

Het lijkt wel of de hele zaak op dat moment uitgekristalliseerd wordt.

Hij rijdt met een scherpe draai de berm in en stopt in de schaduw onder een viaduct.

Joona sluit zijn ogen en keert in zijn herinneringen terug naar een bezoek dat hij samen met zijn vader aan het Natuurhistorisch Museum had gebracht.

Hij is acht jaar en loopt in het enorme skelet van een blauwe vinvis. De echo's van stemmen en voetstappen weergalmen tegen het dak hoog boven hem.

Joona luistert naar zijn vader, die iets voorleest van een informatiebord bij een opgezette mangoest in gevecht met een cobra.

Hij krijgt het warm in zijn nieuwe gewatteerde jack, doet het open en loopt door naar een foto van een nerts.

In een glazen vitrine liggen drie eivormige schedels.

In de gewelfde bovenkant van de schedel zit een patroon.

In de structuur van het bot zit een soort kruis geprent.

Joona zit met gesloten ogen in de auto aan de kant van de weg en bestudeert zijn herinnering aan de schedel.

Het patroon lijkt een gestalte – met een puntmuts en wijde mouwen – die als Christus met zijn armen gespreid staat.

Hij opent zijn ogen, pakt de telefoon uit het middenconsole, zoekt naar afbeeldingen van nertsenschedels en vindt meteen een foto.

Aan de binnenkant van de schedel is een zwak reliëf te zien van een gestalte met gespreide armen, ontstaan door evolutionaire aanpassingen aan aderen en hersenvliezen.

De figuur is meer of minder duidelijk aanwezig op alle wetenschappelijke tekeningen en foto's.

Het is precies hetzelfde symbool als waarmee de dode meisjes gemerkt zijn.

Het hangt allemaal samen en vanaf de schedel van de nerts loopt een weg recht naar de moordenaar.

Joona weet dat heel weinig seriemoordenaars actief met de politie communiceren, maar ze hebben allemaal een patroon, gevoel voor structuur en voorkeuren die sporen achterlaten.

Talloze malen heeft Joona nu naar het patroon van Caesar gekeken en de verschillende puzzelstukjes van plaats laten verwisselen. De sfinx heeft het antwoord ín het raadsel verstopt. Wat een breuk lijkt met de modus operandi van de moordenaar is er een logisch en noodzakelijk onderdeel van.

Hij start de auto, kijkt in de binnenspiegel, rijdt de weg op en trapt het gaspedaal in.

Hij is altijd in staat geweest terug te gaan naar exacte herinneringsbeelden. Meestal is het een vermoeiend en pijnlijk talent.

Keer op keer beleeft hij het verleden tot in de details.

Na Hedemora loopt de weg als een streep tussen akkers en weilanden door naar Säter.

Joona rijdt over de rotonde met een blauwe sculptuur die op de kop van een grote bijl lijkt en rijdt een woonwijk binnen met dicht op elkaar gebouwde vrijstaande huizen.

Hij parkeert achter een rode Toyota op Anita's oprit, stapt uit en loopt naar het huisje met roodgeverfde houten rabatdelen en een steil pannendak.

'U hebt het gevonden,' zegt ze.

Joona zet zijn zonnebril af en geeft haar een hand.

'Ik heb niet veel in huis, maar de koffie staat klaar...'

Ze loopt voor hem uit door de hal naar een witbetegelde keuken en een ronde eettafel met witte stoelen.

'Gezellige keuken,' zegt Joona.

'Vindt u?' vraagt ze met een glimlach.

Ze biedt hem een stoel aan en pakt twee porseleinen kop-en-schotels en lepeltjes, schenkt koffie in en zet een klein pak melk en een schaal suikerklontjes neer.

'Ik weet dat ik dit al heb gevraagd,' begint Joona, 'maar hebt u misschien foto's van het paviljoen in de tijd van uw vader? Groepsfoto's van een afscheid van iemand die met pensioen ging of iets dergelijks?'

Ze denkt na, terwijl ze een suikerklontje door de koffie roert.

'Er is een foto van mij in zijn kantoor... dat is de enige foto die ik heb van de binnenkant van het paviljoen... en daar hebt u niets aan.'

'Ik wil hem toch graag zien.'

Ze bloost als ze haar portemonnee uit haar schoudertas haalt.

'Op mijn zevende verjaardag kreeg ik van mijn vader een klein doktersjasje,' zegt ze en ze legt een zwart-witfoto voor Joona neer.

Ze heeft dunne vlechtjes en zit in een witte jas op de stoel van haar vader achter zijn enorme bureau met dikke boeken en stapels dossiers.

'Mooie foto,' zegt hij en hij geeft hem terug.

'Hij noemde mij altijd dokter Anita Scheel,' zegt ze en ze glimlacht.

'Wilde hij dat u in zijn voetsporen zou treden?'

'Dat denk ik wel, maar...'

Ze zucht en krijgt een diepe rimpel tussen haar honingkleurige wenkbrauwen.

'U was misschien vijftien toen hij vertelde van de keer dat Caesar op de rand van uw bed kwam zitten.'

'Ja.'

'Wat bedoelde Caesar toen hij zei dat de moeders naar de spelende kinderen kijken? Hebt u dat aan uw vader gevraagd?'

'Natuurlijk.'

'Wat was zijn antwoord?'

'Hij liet mij een hoofdstuk van de casestudy lezen waarin stond dat Caesars oorspronkelijke trauma verband hield met zijn moeder.'

'Op welke manier?'

'Het is een heel academische studie,' antwoordt ze en ze zet het kopje voorzichtig op het schoteltje.

De rimpels in haar voorhoofd gaan verschillende kanten op, alsof ze de hele dag ergens over loopt te piekeren.

'Weet u wat ik denk?' vraagt Joona. 'Ik denk dat u de casestudy van uw vader nog hebt.'

Ze staat op, zet haar kopje op het aanrecht en loopt dan de keuken uit zonder een woord te zeggen.

Joona kijkt naar de oude radio met telescoopantenne die op tafel staat. De schaduw van een vogel vliegt langs de ruit.

Anita komt de keuken weer in en legt een bundel van ongeveer driehonderd vellen papier voor hem neer. De rug is met rood garen gebonden en op de voorkant staat met de ongelijkmatige aanslagen van een schrijfmachine:

Spiegelman
De casus van een psychiatrisch patiënt

Instituut voor Psychiatrie
van het Academisch Ziekenhuis
Prof. dr. Gustav Scheel,
verbonden aan het gesloten paviljoen van Säter

Ze gaat weer op haar stoel zitten, legt haar hand op het manuscript en kijkt hem aan.

'Ik hou niet van liegen,' zegt ze, 'maar ik heb me aangewend om te zeggen dat alles is verbrand toen mijn vader stierf... En bijna alles is ook verbrand, maar *Spiegelman* had hij thuis.'

'U wilde hem beschermen.'

'Deze casestudy zou hét grote voorbeeld kunnen worden van de misstanden binnen de Zweedse psychiatrie,' antwoordt ze neutraal. 'Mijn vader zou de Minotaurus in het labyrint kunnen worden, een Mengele, hoe interessant het ook is wat hij beschrijft.'

'Ik wil het manuscript graag lenen.'

'U mag het hier lezen, maar het niet meenemen,' zegt ze met een afwezige trek om haar volle mond.

Joona knikt en kijkt haar aan.

'Ik heb geen mening over het onderzoek van uw vader. Het enige wat ik wil is Caesar vinden voordat hij meer slachtoffers maakt.'

'Maar dit is maar een gevalsstudie,' legt ze uit.

'Staat Caesars echte identiteit nergens aangegeven of aangeduid?'

'Nee.'

'Worden er in de hele studie geen namen of plaatsen genoemd?'

'Nee. De tekst beweegt zich bijna uitsluitend op een theoretisch niveau,' zegt ze. 'En alle beschrijvende voorbeelden spelen zich af in het paviljoen... Caesar had geen identiteitspapieren bij zich en was te voet bij ons aangekomen.'

'Wordt er ergens iets over het houden van nertsen of andere dieren gezegd?'

'Nee, of... Op een gegeven moment vertelt Caesar dat hij heeft gedroomd dat hij in een benauwde kooi lag.'

Ze strijkt met haar hand over haar nek en onder haar jurk over haar linkerschouder.

'Caesar kwam bij jullie en wilde opgenomen worden,' zegt Joona. 'Maar wat gebeurde er daarna?'

'Hij werd opgenomen, kreeg eerst zware medicijnen en werd meteen gesteriliseerd, dat was toen routine, het is verschrikkelijk, maar zo was het...'

'Ja.'

'Toen mijn vader vermoedde dat Caesar DIS had, bracht hij de medicatie terug en begon met de diepte-interviews die de basis vormen voor de studie.'

'Waar komt die in het kort op neer?'

'De stelling die mijn vader heel overtuigend uiteenzet, is dat Caesar een dubbel trauma had,' vertelt ze en ze strijkt met haar hand over het manuscript. 'Het eerste trauma kreeg hij op jonge leeftijd, voor zijn achtste, want rond die tijd rijpt de hersenschors. Het tweede trauma vond plaats toen hij al volwassen was, vlak voordat hij mijn vader kwam opzoeken. Het eerste trauma schept de voorwaarden om je in meer personen te kunnen opdelen... maar dat gebeurt pas bij het tweede trauma. Mijn vader vergeleek het met de zaak-Anna K., een vrouw met een stuk of twintig verschillende personen in zich... een van hen was blind en haar pupillen reageerden niet op licht bij klinische onderzoeken.'

Joona opent *Spiegelman*, leest snel de Engelse samenvatting door en kijkt dan naar de inhoudsopgave.

'Ik zal u rustig laten lezen, er zit nog koffie in de kan,' zegt ze en ze staat op.

'Bedankt.'

'Als er iets is, ik zit in mijn werkkamer.'

'Mag ik nog iets vragen voordat u weggaat?'

'Ja?'

Joona klikt een foto van een nertsenschedel aan op zijn telefoon, vergroot hem en laat haar de kruisachtige structuur zien.

'Weet u wat dit is?'

'Jezus, toch? Of niet?' vraagt ze.

Ze kijkt er nog eens beter naar en trekt dan wit weg.

'Waar denkt u aan?' vraagt Joona.

Ze kijkt hem met geschrokken ogen aan.

'Ik weet het niet, ik... in *Spiegelman* staat alleen dat als Caesar 's nachts werd opgesloten, hij soms urenlang met gespreide armen in zijn cel stond, alsof hij gekruisigd was.'

85

Pamela doet de voordeur achter zich op slot en loopt de gang door naar de werkkamer. Martin heeft het grote doek weer op de ezel gezet.

'Ik heb je geprobeerd te bellen,' zegt ze.

'Ik ben aan het schilderen,' antwoordt hij en hij mengt wat rode verf door het geel op zijn palet.

'Donderdag zei je dat je op het metrospoor was geduwd,' zegt ze. 'Nu wil Joona graag weten op welk station dat was.'

'Maar jij zegt toch dat de jongens niet echt bestaan,' zegt hij, terwijl hij met langzame penseelstreken schildert.

'Ik wil je niet ongerust maken.'

Hij huivert, legt zijn penseel neer en kijkt haar aan.

'Heeft Caesar me geduwd?' vraagt hij.

'Ja.'

'Het was op station Kungsträdgården... Ik heb niemand gezien, ik hoorde alleen voetstappen achter me.'

Pamela stuurt Joona een berichtje en gaat dan op de stoel achter het bureau zitten.

'Dennis wil dat we naar zijn tweede huis gaan en ik heb gezegd dat we dat zouden doen, maar nu krijgen we in plaats daarvan politiebescherming...'

'Maar...'

'Ze komen ons vanavond halen.'

'Maar ik moet nog een keer onder hypnose,' zegt hij op gedempte toon.

'Je ziet toch niets?'

'Hij is daar wel, dat weet ik, ik heb hem gehoord...'

'Caesar?'

'Ik denk dat ik zijn gezicht heb gezien in een flits...'

'Wat bedoel je?'

'In een flits van een camera of zo.'

'Hij heeft een foto gemaakt,' zegt ze en de rillingen lopen over haar rug.

'Dat weet ik niet.'

'Ja, maar dat denk ik wel, dat hij een foto maakte,' zegt ze. 'Kun je niet proberen te beschrijven wat je zag?'

'Het is allemaal zwart...'

'Maar jij denkt dat Erik Maria Bark die seconde met de flits zou kunnen vinden... zodat jij Caesar kunt beschrijven?'

Hij knikt en staat op.

'Ik ga met Joona praten,' zegt ze.

Martin opent de kast, haalt het pak hondensnoepjes eruit en vult een plastic potje.

'Ik laat Lobbes wel uit,' zegt ze.

'Waarom?'

'Ik wil niet dat jij naar buiten gaat.'

Pamela maakt de hond wakker en neemt hem mee naar de hal. Hij gaapt als ze hem de halsband om doet.

'Doe de deur maar achter ons op slot,' zegt ze tegen Martin.

Ze pakt haar schoudertas, loopt naar de liftdeur en doet hem open. Lobbes sjokt achter haar aan en kwispelt een beetje met zijn staart.

Martin doet de veiligheidsdeur dicht en op slot.

De kabels dreunen en kletteren als ze afdalen naar de begane grond.

Het hele trappenhuis ruikt naar warme baksteen.

Ze gaan naar buiten en volgen de Karlavägen naar de Hogeschool voor Architectuur, waar zij haar opleiding heeft gevolgd.

Pamela bedenkt dat iedereen die ze tegenkomt op het trottoir

Caesar kan zijn. Ze heeft geen idee hoe hij eruitziet.

Als Lobbes aan een regenpijp ruikt, kijkt ze achterom of iemand haar volgt.

Een slanke man staat naar de etalage van de galerie te kijken.

Pamela loopt door, komt langs de steile trap naar de Engelbrektskerk en stapt het grasveld op. Lobbes plast tegen een van de bomen en sjokt verder naar de grot die met explosieven in de berg is gemaakt. Tijdens de Tweede Wereldoorlog heeft hij als schuilkelder dienstgedaan, maar nu is het een columbarium, waar nabestaanden de urn van hun familielid bewaren.

Lobbes snuffelt aan de rotswand.

Pamela kijkt nog eens om en ziet dat de man die haar eerder was opgevallen met grote stappen dichterbij komt.

Het is Primus.

Instinctief trekt ze Lobbes mee de schaduwrijke opening van de grot in, en ze gaat met haar rug tegen de gesloten deur staan.

Primus blijft staan op het trottoir en kijkt om zich heen. De grijze paardenstaart beweegt heen en weer over zijn rug. Lobbes wil weg en jankt zacht als ze hem tegenhoudt. Primus draait zich om, kijkt hun kant op en zet een stap naar voren.

Pamela houdt haar adem in, ze denkt niet dat hij haar kan zien.

Er rijdt een zware vrachtauto langs over straat en de struiken trillen in de windvlaag.

Bladeren en afval wervelen rond in de ingang van de grot.

Primus komt met een zoekende blik recht op haar af. Ze draait zich om, opent de deur van het columbarium en trekt Lobbes mee naar binnen.

De lucht is koel en het ruikt er naar oude bloemen en brandende kaarsen. De vloer is bedekt met steentjes en de kale rots van het dak is gewit.

Het columbarium lijkt op een bibliotheek, maar in plaats van rijen boekenkasten is er een archief van groen marmer met honderden gesloten deurtjes.

Pamela loopt snel, ze hoort de steentjes knarsen onder haar schoenen, ze loopt voor de eerste afdeling langs en loopt bij de tweede de hoek om.

Ze gaat op haar knieën zitten en slaat haar arm om de nek van de hond.

Ze ziet geen andere bezoekers, maar er staan stoelen en er branden kaarsen in zware gietijzeren kaarsenstandaards.

De deur gaat open en pas veel later weer dicht.

Pamela begint al te hopen dat Primus het heeft opgegeven als ze voetstappen over de steentjes hoort. Hij loopt langzaam en blijft dan staan.

'Ik heb een boodschap van Caesar,' zegt Primus. 'Hij zou het hier prachtig vinden, hij is bezeten van zijn kruisjes...'

Pamela staat op en denkt aan de kruisjes op de vingers van de Profeet.

In gedachten ziet ze kruisjes over zijn hele lichaam, over wanden, plafonds en vloeren.

De voetstappen over de stenen komen dichterbij.

Pamela kijkt om zich heen, probeert een uitweg te vinden, draait zich om en wil wegrennen als Primus om het blok met deurtjes heen komt en voor haar blijft staan.

'Laat me,' zegt Pamela.

'Caesar wil niet dat Martin nog eens onder hypnose gaat,' zegt Primus en hij laat een scherpe polaroidfoto zien.

Mia's smoezelige gezicht wordt verlicht door een flits. Ze is moe en mager. De fotograaf houdt een zwarte machete uitgestoken. De zware kling rust op haar schouder, met de scherpe kant naar haar keel.

Pamela struikelt achteruit en laat haar tas op de steentjes vallen.

'Hij zegt dat hij haar armen en benen zal afhakken en de wonden zal dichtschroeien. En dan moet ze in een doos leven...'

Als Primus een stap naar voren doet, begint Lobbes te blaffen. Pamela bukt om de spullen bij elkaar te rapen die uit haar tas zijn gevallen.

Lobbes blaft zo hard als hij in jaren niet heeft gedaan en doet een razende uitval. Primus deinst terug en Lobbes ontbloot grommend zijn tanden.

Pamela pakt de riem en trekt Lobbes mee naar de deur. Als ze buiten komen, tilt ze hem in haar armen en rent weg zonder om te kijken.

Hijgend zet ze de hond voor de deur neer, ze toetst de code in en trekt hem mee het trappenhuis in. Ze stappen meteen in de lift en gaan naar de vijfde verdieping. De deur van het appartement staat op een kier.

Ze doet snel de deur op slot en roept Martin, terwijl ze het appartement doorzoekt.

Met trillende handen haalt ze de telefoon uit haar tas en belt hem.

'Met Martin,' zegt hij behoedzaam.

'Waar ben je?'

'Ik ga vragen of ik nog eens gehypnotiseerd kan worden.'

'Dat kun je niet doen.'

'Het moet – het is de enige manier.'

'Martin, luister naar me, als Caesar erachter komt, vermoordt hij Mia, hij meent het, hij doet het echt.'

'Omdat hij bang is… hij weet dat ik hem in de flits heb gezien.'

86

Erik Maria Bark zit in de schaduw onder de grote eik met zijn laptop op het ranke tuintafeltje te werken aan een hoofdstuk over groepshypnose.

Hij hoort het poortje aan de straatkant open- en weer dichtgaan, kijkt op en ziet Martin om de hoek komen en snel koers zetten naar de wachtkamer, als hun blikken elkaar ontmoeten.

Martin verandert van richting en loopt naar Erik toe, haalt zijn hand door zijn haar en kijkt over zijn schouder voordat hij groet.

'Sorry dat ik zo aan kom zetten, maar heb jij tijd om…'

Hij zwijgt abrupt als er een auto langsrijdt over de weg en gaat met een angstige blik achter de seringen staan.

'Wat is er aan de hand?' vraagt Erik.

'Caesar zegt dat hij Mia iets aandoet als ik naar jou toe ga.'

'Heb je met Caesar gesproken?'

'Nee, dat zegt Pamela.'

'En waar is zij nu?'

'Thuis, denk ik.'

'Zouden jullie geen beveiliging krijgen?'

'Ze komen ons vanavond halen.'

'O, dat is mooi.'

'Kunnen we naar binnen gaan?'

'Oké,' antwoordt Erik.

Hij sluit de laptop af en neemt hem mee als ze samen het huis binnengaan en door de wachtkamer naar de werkkamer lopen.

'Niemand mag weten dat ik hier ben,' zegt Martin. 'Maar ik wil nog eens onder hypnose, ik denk dat ik Caesar op de speelplaats heb gezien, een seconde maar, in de flits van een camera.'

'Je denkt dat iemand daar een foto heeft gemaakt?'

'Ja.'

Erik bedenkt dat Martin de regen, de waterplassen en het speelhuisje had kunnen beschrijven voordat hij werd verblind. Daarom was alles daarna zwart geworden.

'We kunnen het zeker nog een keer proberen,' zegt Erik en hij zet de ventilator op het bureau aan.

'Nu meteen?'

'Ja, als je dat wilt, zeker,' antwoordt Erik.

Martin gaat op de slaapbank zitten. Hij kijkt de kant van de wachtkamer op en wipt nerveus met zijn been.

'Ik zou de hypnose in twee stukken willen verdelen,' vertelt Erik. 'In het eerste deel gaat het erom een passage te maken naar jouw herinneringen en in het tweede om je de gebeurtenissen zo exact mogelijk te herinneren.'

'Dat gaan we doen.'

Erik trekt zijn stoel naar hem toe en gaat zitten.

'Zullen we beginnen?'

Martin gaat op zijn rug liggen en kijkt met een gespannen blik en een scherpe rimpel in zijn voorhoofd naar het plafond.

'Luister alleen naar mijn stem en volg mijn aanwijzingen,' zegt Erik. 'Zo meteen word je vervuld van een innerlijke rust. Je lichaam zakt weg in een behaaglijke rust. Eerst voel je het gewicht van je hielen op het bed terwijl je je kuiten ontspant, je enkels en je tenen...'

Erik wil proberen gebruik te maken van Martins innerlijke stress om hem in een diepere ontspanning te brengen. Spanning is altijd de uitzondering – het brein verlangt naar rust. Net zoals het ware streven van een uurwerk stilstaan is.

'Ontspan je kin,' zegt Erik. 'Hou je mond een beetje open, adem in door je neus en laat de lucht langzaam door je mondholte, over je tong en langs je lippen naar buiten stromen...'

Hoewel Martin zich na twintig minuten al in uitgebreide rust bevindt, gaat Erik door met het afdalen in de inductie.

De ventilator tikt en verandert van richting. Een stofvlok zweeft omhoog in de nieuwe luchtbeweging.

Erik telt langzaam af en neemt Martin mee voorbij het niveau van catalepsie.

'Drieënvijftig, tweeënvijftig...'

Hij is nooit eerder met een patiënt naar dit niveau afgedaald, maar hij stopt pas als hij zich zorgen begint te maken dat Martins lichaamsfuncties zullen afnemen, dat zijn hart zal stoppen met slaan.

'Negenendertig, achtendertig. Je daalt af en ademt steeds rustiger...'

Waarschijnlijk heeft Pamela gelijk in haar veronderstelling omtrent Martins waanvoorstelling over de jongens die hem het zwijgen opleggen, bedenkt Erik. Die moet met het verlies van zijn broers te maken hebben.

Misschien was Martin er niet bij toen zijn ouders en broers werden begraven, misschien lag hij in het ziekenhuis na het ongeluk, of misschien had hij door de schok niet begrepen wat er gebeurde.

Dat zijn broers als spoken terugkeren in zijn psychoses komt waarschijnlijk doordat hij als kind niet bij de begrafenis was geweest, dat het niet tot hem was doorgedrongen dat ze dood waren.

'Zesentwintig, vijfentwintig... als ik bij nul ben, sta je op een kerkhof, je bent daar om je broers te begraven.'

Martin is nu naar de onderste regionen van de diepe hypnose afgedaald, waar de innerlijke censuur veel zwakker is, maar waar tijd en logica wazig worden.

Erik weet dat dromen echte herinneringen in de weg kunnen staan, dat fragmenten uit eerdere psychoses zich kunnen opdringen, maar denkt toch dat deze diepte noodzakelijk is voor wat hij wil proberen.

'Elf, tien, negen...'

Erik heeft geen idee hoe de uitvaart er in werkelijkheid uit heeft gezien, maar hij zal een eigen begrafenisceremonie creëren.

'Zes, vijf, vier... nu zie je het kerkhof, het is een vredige plek waar mensen afscheid nemen van de overledenen,' zegt Erik. 'Drie, twee, één, nul... en nu ben je daar, Martin. Je weet dat je je ouders en broers hebt verloren, je hebt verdriet, maar je begrijpt dat ongelukken kunnen gebeuren, zonder zin of reden... je ouders zijn al begraven en nu ben je hier om afscheid te nemen van je beide broers.'

'Ik begrijp het niet...'

'Nu loop je naar een groep in het zwart geklede mensen.'

'Het heeft gesneeuwd,' fluistert hij.

'Er ligt sneeuw op de grond en op de kale takken van de bomen... de mensen gaan opzij als jij dichter bij het pas gedolven graf komt – zie je het?'

'Een paar sparrentakken geven de plaats aan,' mompelt hij.

'Naast het graf staan twee kleine kisten met het deksel open... je loopt erheen en ziet je broers, ze zijn allebei dood, het is verdrietig, maar niet eng... je kijkt naar ze, je herkent hun gezicht en neemt voorgoed afscheid.'

Martin gaat op zijn tenen staan en kijkt naar de beide jongens die daar liggen, met grijsblauwe lippen, gesloten ogen en gekamd haar.

Erik ziet dat er tranen uit Martins ogen stromen.

'De dominee sluit de deksels en zegt dat je broers in vrede zullen rusten en dan worden de kisten neergelaten.'

Martin ziet dat de hemel somber wit is als ijs op een meer.

Er stijgen vlokken op van de grond, alsof er een sneeuwbol op de kop wordt gezet.

Ze zweven omhoog langs de broek, de jas en de zwarte hoge hoed van de dominee.

Martin zet een stap naar voren, ziet dat de kisten van zijn broers op de bodem van het graf staan en bedenkt dat ze eindelijk in gewijde grond rusten.

De lange dominee neemt zijn hoed af en haalt er een poppenkop uit die uit een grote aardappel is gesneden.

'Stof zijt gij en tot stof zult gij wederkeren,' zegt Erik.

De dominee laat de kale poppenkop zien en doet net of die de woorden uit Genesis uitspreekt.

Martin blijft naar het uitgesneden en beschilderde gezicht kijken, de brede rode neus, de ver uit elkaar staande tanden en de dunne, geëpileerde wenkbrauwen.

'Twee mannen pakken hun schep en beginnen aarde op de kisten te scheppen,' zegt Erik. 'Je staat erbij totdat het graf gevuld en vlak gemaakt is.'

Martin ligt helemaal stil, zelfs aan zijn buik is niet te zien dat hij ademt. Er is geen trilling in de vingers te zien.

'Martin, nu gaan we naar het tweede deel van de hypnose, er is niets meer wat jouw herinneringen in de weg staat, je broers zijn dood en begraven en kunnen je niet straffen als je iets zegt,' zegt Erik. 'Ik tel nu af en als ik bij nul ben, sta jij weer op de speelplaats... Tien, negen... je zult de moord zonder angst kunnen gadeslaan... acht, zeven... de jongens hebben geen enkele macht over je... zes, vijf... straks kun je Caesar in het licht van een flitser gedetailleerd beschrijven... vier, drie... nu loop je in het donker, je hoort de regen op je paraplu kletteren en je nadert de speelplaats... twee, één, nul...'

87

Het zomerlicht wordt in de zilveren kast van de radio weerkaatst. Een reflectie trilt op Joona's wang en blonde stoppels.

Joona heeft snel en geconcentreerd gelezen en kijkt nu de bronvermelding aan het eind van *Spiegelman* door.

Johan Jönson bevindt zich op metrostation Kungsträdgården. Als hij een opname kan krijgen, kunnen ze Caesar waarschijnlijk snel identificeren.

Joona slaat het manuscript dicht en strijkt met zijn hand over de titelpagina.

Gustav Scheel gebruikt zijn patiënt om aan te tonen dat meervoudige persoonlijkheden bestaan en dat behandeling mogelijk is.

Caesars werkelijke identiteit en habitat komen nergens naar voren.

Maar toch loopt Joona's vooronderzoek ten einde – de laatste puzzelstukjes zullen straks op hun plaats vallen.

Want ook al zijn de methoden en theorieën van de studie verouderd, Joona begint toch Caesars psyche, zijn lijden en zijn innerlijke strijd te begrijpen.

Dat geeft Joona de mogelijkheid om zijn acties te voorspellen.

Joona keert in gedachten terug naar het eerste hoofdstuk, waarin Gustav Scheel zijn conclusie presenteert: dat Caesar was getroffen door een dubbel trauma, dat zijn persoonlijkheid in tweeën had gespleten.

Als het trauma massief is en plaatsvindt voor het achtste jaar – voordat de hersenschors volledig is ontwikkeld – zal het centrale zenuwstelsel daardoor worden beïnvloed.

Caesar was nog maar zeven toen hij iets meemaakte wat zo verschrikkelijk was dat zijn hersenen genoodzaakt waren een eigen manier te verzinnen om informatie op te slaan en te activeren.

Het tweede trauma ontstond op zijn negentiende toen zijn verloofde zich verhing in de slaapkamer.

Caesars hersenen hadden na het eerste trauma al een alternatieve manier gevonden om met moeilijke ervaringen om te gaan, maar nu vond er een definitieve splitsing plaats in twee zelfstandige personen.

De ene persoon was gewelddadig, omarmde deze trauma's en leefde in de duisternis waardoor ze werden omgeven, terwijl de tweede persoon een normaal leven leidde.

`Op dit moment kan de ene een beul of folteraar worden in welke conflicthaard dan ook, terwijl de andere zijn leven zou kunnen wijden aan het helpen van mensen, als dominee of als psychiater.`

Aan het eind van het laatste hoofdstuk komt Gustav Scheel terug op het feit dat Caesar zich geen raad wist met zichzelf toen hij hulp zocht. Twee jaar later was hij door de therapie gestabiliseerd. Hij stond nog steeds elke avond met zijn armen wijd in zijn cel, als de gekruisigde Jezus, maar de twee personen in hem waren elkaars blik gaan zoeken in de spiegel. Helaas brak net op dat moment het einde aan voor het gesloten paviljoen en de behandeling werd afgebroken.

Gustav Scheel schrijft dat hij nog jaren nodig had gehad voor het transformeren van Caesars trauma's.

Hij was van mening dat meervoudige persoonlijkheden weer tot één geheel kunnen samensmelten als alle delen elkaar kennen en er geen geheimen meer zijn in het systeem.

De rugleuning van de stoel kraakt als Joona achteroverleunt en met één hand zijn nek masseert. Hij kijkt uit het raam en ziet twee jongetjes met een rubberboot over het trottoir lopen.

Aan het eind van de studie wordt gesteld dat er maar één manier is om van een psychisch trauma te herstellen, namelijk door ernaar terug te keren en te begrijpen dat het gebeurde een plaats heeft in het eigen levensverhaal. Joona leest de slotzinnen nog een laatste keer.

Dit geldt voor een ieder van ons: als we het niet aankunnen om ons te spiegelen in onze herinneringen, kunnen we ook niet rouwen om wat er is gebeurd en het leven weer oppakken. Het klinkt misschien paradoxaal, maar hoe meer we het pijnlijke in ons leven proberen te negeren, hoe meer macht het over ons krijgt.

In deze casestudy is Caesar iemand die bij een wegsplitsing twee kanten op ging, bedenkt Joona. De seriemoordenaar ging de ene kant op en de gewone man de andere. Waarschijnlijk kent de moordenaar zijn spiegelbeeld, maar is het omgekeerde niet het geval, aangezien die kennis een normaal leven onmogelijk zou maken.

Hij drinkt zijn koffie op en loopt met zijn kopje naar het aanrecht. Hij is bezig het om te spoelen als Anita binnenkomt.

'Laat maar staan,' zegt ze.

'Dank u.'

'U hebt alles over mijn vaders schendingen gelezen?' vraagt ze.

'Het was een andere tijd, maar voor mij is het duidelijk dat hij Caesar probeerde te helpen.'

'Fijn dat u dat zegt... Ik bedoel, de meeste mensen zouden waarschijnlijk alleen ingeplante herinneringen zien, sterilisatie, dwangmaatregelen, isolatie...'

Joona's telefoon zoemt, hij draait hem om en ziet dat Johan Jönson een zipfile heeft gestuurd.

'Sorry, ik moet hier even naar kijken,' zegt hij snel en hij gaat weer zitten.

‘Natuurlijk,’ knikt ze en ze ziet dat hij zijn blik op zijn telefoon richt.

Het gezicht van de inspecteur wordt plotseling bleek. Hij staat zo snel op dat de stoel achter hem tegen de muur slaat en daarna loopt hij snel en zonder iets te zeggen naar de hal.

‘Wat is er?’ vraagt ze en ze loopt achter hem aan.

Ze hoort hoe ontdaan hij klinkt als hij het adres Karlavägen 11 herhaalt en zegt dat het dringend is – heel erg dringend. Hij stoot per ongeluk de paraplustandaard om, laat de voordeur openstaan en rent naar zijn auto.

88

Pamela gaat op haar knieën voor de fauteuil zitten waar Lobbes in ligt. Ze aait hem en hij kwispelt zacht met zijn staart zonder zijn ogen open te doen.

'Mijn held.'

Ze staat op en loopt naar de slaapkamer, hangt haar rok en blouse op en duwt de louvredeur dicht.

Het is stil in het appartement en de lucht staat stil. Ze rilt als er een paar zweetdruppels over haar rug lopen.

Ze is bang dat Caesar Martin is gevolgd naar Erik Maria Bark, ze is bang dat hij Martin en Mia iets zal aandoen.

De hele tijd ziet ze Mia's smoezelige gezicht voor zich en de brede kling tegen haar hals.

Ze gaat naar de badkamer, trekt haar ondergoed uit, gooit het in de wasmand en stapt onder de douche.

Het warme water spoelt over haar haar, nek en schouders.

Door het bruisende water heen hoort ze haar telefoon overgaan. Ze heeft net met Dennis gesproken en gezegd dat ze het voorstel tot beschermende maatregelen van de unit persoonsbeveiliging hebben geaccepteerd. Hij klonk een beetje teleurgesteld, maar bood aan op Lobbes te passen terwijl zij weg zijn.

Over een uur komt hij hem halen.

Pamela bedenkt dat Dennis altijd voor haar heeft klaargestaan.

Toen Alice dertien was, had ze een crisis. Ze schreeuwde elke dag tegen Martin en haar, terwijl de tranen stroomden. Ze kon er niet tegen om samen met hen te eten, ze sloot zich op in haar kamer en zette de muziek zo hard aan dat het serviesgoed in de kast ervan rinkelde.

Pamela weet nog dat Dennis had aangeboden dat Alice op proef bij hem in therapie mocht komen, gratis.

Zover was het niet gekomen.

Toen Pamela dat bij Alice aankaartte, ging ze vreselijk tekeer. Ze schreeuwde tegen haar dat ze gemeen was.

'Moet ik naar een psycholoog alleen omdat ik niet continu de perfecte dochter kan spelen?'

'Doe niet zo kinderachtig.'

Ze ziet Alice' boze gezicht voor zich en bedenkt hoe dom het van haar was dat ze haar niet gewoon had vastgepakt en had gezegd dat ze onvoorwaardelijk en boven alles van haar hield.

Pamela zeept zich in, kijkt naar haar gebruinde voeten op de ruwe kalkstenen vloer en denkt weer aan Primus.

In het columbarium was ze zo bang geworden dat ze haar tas had laten vallen en terwijl Lobbes stond te blaffen had ze zich gebukt om haar spullen bij elkaar te rapen.

Opeens realiseert ze zich dat ze niet had gekeken of haar sleutel daar ook bij zat.

Het ging zo snel.

En de deur stond op een kier toen ze thuiskwam.

Stel je voor dat Primus haar sleutel heeft.

Ze probeert door de beslagen douchewand te kijken. Het grijze kozijn van de deur naar de hal is slechts vaag te zien.

Het dampende water valt dreunend over haar heen.

Er hangen druppels condens onder de koudwaterleiding.

Ze krijgt shampoo in haar ogen, knijpt ze dicht en probeert of ze door het ruisen van de douche heen iets kan horen.

Er klinkt een zacht piepen.

Ze spoelt zich af, draait de kraan dicht, knippert met haar ogen en kijkt naar de badkamerdeur.

Het water loopt van haar lichaam.

Ze steekt haar hand uit, pakt een badlaken en kijkt naar de deur. Die is dicht, maar niet op slot. Ze zou hem op slot moeten doen en dan gewoon hier moeten wachten totdat Martin, Dennis of de agenten van de unit persoonsbeveiliging er zijn.

De condens op de spiegel begint te verdwijnen.

Ze voelt zich zo ongemakkelijk dat ze er misselijk van wordt.

Ze droogt zich af zonder de badkamerdeur uit het oog te verliezen.

Het gerommel van de liftmachinerie is door de muren heen te horen.

Ze strekt haar hand uit naar de kruk, duwt de deur open en zet een stap naar achteren.

Het is stil in de gang.

Het licht dat door het keukenraam valt, is in zachte nuances te zien.

Ze slaat de handdoek om zich heen, doet een stap naar voren en luistert of ze iets hoort bewegen.

Met een ongemakkelijk gevoel loopt ze de gang in, ze kijkt naar de hal en loopt snel naar de slaapkamer.

Haar telefoon ligt niet op het nachtkastje en ze realiseert zich dat hij in de keuken ligt op te laden.

Pamela pakt snel schoon ondergoed, haar witte spijkerbroek en een hemdje.

Met haar blik op de deuropening trekt ze haar slip aan.

De telefoon rinkelt weer.

Zodra ze zich heeft aangekleed, zal ze contact opnemen met de unit persoonsbeveiliging.

Uit de inloopkast komt een raar geluid en ze verstijft in haar beweging. Het klonk alsof er een stapel schoenendozen omviel. Ze kijkt naar de kastdeur en haar blik blijft aan de statische duisternis tussen de latten haken.

Het geluid kwam vast bij de buren aan de andere kant van de muur vandaan.

Ze hangt haar handdoek over de ene stijl van het bed en kleedt zich met trillende bewegingen verder aan.

Niemand is het appartement binnengedrongen, dat weet ze, en toch slaat de angst voor deze kamers en meubels haar om het hart.

Ze zou geruster zijn als ze buiten op het trottoir stond in de warmte en de stroom van mensen.

Pamela knoopt haar spijkerbroek dicht met haar blik op de gang en denkt weer aan de fles wodka.

Voordat ze belt, kan ze een glaasje nemen om rustig te worden.

Misschien is een slok al genoeg, alleen om de warmte in haar keel en maag te voelen.

Ze trekt het topje over haar hoofd en verliest de gang een paar tellen uit het oog.

Ze heeft het gevoel dat haar hart stil blijft staan als er achter haar iets klikt en de kastdeur een paar centimeter openglijdt.

Er klinkt een dreunend geruis uit het oude ventilatiekanaal boven de kledingroede.

Pamela wil net de natte handdoek in de badkamer gaan ophangen als ze een sleutel hoort in de voordeur.

Ze loopt langzaam door en overweegt of ze snel naar de keuken zal rennen om haar telefoon te pakken.

Het slot rammelt en de deur zwaait open.

Door de plotselinge tocht slaat de kastdeur achter haar dicht.

Ze kijkt om zich heen, zoekend naar iets om zich mee te verdedigen.

Er loopt iemand zachtjes door de hal.

Pamela hoort de drempel van de woonkamer kraken.

Ze schuift een eindje naar voren, blijft naast de deuropening staan en ziet het licht dat door de keukengordijnen komt op de muur van de gang.

Misschien kan ze naar de hal rennen en naar buiten glippen, als de deur niet op slot zit.

Het licht op de muur wordt donkerder.

Iemand beweegt zich snel door de keuken, loopt de gang weer in en komt haar kant op.

Ze loopt achteruit tegen de scheepskist aan, die tegen de muur bonkt, ze draait zich om en loopt om het bed heen als Martin de slaapkamer in komt.

'Jezus! Ik schrik me een ongeluk,' roept ze.

'Bel de politie,' zegt hij en hij veegt gestrest over zijn mond.

Hij is buiten adem en ziet bleek.

'Wat is er gebeurd?'

'Ik denk dat Caesar me achtervolgt… Ik ben onder hypnose geweest,' zegt hij met bange stem. 'Ik heb hem op de speelplaats gezien, ik heb Caesar gezien, ik kan het niet uitleggen…'

Het zweet loopt over zijn wangen en zijn ogen zijn merkwaardig wijd opengesperd.

'Probeer te vertellen wat er is gebeurd,' vraagt ze.

'Hij zal wraak nemen… Ik moet de deur in de gaten houden, bel jij de politie.'

'Weet je echt zeker dat je bent gevolgd? Je weet dat…'

'De lift is blijven staan,' valt hij haar in de rede en hij trilt over zijn hele lichaam. 'Luister, hij is hier, voor de deur, mijn god…'

Pamela loopt achter hem aan de gang in, slaat af naar de keuken, pakt de telefoon van het aanrecht, trekt het kabeltje eruit, draait zich om en ziet Martin langzaam naar de voordeur lopen.

Hij reikt naar voren en duwt de klink naar beneden.

De deur zit niet op slot.

De rillingen lopen over haar rug als de deur naar het donkere trappenhuis opengaat.

Martin staart recht voor zich uit naar het traliewerk van de lift, aarzelt heel even, loopt naar buiten en doet de deur achter zich dicht.

Pamela kijkt naar de telefoon, maar voordat ze iets kan doen, gaat de deur weer open en komt Martin terug met een zware sporttas in zijn hand. Hij doet de deur op slot, hangt de sleutels aan een van de haken en komt met een verongelijkt trekje om zijn mond de keuken in.

'Wat is er, Martin? Waar komt die tas vandaan?'

'Martin moet dood,' antwoordt hij met schorre stem en hij kijkt haar aan alsof ze een vreemde is.

'Waarom zeg je dat...'

'Stil,' kapt hij haar af en hij schudt de tas leeg boven de vloer. Zwaar gereedschap valt rammelend op het parket. Pamela ziet een zaag, tangen, een lier met een stalen kabel, een machete en een vieze plastic zak.

'Leg de telefoon op het aanrecht,' zegt hij zonder haar aan te kijken.

Hij haalt een plakkerige plastic fles uit de tas en wikkelt de tape van de dop. Pamela probeert wijs te worden uit de vreemde uitdrukking op zijn gezicht, de merkwaardig samengetrokken wenkbrauwen en zijn bruuske manier van bewegen.

'Kun je me vertellen wat je aan het doen bent?' vraagt ze en ze slikt hoorbaar.

'Zeker,' antwoordt hij en hij rolt keukenpapier af. 'Wij zijn Caesar en we zijn hier om jou te doden en...'

'Hou daarmee op,' valt ze hem in de rede.

Martin is in een paranoïde psychose geraakt, bedenkt ze. Hij is gestopt met zijn medicijnen en weet dat ze hem heeft bedrogen.

Hij draait de plastic dop los, maakt het papier nat en loopt recht op haar af.

Ze stapt in verwarring achteruit tegen de tafel. Die stoot tegen de radiator en de laatste druiven rollen door de schaal.

Martin komt snel dichterbij.

Er ligt een uitdrukking in zijn ogen die ze nooit eerder heeft gezien. Bijna instinctief begrijpt ze dat ze in groot gevaar is.

Ze tast achter zich en vindt de zware fruitschaal, zwaait ermee en raakt hem op zijn wang. Hij wankelt opzij, steunt met zijn hand tegen de muur en staat dan met zijn hoofd omlaag bij te komen.

Pamela rent de woonkamer in en door naar de hal, maar aan het geluid van Martins voetstappen hoort ze dat hij daar al is.

Ze kijkt naar het balkon.

Het oude lichtsnoer aan het hekje glinstert in de zon.

Martin komt vanuit de hal de kamer in met in zijn hand de zwarte machete.

Er komt bloed uit zijn slaap en zijn gezicht is gespannen en op dezelfde manier vertrokken als toen hij vertelde dat Alice verdronken was.

'Martin,' zegt ze met trillende stem. 'Ik weet dat je denkt dat jij Caesar bent, maar...'

Hij antwoordt niet, maar loopt recht op haar af. Ze rent de keuken in, sluit de deur en kijkt naar de hal.

Opeens dringt het tot Pamela door dat Martin en Caesar een en dezelfde persoon zijn.

Ze weet het zonder het echt te kunnen geloven – en tegelijkertijd is het net alsof duizend details op hun plaats vallen.

Het is stil in het appartement.

Ze kijkt naar de gesloten deur van de woonkamer, meent een verandering te zien in het licht tussen de deur en de drempel en loopt zo stilletjes mogelijk naar de hal.

Haar snelle ademhaling maakt veel te veel geluid.

Ze bedenkt dat ze naar de voordeur moet rennen, de sleutels van de haak moet pakken, het slot opendraaien en de deur uit sluipen.

De vloer kraakt onder haar gewicht.

Voorzichtig loopt ze door en kijkt opeens via de grote spiegel in Martins ogen.

Hij staat doodstil in de hal op haar te wachten met de machete.

Ze schuifelt zachtjes naar achteren, pakt haar telefoon en toetst met trillende handen de code in.

Er klinkt een luid gekraak als Martin de spiegel aan diggelen slaat. Er vallen stukken op de grond en de splinters vliegen tegen de muren en in de hoeken.

Ze moet de politie bellen, bedenkt Pamela. En ze moet op het balkon zien te komen, dan kan ze zich daar misschien vanaf laten zakken naar de benedenburen.

Ze duwt geruisloos de kruk van de woonkamerdeur naar beneden, doet die voorzichtig open en kijkt naar binnen.

Pamela ziet nog net een snelle beweging en een glimp van Martins gespannen gezicht voordat de platte kant van de machete haar wang raakt.

Door de klap botst ze met haar hoofd tegen de deurpost.

Het wordt zwart voor haar ogen.

Er klinkt een mechanisch tikken.

Het komt van de lier.

Die zit vastgeschroefd aan de muur.

'Martin,' hijgt ze.

Een lange stalen kabel kronkelt ratelend over de vloer, klimt omhoog naar de lamp, loopt via de plafondhaak weer naar beneden en verdwijnt in de lier als Martin aan de slinger draait.

Pamela voelt dat er een strop wordt aangetrokken om haar nek en dat ze naar het midden van de kamer wordt getrokken.

Ze rolt op haar buik, kruipt mee, staat op, maar kan de strop niet over haar hoofd krijgen voordat de kabel opnieuw wordt gespannen.

Een kaars uit de kroonluchter aan het plafond valt op de vloer en breekt in tweeën.

Martin stopt met draaien en kijkt naar haar.

Hij heeft de eettafel en de stoelen de woonkamer in gesmeten.

Ze slaagt erin de strop met twee vingers iets losser te maken, begint te huilen van angst en probeert zijn blik te vangen.

'Martin, ik weet dat je van me houdt... ik weet dat je dit niet wilt doen.'

Hij draait nog een halve slag en ze moet haar vingers uit de strop trekken en op haar tenen gaan staan om adem te kunnen halen.

Met haar rechterhand grijpt ze zich aan de kabel boven haar hoofd vast om haar evenwicht te bewaren.

Praten lukt niet meer.

Het enige wat ze nog kan doen, is lucht haar dichtgeknepen keel in zuigen.

De gedachten razen door haar hoofd, maar ze kan niet begrijpen waarom dit gebeurt.

Haar kuitspieren trillen van inspanning.

Ze weet niet hoelang ze op haar tenen kan blijven staan.

'Alsjeblieft,' weet ze uit te brengen.

Martin draait aan de slinger en de strop sluit zich stevig en brandt in haar huid. Haar rugwervels kraken en voordat de zuurstof opraakt, heeft Pamela de onnatuurlijke gewaarwording dat ze aan haar hoofd wordt opgetild.

Er klinken sirenes van minstens vier hulpdiensten.

Ze ziet geen mogelijkheid om zich met behulp van haar handen staande te houden. De kroonluchter trilt en er vallen nog meer kaarsen op de grond.

Er raast een storm in haar oren.

In haar vernauwde blikveld ziet ze Martin naar de hal rennen, de deur opendoen en verdwijnen.

De regen slaat in witte strepen tegen het zijraam van de auto. Alice is in het kinderstoeltje in slaap gevallen. Pamela kan haar kleine vingertjes niet loslaten.

Ze is zich maar half bewust van de agenten die binnen komen stormen. Ze proberen haar omlaag te krijgen, maar de lier is geblokkeerd.

Een van hen pakt de machete van het aanrecht, duwt de stalen kabel met één hand tegen de muur en kapt hem door.

Pamela stort naar beneden, de losse kabel suist door de haak aan het plafond en valt ratelend naast haar op de grond.

Ze maken de strop los en helpen haar als ze hem over haar hoofd trekt. Ze rolt op haar zij, voelt aan haar hals, hoest en spuugt bloederig speeksel op de vloer.

89

Na Enköping kan Joona honderdnegentig rijden op de snelweg.

Hij toetert langdurig om andere auto's op de linkerbaan te waarschuwen.

Pamela neemt nog steeds de telefoon niet op. Hij heeft nog geen debriefing gehad en kan alleen maar hopen dat de collega's op tijd zijn gekomen.

Grijze flats en elektriciteitsmasten flitsen voorbij.

Over twintig minuten is hij in Stockholm.

Joona stond met Anita te praten in haar keuken toen hij het bericht van Johan Jönson kreeg.

Hij ging weer aan tafel zitten, schermde het licht af en startte de film van de beveiligingscamera.

Op het lege perron stond een man in een lichte broek en een wit overhemd. Toen hij onrustig over zijn schouder keek, was zijn gezicht duidelijk te zien.

Het was Martin.

Johan Jönson had de film van de moordaanslag gevonden.

Langzaam liep Martin naar de rand van het perron, hij keek de tunnel in en daarna recht naar voren.

Een glinstering in de rails.

Ver in de tunnel was vaag het licht van een naderende trein te zien.

Alles leek te trillen.

Martin stond helemaal stil en strekte vervolgens zijn armen zijwaarts uit, als Jezus aan het kruis.

Er ging een schijnsel over zijn gezicht.

Hij wankelde even, maar liet zijn armen niet zakken.

Opeens sprong hij op het spoor, hij ving zich op met zijn handen, kwam wiebelig overeind en keek verward om zich heen.

Het trillende schijnwerperlicht omgaf hem. Hij leek in paniek te raken, strompelde naar de hoge kant en gleed uit, maar wist net op tijd op het perron te klimmen, waarna de trein langs hem heen raasde.

Joona belde de landelijke meldkamer terwijl hij de keuken uit liep en naar de auto rende.

Tijdens de hele rit vanaf Säter is hij in contact geweest met zijn collega's, hij begreep dat de inval bij Pamela nog gaande is en dat het nog even zal duren voordat er gerapporteerd wordt.

Martin en Caesar zijn een en dezelfde persoon.

Dat is de oplossing van het raadsel.

Nu moet Joona Mia zien te vinden voor het te laat is.

Hij concentreert zich, zoekt in *Spiegelman* en denkt aan de nachtmerries over opgesloten zijn in een benauwde kooi.

Er is een bizar verband met nertsen, maar de pogingen om nertsenfokkerijen, bontwerkerijen, vastgoed of percelen te vinden die eigendom zijn van Martin of een zekere Caesar hebben geen resultaat opgeleverd.

Een team van de NOA heeft het zoekgebied uitgebreid tot Denemarken, Noorwegen en Finland.

Joona moet snelheid terugnemen als hij de afrit naar Stockholm neemt, hij rijdt over de busbaan en draait over het verdrijvingsvlak de E4 op.

Het avondlicht valt op de golvende boomtoppen van het Hagapark.

Hij haalt een shuttlebus rechts in, trapt op het gaspedaal, voegt voor de bus in en probeert nog eens Pamela te bellen. De telefoon gaat twee keer over en dan hoort hij een klik.

'Met Pamela,' zegt ze met hese stem.

'Ben je thuis?'

'Ik wacht op een ambulance, het wemelt hier van de politie.'

'Wat is er gebeurd?'

'Martin kwam binnen, hij sloeg me en probeerde me op te hangen en...'

'Hebben ze hem?'

Pamela hoest en het klinkt alsof ze moeite heeft met ademhalen. Op de achtergrond zijn stemmen en sirenes te horen.

'Hebben we Martin? Is hij gearresteerd?' vraagt Joona nog eens.

'Hij is verdwenen,' zegt ze met verstikte stem.

'Ik weet niet of je hebt begrepen dat hij een soort dubbelleven leidt als Caesar,' zegt Joona.

'Ik kan het gewoon niet bevatten, het is zo krankzinnig, hij wilde me vermoorden, hij hing me op en...'

Ze zwijgt en hoest weer.

'Je moet naar het ziekenhuis, je kunt ernstig gewond zijn,' zegt Joona.

'Ik overleef het wel. Ze hebben me op tijd naar beneden gehaald.'

'Nog één ding,' zegt Joona en hij slaat af naar Norrtull. 'Weet je waar Martin zou kunnen zijn? Waar hij Mia gevangen zou kunnen houden?'

'Ik heb geen idee, ik snap het niet,' zegt ze en ze hoest weer. 'Maar zijn familie komt uit Hedemora en daar gaat hij soms naartoe om het familiegraf te onderhouden...'

Caesar was te voet bij dr. Scheel aangekomen na zijn tweede trauma, realiseert Joona zich. En Hedemora ligt maar twintig kilometer van Säter.

Hij gooit het stuur naar rechts, steekt een aantal rijstroken over en rijdt vlak voor de vangrail de snelweg af.

Er gaat een schok door de vering als hij het gras op rijdt. Het dashboardkastje klapt open en zijn pistool valt op de vloer.

Achter de auto vliegt het stof door de lucht. Grind en steentjes ratelen tegen het chassis, waarna hij de afrit naar Frösunda op schiet.

'Wat gebeurt er?' vraagt Pamela.

'Heeft Martin of zijn familie nog een pand in Hedemora?' vraagt Joona.

'Nee... of ik denk het niet, maar ik ben er nu achter dat ik niets van hem weet.'

Op het viaduct nadert een vrachtwagen van links.

Joona rijdt plankgas de helling op, ziet de verkeerslichten op rood springen, draait schuin over de tegemoetkomende strook en hoort de piepende remmen van de vrachtauto.

Zijn rechterspatbord raakt de vangrail.

De vrachtwagen toetert langdurig.

Joona gaat nog harder rijden over de brug en langs de gebogen helling omlaag, hij komt achter een paardentrailer terecht en haalt hem in door de berm, met twee wielen in het droge gras. Hij komt op de snelweg en rijdt weer naar het noorden.

Joona hoort op de achtergrond de sirene van een ambulance verstommen.

'Heeft Martin ooit iets over een nertsenfokkerij gezegd?'

'Een nertsenfokkerij? Heeft hij een nertsenfokkerij in Hedemora?' vraagt Pamela.

Joona hoort stemmen om haar heen, die vragen hoe het met haar gaat en of ze moeite heeft met ademhalen. Ze zeggen dat ze moet gaan liggen en dan wordt de verbinding verbroken.

90

Het blauwe knipperlicht valt op de donkere bakstenen muren en schiet over het asfalt. Het zwaait omhoog langs de gevel aan de andere kant van de Karlavägen en wordt door de ramen van het restaurant weerkaatst.

'Ik moet iets doen,' mompelt Pamela tegen de ambulanceverpleegkundige en ze loopt naar haar garage.

De straat is vol met voertuigen van hulpdiensten en met geüniformeerde agenten die in hun portofoon praten. Nieuwsgierigen zijn voor de afzettingen samengedromd en staan de inval te filmen met hun telefoon.

'Pamela, Pamela.'

Als ze zich omdraait doet haar keel zo'n pijn dat ze kermt. Ze hebben Dennis doorgelaten en hij komt over het trottoir naar haar toe hollen.

'Wat is er aan de hand?' vraagt hij hijgend. 'Ik heb gebeld en…'

'Het is Martin,' zegt ze en ze hoest. 'Martin is Caesar…'

'Ik snap het niet, Pamela.'

'Hij wilde me vermoorden,' zegt ze.

'Martin?'

Dennis kijkt naar de diepe groef van de kabel in haar hals. Hij heeft een verwarde en wanhopige uitdrukking op zijn gezicht. Zijn kin trilt en hij heeft tranen in zijn ogen.

'Waar staat je auto?' vraagt ze.

'Ik moet met je praten.'

'Dat kan niet,' zegt ze en ze loopt door. 'Ik heb keelpijn en mijn nek doet zeer en ik moet naar…'

'Luister even,' onderbreekt hij haar en hij pakt haar stevig bij de arm. 'Ik weet niet hoe ik dit moet zeggen, maar het lijkt erop dat Alice nog leeft, dat ze een van Caesars gevangenen is.'

'Wat zeg je?' vraagt ze en ze blijft abrupt staan. 'Heb je het over mijn Alice?'

'Ze leeft nog,' zegt hij, terwijl de tranen over zijn wangen stromen.

'Ik... ik begrijp het niet.'

'De politie heeft een nieuw slachtoffer gevonden en zij had een brief bij zich.'

'Hè? Van Alice?'

'Nee, maar ze noemt Alice' naam, als een van de gevangenen.'

Pamela's gezicht wordt zo wit als een doek en ze wankelt.

'Weet je het zeker?' fluistert ze.

'Ik weet het zeker van die brief en ik weet zeker dat ze het over jouw Alice heeft.'

'Godallemachtig, godallemachtig...'

Dennis houdt haar vast en probeert haar tot rust te brengen, ze schokt helemaal van het huilen en krijgt bijna geen lucht.

'Ik ga mee naar het ziekenhuis en...'

'Nee,' roept ze en ze hoest.

'Ik probeer alleen...'

'Sorry, ik weet het, ik weet het, maar het is allemaal nogal veel op dit moment... Leen me je auto, dan...'

'Pamela, je hebt verwondingen aan je keel.'

'Dat maakt me niet uit,' zegt Pamela en ze veegt de tranen van haar wangen. 'Zeg gewoon wat er in die brief stond. Stond erin waar Alice is? Dat moet ik weten.'

Dennis probeert te vertellen dat hij een halfuur geleden was opgeroepen om een jongeman bij te staan die het stoffelijk overschot van zijn zus moest identificeren. Ze was langs de snelweg gevonden en was een van Caesars slachtoffers.

Een arts genaamd Chaya Aboulela bracht hen naar een klein kamertje met een sterke bloemengeur.

Het zwaar gehavende lichaam was afgedekt, maar de jongen mocht naar haar ene hand kijken en naar de doorzichtige plastic zakken met de resten van haar kleding.

Hij huilde toen hij zag dat haar kleren onder de bruine bloedvlekken zaten, scheurde het plastic stuk, trok de ene broekspijp eruit en keerde hem binnenstebuiten.

'Ze is het,' zei hij en hij liet een geheim vakje aan de binnenkant van de rechterbroekspijp zien.

Dennis had met zijn arm om de schouders van de broer gestaan toen hij er een paar bankbiljetten en een briefje uit haalde.

Ik ben Amanda Williamsson, ik word gevangengehouden door een man genaamd Caesar en zijn moeder.

We wonen met een aantal meisjes in zeven kleine huizen die eigenlijk niet voor mensen bedoeld zijn. We mogen niet met elkaar praten, dus ik weet niet veel van de anderen, maar ik deel een kooi met Yacine uit Senegal en in de andere kooi in mijn huis wonen Sandra Rönn uit Umeå en Alice Nordström, die ziek is.

Ik ben waarschijnlijk dood als je dit leest, maar breng deze brief alsjeblieft naar de politie, ze moeten ons vinden.

En zeg alsjeblieft tegen Vincent en mama dat ik van ze hou, sorry dat ik ben weggelopen, ik was alleen gestrest en verdrietig.

91

Alice had ervoor gezorgd dat zij de taak kreeg om de kooien te schrobben, ook al kan ze dat eigenlijk niet aan. Als ze over het erf loopt om emmers schoon water te halen, kijkt ze telkens even of Mia al wakker is.

Toen ze haar zonet passeerde, zag ze dat Mia op haar voetstappen over het grind reageerde, maar te zwak was om haar ogen open te doen.

Ze ligt op haar zij in haar spijkerbroek en een vieze beha, vastgebonden aan een poot van de badkuip.

Oma heeft haar diep in de hand gestoken en Mia begon te huilen van angst toen ze blind werd. Meteen daarna verloor ze het bewustzijn.

Meestal komt het gezichtsvermogen terug bij het wakker worden.

Alice heeft geen scherp werktuig gevonden om de kabelbinder mee door te snijden, maar ze is niet vergeten wat Mia zei over in de put kijken.

Ze heeft nog geen gelegenheid gehad om het rooster op te tillen. Oma maakt de vrachtwagen schoon en houdt haar de hele tijd in de gaten.

Mia moet wakker worden en vluchten voordat Caesar terug is. Anders zal hij haar doden in haar slaap of wachten totdat ze wakker is en haar als een kruis laten staan totdat ze het opgeeft en de strop om haar nek krijgt.

Alice zet de emmers voor het tweede langhuis, maakt het juk los en zet het tegen de muur, ze hoest en spuugt op de grond. Het is nog steeds warm buiten, maar ze heeft het koud omdat de koorts weer oploopt.

Oma sjouwt met een stofzuiger over het erf. De nertsenschedel die om haar nek hangt, bonst tegen de slang.

Alice vermant zich, probeert nieuwe krachten te vinden, pakt de emmers en loopt het duister in naar de kooi aan de rechterkant.

'Sandra, ga in de hoek zitten,' zegt ze en ze hoest in haar hand. 'Hier komt het water.'

Alice gooit de emmer met water en zeep leeg over de vloer van de kooi. Sandra zit op haar hurken en heeft de jurk bijeengepakt op haar schoot. Haar hoofd komt tegen de spijlen van het dak, dat een stukje omhoogkomt. Het water spoelt rond haar blote voeten, klotst tegen de muur achter haar en maakt de betonnen vloer donker.

Sandra neemt de boender van Alice over en schrobt de opgedroogde ontlasting in de hoek weg.

'Hoe gaat het met je nek?' vraagt Alice.

'Het wordt niet beter.'

'Ik zal kijken of ik iets kan vinden wat je als kussen kunt gebruiken.'

'Graag.'

Troebel water loopt door een goot de afvoerbuis in. Haren en afval zijn in het zeefje blijven hangen.

'Nu spoelen we na,' zegt Alice.

Ze leegt de tweede emmer over de vloer van de kooi en krijgt de boender terug door het etensluikje.

'Heb je weer koorts?' vraagt Sandra als ze het gezicht van Alice ziet.

'Ik geloof niet dat ik het nog veel langer uithoud,' antwoordt ze gedempt.

'Hou op, je wordt gauw weer beter.'

Alice kijkt haar aan.

'Je weet dat je hebt beloofd dat je mijn moeder gaat zoeken als je vrijkomt,' zegt ze.

‘Ja,’ antwoordt Sandra ernstig.

Alice neemt de lege emmers mee naar buiten, doet de deur achter zich dicht, hoest en spuugt bloederig slijm op de grond.

Achter het zevende langhuis is Blenda bezig Kim in stukken te snijden en te verbranden. De zoete stank van brandende en verkoolde lijkdelen is vreselijk. De hele omgeving is in rook gehuld en door de dichte nevel lijkt de avondzon een stalen munt.

Alice draagt het juk in haar ene hand, loopt naar langhuis zes en ziet dat Mia eindelijk haar hoofd een stukje van de grond heeft opgetild en met toegeknepen ogen naar haar kijkt.

Oma is niet op het erf, misschien zit ze in de oplegger.

Alice begint de eerste emmer te vullen, ze pakt het roestige rooster boven het putje met beide handen vast, tilt het op en legt het naast het putje op de grond.

Oma komt met een jerrycan bleekmiddel in de hand tevoorschijn uit de nevel die zich achter de vrachtwagen in de bosrand heeft verzameld.

Alice vult de tweede emmer en ziet oma de aanhangwagen in klimmen. Ze leunt naar voren, doopt haar hand in het koele water van de put, gaat op haar buik liggen en steekt haar hele arm erin.

Met haar vingertoppen voelt ze dat de buis een scherpe bocht maakt.

Voorzichtig tast ze verder over het glooiende plateau, vindt een soort natte stroken en daarna een voorwerp van metaal.

Ze pakt het stuk metaal op en laat het in de emmer vallen, legt het rooster weer op zijn plaats, staat op en werpt een snelle blik op de vrachtwagen.

Oma zit er nog in.

In de emmer ligt een langwerpig stuk metaal dat tot een mes is geslepen. De stof die om de handgreep is gewikkeld hangt bijna helemaal los. Alice zakt door haar knieën en haakt de emmers aan het juk, strekt haar benen en loopt naar de badkuip.

Mia tilt haar hoofd op en kijkt Alice met bloeddoorlopen ogen aan.

‘Blijf stil liggen terwijl ik praat,’ zegt Alice en ze kijkt weer naar de vrachtwagen. ‘Denk je dat je kunt opstaan en rennen?’

‘Misschien,’ fluistert Mia.

Alice zet de emmers neer en probeert haar hoesten te onderdrukken.

‘Je moet het zeker weten. Oma zal de hond achter je aan sturen als ze merkt dat je weg bent.’

‘Geef me nog tien minuten.’

‘Ik ben bijna klaar met het schoonmaken van de kooien en ik weet niet of ik nog meer kansen krijg,’ antwoordt Alice.

‘Vijf minuten...’

‘Je gaat dood als je hier blijft, snap je dat? We doen het zo, ik laat het mes hier bij jou, dat moet je zo lang onder de badkuip verstoppen, totdat je wegrent... Je moet over de weg vluchten en in de berm gaan liggen als er een auto aankomt, en ga niet het bos in, want er zijn overal vallen.’

‘Bedankt,’ zegt Mia.

‘Weet je nog hoe ik heet?’

‘Alice,’ zegt Mia en ze probeert haar lippen te bevochtigen.

Alice pakt snel het mes uit de emmer, legt het in Mia’s vrije hand, staat op en loopt naar het eerste langhuis.

Caesar vermoordt hen allemaal als hij erachter komt dat Mia is ontsnapt. Na de ontsnappingspoging van Jenny Lind zit er geen rem meer op zijn gewelddadigheid. Nu lijkt het alsof hij gewoon zit te wachten op een excuus om de hele fokkerij weg te vagen.

Ze zet de emmers neer, maakt het zware juk los en zet het tegen de muur. Voordat ze de deur opendoet, kijkt ze om naar het erf. In de rokerige nevel ziet ze dat Mia met wankele bewegingen opstaat, het mes laat vallen, steun zoekt bij de rand van de badkuip en wegloopt.

Alice neemt de emmers mee het langhuis in en opent beide kooien.

‘Ga nu naar huis, volg de weg, mijd het bos,’ zegt ze.

‘Waar heb je het over?’ vraagt Rosanna.

‘Caesar zal iedereen die hier nog is doden.’

‘We snappen niet wat je zegt.’

‘Mia loopt nu weg, ik ga de andere kooien openmaken, jullie moeten opschieten…’

Ze moet het mes ophalen bij de badkuip en oma vermoorden, de anderen uit de kooien halen en dan het huis in gaan en in een bed gaan liggen.

Ze kijkt naar de deur, ziet het avondlicht trillen in de kier en hoort de vrouwen in de kooien achter haar bewegen.

De deur piept zachtjes aan zijn scharnieren.

Alice sluit haar vermoeide ogen. Ze heeft het idee dat ze in een rammelende metro zit en muziek uit de koptelefoon van iemand anders hoort.

Opgewonden stemmetjes en het blaffen van een hond.

Alice doet haar ogen weer open en ziet dat het licht buiten een vuilrode kleur heeft gekregen.

Ze begrijpt dat ze koortsdromen heeft en elk moment het bewustzijn kan verliezen.

Er komt een schaduw voorbij.

Alice valt naar opzij, stoot haar schouder tegen de ene kooi en weet haar evenwicht te bewaren.

De duistere ruimte draait in het rond.

Twee van de vier vrouwen zijn uit de kooien geklommen.

Jullie moeten opschieten, denkt Alice en ze loopt naar de deur.

Het geknerp van de steentjes op de grond onder haar schoenen is oorverdovend, maar tegelijkertijd heeft ze het gevoel dat ze zweeft.

Alice ziet haar hand omhooggaan alsof hij aan een touwtje zit.

Haar vingertoppen raken de deur en duwen ertegen.

Ze kan het niet laten, ook al ziet ze oma door de kier.

De deur glijdt open.

De vrouwen achter Alice gillen van angst.

Oma steunt met één hand op haar stok en in de andere houdt ze een bijl.

Gehuld in rook van het crematorium staat Mia met haar armen uitgestoken als Christus op het erf.

*

Een uur later is het pikkedonker, op het licht van de stationair draaiende vrachtwagen na. De koplampen schijnen recht het bos in en de achterlichten van de aanhanger kleuren het huis rood.

Alice staat met gespreide armen naast Mia en probeert haar evenwicht te bewaren. Een paar stappen verderop bevinden zich de beide vrouwen die hun kooien in het eerste langhuis hebben verlaten. Rosanna is door de hond diep in haar dijen en knieën gebeten en lijkt enorm veel pijn te hebben. Ze bloedt hevig en ze heeft al een paar keer staan wiebelen.

Oma heeft de stok met de tand erop in haar ene hand en de bijl in de andere. Ze kijkt hen met een mengeling van verwachting en woede aan.

'We leggen jullie in de watten en dan lopen jullie weg. Maar we vinden elk verloren schaap, we geven het nooit op, omdat jullie zo kostbaar voor ons zijn…'

Alice hoest en probeert te spugen, maar ze is zo zwak dat het meeste bloed op haar kin en borst terechtkomt.

'God roept je,' zegt oma en ze gaat voor haar staan.

Alice wankelt even en brengt haar armen iets verder omhoog. Oma slaat haar een hele poos gade en gaat dan voor Rosanna staan.

'Moet je uitrusten?'

'Nee,' zegt ze huilend.

'Moe worden is menselijk.'

De hond draait om hen heen. De bijl schommelt heen en weer langs oma's bovenbeen. Ze houdt haar hoofd schuin en glimlacht vaag.

Alice denkt aan de enige keer dat ze boven in de grote slaapkamer is geweest. Naast het tweepersoonsbed stond een ledikantje dat vol lag met witte skeletdelen, duizenden kleine dierenschedels.

Bovenop lagen de schedels van twee mensenkinderen.

Het walmt nog steeds rond het zevende langhuis. In het donker zijn de rookformaties net grote, zachte schedels.

Alice wordt wakker als haar handen warm worden en ze brengt haar armen snel weer omhoog.

Oma had niets gemerkt.

Haar hart bonst en de ijskoude adrenaline dringt haar bloedbaan binnen.

Ze moet zien te voorkomen dat ze in koortsdromen wegglijdt.

Rosanna kan niet op haar gewonde benen blijven staan en zakt op haar knieën, maar haar armen houdt ze hoog. Oma legt de bijl op haar schouder en slaat haar gade.

'Ik sta alweer op,' smeekt Rosanna.

'Waar is het kruis? Ik zie het kruis niet.'

'Wacht, ik…'

De bijl gaat recht haar voorhoofd binnen en klieft het hoofd bijna in tweeën. Alice doet haar ogen dicht en wordt licht als een veertje, ze stijgt op van de grond en zweeft weg met de rook over de boomtoppen heen.

92

Erik wordt met hoofdpijn wakker op de vloer van zijn kantoor, die aanvoelt als een zonnewarme rots onder zijn rug.

Hij kijkt omhoog naar het licht aan het plafond en probeert zich te herinneren wat er is gebeurd.

Martin kwam bij hem omdat hij nog één keer gehypnotiseerd wilde worden voordat hij en Pamela naar een schuiladres zouden gaan.

Erik doet zijn ogen een paar tellen dicht.

Martin was in diepe hypnose geweest toen hij met wijd opengesperde ogen opstond van de bank, de bronzen asbak pakte en Erik daar een paar keer mee op het hoofd sloeg.

Erik viel tegen het bureau aan, trok in zijn val een stapel manuscripten mee en raakte buiten kennis.

Nu is alles stil.

De avondzon schijnt door de gordijnen.

De telefoon ligt op zijn bureau.

Waarschijnlijk is hij nog steeds aan het opnemen.

Erik bedenkt dat hij eerst Joona zal bellen en dat hij daarna in de badkamer zijn hoofd gaat onderzoeken.

Als hij probeert te gaan zitten, voelt hij het branden in zijn rechterschouder.

Hij kan zijn bovenlichaam nog geen centimeter van de vloer krijgen.

De pijn is zo hevig dat hij luid kreunt. Hij doet zijn ogen dicht en blijft een poosje doodstil liggen. Dan doet hij zijn ogen weer open en tilt voorzichtig zijn hoofd op.

De Spaanse stiletto die hij als briefopener gebruikt is dwars door zijn schouder heen in de eikenhouten vloer gestoken.

De warmte onder zijn rug komt van het bloed dat uit hem stroomt.

Erik moet langzamer ademhalen.

Als hij heel stil ligt, kan hij het moment waarop hij in circulatoire shock raakt misschien uitstellen.

Hij probeert zijn lichaam te ontspannen, terwijl hij in gedachten nagaat wat er is gebeurd.

Erik had als intrahypnotische suggestie de begrafenis van Martins beide broers beschreven, zodat Martin zou voelen dat ze geen macht meer over hem hadden.

Dat was een grote vergissing.

De broers zaten niet alleen Martins herinneringen en spraak in de weg, ze bewaakten ook de doorgang naar een heel andere kant van hem.

Toen ze het tweede deel van de hypnose in gingen, had Erik onbedoeld een deur geopend die jarenlang dicht had gezeten.

Hij telde rustig af naar nul, terwijl hij Martin terug liet gaan in zijn herinneringen aan het Observatorielunden.

'Nu loop je in het donker,' zei Erik rustig. 'Je hoort de regen kletteren op je paraplu en je nadert de speelplaats... twee, één, nul...'

'Ja,' fluisterde hij.

'Naast het speelhuisje blijf je staan.'

'Ja.'

'De tijd vertraagt, een camera flitst, het licht verspreidt zich langzaam in de nacht, bereikt het klimrek en stopt als het op zijn felst is... en nu zie je Caesar.'

'Het zijn een heleboel lagen glas, maar tussen de weerspiegelingen zie ik een man met een versleten hoge hoed...'

'Herken je hem?'

'De man snijdt met een schilmesje een gezicht uit een grote aardappel... zijn vochtige lippen bewegen, maar volgens mij praat het uitgesneden gezicht...'

'Wat zegt het?' vroeg Erik.

'Dat ik Gideon en David ben, Ezau en koning Salomo... en ik weet dat het waar is en ik zie mijn eigen gezicht van toen ik kind was... het glimlacht en knikt.'

'Maar wat zie je in het licht van de flitser?'

'Jenny.'

'Zie je Jenny Lind op de speelplaats?'

'Ze trappelt met haar benen, raakt een schoen kwijt en slingert heen en weer... de strop wordt strakker aangetrokken en er stroomt bloed over haar hals en tussen haar borsten, ze tast met haar handen...'

'Wie fotografeert er?'

'De moeder... die toekijkt als de kinderen spelen...'

'Is de moeder alleen op de speelplaats met Jenny?'

'Nee.'

'Wie is er nog meer?'

'Een man.'

'Waar?'

'In het speelhuisje... hij kijkt uit het raam.'

Erik kreeg kippenvel op zijn armen toen hij begreep dat Martin in het licht van de flitser de weerspiegeling van zijn eigen gezicht in het raam had gezien.

'Hoe heet die man?'

'Onze naam is Caesar,' antwoordde hij kalm.

Eriks hart begon snel en hard te slaan. Dit was ongetwijfeld het meest bizarre wat hij als hypnotiseur had meegemaakt.

'Je zegt dat je Caesar heet, maar wie is Martin dan?'

'Een spiegelbeeld,' mompelde hij.

De dissociatieve identiteitsstoornis staat in de DSM-IV-TR, het meest gebruikte psychiatrische handboek ter wereld, maar desondanks zijn er velen die afstand nemen van de diagnose.

Erik gelooft absoluut niet in het bestaan van meervoudige persoonlijkheden, maar op dat moment wilde hij Caesar als zelfstandig individu niet in twijfel trekken.

'Vertel eens iets over jezelf, Caesar,' zei Erik.

'Mijn vader was een patriarch... hij had een transportbedrijf en een nertsenfokkerij. Daar ben ik opgegroeid. Door de pelsen van de nertsen beloonde de Heer hem en maakte Hij hem rijk... Hij was uitverkoren en hem werden twaalf zonen beloofd.'

'Twaalf zonen?'

'Mijn moeder kon na mij geen kinderen meer krijgen...'

'Maar je had toch twee broers?'

'Ja, want... op een avond kwam mijn vader thuis met een vrouw die hij langs de weg had gevonden en hij vertelde me dat hij meer zonen zou krijgen met haar. Silpa gilde veel de eerste tijd in de kelder, maar toen mijn halfbroer Jockum was geboren, kwam ze boven wonen. En toen de kleine Martin werd geboren, eiste Silpa dat mijn moeder haar plaats in de slaapkamer aan haar zou afstaan.'

Hij opende zijn mond alsof hij niet kon ademhalen en zijn buik spande zich.

'Luister alleen naar mijn stem... je ademt langzaam, je hele lichaam wordt slap,' zei Erik en hij legde zijn hand op Martins schouder. 'Vertel wat er met je moeder gebeurde.'

'Mijn moeder? Zij kreeg de toorn van mijn vader over zich heen... Ze moest elf uur lang op het erf staan als Christus aan het kruis... en daarna verhuisde ze naar de kelder.'

'Was je bij haar in de kelder?'

'Ik ben de eerstgeborene,' zei hij bijna geluidloos. 'Maar op een nacht sloop mijn moeder naar boven en maakte me wakker om...'

Martins mond ging door met het vormen van woorden en zinnen, maar er kwam geen geluid meer. Hij balde zijn vuisten en ontspande ze weer en zijn kin begon te trillen.

'Ik hoor het niet.'

'Ze waren allemaal dood,' fluisterde hij.

'Ga eens terug naar die situatie, toen je moeder je wakker maakte.'

'Ik moest met haar meegaan naar buiten, de vrachtauto starten en wachten totdat zij terugkwam.'

'Hoe oud was je?'

'Zevenenhalf... Ik had al eens met de vrachtwagen proefgereden op het erf. Ik moest staan om bij de pedalen te kunnen, mijn moeder zei dat het een spelletje was, dat ze naar me zou kijken terwijl ik speelde... en ik zag dat mijn moeder een slang aan de uitlaat vastmaakte en een ladder tegen het huis zette. Ze zwaaide naar me en klom omhoog met de slang, die ze door de kier van het ventilatieraampje van de slaapkamer wurmde.'

'Wie waren er in die kamer?' vroeg Erik en hij voelde dat zijn rug nat was geworden van het zweet.

'Iedereen... mijn vader, Silpa en mijn broers,' antwoordde hij met een slappe glimlach. 'Mijn moeder liet mij beneden voor de tv zitten en zette een video op, terwijl zij de lichamen naar buiten sleepte... en toen ze klaar was, kwam ze binnen en zei tegen mij dat alles goed was.'

'In welke zin was het goed?'

'Dat niet mijn vader twaalf zonen zou krijgen, maar ik... En ik keek naar mijn eigen gezicht dat in het glas van de tv werd weerspiegeld, over een man met een hoge hoed heen, en ik zag dat ik tevreden was.'

Erik had aangenomen dat Martin Caesar had verzonnen in een poging de moord en de schuldgevoelens naar iemand anders te verleggen, maar nu begreep hij dat het andersom was. Caesar had Martin in zich.

'Je was zevenenhalf. Wat dacht je toen je moeder zei dat je twaalf zonen zou krijgen?'

'Ze liet mij de afbeelding in de nertsenschedels zien en zei dat dat mijn teken was, dat ik daar afgebeeld stond in mijn confirmatiekleren... met wijde mouwen en een puntmuts.'

'Dat begrijp ik niet goed.'

'Dat was ik,' fluisterde hij. 'God schiep een paradijs voor Zijn zonen... en de moeders moeten toekijken als ze spelen.'

Erik hield Martin vast op het niveau van diepe hypnose en leidde hem behoedzaam door het verleden.

Caesar vertelde over zijn streng christelijke opvoeding, het werk en het thuisonderwijs. Sommige gedeelten waren te verschrikkelijk om aan te horen, zoals zijn beschrijving van de leveringen van vis- en slachtafval.

'Toen de oude chauffeur ermee stopte, nam een jonge vrouw, Maria, het over. Ik hield me altijd afzijdig als ze kwam, maar mijn moeder zag me kijken… Op een dag bood mijn moeder Maria koffie en peperkoek aan. Ze viel in slaap op de divan, mijn moeder kleedde haar uit en zei tegen mij dat Maria me vele zonen zou geven… We hielden haar opgesloten in de kelder en ik ging elke nacht met haar naar bed als ze niet bloedde… De volgende zomer had ze al een bol buikje en toen mocht ze in het huis komen wonen.'

Zijn glimlach verdween en uit zijn slappe mond liep speeksel op zijn kin. Met een afwezige en onduidelijke stem vertelde hij wat er daarna gebeurde. Erik kon niet alles verstaan, maar probeerde de woorden zo goed mogelijk te combineren.

Het was duidelijk dat Maria hem vroeg haar te laten gaan omwille van het kind, maar toen ze begreep dat dat niet zou gebeuren, verhing ze zich in de slaapkamer. Caesar was in shock, hij verloor zijn houvast.

'Ik was uitgerukt gras, in de rivier gesmeten,' mompelde hij.

Erik begreep dat Caesar de fokkerij had verlaten en in een fugueachtige toestand was gaan dwalen. Hij herinnerde zich niets meer, totdat dr. Scheel met een persoon in hem sprak die hij niet kende. Die persoon heette Martin, net als zijn jongste broer, en Martin wist niets van de tijd vóór Säters paviljoen.

'Ik moest mijn lichaam met hem delen,' zei hij aarzelend. 'Soms… soms kan ik er niets aan doen dat ik word opgezogen en uitgeschakeld.'

'Voelt dat zo?'

'Mijn gezichtsveld krimpt en…'

Hij mompelde onsamenhangend over spiegels die tegenover spiegels werden gezet, een oneindig en buigzaam wormgat dat verdween als de balg van een accordeon.

Daarna zweeg hij en antwoordde een hele poos niet meer op vragen. Erik wilde hem net uit de hypnose halen toen hij begon te vertellen wat hij deed, terwijl Martin een bestaan opbouwde in Stockholm.

Caesar keerde terug naar zijn moeder op de nertsenfokkerij en begon samen met haar rond te rijden in de vrachtwagen om jonge vrouwen gevangen te nemen. Hij beschreef hoe ze eruitzagen, hoe hij ze allemaal beminde en hoe hun leven eindigde.

Erik kreeg de indruk dat Martin zonder het zelf te weten een dubbelleven had geleid. Hij reisde veel voor zijn werk en keerde waarschijnlijk terug naar zijn moeder zodra hij de kans had.

In de loop der jaren begon Caesar vrouwen te stalken via de sociale media, hij bracht hun leven in kaart, kwam zo dicht mogelijk bij hen en fotografeerde hen.

Het was niet helemaal duidelijk wat hij vertelde, maar het leek erop dat het ontvoeren van de vrouwen na verloop van tijd de taak van zijn moeder was geworden, zij bracht ze naar de fokkerij en drogeerde ze voorafgaand aan de verkrachtingen.

'Weet Martin niet wat je doet?'

'Hij weet niets, hij is blind... hij had het niet eens door toen ik Alice meenam.'

'Alice?'

'Martin kon niets doen... Toen de vrachtwagen wegreed, liep hij recht naar een sparrentak die een wak markeerde en trapte door het dunne ijs om dood te gaan.'

Erik kijkt naar het plafond. Als hij denkt aan Pamela's overtuiging dat Alice die dag is verdronken, stroomt er een hevige angst door hem heen. Hij probeert bij het mes in zijn schouder te komen, maar dat is onmogelijk. Hij voelt zijn vingers niet meer en kan zijn hand niet bewegen. Zijn ademhaling is versneld en hij begrijpt dat hij bezig is dood te bloeden.

Erik wilde hem verder laten vertellen, maar merkte dat hij op weg terug was uit de hypnose.

'Caesar, je bent diep, diep ontspannen... Je luistert naar mijn stem, als je andere geluiden hoort, concentreer je je alleen nog maar meer op mijn woorden... Ik richt me zo meteen weer tot Martin. Als ik bij nul ben gekomen, praat ik met Martin. Maar eerst wil ik dat je me vertelt waar je de vrouwen gevangenhoudt.'

'Dat doet er niet toe, ze moeten toch sterven... Er blijft niets over, er wordt geen steen op de andere gelaten, geen...'

Zijn gezicht verstrakte, zijn ogen gingen open en staarden blind voor zich uit, zijn mond leek naar woorden te zoeken.

'Je zakt almaar dieper weg, je ontspant je telkens meer, je ademhaling wordt steeds kalmer,' ging Erik verder. 'Niets van wat wij hebben besproken is gevaarlijk of eng, alles komt goed als je hebt verteld waar de vrouwen zijn...'

Martin bevond zich nog steeds in een hypnotische trance toen hij opstond van de bank, zijn hand voor zijn ene oor hield, per ongeluk de vloerlamp omstootte, de bronzen asbak pakte en Erik ermee op het hoofd sloeg.

Het zweet stroomt over Eriks wangen en hij rilt van de kou.

Zijn hart slaat op hol.

Erik doet zijn ogen dicht, hoort dat er iemand in de tuin voor het kantoor is en probeert om hulp te roepen, maar tussen de oppervlakkige ademhalingen door is zijn stem niet meer dan een zuchten.

93

De auto kraakt als Joona op weg 70 een volgeladen houtauto inhaalt. Tijdens de rit naar het noorden heeft hij een paar keer zonder resultaat gezocht naar pelsdier- en nertsenfokkerijen in de omgeving van Hedemora.

Hij is Avesta al voorbij als hij een oud discussieforum vindt waarop een ongeregistreerde nertsenfokkerij wordt genoemd die Blackglama verkoopt voor lage prijzen. De fokkerij heet Dormen.

Als Joona die naam toevoegt aan zijn zoektermen vindt hij een gesloten fokkerij in het bos, dicht bij de Garpenbergmijn, niet meer dan tien kilometer van Hedemora.

Dat moet hem zijn.

Joona rijdt honderdzestig kilometer per uur, ziet aan zijn rechterhand een cementfabriek voorbijschieten en belt de operationele chef van de Dienst Specialistische Interventies, Roger Emersson.

‘Je moet meteen autorisatie geven voor een inval.’

‘De vorige keer is het hoofd van mijn beste vriend aan flarden geschoten,’ zegt Roger.

‘Ik weet het, ik vind het heel erg en ik zou willen dat...’

‘Het was zijn werk,’ valt Roger hem in de rede.

‘Ik weet dat je van ons vooronderzoek op de hoogte bent en ik denk dat ik Caesar heb gelokaliseerd,’ zegt Joona en hij bedenkt dat het allemaal veel te veel tijd kost.

‘Oké,’ zegt Roger.

‘Ik denk dat hij op een oude nertsenfokkerij zit in de buurt van de Garpenbergmijn bij Hedemora.’

‘Begrepen.’

‘Ik ben nu op weg ernaartoe – het risico bestaat dat dit zich zal ontwikkelen tot een nogal omvangrijke gijzelingssituatie.’

‘Kun je het niet aan?’

‘Roger, dit is niet het moment voor conflicten, ik wil dat je begrijpt dat de boel op scherp staat, ik moet op je kunnen rekenen.’

‘Rustig, Joona – we komen eraan, we komen eraan…’

Bij Hedemora verlaat Joona de snelweg en rijdt in de duisternis tussen grote akkers met donkere besproeiingsinstallaties door.

Joona probeert vaart te minderen als hij de afslag rechts neemt, maar de snelheid van de auto is nog zo hoog dat de banden over het asfalt glijden. De droge struiken in de berm ritselen tegen de zijkant van de auto. Op het rechte stuk geeft hij weer gas, hij rijdt een smalle brug over de Dalälven op en vangt een glimp op van het water dat met een onderaardse zwartheid glinstert.

De auto dreunt als hij het brughoofd passeert. Zijn telefoon gaat en terwijl hij opneemt, flitsen de lichten van Vikbyn voorbij.

‘Dag, Joona. Je spreekt met Benjamin Bark, de zoon van Erik.’

‘Benjamin?’

‘Mijn vader is gewond… ik zit bij hem in de ambulance, geen zorgen, hij redt het wel… maar hij zei dat ik je moest bellen om te vertellen dat Caesar en Martin een en dezelfde persoon zijn…’

‘Wat is er gebeurd?’

‘Ik heb mijn vader met een mes in zijn schouder in zijn kantoor gevonden, ik snap het niet, maar mijn vader zegt dat deze man nu op weg is naar zijn nertsenfokkerij om alle sporen te vernietigen en daarna te verdwijnen…’

‘Ik ben er bijna.’

‘In het bos staan overal vallen, daar moest ik je nog voor waarschuwen.’

‘Bedankt.’

‘Mijn vader was nogal verward, maar vlak voordat hij zijn ademmasker op kreeg, zei hij dat Caesar een meisje heeft ontvoerd dat Alice heet.’

'Dat heb ik net van de Naald gehoord.'

Joona slaat na Finnhyttan linksaf en rijdt de smalle bosweg in. Tussen de bomen door ziet hij de glinstering van een zwart meer.

Het licht van de koplampen schiet naar voren en fixeert de staalgrijze stammen. Een ree blijft een seconde aan de kant van de weg staan en verdwijnt dan weer in het donker.

Joona bedenkt dat Martin best ontslagen kan zijn geweest en daarna weer opgenomen op afdeling 4 zonder dat Pamela daar iets van wist.

Dat hoort bij de wet op de privacy.

Maar hij moet ergens een auto hebben, in een garage of op een parkeerterrein waar je lang mag staan.

Zijn dubbelleven heeft tot nu toe goed gefunctioneerd, maar nu is Caesar opeens wanhopig. Waarschijnlijk denkt hij dat Erik en Pamela allebei dood zijn. Hij weet dat de politie hem binnenkort zal vinden en wil daarom alle sporen uitwissen en vluchten.

Joona rijdt langs een hoog stalen hek aan de achterkant van het enorme mijncomplex van Boliden. Schijnwerpers aan vakwerkmasten verlichten de oude dagbouwmijn.

Verderop vangt hij tussen de boomstammen door een glimp op van moderne industriegebouwen en daarna wordt het weer donker.

Hij maakt een scherpe bocht en rijdt dieper het sparrenbos in.

Volgens de satellietbeelden ligt de fokkerij afgelegen en omvat ze een woonhuis en zeven langgerekte gebouwen.

De weg wordt steeds smaller en hobbeliger.

Als hij begrijpt dat hij de nertsenfokkerij nadert, mindert hij snelheid en schakelt hij om naar dimlicht. Even later stopt hij langs de kant van de weg.

Hij raapt het gevallen pistool van de vloer en vindt twee reservemagazijnen in het dashboardkastje. Hij stapt uit, trekt zijn kogelwerende vest aan en rent de bosweg over.

De warme nachtlucht ruikt naar naalden en droog mos.

Telkens wanneer zijn linkervoet de grond raakt, schiet er vanuit de wond in zijn zij een pijnscheut door zijn hele lichaam.

Als hij na een kilometer in de verte een nevelig schijnsel ziet, gaat hij lopen en laadt hij zijn pistool door.

Hij komt geruisloos dichterbij.

Caesar is niet te zien, maar voor het huis staat een oude Chrysler Valiant met het rechterportier open.

Een vrachtwagen met aanhanger staat met draaiende motor op een grinderf.

Rook en uitlaatgassen worden door de achterlichten van de aanhanger beschenen en verspreiden zich langzaam door de stilstaande lucht als een wolk van bloed onder water.

Als Benjamin hem niet had gewaarschuwd, was hij de fokkerij ongetwijfeld vanuit het bos genaderd, maar nu blijft hij op de smalle weg.

Het vervallen houten huis en de contouren van de smalle gebouwen voor nertskooien komen uit de duisternis tevoorschijn.

De nevelige lucht boven het erf pulseert langzaam in de weerschijn van de vrachtauto.

Drie vrouwen staan doodstil in de schemering met hun armen uitgestoken alsof ze gekruisigd zijn.

Ze staan net als het patroon in de nertsenschedels, het vriesmerk, Martin op het perron en Caesar in zijn cel in het gesloten paviljoen.

Joona loopt langzaam door met zijn pistool naar de grond en ziet nu dat er achter de staande vrouwen een afgedankte badkuip staat. Er zit een oude vrouw op met een stok op haar schoot.

Een van de jonge vrouwen wankelt, maar hervindt haar evenwicht. Ze tilt haar hoofd op en haar krullen vallen weg van haar wangen.

Ze lijkt sprekend op Pamela – dat moet Alice zijn.

Joona nadert de rand van de zwakke lichtkring en ziet nu dat ze trilt over haar hele lichaam, haar knieën knikken en ze staat op het punt haar armen te laten zakken.

De oude vrouw achter haar komt moeizaam overeind en steekt haar kin naar voren.

Voor het huis begint een hond te blaffen.

Caesar is nog steeds nergens te zien.

Het duurt nog zeker een halfuur voordat het arrestatieteam hier is.

Alice zet een stap naar voren en laat haar armen zakken. Haar borstkas beweegt mee met haar hijgende ademhaling.

Joona heft zijn pistool, terwijl de oude vrouw de stok loslaat en Alice van achteren nadert.

Naast haar glinstert iets.

Ze houdt een bijl in haar rechterhand.

Joona richt op haar schouder en verplaatst zijn vinger naar de trekker.

Als hij schiet, verraadt hij zichzelf, en met wat er dan gebeurt zal hij in zijn eentje moeten dealen.

Alice strijkt het haar uit haar gezicht, ze wankelt en draait zich om naar de oude vrouw.

Het lijkt erop dat ze met elkaar praten.

Alice vouwt smekend haar handen. De oude vrouw glimlacht, zegt iets en zwaait opeens met de bijl.

Joona schiet en raakt haar in de schouder. Het bloed uit de uitschotwond spat tegen de zijkant van de badkuip achter haar.

De bijl vervolgt zijn neerwaartse baan.

Joona schiet haar in de elleboog, terwijl een van de andere vrouwen Alice opzij trekt.

Het lemmet van de bijl gaat langs haar gezicht.

De oude vrouw heeft haar grip verloren, de bijl valt in het grind en buitelt het donker in.

De knallen weergalmen tussen de gebouwen.

De hond blaft opgewonden.

Alice valt op haar heup.

De oude vrouw wankelt naar achteren en bukt om haar stok te

pakken, terwijl het bloed uit haar schotwonden gutst.

In de langgerekte gebouwen klinken bange kreten.

Joona rent met geheven wapen de lichtkring in. Hij ziet dat de vrouw die Alice overeind helpt Mia Andersson is.

'Joona Linna, nationale operationele politie,' zegt hij zacht. 'Waar is Caesar? Ik moet weten waar hij is.'

'Hij is bezig een heleboel spullen uit het huis in de vrachtwagen te laden,' antwoordt Mia. 'Hij loopt heen en weer en...'

'Hij heeft Blenda meegenomen, die zit in de chauffeurscabine,' zegt de derde vrouw en ze laat haar trillende armen zakken.

Joona houdt het pistool gericht op de truck die voor het huis staat, terwijl hij zijn handboeien tevoorschijn haalt.

'Wie is Blenda?'

'Dat is een van ons.'

Alice steunt op Mia en kijkt Joona verbaasd aan, ze hoest uitgeput en valt bijna. Ze veegt haar mond af en probeert iets te zeggen, maar er komt geen woord over haar lippen. Mia houdt haar vast en zegt keer op keer dat alles goed komt.

De oude vrouw kijkt verbaasd naar het bloed dat van haar vingertoppen loopt. Haar linkerhand knijpt zo hard in de steel van de stok dat haar knokkels er wit van worden.

'Laat die stok los en steek je hand uit,' zegt Joona.

'Ik ben gewond,' mompelt ze en ze kijkt langzaam naar hem op.

Hij werpt een snelle blik op het huis en de vrachtwagen, doet twee stappen naar voren en ziet dat er een dode vrouw in de bloederige badkuip ligt.

'Steek je linkerhand uit,' herhaalt hij.

'Ik snap het niet...'

Uit het bos achter de vrachtwagen klinkt de schreeuw van een man. Een kreet van pijn die abrupt verstomt.

'Pas op!' roept Mia.

Joona ziet de snelle beweging vanuit een ooghoek, hij duikt weg voor de stok en voelt iets scherps over zijn wang krassen.

Met zijn pistool slaat hij de stok van de oude vrouw weg en schopt haar onderuit.

Ze valt achterover en bijt op haar tong als ze met haar achterhoofd op het grind neerkomt.

Joona scant het terrein snel met zijn blik, duwt dan met zijn voet tegen de vrouw, zodat ze op haar buik komt te liggen, zet zijn knie tussen haar schouderbladen en maakt haar linkerhand aan de badkuip vast met de handboeien.

Joona richt zijn wapen weer op de truck en veegt het bloed van zijn wang. De verlichte wolk van uitlaatgassen verspreidt zich zachtjes.

'De stok is giftig,' brengt Alice hoestend uit.

'Wat is het voor gif? Wat doet het?' vraagt hij.

'Ik weet het niet, je valt in slaap, maar ik denk niet dat ze tijd heeft gehad om de ampul te vullen...'

'Dan wordt u waarschijnlijk alleen een tijdje moe of blind,' zegt Mia en ze legt Alice' ene arm over haar schouders.

De oude vrouw komt omhoog, maar kan alleen gebukt staan. Er komt bloed uit haar mond. Ze gromt en trekt uit alle macht, maar ze krijgt de badkuip niet van zijn plaats.

'Hoeveel zitten er hier opgesloten?' vraagt Joona.

'Acht,' antwoordt Mia.

'Zijn ze allemaal binnen?'

'Mama,' zegt Alice hijgend.

94

In de ruimte tussen de oplegger en de aanhangwagen zijn twee personen te zien. Pamela's gezicht vangt wat licht op van de markeringslampen.

Joona begrijpt dat Pamela meteen na hun telefoongesprek in de auto moet zijn gestapt. Waarschijnlijk heeft zij de fokkerij op dezelfde manier gevonden als hij.

Er breekt een tak onder een laars. Zwarte varens wiegen heen en weer.

Pamela komt langzaam uit de bosrand en nu ziet Joona dat de persoon achter haar Caesar is.

Hij trekt Pamela tegen zich aan en houdt een mes tegen haar hals.

Joona loopt met geheven pistool op hen af.

Caesars gezicht is verborgen achter dat van Pamela.

Ze verstapt zich en door haar haren heen vangt Joona een glimp op van Caesars wang.

Joona's vinger gaat trillend naar de trekker.

Misschien kan hij Caesars slaap schampen met een kogel als Pamela iets verder bij hem weg is.

'Politie,' roept Joona. 'Laat dat mes vallen en ga bij haar weg!'

'Mama, kijk naar me,' zegt Caesar.

Hij blijft staan en haalt het lemmet een paar centimeter over Pamela's keel, zodat er bloed over haar hals loopt naar haar onderhemd. Ze reageert niet op de pijn, maar blijft met wijd open ogen naar haar dochter staren.

Het lemmet rust rechtstreeks tegen Pamela's hals. Als Caesar de slagader doorsnijdt, is ze dood voordat ze haar naar een ziekenhuis kunnen brengen.

Joona zet een stap naar voren, hij ziet Caesars schouder even naast de hare, maar verandert niets aan de vuurlijn.

'Neem mij in plaats van haar!' roept Alice, die wankelend aan komt lopen.

Joona houdt het pistool met beide handen vast en richt op Pamela's linkeroog, hij verplaatst de korrel horizontaal over het jukbeen naar het oor.

Hij hoort Alice' voetstappen over het grind.

Pamela blijft staan en kijkt Joona in de ogen.

Ze duwt haar hals naar het lemmet toe en hij begrijpt wat ze van plan is. Het bloed loopt snel langs haar keel.

Joona is er klaar voor.

Pamela duwt haar hals steviger tegen het lemmet en dwingt Caesar het mes wat ruimte te geven.

Zo kan ze razendsnel haar hoofd schuin naar achteren bewegen.

Joona schiet en ziet Caesar heen en weer zwaaien als de kogel zijn oor afrukt.

Zijn hoofd klapt opzij als door een harde linkse hoek en hij zakt op één knie achter de huif van de oplegger.

Hij is niet meer te zien.

Joona verplaatst zich snel naar links, maar nu staat Pamela in de vuurlinie. Ze staat roerloos naar haar dochter te kijken. Haar mond gaat open alsof ze iets wil zeggen, maar er komen geen woorden. Caesar is gevallen en ligt in het donker achter haar. Alleen de zool van zijn ene schoen is zichtbaar.

'Pamela, ga bij hem weg!' roept Joona terwijl hij met geheven wapen naar voren loopt.

Achter haar komt Caesar overeind met zijn hand voor de resten van zijn oor, hij kijkt verward naar het mes en laat het op de grond vallen.

'Pamela?' vraagt hij op bezorgde toon. 'Waar zijn we? Ik snap niet wat...'

'Schiet hem neer,' roept ze naar Joona en ze zet een stap opzij.

Joona richt midden op zijn borstkas en klemt zijn vinger om de trekker, terwijl op hetzelfde moment de drukgolf van een enorme ontploffing hem bereikt.

De lucht wordt uit zijn longen geperst en op het moment waarop de explosie te horen is, wordt Joona achteruit gesmeten.

Het glas van de gesprongen ruiten spat alle kanten op.

De inwendige delen van de woning worden naar buiten gestuwd en trekken wanden en dakpannen mee.

Houten panelen versplinteren, dakgebinten worden aan stukken gescheurd en omhoog geslingerd.

De schokgolf wordt meteen gevolgd door een vuurbal, die zich zo snel uitbreidt dat hij de delen aansteekt die in de lucht zijn gevlogen.

Joona komt op zijn rug neer en rolt op zijn buik. Hij beschermt zijn hoofd met zijn hand, terwijl er een regen van glas en brandende houtsplinters op hem neerkomt.

Het droge sparrenbos naast het grinderf vliegt in brand.

Er valt een zware houten balk op zijn nek en het wordt zwart voor zijn ogen.

Als een geluid uit een andere wereld hoort Joona de stem van Alice die haar moeder roept.

Hij komt bij en probeert op te staan.

De resten van het huis staan in lichterlaaie, de dakbalk stort in en nieuwe vonken worden omhoog geworpen.

De echo van de explosie klinkt als een rollende branding.

Hij krabbelt overeind. Stof en scherven vallen van zijn kleren.

Zijn pistool is verdwenen en hij ziet Caesar nergens.

De grond ligt bezaaid met brandende wrakstukken, die een groot gebied om de resten van het huis heen verlichten.

Pamela strompelt naar voren, ze roept naar Alice en schuift smeulende brokken opzij.

Er hangt een grote stofwolk boven het erf. In de troebele lucht zweven gloeiende vlokken.

Alice is niet te zien, maar Mia en de derde vrouw staan op van de grond. Naast een brandende deur ligt een sportschoen.

'Hebben jullie gezien waar Caesar naartoe is gegaan?' vraagt Joona.

'Nee, ik... Ik kreeg iets in mijn gezicht en ben flauwgevallen,' antwoordt Mia.

'En jij?'

'Ik hoor niets,' zegt de ander verward.

Mia heeft een bloedneus en een wond op haar voorhoofd. Trillend trekt ze een lange splinter uit haar rechterbovenarm.

'Mia?' zegt Pamela.

'Wat doe jij hier?'

'Ik kwam je halen,' zegt ze en ze wankelt.

Pamela loopt door, ze bloedt hevig uit een wond aan haar bovenbeen. Haar broekspijp is doorweekt. Ze trekt een stuk muur aan de kant waar behang met een goudpatroon op zit.

Bij het verste langhuis klinkt een nieuwe, kleinere explosie. De deur zwaait open en vlammen kruipen langs de gevel omhoog.

'Kunnen jullie iedereen uit de kooien bevrijden?' vraagt Joona en hij pakt een stuk waterleidingbuis van de grond.

De brand in het verste langhuis is overgeslagen naar het dak van het huis ernaast.

'Lukt je dat?' vraagt Joona. 'Want ik moet Caesar zien te vinden.'

'Dat lukt me wel,' antwoordt Mia.

De oude vrouw zit met haar rug tegen de badkuip, ze heeft een apathische trek om haar bloedrode mond. Haar gezicht zit vol met dikke splinters en vanuit haar doorboorde ogen stromen glasvocht en bloed door het stof op haar wangen.

Joona loopt snel naar de vrachtwagen.

De resten van het woonhuis zakken in en vlammen en vonken spatten op. De hitte walmt op hem af. De hele bosrand staat nu in brand en er kronkelt zwarte rook omhoog naar de nachtelijke hemel.

De vrachtwagen sist zwaar en zet zich in beweging.

Achter het stuur zit een jonge vrouw die hij niet eerder heeft gezien.

De motor loeit op een vreemde manier, de enorme wielen draaien, de resten van een raamkozijn breken onder de banden.

Joona rent en springt over een verwrongen aanrecht. De zware platen in zijn kogelwerende vest bonzen tegen zijn ribben.

'Alice!' roept Pamela en ze hinkt achter de vrachtwagen aan.

95

De combinatie ramt een van de hekpalen en draait dreunend de bosweg op. Joona rent tussen de brandende delen van het huis door over het erf. De rook prikt in zijn longen en hij voelt steeds ergere pijnscheuten in zijn romp, alsof er opnieuw een mes in wordt gestoken.

'Alice!' roept Pamela met schorre stem.

Joona springt over de sloot, loopt dwars door de brandnetels heen naar de weg en net voordat de bestuurder gas geeft, krijgt hij een van de achterste palen van de huifopbouw te pakken.

Er klinkt geknars uit de versnellingsbak.

Joona laat de ijzeren pijp vallen, houdt zich aan de paal vast en wordt meegesleept. Met zijn andere hand krijgt hij de klep van de laadbak te pakken en hij trekt zich op de aanhanger.

Hij komt overeind op de trillende vloer, naast een staande klok.

Achter de banden waait stof op.

De aanhanger slingert en Joona grijpt zich aan een daklat vast om niet te vallen.

De hele laadruimte staat vol met huisraad.

De grotere meubels staan tegen de lange zijden, zodat ze een middenpad vormen met kleinere kisten, stoelen, lampen en een staande spiegel met een gouden sierlijst.

In het laatste schijnsel van de brandende gebouwen ziet Joona Caesar helemaal voorin. Hij zit in een fauteuil met zijn armen op de leuningen en kijkt op zijn telefoon.

Zijn ene wang glimt van het bloed. De resten van zijn oor zijn kleine puntjes.

Alice staat naast hem met ducttape op haar mond. Ze is met een kabelbinder om haar nek vastgebonden aan een paal. Haar neusgaten zijn zwart van het roet en haar ene wenkbrauw bloedt.

De aanhangwagen draait en ze houdt zich vast met haar handen om haar hals niet te verwonden.

De vrachtwagen dendert het bos in en opeens wordt het donker.

Joona begrijpt dat de vrouw die ze Blenda noemden de vrachtwagen bestuurt. Toen hij aan kwam rennen had hij in de cabine een glimp van haar gezicht opgevangen.

Takken en jonge boompjes zwiepen tegen de huif. Een zwak licht van de lampen op de voorste trailer komt door de nylon stof naar binnen.

'Ik ben Joona Linna,' zegt Joona. 'Inspecteur bij de nationale operationele politie.'

'Dit is mijn vrachtauto en je hebt geen recht om hier te zijn,' antwoordt Caesar en hij stopt de telefoon in zijn zak.

'Er is een arrestatieteam onderweg, je kunt niet ontsnappen, maar als je je nu overgeeft werkt dat in je voordeel bij de rechtszaak.'

Joona haalt zijn politiepas tevoorschijn en houdt hem omhoog, loopt naar voren, stapt over bijeengebonden bundels nertsenpelsen heen, schuift een gouden stoel aan de kant en wringt zich langs de grote spiegel.

'Jouw wet is niet de mijne,' zegt Caesar en hij laat zijn rechterhand van de armleuning glijden.

Alice durft de tape niet van haar mond te trekken, maar ze probeert Joona's blik te vangen en schudt haar hoofd.

Joona loopt langs een vitrinekast en hoort het serviesgoed rinkelen op de maat van de trillingen. Hij houdt zijn politiepas weer omhoog om een reden te hebben om dichterbij te komen. Caesar kijkt hem waakzaam aan door zijn stoffige brillenglazen.

Tussen een rechtop gezette divan en het gestoffeerde hoofdbord van een bed staan goudkleurige kunststof stucwerkplaten.

De trekstang tussen de oplegger en de aanhangwagen kraakt.

De grond begint te schudden onder hun voeten.

Joona blijft staan voor een teil met honderden polaroidfoto's van jonge vrouwen. Sommigen liggen in hun bed te slapen, anderen zijn door deurkieren en ramen gefotografeerd.

'Eigenlijk weet je wel dat het afgelopen is,' zegt Joona en hij probeert te zien wat Caesar naast de fauteuil verbergt.

'Het is niet afgelopen, er zijn plannen voor mij, die zijn er altijd geweest,' antwoordt hij.

'Laat Alice gaan, dan bespreken we die plannen.'

'Alice laten gaan? Ik onthoofd haar nog liever,' antwoordt hij.

Joona kijkt naar Caesars onderarm en ziet hoe zijn spieren zich spannen. De hand grijpt iets vast en de schouder gaat een paar centimeter omhoog.

Als Joona over de teil heen stapt, doet Caesar net op dat moment een uitval met een machete. De beweging is niet verrassend, maar enorm krachtig.

Ze komt met grote snelheid van onderaf uit de schaduw.

Joona werpt zich opzij.

Het lemmet gaat langs hem heen en kapt met een klinkend geluid de smalle hals van de vloerlamp af. De kap met franjes valt op de grond.

De aanhanger slingert en maakt een hakkend geluid.

Joona struikelt naar achteren.

Caesar ademt door zijn neus, komt achter hem aan en haalt nog eens uit.

De achterbanden van de aanhanger glijden de berm in, de vloer helt en meubels botsen op elkaar. Het zingt in de stalen opbouw waar de huif op rust.

Er vallen rollen tape uit een kast.

De deur zwaait weer terug.

Caesar valt bijna om, hervindt zijn evenwicht, loopt achter Joona aan en doet weer een uitval. De vonken spatten ervan af als de machete een van de stangen aan de bovenkant raakt.

De banden dreunen hard over de weg.

Joona loopt achteruit en laat de vitrinekast tussen hen in vallen. Glazen en serviesgoed versplinteren op de vloer.

Er gaat een hevige schok door de hele combinatie als de vrachtauto tegen een boom langs de weg rijdt. Joona struikelt naar voren en Caesar valt op zijn rug. De geknakte stam rolt over het dak en maakt een scheur in de huif.

Losse papieren en servetten wervelen weg in de wind.

De kabelbinder heeft in Alice' hals gesneden en ze bloedt.

Joona zoekt steun bij de rugleuning van een stoel. Er verspreidt zich een ijzig gevoel vanuit de kras op zijn wang.

Caesar staat op, de machete bungelt in zijn hand. Het scherpe snijvlak loopt als een zilveren lint langs het zwarte lemmet.

'Luister, ik weet dat je ziek bent, je kunt hulp krijgen,' zegt Joona. 'Ik heb de studie van Gustav Scheel gelezen, ik weet dat je Martin in je hebt en ik weet dat hij Alice geen kwaad wil doen.'

Caesar bevochtigt zijn mond met zijn tong, alsof hij een onbekende smaak probeert te identificeren.

Joona kan niet goed meer zien.

De ene markeringslamp van de voorste trailer is weg en de tweede hangt flikkerend aan zijn kabels.

Het is nu bijna helemaal donker in de aanhangwagen.

Er flitsen zwarte sparrentoppen voorbij tegen een donkerblauwe hemel.

Caesar glimlacht, zijn gezicht wordt verdubbeld en glijdt uit elkaar als Joona's blik onscherp wordt.

'Nu gaan we spelen,' zegt hij en hij verdwijnt achter het hoofdbord.

Joona loopt voorzichtig naar de liggende vitrinekast. Hij knippert met zijn ogen en probeert bewegingen te onderscheiden in het donker. Glas en scherven serviesgoed knarsen onder zijn schoenen.

Caesar is van kant gewisseld en geeft weer een houw. Het lemmet komt vlak voor Joona's gezicht langs en snijdt het kussen van de divan open, zodat de vulling eruit komt.

De fladderende delen van de huif blijven hangen aan iets langs de weg en worden losgerukt. Een opgerold geelbruin gemarmerd tapijt valt over de laadklep en komt met een bons in de berm terecht.

Alice trekt de tape van haar mond, hoest en zakt naar de vloer totdat de kabelbinder om haar nek vast komt te zitten boven een dwarsstang. Ze steekt haar ene been uit, komt met haar voet bij Caesars telefoon en haalt hem naar zich toe.

Joona kan Caesar niet meer zien tussen de meubels. Hij begrijpt dat het door het gif komt. De ijzige kou van de kras heeft zich over zijn hele gezicht tot aan zijn oren verspreid.

De aanhanger draait en Joona grijpt zich aan een secretaire vast om in evenwicht te blijven.

Hij knippert met zijn ogen, maar de contouren van de voorwerpen vloeien samen in het duister.

Opeens zet Alice de zaklamp van de telefoon aan en schijnt op Caesar, die naar Joona toe is geslopen.

'Kijk uit,' roept ze.

Caesar slaat met drie machetes, het scherpe lemmet en twee schaduwen. Joona weet zijn lichaam zo te draaien dat de punt alleen een scheur maakt in zijn kogelwerende vest.

De zware kling slaat een hoek van de secretaire af.

Joona schuift naar achteren.

Alice volgt Caesar met de zaklamp.

Het licht dat van achteren komt, laat zijn haar glinsteren en maakt de gespannen rimpels in zijn wang dieper.

Caesar stapt over de liggende vitrinekast heen en verdwijnt achter de grote spiegel.

Joona loopt langzaam naar voren en strijkt met zijn duim en wijsvinger over zijn ogen.

Bij een kuil in de weg rammelen alle meubels.

Caesar is weg, maar Alice schijnt recht op de achterkant van de spiegel.

Haar blik is donker en geconcentreerd.

Joona ziet zichzelf in het trillende glas, omgeven door meubels en dozen. Hij zet drie stappen in de richting van zijn eigen spiegelbeeld, schopt dwars door het glas heen en raakt Caesars borst.

Caesar wordt achterover geslingerd en komt in een wolk van scherven op zijn rug terecht.

Joona heeft zich gesneden, maar merkt het niet.

De aanhanger slingert hevig en Alice geeft een gil van pijn. Het licht van de zaklamp schiet langs de wanden.

Joona loopt om de gouden sierlijst heen en ziet dat Caesar alweer overeind is gekomen. Alice schijnt op hem, net als hij zich schrap zet om te houwen. De zware kling komt schuin van boven. Maar in plaats van weg te glijden, loopt Joona door naar voren. Hij stoot zijn linkerpols omhoog onder Caesars kin. Zijn hoofd wordt naar achteren geduwd en zijn bril vliegt af. Joona maakt zijn beweging af en klemt de arm met het wapen vast in zijn elleboogholte.

Ze wankelen samen opzij.

Joona slaat hem met zijn rechtervuist in het gezicht en op zijn keel, totdat de machete rinkelend op de grond valt.

Er klinkt een harde knal en de hele combinatie schommelt heen en weer.

Opeens is het net zo licht als overdag.

Ze zijn door het stalen hek aan de achterkant van de grote mijn gereden. Felle schijnwerpers aan hoge masten verlichten het hele terrein.

Joona duwt Caesar op de grond, zet een knie op zijn borstkas en trekt tegelijkertijd zijn arm omhoog.

De elleboog breekt met een krak.

Caesar gilt, komt op zijn buik terecht en Joona zet een voet op zijn schouders.

Alice heeft de machete te pakken gekregen en snijdt de kabelbinder om haar nek door.

De vrachtauto rijdt op hoge snelheid over een brede grindweg.

Een wolk van losgewoeld stof walmt in het schijnwerperlicht achter hen.

Joona ziet niet goed meer, maar hij begrijpt dat ze de steile wanden van de verlaten dagbouw naderen.

'Alice, we moeten springen,' roept hij.

Dromerig stapt ze over Caesar heen, wankelt en ontmoet Joona's blik. Haar gezicht is bezweet, haar wangen zijn koortsachtig rood en haar lippen bijna wit.

De versnellingsbak giert en Blenda slaat rechtsaf, botst tegen een buiten gebruik gestelde knikdumper en stuurt recht op de schacht af.

'Springen!' roept Joona en hij haalt de handboeien tevoorschijn.

Hij knippert hevig met zijn ogen, maar ziet niet meer van Caesar dan een schaduw op de vloer.

Alice beweegt langzaam, blijft achterin staan en kijkt uit over het stenen landschap, de stoffige weg en de helling aan de linkerkant.

De machete hangt slap in haar hand.

De rem pompt knarsend, maar hij doet het niet. Het voorfront hangt naar beneden en schraapt over de stuivende grond.

Joona loopt bij Caesar weg en rent naar Alice toe. Op dat moment verdwijnt zijn gezichtsvermogen helemaal. Ze rijden door het laatste hek. Kapotte stukken ervan landen achter hen in het stof. Met brullende motor nadert de vrachtwagen de enorme schacht.

96

In het licht van de koplampen ziet Pamela gebroken bomen, kapotgereden stukken berm en banen zwevend stof in de lucht.

Ze zit niet ver achter de vrachtwagen.

Dennis had zijn auto achter de politieafzettingen in de Karlavägen geparkeerd en terwijl ze in noordelijke richting reden, had Pamela naar nertsenfokkerijen rond Hedemora gezocht en zich herinnerd dat Martin een keer had verteld dat hij als kind altijd in een mijn speelde.

Ze komt uit een bocht, geeft gas op de smalle bosweg en rijdt over afgerukte takken.

Het ratelt onder de auto.

De beelden van wat er gebeurde toen Dennis en zij bij de nertsenfokkerij kwamen, jagen als koortsrillingen door haar heen.

Ze lieten de auto naast de vrachtwagen staan, werden door Caesar verrast en probeerden het bos in te vluchten, toen Dennis schreeuwend bleef staan.

Pamela zat op haar knieën aan de vossenklem te trekken toen Caesar eraan kwam, Dennis met een steen op het hoofd sloeg, Pamela aan haar haren overeind trok en een mes op haar keel zette.

Pamela voelt dat ze harder rijdt dan ze aankan, ze wordt verrast door een scherpe bocht en slipt over de losse steentjes.

Ze remt en probeert tegen te sturen, maar de auto draait rond en glijdt van de weg. Ze botst met de achterkant tegen een boom en de ruiten versplinteren.

Pamela kreunt van de pijn in haar gewonde been.

Ze schakelt, rijdt achteruit de weg op en weer naar voren en trapt het gaspedaal in.

Als ze bij de verlichte mijn komt, ziet ze dat het stalen hek kapot is. Ze rijdt het terrein op en ziet door het opwaaiende stof de vrachtwagen een paar honderd meter voor zich.

De grote stenen ratelen onder de banden.

De vrachtauto maakt een scherpe bocht, rijdt tegen een wal en slaat om. De koppeling wordt verbroken en de kabel wordt losgerukt. De oplegger en de aanhanger komen los en slippen in het rond.

De vrachtwagen glijdt op zijn zijkant over de grond en botst tegen een shovel, de voorruit gaat aan diggelen en metalen platen worden ineengedrukt.

De losgekoppelde aanhanger met de kapotte huif rolt achteruit, recht op de mijnschacht af.

De kapotte as rammelt over de grond.

Pamela drukt het gaspedaal in en rijdt over de neergemaaide segmenten van het laatste hek.

Er blijft iets in de voorste wielas zitten, ze verliest de macht over het stuur en het lijkt wel of ze op ijs glijdt.

Ze remt, de auto draait rond en komt met het voorspatbord tegen een stapel explosiematten tot stilstand. De koplampen worden verbrijzeld en Pamela klapt met haar hoofd tegen de zijruit. Ze opent het portier, krabbelt uit de auto en rent achter de langzaam rijdende aanhanger aan.

'Alice!' roept ze.

De banden aan de dubbele wielassen passeren de rand van de afgrond en er klinkt een klap als de aanhanger op zijn onderstel terechtkomt.

Langzaam glijdt hij achteruit naar de afgrond en blijft in balans als een wip.

Pamela gaat langzamer lopen en voelt dat ze over haar hele lichaam trilt als ze dichterbij komt.

Er hangt een geur van diesel en warm zand in de lucht.

Er kraakt iets en de wielen van de aanhanger komen een eindje omhoog van de grond als de trailer naar voren schommelt.

Midden in de aanhanger komt Martin overeind met zijn hand om zijn elleboog.

Bijna de hele huif is weg en het stalen frame vormt een kooi om hem heen.

De grote staande klok kantelt en tuimelt de schacht in. Ze hoort hem veel lager tegen de rand slaan, nog dieper vallen en op de bodem te pletter slaan.

‘Dit niet, dit niet,’ fluistert Pamela.

Ze voelt dat ze op het punt staat flauw te vallen als ze bij de rand komt en naar beneden kijkt.

Alice en Joona zijn er niet. Ze doet een stap terug en probeert zich te vermannen, maar haar gedachten gaan te snel.

De aanhanger wipt naar voren en de dissel komt kletterend op de grond. De kapotte resten van de huif bewegen zachtjes in de wind.

‘Pamela, wat gebeurt er?’ vraagt Martin op bange toon. ‘Ik weet niet meer wat…’

‘Waar is Alice?’ roept ze.

‘Alice? Heb je het over onze Alice?’

‘Ze is nooit van jou geweest.’

De aanhanger schommelt weer naar achteren en er glijdt een plastic teil langs zijn benen over de vloer.

Afgebroken schilfers dwarrelen van de rand van het mijngat naar beneden.

Het chassis kraakt vermoeid.

Martin zet twee stappen in haar richting, de aanhanger komt weer in evenwicht, maar glijdt opeens met een schrapend geluid een halve meter achteruit. Hij valt naar voren en vangt zich met één hand op, staat weer op en kijkt haar aan.

‘Ben ik Caesar?’ vraagt Martin.

‘Ja,’ antwoordt ze en ze kijkt in zijn angstige ogen.

Martin slaat zijn ogen neer, blijft even stilstaan, keert haar dan de rug toe, houdt zich vast aan de stangen van het dak en loopt langzaam de kant van de schacht op.

Als hij het middelpunt passeert, begint de oplegger scheef te hangen en voor Pamela's ogen komen de wielen van de aanhanger los van de grond.

Meubels en glasscherven roetsjen over de vloer en vallen in de diepte.

Martin blijft staan en houdt zich vast als de hele trailer over de rand glijdt.

Stukken rots breken af en kletteren langs de wanden van de mijn naar beneden.

Er klinkt een oorverdovend geschraap en dan is het alsof de afgrond het heeft geroken, wakker wordt en Caesar met één grote hap verzwelgt.

De trailer is verdwenen.

De stilte voordat het front dertig meter lager met een harde knal op een rotsplateau slaat, lijkt onwerkelijk lang te duren. De aanhanger slaat over de kop, duikt verder de schaduwen in en slaat in een wolk van stof te pletter op de bodem van de mijn.

Pamela hoort het weergalmen tegen de rotswanden als ze zich afwendt. Ze veegt trillend haar mond af, kijkt naar haar auto, naar het kapotte hek en de grindweg langs de glooiing.

Achter de liggende vrachtauto worden twee gestalten zichtbaar. Ze komen omhoog over de helling naast de weg.

Pamela zet een stap in hun richting en strijkt het haar uit haar gezicht.

Joona Linna loopt langzaam met gesloten ogen en lijkt Alice overeind te houden met zijn arm om haar middel.

Pamela rent hinkend naar hen toe en weet niet of ze naar haar dochter roept of dat het alleen in haar hoofd gebeurt.

Joona en Alice blijven staan als ze bij hen komt.

'Alice, Alice,' herhaalt Pamela huilend.

Ze neemt het gezicht van haar dochter in haar handen en kijkt haar in de ogen. Een gevoel van onvoorstelbare genade omsluit haar als warm water.

'Mama,' zegt Alice en ze glimlacht.

Samen vallen ze op hun knieën in het zand en ze omhelzen elkaar stevig. In de verte zijn sirenes van hulpvoertuigen te horen.

97

De tl-buizen aan het plafond worden weerspiegeld in het vlekkerige scherm boven de rode tekst CNN Breaking News from Sweden.

In het zwart geklede agenten met helmen en aanvalsgeweren bevinden zich op een grindveld omgeven door sparrenbos.

Smoezelige jonge vrouwen worden naar ambulances gebracht en liggen op brancards. Op de achtergrond roken de resten van een huis dat na een brand is ingestort.

'Dit is het einde van een nachtmerrie,' vertelt het nieuwsanker. 'In een nertsenfokkerij bij Hedemora zaten twaalf meisjes gevangen, van wie enkele al vijf jaar.'

Dronebeelden van een aantal afgebrande gebouwen in het bos schieten voorbij, terwijl er wordt gerapporteerd dat de politie nog geen mededelingen wil doen over een dader.

Een van de jonge vrouwen praat met een journalist ter plaatse, terwijl ze verzorgd wordt door ambulancepersoneel.

'Er was één politieman, hij is hiernaartoe gekomen en heeft ons gevonden... Mijn god,' huilt ze, 'ik wil gewoon naar huis, naar mijn ouders.'

Ze wordt naar een klaarstaande ambulance gebracht.

Lumi stopt de weergave van de nieuwsuitzending, sluit even haar ogen en pakt dan de telefoon om haar vader te bellen.

Ze hoort de telefoon overgaan, verlaat het atelier van de school en loopt al door de gang als Joona met bezorgde stem opneemt.

'Lumi?'

'Ik heb het nieuws gezien over de meisjes die...'

'O, dat... het is toch nog redelijk goed afgelopen,' zegt hij.

Haar benen trillen zo dat ze moet blijven staan en ze gaat met haar rug tegen de muur op de grond zitten.

'Jij hebt ze gered – of niet?' vraagt ze.

'Het was teamwerk.'

'Sorry dat ik zo gemeen tegen je was, papa.'

'Maar je hebt wel gelijk,' zegt hij. 'Ik zou moeten stoppen bij de politie.'

'Nee, dat moet je niet, ik... Ik ben er zo trots op dat jij mijn vader bent. Jij hebt de vrouwen gered die...'

Ze zwijgt en veegt de tranen van haar wangen.

'Dank je.'

'Ik durf niet eens te vragen of je gewond bent,' fluistert ze.

'Een paar blauwe plekken.'

'Zeg het nou eerlijk.'

'Ik lig op de IC, zo erg is het allemaal niet, maar ik heb een paar messteken gekregen, scherven van een explosie en een gif dat ze niet kunnen identificeren.'

'Meer niet?' vraagt ze met een glimlach.

*

Er zijn vijf dagen verstreken sinds de gebeurtenissen op de nertsenfokkerij. Joona verblijft nog in het ziekenhuis, maar hij is van de IC af en hoeft niet meer in bed te blijven.

De bommen die Caesar in de langhuizen had gelegd zijn niet ontploft.

Er werden twaalf vrouwen bevrijd, maar Blenda overleed twee dagen later aan de verwondingen die ze had opgelopen toen de vrachtwagen omsloeg.

Caesars verbrijzelde lichaam werd op de bodem van de oude dagbouw gevonden. Tussen de resten van de aanhanger en kapotte meubels lag een doos met de skeletten van de broers en honderden nertsenschedels.

Oma is in hechtenis genomen en zit in isolatie, de officier van justitie heeft het vooronderzoek overgenomen.

Primus is voor het huis van zijn zus gearresteerd. Het technisch onderzoek van de plaats delict loopt nog en hoeveel vrouwen er door de jaren heen op de nertsenfokkerij zijn gestorven of gedood is nog niet duidelijk. Sommigen zijn gecremeerd, anderen begraven of in vuilniszakken op ontoegankelijke plaatsen gedumpt.

Tussen de onderzoeken, fysiotherapiesessies en verbandwisselingen door voert Joona gesprekken met de officier van justitie.

Valeria heeft haar ticket omgeboekt en is op weg naar huis. Ze maakte zich zo veel zorgen om hem dat ze huilde toen ze met elkaar belden.

Gisteren is Erik Maria Bark op bezoek geweest. Hij had de beweeglijkheid van zijn schouder bijna terug, was in een stralend humeur en vertelde dat hij aan een nieuw hoofdstuk van zijn boek was begonnen op basis van de oude casestudy *Spiegelman.*

Joona draagt een zwarte trainingsbroek en een verwassen T-shirt met de tekst *Huzaren van het garderegiment.* Hij is net bij zijn fysiotherapeut geweest en heeft oefeningen gekregen voor het versterken van zijn romp en rug na de verwondingen.

Terwijl hij door de gang strompelt, denkt hij aan de gevonden skeletten van de broers en het bizarre feit dat ze niet zijn begraven of gecremeerd. Hij moet de Naald bellen en vragen hoe ze zo schoon zijn geworden, of ze begraven zijn geweest, of dat het vlees eraf is gekookt, zoals bij de nertsenschedels.

Joona loopt zijn kamer binnen, hij legt het blaadje met oefeningen op het bed, loopt door naar het raam, zet het flesje water in de nis en kijkt naar buiten.

De zon komt door de wolken en schijnt door het ruwe glas van het flesje heen. Er valt een transparante schaduw over zijn hand en over de wondtape op zijn gehechte knokkels.

Er wordt op de deur geklopt, Joona draait zich om en ziet Pamela binnenkomen. Ze is gekleed in een groene gebreide trui en een geruite rok en draagt haar haar in een paardenstaart. Ze steunt op een kruk.

'Je sliep toen ik hier de vorige keer was,' zegt ze.

Ze zet haar kruk tegen de muur, komt hinkend naar hem toe en omhelst hem. Vervolgens zet ze een stap naar achteren en kijkt hem met haar ernstige ogen aan.

'Joona, ik weet niet wat ik moet zeggen... Wat jij hebt gedaan, dat je...'

Ze stopt als haar stem dik wordt en slaat haar ogen neer.

'Ik zou willen dat ik het raadsel sneller had opgelost,' zegt hij.

Ze schraapt haar keel en kijkt hem weer aan.

'Jij hebt het als eerste opgelost, door jou heb ik mijn leven weer terug... Meer nog, meer dan ik ooit had kunnen dromen.'

'Soms komt het zoals het moet,' zegt hij met een glimlach.

Ze knikt en kijkt dan naar de deur.

'Kom Joona maar gedag zeggen,' roept Pamela naar de gang.

Alice komt met voorzichtige passen binnen. Haar blik is waakzaam en haar wangen zijn rood. Ze draagt een blauwe spijkerbroek en een spijkerjack. Haar haar hangt los over haar schouders.

'Dag,' zegt ze en ze blijft een meter voor de deur staan.

'Bedankt voor je hulp in de aanhangwagen,' zegt Joona.

'Ik dacht er niet over na, er was geen andere optie,' antwoordt ze.

'Maar het was heel dapper van je.'

'Nee, dat... Ik had zo lang opgesloten gezeten dat ik er bijna van uitging dat niemand ons ooit zou vinden,' zegt ze en ze kijkt naar haar moeder.

'Hoe gaat het met jullie?' vraagt Joona.

'Met ons gaat het redelijk goed,' zegt Pamela. 'We zijn bont en blauw geslagen, verbonden en gehecht... Alice heeft een longontsteking gehad, maar ze krijgt antibiotica en is koortsvrij.'

'Mooi.'

Pamela kijkt naar de deur en vangt dan de blik van Alice op.

'Wilde Mia niet binnenkomen?' vraagt ze gedempt.

‘Ik weet het niet,’ antwoordt Alice.

‘Mia?’ roept Pamela.

Mia komt binnen, pakt de hand van Alice stevig vast en loopt dan door naar Joona. Haar blauwe en roze haar hangt over haar wangen. Ze heeft rode lippenstift en ingetekende wenkbrauwen en draagt een camouflagevest en een zwarte broek.

‘Mia,’ zegt ze en ze steekt haar hand uit.

‘Joona,’ antwoordt hij en hij schudt haar hand. ‘Wat heb ik naar je gezocht de laatste weken.’

‘Bedankt dat je het niet hebt opgegeven.’

Ze zwijgt en haar ogen worden vochtig.

‘Hoe is het met je?’ vraagt hij.

‘Met mij? Ik heb geluk gehad, ik ben er goed van afgekomen.’

‘Ze wordt mijn zus,’ zegt Alice.

Mia slaat haar ogen neer en lacht in zichzelf.

‘We zijn het erover eens geworden dat ik Mia ga adopteren,’ zegt Pamela.

‘Ik kan het gewoon niet geloven,’ fluistert Mia en ze verbergt haar gezicht even in haar handen.

Pamela gaat op de stoel zitten en strekt haar gewonde been. Het licht vanbuiten valt op haar vermoeide gezicht en kleurt haar krullen koperrood.

‘Je had het over dit raadsel,’ zegt ze en ze hapt naar adem. ‘Ik weet het antwoord nu, maar toch kan ik niet begrijpen dat Martin dit heeft gedaan, het klopt ergens niet, ik ken hem toch, ik kende hem, hij was een aardige man…’

‘Ik weet het, ik heb hetzelfde,’ zegt Alice en ze leunt met haar hand tegen de muur. ‘Maar dan omgekeerd… Ik bedoel, in het begin smeekte ik Caesar om me te laten gaan, ik noemde hem Martin, ik probeerde het over mama te hebben, over gemeenschappelijke herinneringen, maar daar reageerde hij niet op. Na een tijdje begon ik te denken dat Caesar heel erg op Martin leek, maar dat hij het niet was, ik kon het gewoon niet combineren.’

Joona haalt zijn hand door zijn haar en krijgt een diepe rimpel tussen zijn wenkbrauwen.

'Ik heb veel met Erik Maria Bark gesproken en ik denk dat je moet accepteren dat Martin en Caesar een lichaam deelden, maar dat ze in psychisch opzicht gescheiden waren. Martin had er waarschijnlijk geen idee van dat Caesar überhaupt bestond, ook al voerde hij een soort onbewuste strijd tegen hem... Maar Caesar kende Martin wel, hij haatte hem en wilde zijn recht van bestaan niet accepteren.'

'Zou dat echt zo zijn?' vraagt Pamela en ze veegt een paar tranen van haar wangen.

'Ik denk niet dat er een ander antwoord is,' zegt Joona.

'We hebben het overleefd en daar gaat het maar om,' zegt Pamela.

'Mama, mag ik buiten wachten?' vraagt Alice.

'We gaan,' zegt ze en ze staat op.

'Ik wil jullie niet opjagen, ik moet alleen een luchtje scheppen,' zegt Alice en ze geeft de kruk aan haar moeder.

'We praten later verder,' zegt Joona.

'Ik bel je,' antwoordt Pamela. 'Ik moet alleen nog even weten of je iets over de rechtszaak hebt gehoord.'

'Het lijkt erop dat die half augustus begint. De officier van justitie zal om behandeling achter gesloten deuren vragen,' zegt Joona.

'Mooi zo,' zegt Pamela.

'Er worden geen journalisten toegelaten, geen publiek, alleen de direct betrokkenen... zoals slachtoffers en getuigen.'

'Wij?' vraagt Mia.

'Ja,' knikt hij.

'Is oma daar ook?' vraagt Alice en haar wangen verbleken.

98

De deuren van de beveiligde zaal van de rechtbank van Stockholm zijn gesloten. Het kunstlicht glinstert in het kogelwerende glas voor de zo goed als lege tribune.

Vooraan achter de lichte houten tafel zitten de rechter, drie juryleden en de griffier.

De officier van justitie is een vrouw van in de vijftig, die met een rollator loopt. Ze heeft een symmetrisch gezicht en grote donkergroene ogen, ze draagt een licht broekpak en heeft een roze speld in haar blonde haar.

Oma zit er volkomen roerloos bij in slobberige gevangeniskleren. Ze heeft een verband voor beide ogen en haar rechterarm zit in het gips. Haar mond is stijf gesloten en er zitten diepe rimpels in haar lippen, alsof ze aan elkaar genaaid zijn.

Caesar en zij stonden geen van beiden ingeschreven bij de burgerlijke stand en aangezien ze weigert haar naam op te geven wordt ze N.N. genoemd.

Alles wijst erop dat ze net als haar zoon op de nertsenfokkerij is geboren en opgegroeid.

Tijdens de hele zitting heeft de oude vrouw nog geen woord gezegd, ook niet tegen haar advocaat. Nadat de officier de aanklacht heeft voorgelezen, verklaarde de verdediger dat de aangeklaagde bepaalde omstandigheden toegeeft, maar verklaart niet schuldig te zijn aan enig misdrijf.

De verhoren van de getuigen en de slachtoffers duren nu al twee weken. Veel van de jonge vrouwen die gevangengehouden waren, vonden het moeilijk om over de mishandelingen te vertellen, sommigen zaten met hun armen om zichzelf heen geslagen, met een strak gezicht en neergeslagen ogen, anderen bibberden en huilden alleen maar.

Op deze laatste dag van de verhoren is Joona Linna opgeroepen.

De officier loopt langzaam naar het getuigenbankje. De rubberen wielen van de rollator rijden geluidloos over de vloer van de zaal. Ze blijft staan, haalt een foto uit de map in het mandje, maar moet stoppen omdat haar handen te veel trillen. Ze wacht even en laat dan de foto van Jenny Lind zien die na haar verdwijning door de media was verspreid.

'Wilt u vertellen over het politiewerk dat tot de inval in de nertsenfokkerij geleid heeft?' vraagt ze.

Het is doodstil in de zaal tijdens Joona's uitvoerige verslag. Behalve zijn stem is alleen het gebrom van de geluidsinstallatie te horen en af en toe gehoest.

Oma houdt haar hoofd schuin alsof ze in een concertzaal naar muziek zit te luisteren.

Joona besluit zijn verslag met het benadrukken van oma's actieve rol bij het ontvoeren van de vrouwen, het gevangenhouden, de mishandeling, de verkrachtingen en de moorden.

'Martin vond de slachtoffers op sociale media en stalkte ze... maar zij zette een pruik op, trok een zwarte leren jas aan en bestuurde de vrachtwagen,' vertelt hij.

'Deed ze dat onder dwang, volgens u?' vraagt de officier.

'Ik zou zeggen dat ze elkaar ertoe dwongen... In een ingewikkeld samenspel van angsten en destructieve banden.'

De officier zet haar bril af en smeert per ongeluk eyeliner uit over haar wang.

'Zoals we hebben aangetoond hebben deze misdrijven gedurende een zeer lange periode plaatsgevonden,' zegt ze en ze kijkt Joona aan. 'Maar hoe kon dat doorgaan nadat Martin afhankelijk was geworden van 24-uurszorg?'

'Het was geen dwangopname en hij kreeg geen forensisch psychiatrische hulp,' antwoordt Joona. 'En net als de meeste patiënten op zijn afdeling kon hij in principe, als hij dat wilde, met ontslag gaan of een dag verlof nemen... zonder dat familie of naasten daarover werden geïnformeerd, vanwege de wet op de privacy.'

'We hebben elke gebeurtenis gematcht met de gegevens van de afdeling betreffende verlof en ontslag,' zegt de officier tegen de rechter en de juryleden.

'Hij had een ongeregistreerde auto in een particuliere garage in Akalla, dezelfde Chrysler Valiant die bij de inval op de nertsenfokkerij is gevonden.'

Joona gaat nog twee uur lang door met het beantwoorden van vragen. Na een pauze besluit de officier haar requisitoir en eist levenslang.

De advocaat gaat niet in op details, probeert geen twijfel te zaaien, maar herhaalt dat de verdachte te goeder trouw heeft gehandeld en geen schuld erkent aan enig misdrijf.

De zaal wordt ontruimd, terwijl de rechtbank beraadslaagt. De gevangeniswerkers nemen oma mee, terwijl Joona door de veiligheidssluis naar het café van het gerechtsgebouw loopt, samen met Pamela, Alice en Mia.

Joona haalt koffie, sinaasappelsap en broodjes en zegt dat ze iets moeten eten, ook al hebben ze geen trek.

'We zitten hier nog wel even,' zegt hij.

'Willen jullie iets?' vraagt Pamela.

Alice schudt haar hoofd en klemt haar handen tussen haar bovenbenen.

'Mia?'

'Nee, dank je.'

'Een koffiebroodje?'

'Oké,' zegt ze en ze pakt het aan.

'Alice? Neem in ieder geval wat sinaasappelsap,' zegt Pamela.

Ze knikt en pakt het glas aan, brengt het naar haar mond en drinkt eruit.

'Stel je voor dat ze vrijgesproken wordt,' zegt Mia, die suikerkorrels van haar broodje plukt.

'Dat gebeurt niet,' zegt Joona.

Ze zitten zwijgend aan het tafeltje, luisteren naar de aankondigingen van zaken en zittingen die via het luidsprekersysteem worden gedaan en zien mensen opstaan en het café verlaten.

Pamela neemt een paar happen van een broodje en drinkt haar koffie op.

Als ze teruggeroepen worden naar de beveiligde rechtszaal om de uitspraak te horen, blijft Alice zitten terwijl de anderen opstaan.

'Ik kan het niet aan, ik wil haar nooit meer zien,' zegt ze.

*

Drie weken later loopt Joona door een gang van de vrouwenafdeling van de Kronoberggevangenis. Het linoleum glimt als ijs in het koude licht van de tl-buizen. Muren, plinten en deuren zijn versleten en bekrast. Een gevangeniswerker met blauwe latex handschoenen aan gooit een zak met vuile was op een kar.

In de kamer waarover de Raad voor Forensische Geneeskunde beschikt, zitten de forensisch sociaal onderzoeker, de psycholoog en de forensisch psychiater op hun vaste plaats aan de lange tafel op hem te wachten.

'Welkom,' zegt de psychiater.

De oude vrouw die oma werd genoemd zit vastgebonden in een rolstoel voor hen. Het verband om haar hoofd is weg. Het grijze haar hangt in pieken over haar wangen en ze heeft haar ogen dicht.

'Caesar?' fluistert ze.

Een verpleegkundige zegt iets geruststellends tegen haar en geeft een klopje op haar hand.

Drie weken geleden, toen het beraadslagen van de rechtbank was afgelopen en de betrokken partijen de zaal weer in werden geroepen, waren Alice en Pamela in het café blijven zitten. Mia was met Joona mee de zaal in gegaan en had naast hem gezeten toen de rechter verslag uitbracht van de overwegingen van de rechtbank.

De oude vrouw had geen enkele reactie vertoond toen de rechter zei dat ze haar schuldig hadden bevonden aan alle punten van de aanklacht.

'De veroordeelde moet een forensisch psychiatrisch onderzoek ondergaan voordat de slotpleidooien worden gehouden door de partijen en de strafmaat wordt vastgesteld.'

Daarna heeft de psycholoog haar algemene intellectuele vermogens en persoonlijkheid getest, terwijl de forensisch psychiater haar op neurologische, hormonale en chromosomale aspecten heeft onderzocht.

De bedoeling is om vast te stellen of ze ernstig psychisch ziek was toen ze de misdrijven pleegde, of er gevaar voor recidive bestaat en of ze forensisch psychiatrische zorg nodig heeft.

'Caesar?' vraagt ze weer.

De psychiater wacht totdat Joona plaats heeft genomen. Hij kucht en herhaalt het doel van de bijeenkomst, stelt iedereen in het vertrek voor zoals gebruikelijk en verklaart dat voor allen het beroepsgeheim vervalt tegenover de rechtbank.

'Als Caesar me vrijlaat, wordt alles weer goed,' zegt oma in zichzelf.

De dikke riemen kraken als ze probeert haar armen in te trekken. Ze geeft het pas op als haar handen wit worden.

'Wilt u verklaren waarom u Jenny Lind op de speelplaats hebt vermoord?' vraagt de psycholoog.

'De Heer liet Judas Iskariot ophangen...' zegt de oude vrouw kalm.

'Bedoelt u dat Jenny Lind een verrader was?'

'Eerst liep de kleine Frida het bos in en kwam in een klem... Ik heb haar naar huis geholpen en haar weer op de juiste weg gebracht.'

'Hoe?' vraagt Joona.

De oude vrouw draait haar hoofd en knijpt haar ogen tot spleetjes. Van haar provisorische oogprotheses is alleen het witte acrylaat te zien.

'Ik heb haar voeten afgezaagd, zodat ze niet nog eens in de verleiding zou komen om weg te lopen... Ze had spijt en bekende dat ze een briefje had met het telefoonnummer van een vriend... Omdat ik wist dat ze loog toen ze zei dat Jenny niet van haar plannen op de hoogte was, heb ik het briefje verwisseld voor een briefje met het telefoonnummer van mijn zoon en heb ik de meisjes alleen gelaten... Ik wilde weten of ze een telefoon in het bos hadden verstopt, ik wilde ze duidelijk maken dat de Heer alles ziet...'

Joona bedenkt dat Jenny Lind oma waarschijnlijk heeft verrast door na alle jaren in gevangenschap zo snel te handelen. Jenny dacht dat ze afhankelijk was van die contactpersoon, aangezien Caesar had gelogen dat hij vrienden bij de politie had. Toen ze het briefje eenmaal had gevonden, aarzelde ze geen seconde en liep rechtstreeks het bos in.

'We weten nu dat Jenny uw zoon belde toen ze in Stockholm aankwam en dat hij met haar afsprak op de speelplaats... maar waarom bent u daarnaartoe gereden?' vraagt Joona.

'Het was mijn schuld dat ze was weggelopen, het was mijn verantwoordelijkheid.'

'Maar Caesar was daar toch?' zegt hij.

'Alleen om te controleren dat ze werd terechtgewezen zoals hij had bepaald... de hele wereld moest haar schande zien.'

'Wilt u vertellen wat er op de speelplaats gebeurde?' vraagt de psycholoog.

De oude vrouw richt haar witte, glanzende blik op hem.

'Jenny gaf het op toen ze zag dat ik bij het klimrek stond te wachten... Het enige wat ze vroeg, was dat we haar ouders niet zouden straffen,' zegt oma. 'Ze stond als een kruis en liet mij de strop om haar nek leggen, ze dacht dat Caesar haar zou vergeven als ze liet zien dat ze haar straf aanvaardde, maar Caesar had geen liefde meer over voor haar en zei niets toen ik begon te draaien.'

'Wilde ú haar vergeven?' vraagt de psycholoog.

'Ze stak een mes in het hart van mijn zoon toen ze wegliep...

Die bloeding was niet te stelpen, hij leed en het lijden maakte hem ongeduldig, hij stopte ze allemaal in een kooi, maar dat hielp niet, hij kon ze niet meer vertrouwen.'

'En welke rol kreeg u hierin?'

Ze leunt glimlachend naar voren, zodat haar haar voor haar gezicht hangt.

Achter de grijze pieken zijn vaag de witte spleetjes van haar ogen te zien.

'Begrijpt u waarom Jenny Lind wilde ontsnappen?' vraagt de psycholoog als ze niet antwoordt.

'Nee,' zegt ze en ze tilt haar kin weer op.

'Maar u weet dat geen van de vrouwen vrijwillig naar de fokkerij was gekomen.'

'Eerst moet je je onderwerpen... de vreugde komt pas later.'

De psycholoog maakt een aantekening en bladert in zijn handleiding. Oma doet haar mond zo stevig dicht dat de scherpe rimpels dieper worden.

'Beschouwt u zichzelf als psychisch ziek?' vraagt de psycholoog.

Ze antwoordt niet.

'Wist u dat Caesar een ernstige psychische ziekte had?'

'De Heer kiest zelf zijn hoeksteen zonder jou om toestemming te vragen,' zegt en ze spuugt in zijn richting.

'Ik denk dat ze een pauze nodig heeft,' zegt de verpleegkundige.

'Had Caesar het weleens over Martin Nordström?' vraagt Joona.

'Noem die naam niet,' zegt oma en ze trekt aan de riemen aan de armleuningen van de rolstoel.

'Waarom niet?'

'Zit hij hierachter?' vraagt ze met stemverheffing. 'Probeert hij alles te verpesten?'

Ze trekt zo hard, dat de wielen van de rolstoel knarsen.

'Waarom vraagt u dat?'

'Omdat hij mijn zoon altijd heeft gehaat en vervolgd,' schreeuwt ze. 'Omdat hij een jaloerse kl...'

Met een schreeuw weet oma haar ene arm los te trekken. Er stroomt bloed uit de geschaafde huid.

De verpleegkundige maakt snel een spuit klaar.

Oma gromt en hijgt beurtelings, ze zuigt het bloed van haar handrug en probeert de riem om de andere arm los te maken.

'Caesar?' roept ze met gebarsten stem. 'Caesar!'

EPILOOG

Valeria en Joona zitten tegenover elkaar in Valeria's kleine keuken te eten. De maaltijd bestaat uit gekookte aardappelen en gehaktburgers met roomsaus, augurk en vossenbessenjam. Het vuur knappert in het oude gietijzeren fornuis en er trillen sterretjes van geel licht op de witgeverfde muren.

Sinds Valeria terug is uit Brazilië, logeert Joona bij haar. Alles is weer als vanouds, afgezien van de foto van een pasgeboren meisje op de deur van de koelkast.

Afgelopen maandag werd de rechtszaak gesloten. Oma werd veroordeeld tot dwangverpleging en op unit 30 van Säter geplaatst.

De blinde vrouw is gewelddadig en wordt geïsoleerd gehouden van andere patiënten in een dwangbed dat vastzit aan de vloer. Als ze wakker is, schreeuwt ze en roept naar Caesar dat hij haar uit de kelder moet laten.

Tijdens het eten vertelt Joona aan Valeria over de zaak die tijdens haar afwezigheid al zijn tijd in beslag heeft genomen. Hij beschrijft alles, vanaf de eerste hun bekende moord tot aan Caesars dood in de dagbouw, en hoe de afzonderlijke delen van het vooronderzoek uiteindelijk gecombineerd konden worden.

'Ongelooflijk,' fluistert ze als hij uiteindelijk zwijgt.

'Het antwoord was dat hij zowel schuldig als onschuldig was.'

'Ik begrijp dat dit de oplossing van het raadsel is, zoals jij het noemt… Het klopt, maar ik vind het toch een moeilijk verhaal dat Martin en Caesar een lichaam deelden.'

'Je vindt het moeilijk om het bestaan van dis en meervoudige persoonlijkheden te accepteren?'

'Een beetje wel, ja,' zegt ze en als ze glimlacht, komen er rimpels in de punt van haar kin.

'De achtergrond is dat Caesar thuis is geboren en nooit bij de burgerlijke stand is ingeschreven, niemand wist dat hij bestond of wat hij doormaakte... Het hele bestaan draaide om die strenge, straffende vader en het idee om veel zonen te krijgen, om de wereld te bevolken,' vertelt Joona.

'Maar zijn moeder had niet zien aankomen dat ze opzij zou worden gezet voor een ander.'

'Caesar was nog niet eens acht jaar oud toen hij haar hielp met het vermoorden van zijn vader en de rest van het gezin... Ze vertelde aan Caesar dat God Zijn oog op hem had laten vallen, dat hij de rol van zijn vader moest overnemen en twaalf zonen zou krijgen.'

'Hoe wist ze daar een sluitend verhaal van te maken?'

'In de schedels van de nertsen vond ze een bewijs voor Caesars uitverkiezing, ze zag er een beeld in van haar zoon in een confirmatiegewaad... met zijn armen wijd als Christus aan het kruis.'

'Het vriesmerk,' fluistert Valeria. 'De rillingen lopen over mijn rug...'

'Aan dat verhaal hielden ze vast, allebei, het klopte, het móest kloppen... en het stond natuurlijk allemaal in de Bijbel,' zegt Joona.

Valeria staat op en legt nieuwe houtblokken in het fornuis, blaast op de gloed, sluit het deurtje en vult het koffiezetapparaat met water.

'Ik denk vaak dat de patriarchale religies misschien niet zo goed zijn geweest voor vrouwen.'

'Nee.'

'Maar toch is het nogal een grote stap, van Gods uitverkorene naar seriemoordenaar,' zegt ze en ze gaat op haar stoel zitten.

Joona vertelt over de eerste vrouw die ze gevangen hadden gehouden, haar zelfmoord nadat ze zwanger was geraakt en Caesars verblijf als patiënt in het vaste paviljoen van Säter. Hij geeft de theorie van Gustav Scheel weer dat Caesar zich in twee personen had gedeeld om plaats te bieden aan zowel het kleine kind dat zich aan zijn halfbroers had gehecht als aan het kind dat hielp hen te vermoorden, aan zowel de jongeman die wist dat het verkeerd was om een vrouw in de kelder opgesloten te houden als aan de jongeman die zich dat recht toe-eigende.

Door het pompeuze zelfbeeld van Caesar als stamvader ontsnapte hij aan de pijn van zijn ondraaglijke trauma's, maar die psychische manoeuvre werd continu in gevaar gebracht door het gelukkige leven dat Martin met Pamela en zijn stiefdochter Alice leidde.

'Caesar begon Martin te haten.'

'Omdat hij zijn tegenpool was, een vriendelijk en modern mens,' zegt Valeria.

'En Gustav Scheel zorgde ervoor dat Martin bij de burgerlijke stand werd ingeschreven, hij gaf Martin een nieuw leven.'

'Ik snap het,' zegt Valeria en ze leunt achterover tegen de rugleuning van de stoel.

'We zijn er tamelijk zeker van dat Caesar de brand in het vaste paviljoen stichtte om zijn arts te doden en elk verband met Martin uit te wissen.'

'Want daarna was hij de enige die de waarheid kende,' zegt Valeria.

'Ja, dat was het idee... maar het gekke is dat Martin toch aan het gevecht meedeed... Voor Caesar was het een bewuste strijd en voor Martin een onbewuste, wat heel duidelijk werd toen Caesar Alice ontvoerde en haar tijdens het vistochtje aan zijn moeder overdroeg. Martin reageerde door naar een wak te lopen, op het ijs te stampen en erdoorheen te zakken zonder te weten dat hij eigenlijk Caesar probeerde te verdrinken.'

'Maar dat lukte niet,' fluistert Valeria.

'Martin werd gered en raakte in een paranoïde psychose, waarin zijn dode halfbroers hem bewaakten... Ik weet het natuurlijk niet, maar misschien was de 24-uurszorg zijn poging om Caesar op te sluiten.'

Joona staat op en stoot zijn hoofd tegen de lamp aan het plafond, hij schenkt twee kopjes koffie in en loopt ermee naar de tafel.

'Maar je kunt jezelf niet te slim af zijn.'

'Nee, dat is de kern van het verhaal,' zegt Joona en hij gaat zitten. 'Caesar zorgde ervoor dat hij verlof kreeg, zodat hij op de oude voet kon doorgaan. En het had waarschijnlijk allemaal nog jaren zo door kunnen gaan als Jenny Lind niet was ontsnapt. Caesar raakte zijn houvast kwijt, voelde zich gekrenkt en fantaseerde over vreselijke straffen.'

'Daarom probeerde hij Primus erbij te betrekken,' zegt Valeria met een hoofdknik en ze blaast in haar hete koffie.

'Hij belde hem met de geheime telefoon van de Profeet, en dit is interessant... Martin bevond zich op de afdeling toen hij Primus belde, maar hij hoorde zijn eigen stem niet omdat die van Caesar was... en dat deel van hem was geblokkeerd,' zegt Joona. 'Het enige wat hij hoorde, was Primus' poging om niet bij de moord te worden betrokken.'

Hij denkt aan Jenny, die in drie dagen naar Stockholm was gelopen, mocht bellen in een 7-Eleven-winkel en een afspraak maakte op de speelplaats.

'Buiten de afdeling hadden Martin en Caesar natuurlijk dezelfde telefoon,' zegt Valeria.

'Martin was bij Pamela thuis, maar toen Jenny belde nam Caesar op,' zegt Joona. 'Ik denk niet eens dat Martin wist wat hem dreef om midden in de nacht de hond uit te laten, maar toen hij op de speelplaats kwam, nam Caesar het weer over. Wat we op de beveiligingsbeelden hebben gezien was eigenlijk geen verlamde getuige, maar Caesar, die van veilige afstand in de gaten hield of de executie op de juiste manier werd uitgevoerd.'

'Dus Caesar heeft gewonnen?'

'Niet echt... want Martin voerde een onbewuste strijd, hij tekende wat hij had gezien en liet zich hypnotiseren om Caesar te ontmaskeren,' zegt Joona. 'En op het metrostation duwde Caesar

Martin niet op de rails, maar Martin probeerde Caesar te doden.'

'Zonder het zelf door te hebben.'

'Kernachtig geformuleerd zou je kunnen zeggen dat Martin gezond werd toen de aanhanger van de vrachtwagen op de rand van de dagbouw balanceerde,' zegt Joona. 'Hij realiseerde zich dat hij en Caesar dezelfde persoon waren, hij begreep waaraan hij zich schuldig had gemaakt en nam het bewuste besluit om zichzelf op te offeren om Caesar tegen te houden.'

*

Joona wordt naar Saga's suite gebracht, gaat in een van de twee fauteuils zitten en kijkt door de raampartij uit op de kale rotsen en de gerimpelde zeespiegel.

'Het begint al wat herfstig te worden,' zegt hij en hij kijkt haar aan.

Ze heeft een zilvergrijze plaid om zich heen en een boek van de Stadsbibliotheek van Norrtälje op haar schoot.

Joona vertelt over de ontrafeling van de merkwaardigste zaak die hij ooit heeft gehad.

Saga vraagt niets, maar het is duidelijk dat ze luistert naar hoe alle details elkaar weerspiegelden en samen de oplossing vormden.

Joona vertelt dat Caesar niet wist dat hij in het gesloten paviljoen van Säter was gesteriliseerd, maar het onvermogen om te voldoen aan zijn eigen zelfbeeld als patriarch werd langzamerhand zijn motivatie om vrouwen te overheersen en seksuele macht uit te oefenen.

Als Joona eindelijk opstaat om weg te gaan, pakt Saga het boek op van haar schoot. Het is *Lord Jim* van Joseph Conrad. Ze slaat de roman open en haalt er een ansichtkaart uit die als bladwijzer in het boek zat en geeft hem aan Joona.

De zwart-witfoto uit 1898 stelt het oude cholerakerkhof van Kapellskär voor.

Joona draait de ansichtkaart om en leest de vier met zwarte inkt geschreven zinnen:

Ik heb een bloedrood Makarovpistool. In het magazijn zitten negen witte kogels. Een ervan is voor Joona Linna. De enige die hem kan redden, ben jij.

Artur K. Jewel

Joona geeft de ansichtkaart terug aan Saga, die hem weer in het boek legt en hem vervolgens in de ogen kijkt.

'De naam is een anagram,' zegt ze.

Spiegelman is bedoeld als vermaak, maar tegelijkertijd kan misdaadliteratuur fungeren als een platform voor discussies over de mens en de huidige tijd.

Net als veel schrijvers voor ons hebben we ervoor gekozen een wereldwijd probleem in een afgebakende situatie te plaatsen waarbinnen het opgelost kan worden. Dat betekent niet dat we ons niet bewust zijn van de werkelijkheid.

De *dark numbers* zijn uiteraard gigantisch, maar volgens de Verenigde Naties en de Wereldgezondheidsorganisatie hebben meer dan een miljard vrouwen ter wereld te maken gehad met seksueel geweld. Meer dan veertig miljoen vrouwen zitten in de prostitutie, achtentwintig miljoen vrouwen leven als slaaf en zevenhonderdvijftig miljoen vrouwen zijn voor hun achttiende verjaardag een huwelijk aangegaan. Elk jaar worden zevenentachtigduizend vrouwen vermoord, de helft van hen door hun partner of een familielid.